이야기를 들어드립니다
3

이야기를 들어드립니다

삼권

이재온 장편소설

이야기를 들어드립니다 3

지은이 이재온
펴낸이 이형기
펴낸곳 도서출판 가하

초판인쇄 2017년 7월 6일
초판발행 2017년 7월 13일
출판등록 2008년 10월 15일 제 318-2008-00100호

주소 서울 영등포구 양평로 67, 1209 (당산동5가, 한강포스빌)
전화 02-2631-2846 **팩스** 02-2631-1846

www.ixbook.co.kr

ISBN 979-11-300-1947-5 04810
        979-11-300-1944-4 04810(set)

값 12,800원

도깨비 왕, 대 폭두

　장미였다. 머리 위도 장미요, 발아래도 장미요, 눈앞도 장미요, 등 뒤도 장미였다. 뻘겋고 노랗고 퍼렇고 허연, 세상에 존재하는 온갖 장미가 끝도 없이 만개했다. 그 한가운데에서 한 남자가 꽃보다도 화사한 미소를 머금고 섰다. 순금과 보석으로 빚은 장미를 아름 가득 안고서.

　"네 목록 스물세 번째, '장미꽃 선물 받기'야. 어때? 마음에 들어?"

　양이는 현기증이 났다. 머리가 핑그르르 돌며 눈앞이 어찔했다. 이 방에 오 분만 더 있으면 장미 향기가 폐에 농밀히 가득 차 질식사할 수 있을 것 같았다.

　'장미 향과 방귀 냄새는 농도만 다를 뿐 똑같다던데!'

　양이는 맥이 풀리는 다리에 애써 힘을 주었다. 방귀 냄새, 아니, 장미 향에 둘러싸여 제 삶을 돌이켰다. 밋밋하게 시작하여 뜬금없이 요괴 판타지가 되었다가 잠시 로맨스 향이 풍기는가 하더니 스릴러로 막 내리는 한 여자의 파란만장한 인생.

　'엔딩 타이틀이 뭐지? THE 장미 살인 사건?'

　"순진하기도 하지. 감동해서 말문이 막혔구나? 하, 역시……. 내가 진작 그랬지? 앞으로 나랑 살면 양파 까듯 끝도 없이 드러나는 내 매력에 심장마비 온다고. 곤란하네. 내가 심폐소생술을 할 줄이야 알지만 역시 심정지는 건강에 좋지 않은데. 장미로 궁을 지을까 하다가 우리 찐빵이 건강하길 바라며 약소하게 전각 하나만 채웠건만 이다지도 감동하다니. 어쩜 이리 소박할까? 사랑스러워 미치겠어."

자칭 심정지를 불러일으키는 매력남 도는 뺨을 붉히며 저게 농담인지 진담인지 헷갈려서 더 아연한 대사를 길게 늘어놓았다. 수백 송이 장미를 한 팔에 너끈히 안고 텅 빈 다른 팔을 넓게 벌렸다. 화사히 웃으며 양이에게 눈을 찡긋했다. '이 장미를 뚫고 여기까지 걸어와 내 품에 안기라.'는 듯.

그러나 장미 향이 독해도 너무 독했다. 양이는 도를 향해 한 발을 떼어보았다가 비틀대며 주저앉았다. 창백한 이마에 손을 대며 망연히 도를 올려다보았다. 뼈저리게 후회했다.

'내가 어리석었어. 잘못 판단했어. 조상님들이 '도깨비 같다.'라든가 '낮도깨비 같다.'라는 표현을 왜 그런 의미로 쓰셨는지 고민해봤어야 했는데. 연애하기 전에 이미지 관리하던 모습만 보고 도깨비를 우습게 봤어. 안 돼. 저 남자는 위험해. 저 도깨비는 진짜 위험해. 지금이라도 빼앗아야 해. 빼앗아 불살라버려야겠어. 연애 소망 목록 일백 따위!'

양이는 지난 두 달여를 돌이켰다.

❖

양이는 일찍이 크님에게서 책 한 권을 받았다. 그 책은 '도깨비란 무엇인가'라는 제목으로 도깨비가 띠는 특성과 도깨비 나라에 널리 퍼진 문화와 풍습을 다룬 인문서였다. 그 책 서두에 이런 표현이 나왔다.

[도깨비는 다 어린아이이다.]

이 문장은 여러 갈래로 해석할 수 있었다. 좋게 해석하면 '도깨비란 순진하고 천진난만하며 감정에 솔직하다.'이고 나쁘게 해석하면 '도깨비란 참을성이 없고 제멋대로이며 놀기와 생떼가 특기이고 후진과 우회를 모른다.'일 터였다.

도는 좋은 점과 나쁜 점에 골고루 해당했다. 다행스럽게도, 본인 말마따나 왕이라서 참는 법을 알긴 알아 스스로 그어둔 선까지야 칼같이 지켰다. 그러나 그 선의 영 점 영영영영영영영영일 나노미터 앞까지는 도대체 속도 조절이라든가 전방, 후방, 측방 주시 따위 할 줄을 몰랐다.

양이는 하루에 열두 번도 더, '사장님이 나 진짜 좋아하시는구나.'라고 깨달았고 그보다 더 자주, '이래서 연애에는 밀당이 필요하구나. 피곤해. 사흘만 도망가고 싶어. 나도 사장님이 좋지만 휴가가 필요해. 고용 계약서를 확인해야겠어. 휴가! 휴가 항목이……'라고 생각했다.

도는 여건만 된다면야 하루 이십사 시간 양이와 붙어 지내려 했다. 함께일 때는 그 입술과 손을 양이에게서 뗄 줄 몰랐다. 이대로 가다가는 양이의 입술과 귀와 뺨이 닳아 없어질 판이었다.

양이는 건의했다.

"사장님, 저요, 이제 하얄리 어르신께서 구멍? 균열? 그런 걸 내주

서서 영기가 외부와 소통된다면서요. 제가 영기가 하나도 없는 상태
도 아니었고요. 그럼 저는 이제 공의 도깨비가 아니잖아요. 평범한 인
간이죠. 그러면 위험하지 않겠죠? 이렇게 철저히 보호하실 필요는 없
지 싶거든요. 우리 이제 하루에 한 번만 뽀뽀하고 다섯 번만 껴안으면
어떨까요? 참을 때 밀려오는 아쉬움과 간절함과 애절함을 즐겨요."

건의는 반려되었다.

"기각. 이미 난 충분히 참아. 그리고 누가 너더러 '공의 도깨비가 아
니'래? 물론 하얄리 어르신이 너를 단단히 감싸던 공허한 막에 구멍을
뚫으셨지. 그래서 너도 외부와 영기를 주고받을 수 있게 됐고."

"그러니 공의 도깨비가 아니죠. 아예 영기가 없거나 영기를 외부와
소통하지 않는 상태가 아니잖아요."

"이론으로야 그 말이 맞아. 넌 이제 공의 도깨비가 아니야. 하나 네
가 외부에 내보내고 외부에서 받아들이는 영기란 심히 비루해. 하도
극미량이라 삼계에서 영력 민감도가 가장 높은 나조차 드물게만 네
영기를 느끼고 백진이나 약선은 주술로 네 영기를 천 배쯤 증폭해야
간신히 널 느껴. 그래서 약선이 네 맥 짚을 때마다 주술부터 몇 중으
로 걸고 생난리를 피우잖아. 쉽게 말해 넌 이론으로 따지면 공의 도깨
비가 아니지만 현실은 여전히 공의 도깨비야. 며칠 전에 실험할 때 직
접 봤지? 넌 여전히 모든 결계를 무시해. 내 보호와 마킹이 '간절히'
필요한 몸이라고."

"그래도 지금 하시는 수준은 보호를 지나치게 넘어서는……."

"찐빵도 나 좋아한다며? 그사이에 애정이 식었어? 설마 그래?"

도는 제 미모를 한껏 활용했다. 애절하면서도 화사한, 모성 본능과
여심을 적절히 자극하는 풀 죽은 미소를 띠었다. 까만 눈에 물기마저

슬쩍 뵈며 은근히 물었다.

"아, 아니, 식, 식다뇨. 식지야 않았지마아아안……."

양이는 패배했다. 남몰래 절규했다.

'비열하다, 저 미모!'

다행히 양이에게도 안전한 시간이 있었다. 그 시간은 안전하되 편안하지 않았으니 이른바 공부 시간이었다. 양이는 하루에 여덟 시간, 주 오 일을 투자하여 꼬박꼬박 영계 상식과 학문을 익혔다. 이는 도가 내린 결정 때문이었다.

양이야 도를 '한가하게 성희롱을 일삼는 사장님 겸 약혼자'쯤으로 생각했지만 도는 한가하지 않았다. 양이를 곁에 두며 몸을 적잖이 회복하자 직접 처리하는 정무량을 늘렸고 양이 일로도 머릿속이 복잡했다.

양이 일은 단순하지 않았다. 양이에겐 도의 안위도 걸렸고 공의 도깨비로서 혜용을 탈출시킨 사건도 엮였다. 도는 양이가 인간이라 착각했을 때 천지왕에게 양이를 인간 왕비감으로 소개했고 이제 생각건대 그게 실수였다. 백진에게 양이가 일으킨 사건을 대수롭지 않은 양 축소했으나 양이는 최악을 상정하면 무서운 관념을 실체화할 수 있는, 혹은 무서운 힘을 쓸 수 있는 도깨비족이기도 했다. 더욱이 정서가 불안하여 폭주할 위험마저 있었다. 백진은 망설이고 또 망설이다 급기야 이러한 우려를 표했다.

✳✳✳

"양이를 아끼시는 마음은 압니다만 어디까지 믿으십니까?"

"무슨 뜻이냐?"

"양이가 순도깨비라면 음험한 계획은 천성에 어긋나니 쉬이 꾸미지 못합니다. 하나 알도깨비라면 무슨 짓이든 할 수 있지요. 양이가 사숙을 감쪽같이 속일 가능성은 고려해보셨습니까? 그 아이는 정말 기억을 잃은 상태입니까? 제삼세력에 속한 대도깨비로서 전하에게 신뢰를 얻어 무언가를 꾸밀 가능성은 없습니까? 저는 사숙이 걱정됩니다. 더구나 양이 일에는 혜용 님이 엮였기도 합니다."

도는 웃었다. 여유롭게 답했다.

"내가 그리 허술해 보이느냐? 물론 고려했다. '일단' 나는 양이를 믿는다. 그 근거로 첫째, 나는 일찌감치 크닙을 양이에게 그림자처럼 붙여 양이에게 조금이라도 수상한 행동이 보이면 즉시 보고하라 일렀다. 하나 양이는 그런 낌새조차 없었다. 둘째, 양이가 무언가를 꾸민다면 '감히 너와 나를' 상대로 제 몸을 마음껏 실험하게 내주진 않았겠지. 그렇게 자신만만한 술사가 있다면 그 또한 기특하지 않으냐? 그정도 배짱이면 받아줘야지. 셋째, 같은 맥락에서, 양이가 무언가를 꾸민다면 그리 무방비하게 제 목숨까지 걸고 폭주했겠느냐? 그때 나는 양이를 죽이려면 얼마든지 죽일 수도 있었다. 물론 그게 다 계략일 수도 있다. 거기까지도 내 눈을 속이기 위한 덫이라면 탄복하마. 탄복하고 기꺼이 어울려 놀겠다."

"그런다고 재촉하지도 않으십니까? 솔직히 저라면 정신계 주술을 걸어 기억을 빨리 찾도록, 혹은 감춘 바를 실토하도록 유도하겠습니다. 폭주를 막을 자신도 있다 하지 않으셨습니까?"

"양이는 내 권속이다. 내게 보호를 청했으며 지금껏 내 울안에서 내게 순종했지. 나는 왕호가 수경이며 나를 믿고 따르면 최선을 다해 지킨다. 그것이 내 의무며 본성이다. 하니 양이가 나를 거역하지 않는 한 나 역시 양이를 상처 주지 않는다. 준비되지 않은 자에게 정신계 주술은 폭력이다. 반드시 후유증을 남기지. 무리하지 않겠다. 더디더라도 서서히 자각하게 할 셈이다."

도는 말을 멈추고 백진을 물끄러미 보았다. 고개를 절레절레 저었다.

"네 눈빛을 보니 네가 나를 얼마나 생각하는지 알겠구나. 고맙다. 하나 너는 나를 모른다. 내가 오래 은거하며 네게는 제대로 된 모습을 보여주지 못했으나 나는 무르지 않다. 아무리 누구를 예뻐하더라도 믿음만으로 마냥 손 놓고 있지도 않다. 그러기엔 내가 짊어진 의무가 무겁다. 내겐 양이만이 아니라 지켜야 할 바가 많아. 너도 내가 하는 일 중 일부를 보지 않느냐?"

"양이에게 매일 수십 종씩 주술을 거는 일 말씀이십니까?"

"그래. 그건 울타리다. 양이를 강력히 보호하는 동시에 내게 가두기도 하지. 보통 존재라면 그것만으로도 내 지배에서 벗어나지 못해. 물론 너도 알다시피 양이 내부에 건 주술은 그 체질상 걸어봐야 풀리고 걸어봐야 또 풀린다. 하나 내가 주술을 거는 속도가 더 빠르지. 양이는 언제나 내게 철저히 보호받을 것이다. 언제나 철저히 내 울안에 머무를 것이다. 내게서 벗어나지 못해. 적어도 그리 간단하게는."

"그 아이가 다루는 관념, 혹은 힘, 그걸 무어라 말하든……. 저는 여전히 두렵습니다. 워낙 상식 밖이니까요. 더구나 삼계에서 이제 제가 믿고 의지할 어른은 사숙뿐이라……. 정말 주제넘은 발언인 줄 압니다만 그 아이에게 너무 깊이 정 주지 마십시오."

도는 너털웃음을 터트렸다. 부드럽게 백진을 달랬다.

"이것 참, 내가 사숙이 아니라 사질 취급을 받는구나. 다시 말하마. 나는 나를 믿고 따르며 내게 보호를 청하면 최선을 다해 지킨다. 그것이 내 의무며 본성이니. 하나 나를 기만하고 내 나리와 백성을 해하면 무엇이든 친다. 내가 그 선을 구분하지 못하리라 보느냐? 내가 그리 앞뒤 분간을 못하였다면 지금까지 삼경을 지킬 수나 있었겠느냐?"

✴✴✴

　도는 양이를 둘러싸고 벌어질 수 있는 모든 경우의 수를 꼽았다. 그 모든 수에 꼼꼼히 대응책을 세웠다. 양이를 재촉하지야 않으나 최선의 방향으로 차근차근 이끌었다. 현재 도가 바라는 최선은 두 가지였다. 첫째, 양이가 순하게 자각하여 상태가 안정되는 일. 둘째, 양이가 인간으로서 자신과 혼인하든, '알고 보니 도깨비족이었다.'라는 논리로 삼경의 일원이 되든, 공적으로 제 권속이 되는 일. 도는 그 일을 여러모로 준비했다. 그리하여 양이에겐 왕비 교육이라며 고강도로 영계 지식을 쏟아부었다. 그 교육은 양이가 자각하게 돕거나 양이가 자각하지 못하더라도 수월히 삼경에 적응하게 도울 터였다.
　양이는 이러한 사정을 알지 못했다. 그저, '사장님도 공부할 때만큼은 나를 지분대지 않고 자리를 비워주시는구나.' 할 뿐이었다. 그러니 양이에게 공부 시간은 도와 간신히 떨어질 수 있는 시간이었고 두근두근 쿵쾅대던 심장이 모처럼 안정을 찾는 시간이었다.
　그러나 공부 시간이 끝나면 도는 곧장 양이에게 낙지처럼 휘감겼다. 양이가 "사생활이 필요해요!"라고 외치며 방문 닫고 들어가면 양이 방으로 난입하지야 않으나 한 공간에서 시선이 마주치면 즉각 쪽쪽거렸다. 양이가 얼굴만 보고 있으려 해도 가만히 두지 않았다. 특히 아침이 험난했다. 도는 아침마다 인간을 훌쩍 뛰어넘는 우월한 폐활량을 키스로 증명했고 양이는 인공호흡을 겸한 듯한 깊고도 격렬한 키스로 매번 헐떡이며 깼다. 단언컨대 도가 퍼붓는 키스는 평범한 인간 여자가 감당하기 힘들 만큼 짙고 능란했다. 용산역에서 했던 첫 키스는 도가 봐주고 봐주고 또 봐줘서 극히 상냥하고 가볍게 한 키스였다. 양이는 도가 입술을 놓아줄 때쯤이면 잠에서 깨긴커녕 기절하고 싶을 만큼 진이 빠졌다. 체력도 바닥이요 정신도 노곤노곤 풀려 손끝 하나 까딱할 수 없었다. 쉰 목소리로 항의할라치면 도가 귀신같이 회복 주술을 걸어주었다. 영약 수준의 보약도 나날이 퍼먹였다.

'키스할 체력이 부족해서 보약 먹는 여자는 나밖에 없을 거야.'

양이를 지치게 하는 일은 스킨십만이 아니었다. 도는 시도 때도 없이 물었다.

"뭐 해줄까? 나한테 바라는 일 없어? 필요한 일은? 뭐든 다 부탁해. 전부 해주고 싶어. 얼마든지 날 부려먹어. 뭐 해줄까? 다 말해, 다."

확실히 도는 양이에게 무언가 해주지 못해 안달 나 있었다. 양이에게 제 멋진 점을 자랑하고 싶어 낑낑댔다. 양이는 그런 도가 귀찮았다. 그러면서도 그런 점이 귀엽다고 생각했다. 어느 날 도에게 주물럭거려지며 고민에 잠겼다.

'이상한데? 난 사장님이 좋아. 상당히 좋아. 사장님도 나를 넘치도록 예뻐해주시고. 사장님은 정말 내게 잘해주시잖아. 엄마 말씀처럼 빠지는 점이 없는 신랑감이고. 특히 이렇게나 잘생기셨는데. 자극성이 과하지만 키스도 엄청나게 잘하시고. 귀찮을 정도로 주물럭주물럭, 쪽쪽대시지만 내가 정색하고 짜증내면 멈춰도 주시고. 그런 점을 보면 착하시기까지! 인간도 아니고 왕이시라는 점이 내 안일한 인생 계획에 태클이긴 해. 하지만 나부터가 공의 도깨비인걸, 뭐. 철저히 평범하게 살려던 꿈은 어느 정도 포기했어. 더구나 나는 사상님과 혼 인을 돌이킬 수 없는 상황이 됐잖아. 사장님이 상제님 앞에서 선언하 셨고 나도 결혼을 수락했지. 연일 왕비 수업까지 받고 있고. 이미 여 러 밤 함께 잔 데다가 지금까지 나눈 신체 접촉 수준으로 보면 끝까지 가지만 않았다뿐이지 끝까지 간 사이보다 어쩌면 더 심해. 내가 그다 지 혼전순결주의를 따져본 적도 없고. 요즘 시대에 뭘 그런걸. 어느 모로 보나 내가 사장님을 거부할 이유가 없는데? 이렇게 귀찮게 하시 는데도 귀찮으면서도 좋잖아? 근데 왜 사랑한다는 말이 안 나오지? 목에 걸린 듯이 안 나와. 더구나 끝까지 가지도 못하겠어. 다 받아들 이기에는 뭔가 좀⋯⋯.'

양이는 시무룩이 눈썹을 구겼다. 도의 가슴에 몸을 무너트리며 무 심코 중얼댔다.

"진짜 이상하네. 왜지?"

"뭐가?"

도는 양이의 목덜미를 녹여 마실 듯 입술로 부드럽게 훑으며 물었 다.

"아뇨, 그냥⋯⋯."

양이는 오싹오싹 척추를 긁는 소름에 찡그리며 말끝을 흐렸다. 문 득 '내가 왜 이런 귀찮은 고민을 하고 있나.' 싶어서 생각을 다 접으려 했다. 그러다 퍼뜩 머릿속을 스치는 생각에 상체를 벌떡 일으켰다.

"그거야!"

"뭐가?"

도는 그제야 양이의 목덜미에서 입술을 뗐다. 고개를 갸웃하며 양이를 살폈다. 양이는 도에게 답해주지 않고 홀로 심각히 끄덕였다. 미간을 좁힌 채 떨리는 눈빛으로 도를 노려보았다.

'그래, 그거야! 브레이크가 없어서야. 내가 정색하고 '하지 말아달라.'고 요청하면 멈추시기야 하지만 우리 사장님은 지나치게 능글맞고 능숙하시단 말이야. 솔직히 내가 이길 수가 없어. 키스만 해도 그래. 회복 주술을 바로 걸어주시긴 하지만 매번 키스할 때마다 힘들어 죽을 맛이야. 입술도 무진장 아프고. 근데 한번 끝까지 가 봐. 내가 걸어는 다니겠어? 헐, 나 지금 굉장히 수위가 높은 상상을 했는데? 뭐, 회복 주술을 또 걸어주실 테니 걸어 다니기야 하겠지. 근데 정말 뒷감당이 안 될 거야. 안 돼. 난 감당 못해. 무리야. 애초에 이분은 인간과 체력 수준이 달라. 내 앞에 있는 사내는, 남자는 남자이되 수컷이야. 숫제 짐승이라고. 월주 언니만 해도 탱크도 한 손으로 던진다는데 사장님은 더하시겠지? 분명 더해. 무서워. 난 지극히 현명한 두려움을 느끼는 중이야. 거부하는 게 당연해. 훌륭하다, 편안을 추구하는 내 본능!'

"하아."

"왜 그래? 왜? 뭐 불편해?"

양이가 짓는 표정이 심상치 않았다. 도는 조심스레 양이 눈치를 살폈다. 양이는 두 손으로 도의 뺨을 끌어안았다. 도의 뺨을 적당히 눌렀다. 그렇게 구겨놔도 잘생겨 보이는 이 심장 파괴적인 얼굴에 신비로움을 느꼈다. 번뇌에 잠겼다.

"하지만 역시 이상해."

"대체 뭐가? 왜 그래, 찐빵. 무슨 고민 있어?"

"저 지금 중대한 고민이 있어요. 하지만 사장님께 말할 수는 없으니 묻지 마세요. 살인을 부르는 안경 꼬마가 나오는 만화를 인용하자면 '비밀은 여자를 여자답게 만드는 법'이니까."[1]

"흐으음. '사장님이 오늘따라 왜 이렇게 잘생겨 보이시나.' 고민 중이야? 설핏 달아오른 뺨이며 떨리는 눈동자가 그런 느낌인데?"

"자세히 말씀드릴 수는 없지만 비슷한 고민 중이니 멈춰 계세요. 자꾸 집요한 신체 접촉으로 저를 산란하게 하시면 나쁜 결론을 낼 수도 있어요."

"이거 떨리는데? 나 아예 손들까?"

도는 양이의 등을 받쳤던 손을 즉각 떼어 정말 두 손을 들었다. 즐거운 눈으로 싱글대며 양이의 표정을 살폈다.

"협조해주셔서 감사해요. 최대한 빨리 고민할게요. 저도 사실 고민하기 피곤하거든요."

양이는 도가 제게 늘 하던 대로 도의 두 뺨을 꼬집어보았다. 번뇌에 휩싸여 손가락을 미끄러트렸다. 도의 빨간 입술을 만지작댔다. 도가 입술을 벌리고 혀를 내어 양이의 손가락을 핥았다. 양이는 도에게 한두 번 당해본 게 아니니만큼 까망이를 놀리듯 그 혀를 엄지와 검지로 잡았다. 도가 처량한 표정으로 후퇴했다. 양이는 손가락의 평온을 되찾고 다시금 도를 만지작댔다.

'하지만 인간이란 왕왕 호기심이 현명한 두려움을 누르는 법인데? 더구나 나는 '후끈한 도시'를 필두로 '루이 십사세의 여성 섭렵기', '로만 시대의 복근이 몰려온다' 따위의 드라마를 십구금에서부터 이십사금에 이르기까지 골고루 섭렵한 몸이잖아. 소녀의 망상과 호기심이 일어나지 않는다면 거짓말이야. 어차피 곧 결혼하면 피할 수도 없을 텐데 나는 왜 사장님을 다 받아들일 수가 없을까? 가끔 느끼지만 사장님이 내게 이렇게 과하게 쪽쪽대시는 까닭이 불안 탓인 듯도 하니 확신을 드리면 오히려 적당해지실 수도 있는데.'

"그게 싫은가?"

양이는 자신에게 조련가 기질이 있나 곰곰이 따져보았다. 그게 사실이라면 자신이 약간 못됐지 싶었다. 착한 여자 콤플렉스는 없지만 저에게 무한정 잘해주는 도를 떠올리자 양심이 콕콕 찔렸다. 생각 끝에 까짓것 '사랑한다.'고 말해줄까 싶어졌다. 입술을 움찔댔다.

"으……."

양이는 눈썹을 찌푸리고 여러 번 입술을 달싹였다. 그러나 목에 가시가 걸린 듯 말이 목구멍을 넘지 못했다. 그 말을 꺼내려 할 때마다 혀가 빳빳이 굳었다.

"도대체 무슨 고민 중이실까? 내 귀여운 왕비님, 표정이 다채로우신데?"

"하아……."

양이는 등까지 굳히고 안간힘을 쓰다가 결국 고백을 포기했다. 입술을 삐죽 내밀며 도의 어깨놀이에 이마를 쿵 박았다.

"속상해요."

그 말은 어떤 계산이나 미리 한 생각이 있어서 나왔다기보다 그저 입술을 타 넘었다. 양이도 자신이 왜 그리 말했는지 알지 못했다. 그러나 술술 뒤가 이어졌다.

"속은 기분이에요."

"뭐가? 나 이제 그만 벌서도 돼?"

도는 웃으며 물었다. 양이가 도의 죽지뼈에 정수리를 대고 끄덕이자 도는 기다렸다는 듯 두 팔로 양이를 끌어안았다. 양이의 등을 달래 듯 쓸며 자상히, 잔잔히 속삭였다.

"왜? 왜 속은 기분이야? 설마 나한테 속았다는 뜻이야?"

"네에. 억울해요. 저도 연애에 로망이 있었다고요."

"응? 내가 뭔가 실수했어?"

도는 깜짝 놀라 눈을 동그랗게 떴다. 양이를 들어 안았다. 양이와 거리를 벌리고 그 안색을 살폈다. 도가 자상히 바라봐주자 양이는 지금껏 생각지도 못했던 갖은 서러움이 치밀었다. 울컥하여 칭얼칭얼 말을 쏟았다.

"문득 생각났는데요, 사장님과 제 관계는 이상해요. 보세요? 사장님과 저는 만나서 초장부터 스킨십으로 시작했어요. 제가 '어어? 이게 뭐지?' 하는 사이에 보호를 이유로 애정없는 스킨십만 잔뜩 했다고요. 제가 체념하고 거기에 익숙해졌더니 어느 틈에 혼인이 확정됐어요. 연애하기도 전에 혼사부터 결정 났다고요. 아, 이게 뭐야. 오십 년대 중매결혼도 아니고."

양이는 어깨를 흔들었다. 말하다 보니 '내가 왜 이래?' 싶을 만큼 유치해졌다. 스스로 유치하다 평하면서도 투정을 멈출 수 없었다. 입술을 삐죽삐죽 내밀며 뒤를 이었다.

"심지어 제겐 선택할 여지마저 없었어요. 이렇다 할 연애 플래그도 전멸이고 어려서부터 꿈꿔왔던 제 온갖 소녀심과 로망도 박살 났어요. 아무리 로망이 현실과 다르다지만 이런 막무가내가 어딨어요? 이정도로 진도가 나갔으면 수백 가지 로망 가운데 최소한 대여섯 가지는 이뤄졌어야죠. 전 보쌈당한 기분이에요. 풋풋하고 서툰 고백 이벤트는? 밸런타인데이는? 화이트데이는? 밤샘 통화라든가 뭔가 평범하지만 간지러운 둘만의 데이트, 장미꽃, 뭐 그런 일은요? 억울해! 저는 제 인생이나 연애에 뭘 그리 거창하게 바라지도 않았는데 소박한 꿈이 하나도 이뤄지지 않았어요. 남들 다 해보는 일 하나도 못 해봤잖아요. 그냥 질질 끌려가서 선택할 여지 없이 다 돼버렸어. 너무 억울해서 이대로는 사장님께 고백할 수 없어요. 사장님 미워요."

"헉."

마지막 말이 치명타였다. 도는 희게 질리며 혀를 깨물었다.

양이는 어깨를 들먹였다. 이 상황이 매우 황당했다. 자신이 왜 이리 동요했는지 이해할 수가 없었다. 하지만 어찌나 속상한지 눈물이 찔끔 나왔다. 도가 어쩔 줄 모르며 시선을 떨더니 말까지 더듬었다.

"미, 미안해. 무조건 미안해. 다 내가 잘못했어. 울지 마. 왜 울어? 내가 그렇게나 물었잖아. '뭐 해줄까?' 하고. 뭐, 뭐, 뭘 하고 싶은데? 응? 다 말해. 다 해줄게. 목록 적어줄래? 내가 하루에 하나씩 해줄게. 하, 하루에 두 개씩 해줄까?"

그래서 양이는 소녀심을 듬뿍 담은 연애 소망 목록 백 가지를 적어 도에게 주었다. 도가 후방·측방 주의라든가 우회·서행을 모르는 도깨비라는 사실을 간과했으며, 도가 평범과 거리가 먼, 매사 비범한 기준으로 움직이는 왕이라는 사실 또한 간과했다. 목록을 건넨 이튿날부터 기겁했다.

✳✳✳

시작은 그나마 소박했다.

[1. 함께 맛있는 면 요리 먹기]

목록 첫 번째에 그런 항목이 있었다. 양이는 그 소망을 적을 때 도와 손 붙잡고 이태원이나 삼청동 골목을 누비다 맛있는 면 요릿집을 찾아 예쁘게 사진 찍고 냠냠 먹는 꿈을 꿨다. 그러나 오래지 않아 자신이 도를 몰라도 너무 몰랐음을 인정해야 했다.

아침에 일어나 전각을 나서자 화화에 풀 세팅한 식탁이 끝도 없이 늘어섰다. 그 겹겹이 늘어선 모습이 어찌나 대단한지 거인의 위장을 펼쳐놓은 듯도 했고 어린이날 놀이공원 롤러코스터 앞에 늘어선 인파를 한 명당 식탁 하나로 바꾸어 겹겹이 세운 듯도 했다. 만 제곱미터는 족히 될 화화의 광활한 정원이며 산자락이 인간계 방방곡곡과 삼계 각처의 면 요리를 차려 올린 식탁으로 가득했다.

"네가 뭘 맛있다고 생각할지 몰라서 종류별로 차렸어."

도는 의기양양하게 말했다. 이 소망이 양이가 첫머리에 적은 소망이니만큼 제대로 이뤄주고 싶었다. 아직 뭘 모르는 양이에게 자신이 얼마나 대단한 남자인지도 화끈하게 뽐내고 싶었다. 그뿐인가? 자신이 얼마나 깊이 양이를 사랑하는지도 듬뿍 느끼게 해주어야 했다. 최선을 다했다는 티를 팍팍 냈다. 도에겐 양이가 그 목록을 적으면서 진짜로 바랐던 일이 무엇인지 헤아릴 깜냥 따위 콩알만큼도 존재하지 않았다. 그도 그럴 것이 도는 태어난 이래 여자를 이토록 열심히 꼬셔본 일이 없었다. 여자란 늘 알아서 안기는 존재였고 연애라는 측면에서 여자의 진정한 마음을 헤아리는 일은 도에겐 개념에 없는 일이었다. 도는 마음을 다해 노력만 하면 으레 양이가 감동하겠거니 했다.

양이는 십 초간 코 평수를 확장하며 숨을 몰아쉬었다. 그러다 발작하듯 웃음을 터트렸다.

"세상에! 맙소사! 아, 감사합니다. 푸하하핫!"

양이는 자칫하면 데굴데굴 구를 기세로 웃었다. 그때까지만 해도 양이에게는 비범하게 넓은 역치와 안일함과 너그러움이 남아 있었다. 도가 마음 쓴 일을 헤아리니 황당하기도 하고 귀엽기도 해서 눈물을 찔끔대며 웃었다. 도를 끌어안고 도의 뺨에 입 맞췄다. 그 반응이 도를 지나치게 북돋는다는 사실을 미처 깨닫지 못했다.

"아하하하! 다음에는, 아, 한 상만 차려주세요. 한 상만. 저 입맛 무난하니까 사장님이 맛있다고 생각하시는 메뉴로 한 상만! 아하하! 세상에, 이게 대체……. 푸하핫! 감사합니다."

"그렇게 즐거워? 감동했어?"

도는 우쭐댔다. 자신이 기울인 노력이 마냥 뿌듯했기에 나쁜 반응을 상상조차 하지 않았다. 생각한 대로 보인다고 양이가 순전히 기쁘고 행복해서 웃는다고만 생각했다. 양이는 그때까지만 해도 이 상황이 정말 재미있었기에 해맑게 끄덕였다.

"네! 우리 뭐 먹죠? 이거 뭐 있는지 다 보기도 힘들겠어요. 깔깔! 이거 둘러보려면 사장님이랑 저, 피터 팬과 웬디처럼 날아다녀야 하지 않을까요? 푸하핫! 저, 데리고, 아, 난 몰라. 날아주실래요? 꽂히는, 깔깔! 꽂히는 식탁에서 식사하게. 저 꼭대기 근처에 있는 식탁 가운데 하나면 좋겠어요. 저기가 전망이 제일 좋거든요. 푸하하핫! 월주 언니랑 크닙이랑 수산 씨랑 다 불러요."

"행복해? 나한테 반했어?"

"아하하. 네, 네. 맙소사, 세상에."

　　　　✳✳✳

　양이는 며칠쯤 지나서 생각했다. 그날 너무 재미있어한 게 문제였다고. 그날 내 비범한 너그러움을 뽐내지 말고 좀 더 상식인다운 반응을 보였다면 도가 이렇게까지 폭주하지 않았을지도 모른다고.

　도는 연일 막 나갔다. 그 연애 소망 목록을 제 멋짐과 능력을 뽐낼 절호의 수단으로 여겼다. 우주 레벨로 능력 있는 남자가 여자에게 점수를 따려고 폭주하면 어떤 결과가 나오는지를 몸소 증명했다. 중용이나 절제란 도가 하는 연애에 없는 개념이었다.

[68. 밤샘 통화하기]

　도는 면 요리 다음으로 이 소망을 들어주었다. 들어는 주었으되 입술을 내밀며 한참 투덜댔다.

　"몇 걸음 밖에 찐빵이 있는데 통화만 하라니 고문이야. 혹시 찐빵은 좋아하면 괴롭히고 싶어? 이 여자 은근히 위험한 취향이네? 왜 이런 걸 하고 싶지? 어떻게 내 목소리만 들으면서 내게 안기고 싶다는 생각을 참을 수 있느냐고. 그것도 밤새도록. 마음만 먹으면 얼마든지 내게 안길 수 있는데. 그래도 뭐, 이게 소망이라면야⋯⋯. 하지만 휴대전화 화면은 작아서 감질나. 화면에라도 뽀뽀하는 맛이 있어야. 안 그래?"

　도는 하룻밤 밤샘 통화를 하려 양이의 전각과 자기 전각에 팔십 인치급 3D 텔레비전과 수천만 원에 달하는 음향 장비, 3D 카메라를 설치했다. 이는 양이가 한 예상을 뛰어넘는 전개였다. 일단 화상통화라는 점부터가 예상 밖이었다. 그러나 양이는 기뻐했다. 생생한 화상통화가 기뻤다기보다 방에서 고품격 드라마 시청이 가능해져서였다.

어쨌건 도는 밤새도록 '보고 싶다.', '안고 싶다.', '뽀뽀하고 싶다.', '사랑해.', '볼살이 그리워.', '내 찐빵!' 따위를 추임새로 애절히 통화했다. 그러다 해가 뜨자마자, 언어 그대로 해가 '뜨자마자' 양이 앞에 나타났다. 양이의 허리를 꺾고 양이가 실신하기 직전까지 그 입술에 키스를 퍼부었다.

✻✿✻

[32. 서로에게 직접 만든 무언가를 선물하기]

양이는 꿈꾸던 연애 로망을 담아 목록을 적었다. 거기에 도가 해주었으면 하는 일도 적었지만 도에게 해주고 싶은 일, 도와 함께하고 싶은 일도 적었다. 순수하게 도에게 바라기만 하는 일은 백 개 가운데 다섯 개도 안 되었다.

그래서 양이는 도에게 그 목록에 담긴 일을 해주고자 이런저런 구상과 준비를 했다. 날마다 짬을 내어 도 몰래 일을 진행했다. 32번에 대응하여 캔버스 천을 두 마 끊었다. 천을 손수 알록달록 염색했다. 올이 풀리지 않게 휘갑치기를 했다. 섬유 펜, 섬유 물감, 비즈, 먹지를 준비하고 공간을 쪼개어 두 마를 빼곡히 채울 구상을 마쳤다. 틈틈이 깨알 같은 글씨로 연애편지도 적고 귀여운 캐릭터도 그려 넣고 비즈도 박아 장식하고 기회를 보아 도에게 도의 이름자를 붓글씨로 받아 먹지로 선을 따서 비즈와 색실로 수놓아줄 계획이었다. 이래 봬도 가

사 시간에 자수 에이 플러스를 받은 몸이었다. 손재주와 미적감각이 제법 탁월하다고 자부했다.

'부족한 게 없는 사장님이시라도 이 정도 정성이면 폭풍 감동하시겠지? 이힛. 좋아해주시면 좋겠다.'

양이가 캔버스 천 귀퉁이를 채워갈 때였다. 도가 소망 목록을 받아 든 날을 기준으로 삼으면, 그 첫날로부터 열흘 뒤였다. 양이는 참새 우짖는 소리에 눈을 떴다.

"으으응."

양이는 나른히 신음했다. 호흡곤란에 시달리지 않고 눈뜬 일이 무척 오랜만이었다. 이리도 평온하고 건전한 아침이라니, 현실감이 없었다.

'아직 꿈인가?'

양이는 몽롱한 가운데 팔을 휘저었다.

"으응?"

그러나 손에 더듬어지는 바가 없었다. 양이는 약간 놀라며 부스스 일어나 앉았다. 두리번거렸다. 정말 도가 없었다. 까치집이 된 머리를 긁으며 주변을 살폈다.

"이게 뭐지?"

양이는 웅얼거렸다. 머리맡에 꽃과 새를 은은히 채색한 자개 보석함이 있었다. 잠깐 망설이다가 아무래도 보라고 가져다 둔 듯하여 열어보았다.

[까치집을 짓고 눈곱이 껴도 사랑스러운 내 왕비님, 잘 잤어? 왕비님 소망대로 직접 만든 선물을 준비했어. 포장부터 서신, 내용물까지

하나하나 정성껏 만들었어. 언제? 역시 못하는 일이 없는 서방님이 만드신 물건이라 아름답지? 가볍게 살펴봤으면 밖으로 들고 나와봐. 이건 그냥 봐도 놀랍지만 탁 트인 햇살 아래에서 봐야 진가가 드러나는 선물이니까.]

　보석함 안에 뚜껑 달린 손거울이 있었다. 손거울은 마카롱 형태였다. 자개 꽃과 자개 풀이 뚜껑에 에둘러 박혔다. 둥글넙데데한 찐빵 캐릭터가 꽃과 풀에 둘러싸여 노곤노곤 세상 편한 표정을 지었다.
　"사장님 나쁘다! 선물 주시면서까지 놀리고. 이게 뭐야."
　양이는 툴툴대면서도 킥킥 웃었다. 찐빵이 그려진 손거울을 요리조리 돌렸다. 현대 감각으로 단순화한 찐빵 캐릭터와 반짝반짝 고풍스러운 자개 화초가 도무지 어울리질 않았다. 그래서 더 눈에 즐겁긴 했다.
　"보석함이 포장이고 이게 선물이겠지?"
　양이는 부스스한 머리칼을 손가락으로 빗었다. 눈곱도 떼었다. 찐빵 손거울을 들고 전각 밖으로 뛰쳐나갔다. 쪽마루에 앉아 처마 밖으로 팔을 뻗었다. 신선한 새벽 햇살에 손거울을 이리저리 비췄다.
　"반짝이니까 더 예쁘네."
　얇게 깎아 박은 금조개 껍데기가 검은 바탕 위에서 아롱다롱 빛났다. 양이는 밖으로 뻗었던 팔을 거두었다. 찐빵이 박힌 뚜껑을 열었다. 예상대로 안쪽엔 거울이 붙었다. 양이는 거울에 얼굴을 비춰 보았다.
　"으에에에, 이게 뭐야아아."
　양이는 손거울을 든 팔을 밖으로 휘저어 뻗었다. 놀라 가볍게 호들

갑 떨며 고개를 흔들었다. 거울에서 말만 한 사내가 불쑥 튀어나온 탓이었다.

"아하하! 안녕! 놀랐어?"

거울에서 튀어나온 사내는, 도는 소리 높여 웃었다. 머리칼을 틀어 올린 비녀를 짜그르르 흔들었다. 양이 앞에 쭈그리고 앉아 깍지 낀 제 손등에 턱을 괴었다.

"내 얼굴을 기억하지 못하는 왕비님을 생각해서 이걸 만들었어. 혼자 외로울 때, 내 잘생긴 얼굴이 궁금할 때, 내 그윽한 목소리가 그리울 때, 불현듯 우울할 때, 뭐가 뭔지 모르겠고 머릿속이 복잡할 때, 이 거울 열어보고 웃으시라고. 김양이는, 내 찐빵은, 왕비님은 가만있어도 예쁘지만 웃을 때 제일 귀엽고 사랑스럽고 반짝이거든. 이제 웃음이 나오면 거울을 들여다봐. 알게 될 거야. 네가 얼마나 예쁜지."

"아하하! 뭐예요, 간지러워! 깜짝 놀랐잖아요."

양이는 웃음으로 방싯 입을 벌리며 도에게 손을 뻗었다. 도는 실물과 다름없이 생생했지만 양이가 뻗은 손끝은 도의 형체를 통과했다. 양이는 진짜 도가 어디 숨어 자신을 지켜보는가 싶어 이리저리 두리번댔다. 그러는 사이 도의 환영이 "으이차." 기합을 넣으며 자리에서 일어났다.

"그럼 한번 내 어여쁜 왕비님을 웃겨볼까? 네가 예전에 그랬지? '귀여운 거 좋아한다.'고."

"으음?"

양이는 갸웃댔다. 도는 양이가 까망이를 보고 '귀여워서 좋다.'고 한 말을 확대해석하고 오해 중이었지만 양이야 그런 도를 알 리 없었다. 도의 환영은 흡사 실제인 듯 쪽마루를 내려가 화화의 드넓은 뜨락에 섰다. 싱긋 웃었다. 제 양 뺨 옆에 토끼처럼 손을 올렸다.

"일 더하기 일은…….2"

"푸하하하핫!"

양이는 도가 두 번째 소절을 부르기도 전에 폭소를 터트렸다. 저 훤칠한 남자가 하는 율동이 뜬금없을 만큼 앙증맞아서, 도가 한 소절만 들어도 알 수 있을 만큼 청각 테러급 음치여서. 도는 여섯 음 가운데 단 한 음도 제대로 내지 못했다. 박자도 자유분방했다. 율동이 아니었다면 양이는 도가 부르는 노래가 무언지 상상조차 하지 못했을 터였다.

도는 목에서 뚝배기 깨는 소리를 잘도 뽑아내며 꿋꿋이 율동을 이었다. 손가락으로 제 양 볼을 콕콕 찍어 연지곤지를 했다. 손바닥을 펼쳤다 접었다 하며 토끼처럼 깡충댔다. 손과 팔로 하트를 만들었다. 빙글빙글 돌며 깜찍한 척, 귀여운 척을 골고루 했다.

도는 또한, 발사위를 옮길 때마다 아메바처럼 분열했다. 뜨락에 설 때만 해도 한 명이었으나 금세 둘이 되었고 둘이 넷이 되었고 넷이 여덟이, 여덟이 열여섯이 되었다. 도는 그런 식으로 순식간에 증식했고 뚝배기 깨지는 소리도 순식간에 웅장해졌으며 깜찍하던 율동도 순식간에 압도적 군무가 되었다. 그렇게 증식한 도는 제각기 다른 옷을 입었다. 어떤 도는 토끼 귀를 쫑긋댔고 어떤 도는 강아지 꼬리를 팔락였으며 어떤 도는 고양이 수염을 다듬었다. 심지어 어떤 도는 머리에 커다란 원색 꽃을 달고 잎사귀로 만든 치맛자락을 살랑였다.

"푸하핫! 으히힉! 사장님, 저렇게 잘생기셨으면서 얼굴 낭비…….
푸하하하핫! 난 몰라! 아하하하! 노래가 이게 뭐야!"

도는 첫 번째 노래를 마치자 "우주에서 너를 제일 사랑해.", "너 없이는 살 수 없는걸." 등등, 닭살 돋는 가사로 꽉꽉 찬 다음 곡으로 넘어갔다. 쫀득쫀득 잔망스럽게도 춤췄다.

양이는 허리를 펴지 못했다. 웃다 못해 울며 그 진귀한 광경을 감상했다.

"사! 랑! 해!"

도는 한 박자씩 꼭꼭 눌러 밟아 고백인지 고성방가인지를 마쳤다. 끝까지 양이를 웃기기로 작정한 듯 두 팔을 하늘로 벌리고 '피요오옹!' 한 명 한 명 긴 효과음을 남기며 하늘로 치솟았다. '펑', '펑', 화화의 하늘에 새벽부터 하트모양, 꽃 모양으로 연이어 폭죽이 터졌다.

"아하하하!"

양이는 눈물을 찍어냈다. 정점까지 치솟아 터졌던 폭죽이 빛나는 작은 점으로 줄어들어 지상으로 돌아왔다. 돌아온 점은 도가 되었다. 첫 번째 도는 토끼였다. 토끼 귀를 쫑긋대며 턱밑에 손으로 꽃받침을 만들었다. 부담스러울 만큼 귀여운 척을 했다.

"인사를 깜빡하고 갔네? 나는 귀여운 도야!"

자칭 '귀여운 도'는 양이에게 다가왔다. 환영이 아닌 실물인 듯 자연스레 양이에게 다가와 양이의 입술에 '쪽!' 하고 입 맞췄다. 비누 거품처럼 '퐁!' 터져서 사라졌다.

"아?"

양이가 놀라워하는 사이 또 다른 도가 나타났다. 이번에는 정장을 갖춰 입고 짧은 머리칼을 왁스로 깔끔하게 빗어넘긴 도였다.

"안녕, 난 모던한 도야."

모던한 도는 양이의 왼쪽 귀 옆, 뺨의 끝에 입 맞췄다. 역시 비눗방울처럼 사라졌다.

양이는 그런 식으로 예쁜 도, 깜찍한 도, 멋진 도, 요염한 도 등에게 입술에 뺨에 이마에 손등에 그 밖에 여러 곳에 빼곡히 입맞춤 받았다. 한 명도 만져지지 않았으나 한 명 한 명 실제처럼 또렷했다.

"난 몰라. 부끄럽지도 않으신가 봐. 세상에, 잘도 이런 일을…….'"

양이는 '이제 모닝 호흡곤란은 일상인가!'라고 생각했다. 오늘은 질식을 부르는 농염한 키스를 면제받았지만 질식을 부르는 웃음 폭탄을 받았다. 새빨간 낯으로 헐떡이며 쉼 없이 웃음을 삼켰다. 더는 'ㅇㅇ한 도'가 나오지 않자 사방을 둘러보았다.

"역시 웃을 때가 제일 사랑스러워. 즐거워 보이네?"

양이는 등을 누르는 따스한 무게를 느꼈다. 제 귀와 뺨을 달래는 달콤한 입술에 순응했다.

"아침부터 원 없이 웃었어요. 진짜 못살아. 보면서 제가 다 부끄러워서 혼났어요."

양이는 몸을 돌렸다. 도를 마주 안으며 도의 뺨에 입술을 눌렀다. 즐겁게 속닥였다.

"행복해요. 세상에서 제일."

"내가 보고 싶을 때나 우울할 때면 열어 봐. 우리 왕비님 웃겨드리려고 체면 불고하고 재롱부렸으니까."

도는 한껏 우쭐대며 어깨를 들썩였다.

✳✲✳

'그래. 사장님께서는 단 한순간도 '중도, 중용, 자제, 적당히'라는 개념이 존재하지 않았어. 찐빵 손거울 사건 이후로도 번번이 그랬지. 애초에 잘못 판단했어. 사장님께 소박한 무언가를 바라거나 사장님과 평범한 연애를 꿈꾸다니! 평범해보려고 목록을 드렸더니 더 폭주하시잖아!'

"살해범은…… 약혼자……."

양이는 유언을 남기며 수천 송이 장미 앞에 과장되게 쓰러졌다. 일부러 사지를 꼬며 약 먹은 벌레처럼 꿈틀꿈틀했다. 그쯤은 해줘야 도가 정신을 차릴 것 같았다.

"찐빵! 왜 그래?"

양이는 달음에 다가서는 도를 감지했다. 화화에서 몇 달 사니 월주, 크닙, 도에게 적잖이 동화되었는지 꿈틀대며 생쇼하는 일이 재미났다. 가슴을 움켜쥐며 꿈틀거림에 혼을 실었다.

'그래, 슬슬 '평범'을 싹 포기해야겠어. 이 환경에서 평범을 추구하기란 지극히 피곤해. 추구해봐야 역효과야. 일단 그 목록부터 불사르자. 그리고 나도 한시라도 빨리 도깨비 같은 정신머리를 장착해야겠어. 정신 건강을 지키자면 완벽한 동화만이 살길이야.'

"찐빵, 괜찮아? 안색이 창백해!"

"사장님, 장미 향이 숨 막혀요."

양이는 속삭였다. 도에게 안기어 눈을 감았다. 시체처럼 풀썩 고개를 꺾었다. 도가 진짜 속을지는 의문이었지만.

※☆※

「좋아요. 아주 기뻐요. 얼마나 마음 써서 준비하신 일인지 생각하면 행복해요. 다만 사장님이 제게 해주고 싶으신 마음만큼이나 저도 사장님께 해드리고 싶어요. 한데 사장님께서 이렇게나 빠르게, 그것도 이만큼이나 근사하게 다 해버리시면 저는 기회가 없잖아요. 그게 아쉬워요. 그러니까 사장님은 오늘부터 그 목록을 잠시만 잊어주세요. 이제는 제가 먼저 할래요. 맛있는 면 요릿집도 찾아보고 꽃도 선물해드릴게요. 직접 만든 물건도 준비 중이니까 기다리세요. 아무리 해주고 싶으셔도 꾹 참으셔야 해요. 아셨죠? 약속! 새끼손가락 거세요. 도장! 복사도 하세요. 이렇게, 요렇게요.」

양이가 했던 말, 양이가 했던 몸짓 하나하나가 도의 머릿속을 둥둥 떠다녔다. 도는 뺨이 푹 익은 국수 다발처럼 풀렸다. 흐물흐물 입술을 뭉그러트렸다.

"나한테 해주고 싶대. 귀엽기도 하지. 후훗."

도는 오전 내내 해치운 업무 서류를 툭 쳐서 연상 밑으로 날렸다. 마음이 가벼우니 업무도 수월히 처리되어 나절을 예상한 일이 벌써 끝이었다. 마음이야 당장 양이 옆으로 이동하여 그 뺨이며 허리를 조몰락대고 싶었다. 그러나 창으로 든 햇살이 뻗어난 길이를 보니 아직 양이를 보려면 멀었다. 명색이 왕인데 왕비님 공부를 방해할 수야 없었다. 하지만 가만있자니 예쁜 양이가 눈에 삼삼했다. 내 왕비감이 이렇게나 예쁘다고 자랑하고 싶은 마음이 가슴에 가득했다. 그래서 애꿎은 백성 일을 불러다 앉혀놓았다.

"네가 생각해도 귀엽지? 사랑스럽지? 내 탁월한 안목이란! 내가 왕비감은 참 잘 골랐어."

도는 혼자 사랑의 꽃 무더기에 잠겼다. 하여 마주 앉은 백성 일에게 대체 그 왕비감이 어디가 어떻게 사랑스러운지 하나도 말하지 않은 상태였다.

그러나 마주 앉은 백성 일은 눈치도 빠르고 반죽도 좋았다. 도에게 적당히 반주를 맞췄다.

"그럼요. 우리 전하 안목인데요. 양이가 은근히 귀엽더라고요. 제가 삼경의 문화며 영계의 사교계 상식을 이것저것 가르쳐보니까 똑똑도 하고요. 이해가 어쩌나 빠른지 척하면 착이에요."

"우후훗!"

도는 서안에 경대를 소환했다. 경대에 제 얼굴을 비추며 귀여운 척, 멋있는 척, 애처로운 척을 골고루 했다. 요리조리 턱을 틀며 표정을 확인했다.

"어때? 애처로워 보여? 여자로서 모성이 자극돼? 옥시토신이 증가해? 물론 그렇겠지. 이게 우리 찐빵에게 아주 잘 먹히는 표정 중 하나거든."

전하의 푼수 놀음에 동원된 백성 일, 월주는 아련히 눈을 좁혔다. 도깨비란 본시 사랑에 빠지면 유독 정신 못 차리는 종족이지만 전하는 누가 도깨비 왕 아니랄까 봐 팔불출로도 정점을 찍으실 기세였다. 월주는 이번에도 적당히 장단을 맞춰드릴까 하다가 충심으로 옳은 말을 한마디쯤 했다.

"전하. 잘생기셔서 그나마 성공하신 줄 아세요. 솔직히 별로네요."

도는 눈썹을 꿈틀했다.

"뭐야? 이게 별로일 리 있어? 네 눈이 이상해. 내가 이 표정을 지으면……."

"지으면요?"

"우리 찐빵이 미운 소리를 하려다가도 눈이 확 풀려. 찐빵에서 복숭아가 돼. 나한테 홀딱 반한다고. 한번은 찐빵이 '잠 좀 자자.'는데 내가 살짝 귀찮게 했어. 예뻐서 도저히 손을 가만히 둘 수가 없잖아. 한데 찐빵이 앙탈하다가 돌연 팔꿈치로 내 명치를 찍으며 눈썹을 콱 꺾는 거야. 심상치가 않았지. 해서 내가 이 표정을 지으며 물끄러미 쳐다봤어. 그랬더니, 후훗! 눈이 사르르 풀리고 뺨이 발갛게 달아올라. 게다가 나한테 키스까지 해줬어. '스스로', '먼저'."

도는 턱을 치켜들었다. 무척이나 자랑스러운 기색이었다. 검지를 들어 제 뺨을 톡톡 두드렸다.

"바로 여기다, 쪽! 그리고 '좋아한다.'고도 해줬어. 하……. 그렇게 순수하다니. 부끄러움을 어찌나 타던지. 목소리가 봄바람에 흔들리는 버들잎 같더라니까. 알겠어? 우리 찐빵이 그랬다고. 내 이 표정 한 방에."

답이 없었다. 도깨비 왕은 아주 답이 없는 세계로 가버렸다. 여덟 봉우리 우뚝 솟은 불출산 자락에 너르게 펼쳐진, 콩깍지가 나비처럼 펄럭이는 하트 꽃밭으로 날아가 버렸다. 월주는 그것을 깨달았다. 그저 생긋 웃었다.

"물론 그랬겠죠. 우리 전하는 여인이 그렇게 많으셨어도 한 번도 여인을 꼬드겨본 일은 없을 만큼 멋진 분이시니까."

"그렇지? 이런 내가 여인을 작정하고 꼬드기고 다녔어 봐. 삼계 남자는 아무도 연애 못 하고 살았어. 훗!"

본래도 자신만만하던 도는 양이와 연애가 잘 풀리자 자신감이 하늘을 뚫고 올라갈 턱으로 치솟았다. 찐빵의 사랑스러움과 자신의 멋짐을 고찰하며 머리칼을 등 뒤로 착 넘겼다. 월주는 그 꼴을 보며 생각했다.

"여인을 한 번도 꼬드겨보신 일이 없어서 그런지 참 서투시네요.'라는 뜻이었는데. 하긴, 이런 고차원 돌려 까기를 알아들으면 사내가 아니지. 우리 전하도 어쩔 수 없는 사내시구나.'

"처음에는 '재력을 보여줘라.', '다정함을 드러내라.', 네 조언을 다 따라도 별 효과가 없어서 너한테 속는 기분이었어. 한데 역시 네가 그렇게 남자를 줄 세우고 다니더니 연애 달인은 달인이었구나. 여자는 가끔, 이렇게 애처로운 표정이나 귀여운 모습에 약하다는 조언, 아주 탁월했어."

도는 다시금 경대를 들여다보며 애처로운 표정을 연습했다. 귀여운 표정도 연습했다. 흡족해하며 홀로 끄덕였다. 기분이 한껏 좋았으므로 즐거이 말했다.

"상으로 뭐라도 줄까?"

월주는 기회를 놓치지 않았다. 눈을 반짝이며 허리를 빨딱 폈다.

"어머, 별말씀을! 제가 뭐 크게 바라는 건 없고, 카드 한도만 풀어주실래요?"

"그게 한도가 있었어? 무제한 해줄게. 수산이한테 말해. 자, 그럼 이제 어쩌면 좋을까? 나 요즘 새로운 고민이 생겼는데 연애 달인으로서 조언을 좀 해봐."

"뭔데요?"

월주는 얻은 게 생겼으니만큼 충신이 되었다. 적당히 시큰둥하던 지금까지와 사뭇 달리 귀를 쫑긋 세웠다.

"찐빵이 말이지, 내가 진도 좀 빼려고 하면 어쩔 줄 몰라 해. 몸이 뻣뻣이 굳어. 하!"

도는 경대를 치웠다. 빈 서안을 손바닥으로 탕 쳤다. 아랫도리에 꾹

꾹 눌러 담은 설움과 답답함을 온 얼굴로 드러냈다. 절절히 탄식을 늘어놓았다.

"상상이 가? 이런 여인은 난생처음이야! 다른 여인은 내가 눈짓만 슬쩍해도 치마를 젖히고 내가 아무 생각이 없어도 온몸을 던져 안겼단 말이야. 나서서 날 벗기고 들이댔다고. 내가 손가락 하나 까딱 안 해도 일부터 구십구까지 알아서 다 했어. 물론 난 끝까지 손가락 하나 까딱하지 않을 만큼 여인을 무안케 하는 배려 없는 사내가 아니야. 하지만 시작하는 쪽은 늘 여인이었어. 그게 정상이잖아."

도는 가슴을 탕탕 쳤다. 일그러진 얼굴로 입술을 쥐어뜯었다. 가쁘게 숨을 몰아쉬었다.

"환장하겠어. 이대로 가면 나 해탈하겠어. 내 백성이고 나라고 다 떨치고 피안으로 떠나게 될 것만 같다고. 내가 손이나 입술을 가슴이나 저 아래, 평소와 다른 미개척지로 좀 진출을 시키려고 하면 이 찐빵이 숨도 못 쉬고 굳거나 이상한 표정을 지으며 날 밀어내. 그럼 내가 어떻겠어? 예쁘니까 뭘 어떻게 할 수가 없겠지? 미움받을까 봐. 아무리 정성껏, 상냥하게 애무해도 소용이 없어. 찐빵은 그냥 돌이 돼. 그래서 내가, 참고 또 참으면서 만날, 그냥 안고'만' 자. 하……. 몇 달 동안 안고'만' 잤다고. 그 예쁜 찐빵! 그 보들보들하고 따뜻한 찐빵을! 내 심정이 상상이 가? 찐빵은 대관절 왜 이럴까? 이상해. 분명 날 '좋아한다.'고 했는데. 설마 거짓말일까? 찐빵이 피자 맛 호빵이 돼서 날 좋아한다고 했는데? 설마 거짓말일까! 아니야. 아닐 거야. 아니겠지?"

도는 두 눈동자를 사정없이 떨었다. 상체를 굽히고 간절히 월주를 보았다. 월주 입에서 나쁜 대답이 떨어지면 그대로 깊은 좌절에 빠져

최소 사흘은 침식을 잊을 듯했다.

"전하."

만 도깨비의 소중한 전하가 바보가 되셨다.

'도깨비는 원래 다 바보지만 전하마저 바보가 되시다니!'

월주는 바보인 현실도 서러운데 슬프게까지 하면 안 된다고 생각했다. 도깨비를 대표하여 눈곱만큼 책임감을 느꼈다. 사근사근 말했다.

"양이가 전하께 '좋아한다.'고 했다면서요. 입술에 키스도 해주고요."

"그랬지. 무진장 귀여웠어. 토끼 같더라고."

도는 찡그린 상태에서도 뺨을 붉혔다.

월주는 끄덕였다. 달래듯 차근차근 말했다.

"양이 같은 애는 마음 없이는 그런 여우 같은 거짓말이나 행동 못해요. 그러니까 뻣뻣이 굳는 까닭이 전하가 싫어서가 아니라고요. 싫었으면 전하와 같이 자주지도 않죠. 양이는 아직 전하가 어색한 모양이에요. 전하를 좋아해도 아직 다 허락할 만큼 마음이 무르익지 못했거나. 그것도 아니면 수줍거나."

"수줍어? 하!"

도는 마지막 표현을 주의 깊게 되물었다. 월주가 끄덕이자 감탄 비슷한 한숨을 터트렸다. 그 표현을 천천히 곱씹었다.

"수줍어. 수줍다, 수줍다…… . 히야…… ."

도는 홀린 듯했다. 탄성을 연거푸 삼켰다.

"이야, 수줍다? 하, 혜도 그렇게 순진하지는 않았는데. 귀엽네. 어쩌면 이렇게 귀여울 수가!"

도는 무한히 흐뭇한 기색이었다. 가슴을 쥐어뜯던 손으로 짜르르 떨리는 제 가슴을 문질렀다. 양 입술 끝을 비집고 나오는 웃음을 감추지 못했다.

"솔직히 고백하면 마음은 찐빵이 굳든 밀어내든 그대로 밀어붙이고 싶어. 하지만 그럴 순 없지. 찐빵에게 한 약속도 있고, 난 힘도 세고 무엇보다 작정하고 이렇게……."

도는 애처로운 눈빛, 화사한 미소, 깜찍한 갸웃댐을 골고루 해 보였다. 아련한 미소를 띤 월주에게 잘도 말을 이었다.

"이렇게 표정 한 번만 지으면 순진한 찐빵쯤은 단숨에 피자 맛 호빵으로 바꿔버릴 만치 매력 있으니까. 이토록 매력 터지는 내가 작정하고 밀어붙이면 찐빵에겐 선택할 여지가 없어지지 않겠어? 자기가 뭘 하는지도 모르고 얼결에 안길 테지. 하……. 그건 바라지 않아. 여인을 대하는 예의도 아니고. 그렇게 순수하고 귀여운 찐빵에게 그러면 안 되지. 더구나 이 내가, 삼계에서 첫손으로 꼽히는 일등 애인감이자 일등 신랑감인 이 내가, 뻣뻣한 여인을 굳이 홀려서 안아야겠어? 홋, 모양 빠지게. 원래 남녀 사이에서 역사가 이루어지자면 여인이 나서서 몸을 뜨겁게 달구고 스스로 안겨야 하잖아? 그렇지?"

월주는 잠시 대답을 하지 못했다. 고민했다.

'바른말을 해야 하나? 전하, 여자는 대부분 그렇지가 않아요. 심지어 놀 만큼 논 저도 진짜 좋은 사내 앞에선 수줍음을 탄답니다. 전하는 그냥, 워낙 인기가 많으시다 보니 전하를 사모하는 여인 중에 아주 저돌적인 여인도 꽤 있던 것뿐이에요. 그러니 미래의 왕비님이 요부처럼 알아서 해주길 기대하지 마세요. 전하가 이렇게 저렇게 요렇게 그렇게 하시면 어떨까요?'

그러나 월주는 이내 생각을 고쳐먹었다. 전하는 '사랑한다.'도 아니고 '좋아한다.'는 고백 정도로 이렇게나 정신을 놓고 계셨다. 여기서 순조롭게 진도가 더 나가면 전하가 아예 예비 왕비님 발 닦개가 되실 판이었다. 지난날 양이가 혼수상태에서 사고를 치고서 월주도 양이가 '기억을 잃은 도깨비족'이라는 사실까지는 알게 되었다. 아울러 양이 일을 외부에 철저히 함구하라는, 양이에게도 모른 척하라는 지시도 받았다. 그러니 월주에게 양이는 동족은 동족이되 정체를 잘 모를, 위험한 구석이 있는 동족이었다. 그러한 양이에게 전하가, 모든 도깨비에게 지극히도 소중한 우리 전하가 발 닦개가 되신다니. 월주는 양이를 좋아했으나 양이와 전하를 두 팔 벌려 도와줄 마음까지야 들지 않았다. 그래도 양이 덕에 카드 한도가 무제한이 되지 않았는가. 대놓고 방해할 수도 없었다. 그래서 이렇게 말했다.

"그럼요. 여인이 먼저 나서야죠. 전하는 체통도 지키고 예의도 지키셔야 하니까. 그러니 너무 멋진 모습 보이지 마세요. 그런 표정도 오늘부터 금지예요. 밀어붙이셔도 안 돼요. 참고 기다리세요. 안 그러면 양이가 너무 불쌍하잖아요. 전하가 뿜어내시는 매력은 어지간한 여인은 저항할 수 없을 만큼 무자비하니까."

"허어!"

도는 월주가 하는 조언에 깊이 감명받았다. 앞으로도 참아야 한다니 아쉽기 그지없지만 삼계에 소문난 연애 고수 도월주가 하는 말이니 저 말은 틀림없을 터였다. 신중히 끄덕이며 조언을 마음에 새겼다.

"무자비. 그래, 네 말이 맞아. 내가 좀 무자비해. 이렇게 태어나고 싶어서 이렇게 태어나지야 않았지만 내가 우리 도깨비족을 다 아우를 왕으로 벼려진 몸이다 보니 미모부터 능력까지 완벽하잖아. 무자비하게도 매력이 넘치지. 하, 아는지 모르겠는데 예전에 내가 천계나 지계에서 열리는 행사에 이따금 얼굴을 비치던 시절에는 지체 높은 귀부인이 남편과 아이를 버리고 내게 몸을 던지는 사고가 종종 있었어. 그 여인들이 무슨 잘못이겠어. 다 내가 무자비하게 매력 있는 탓이지. 하아. 맞아! 참아야 해. 아무리 말랑말랑 달콤해 보여도 참겠어. 찐빵이 무자비한 내 매력에 어쩌다 홀려서가 아니라 진심으로 '잡아먹어 주세요.' 하고 귀엽게 안길 때까지. 그게 내 순진하고 귀엽고 사랑스러우며 영특한 찐빵의 소녀심을 지켜주는 길일 테니. 하. 가여운 내 찐빵. 어쩌다 나같이 무자비한 남자를 만나서……. 앞으로 찐빵에게 더 잘해야겠어. 잘해야 하고말고."

도는 꿈꾸는 표정으로 중얼댔다.

그 꿈이 말하는 것

　따뜻한 이불 속에서 꼼지락댄다. 이불 위로 머리를 빼꼼히 내밀고 상체를 비틀어 세운다. 아직 곤한 듯 미동 없는 그의 뒷모습을 비스듬히 내려다본다.

　"후훗."

　돌연 장난기가 인다. 나직이 웃음을 터트린다. 엎드린 그의 귀 뒷면에 매끄럽게 웃음을 흘려 넣는다.

　"아직 자요?"

　속삭이며 웃음에 은근한 열기를 싣는다. 후후. 다시 웃으며 그의 귓바퀴를 혀끝으로 살살 핥는다.

　"늦잠꾸러기. 해님이 중천에 떴답니다."

　놀라게 할 듯 말 듯 아슬아슬한 움직임으로 귓바퀴를 타 넘는다. 귀 안으로 혀를 밀어 넣었다가 귓불로 미끄러졌다가 다시 귀 바깥으로 달아나듯 사뿐사뿐 감질나게 움직인다. 움찔. 엎드린 그의 등이 내 손바닥 아래에서 미세하게 경련한다.

　"후훗. 후후훗."

　스스로 생각해도 웃음이 앙큼스럽다. 입술 사이로 터져 나오는 음색이 은근히 끈끈하면서도 사리듯 가뿐가뿐하다. 움찔. 손에 닿은 등이 다시금 꿈틀대자 나는 이불 속으로 날름 머리를 집어넣는다. 빈틈 없이 치밀한 그의 등에 살랑살랑 머리칼을 스치며 입술을 내린다. 뜨겁고 단단한 근육 사이로 자리 잡은 비좁은 계곡을 혀끝으로 한 치쯤 날름 긁는다. 반응을 살피며 또 한 번 날름. 혀끝에 지난밤의 땀 냄새와 정염의 냄새가 묻어난다.

"하……."

신음인 듯 탄성인 듯 그가 짤막이 숨을 터트린다.

"체력에 자신 있나 봐? 새벽까지 안 재웠는데 눈뜨자마자 나를 이렇게 도발해도 돼?"

그는 나만큼이나 바짝 목소리가 쉬었다. 지난밤 그를 그토록 몰아붙였다는 생각에 입가에 흡족한 미소가 걸린다. 그는 팔을 뻗는다. 그의 등 위에 반쯤 올라탄 나를 눈먼 손으로 더듬는다. 나는 그의 손을 잡아 제지한다. 그의 손바닥을 손톱으로 간질이며 짓궂게 속삭인다.

"도발이 아닌데? 그냥 깨우는 중이에요. 약 올리는 중이기도 하고. 깨우기만 하고 안 받아줄 예정이거든요."

속삭이는 내 목소리는 농염한 행복, 설렘, 친밀함으로 젖어 있다. 그가 목을 긁으며 낭패 어린 소리를 낸다.

"이런. 이 깜찍한 난봉꾼을 멋대로 두면 일 치겠군."

"꺄악!"

나는 웃음 머금은 비명을 지른다. 그가 제 팔을 잡은 내 팔을 꺾으며 형세를 뒤집는다. 나를 밀치고 내 손목을 휘어잡아 내 머리 위에 못 박는다. 먹이를 제압하는 짐승처럼 내 몸 위에 올라탄다. 그는 몹시도 능숙하다. 이 모든 일이 순식간이다. 나를 오롯이 억제하면서도 아프게 하지 않는다.

"깔깔! 이 야만인! 상냥하게 깨워줬더니 이 무슨 폭압이에요?"

나는 그를 힐난한다. 눈을 깜찍스레 치켜뜨며 턱을 쳐든다. 그러면서도 무릎을 굽혀 그의 나리에 내 다리를 감는다.

"너……."

그의 입술에서 돌조각이 철판을 긁듯 날카롭고도 거친 소리가 샌다. 그의 눈동자는 빨갛게 좁혀들고 그의 목덜미는, 그의 강인한 목덜미와 어깨는, 땀에 젖은 채 뻣뻣이 굳는다. 굳었다가 푸르르 떨린다.

"어째서 네가, 내 이불 속에, 네가, 어찌 감히……."

"아……."

무언가 잘못되었다. 본능에 닿은 두려움에 심장이 펄떡펄떡 뛴다. 숨이 가쁘게 벌컥벌컥 솟는다. 이것은 놀이가 아니다. 이제 나는 진정으로 사냥당한 짐승이다. 그는 포식자다.

"네가 어찌 감히!"

"크흑."

그가 노성을 터트린다. 분노로 일그러진 그가 내 눈앞에 섬광처럼 번뜩인다. 나는 빗장뼈에서부터 사타구니까지 상반신을 관통하는 섬뜩한 냉기를 느낀다. 끔찍한 고통이 몸을 저민다. 정신이 압도되어 비명조차 짓눌린다.

"하, 아, 아하하……."

나는 왜인지 웃는다. 형용할 수 없이 고통스러우나 웃지 않고선 견딜 수가 없다. 내 사타구니 아래로 뜨거운 액체가 흐른다. 비린 피 냄새가 코끝으로 밀려든다. 내 턱밑에서 그의 손이 부들부들 떨린다. 그가 움켜쥔 칼자루가, 코등이가 내 턱밑에서, 빗장뼈 위에서 떨린다.

"어째서……."

그는, 나를 가른 그는 운다.

❀❀❀

"양이야, 김양이. 일어나! 양이야!"

도는 양이를 토닥였다. 고통에 경련하는 작은 몸을 품에 안고 강하게 또 부드럽게 흔들었다. 악몽을 헤매는 정신을 낮고 단호한 음성으로 잡아채 현실로 끌어올렸다.

"하악!"

양이는 놀란 고양이처럼 새된 숨을 들이쉬었다. 도의 품에서 몸을 휘며 크게 펄떡였다. 빗장뼈 아래 앙가슴을 움켜쥐었다. 헐떡이며 가볍게 발작 증상을 보였으나 도가 바짝 끌어안자 끈 떨어진 인형처럼 힘이 풀렸다. 자신을 지탱하는 단단하고 따뜻한 가슴에 늘어지며 신음 섞인 한숨을 흘렸다.

"흐으……."

"괜찮아?"

도가 양이의 등을 천천히 쓸어내렸다. 양이는 아직 몽롱했다. 어리벙벙하게 눈만 깜빡였다. 도가 날개뼈 사이에서부터 우묵한 허리 뒤까지를 다섯 번째로 쓸어내렸을 때에서야 겨우 정신을 추슬렀다. 맥없이 웅얼댔다.

"벌써 아침이에요?"

"아니. 네가 악몽을 꾸기에 불 켜고 깨웠어."

도는 다정스레 답하며 땀에 젖은 양이의 뺨에 입 맞췄다. 양이를 제 품에서 살짝 떨어트리고 어느 틈에 불러낸 비단 손수건으로 양이의 이마며 목덜미에 맺힌 땀을 가만사뿐 닦아냈다.

"악몽이요?"

양이는 얼떨떨하게 물었다. 걱정스러운 도의 얼굴을 보며 이마를 찌푸렸다.

'내가 무슨 꿈을 꿨더라?'

"컹!"

양이가 인상을 찌푸리며 생각하는데 방 한편에 웅크렸던 까망이가 짖으며 저를 알렸다.

"잘 기억 안 날 거야. 까망이가 먹었으니까."

"먹어요?"

양이가 묻자 도가 부연했다.

"개로 위장했지만 까망이는 몽식맥이야. 행운을 주고 악몽을 먹는 영수. 내가 요즘 까망이를 방에 들여놓고 자지? 실은 너 나쁜 꿈을 자주 꿔. 괴로워하기에 까망이에게 네 꿈을 먹으라고 해뒀어. 오늘은 좀 심하게 힘들어하기에 깨웠고."

양이는 하얄리가 다녀간 후로 악몽을 자주 꿨다. 어떤 악몽인지야 도도 모르나 뒤척이고 신음하는 양이를 보면 누구라도 '지금 악몽을 꾸는구나.' 하고 헤아릴 수 있었다.

도는 그 악몽이 양이가 잊어버린 과거에 닿아 있고 양이를 자각으로 이끌지 않을까 했다. 그래서 맥에게 꿈을 먹으라고 지시하기까지 꽤 고민했다.

그러나 당장 양이가 괴로워했다. 그 모습은 도에게도 견디기 힘들었다. 그래서 도는 어차피 양이 일을 길게 보기로 했으니 양이가 몸을 완벽히 회복할 때까지, 양이가 마음속 불안을 얼마쯤 가라앉힐 때까지, 양이가 도 자신에게 오롯이 마음을 주어서 도를 제 버팀목으로 확실히 신뢰할 때까지, 그때까지만이라도 악몽을 차단하기로 했다. 몽식맥을 양이와 제 침실에 들였다.

"맥, 맥이었구나, 우리 까망이. 개가 아니고…… 악몽이라니, 기억이 안 나서 제가 그렇게 꿔댔는지도 몰랐네요."

양이는 피로했다. 식은땀에 젖은 등이 서늘하여 자신이 악몽을 꾸기는 꾸었나 보다 했다. 자기 등을 쓰다듬는 도의 손길에 천천히 숨을 골랐다. 팔을 들어 도를 안으며 도의 어깨 어름에 이마를 대고 문질렀다. 제가 응석 부린다는 의식도 없이 끙끙댔다.

"고맙습니다, 깨워주셔서. 근데 정말 기억이 안 나네요? 신기하네. 무슨 꿈 꿨지?"

양이는 느슨히 머릿속을 더듬었다. 정말로 아무 생각이 안 나는지 궁금해서였다. 미간을 좁히고 곰곰이 생각하니 흐릿하게 몇몇 장면이 떠올랐다. 선명하지야 않아도 얼추 어떤 꿈이었는지 개요가 잡혔다. 적어도 악몽 아닌 부분은.

"힉, 히에엑!"

도에게 잘 안겼던 양이는 빨갛게 달아올랐다. 도를 팍 밀어내고 도의 무릎 아래로 파바박 내려갔다.

"왜, 왜 그래?"

"어떡해, 세상에, 난 몰라."

어리둥절해하는 도를 앞에 두고 양이는 동공 지진을 일으켰다. 오묘한 표정을 지었다. 한 손을 들어 입을 가리며 저도 모르게 눈동자를 상하좌우로 굴렸다. 도를 훑었다.

'웬일이야! 나 진짜 욕구불만인가 봐. 꿈을 꿔도 뭐 그런, 세상에! 꿈 속이 더 장난 아니었는데. 잘은 기억나지 않지만 얼추 그 중량감과 부피감이 머릿속에 남아 있어. 현실 속 사장님이 탄탄한 마른 몸매이시라면 꿈속에서 본 그 알몸은 그야말로 밀림을 지배하는 육식동물! 무슨 근육이…… 헐! 그게 왜 악몽이었는지 알겠어. 그 몸은 그냥 흉기잖아. 헐, 큰일이다. 나 꿈꾸면서 신음이 멀쩡했을까? 멀쩡했어야 하는데! 성욕은 나이와 성별을 가리지 않는다지만 나도 참 욕망에 솔직한 소녀였구나. 나란 소녀! 하아……. 배란기, 배란기라서 그런가! 대자연의 부르심인가! 아흐, 나 사장님과 안전하게 계속 같이 잘 수 있을까? 이러다 내가 먼저 사장님을 덮치게 된다거나? 그렇게 튕겨놓고 그 꼴 나면 진짜 체면이 말이 아니잖아.'

"아흐……."

양이는 두 손에 얼굴을 묻었다. 그러고서 잠시 안일해지려 노력했다. 요즘 들어 있는 안일함 없는 안일함을 하도 당겨썼더니 안일함이 바닥났는지 안일해지기가 부쩍 힘들었다. 그러나 잠시 노력하자 평온을 그럭저럭 되찾을 수 있었다.

"왜 그래, 찐빵. 왜?"

도는 양이의 곁에 다가와 눈치를 살폈다. 양이의 수그린 정수리를 쓰다듬었다.

"그냥요. 꿈이 조금 기억났거든요. 어렴풋한 인상뿐이지만."

양이는 고개를 들며 웅얼거렸다.

"그래? 개새……. 아니 까망이가 제대로 못 먹었나? 식욕 좋은 녀석이라 악몽은 확실히 먹었을 텐데?"

"네에. 다행히 악몽이랄 부분은 깜깜하고 일부분만 얼핏 떠올라요.

어렴풋이, 간유리 너머 풍경처럼."

"무슨 꿈이었기에 이렇게 놀라? 그것도 나를 밀어내면서까지."

도는 상처받은 눈으로 시무룩이 물었다.

'정확히 기억나진 않지만 사장님과 제가 자연 그대로의 모습으로 이불 속에서 부둥켜안았고 제가 짐승처럼 불타는 소녀의 욕망으로 눈뜨자마자 사장님을 덮치려 했답니다.'라고 말할 수는 없었다. 양이는 얼버무렸다.

"그런 게 있어요. 비밀은 여자를 여자답게 만들어준답니다. 캐묻지 마세요. 위험해지시니까."

"흐음."

도는 양이 앞에 마님 다리를 하고 앉았다. 무릎에 팔꿈치를 받치고 그 팔에 턱을 괬다. 양이를 빤히 들여다보았다. 양이가 움찔하자 입술 끝을 사뿐 말아 올렸다.

"그렇게 눈가를 빨갛게 물들이고 그런 말 하면 매우 의심스러운데? 내가 위험해지는 꿈이라, 흐음, 날 덮치는 꿈이라도 꿨어? 내가 청각이 좋아서 하는 말인데, 지금 너, 심장박동이 아주 빠르거든. 게다가 달콤한 향기도 나. 나비를 유혹하는, 꽃처럼."

도는 눈을 가늘게 좁히고 숨을 들이쉬었다.

"딸꾹!"

양이는 숨을 딱 멈췄다. 그 반응에 도가 오히려 깜짝 놀랐다.

"하! 진짜야? 정말 나 덮치는 꿈 꿨어? 설마 십구 플러스 등급? 그게 왜 악몽이었을까?"

'이 무슨 고무적 사건이란 말인가!'

도는 경탄했다. 감격마저 하며 반짝반짝 눈을 빛냈다. 양이에게 상체를 기울였다. 그러다가 알아서 흠칫 물러났다. 다급한 어조로 다다다다 경계경보를 날렸다.

"와, 이거 진짜 위험하다! 신사답게 경고하는데 나 못 참아. 못 참는다고. 물론 나는 선인다운 고귀한 자제력을 지니고 있지만 좋아하는 여자가 덮치는데도 자제할 자신은 없어. 그 정도면 자제력이 뛰어나다기보다는 병신이지. 사실은 그 여자를 좋아하지 않던가. 그러니까 신중하게 생각해. '돼요.' 하다가 '안 돼요.' 하면 나 정말 미쳐버릴 테니까. 그런 점에서 찐빵이 용기 내어 덮쳐주길 간절히 바라고는 있어. 언제든지 환영이라는 사실을 이참에 알려줄게. 그러니까 그 꿈을 지금 당장 현실에 옮겨볼 마음은 없어? 꿈은 인간 무의식의 반영이라는 훌륭한 이론을 제시한 학자가 있거든. 그 이론을 존중해서 너의 무의식에 부끄럽지 않은 진실한 태도로 임할⋯⋯."

"제가 안 덮쳤거든요!"

도는 긴장한 양이를 훌륭하게 이완해주었다. 도가 진지함 반, 장난기 반으로 늘어놓는 말에 양이는 점점 더 부끄러워졌지만 하도 어처구니가 없어서 뻔뻔함이 절로 치솟았다. 소녀의 명예를 걸고 외쳤다.

"제가 덮치지 않았다고요! 제가 꿈꾸긴 했지만 그건 제가 아니에요!"

"하아? 아까 그 반응과 표정을 보면 그 꿈은 분명 십구 플러스 등급인데. 그럼 그 반대야? 내가 덮쳤어? 이런. 꿈에서도 내 소망은 이루어지지 않는군. 야속해라."

도는 어깨를 축 떨어트리며 자못 능청을 떨었다. 팔을 뻗어 양이의 머리칼을 쓰다듬었다.

"히잉. 성희롱 대마왕. 만날 놀리시고."

양이는 입술을 댓 발 내밀며 도의 팔을 움켜쥐었다. 제 머리에서 그 팔을 떼려 낑낑대었다. 도는 그 떼어내는 힘에 조금도 아랑곳하지 않고 평화로이 양이의 머리칼을 쓰다듬었지만.

"성희롱이라니, 억울하네. 내가 얼마나 신사답게 너를 아껴주고 또 인고하는지 알아? 이런 나를 세상 남자들이 알면 불쌍해서 울지 않고는 견딜 수가 없어. 그리고 네가 성희롱이라고 하는 이런 시답잖은 말이며 행동이 다 내 배려야. 내가 네 긴장을 풀어주려 품위고 자존심이고 버려가며 실없는 농담부터 재롱까지, 얼마나 별짓을 다 해가며 노력하는지 찐빵은 상상도 못 할걸?"

도는 뒷말을 삼켰다.

'상상도 못 하니까 순진무구하게 내 품에 답삭답삭 안기겠지.'

"끄으응."

양이는 도의 팔을 잡았던 손아귀에서 슬그머니 힘을 풀었다. 여전히 입술을 내민 채 도에게 얌전히 쓰다듬어졌다. 눈동자를 오른쪽 위로 한 번, 왼쪽 위로 한 번, 데구루 데구루 굴렸다. 그러다 시무룩해졌다. 낯에서 응석도 짜증도 지웠다. 망설이며 입술을 달싹였다.

"왜? 할 말이 있어?"

도가 그런 기색을 읽고 먼저 운을 떼주었다. 목소리를 낮추어 상냥히 물었다. 도 역시 장난기나 섣부른 유혹을 거두어들인 얼굴이었다.

"음, 그게……."

양이는 어렵사리 입을 떼었다가 다시 꿀 먹은 벙어리가 되었다. 요위에 놓인 제 무릎 끝만 보았다.

"흐음?"

도는 양이의 머리칼에서 손을 떼었다. 무릎을 움직여 양이 앞으로 살갑게 다가왔다. 양이가 제 눈치를 살피자 다정히 웃었다.

"무슨 말이든 괜찮아."

양이는 그래도 선뜻 말문을 열지 못했다. 목젖까지 말을 밀어 올렸다가 한숨을 푹 내쉬고 다시 목젖까지 말을 밀어 올렸다가 입술을 깨물었다.

"왜? 내가 화낼 말이라도 하게? 아니면 불편해할 말? 괜찮아. 들을 준비 됐어."

도는 다시금 양이를 독려했다. 양이는 그제야 퍽 미안한 얼굴로 한마디를 꺼냈다.

"꿈, 말인데요……."

"응."

"수산 씨에게 여쭤보니까 같거나 비슷한 꿈이 선명하게 되풀이되면 의미 있는 꿈일 가능성이 크대요. 그런데 제가 언제부터인가 비슷한 꿈을 상당히 또렷하게 반복해서 꾸거든요. 그런데, 음……. 영감 없는 제가 이런 말씀을 드리자니 이상하긴 한데, 그 꿈이 좀, 그 꿈을, 음, 사장님께 말씀드려야지 싶어요. 왜인지 모르겠지만, 딱히 말씀드릴 만한 내용인 꿈도 아니지만, 그래도 어쩐지……. 수산 씨에게 먼저 상의할까도 고민했지만, 그것도 좀, 내키지 않고, 어……."

양이는 고개를 숙이고 뺨을 긁었다. 도는 천천히 끄덕였다.

"언제부터 꾼 꿈인데?"

양이는 곰곰이 따져보았다. 갸웃갸웃하다가 중간중간 찡그려가며 신중히 답했다.

"사장님을 재워드리기 시작하면서부터? 그때부터예요. 그때부터 꾸기 시작해서, 어……. 점점 꿈이 잦아졌고, 최근에는 이틀 걸러 한 번쯤? 악몽은 아니고요. 오늘 꾼 꿈도 기억나는 부분까지는 악몽이 아니거든요. 계속 꾸던 꿈이 연장된 내용이었고요. 그 꿈이 뭐냐면, 실은……."

양이는 고개를 수그린 채 눈만 슬쩍 올려 떴다. 눈치 보며 머뭇머뭇 덧붙였다.

"당혜 공주님께서, 굉장히 실례 같지만, 제가 매번 당혜 공주님이 돼서……."

양이는 일찍이 수산에게서 '당혜는 사장님께 가장 아픈 부분이니 언급을 삼가달라.'는 당부를 들었다. 더욱이 당혜는 도에게 옛 여인이기도 했다. 도가 당혜를 어찌 생각했든 당혜는 왕비감으로 거론되던 여인이지 않은가. 양이는 엔간하면 당혜를 화제로 꺼내고 싶지 않았다. 도에게 이 꿈을 말해야 한다는 묘한 느낌을 이전에도 줄곧 받았지만 지금껏 언급을 피했다. 여간 껄끄럽지 않은 터라 거듭 도를 살폈다. 도는 별 변화 없이 온화하게 양이를 응시할 뿐이었다.

"후우."

양이는 안도에 찬 한숨을 내쉬며 손바닥으로 뺨을 문질렀다.

도는 고개를 작게 끄덕였다. 내내 양이에게도 당혜의 잃어버린 조각이 있지 않나 짐작하던 차였다. 양이는 당혜의 잃어버린 조각과 빼앗긴 도의 반신을 찾을 길잡이자 열쇠이기도 했다. 하여 양이가 한 언급이 가볍게 들리지 않았다.

"네가 왜 그런 꿈을 꾸는지 짚이는 바가 없지 않아. 넌 실제로 일어난 일이나 일어날 일을 꿈꿨을 가능성이 커. 추측이 맞는지 확인해야겠고. 내용을 자세히 들려줄래?"

"아! 역시 이유가 있었어요? 어쩐지. 너무 계속 꾸더라."

양이는 희색을 띠며 도가 한 말을 반겼다. 처음에야 양이도 '들은 말이 있어 당혜 공주님 꿈을 꾸나 보다.' 했지만 그 꿈을 두 번 꾸고 세 번 꾸고 격일 드라마로 꾸자 '헤에.' 싶던 마음이 '어라?'가 됐다. 더구나 당혜가 다른 여인도 아니고 자신이 좋아하는 남자에게 애절한 사연을 남긴 옛 여인이지 않은가. 그런 여인을 허구한 날 꿈에서 보다니, 질투는 안 들어도 께름칙했다. 도에게 그토록 소중한 여인을 말괄량이에 우스꽝스러운 모습으로 꿈속에 등장시킨다는 사실이 미안도 했다. '나 왜 이래?' 싶었다.

"끄덕이지만 말고 어떤 꿈인지 들려줘. 무슨 내용을 이틀 걸러 한 번씩 꿔?"

양이가 '내 잘못이 아니'라고 기뻐하는 사이 도는 거듭 양이를 재촉했다. 양이는 괴상하게 얼굴을 구겼다. 역시 이 이야기를 괜히 꺼냈나 후회했다. 작달막한 어린애가 쥐 잡아먹은 화장을 하고 홀딱 벗고는 "즈언하, 혜도 여자여요." 하고 도를 습격하는 꿈이라든가, "낭군님, 낭군니이이임." 하며 온종일 도를 쫓아다니다 골백번 자빠진다든가, 다른 여인과 잠자리를 갖는 도를 창호지에 구멍 뚫고 쳐다보며 '우리 낭군님은 저런 접근법을 좋아하시는구나.' 하고 필기하는 꿈이라고 어떻게 말한단 말인가! 더구나 도당혜 공주님은 도에게 그리도 애절한 사연을 남긴, 청순함이 넘치는 미모를 갖춘 공주님이셨다는데. 이거 잘못 말했다가 도 기분만 잔뜩 상하게 하고 자신은 이미지 구기고, 이미 돌아가신 왕족을 모독한 죄로 손들고 벌서야 할지도 몰랐다.

"으음, 그게요, 말씀드리기가 좀……."

양이는 머리를 긁적였다.

"제가 아는 공주님 이미지와 상당히 다른 모습이시거든요. 그런 점을 보면 제가 별 의미 없이 꾸는 방정맞은 꿈일 수도 있어요.”

“흐음.”

도는 턱을 매만졌다. 툭 던지듯 물었다.

“네가 아는 혜가 어떤 이미지인데? 내가 네게 일러준 말은 몇 마디 안 되잖아. 못생겼다, 내 딸이지만 나라에서 국모감으로도 거론하던 아이였다, 저를 여인으로 보아주지 않던 나를 원망했다, 일찍 죽었다. 그쯤 아니었나? 책이라도 봤어? 아니면 수산이나 다른 아이들이 언질을 줬어?”

“둘 다요. 책에서도 보고 듣기도 했어요. 순도깨비답지 않게 학문에 조예가 깊고 성정이 침착하고 온화하셨다고요. 국모감으로 입을 모아 칭송하던 분이었다고 했어요.”

양이는 한마디 한마디를 조심스레 했다. 도는 시종일관 여상히 그 말을 듣더니 한 가지를 재확인했다.

“오늘 꾼 꿈도 당혜 꿈이었다고 했지? 십구 플러스 등급?”

양이는 어색하게 뺨을 굳혔다. 차마 기라고도 아니라고도 못 하고 아하하 웃음으로써 물음에 긍정했다.

“네게서 묘하게 당혜 느낌이 난다 했더니 역시 네게도 있던 모양이다. 당혜의 조각. 하고 많은 조각 가운데 ‘그런 부분’. 한데 찐빵은 왜 이 모양이야? 그걸 지녔으면 거침없이 저돌적이어야지. 그 점에서 당혜를 반만 닮았어도 내가 이 고생을 하진 않을 텐데.”

도는 콧등을 접었다. 매우 불만스럽게 무언가를 꿍얼댔다. “꿍!” 거하게 신음했다.

“당혜 꿈이지만 십구 플러스 등급에 네가 들은 현숙한 이미지와 꿈속 이미지가 생판 다르다면 꿈이 어쨌는지 능히 짐작이 가. 꿈속에서 찐빵이 당혜가 돼서 홀딱 벗고 나를 덮쳤어? 아니면 날 묶어놓고 어제 읽은 저질 춘화집을 실습하려 했어?"

"헐!"

양이는 입을 가렸다. 절로 탄식과 비명이 터졌다.

'진짜 그러셨다고? 당혜 공주님께서? 청순가련하신 당혜 공주님께 서? 선녀라면 누구나 한 번쯤 읽고 넘어간다는 스테디 연정소설집, '배롱나무꽃'은 진정 백 퍼센트 거짓부렁이었구나!'

"거참."

도는 이마를 짚었다. 양이도 곤혹스러웠지만 도도 곤혹스러웠다. 한숨을 푹 내쉬었다.

"당혜가 그랬다는 사실을 아는 자라 봐야 수경궁 심처에서 오래도 록 일한 몇뿐이야. 그중에 네가 아는 자는 수산밖에 없고. 한데 수산 이 그런 이야기까지 미주알고주알 할 놈은 아니지. 당혜에게 얽힌 명 예를 소중히 여길 놈이니까. 한데도 네가 그런 꿈을 꿨다면 원인은 하 나야. 그 꿈이 실재한 일이고 네게 당혜의 조각이 있기 때문. 내 곁에 있으면서 그 조각이 자극을 받았겠지."

"'당혜 공주님의 조각'이요?"

도는 그 물음에 곧장 답하지 않았다. "흐음." 숨을 늘이며 침묵했 다. 침묵 끝에 대답 대신 질문을 돌려주었다.

"좀 더 확신이 있어야 네게 설명할 수 있겠다. 오늘 꾼 꿈이 어땠어? 이 질문은 널 희롱하려는 의도가 아니니 불편해하거나 사리지 말고 있는 그대로 답해주었으면 해. 얼버무리지 말고 생각나는 한 세세하 게."

"흐에? 오늘 꾼 꿈이요? 세세하게요?"

양이는 뺨이 발그족족히 달아올랐다. 도가 웃음기 하나 없이 끄덕이자 낙담했다.

"꼭 말해야 해요? 자세히?"

"응. 마음에 걸리는 점이 있어."

당혜는 도를 무수히 덮쳤지만 매번 미수에 그쳤다. 하여 양이가 실제로 당혜가 겪은 일을 꿈꾸었다면 그게 정말 '십구 플러스 등급'이 되기는 불가능했다. 도가 단호히 나오자 양이는 하릴없이 어깨를 늘어뜨렸다. 오만상을 찌푸리며 당혹스러움을 온몸으로 뿜어냈다. 그러나 이왕 꺼낸 말, 어쩔 수 없었다. 현실을 받아들였다. 곤란해하면서도 자분자분 말했다. 차마 도를 똑바로 볼 수 없어서 이불 문양을 헤아렸다.

"뚜렷이 기억나진 않아요. 그래도 최대한 떠올려볼게요. 으음……. 일단, 제가 당혜 공주님이었어요. 잠에서 깨니 창으로 해가 밝게 들었고요. 옆에 사장님이 엎드려 주무시고 계셨어요. 엎드린 모습이셨으니 얼굴이 보이진 않았지만 그냥 알았어요. 옆에 있는 사람이 누구구나 하고. 저는 행복하고 편안한 상태였어요. 저도 옆에 있는 사장님도 다 벗은 채였는데 스스럼이 없었죠. 자연스러웠어요. 잠들기 전까지 사랑을 나눴던 것 같고. '같고'가 아니라, 으음……. 틀림없이 그랬어요."

"성관계를 나눴다?"

도는 말을 돌리지 않았다. 담백히 물었다. 그 말투가 하도 깔끔해서 양이는 편히 긍정했다.

"예. 어쩌다 벌어진 상황이 아니라 자연스럽게 이뤄진 상황이었지 싶어요. 장면은 살짝 뭉개진 듯해도 감정은 선명히 기억나거든요. 특별한 상황이라는 느낌이 없었어요."

양이는 이불 문양만을 바라보느라 도를 보지 못했다. 그러나 도는 미간을 깊숙이 찌푸렸다. 더욱 캐물었다.

"혹시 덮었던 침구를 기억해? 색이나 문양."

"어……."

양이는 고개를 들었다. 도를 빤히 바라보았다. 심각해 보이는 도의 모습에 깜깜한 머릿속을 열심히 뒤적였다. 딱히 침구를 살핀 기억은 없지만 최대한 꿈의 가닥을 찾아 의식 표면으로 끌어당겼다.

"어, 음……. 까만, 까만색? 분명히 비단 감촉이었고……. 어, 아! 사장님이 베고 계시던 베개가 까만 바탕에 은색 띠, 아! 이거랑 똑같아요. 지금 이 금침이랑 똑같아요."

양이는 박수를 짝 치며 확신에 차서 답했다. 그 답에 도는 별다른 대답 없이 끄덕였다.

'도깨비 왕만이 쓰는 배색. 내 침전에서만 쓰는 금침. 이 금침에서 재운 여인은 셋뿐이다. 당혜, 그 여자, 양이. 하나 당혜와는 그런 관계가 아니었지. 단 한 번도.'

"그리고? 잠에서 깨서 어떻게 했지?"

"제가 장난기가 들어서, 그러니까 꿈속에서 '그분'이 장난기가 드셔서, 잠든 사장님께 애무를 좀 했어요. 몸에 키스하고 간지러움도 좀 태우고. 뭐라고 속삭이기도 했는데……."

"뭐라고?"

"기억 안 나요. 정확히 뭐라고 했는지 모르겠어요. 연인 사이에 할 법한 도발하는 말이었지 싶어요. 딱 생각나지는 않는데 스스럼없이 말했어요."

"말투가?"

"모르겠어요. 그냥 그게 끝이거든요. 그러다 웃으면서, 음……. 거기서 기억이 끊겨요. 아! 근데 사장님 몸이 되게 크셨어요. 현실에서도 체격이 좋으시지만 연예인 몸매이시잖아요. 꿈속에선 운동선수 몸매 같았어요. 이건 중요한 이야기가 아닌가요?"

"아냐. 도움이 됐어. ……하."

도는 헛웃음을 터트렸다. 양이가 꾼 꿈이 실재한 일이라 치자. 그렇다면 양이는 꿈속에서, 적어도 오늘 꾼 꿈속에서 당혜가 아니었다. '그 여자', 혼야였다. 혼야와 갈라서기 이전이라면 양이가 그 몸을 묘사한 표현도 정확했다. 지금은 오래도록 병에 시달려 퍽 말랐지만 건강하던 시절엔 지금보다 이십 킬로그램 이상 더 나갔으니.

도는 양이에게 더 깊이 캐물었다. 양이가 꾸었다던 다른 꿈을 하나하나 자세히 들었다. 오늘 꾼 꿈 외에는 다 양이가 당혜 입장에서 꾼 꿈이었다. 또한, 그 꿈은 하나같이 실재한 일이었다. 바깥에 알려지지 않은 일도 많았다.

하여 도는 확신했다. 지금껏 의심한 대로 양이는 흩어진 당혜의 조각 일부를, 그것도 꽤 큰 조각을 지녔다. 그러나 당혜의 조각을 지녔던 다른 존재, 이레인이나 한시영, 오순남, 하얄리와는 사뭇 달랐다. 정기를 제 구성요소로 삼는 도깨비족으로서 당혜의 조각을 제 일부로서 흡수한 듯했다.

그리하여 그 조각은 화화에 깔린 주술망에 걸려들지 않았다. 도가 품고 다니는 당혜의 백으로, 신발 한 짝으로 돌아오지 않았다. 양이의 일부로 존재하며 양이가 살아 있는 존재로서 '다른 조각을 활발히 끌어들이는' 힘을 발휘하게 했다. 화화에 깔린 주술망과도, 당혜의 조각을 끌어들이는 그 주술망과도 상승작용을 일으켰다. 이레인을, 한시영을, 오순남을, 하얄리를 화화로 불러들였다. 이러한 논리는 주술적으로 깔끔하며 빈틈이 없었다. 양이가 어째서 열쇠이자 나침반이 될 수밖에 없는지 역시 설명해주었다.

'하나 오늘 밤 꿈에 양이가 느낀 여인은 분명 수라 혼야.'

그건 놀라운 현상이었다. 하지만 이해하지 못할 현상은 아니었다.

'혼야가 사로잡은 당혜의 반쪽이 양이에게 호응한다면, 양이는 혼야를 읽을 수 있어. 자각 없는 상태라지만 본디 급이 높은 대도깨비이고 혼야 역시 내 추적을 방어할 생각은 하여도 김양이라는 변수를 방어할 생각은 못 할 테니.'

만약 이런 추론이 사실이라면, 적어도 비슷하게라도 맞는다면, 도는 비로소 그 오랜 세월 자신을 옭아매던 고통에서 벗어날 수 있을 터였다. 당혜를 얼추 부족하게나마 수습하여 장사 지내줄 수 있을 터였고, 혼야를 찾아내어 빚을 받아낼 수도 있을 터였고, 제 본체 역시 회복할 수 있을 터였다. 이 모든 일을 해낼 열쇠는 역시 양이였지만.

'양이가 자각하여 대도깨비로서 자유로이 힘을 다루고 그 능력으로 나를 돕는다면…….'

도는 제 입술을 매만졌다. 손으로라도 만지지 않으면 잘근잘근 짓씹어 기어이 피딱지를 앉혀버릴 것 같았다. 초조했다. 하루 이틀 겪은 고통이 아니고 하루 이틀 인내한 일이 아니나 해결할 길이 눈앞에 선명히 보이자 불현듯 몸이 떨리려 했다.

'양이가 당혜의 조각을 지녔을지도 모른다는 생각은 줄곧 했지만, 그 조각으로 당혜의 기억을 되살리고 혼야를 감지할 수 있을 만한 인력과 감응력을 발휘할 수 있으리라고는……. 하기야, 양이가 도깨비

족이라고 확신한 때조차 최근이니.'

도는 기어이 입술을 깨물며 부르르 떨었다. 환희와 경탄으로 뒤범벅되어 양이를 홀린 듯 보았다.

'하, 진짜 열쇠였어, 양이가! 스승은, 그 영감은, 대체 어디까지 알지? 맙소사, 젠장, 그 영감이 개고생은 시켜도 날 제자 취급은 해주는 모양이군. 하, 농담이 아니었어. 진짜 열쇠였어. 정말로 열쇠였어! 양이가 기억을 되찾아만 준다면 이 지긋지긋한 일을 다 끝낼 수 있을지도! 조금 무리를 해서라도 자각을 유도할 수는…… 아냐. 지금껏 참은 일이다. 내 욕심에 무리하게 할 순 없어. 가뜩이나 양이는 불안한 상태이니, 안 돼, 안 돼. 참아.'

도는 덜덜 떨었다. 온전히 자제할 수가 없었다. 눈가가 빨갛게 달아올랐다. 양이에게서 눈을 떼지 못했다.

"아."

다음 순간, 도는 벅차오르는 숨에 기묘하게 쉬어버린 목소리로 탄식했다. 양이에게 무방비하게 끌어안겼다.

"잘은 모르겠지만……."

양이는 제 가슴으로 도를 이끌었다. 아이를 달래듯 가만히 도의 머리칼을 쓰다듬었다. 그리고 어깨를, 딱딱히 굳어 파들거리는 어깨를 어루만졌다.

"제가 꾼 꿈이, 혹은 제가 그 꿈을 꿨다는 사실이 사장님께 중요한가 봐요."

"……응."

도는 얼떨떨했다. 이 포옹에 기뻐할 여력도 없이 떨었다.

양이는 소리 없이 미소했다. 도의 나무토막 같은 어깨를, 등을, 힘이 빠진 유연한 손으로 나긋나긋 쓸어내렸다.

"기쁘신 듯도 하고 당황하신 듯도 하고, 좋은 일인 듯도 하고 아닌 듯도 하고, 어쨌든 많이 놀라셨네요."

양이가 내는 목소리는 따뜻하고 보드라운 물처럼 흘러내렸다. 도의 머리꼭지에서부터 귓가와 목을 지나 가슴까지를 상냥하게 핥았다. 그때까지도 심장이 쿵쾅쿵쾅 뛰던 도는 뻣뻣이 굳었던 눈꺼풀을 그제야 겨우 반쯤 내려 닫았다. 제 이마에 닿는 양이의 부드러운 가슴 봉오리를, 고요한 박동을 느꼈다. 조그맣게 답했다.

"응. 놀랐어."

양이는 도의 등을 토닥였다.

"저는요……."

"응."

"따지고 보면 남들보다 대단히 대담하지도 않고 특출나게 너그럽지도 않아요. 다만 귀찮거나 골치 아프거나 여하튼 편안치 못한 상태가 질색이라 뭐든 동요가 일어나면 신속히 포기나 적응이나 도피를 하죠. 이미 아시겠지만."

도는 양이가 왜 이런 말을 꺼내는지 이해하지 못했다. 잠자코 들었다.

"그래서 뜻밖의 장점이 생겼는데, 대체로 한발 떨어져 침착하게 있다 보니 남이 못 보는 점을 잘 봐요. 시영 씨에게 짤막하게나마 수염이 났다는 사실을 알아채거나……."

"이레인 남편이 대단히 못생겼다는 사실을 깨닫거나?"

양이는 후후 웃었다.

"잠시만 생각을 놓고 천천히 숨 쉬세요. 굳으면 봐야 할 것을 보지 못할 수도 있으니까. 돼야 할 일은 어떻게든 될 테니까."

도는 서서히 맥을 놓았다. 양이의 느긋하고도 다정한 손길에 자신을 양순히 맡겼다. 눈 감고 양이의 봉긋한 가슴, 인내심 깊은 손길, 침착한 심장박동 소리에 마음을 모았다. 양이가 시킨 대로 생각을 놓으려 했다. 그 시도는 순조롭게 먹혀들었다. 시간이 얼마쯤 필요했지만 결국 길게 숨 쉴 수 있었다. 몸을 이루는 작은 마디 하나하나에서까지 힘을 뺐다. 편안함마저 느꼈다.

"하루라도 빨리 너를 왕비로 맞고 싶어."

도는 응석을 담아 말했다. 양이가 나직이 웃었다.

"저는 이미 수락했는걸요. 다른 절차가 복잡한가요?"

"삼경 안에서든 밖에서든 네 신분을 가장 안정감 있게 보장할 방안을 모색 중이야. 널 그저 인간으로서 내 비로 맞을지, 아니면 누군가 저명한 이를 네 후견인으로 세울지, 그 밖의 다른 선택지를 택할지 검토 중이야."

가장 관건은 양이가 언제 자각하느냐였다. 양이를 인간으로서 선인으로 끌어올릴지, 어떻게든 자연스러운 변명을 짜내어 '양이가 실은 도깨비족이었다.'는 쪽으로 천지왕에게 사실관계를 정정하고 일을 풀어야 할지, 그 선택이 일을 해결해나갈 밑바탕이며 모든 일에 앞서야 했다. 하지만 당장은 양이에게 그리 말할 수 없었고 도는 거짓이 아닌 선에서 적당히 설명했다.

"어느 쪽이든 최선을 택해주시리라 믿어요."

"물론이야."

도는 힘주어 답했다. 양이의 심장이 뛰는 자리에, 말캉한 가슴에 애무 아닌 맹세로서 입술을 눌렀다. 양이는 웃었다. 도의 머리칼을 제 손가락에 느릿느릿 풀고 또 감았다. 이제 도를 달래기보다 느긋이 장난치는 듯했다.

"나는 만 도깨비를 책임지는 왕이고 그런 내가 자랑스러워. 그 아이들을 지키고 이끌어줄 수 있어서 날마다 감사해. 나는 그렇게 태어났거든. 그게 내가 존재하는 이유거든."

도는 불현듯 고백했다. 고개를 꺾어 양이를 말끄러미 올려다보았다. 자신을 온화히 마주 보아주는 양이에게 벅찬 미소를 지으며 덧붙였다.

"네가 내 왕비가 된다면, 내 곁에 온전히 서주는 날이 온다면, 나는 내 마음이 닿는 최대치로 왕인 내가 자랑스러울 거야. 이 말이 어떤 뜻인지 네가 이해할 수 있을까?"

도는 마음 깊이 행복했다. 까맣고 맑게 눈을 반짝였다. 자신의 이마를, 흘러내린 머리칼을 가다듬는 양이의 손길에 눈꼬리를 곱게 접었다.

"네가 다 이해하지 못해도 좋아. 단순하게 표현하면, 나는 너로써 태어나 최대치로 근사해질 수 있어. 너로써 태어나 최대치로 행복해질 수 있어. 더 단순해지면……."

도는 한 음절 한 음절 정성껏 말했다. 그건 아무리 되풀이해도 귀한 말이기에.

"너를 사랑해."

지끈. 양이는 가슴을 흔드는 통증을 느꼈다. 제 입가에 차오르는 행복한 미소도 느꼈다. 그러나 아무 말도 해주지 못했다. 다만 도의 반듯한 이마에 입 맞췄다. 천천히 입술을 내려 도의 따뜻한 입술에 이르렀다. 처음으로, 먼저.

설야(雪夜)의 짐승

　"저는 큐빅을 맞추느라 성질 버리느니 큐빅을 부숴서 재조립하는 쪽이었거든요."

　"오, 그래서 이렇게 원만한 성격으로 자랐구나?"

　"그렇죠. 사람이 스트레스가 많으면 성질만 나빠져요. 간단한 길을 두고 골치 썩을 까닭이 없죠. 저는 비슷한 해결법을 수학 문제지 답안을 채울 때도 적용했는데 어느 날 어마마마께서 해답지를 커터칼로 잘라내셨어요."

　"오?"

　도는 입술을 동그랗게 모았다. 양이의 머리칼을 빗던 손을 주춤하며 음색을 반음 낮췄다.

　"그래서?"

　"수학을 포기했죠."

　양이는 즉각 답했다. 부끄러워하는 기색 없이 변명을 붙였다.

　"골치 썩느니 안 하고 만다. 인생 철학은 어릴 때부터 확고했거든요."

　"역시 뚝심 있어. 이게 왕비다운 품격이거든. 하루에 백이십 번은 마음을 뒤바꾸는 도깨비족에게 중심을 잡아줄 좋은 자세야."

칙칙. 도는 양이의 머리카락에 분무기로 물을 골고루 뿌렸다. 그제 사서 어제 받은 최신형 고데에 들어온 빨간불을 확인했다. 고데를 들었다.

"그런데 제가 왜!"

도가 양이의 머리칼을 뒤로 잡아당겼다. 양이는 숙였던 고개를 반 강제로 들었다. 팔도 들었다. 손에서 만지작대던 작은 구조물을 눈앞으로 들어 올렸다. 반쯤 사시가 되었다.

"여기에 한 달째 매달려 있을까요? 인생 철학에 어긋나요."

"이제 인간이 아니니 '인생' 철학쯤 어겨도 괜찮아. 남편 부탁은 되도록 들어주는 쪽으로."

"아직은 인간이거든요? 곧 인간이 아니게 되겠지만."

양이는 한 가지를 부정하느라 '남편'이라는 단어를 들어넘겼다.

도는 히죽 웃으며 받아쳤다.

"이미 도깨비라 보지만 인간이라 치지, 뭐."

"흐으응."

양이는 손에 든 구조물을 이루는 틀 하나를 손끝으로 툭 쳤다. 둥근 고리가 팽이처럼 핑그르르 돌았다.

양이가 손에 든 구조물은 기본이 구 형태였다. 지름이 오 센티가량인 고리 여섯이 둥글게 엮였다. 고리마다 문자가 촘촘히 에둘러졌고 각 고리는 손끝으로 밀면 각도와 축을 잃고 어지러이 비틀리고 돌아갔다. 서로 딱 겹쳐지기도 하고 구가 되기도 했다. 그러나 어디 한군데는 서로 꼭 붙어 떨어지지 않았다.

이는 주술 퍼즐이었다. 형태만 만져 어찌할 수 있는 물건이 아니었다. 구조물에 담긴 주술을 철저히 이해하고 적합하게 조작해야만 구조물이 풀리거나 주술이 발동되었다. 영계에는 이런 물건이 공부나 놀이, 다른 여러 목적으로 쓰였다. 양이도 영계를 공부하며 이보다 수준 낮은 퍼즐을 여럿 풀었다.

"지금까지 크닙이나 백진 님이 주신 퍼즐은 길어야 이틀이면 다 풀었거든요? 이건 너무 어려워요. 흐잉."

양이는 입술을 삐죽 내밀었다.

"그래도 해봐."

도는 고데를 다루던 손을 잠시 멈췄다. 양이의 뺨에 달래듯 입 맞추며 속삭였다.

"우리 왕비님 천재라고 동네방네 자랑하게."

"으힛, 네에."

양이는 입술을 깨물면서도 배시시 웃었다. 뺨이 발긋했다.

양이는 주술에 소질이 빼어났다. 본디 변신술과 은폐술이 경지에 이른 대도깨비이니 기억을 잃었다 한들 주술을 배우는 속도가 남달랐다. 제 몸에 영력이야 없지만 도가 손바닥에 그려주는 진으로 도에게서 영력을 빌려 공부했다. 체질 탓에 그 진이 매번 지워져 매번 새로 그려 받아야 했다. 악조건이었지만 주술을 이해하고 발동하는 능력은 엄청났다. 도가 양이의 정체를 몰랐다면 천재 났다고 할 수준이었고 그중에서도 주술을 해제하거나 무력화하는 솜씨는 경이로웠다.

"저 진짜 천잰가 봐요. 우리 엄마가 허구한 날, '너는 엄마를 닮아서 머리는 좋은데 공부를 안 해서 이렇다.' 하실 때는 착각이라고 꿋꿋이 주장했거든요? 그런데요, 저 아무래도 천재 같아요. 어떻게 생판 모르는 주술을 배우면서 석 달 만에 기초 떼고 벌써 중급서적을 보지?

크닙이가요, 거기까지 넘어가는 데 보통 십 년 넘게 걸린대요."

양이는 고리에 적힌 글자를 손끝으로 훑으며 우쭐댔다. 요새 연일 받는 칭찬에 코끝이 하늘을 찔렀다. 도에게 칭찬을 바라며 장난스레 말을 던졌다. 도가 즉각 탄복하며 장단 맞췄다.

"천재지! 누구 마누라인데 아무렴 천재지. 너, 책은 중급서를 보지만 주술 해제만 따지면 실제로는 최상급 술사 수준이야. 내가 매일 놀라. 내 안목이란! 어떻게 이런 여자를 골랐지? 장차 우리가 낳을 세자가 기대된다니까?"

양이는 등 뒤의 도를 팔꿈치로 꾹 찔렀다.

"푸하핫. 너무 나가셨어요. 식장도 안 잡았는데 벌써 거기까지 바라세요?"

"요즘 인계는 속도위반이 기본이더라? 나는 언제든 인계 문화를 존중할 자세가 돼 있어."

"하여간, 틈만 나면……! 어쨌든, 백진 님도 크닙이도 저보고 이상하대요. 제가 생각해도 이상하긴 해요."

양이는 바뀐 화제를 그대로 끌고 가기가 부담스러웠다. 소리 높여 웃고선 재빨리 화제를 제 궤도로 돌려놓았다. 언제나 그랬듯 도도 슬쩍 찔러만 보고 반응이 시원찮자 깔끔히 물러났다.

"뭔지도 모르면서 척척 푸는 점이 신비롭지. 햐, 천재에다 신비롭기까지! 역시 내 찐빵은 매력이 넘쳐."

"깔깔! 그러게요. 이 죄 많은 매력! 전 최근에 해제한 주술을 반의반의 반의반도 이해를 못 했거든요? 근데 손이 절로 움직여요. '아, 이러고 싶다.' 하고 기분대로 움직이면 진이 풀려요. 전 정말 주술 해제 천재거나 이게 체질인가 봐요. 공의 도깨비 특화 체질."

양이 말대로였다. 양이는 기이한 방식으로 주술을 해제하고 무력화했다. 다른 주술 분야에선 익히는 속도가 빠르기야 하되 기초부터 새로 훑고 가는 형국이라면 주술 해제에선 기초를 건너뛰고 실전을 해냈다. 주술 해제야말로 이해 없이 본능만으로 할 수 있는 분야가 아닌데도 최상급 주술을 줄줄이 풀었다.

"정말 체질일지도 몰라. 네가 하는 일을 비유하면 이렇거든. 사칙연산밖에 모르는 초등학생이 장난삼아 공학 계산기를 두드려 액정에 고등수학 문제 답을 띄우는 일. 뜨개질 코를 잡는 법만 배운 사람이 고양이가 털실로 놀듯 손을 놀려 컵 받침을 뜨는 일. 네 무의식에 남다른 무언가가 들었다 쳐도 무심코 해낸다고 보기엔 네 수준이 지나치게 높아."

"얼마나 높은데요?"

양이는 갸웃거렸다. 쉼 없이 손을 놀려 구조물을 만지작대며 물었다.

"네가 이 직전에 해제한 주술은 크님이조차 그 속도로는 해제 못 할 주술이었어. 참고로 크님이 그놈, 애 같지만 어디 내놔도 한자리는 할 술사야."

"으엑? 그럼 지금 이건 뭐예요? 크님이도 못 풀 수준은 아니죠?"

양이는 오만상을 찌푸렸다. 구조물을 돌리고 재배치하는 손길이 멎지야 않았지만 느릿해졌다. '설마.' 했으나 도가 가차 없이 답했다.

"크님이도 못 풀 수준 맞아. 그거 나도 백진도 못 풀었거든."

"억."

양이는 숨을 꼴깍 삼켰다.

"기대가 너무 크시지 않나요?"

"부담 갖지는 마. '풀면 좋고 아니면 말고.'라는 배짱으로 맡긴 물건이니까.”

도는 고데를 내려놓았다. 양이 눈앞에 커다란 손거울을 둥둥 띄웠다. 머리채가 몽실몽실 부피감을 띠고 물결쳤다. 도가 그 머리채를 그러모아 정수리쯤에서 묶는 시늉을 했다. 양이는 입술을 넓게 들며 끄덕였다.

“이게 어떤 퍼즐인데요? 풀면 주술이 발동되나요? 아니면 푸는 일 자체가 목적인가요?”

“몰라. 스승님이 주신 퍼즐이거든. 어느 날, ‘옜다. 멍청이들아.’ 하고 나와 혜용, 내 사매에게 하나씩 던져주셨어. 셋이 머리 맞대고 수십 년 고민했지만 못 풀고 하산했지. 이후로도 서신을 주고받으며 공동 연구했지만 못 풀었고. 혜용에게 그걸 물려받은 백진도 한동안 매달리더니 때려치우더라.”

도는 장신구 함을 뒤적였다. 진주와 루비를 리본 모양으로 꿰어 만든 머리끈을 꺼냈다. 곱슬곱슬 강아지처럼 물결치는 양이의 머리칼 위에 그 끈을 대보았다.

“그걸 저보고 풀라고요?”

“네가 본능으로 푸는 듯해서. 그거 네게 주기 전에 주술부터 걸었어. 네가 그걸 조작하면 조작 내력이 꼼꼼히 서책에 기록되는 주술. 네가 우연으로든 본능으로든 그걸 풀면 나는 그 기록을 거슬러 올라갈 거야. 그럼 그 주술이 짜여 올라간 구조를 이해할 수 있겠지. 훗! 다른 사형제가 가본 적 없는 영역에 도달하는 셈이랄까?”

“해답지 보고 문제를 이해하는 셈이네요.”

“난 이러나저러나 스승에게 구박받던 제자였으니까. 불량 제자가 쓸 법한 사소한 꼼수지.”

도는 양이의 머리 손질을 마무리 지었다. 중심 역할을 할 머리끈을 달고 실핀으로 자잘한 머리칼을 자연스레 정리했다. 양이 앞뒤로 거울을 띄워주었다.

"어때? 맘에 들어?"

"예에, 저 잠깐만요오오."

양이는 거울을 보지 못했다. 여태 머리 손질 탓에 뻣뻣하게 굳혔던 고개를 툭 떨구고 구조물에 열중했다. 그간 물속을 흐느적대듯 휘젓던 손가락을 이제 왈츠 추듯 놀렸다. 작은 글자를 톡톡 건드리며 주술어를 부분부분 활성화하고 작은 고리를 비틀고 꺾었다.

"왜? 영감이 와?"

도는 어깨 너머로 양이가 손을 놀리는 방식을 관찰했다. 양이는 답하지 않았다. 핑, 피잉, 회전음이 울리고 잔상이 남을 만큼 부품을 돌리고 비틀었다.

"하아······."

양이는 어깨를 툭 떨구며 손을 멈췄다.

번뜩. 손끝에 얽힌 구조물이 빛을 발했다. 양이와 도의 눈앞에 주술이 빼곡히 적힌 둥근 틀이 나타났다. 틀은 거대하여 수산도 능히 통과할 만했다. 내부가 호수 표면을 얇게 떠 붙인 듯 반짝이며 일렁였다. 그 일렁임 속으로 눈밭이 광활히 펼쳐졌다. 도와 양이에게까지 냉기가 끼쳤다.

"설마, 차원의 문. 스승님 외에는 이 우주에서 누구도 열 수 없는······."

도는 목을 울렸다. 희게 피어오르는 숨 덩이가 떨렸다.

"헐, 전하 최고이옵니다! 무지막지하게 신기하옵니다. 여기에 차원의 문을 여는 회로도가 내장됐사옵니까? 말로는 들었지만 차원을 잇는 문은 난생처음 보옵니다. 이계라니, 소름 끼치게 근사하옵니다! 소신도 저기 놀러 가고 싶사옵니다. 소신도 데려가주세요."

늦잠 자는 월주만 빼고 수산과 크닙은 도의 방으로 모였다. 수산은 차분했지만 크닙은 흥분했다. 메모지와 펜을 꺼내 틀에 적힌 주술부터 옮겨 적었고 왔다 갔다 하며 틀 안과 틀 뒤를 살폈다. 앉았다 서며 눈에서 빛을 뿜었다. 극존대를 쓰며 도에게 알랑대었다.

양이가 연 차원을 잇는 문은 앞면만 붙은 거대 거울 같았다. 입구로 냉기를 내뿜어서 입구 오십 센티미터 앞까지 가면 입김이 허옇게 올랐다.

"가보실 거예요?"

수산이 문 너머 눈밭을 살피며 물었다.

"갈 수 있어요? 이 문으로, 진짜?"

양이가 틀 안으로 왼손을 불쑥 넣었다.

"악, 손 시려!"

양이는 질겁하며 물러났다. 빨개진 손을 털었다.

"조심."

도가 나직이 주의 주었다. 얼어붙은 양이의 왼손을 제 손으로 감쌌다. 녹이듯 부드러이 문질렀다.

"으……."

양이는 손에 쥔 구조물을 몇 번 톡톡 쳤다. 고리 두어 개를 헝클어트렸다. 문이 닫혔다. 그 고리를 이내 조금 전 자리로 되돌렸다. 문이 다시 열렸다. 무언가를 뚜렷이 알고 구조물을 발동하진 않았지만 이제 몇 번을 해도 뜻대로 문을 여닫을 수 있었다.

"그 영감은 무슨 생각으로 차원의 문을 여는 주술을 이 구조물에 넣었을까? 차원의 문을 여는 힘은 타고난 권능이라 내가 이 구조물을 샅샅이 분석한들 배울 수도 없는데."

"저 차원에 꿀단지나 비급을 숨겨두시지는 않았을까요?"

크닙은 동동댔다. 이계란 어떤 느낌인지 궁금해서 숨넘어갈 지경이었다.

"흐으음."

"혹시 망원경 없으세요? 무작정 들어가기 뭣하시면 구경부터 해요."

양이는 안달하는 크닙과 신중한 도 사이에서 의견을 내었다.

"흐음, 일리 있는데?"

"나나나나, 줄게!"

크닙은 손가락을 이리저리 꽈서 인을 맺었다. 허공에 상자를 불러냈다. 상자를 마구잡이로 뒤져 장난감과 만화경, 딱지와 구슬 사이에서 망원경 두 개를 꺼냈다. 양이에게 하나 건네고 저도 하나 들었다. 일렁이는 풍경에 길게 늘인 망원경 끝을 집어넣었다. 양이도 도에게 안긴 채 크닙을 따라 했다.

"뭐가 보여요?"

"뭐 보여?"

수산과 도도 호기심을 보였다. 양이와 크닙은 망원경 각도를 틀며 중계방송을 했다.

"어……. 그냥 눈밭인데요? 시베리아 벌판이 어떤 풍경인지 몰라도 시베리아 벌판 같아요. 나무 있으니까 그 정돈 아닌가? 북유럽 숲? 숲이랄 밀도는 또 아닌데?"

"눈밭이 끝도 없어요. 뾰족뾰족한 나무가 기이이일쭉하게 섰어요. 눈사람 만들고 싶다!"

"눈싸움도 할래! 재밌겠다!"

"웅웅!"

양이는 망원경을 당기고 또 뺐었다.

— 이리 와요.

"어?"

양이는 귀를 움찔했다. 눈썹을 구기며 망원경 끝을 천천히 왼쪽으로 돌렸다.

— 어서, 여기예요.

"으응?"

양이는 두 손으로 잡았던 망원경을 한 손으로 받쳤다. 다른 손으로 귀를 탁탁 털었다.

"왜?"

"귀울림이 나서요. 귓속이 윙윙대요."

— 제발, 와줘요.

"에잇."

양이는 손바닥으로 귓가를 벅벅 문질렀다. 그러고 나니 한결 나았다. 머리를 푸르르 흔들었다. 다시 망원경 안 세계에 초점을 맞췄다.

"어! 크님아! 너 내 방향으로 망원경 틀어봐!"

"뭔데?"

"뭐 있어?"

크닙도 도도 목이 길어졌다. 도는 '나도 망원경을 찾거나 만들어야 하나?' 싶었다. 그러나 귀찮았다. 양이 어깨에 턱을 기댔다.

"저기 확 구십 도로 꺾인 나무 밑에! 확 당겨. 당기면 보여. 나도 초점을 더 맞춰야 제대로 볼 수 있을 것 같아. 아직 뿌옇거든. 저기 무슨 덩어리가 있는데……. 뭐지? 앗, 움직여! 꿈틀!"

"아우우웅, 어디지이? 앗! 피! 저거 빨개! 저거 사람인가 봐! 다쳤어!"

— 어서 와요, 이곳으로.

"아이씨, 귀가 왜 이러지? 간밤에 푹 못 잤나?"

양이는 콧등을 찌푸렸다. 여태 망원경을 당기고 뺐기만 하다가 작은 톱니를 발견했다. 톱니를 좌로 우로 살살 돌렸다. 좀 더 초점을 맞췄다.

"어……. 진짜 사람이네?"

"으아아, 피 봐! 어떡해. 의식은 있나?"

한 사람이 나무 밑동에 기대었다. 두툼한 망토로 몸을 감싸고 이따금 덜컥덜컥 경련했다. 그자가 앉은 자리 주변으로 눈밭이 붉었다.

— 제발, 이리로 와요.

"사장님, 우리 저 사람 도와요. 죽어가나 봐요."

양이는 울상이었다. 눈물을 슬쩍 내비치며 도에게 고개 돌렸다. 도에게 망원경을 건넸다.

"그 사람이 누군 줄 알고? 게다가 저기는 다른 세계야."

도는 탐탁잖은 기색으로 망원경을 넘겨받았다.

"그래도요. 도움 줄 사람도 없어 보이고 죽어가잖아요. 어떻게 보고

도 외면해요."

양이는 몸을 돌려 도를 마주하고 앉았다. 도의 목에 팔을 감으며 그 가슴에 기댔다.

"우리 저 사람 도우면 안 돼요?"

"전하. 저도 돕고 싶사옵니다. 전하만 허락하시면 저라도 돕겠사옵니다."

크닙도 눈물을 글썽였다.

"흐음."

도는 나무 밑 사람을 관찰하며 턱에 힘을 넣었다. 이레인 일로도, 어린 시절 문장이 시킨 심부름으로도 이계에 몇 번 가보았다. 도는 마음만 먹으면 우주를 뒤흔들 만큼 강한 존재라 이계에서 받는 제재가 상당했다. 어느 세계로 가나 팔다리에 돌을 묶고 물속에서 허우적대는 느낌이었다. 그러니 이계까지 건너가 알지도 못하는 피투성이를 돕자는 의견이 달갑지 않았다. 그러나 양이가 향긋한 머리칼을 제 뺨에 살랑대자 마음이 약해졌다.

"정 마음에 걸리면 내가 금방 다녀올게. 문이나 열어줘."

"혼자 가시게요?"

"저도 돕고 싶사옵니다!"

도는 망원경을 바닥에 놓았다. 위급한 이를 도우려는지 이계 관광을 하려는지 헷갈리는 둘을 번갈아 보았다. 크닙은 두 손을 맞잡고 할 딱거렸고 양이는 눈을 눈썹에 붙인 채 도의 목을 제 팔로 조이고 풀었다. 강아지처럼 고개를 갸웃댔다.

"꼭 가고 싶어? 돕기만 하면 되잖아?"

"물론 도우려는 마음이 먼저이옵니다만……."

"가보고 싶기도……. 눈이잖아요. '나 잡아봐라.' 할 수 있는 드넓은 설원. 저 저런 광경은 처음 봐요."

크닙과 양이는 호흡이 짝짝 맞았다. 잠자코 있던 수산마저 넌지시 전음했다.

— 전하, 양이는 열쇠예요. 이 문도 양이가 열었고요.

"끙."

도는 제 가슴에 무게를 실어오는 양이의 이마에 습관으로서 입 맞췄다. 입 맞춘 채 굳은 입꼬리를 비틀었다.

'이계로 우르르 가야 하나?'

졸라대는 크닙과 양이를 안 된다며 쉬이 물리치지도 못할 상황이나 도는 영 내키지 않았다. 아무래도 양이가 걸렸다. 양이에게 걸어둔 각종 주술 때문이었다.

무언가를 설치하자면 설치물을 바닥이나 벽에 붙여도 되지만 땅이나 벽에 박아버리면 한결 단단히 설치되었다. 주술도 이와 같았다. 능숙한 술사일수록 환경에 밀착하여 술을 펼쳤다. 그럴수록 주술이 견고하고 드는 힘과 시간도 덜했다.

도는 최상급 술사였다. 이 우주를 감도는 영력 흐름을 가닥가닥 끌어서 술을 이루는 재료로 썼다. 당연히 양이에게 건 각종 주술도 그렇게 펼쳤다. 그러므로 양이에게 건 주술 대부분이 이계로 가는 순간 무용지물이었다. 일찍이 양이에게 혜용의 팔찌 대용으로 안긴 장미 펜던트쯤은 작동하겠지만 그 역시 약해질 터였다.

'하지만 양이는 열쇠이니…….'

"사장니이임."

도가 등을 쓰다듬자 양이는 다시금 칭얼댔다. 크닙도 한마디 거들었다.

"전하아아."

"후……."

도는 엄지와 검지를 튕겼다. 그 동작으로 자신과 양이와 크님에게 두툼한 털옷을 입히고 귀마개와 장갑을 씌웠다. 양이를 안고 자리에서 일어났다.

"잠시 바람이나 쐬자."

"와아!"

"전 집 볼게요. 이계는 힘들어요."

수산은 헤헤 웃으며 손을 흔들었다.

"우와, 전하! 저 모습이 바뀌었사옵니다. 이거 변신술이 아니옵니다!"

크님은 두 팔을 벌리고 눈밭을 빙글빙글 돌았다. 제 말대로 크님은 문을 넘기 전과 사뭇 다른 모습이었다. 은여우가 사람을 흉내 내고 등에 기묘한 날개까지 단 듯했다. 머리에는 세모난 귀가 뾰족했고 엉덩이에는 은빛 꼬리가 보송보송했으며 등에는 물고기 지느러미처럼 날개가 좌로 우로 길게 뻗었다. 무엇보다 살결에 은하수를 머금은 듯했다. 서 있기만 해도 사방에 별 가루를 흩뿌렸다.

"어, 진짜네? 도크님, 너 되게 예쁘다! 근데 여기 왜 이리 깜깜해? 낮인 줄 알았는데 넘어오니까 새까매."

"흐음."

도는 눈이 가늘어졌다. 품에 든 양이의 눈가를 손으로 덮었다. 몇 마디 중얼거린 후 손을 거둬들였다.

"이제 보일 거야. 어둠에 지장 받지 않게 주술을 걸었으니까."

양이는 고개를 꺾어 도를 올려다보았다. 도 말이 맞았다. 세상은 여전히 깜깜했지만 양이는 대상이 띤 꼴과 색을 무리 없이 식별할 수 있었다. 도 역시 크닙과 같았다. 금조개 속껍데기처럼 뽀얗고도 영롱한 살결 위로 빛무리가 깜박이며 흘렀다. 양이는 눈이 풀려 도의 뺨으로 손을 뻗었다. 손가락으로 그 뺨과 입술을 어루더듬었다. 피부를 에는 바람결 사이로 몽롱하게 속삭였다.

"혹시 사장님도 바뀌셨어요? 크닙이랑 비슷하세요. 반짝반짝."

양이는 알도깨비인 크닙과 수산이 어떻게 생겼는지는 기억해도 순도깨비인 도와 월주가 어떻게 생겼는지는 기억하지 못했다. 그러나 도도 크닙과 피부색이며 귀 형태, 꼬리와 날개 유무까지, 주요 특성이 같았다. 하여 도 역시 크닙처럼 꼴이 바뀌었나 싶었다.

"응! 전하도 나처럼 바뀌셨어!"

크닙은 소리 높여 외쳤다. 뛸 때마다 폴폴 튀는 눈가루를 헤아리며 연신 펄쩍펄쩍 뛰었다.

"전하, 우리 왜 바뀌었어요?"

"이 세계에서 정령이 이 모습이니까. 본래 이계로 넘어가면 현지에서 나와 성질이 가장 비슷한 존재를 닮게 돼."

도는 희게 빛나는 눈썹을 굵게 찌푸렸다. 축축 처지는 다리를 시험 삼아 들고 또 내렸다. 크닙을 물끄러미 관찰했다. 저 펄쩍펄쩍 뛰는 모습을 보아하니 크닙은 우주가 나서서 관리할 급으로 강한 존재가 아니라 별 제재를 받지 않는 모양이었다. 도는 다행스러워하며 설명을 덧붙였다.

"변신은 방문자가 방문한 우주의 자연스러운 모습을 해치지 않으면서 현지에 적응하는 과정이지. 이 동네 정령이 우리 동네나 장닭녀 동네처럼 인간과 비슷한 모습이라면 바뀔 일 없이 편하겠지만……. 뭐, 그게 우주를 다스리는 법칙이라니 감수해야지."

"아항! 이해했사옵니다!"

"오옹, 그렇구나."

양이가 도의 하얀 머리칼을 만지작대며 중얼거렸다.

도는 양이를 내려다보았다. 한쪽 눈썹을 내리며 고개를 기우뚱했다. 양이는 이쪽으로 넘어올 때 얼핏 상이 흔들렸다. 하나 끝내 본모습을 유지했다. 도는 이제 양이가 도깨비족이라고 확신했으므로 '이 아이가 몸에 두른 공허가 우주를 속일 만큼 강력한가? 아니면 이 아이가 쓰는 변신술이 그만큼 철저한가?' 하고 고민했다. 그러나 그건 당장 알아야 할 문제가 아니었다. 중요한 문제도 아니었다. 양이가 보통내기가 아님은 기정사실이었다. 또, 도나 크닙도 마음만 먹으면 본래대로 변신하는 일 따위 대수롭지 않았다. 도는 그 주제를 젖혀두었다.

"우리 이제 그 사람 구하러 가요! 저쪽 방향!"

크닙은 눈가루를 흩뿌리며 발을 박찼다. 반투명한 날개를 퍼덕이며 설원 위로 사뿐 떠올랐다.

"어떤 놈인 줄 알고 냅다 가?"

도는 유영하듯 설원을 미끄러졌다. 육체가 바뀌었고 몸도 무거웠지만 날개를 퍼덕여 찰나에 크닙에게 접근했다. 크닙의 날개 끝을 잡았다.

"꾸엥!"

크님이 팔락팔락 바둥바둥 대었다. 도는 코끝으로 후후 웃었다. 양이를 크님 옆에 내려놓았다.

"피를 몰고 다니는 존재는 위험한 자일 때가 많아. 하물며 여긴 우리와는 상식 자체가 다른 세계고. 내가 먼저 상대할 테니 찐빵 지키며 안전거리 확보하고 따라와."

도는 양이와 크님의 정수리를 쓱쓱 한 번씩 쓰다듬었다. 눈밭을 툭 박차고 설원 위로 한 자가량 떠올랐다. 부연 달빛에 흰빛을 반짝이며 삽시에 저만치 미끄러졌다.

"도크님, 내 찐빵 안 식게 잘 지켜!"

"네엥! 맡겨주시옵소서!"

"사장님 예쁘다!"

양이는 입을 벌리고 탄성을 질렀다. 휴대전화를 놓고 와 사진을 찍지 못하다니 낭패였다. 어깨가 처진 양이에게 크님이 두 손을 내밀었다.

"우리 피터 팬과 웬디 놀이할래? 손잡고 날아가자!"

"좋아!"

둘은 날아올랐다. 동그랗게 나선을 그리며 살랑살랑 도를 뒤따랐다.

도는 일 킬로미터가 조금 안 되게 이동했다. 흰 나무가 달 꼬리까지 쭉쭉 뻗은 키 큰 나무 숲으로 발을 들였다. 숲속 나무는 서로 사귐을 거부하고 각자 높이 더 높이 상승할 욕구만 남은 생물처럼 가지가 박하고 사이가 멀었다. 도는 나무와 달빛이 짜놓은 성긴 그물망 사이에, 어둡고 허연 눈밭 위에, 발자국이 남지 않도록 살며시 발끝을 디뎠다.

도가 착륙한 곳으로부터 십 미터 남짓한 거리에 유독 두툼한 흰 나무가 한 그루 섰다. 나무는 성인 남성 둘이 합심하여 아름으로 안아야 둘레가 겨우 휘감길 굵기였다. 그 나무 밑동에 한 사내가 구겨져 있었다.

사내는 컸다. 두툼한 나무 밑동에 찌그러져도 왜소한 느낌이 없었다. 누렇고 붉게 찌든 거대한 털 망토로 전신을 둘둘 말았다. 덥수룩한 진밤색 머리털 사이로 언뜻언뜻 비치는 얼굴, 망토 아래로 삐죽이 뻗은 부츠 끝만이 드러난 전부였다. 그 부츠 끝이 망토와 더불어 이따금 꿈틀댔다. 몸 주위로 피 냄새가 돌았다. 사내가 앉은 오른편으로 피가 선처럼 이어졌고 그 왼편으로 눈밭이 붉었다. 그 붉음에서 김이 올랐다. 도가 선 곳까지 시고 비리고 누린 내음이 뻗쳤다.

도는 그러한 정황과 망토를 여민 방향, 미묘한 숨소리 등을 종합하여 사내를 가늠했다. 더불어 자신이 이곳에선 혈기에 영향받지 않는다는 사실을 파악했다. 약점이 하나 준 셈이었다. 목에 힘을 주어 목소리를 뻗어 올렸다. 본 목소리이긴 했으되 실로폰처럼 아롱아롱 여음이 났다.

"여어! 거기, 살아 있어?"

사내에게서는 답도 움직임도 없었다.

"흠."

도는 턱을 들고 사내에게 한 걸음씩 다가갔다. 경계심이나 적의를 불러일으킬 의사가 없기에 기적을 죽이지 않고 계속 말을 걸었다.

"이봐, 아파 보이는데? 도움 필요해? 의식은 있어?"

도는 걸음걸음 사내를 세심히 살폈고 마침내 사내의 다섯 발자국 앞까지 다가갔다.

휭! 바람이 쪼개지는 소리가 났다. 도는 허리를 왼편으로 수그려 틀며 오른팔을 채찍처럼 휘었다. 자신에게 달려드는 거대한 도낏자루를 손으로 휘감아 잡았다. 어린아이 장난처럼 도끼를 멈추고 몸을 편히 폈다. 도낏자루를 손에서 놓지 않은 채 발 날로 사내의 오른 무릎을 퍽 찼다. 쌓인 눈조차 튀지 않는 짐짓 가벼워 보이는 발사위에 사내가 균형을 잃고 무릎을 꺾었다. 도가 혀를 찼다.

"하여튼, 상처 입은 짐승 새끼란. 야, 도우러 왔어. 긴장 풀어."

사내는 한쪽 무릎을 굽힌 채 고요히 도를 노려보았다. 젖혀진 망토 아래로 드러난 몸은 두툼한 솜옷에 가렸음에도 돌덩이를 덕지덕지 붙인 듯 단단하고 울퉁불퉁했다. 머리 양옆에는 굵고 시커먼 뿔이 귀 뒤로 바짝 휘어 올랐다. 숱 많은 진밤색 머리털 사이로 드러난 얼굴은 피로 물든 양토처럼 검붉었고 꿈틀대는 눈썹 아래 자리 잡은 커다란 눈구멍은 홍채와 흰자의 구분 없이 온통 붉게 번뜩였다. 어두운 입술은 단단히 아물려 저 속에서부터 으드득 어금니 갈리는 소리를 냈다.

"야, 긴장 풀라니까? 너 이만큼 다치고도 빠르고 강한 놈인 건 인정. 방금 도끼 휘두른 궤도는 탄성이 날 만큼 완벽했어. 그래 봤자 지금은 쌈박질하고 놀 때가 아니잖아."

사내는 어깨를 꿈틀할 뿐 이렇다 할 응답이 없었다. 도가 목을 한쪽으로 빼며 투덜투덜 덧붙였다.

"나 너 도우러 왔다니까? 회심의 일격이 막히니 분해 죽겠다는 기분이 눈에서 읽히긴 하는데, 너 병자야. 힘 풀어."

사내는 다친 상태였다. 왼팔 이두근이 반나마 끊겨 피와 먼지가 뒤엉킨 가죽과 천으로 칭칭 감겼다. 그 가죽과 천은 이미 검붉었고 그 볼록한 정점에는 핏방울이 맺혔다. 어깻죽지와 그 밑으로 빠끔히 남은 살덩이가 비자발적으로 파득파득 경련했다.

으드득. 사내는 다시금 어금니를 갈더니 험악하던 얼굴에서 힘을 풀었다.

"안 믿었다. 네가 인간이라면."

사내는 얼굴에서만 힘을 풀었다. 목소리가 찢어진 철판 틈새를 긁는 매운바람 같았다. 말투가 몹쓸 것을 씹어뱉듯 했다.

"이 시기에 이곳을 지날 인간은 없으니. 하나 넌 정령. 정령을 못 믿는다면 인간말종. 덤비지 않겠다. 내 도끼를 놔."

"흥."

도는 도낏자루를 툭 밀었다. 사내는 비틀거렸으나 꼴사납게 널브러지진 않았다. 도끼를 천천히 망토 안쪽 도끼집에 갈무리해 넣었다. 정말로 도를 믿는 듯 어깨에서 힘을 빼고 무방비로 웅크렸다.

"허억, 헉⋯⋯."

사내는 도가 다가서는 기척을 읽고 한 방을 노리며 극도로 자신을 억눌렀다. 긴장이 풀리자 몹시도 떨었다. 기댈 곳이 필요한 듯 상체를 앞뒤, 양옆으로 비틀비틀 흔들더니 하나 남은 팔로 땅을 짚었다. 숨을 다스리려 노력했으나 신음을 흘리지 않는 정도가 한계였다.

"의술을 약간 알아."

도는 두 팔을 내리고 사내 앞에 쭈그리고 앉았다.

"괜찮다면 상태를 봐줄게."

"정령이 베푸는 후의에 감사한다."

사내는 도를 바라보지도 못했다. 땅만 짚고 헐떡였다. 머리 양옆으로 달린 검은 뿔이 기름 바른 듯 달빛에 희게 번뜩이며 오르락내리락했다. 방금 도에게 날린 공격이 처음이자 마지막으로 날릴 수 있던 일격이었음이 분명했다.

"내게 일행이 둘 있어. 지금 오는 길이거든? 널 해칠 일 없으니 적대하지 마."

"정령? 인간?"

"한 명씩."

사내는 미간을 세로로 구겼다. 그러나 싫은 말을 목젖 뒤로 짓눌렀다.

"어디 보자……."

도는 사내가 두른 망토를 걷었다. 잘려나간 왼팔을 보았다.

"여기 말고 다친 곳은?"

"몇 곳 긁혔다."

도는 사내가 매어놓은 가죽과 천으로 손을 뻗었다. 매듭이 단단했다. 그러나 머뭇댐 없이 연결부를 벌려 천을 쭉쭉 풀었다. 시린 밤공기에 상처를 끄집어냈다.

상처는 뜯겼는지 잘렸는지 녹았는지 형태가 모호했다. 뼈는 깨끗이 부러졌다. 살과 근육은 일부가 검푸르게 뭉그러졌고 다른 일부가 냉동육을 잘라놓은 듯 말끔했다. 그 전체에서 피가 뱄다.

"다친 지는 얼마 안 됐겠고, 독 묻은 날에 베였어?"

상처에서는 머리가 지끈댈 만큼 진한 백합 향과 콧속이 저며질 듯 누린 털가죽 냄새가 함께 났다.

"독에 당해서, 즉각 잘랐다. 그래도 뼈와 살이 녹아 올라가 다시 잘랐다."

사내는 억양 없이 말했다. 뚫린 눈구멍에 차가운 붉은빛이 떨림 없이 떴다.

"독한 놈일세. 그러고도 용케 쇼크로 안 죽었다?"

"난 튼튼하다."

"그러게."

도는 사내에게 청결 주술을 먼저 걸었다. 상처 부위를 포함하여 진신과 옷까지 소독한 뒤 간단한 해독 주술과 지혈 주술을 연달아 걸었다. 상처에 변화가 없었다.

"뭐에 당했냐? 지독한 독인데. 독 주제에 천박하게 향긋하기까지."

"마수."

도는 사내의 어깻죽지에서부터 상처 단면에까지 주술어를 적기 시작했다. 금빛으로 반짝이는 자그마한 글자를 손끝에서 뽑아냈다. 머뭇댐이 도통 없는, 실타래를 도르르 굴려 실을 풀어내는 속도였다. 사내에게 설명했다.

"이곳엔 약재가 없어. 난 네가 당한 독을 모르고. 차원 높은 해독 주술을 걸겠지만 이건 보통 독이 아닌 듯하다. 완벽한 해독은 불가능할 거야. 증상을 완화하고 진행을 늦추는 처치만 받는다고 생각해둬."

"그것만으로도 감사하다."

사내는 쉬어 쌕쌕대는 목소리로 답했다. 거칠게 콧숨을 내쉬며 어깨를 들썩였다. 상처 언저리를 맴도는 도의 손길에 이따금 움찔대며 이를 갈았으나 끝내 신음을 참았다. 이리저리 구겨진 얼굴이 시뻘겠다.

"아, 미안. 아프면 진작 말하지. 진통 주술을 깜박했네?"

도는 문득 반성하며 주술을 한 종 덧붙였다. 손에서 금빛을 발했다.

"하……."

사내는 몸이 앞으로 확 쏟아졌다. 몸과 정신을 굳히던 통증이 썰물처럼 빠져나가서였다. 무너진 머리에 얹힌 검은 뿔이 도를 들이받을 듯 휘청이며 번쩍였다. 그러나 사내는 뿔 끝으로 도를 찌르거나 도에게 제 몸이 허물어지기 직전에 척추에 힘을 넣었다. 어금니를 꽉 물고 부득부득 허리를 폈다. 눈구멍을 가늘게 좁혔다. 눈빛이 한결 눅어 깜부기불처럼 얌전해졌다.

"고맙다. 한결 낫군."

"뭐, 역시 깔끔히 해독은 안 되네."

도는 어깨를 으쓱했다.

"너, 워낙 아팠으니 살 만한 듯 느껴지겠지만 아직 엉망이야. 감염도 심하고. 불부터 피우고 조치를 더 하자. 힘들면 저쪽 나무에 원래대로 기대."

도는 일어섰다. 고향에서든 이계에서든 자신을 위협할 존재는 극히 드물었다. 혹여 위협이 발생하거든 양이에게 문을 열라고 하여 귀향하면 그만이었다. 안전에 신경 쓰지 않았다. 아무 데서나 불 피울 생각이었다. 나무에 불붙지 않을 위치로 걸어가 발로 눈을 팠다. 그러며 몸을 틀었다. 줄곧 살피던 기척을 쫓아 시선을 돌렸다.

크닙과 양이는 백여 미터 밖에서 두 손을 꼭 붙잡고 뱅글뱅글 날아다녔다. 도가 부를 때까지 계속 그러고 놀 기세였다.

"그만 놀고 이리 와! 불 피우자!"

도가 부르자 크닙이 귀를 쫑긋 세웠다. 양이도 크닙과 맞잡은 손 하나를 놓고 팔을 흔들었다. 크닙은 날개를 크게 펄럭였다. 양이의 손을 꼭 잡은 채 바람을 가르며 빛 가루를 흩뿌렸다. 나무 사이를 갈지자로 날았다.

"안녕하세요!"

크님은 사내 앞에 내려섰다. 사내에게 꾸벅 인사했다.

"정령에게 정중히 인사받다니, 영광이다."

"호옹. 별말씀을요."

크님이 웃었다. 크님 옆에 선 양이는 바람결에 뒤집힌 옷자락을 정리했다. 도가 정성껏 만져준 머리칼도 두어 번 살랑살랑 흔들어 곡선을 되살렸다. 사내에게 단정히 인사했다.

"안녕하세요, 저는 김양이라고 합니다. 좀 괜찮으신가요?"

사내는 흰 나무 둥치에 기대앉은 채 낯을 양이에게 향했다. 눈자위와 눈망울이 구분되지 않는 그 눈은 시선이 뻗는 방향을 가늠키 어려웠다. 다만 눈구멍 속에서 번뜩번뜩 미끄러지는 미세한 빛의 강약으로 사내가 양이를 위아래로 훑는다는 사실을 짐작할 수 있었다. 사내는 핏기 없는 두툼한 입술을 일자로 닫았다. 각진 턱을 꿈틀대더니 목구멍을 긁어 소리 내었다.

"암컷은 안 믿는다."

"저 짐승 새끼가……."

사내는 입을 꾹 다물고 아예 눈을 감았다. 불 피울 땅을 고르던 도가 울컥하여 사내에게 몸을 틀었다.

"아하하."

그러나 양이는 속 편히 웃었다. 팔을 들었다. 사내에게 다가서는 도의 가슴을 살며시 밀었다. 웃음 띤 낯으로 받아쳤다.

"잘됐네요. 저는 아저씨에게 여자도 암컷도 아니어도 되거든요. 제게 '수컷'은 이분으로 충분해서요. 그냥 인간으로 봐주세요."

'여자 이전에 은인이다. 이 여자 아니었으면 너 살려주지도 않았어!'

도는 이 말을 목젖까지 치밀며 혀끝을 움찔거렸다가 삽시에 입꼬리를 흐물흐물 풀었다. 양이를 등 뒤에서 끌어안으며 풍성하게 하얀 꼬리를 좌로 살랑, 우로 살랑, 위로 펄럭, 아래로 펄럭, 시계 방향으로 빙글, 반 시계 방향으로 뱅글 흔들었다. 귀를 쫑긋쫑긋하며 양이의 양 뺨에 쪽쪽 입 맞췄다. 콧노래를 불렀다.

"흐흐흥."

사내는 눈을 떴다. 양이와 양이에게 배후령처럼 달라붙은 도를 보며 입을 벌렸다. 한 호흡쯤, 정지 화면처럼 눈도 입도 뺨도 굳혔다가 한쪽 눈가를 씰룩였다. 입술을 움직였다.

"인간, 이름, 뭐라고?"

"김양이요."

양이가 답했다.

"부발루스."

사내, 부발루스는 양이를 똑바로 향하고 또박또박 말했다. 입술을 일자로 붙였다. 양이가 끄덕이자 눈을 감았다. 등에 힘을 뺐다. 머리 뒤로 휘어 올라간 뿔 끝이 나무줄기에 닿도록 몸을 나무에 바짝 기댔다.

꾸르륵.

부발루스에게서 거대한 소리가 났다. 그 소리가 어찌나 큰지 고요한 흰 나무 사이로 메아리가 서너 번 뚜렷이 부딪쳐 돌았다.

"풉!"

크닙이 입을 가렸다. 부발루스는 망토째로 움찔했다. 우물쭈물 변명을 삼켰다.

"굶었다. 작은 동물이라도 접근하면 잡아먹겠는데 내가 강한 짐승이라 먹을 만한 놈들이 내가 움직일 수 있는 간격으로 들어오질 않는다. 다친 상태라 술과 눈밖에 먹지 못했다.”

“뿔 달린 놈치고 육식이 거의 없는데 물소같이 생겨서는 육식인가 보네.”

도는 중얼거렸다. 부발루스가 눈을 떴다.

“뭔 소리냐. 물소족은 잡식이다.”

“내 고향에서 그 소리 하면 개가 풀 뜯어 먹는 소리라고 할 텐데.”

도는 고개를 직각으로 꺾어 들었다. 저 멀리 뾰조록한 나무우듬지 너머를 손가락질했다.

“쩌어거, 쩌기 나는 놈, 맛있어?”

크닙도, 양이도, 부발루스도 고개를 꺾어 올렸다. 독수리 같은 거대한 새가 달빛에 희뜩번뜩 윤곽을 드러내며 숲 위를 한가로이 돌았다.

“맛있다고 들었다. 하지만 나는 동안은 사냥할 수 없다. 쉬러 내려오면 기회를 봐서 잡기도 한다고…….”

부발루스가 말을 마치기도 전에 도는 하늘을 향해 투구하는 투수처럼 발을 차고 어깨를 뻗었다. 손에서 길고 거대한 금빛을 뻗쳐 올렸다.

쌔애애액! 금빛은 세상을 쪼깨는 소리를 내며 하늘로 솟구쳤고 양이와 부발루스와 크닙의 아래턱이 위턱과 완전히 분리되었을 때 즈음에는 이미 새의 가슴에 꽂혀 있었다.

끼에에엑!

새가 단말마 기성을 내질렀다. 숲이 우듬지에서부터 둥치까지 와스스, 파드득 몸부림쳤다. 새는 온 마디와 근육을 쥐어짜 퍼드덕댔다. 구경하던 이들이 눈을 한 번 깜박이자 목을 꺾고 추락했다.

“스트라이크! 역시 내 솜씨란.”

도는 닻줄을 감듯 힘차게 팔을 돌렸다. 새와 연결된 금빛 동아줄을 끌어당겼다.

"와아! 말도 안 돼!"

"엄청 멋지시옵니다!"

양이와 크닙이 물개처럼 박수 쳤다. 도는 윗니를 훤히 드러냈다. 춤추듯 탄력 실린 억양으로 말했다.

"크닙아, 나뭇가지 모아서 불 피워라. 메뉴는 특대 치킨이다!"

해가 뜨지 않는 세계

하얀 꼬리 끝이 까닥까닥 흔들렸다. 타닥타닥, 그릉그릉. 고르게 타는 모닥불 소리 사이로 기분 좋은 목 울림이 섞였다.

도는 여전히 부발루스 세계의 정령 모습이었다. 하얀 귀 끝을 접어 내리고 풍성한 꼬리를 양이 허리에 칭칭 감았다. 양이의 두 팔과 가슴에 고개를 묻고 새근새근 잤다. 몇 시간 전까지 이계라는 부담을 안은 채 차원 높은 치료 주술을 부발루스에게 퍼부은 차였다. 몸도 정신도 곤했다. 어떤 위험이 감각에 잡히지 않는 한 깰 생각이 없었다.

양이 역시 도 못지않게 푹 잠들었다. 모닥불은 따뜻했고 복슬복슬한 도도 포근했다. 낯선 이계였지만 세상모르고 곯아떨어졌다.

그런 양이와 도를 작은 손이 붙들었다. 탬버린처럼 흔들었다.

"일어나세요! 일어나! 전하, 전하! 없어졌어요! 양이야, 양이야, 일어나! 없어졌어! 사라졌어! 흔적도 없어!"

"우으응…….."

양이는 입술을 내밀며 목을 움츠렸다.

"크닙아, 분위기 파악 좀…….."

도는 눈썹을 구기며 팔을 휘저었다. 웅얼대었다.

"네 전하께서 왕비님 품에 안기어 꿀잠을 주무시잖……. 끼잉."

"어차피 만날 그러고 주무시잖아요. 없어졌다고요! 중환자인데 없어졌어요!"

크닙은 제 머리를 노리고 휘저어지는 도의 팔을 획획 피했다. 꼬리를 붕붕 젓고 귀를 쫑긋대며 외쳤다.

"에잇!"

크닙은 도와 양이를 놔두고 천막 입구로 갔다. 입구를 가린 두툼한 천을 위로 획 제쳤다. 이는 도가 잠들기 전에 창조술로 만든 천막이었다. 시베리아 유목 민족이 거주하는 유르트를 닮아 눈밭에서 부는 바람을 든든히 막아주었다. 그 덕에 일행은 추위를 잊고 쉬었다. 그러나 이제 집에서 문짝이 떨어져 나간 셈이었다. 휭! 바람이 두툼한 소리를 내며 도와 양이를 후려갈겼다.

"깽!"

도는 짖으며 몸을 흠칫했다. 본능적으로 웅크려 양이부터 제 품으로 감쌌다.

그러나 크닙은 거기서 멈추지 않았다. 아름 가득 눈을 떠서 천막 안으로 들어왔다. 도와 양이 위에서 두 팔을 쫙 벌렸다. 눈이 왈칵 쏟아졌다.

"앗, 차가워!"

"크닙이 너 이 자식!"

양이는 푸르르 머리를 털었다. 도는 스프링처럼 튀어 올랐다. 귀와 꼬리를 세우고 도크닙을 반으로 접으려 팔을 뻗었다.

"없어졌어요! 물소 아저씨 없어졌다고요! 무진장 다쳤는데!"

크닙은 도를 피해 두 자 넘게 뒤로 뛰었다. 팔과 날개를 파닥파닥 흔들었다.

✦❉✦

"물소 새끼 시발 새끼, 왜 아픈 놈이 가출해서 남의 꿀잠을 깨워?"

도는 복슬복슬한 머리칼을 벅벅 긁으며 푸석한 눈을 꿈쩍였다. 이곳은 있는 대로 도를 규제하는 이계였다. 도는 양이를 끌어안고 눈을 붙여 그나마 원기를 회복했으나 아직 고위급 주술로 말미암은 피로를 말끔히 떨치지 못했다.

"부발루스 씨, 그 몸으로 괜찮을까요? 열도 미처 내리지 않았고 통증도 여전히 심했잖아요. 그나마 사장님이 돌봐주셔서 눈이나마 붙였던 건데."

양이는 천막 입구를 조금 밀어 빠끔히 밖을 보았다. 세상이 깜깜했다. 어느 틈에 눈이 쏟기 시작하여 별도 달도 구름에 묻혔다. 처음에 도가 시각에 걸어준 주술도 이미 풀렸다. 이계라 도가 쓰는 힘이 약해진 탓이었다. 천막 밖으로 손을 뻗으니 손끝은커녕 소매조차 볼 수 없었다.

"사방이 컴컴해요. 빛이 있다 쳐도 눈 탓에 움직이기 어렵겠는데요. 눈송이가 딸기만 해요."

양이는 천막 입구를 잘 여미고 모닥불 가로 돌아왔다. 눈앞에 살랑이는 도의 꼬리에 무심코 손을 묻었다. 포근하고 폭신했다.

"크닙아, 언제 알았어? 주변은 좀 찾아봤어?"

크닙은 꼬리를 팔락이며 모닥불 가를 빙빙 돌았다. 발을 잠시도 멈추지 않고 상기된 소리로 답했다.

"있지, 그 아저씨, 내가 눈사람 만들고 돌아왔을 때만 해도 끙끙대면서 잤거든? 근데 내가 천막을 보호하는 결계를 보강하고 설핏 눈붙였다 일어나니까 안 보이더라고! 내가 깜짝 놀라서 반경 백여 미터는 뒤졌다? 근데 흔적도 없어. 눈이 펑펑 내려서 발자국도 덮였어."

크닙은 발을 멈췄다. 귀와 꼬리가 축 처졌다. 양이와 도 앞에 주저앉았다. 두 발바닥을 모아 붙이고 우물우물 말했다.

"걱정돼."

"어차피 다른 세계 놈이다."

도는 어느새 도로 드러누웠다. 모닥불 가에 깐 모피 위로 양이를 끌어당겼다. 양이 무릎에 제 머리를 뉘었다. 바짝 좁혔던 두 눈썹 사이에서 그제야 힘을 풀었다.

"본래 도울 필요도 없는 놈이었어. 그런 놈을 고치고 먹이고 몸까지 녹여줬지. 호의는 넘치게 베풀었고 제 발로 갔으니 신경 꺼."

"그런가요."

양이는 허벅지에 닿는 머리칼을 쓰다듬으며 천막 안을 에둘러보았다. 한 사람이 빠져나갔을 뿐이건만 천막 안은 잠들기 전보다 휑했다. 주술로 단단히 보호받는 이 안은 눈보라가 몰아쳐도 안심이라 들었지만 천막에 부딪히는 바람 소리만 들어도 밖은 나다닐 수조차 없는 상황임이 자명했다.

— 찾아줘요, 제발.

양이는 고개를 모로 갸웃하며 한쪽 뺨을 움찔했다. 미세한 소음으로 귀가 찌걱거렸다.

'갑자기 자꾸 이러네? 돌아가면 약선 영감님께 말씀드려야겠어.'

양이는 도를 쓰다듬는 손끝 감각에 집중하려 애썼다. 느슨히 입술을 움직였다.

"다른 세계 분이지만 정말 이대로 괜찮을까요? 많이 다치셨는데……."

도는 머리를 움찔대며 양이의 허벅지 안쪽으로, 품 안 깊숙이로 파고들었다. 두 팔로 양이의 허리를 끌어안으며 양이에게 뺨을 문댔다.

"우리 찐빵은 다정하기도 하지. 움직일 만하니까 떠났겠지. 제법 회복한 모양이니 걱정하지 마."

도는 두 눈을 가느스름히 뜨고 느른히 하품을 삼켰다. 얼굴 반을 양이 품에 묻은 채 한쪽 눈만 밖으로 두었다.

"하지만 해독도 다 안 됐잖아요."

양이는 여전히 눈썹이 처졌다. 크닙도 양이에게 붙어 앉으며 고개를 끄덕였다.

"아저씨 잘못되면 어떡해요."

도는 쉬이 대꾸하지 않았다. 끌어안은 양이의 허리를 느릿느릿 쓸어내렸다. 허리의 우묵한 계곡을 손끝으로 헤아리며 짐짓 무관심하게 졸음 묻은 눈만 껌벅였다.

양이는 화화에 온 뒤 늘 당혜의 잃어버린 조각을 찾는 방향으로 움직이고 반응했다. 당혜의 잃어버린 조각을 지닌 자에게 깊이 공감하고 동정심을 보였다. 이레인 때에도 알을 찾으러 가기 싫어하는 도에게 혜용을 걱정하는 말을 했고 돌아와서도 이레인과 자이어 사이에 있던 일을 돌이키며 씁쓸해했다. 시영과 순남 때에도 잘 차려입더니 하고많은 곳 중에 진부하달 수 있는 명동으로 가자고 했고 시영을 보자 대뜸 불쌍해하며 '도와주면 안 되느냐.'고 도를 졸랐다. 시영을 보내놓고 이레인 때와 마찬가지로 시영이 순남에게 했던 일을 떠올리며

술에 취해 심란해했다. 하얄리 때는 하얄리에게 공명하다 못해 탈진할 지경으로 울었고 하얄리가 제 몸에 하고 간 일에 영향까지 받아 아예 폭주했다.

도는 한 번 더 양이에게 반응을 떠보았다. 짐짓 피곤하고 귀찮은 듯 말했다.

"어차피 이계에서 쓰는 독이야. 나는 진행을 늦출 뿐 다 해독할 수 없었어. 게다가 기억 안 나? 그놈은 처음에 날 경계하며 죽이려 들었어. 치료도 열심히 받았고. 일부러 자살할 놈이 아니란 뜻이지. 우리 기준에야 이 날씨가 못 다닐 날씨지만 그놈 기준에는 다닐 만한 날씨일 거야. 길을 재촉해 급히 의원이라도 찾아갔겠지. 우리에게 따로 인사할 만큼 예의 바른 성격도 아니었으니 그냥 갔을 테고."

"으음."

도는 생각에 잠긴 양이를 살피며 마지막으로 덧붙였다.

"이 날씨에 찾아다니려면 귀찮잖아. 우린 여기를 잘 알지도 못하는데. 휴가 온 셈 치고 노닥거리다가 눈 좀 가라앉으면 풍광이나 구경하다 집에 가자."

"그러게요? 되게 걱정했는데 전하 말씀이 맞아요. 우리 세계에서도 이깟 날씨쯤 산들바람 부는 봄 날씨로 느끼는 종족이 있으니까요. 부발루스 아저씨는 이계 분이고 회복력도 뛰어나 보였으니 멀쩡하게 갈 길 갔는지도 모르겠네요."

크닙은 설득당했다. 고개를 끄덕이며 긴장을 풀었다. 검지를 들고 팔을 휘휘 허공에 저으며 몇 마디 중얼거렸다. 천막 천장을 투명한 유리로 바꾸었다. 모닥불 불꽃을 한 자밤 집어 천장으로 던졌다. 천장에 쌓인 눈이 녹으며 유리가 김 서렸다가 투명해졌다. 이제 천막 안에서

도 눈 내리는 풍경이 훤히 보였다. 크닙은 벌렁 드러누웠다.

"흐음. 크닙이 너도 그렇게 생각하는구나."

양이만 여전히 탐탁잖은 기색이었다. 도가 "이 날씨에 찾아다니려면 귀찮잖아."라며 귀찮은 일을 딱 실색하는 심리를 제대로 공략했지만 양이는 여전히 수긍한 태도가 아니었다. 도의 머리칼을 쓰다듬던 손길을 느슨히 멈췄다. 낯이 흐렸다.

"왜? 아무래도 마음에 걸려?"

"뭐어, 사장님 말씀이 맞으니까요. 아는 동네도 아니고 제 발로 나가신 분을 뭔 재주로 찾아요."

— 이제 지쳤어요.

양이는 입술 끝을 내렸다. 볼을 부풀리며 맥없이 끄덕였다.

— 그냥 가지 마요. 찾아줘요. 여기로 와요.

양이는 한 손을 들어 귓가를 문질렀다. 미간을 좁히고 고개를 이리 갸웃 저리 갸웃했다. 도가 한 말이 맞았다. 더욱이 스스로 제 성격을 알건대 이 일은 집착할 일이 아니었다. 제 능력으로 어찌할 일조차 아니었다. 부발루스는 잊고 노닥거리며 관광이나 해야 옳았다.

"하지만……."

그러나 양이는 입술이 움직였다.

— 움직여요. 어서!

"뭔가 껄끄러워서……. 그냥 보내면 안 될 것 같아요."

양이는 손을 들어 머리를 긁었다.

"아, 왜 이러지? 기분 되게 이상하네요? 이건 꼭 오엠알 답안지를 빨간 플러스 펜으로만 마킹하고 나왔을 때 기분인데?"

"그게 무슨 뜻인데?"

도는 양이의 허리에 감은 팔을 풀었다. 손바닥으로 바닥을 짚고 상체를 일으켰다. 고개 숙인 양이를 마주 보았다.

"시험문제를 풀겠다고 끄적댔지만 점수는 빵점이라는 의미죠."

양이가 중얼거렸다.

'그냥 넘길 반응은 아니군.'

도는 팔을 들어 피로한 목을 주물렀다. 전후 관계를 곰곰이 따져보았다.

세계와 세계는, 차원과 차원은 나뉜 듯 보이나 이어졌다. 도와 양이가 사는 세계에서 지계와 인계와 천계가 나뉘었으되 이어졌고 도와 양이가 사는 세계와 이레인이 사는 세계, 하얄리가 사는 세계, 부발루스가 사는 세계가 또 나뉘었으되 이어졌다. 그래서 각 세계는 서로 교류량이 많지는 않으나 끝없이 에너지를 주고받았다. 그리하여 당혜의 잃어버린 조각도 그 일부가 이레인에게, 하얄리에게, 하얄리의 크스멧에게 흘러들었다가 도에게 되돌아왔다.

'하지만 내게 남은 혜의 백(魄)은 이미 본모습을 얼추 찾았다. 양이에게도 혜의 조각이 제법 크게 있으니 그 백에 맞물린 조각은 이제 거의 찾을 일이 없다고 봐야 할 터. 한데도 양이는 그 물소에게 미련을 버리지 못한다. 이 반응을 여느 때와 같이 '혜'를 회복하려는 끌림이라 간주하면, 양이가 지금 반응하는 혜의 조각은······.'

도는 고개를 젖혔다. 눈이 펑펑 내리는 천장을 물끄러미 응시했다. 목을 주무르는 모습을 보고 크닙이 다가와 어깨를 두드려주자 제 목에서 손을 뗐다. 안마를 받으며 혀 위에서 떫은 한마디를 삼켰다.

"설마 '그 여자'에게 사로잡힌 남은 절반······?"

그 말은 양이도 크닙도 듣지 못할 크기로 혀 위까지 기어올랐다가 목구멍으로 짓눌러 삼켜졌다. 도는 벌떡 일어났다. 보온을 고려하여 친 천장은 발끝만 들어도 머리끝이 부딪히도록 낮았다. 투명한 유리 너머로 코앞까지 어둠이 들이부어지고 눈이 쏟아졌다. 끝이 보이지 않는 막막하고 낯선 어둠, 그 어둠을 손톱으로 뜯은 듯 무수히 벌어진 작은 틈새로 유령같이 창백한 눈송이가 불쑥불쑥 튀어나와 훅훅 달려들었다. 눈송이는 확장된 동공을 향해 주먹만 하게 달려들다가 코앞에서 휘몰아치며 달아났다. 도는 유리창에 손바닥을 댔다. 그래 보았자 눈송이는 크닙이 천장에 불어넣은 온기에 흔적도 없이 녹아 사라졌다. 단 한 송이도 도의 손에는 잡히지 않았다. 지금까지 '그 여자'가, 수라 혼야가 그래왔듯.

'설마, 정말로 설마, '그 여자'가 이계에, '이곳'에 숨었나? 양이가 푼 구조물을 그 여자도 풀었어?'

도는 혀를 깨물었다. 한숨조차 나오지 않았다. 천장에 닿은 손바닥을 떼었다가 천장을 팡 쳤다. 저 잡히지 않는 허연 유령을 다 부숴버리고 싶었다. 천막이 흔들렸다.

"전하. 무언가 불편하시옵니까?"

크닙이 따라 일어나 조심스레 물었다. 눈치를 보며 말투부터 사렸다.

양이는 일어났다. 크닙을 향해 입술 앞에 집게손가락을 대 보였다. 도의 기색을 살피며 도의 등을 살며시 끌어안았다. 도가 거부하지 않자 도에게 은근히 제 무게를 실었다.

양이는 도를 안 지 그리 오래되지 않았다. 그러나 그 몇 달을 내내 도와 붙어 지냈으니 도가 어떤 식으로 행동하는지 몇 가지쯤 알게 되었다. 도는 이따금 무언가에 골몰했다. 그럴 때면 주변을 까맣게 잊었다. 돌연 벌떡 일어나 왔다 갔다 하거나 피뢰침처럼 곤두서서 찌푸리고만 있었다. 그러나 양이가 곁을 지켜주면 서서히 긴장을 풀었다.

양이는 자신이 이번에도 도에게 도움이 될지 가늠할 수 없었다. 그래도 도가 여유를 찾길 바랐다. 손에 닿은 도의 팔을 사뿐사뿐 토닥였다. 약간 효과가 있었다. 뻣뻣하던 도의 등이 다소나마 느슨해졌다. 도는 눈을 감았고 분노로 열 올랐던 머릿속을 차분히 가다듬었다.

'그 여자는 영기를 다루는 숙련도나 영력의 크기까지 따지면 나보다 몇 수 아래였다. 하나 주술을 학문으로만 따지면 나보다 몇 수 위, 아니, 삼계에서 스승님과 대등하게 토론할 수 있던 유일한 술법가였다. 지기 싫어하는 혜용이 '학자로서는 우리 둘이 혼야 하나를 당하지 못한다.'고 인정했을 정도이니…….'

'텅!'

도는 다시금 손바닥으로 천장을 쳤다. 유리를 뚫고 뻗어 나간 힘이 허옇게 달려들던 유령들을 후려쳤다. 유령들이 질겁하여 달아나고 천장 두 자 위까지 새까만 공백이 생겼다. 아주 잠시, 정말 아주 잠시.

'그 여자라면 몇백 년 전에 그 구조물을 풀었대도 이상하지 않아. 그래서였나? 그래서 연적이와 흑군이 그 오랜 세월 우리 우주를 탈탈 뒤졌는데도 흔적조차 찾지 못했나? 그 여자를 나만 찾은 게 아니지. '그 여자에게 무언가 있다.' 싶으니 내 약점을 틀어쥐어 보려던 천지왕, 지부왕, 마고까지도 그 여자를 찾았다. 하나 아무도 그 생사조차 알지 못했지.'

"크님아."

"넵, 전하!"

눈동자만 데굴데굴 굴리던 크님이 꼬리를 바짝 세우며 또랑또랑 답했다. 도는 점점 드세어지는 눈보라를 노려보며 말했다.

"모든 우주에서는 권능자 단 한 명만이 차원을 잇는 문을 만들 자격을 지닌다. 우리 우주에서는 내 스승님, 도수문장 님만이 그 권능을 지니셨지. 그러니 우리 우주에서 나른 우주로 통하는 모든 문은 절대로 도수문장 님 눈을 벗어날 수 없다. 맞느냐?"

크닙은 고개를 붕붕 위아래로 끄덕였다.

"소신이 아는 한 그렇사옵니다. 우리 우주에 드나드는 일은 누가 언제, 어떻게 하든 문장 님께서 발휘하시는 의지와 문장 님께서 보내시는 시선을 벗어나지 못합니다. 양이가 이 문을 열 때도 문장 님께서는 주술이 발현되는 힘을 느끼셨을 테고 마지막 순간에 문을 여닫는 일을 허가하셨겠죠."

"그래, 그게 상식이지?"

"넵, 그렇사옵니다."

"새삼 그 사실을 생각하니 태어난 이래로 손꼽히게 열 받는구나. 잠시 현실을 부정하고 싶어서 물어봤단다."

도는 생긋 웃었다. 유독 화사하게 웃는 그 모습이 무지막지하게 화가 나 보였다. 크닙은 부르르 떨었다. 과연, 도는 웃음 끝에 으드득 이를 갈았다.

"이런 미친……! 아무리 가르칠 때부터 그 여자만 싸고돌았다지만 편애에도 선이 있고 '병 주고 약 주고'에도 정도가 있지."

'그 여자가 어떤 방식으로든 이계에 숨었다면 영감이 모를 수가 없다. 정말로 그 여자가 여기에 있고 그 영감이 알고도 그 오랜 세월 나를 이 지경으로 처박아뒀다면…….'

도는 꼬리와 귀가 곤두섰다. "크르릉." 목을 울렸다. 뭐든 박살 내고 싶은 충동이 치밀었다. 그러나 정신력을 바닥까지 쥐어짰다. 자신을 다독이는 양이의 손길에 집중하려 애썼다. 심호흡을 반복했다.

크닙은 도가 지금 꼭지 돌기 일보 직전인 순도깨비 그 자체임을 간파했다. 어디에 어떻게 방어 주술을 써야 하나, 양이를 어떻게 들고 튀어야 하나 걱정하며 동공을 마구 떨었다.

그러나 도는 미지근하게 식은 숨을 길게 내쉬었다. 눈처럼 하얗던 낯을 토마토처럼 익히고 나직이 중얼댔다.

"아흐, 그 영감탱이, 스승만 아니면 진짜……."

도는 새빨간 이마를 짚었다.

"히유우."

바짝 긴장했던 크닙은 비로소 한숨을 내쉬었다. 양이만이 여전히 평온했다. 양이는 흔들림 없이 도의 팔을 쓰다듬었다. 그러다 작게 비명을 질렀다.

"아앗!"

도는 몸을 휙 돌려 양이를 제 어깨로 추어올렸다. 한 팔로 양이를 안은 채 곤두선 꼬리를 좌로 우로 팽팽 돌렸다. 천막을 가로질러 입구로 걸어갔다.

"고마워, 찐빵! 나 태어나서 두 번째로 뚜껑이 열릴 뻔했는데 찐빵 덕에 참았어."

"에헤, 다행이네요."

도는 천막 입구를 피아노를 치듯 손끝으로 따다닥 두드렸다. 손끝에서 금빛이 번쩍번쩍 일었다. 천막도, 모닥불도 흔적도 없이 사라졌다. 천막이 걷힌 대신 크닙과 도, 양이를 둘러싸는 얇은 금빛 보호막이 생겼다. 도는 펄럭, 날개를 크게 떨쳤다. 사방에 빛 가루를 흩뿌리며 상기된 음색으로 외쳤다.

"가자! 뭐가 어떻게 될는지 모르겠지만 뭐가 됐든! 일단은 물소 사냥이다!"

✵✿✵

항상 자신만만하고 유능해 보이던 도가 한없이 무능할 때도 있다는 사실을, 일행은 눈밭으로 세 발짝을 떼기도 전에 깨달았다.

"어디로 가지?"

왕이 물었다.

"아무 데로나요!"

측근이 해맑게 외쳤다.

"음……."

미래의 왕비님이 침묵했다.

휘잉. 눈바람이 불었다. 사방 천지가 껌껌했다.

왕은 하늘을 보았다. 땅을 보았다. 천천히 원을 그리며 동서남북을 보았다.

"찐빵, 아무 느낌 안 와?"

왕은 길잡이를 믿기로 했다.

"전 영감이 꽝인데요?"

길잡이는 눈뜬장님이었다. 그래도 도움되는 의견을 내기는 해야 할 듯하여 머리를 굴렸다. 한마디 덧붙였다.

"추적술 못하세요?"

길잡이는 바둥바둥하여 왕의 품에서 내려왔다. 은은히 빛을 발하는 왕과 왕의 측근을 조명 삼아 눈밭에 무사히 내려섰다. 왕이 쳐둔 얇은 막이 물에 띄운 널빤지 역할을 했기에 눈 속으로 가라앉지 않았다. 두 툼한 눈 위에 가뿐히 올라섰다. 코끼리 코를 잡고 뱅글뱅글 돌았다.

"이렇게요. 전 아직 배우지 못했지만 크닙이는 할 줄 알던데요? 그 왜, 제가 삼경에서 사장님 잃어버렸을 때요, 이렇게 찾았잖아요."

길잡이는 여전히 자신이 사기당했다는 사실을 몰랐다. 다섯 바퀴쯤 돌다가 균형을 잃고 풀썩 자빠졌다.

"푸히히힛!"

측근은 웃어젖혔다.

"조심!"

왕은 길잡이가 완전히 자빠지기 전에 그 허리를 낚아챘다. 길잡이 를 다시 품으로 안아 올렸다. 찌푸렸다.

"뭔 소리야? 웬 추적 주술이 그래?"

"아우……."

길잡이는 어지러운 머리를 왕에게 기댔다. 웅얼댔다.

"그때 제가 사장님 고향에 처음 갔을 때요, 저 미아 됐잖아요. 그때 크닙이가 이렇게 돌면 사장님을 낚을 수 있다고 그랬거든요. 좀 안 믿 겼는데 사장님이 진짜 낚이시던데요?"

"뭐?"

왕은 옛일을 돌이켰다. 그때는 하늘을 나는 쪽지를 읽고 지난 길을 되짚었을 뿐 추적 주술 따위에 낚인 기억이 없었다. 그러나 어쩐 일인 지 들으나 마나 빤했다. 측근을 흘끗 보며 짓궂은 웃음으로 뺨을 씰룩 였다.

"푸히힛, 그거 장난이었어."

측근은 잇몸을 만개하며 머리를 긁적였다.

"……."

길잡이는 욱했다. 그날 세반고리관과 위장을 꺼내 줄넘기하는 기분이었다. 그러나 눈보라도 치는데 목청 높여 화내기 귀찮았다. 길잡이는 이래 봬도 화내기 귀찮아서 인생 대부분을 평화주의로 일관한 인물이었다.

"아, 그랬구나. 어쩐지 너무 이상하다 했어."

"똑똑하다가도 이렇게 맹한 점이 귀엽다니까?"

왕은 낄낄대며 길잡이의 뺨에 쪽쪽 입 맞췄다.

"그럼 추적술은 원래 없나요? 이상하다? 제가 주술을 배워보니까 없는 주술 빼고 다 있던데요."

"물론 있어."

왕은 눈에 힘을 더욱 돋워 가시거리를 늘이려 했다. 그러나 그도 눈이 적당히 와야 가능한 일이었다. 우월한 신체 능력에 주술을 더해도 십여 미터밖에 보이지 않았다. 씁쓸히 말했다.

"한데 그 물소는 단서가 없어. 소지품 하나라도 남았으면 모를까 그냥 찾기는 무리야."

"으음, 그럼 군인이나 사냥꾼이 하는 추적술은요? 눈이 무식하게 와서 소용없나요?"

"응. 이 정도로 눈이 오면 소용없어."

측근은 파닥파닥 오 미터쯤 날아올랐다. 두리번거렸다.

"전하아아! 아무것도 안 보여요오오오오오!"

측근은 다시 파닥거리며 바닥으로 내려왔다.

"꿍……. 찐빵, 진짜 몰라? 전혀 느낌이 안 와? 동·서·남·북 중에 하나만 찍어봐."

'넌 열쇠고 나침반이잖아!'

왕은 길잡이를 쪼았다.

"어⋯⋯. 으으으으음."

길잡이는 미간을 구기고 심각하게 어둠을 노려보았다.

"아까도 말씀드렸다시피 저는 영감이 꽝인데요."

"그래도."

"전 살면서 찍는 족족 틀렸어요."

길잡이가 고장 났다.

"우리 나뭇가지 세워서 쓰러트릴까요? 제가 나뭇가지 하나 꺾어올까요?"

왕은 모든 시도가 수포로 돌아간다면 길잡이가 고장이 났든 안 났든 길잡이에게 나뭇가지 쓰러트리기를 시키려 했다. 지금이 벌써 그걸 시도해야 할 시점인가 고민했다.

"있잖아요, 해독이 미처 되지 않은 살고자 하는 사람이 급히 길을 떠났어요. 이 사람이 어디로 갈까요? 가장 강력하게 떠올릴 수 있는 목적지는?"

길잡이가 물었다.

"의원을 찾아야 하니 도시나 마을로 가겠지!"

나뭇가지를 꺾으러 일 미터쯤 날아올랐던 측근이 바닥으로 내려오며 답했다.

"그렇지? 그렇다면 동적 생명 에너지가 강하게 느껴지는 곳이라든가, 여하튼 군락지를 찾아내는 주술 없을까? 읽어보지야 않았지만 네 서재에 '여행 주술'이라는 책이 있던데 그 책에 그런 주술 없어?"

"그런 주술이 있기야 있지마안…….."

측근은 웅얼거렸다. 왕을 올려다보았다.

"소신은 무리예요. 전하도 안 되세요?"

"절대 무리. 이계에서 킬로미터 단위로 광역 주술을 펼쳤다간 제명에 못 살아. 나는 마음먹기에 따라선 우주 질서를 위협할 만큼 큰 힘을 쓸 수 있으니 이곳 우주로부터 어마어마하게 규제받거든. 킬로미터 단위로 힘을 쓰면 나를 규제하는 힘도 미터 당 제곱을 거듭하며 커질 거야."

왕은 단호히 불능을 선언했다. 온종일 조몰락대도 질리질 않는 찐빵 같은 애인을 얻은 왕은 요즘 여느 때보다도 무병장수하고 싶었다.

"으, 그런 규제가 있어요? 어쩐지. 소신도 몸이 약간 무겁더라고요. 다른 몸이라 어색해서 그런 줄 알았더니 규제받는 중이었구나."

"너도? 하기야. 너도 신(神)의 반열에 걸친 존재이니 규제가 없진 않겠구나."

왕은 날개를 퍼덕였다. 신들이 나누는 대화에 갑자기 멍해진 길잡이를 끌어안았다. 하늘로 십 미터 이상 솟구쳤다. 눈을 밝히는 주술을 몇 중으로 걸고 주위를 휘둘러보았다.

"전하아아, 뭣 좀 보이세요오오오?"

측근이 저 아래에서 팔을 휘저으며 물었다.

"어둡고……."

왕은 운을 뗐다.

"이 빌어먹을 눈보라 때문에 하나도 안 보인다!"

왕은 당당히 고백했다. 아래로 뚝 떨어지듯 착륙했다.

"꺄아아아, 자이로드로오오오오옵!"

길잡이는 눈보라 속에서 스릴을 즐기며 환호했다. 왕이 바닥에 내려서자 정색하고 올바른 의견을 내었다.

"눈 그치고 날 밝을 때 기다릴까요?"

"그래도 되겠어? 지금 물소를 찾는 일이 급하지 않아? 너 물소 상당히 걱정했잖아."

"그래도 방법이 없잖아요. 해 뜨고 눈보라 그칠 때까지 기다려요. 그럼 조금이라도 뵈는 게 있겠죠."

길잡이는 현실을 직시했다.

"그래, 다시 천막 치자."

"저도 찬성!"

왕과 측근은 길잡이가 하는 말을 잘 들었다. 그리하여 왕과 측근과 길잡이는 다시 천막을 치고 모닥불 가에 둘러앉았다. 눈보라가 가라앉고 해가 뜨기를 기다렸다. 그냥 기다리기 심심해서 369를 시작했다.

셋이 369를 하니 시시했다. 왕과 측근이 각각 분신을 둘, 셋씩 만들었다. 합계 여덟이 둘러앉아 369를 했다. 369를 하다가 질려서 홍삼을 하고 홍삼도 질리자 쥐를 잡자를 했다. 그러나 연이은 인디언 밥에 다들 '이제 내 등판을 지켜줘야겠다.'고 생각하게 되었다. 모두는 사이좋게 평화협정을 맺었다. 교양 있게 끝말잇기를 시작했다. 국어사전을 해체할 기세로 끝말잇기를 했지만 해가 뜨지 않았다.

"이상해."

도가 유리 천장을 올려다보며 심각하게 말했다.

"해거름."

크닙은 뒤부터 이었다. 물었다.

"우리 이제 활용형도 허용해요?"

"그게 아니라, 해가 안 떠. 눈보라는 진작 그쳤는데."

그 말이 맞았다. 눈보라는 그쳤다. 끝말잇기를 멈추자 모닥불만 고요히 딜 뿐 숨 막히는 적막이 밀려들었다.

도와 크닙과 양이는 유리 천장을 향해 나란히 고개를 꺾어 들었다.

하늘은 물을 넘치게 탄 먹물 같았다. 새까맣지 않지만 검었다. 잿빛이라기엔 어둡고 먹빛이라기엔 순수하지 않았다. 부옇게 덮인 안개 사이로 가래질한 듯 검은 이랑이 파였다. 그 검은 이랑 사이로 달빛이 사다리를 타고 내려오듯 층층이 빛나며 하늘과 지상 그 중간까지 이르렀다. 달에 가리어 별은 드물었다.

"아까 눈보라 그치고요, 이거보다 아주 조금 더 밝은 적 있지 않았어요?"

양이가 지적했다. 크닙이 끄덕였다.

"그때 달도 잠깐 사라졌던가? 난 그대로 해 뜰 줄 알았어."

"새벽이 오는가 싶더니 다시 밤이 왔지. 지금은 점점 어두워지는 추세 같다."

도가 정리했다. 도는 제 턱을 만지작댔다.

"어쩌면……."

도는 홀로 끄덕거렸다.

"극야(極夜). 박명조차 찰나인 완전한 극야. 여긴 이 세계에서 극점인가 보다. 아니면 우리 우주와 꽤 다른 법칙으로 지배받든가."

"극야요?"

양이가 물었다.

"극점에서 겨울에 밤이 계속되는 현상."

"아, 낮이 계속된다는 말은 들어봤는데."

"그건 백야(白夜). 적어도 우리 세계에선 둘 다 극점에서 일어나."

"전하는 어쩜 그런 것까지 아세요?"

크닙이 눈을 반짝였다.

"오오오."

양이도 감탄하는 기색으로 도를 보았다. 도는 뜻밖의 추어올림에 뺨이 설핏 달아올랐다. 어깨를 으쓱하며 한쪽 입꼬리를 씰룩였다.

"훗. 이 정도로 감탄하면 곤란해."

도는 일장 지구과학 강의를 늘어놓고 싶은 충동이 들었다. 그러나 숨을 한 번 고르며 반성해보았다. 그건 제 매력을 너무 무자비하게 밀어붙이는 행위 같았다. 그래서 충동을 억눌렀다. 양이를 갸륵히 보았다.

"어쨌건, 지금으로서는 날이 언제 밝을지 기약이 없어. 그래도 계속 기다려야 할까?"

"으으음."

양이는 도가 왜 자꾸 귀찮게 자기에게 물어보나 싶었다. 아무리 생각해도 이 문제에서는 크닙이 자기보다 똑똑하지 싶었다. 그래도 도는 꼬박꼬박 월급을 넣어주는 사장님이자 사랑스러운 약혼자였다. 그런 도가 의견을 물으니만큼 성의를 다하여 머리를 굴렸다.

"우선 제일 지독한 장애물이던 눈보라는 그쳤고요."

"그렇지."

"그리고 사장님은, 적어도 주술을 쓰면 어둠에 제약받지 않으시죠? 제 눈까지 그렇게 만들어줄 수 있으시니까."

"응. 제약받지 않아."

도는 가뿐히 답했다.

"시야 거리는요?"

양이는 꼼꼼히 확인했다.

"이계라서 해봐야 알아. 그래도 눈을 밝히는 주술은 광역 주술이 아니니 꽤 강력히 걸 수 있을 거야. 다른 방해가 없다면 수십 킬로미터 정도?"

양이는 끄덕였다. 꾸물꾸물 자리에서 일어났다. 크님도 폴짝 자리를 박찼다.

"그럼 나가서 높은 곳에 올라가봐요. 아무 나무에나 올라가서 최대한 동서남북을 살피고 그래도 답이 안 나오면 '찾으면 좋고 못 찾으면 관광'이라는 자세로 아무 방향이나 찍어서 움직여요."

양이는 천막 입구에서 걸음을 멈췄다. 제 바로 뒤에 선 도를 돌아보며 덧붙였다.

"다른 의견이 없으시면요."

"왕비님 뜻하심에 이견이 있을 리가."

도는 생긋 눈꼬리를 휘었다. 양이를 번쩍 안아 들었다.

✿✿✿

도는 나무 꼭대기에서 뛰어내렸다. 빙글 한 바퀴 돌아 눈가루 한 점 흩날리지 않고 착지했다. 팔을 뻗어 한 방향을 가리켰다.

"저쪽."

"뭐가 보여요?"

"뭐 있는데요?"

양이와 크닙은 어두운 지평선으로 발을 돌렸다. 목을 빼고 눈에 힘을 준들 사방이 깜깜하고 눈밭이 드넓었다. 양이는 뵈는 게 없었다. 크닙은 제 능력껏 시력 강화 주술을 거듭했지만 무엇을 찾기엔 역부족이었다.

"안개가 어른어른 껴서 시계가 뚜렷하진 않아. 다만……."

도는 미간을 찌푸리며 어둠을 노려보았다.

"안개는 투시 주술로 얼마쯤 뚫을 수 있으니 눈보라 칠 때보다는 뭐가 좀 뵈네. 저쪽에 산줄기가 누웠어. 그러니까……."

도는 팔을 쭉 뻗었다. 어둠의 양안을 잇는 팽팽한 곡선을 그었다.

"이 정도? 산맥이 길게 뻗었는데 그 한중간에 사람 손이 닿지 않았나 싶은 구조물? 얼룩이라 해야 할까? 아른아른해."

어둠을 노려보던 도는 크닙과 양이에게 몸을 돌렸다. 둘에게 다 시선을 주었지만 특히 양이에게 집중했다.

"이곳에서부터 거기까지 이십 킬로미터가량 돼. 어쩔까? 물소 찾으러 가볼까? 다른 방향으로 길을 잡거나 화화로 돌아갈까?"

"으음……."

양이 눈에 비친 이 세계는 어둠과 황량한 달뿐이었다. 시간을 가늠할 뚜렷한 기준이 없으니 확신이야 못 해도 양이는 제 피로와 허기를 기준 삼았다. 부발루스가 떠나고 반나절은 족히 되었다고 짐작했다. 그 턱이면 둘 중 하나였다. 떠난 이가 눈밭에서 죽었거나 갈 길 갔거나.

"이미 꽤 돼서 부발루스 씨를 찾을 수 있을지 모르겠어요."

양이는 떠올렸다. 지독히도 상처 입었으나 두 입술을 굳게 붙인 채 신음조차 아끼던 한 마리 수컷을, 그 두껍고 단단한 뿔만큼이나 무뚝

뚝하고 자존심 높던 거대한 짐승을. 자신은 도가 곁에 있기에 그를 겁내지 않았으나 그 짐승은 기실 위험스러웠다. 그러므로 눈길을 끌었다. 호기심을 자극했다.

"하지만 다시 만날 수 있다면 만나보고 싶네요. 무언가 궁금한 분이었거든요. 무엇보다…….."

조금 전 도가 말했다. 이 막연한 어둠 너머 무언가가 있다고. 낮이 언제 올지 알 수 없는, 이 기약 없는 극야 너머 무언가가 있다고. 그 말을 듣던 순간 양이는 몸이 떨렸다. 이 너머를 알고 싶어졌다. 이 너머로 도달해보고 싶었다. 숨을 훅 들이쉬고 굳게 덧붙였다.

"이왕 이계로 왔잖아요. 모험이라도 해요."

"저도 찬성! 이계 사람도 마을도 궁금해요!"

크닙이 두 팔을 번쩍 들었다.

"좋아, 접수!"

도는 양이를 안아 들었다. 발을 박찼다. 반투명한 날개 한 쌍을 뒤로 뻗치고 빛 품은 진주 같은 몸을 새카만 하늘로 솟구쳤다. 어둠을 뒤흔들었다. 반짝이는 빛 꼬리로 희붐한 밤안개를 갈라내었다. 크닙도 도가 남긴 빛 꼬리를 잡고 솟아올랐다. 도가 가른 바람결을 따랐다. 두 정령과 양이는 뿌얀 달까지 날아올랐다. 높이 더 높이, 우뚝 솟은 흰 나무 숲에도 지지 않을 높이까지 이르렀다.

"어때? 무섭지 않아? 이렇게 날아도 괜찮겠어?"

"전혀요! 높아서 기분 최고예요!"

도는 양이를 걱정했으나 양이는 겁 없는 편이었다. 바람에 밀리지 않을 만큼 소리질렀다.

"풍경이 잘 보이면 더 좋겠어요! 지금은 눈 감고 나는 기분이에요!"

"하하! 알았어!"

도는 품에 안은 양이의 눈꺼풀에 입술을 눌렀다. 주문을 읊었다. 따뜻하고 작은 금빛을 제 입술에서 양이의 눈동자로 옮겨놓았다.

"보인다! 꺄아악! 멋져요!"

양이는 작은 구슬을 흔들듯 목 깊숙이에서 웃었다.

"꽉 잡아!"

도는 양이가 겁내지 않는다는 확신을 얻자 속도 높여 너울너울 날기 시작했다.

"끼아아아악! 롤러코스터 같아! 으아악!"

몸이 마구 덜컹대자 양이는 도의 몸에 바짝 팔다리를 감았다. 탄성을 올렸다.

"조금만 더 빨리요!"

도는 키득키득 웃었다. 요청에 충실하여 앞으로 빙그르르 돌기도 하고 뒤로 뱅그르르 돌기도 했다. 양옆으로 펄떡펄떡 꼬리도 쳤다.

"재밌어?"

양이는 도가 자신을 떨어뜨리지 않으리라 확신했다. 그러나 본능이 더 견고히 안전을 추구했다. 팔과 다리를 도에게 꽉꽉 휘감았다. 뺨이 달아올라 외쳤다.

"재밌어요!"

양이는 깔깔댔다. 눈을 질끈 감고 어지러운 머리를 흔들었다. 바람을 만끽하며 덧붙였다.

"근데요!"

"응!"

바람이 날카롭게 쪼개지며 굉음을 냈다. 양이든 도든 목청을 높이지 않으면 서로에게 말을 전할 수 없었다.

"이계로 가는 문을 여는 일은 문장 님밖에 못 한다고 하셨잖아요!"

"응!"

"그건 왜예요? 그 능력이 그분께밖에 없어서인가요? 아니면 그분 외에 그 일을 하면 불법이어서인가요?"

양이는 바람 소리 사이로 빽빽 외쳤다.

"둘 다! 태생과 법칙이 다른 우주가 서로 정도를 벗어나 마구잡이로 간섭받으면 논리가 꼬여 붕괴할 수 있어! 그래서 각 우주는 제 우주에서 연결자를 단 한 명씩만 두고 제한된 교류만 해! 적어도 그 영감이 한 말은, 스승님 말씀은 그랬어!"

"저도 그런 이야기는 처음 들어봐요, 전하!"

도를 뒤따르던 크님이 외쳤다.

"그렇구나! 근데요! 좀 이상해서 그런데요!"

"말해!"

"이계로 가는 문이 그렇게나 위험하고 중요하다면 왜 문장 님께서는 이런 장치를 만들고 또 주셨을까요? 그것도 사장님과 사장님 사형 제분을 합쳐서 세 개나요!"

도는 속도가 주춤해졌다. 양이가 이곳으로 향하는 문을 연 직후에 도도 같은 의문을 품었다. 도야 우주를 잇는 문을 여는 일의 심각성을 알기에 그런 의문을 품을 수 있었다. 한데 양이는 아무것도 모르지 않는가. 모르는데도 도와 같은 점을 궁금해했다.

도는 나는 속도를 반으로 떨어트렸다. 양이를 고쳐 안았다.

"나도 이상해."

양이는 엄청난 질문을 해놓고도 여느 때와 다름이 없었다. 오히려 평소보다 더 맹했다. 도가 나는 속도를 확 줄이자 긴장이 풀렸는지 입을 벌리고 말갛게 도를 보았다. 도는 그 표정에 '도깨비에게 홀린 듯한' 기분이 되었다.

"하아……. 난 그 영감 생각을 알 수가 없어."

"전하께서 이따금 하시는 말씀을 들어보면 문장 님은 아주 이상하신 분 같아요!"

크님은 속도를 늦추지 않았다. 그러나 앞서 나가지도 않았다. 도와 양이 주변을 뱅글뱅글 돌았다.

"그 영감은 도깨비 왕인 내가 '이상하다.'고 여길 수준이니까, 진짜 정말 아주 무지 또라이 같은 영감이야."

도는 스승에게 눈 하나 깜짝 않고 폭언을 퍼부었다.

"어쩌면 그 영감이……."

도는 뿌득 이를 갈며 운을 뗐다. 스승을 떠올리는 일만으로도 속이 치밀었다. 본래도 싫은 양반이거늘 제 아이를 살해하고 그 혼마저 짓찢은 여자를 그 양반이 도주 방조했을지도 모른다고 생각하자 뱃속에 열화가 일었다. 도가 뺨을 달구자 양이는 도의 목에 감은 팔을 풀었다. 서늘한 자기 손바닥을 도의 뺨에 살며시 대었다. 열 오른 뺨을 식혀주었다. 부러 누그러트린 어조로 자늑자늑 말을 받았다.

"스승님이요, 어쩌셨는데요?"

"'어차피 너희는 절대 못 풀 테니 엿 먹어라.' 하고 던져주신 과제였을 수도 있어."

"괴짜시라서요?"

"응."

도는 그 구조물을 받았던 때를 곰곰이 돌이켰다. 치미는 한숨을 삼키며 투덜투덜 전했다.

"찐빵이 묻는 덕에 전후 사정이 떠올랐거든? 우리 사형제 셋이 스승님께 '차원의 문을 여닫는 술을 어찌 펼칩니까?' 하고 여쭌 일이 있어. 그때 스승님 대답이, '알려준다고 너희가 할 수나 있겠느냐?'였어. '알려나 주시고서 그리 말씀하시라.' 했더니 코웃음을 풍풍 뿜고 입꼬리를 씰룩쌜룩하시더라."

"자상한 분은 아니셨네요."

"제자 무시가 일상이었어. 갈굴 놈이 필요해서 제자 받았나 싶었다니까? 그때 아마 이렇게 말씀하셨지?"

도는 눈썹과 뺨과 입술을 한쪽씩만 꿈틀대며 뒤를 이었다.

"헤헹! 알려달라고? 너희 같은 멍텅구리에게? 너희는 내가 술을 다 아아아 펼쳐놓고 주술진을 발동'만' 시키라고 해도 못 해. 왜냐? 멍청하니까."

"와, 말투부터 장난 아니시네요. 기분 나쁘셨겠다."

"재밌는 분이실 것 같아요!"

양이는 도를 편들었다. 크닙은 오히려 즐거워했다. 도가 체머리를 흔들었다.

"아무렴. 크닙이 너도 그 영감 밑에서 일주일만 있어봐라. 재미있어서 꼭지가 돌아버릴 거다."

역시 내 마음을 알아주는 이는 왕비님뿐이라, 도는 양이를 더욱 소중히 끌어안았다. 즐거울 때마다 열 받을 때마다 심심할 때마다 할 일이 없을 때마다 늘 그랬듯 양이의 뺨에 쪽쪽 입 맞췄다. 평온을 다소 회복하고 말을 이었다.

"하여튼 달포 뒤에 그 구조물을 주셨어. 그게 뭐다 설명도 않고 '풀어봐!' 하셨지. 한데 그게 난이도가 장난이 아니잖아. 우리가 단체로 머리를 쥐어뜯으면서도 땅띔도 못 했거든? 그랬더니 그 영감탱이가 얼마나 좋아했는지 알아? 콧노래를 달고 살았어."

"어휴, 너무하셨다."

양이는 도의 등을 토닥였다. 재확인했다.

"그러니까 저는 펼쳐놓은 술을 '발동만' 시킨 거죠?"

"그렇지. 그 일만으로도 대단하지만, 나와 혜용, 혼야가 풀어보겠다고 머리 맞대고 연구한 세월이 수십 년이니까. 그런데도 감조차 못 잡은 물건이라고, 그게. 참고로 우리 셋은 삼계 역사를 통틀어 비할 데 없이 수준 높은 술사 집단이었어. 특히 혼야와 혜용은 결계술과 주술 해제 분야에선 천재 중의 천재였고."

양이는 그런 물건을 장난하듯 풀었다. 다시 생각해도 터무니없어서 도는 헛웃음을 머금었다. 정작 양이는 제가 한 일이 별로 와 닿지 않는 듯 말가니 끄덕였다.

"아, 그렇구나. 으음……. 어?"

양이는 무언가를 따져보다가 돌연 눈이 동그래졌다. 도와 새삼 눈을 맞췄다.

"근데 '혼야'요? 그분이 혜용 님, 사장님과 함께 공부한 또 다른 사형제세요?"

양이는 도의 가슴 깃을 움켜쥐었다.

"응. 수라 혼야. 도수전쟁 당시 수라족에서 제일가는 술사였어. 전하와 동문수학했고."

크님이 도 대신 답했다.

"'수라' 혼야?"

양이는 그 이름을 되풀이해서 발음해보았다. 미간을 설핏 찌푸렸다.

"으음? 귀에 익은 이름이네? 어디서 들어봤지?"

"귀에 익어?"

도는 이 세계에 혼야가 숨지 않았나 의심하던 차였다. 그 중얼거림이 예사로이 들리지 않았다. 말꼬리를 채어 물었다. 그러나 양이가 물음에 반응하기도 전에 크닙이 끼어들었다.

"술법 책에서 봤겠지! 너 나한테 책 여러 권 빌렸잖아. 그 이름은 술법 공부하면 싫어도 내내 보게 돼. 수라 혼야는 삼계에서 제일가는 술법사이신 문장 님께 배운 세 제자 가운데 한 명이고 술법사로서 수준 높은 저서도 많이 남겼으니까."

"아, 그렇구나. 어쩐지. 귀에 익더라."

양이는 도에게 바짝 안긴 채 끄덕거렸다.

'그 이름을 어느 책, 어느 구절에서 봤더라?'

양이는 기억을 되살리려 부지런히 머리를 굴렸다. 최근에 영계 서적을 규모 없이 여럿 읽었기 때문인지 머릿속이 영 뒤죽박죽이었다.

"혼야. 수라족이구나. 수라족은 주술에 약하다고 들었는데. 특이하네. 수라 혼야, 혼야······."

양이는 입속말로 거푸 중얼거렸다. 깜깜한 머리를 억지로 헤집자니 돌연 관자놀이가 지끈거렸다. 손을 들어 통증이 이는 자리를 꾹꾹 눌렀다. 눈을 가늘게 뜨며 고개를 탈탈 털었다. 머리가 흔들리자 어둠에 뒤덮인 설원이 눈동자 속에서 지진을 일으켰다.

"흐음."

도는 부러 속도를 높이며 비행 궤도를 위아래로 가파르게 꺾었다.

그러나 양이는 환호하지도 않고 풍광을 즐기지도 않았다. 외려 찡그렸다. 갑자기 머리가 아프고 팔다리에 맥이 풀렸다. 절인 배추처럼 도의 가슴에 늘어졌다.

— 여기예요. 여기로 와요. 어서!

'으, 머리 아파. 왜 이러지?'

양이는 도의 목에서 어깨로 이어지는 부들기에 이마를 괴고 문질렀다. 갑자기 제 상태가 엉망이 된 까닭을 헤아리다가 시무룩이 징징댔다.

"저 배고파요."

"하아? 왜 이리 심각한가 했더니, 하하!"

귀를 쫑긋 세웠던 도는 실소를 터뜨렸다. 어느덧 산맥이 이루는 선이 시야에 제법 뚜렷이 잡혔다. 눈과 얼음으로 뒤덮인 가파른 산, 그 빗면과 절벽에 크고 작은 구멍이, 구조물이, 도로가 얽히고설켰다. 그건 분명 자연과 지적 존재가 손을 합쳐 이룬 풍경이었다. 크닙이야 해맑게 날기만 하는 모양이 아직 그 풍경을 볼 수 없는 듯했지만 도는 눈에 힘을 더 돋우자 짐승이 끄는 수레를 타고 가는 사람 윤곽까지 알아볼 수 있었다.

"조금만 참아! 이제 마을이 보이니까! 저기 가서 식사도 하고 물소도 찾자!"

"어? 이쪽이 맞아요?"

"와아! 진짜 마을이 있어요?"

양이와 크닙은 화색을 띠었다. 소리 높여 물었다.

"있어!"

도는 양이를 토닥이며 힘차게 답했다. 더 크게 날갯짓했다.

얼음 도시 암바게스

"왼팔이 잘린 물소족 말입니까? 제게 왔었습니다."

치료사는 양(羊)족이었다. 상아색 머리칼이 뽀글뽀글하고 흰자 없이 까만 눈이 동그랬다. 약초에 물든 푸른 손을 배꼽에 얌전히 모았다. 볼을 발갛게 붉힌 채 도와 크닙을 향했다.

"손써볼 길 없는 몹쓸 독에 당했지요. 좋은 치료사를 만났는지 처치를 상당히 잘 받았고요. 그래도 여전히 위독했습니다. 그래서 붙잡았건만……. 후우, 그렇게 가서는 안 되었는데."

치료사는 하얀 앞치마를 움켜쥐었다. 입술 끝을 일그러트렸다.

길을 떠나기 전 도가 본 곳은 눈과 얼음으로 세운 도시였다. 얼음과 산기슭을 층층이 깎고 깊숙이 파 내려가서 구축한 거대한 거주지였다. 두툼한 얼음 벽돌로 담을 쌓고 그 담에 주술로 내열성을 부여하여 성곽까지 제대로 갖췄다. 병사가 성곽 위와 성문을 지켰다.

일행은 이 세계에 신분이 없었다. 성문을 어떻게 지날까 고민했다. 그러나 결론이 논의를 앞섰다. 일행이 제대로 궁리하기도 전에, 인간이, 정확히는 인간과 수인(獸人)이 웃는 얼굴로 우르르 일행을 맞이했다. 그들은 일행을 호위하여 으리으리한 문이 달린 동굴로 안내했다.

환대는 도와 크닙 덕이었다. 도시민들은 "평생에 한 번 뵙기 힘든 길하고 귀한 정령님께서 두 분이나 오시었다."라고 했다. 어둠 속에서 빛을 발하는 도와 크닙의 진줏빛 피부와 길게 뻗은 날개, 살랑이는 꼬리를 보고 "우리 도시에 마(魔)가 사라지고 행운이 들 징조."라며 기뻐했다.

이에 양이는 신기해했고 크닙은 즐거워했다. 도는 상황을 철저히 이용했다. 몰려든 이들을 웃음 띤 눈꼬리와 치켜든 턱 끝으로 실컷 부려먹었다. 잘 차린 한 상부터 받아 배를 채우고 은근슬쩍 몇 마디 던져 부발루스를 수소문했다.

걱정과 달리 수소문은 수월했다. 이 세계 기준으로도 부발루스가 워낙 당당한 체격에 심각한 중상자라 눈에 띄었다. 몇 번 묻자 부발루스를 기억하는 이가 나왔다. 그 허허벌판에서 올 곳이라고는 이곳뿐이니 당연한 결과일지 모르지만 부발루스는 이 도시에 왔다. 신원이 확실했던지 다섯 시간 전 성문이 열리자마자 도시로 들어왔고 이곳에서 제일 용하다는 치료사부터 찾았다.

치료사는 부발루스를 정확히 기억했다. 부발루스가 지독한 독에 당했고 멋대로 움직여도 괜찮을 상태는 아니었다고 회상했다. 훌륭한 술사가 진행을 늦춰놓아 달포는 시간을 번 듯 보이니 그동안 자신이 최선을 다해 해독법을 연구해보겠다고, 입원하여 정양하시라고 소견을 냈다 했다.

「당장 해줄 조처가 없다면 일없다.」

그러나 부발루스는 단호했다. 두말없이 일어나 돌아섰다.

「그대로 마구 돌아다니시면 안 됩니다! 뛰어난 술사가 겨우 진정시킨 독이 다시 발작할 거예요! 치료사로서 허락할 수 없습니다!」

양족 치료사가 문을 막아섰지만 우악스러운 물소족 부발루스를 막기엔 역부족이었다. 부발루스는 입구를 막고 선 치료사를 미닫이문을 열듯 밀어냈다.

「당장 날 고칠 수 없다면 비켜. 내겐 할 일이 있다.」

부발루스는 열이 올라 시뻘건 눈으로 말했다. 쿵쿵 땅을 울리며 사라졌다.

"어디로 사라졌지?"

"폐시가지겠죠."

"폐시가지로 갔을 겁니다. 특급 마수 사냥꾼을 뜻하는 증표를 망토에 달았으니까요."

도가 묻자 치료사도, 부발루스를 기억하는 성문 경비원도 같은 의견을 냈다. 아는 만큼만 보인다고, 도나 양이나 크닙은 전혀 인지하지도 못한 어떤 상징이 부발루스가 걸친 망토에 달렸던 모양이었다. 도와 일행이 잘 알아듣지 못하는 눈치이자 사람들은 이 세상 물정 모르는 순진한 정령 일행에게 더없이 친절히 온갖 설명을 덧붙였다. 모두가 앞다퉈 쏟아부은 정보는 이러했다.

이 황량한 극지방에서는 이 산맥이 가장 살 만한 곳이었다. 그리하여 이 산맥에는 마수, 동물, 사람, 수인이 고루 모였다. 마수와 동물은 제각기 산맥 곳곳에 영역을 구축했고 사람과 수인은 얼음을 깎고 산맥을 파내어 살다가 도시를 이뤘다. 도시는 잘 정비되었고 마수와 가장 가까우면서도 마수로부터 가장 안전했다.

그러나 삼백팔십여 년 전에 중심동굴 한 곳에서 화약과 주술 연쇄

폭발 사고가 일어났다. 폭발은 끔찍한 규모였다. 대형 동굴 한 동이 무너졌다. 무너진 틈으로 도시 밖에서 살던 마수 무리가 피 냄새를 맡고 몰려왔다. 피가 피를 불렀다. 마수는 점점 불어나며 날뛰었고 연결된 통로를 타고 순식간에 인접한 동굴로 번졌다. 대형 동굴 세 곳이 여드레 만에 쑥대밭이 되었다. 종내에 도시에선 그 동굴로 가는 입구와 통로를 일괄 폐쇄했다. 그곳이 '폐시가지'였다.

폐시가지는 더는 인간이 못 살 곳이었다. 그러나 산맥을 깊이 파고들어 조성했으므로 요소요소 아늑하고 따뜻했다. 마수에게 더없이 좋은 서식지였다. 한번 그곳에 발을 들인 마수는 아예 터를 잡았다.

"한데 마수 사체와 부산물은 큰돈이 됩니다. 의료 · 주술 · 공예에 두루 쓰이니까요."

그리하여 세계 각지에서 명성과 재화를 노리는 토벌대와 마수 사냥꾼이 이 도시의 폐시가지로 몰려들었다. 자그마치 삼백팔십여 년간 수천수만에 달하는 영웅과 불한당이 폐시가지를 청소하고 약탈했다.

"이제 마수는 거의 없어졌습니다만 그곳에서만 출몰하는 희귀한 마수가 몇 종 있습니다. 그래서 요즘도 이따금 특급 마수 사냥꾼이 마수 사체나 부산물을 확보하려 그곳을 찾죠."

도는 설명을 다 듣고서 양이에게 시선을 주었다. 양이는 눈을 두어 번 깜박이더니 제의했다.

"그럼 거기로 갈까요?"

"그러면 좋겠어?"

도는 반응을 확인할 겸 되물었다. 양이는 잠시 갸웃거렸다. 도의 목에 팔을 감고 그 귓가로 고개를 뻗었다. 도의 귓바퀴에 입술을 댈 듯 말 듯하며 속닥댔다.

"부발루스 씨, 역시 아프다잖아요. 이 세계에서 처음 본 분이라 걱정돼요."

"그 마수 사냥꾼에게 용건이 있으십니까? 혹여 추적에 도움이 필요하시면 저희가 돕겠습니다, 정령님."

모여든 이들이 먼저 호의를 보였다.

"윽, 싫어요. 우리끼리만 가요. 사장님 뜻이 다르시면 따르겠지만 전 여기 눈치 보여요."

양이는 또다시 속닥였다. 도에게 몸을 기대며 시무룩이 눈을 내리깔았다.

"저분들, 인간인 제가 정령인 사장님께 이렇게 붙어 있으니까 이상하고 싫은가 봐요. 몇몇은 대놓고 절 노려보고. 공공의 '우리 오빠'인 연예인 옆에서 알랑대는 밉상 팬 된 기분이야. 가시방석이에요."

양이는 볼이 부풀었다. 삐죽 내민 입술 끝이 발갛고 시무룩했다.

그 순간 도는 퍼뜩 깨달았다. 내 찐빵 입술은 정말 귀엽다고. 그런데 오늘 자고 일어난 뒤 입맞춤조차 아직이라고.

'내 왕비님이 내게 안겨 계시겠다는데 감히 누가 눈치를 줘?'

도는 벌컥 열이 받았다.

"내 호기심으로 하는 일이야. 호의는 고맙지만 도움은 됐어."

한창 기분 좋던 도는 쌀쌀맞아져 새치름히 말했다. 왕비님을 더욱 꼭 품에 안았다.

"폐시가지 깊은 곳에서는 빈도야 드물어도 강력한 마수가 나옵니다. 도움을 받으시면 그 마수 사냥꾼을 찾기 더 수월하실 텐데요. 폐시가지에서 길 찾기도 좋으실 테고요."

그러나 모여든 사람들은 귀하디귀한 정령님께서 해를 입으실까 걱정하는 눈치였다. 즐거운 마음으로 도시에 행운을 전해주셔야 할 정령님께서 왜 불현듯 언짢아지셨는지도 몹시 신경 썼다. 어쩔 줄 모르며 눈치를 살폈다.

"그건……."

도는 그러한 기색을 대번에 읽었다. 짜증이 치밀었던 낯빛을 가라앉혔다. 호의를 베푼 이에게 밥 잘 먹고 성내서야 안 될 터였다. 더구나 이곳은 도가 능력을 마음껏 발휘하기 힘든 이계였다. 어떤 상황에서든 크닙과 양이를 안전히 지켜야 하니 저들을 무작정 물리칠 수야 없었다. 조금쯤 신중히 굴었다.

"얼마나 대단한 마수가 나오는데? 거기에서 상상할 수 있는 가장 위험한 적을 맞닥뜨렸다고 쳐. 저 정도 전사가 몇 명 있어야 안전해?"

도는 주위를 에워싼 이 가운데 가장 강한 전사를 찍었다. 그 전사는 범족 수인으로서 기세를 잘 갈무리했고 체격도 호리호리했다. 보통 안목으로야 강하다고 보기 힘들 이였다. 그러나 명성이 높았는지 다들 "역시 정령다운 안목"이라며 도에게 감탄했다. 범족 전사가 한 발 나섰다.

"성체인 아이스 아르고스를 만난다면 저와 대등한 전사 넷에 그에 걸맞은 주술사 한 명이 연합해 상대해야 합니다."

"그래? 그럼 됐어."

도는 앓던 이가 빠진 듯 웃었다. 일어났다. 보란 듯 양이를 품에 안았다. '쪽!' 양이의 귓가에 소리 내어 입 맞췄다. 모여든 이들에게 턱을 치켜들며 말했다.

"안 위험하니 우리끼리 갈게. 나와 내 부하, 모든 우주를 통틀어 '제일 사랑스러운' 내 약혼녀, 이렇게 셋만."

도는 크닙에게 눈짓하고 발을 박찼다. 두툼한 인파를 단숨에 뛰어 넘었다. 한 발 앞으로 내딛다 우뚝 멈춰 뒤돌았다. 내 어여쁜 왕비님께 눈칫밥을 먹이다니 괘씸한 인간들이지만 일행에게 호의도 베풀었으니 인사를 해야 예의일 터였다. 팔을 들어 춤추듯 손가락을 휘저었다. 가벼운 환영 주술로 모두에게 빛과 꽃으로 비를 내렸다. 생긋 웃었다.

"친절한 이에게 행운이 깃들길!"

도는 주변에서 앞다퉈 설명을 쏟아부을 때 페시가지로 가는 길을 파악해둔 터였다. 미련 없이 발을 박찼다. 휙! 나는 듯 뛰는 듯 사라졌다. 물소도 찾고 그에 앞서서 방해꾼 없는 으슥한 동굴로 들어가 풀죽은 왕비님께 오늘치 모닝 키스부터 해드릴 생각이었다. 찐하고 사랑스럽게.

⁂

사고 이전에 페시가지는 산맥을 뚫고 만든 굴과 지하 통로로 현 도심과 촘촘히 이어져 있었다. 그러나 사고 이후 어지간한 길목이 다 막혔다. 이제 그곳으로 가려면 도심에서 이십여 킬로미터 벗어나 병영 옆, 빙하가 계곡에 박혀 형성된 얼음 분지 입구로 접근하는 수밖에 없었다.

도와 크닙이 시간당 수십 킬로미터를 이동할 수 있기에 일행은 별 어려움 없이 그곳까지 갔다. 분지 쪽 군영에서도 환대받았다.

"물소족 마수 사냥꾼 말씀이십니까? 너덧 시간 전에 페시가지로 들어갔습니다."

폐시가지 입구를 지키던 병사가 증언했다. 일행은 갖은 축복과 조언을 듣고서야 폐시가지 출입을 허가받았다.

"여긴 폐시가지에서 서쪽 끝입니다. 얼음 동굴보다는 지하 동굴 쪽이 살기 좋으니 마수는 간혹 산책 나오는 약한 놈뿐이죠. 미끄럼 방지 주술이 풀린 곳이나 난간, 계단이 깨진 곳만 조심하시면 그리 위험할 일 없습니다. 다만 마수 사냥꾼을 찾으려면 마수 서식지로 가셔야 합니다. 얼음 동굴을 통과해서 동쪽, 지하 방향으로 나아가십시오. 지하 일 층에서 중심부로 가시다 보면 계곡이 흐르고 그 계곡을 넘어 한 층 더 내려가면 마수 서식지로 접어듭니다. 마수 사냥꾼도 그곳으로 향했을 겁니다. 지하로 갈수록 위험한 마수가 사니 신중히 살펴 가십시오."

동굴은 거대한 빙하를 뚫고 만들어졌다. 양이 일행이 설명 듣기론 자연이 만든 구간도 있고 선조가 다듬고 파 내려간 구간도 있다고 했다. 오랜 세월 얼고 녹기를 반복한 벽과 천장은 온순한 시내가 동산을 흐르듯 동글게 오르내렸으며 성급한 강이 여울목에서 휘놀듯 너울너울 나부꼈으며 사나운 파도가 풍랑과 싸우듯 뾰족뾰족 머리를 세웠다. 둘, 셋, 넷. 통로가 가지를 치며 거미줄처럼 뻗었다.

동굴 내부는 오랜 세월 유지 보수를 하지 않아 깨지고 무너진 곳이 많았다. 이런저런 주술도 효력이 다하거나 약해졌다. 바닥엔 미끄럼 방지 주술이 있다 없다 하여 양이는 내내 도에게 안겨 다녔고 도와 크닙도 천장이 조금만 높으면 날고 아니면 살금살금 걸었다. 햇빛, 달빛을 모아두는 채광 주술도 있다 없다 했다. 그래도 채광 주술은 동굴 대부분에 미약하게나마 남았다. 동굴을 이루는 벽과 천장과 바닥이 거대한 보석처럼 시린 청록으로 빛났다. 도와 크닙은 흰 진주처럼 빛나며 푸른 굴 안에서 느릿느릿 날개를 펄럭였다. 얻은 지도와 길을 비교하며 갈림길마다 내부를 찬찬히 살폈다.

"이 몸, 후각이 꽤 좋아. 옅게나마 물소 냄새가 맡아져."

시하 일 층으로 섭어들었을 때 도가 코끝을 킁킁댔다.

"공기에 피에 젖은 꽃향기가 섞였어. 그 물소가 당한 상처에서 나던 독 냄새."

"저도 맡아져요, 전하. 이 몸 재밌네요. 개 같아요!"

"푸하핫! 그 말 뭐야. 어감 이상해."

"진짜야. 양이 너도 이 몸이 돼보면 알아. 냄새가 진짜 잘 맡아져. 정말 개 같다니까? 멍멍! 멍멍멍멍!"

크닙이 짖자, 그 소리가 푸르스름한 동굴 벽을 타고 겹겹이 울렸다.

"푸하하핫!"

양이는 밤볼을 둥글게 돋우며 웃어댔다. 동굴 안은 아름다우나 적막했다. 폭이 넓지 않은 굴이라 무슨 소리든 거듭해서 울렸다. 그 느낌이 재미있으나 스산했다. 일행은 말을 아끼게 되었다. 한번 분위기가 그렇게 잡히자 한동안 침묵이 돌았다. 공기도 서늘한데 분위기까지 썰렁하니 양이는 기분이 가라앉았다. 그러던 차에 크닙이 개 흉내를 내며 장난을 치자 분위기도 끌어올릴 겸 더 요란히 웃었다. 크닙도 호응을 받자 제대로 흥을 냈다. 손과 발로 바닥을 찼다. 꼬리를 흔들며 뱅뱅 돌았다. 고개까지 젖혔다.

"아우우우우!"

"하하. 녀석……."

도마저 웃음을 터트렸다. 도는 양이를 안지 않은 팔을 내려 크닙의 머리를 쓱쓱 쓰다듬었다.

"자, 어쨌든 속도 좀 올리자. 냄새가 길을 잡아주어 방향은 분명하니."

네발로 돌던 크닙은 폴짝 용수철처럼 튀어 올랐다.

"네! 근데 뛰자니 불쑥 미끄러워지고 날자니 통로가 확 좁아지고 낮아져요."

크닙 말대로였다. 일행은 지도를 대조하며 길을 찾느라 느려지기도 했지만 제멋대로인 환경 탓에 지금껏 제 속도를 못 내었다.

"주술로 날아. 날개는 방향타로만 쓰고."

도는 간단히 해결책을 내놓았다. 주술로 몸을 한 치쯤 띄웠다. 긴 날개를 새 꽁지처럼 뒤로 뻗었다. 날개를 좌로 우로 기울여 균형 잡으며 비릿한 꽃향기를 좇았다. 크닙도 곧장 뒤따랐다. 도에 지지 않을 만큼 속도를 올렸다. 새애애애애액. 일행은 파르스름한 빙하의 내장을 굽이굽이 미끄러졌다. 공기 가르는 소리가 서늘한 동굴 벽을 치고 몇 중으로 울려 앞에도 뒤에도 가득했다. 얼음이 아니라 소리로 된 굴을 지나는 느낌이었다. 그렇게 지도를 넣고 속도를 올리자 금세 물소리가 들렸다. 조금 더 가자 거대한 공동이, 계곡이 펼쳐졌다.

"와아! 앗, 차가!"

"이야! 얼음 속에 물이 흘러!"

"호오……. 장관이로다."

얼음 바닥이 끊겼다. 얼음이 끊긴 자리에 크고 작은 검은 돌과 바위가 깔렸다. 폭이 백 미터는 될 거대한 계곡이 사납게 울부짖으며 빙하 속을 달렸다. 얼음 천장이 발하는 창백한 푸른빛에 물거품이 허옇게 번뜩거렸다. 비늘이 하얀 용이 빙하를 뚫고 울부짖으며 날아가는 듯 보였다. 유속이 빨라 돌과 바위는 하나같이 동글동글했고 양이와 일행에게까지 시린 물방울이 튀었다. 수온이 어찌나 낮은지 물방울이 아니라 얼음 조각이 피부에 박히는 듯했다. 걸어서 건널 물은 아니었으나 끊긴 이쪽과 저쪽을 잇는 다리가 이미 부서졌다. 다만 두툼한 밧줄이 얼음벽에 박은 갈고리에 묶여 이쪽 끝과 저쪽 끝을 연결했다.

"지금까지도 볼거리였지만 이 모습이야말로 장관이네요."

"신기해. 이계에 와보길 잘했어. 돌아가면 월주에게 실컷 자랑해야지!"

"월주 언니 울겠다."

도는 양이의 이마에 쪽 입 맞추고 크닙의 머리칼을 쓱쓱 쓰다듬었다.

"우리 고향에도 이 비슷한 곳이 있어. 나중에 데려가줄게."

"와아!"

"저도요! 저도 꼭 데려가주세요!"

도는 웃으며 끄덕였다. 다시금 바닥에서 한 치 떠올랐다. 다리가 있건 없건 밧줄이 있건 없건 크닙과 도는 그저 둥둥 떠서 계곡을 건너면 그만이었다.

"지금은 목적이 있으니 나중에 돌아와서 다시 구경하고 물소부터 쫓아가자. 물 탓에 냄새가 끊겼지만 물소 놈도 여길 건넜겠지."

일행은 계곡을 건넜다. 그러나 이내 곤혹스러워졌다.

"냄새가 완전히 끊겼어."

도는 계곡 가에서 몇 걸음 더 나아갔고 이리저리 둥둥 떠다니며 킁킁대더니 미간을 찌푸렸다.

"크닙아, 넌 맡아지느냐?"

"저도 안 맡아져요, 전하!"

크닙도 코끝을 찡긋찡긋 킁킁댔다. 고개도 꼬리도 털레털레 저었
다.

"계곡물에 땀이나 다른 체취가 씻겼나 봐요."

"지금껏 그놈 체취와 피에 밴 독 냄새를 맡고 왔는데⋯⋯."

도는 양이를 옆에 내려놓았다. 품을 뒤적여 지도를 꺼냈다. 지도를
허공에 촤악 펼쳐 띄웠다. 지도는 폐시가지 전체를 그려놓아 크기가
제법 컸다. 크닙은 까치발을 하고 지도를 기웃거렸다. 양이는 지도를
말끄러미 보다가 한 곳을 짚었다.

"여기. 현재 위치는 여기네요. 아까 듣기론 계곡이 나오고도 한 층
더 내려가야 마수 서식지가 시작되고요."

"으아, 내려가는 길이 너무 많아!"

크닙은 귀를 뾰족 세웠다. 하얀 꼬리 뭉치를 팔락팔락 휘저었다.

"어디로 내려가느냐에 따라 아래층에서 갈 수 있는 장소도 달라지
는 듯 보여."

양이가 지도를 위아래로 훑으며 덧붙였다.

"폐시가지가 '대형 동굴 세 동'이라더니, 그 동굴이 이렇게나 크고
개미집일 줄이야."

도는 투덜댔다. 매번 종이를 펼치기도 귀찮았다. 이참에 지도를 통
째로 외우기 시작했다. 광활한 지도 위로 시선을 미끄러트리며 턱을
매만졌다.

"체취나 흔적을 재확보하기 전까지는 찾기 힘들겠는걸."

도는 눈을 굴려 양이를 흘끔 보았다. 양이는 도의 곁에 서서 고개를
갸웃댔다. 지도를 이리 보고 저리 보다가 한숨을 푹 내쉬었다.

"어쩔 수 없겠네요."

"으음?"

부발루스를 추적하는 일은 오롯이 양이가 방향키를 쥐었다. 도야 길잡이인 양이가 부발루스에게 집착하니 부발루스를 만나면 도 자신이 싫어진 문제가 해결되는 방향으로 일이 풀리지 않을까 짐작할 뿐이지 부발루스를 만나 무엇을 어째야 하는지 감도 잡지 못했다. 그러니 이 일에선 양이가 하는 말이나 행동에 주의를 기울이며 그에 따를 따름이었다.

"합리적 방안을 쓸 수 없다면 무식해져야죠."

양이는 뺨을 긁으며 느릿느릿 뒤를 이었다.

"닥치는 대로 다 가보면 까짓것 찾아지지 않을까요?"

"하아?"

도가 눈썹을 구기자 양이는 또다시 갸웃대었다. 그러다 배시시 웃었다. 다시 생각해도 너무 무식한 방법이라 겸연쩍었다. 그러나 여기엔 자신이 떠올린 그 무식한 방법을 충분히 실행할 수 있는 존재가 둘이나 있었다. 그러니 그 방법은 무식하되 터무니없진 않은 셈이었다.

"사장님은 작정하시면 지금까지보다 더 빠르게 이동할 수 있으시잖아요. 크님도 마찬가지고요. 맞죠?"

"즉, 찐빵 말은, 저 길목을 최대 속도로 일일이 훑자? 그러며 물소가 남긴 흔적이나 체취를 재확보?"

"그러다 아예 만나면 더 좋고요."

"그래도 갈림길이 너무 많아. 운 없으면 마냥 헤매."

크님은 의심스러워했다. 양이는 어깨를 으쓱했다.

"다른 길 있어? 없다면 무조건 빨리 돌아야지. 지체할수록 추적이 힘들어질 테니까. 지도도 있겠다, 만날 약속을 하고 너와 사장님이 갈라져 탐색하면 할 만하지 않을까?"

"네가 상당히 힘들어. 인간 몸으로 버티기 쉽지 않아."

도는 고개 저었다. 양이가 외로 갸웃하자 한숨 섞인 소리로 운을 뗐다.

"이건 아주 꼬인 길이야. 막다른 골목도 많지. 그러면 어떨까? 보이는 면적보다 이동해야 할 거리가?"

"엄청나게 길죠. 이건 사람 혈관처럼 촘촘히 뻗은 길이니까."

크닙이 도를 거들었다. 양이가 여전히 맹한 표정을 짓자 연달았다.

"참고로 사람 몸에 뻗은 혈관을 늘어트리면 지구 세 바퀴 거리래."

도는 지도를 머릿속에 넣는 일을 마무리 짓는 중이었다. 지도에서 눈을 떼지 않으며 동을 달았다.

"그야말로 재수 없어서 길목이란 길목은 다 가본다고 가정하자. 물소와 엇갈릴 가능성을 최소화하자면 빨리 돌수록 좋겠지. 저걸 다 돌아보는 목표 시간을, 흐음, 한 시간으로 잡을까? 우리가 눈밭을 날던 속도보다 세 배는 더 빨리 이동해야 해. 한데 여기는 직선로가 아니라 꼬인 길이지. 바람 저항은 주술로 완화할 수 있지만 그 멀미는 못 막아줘. 너 장닭녀 때 지렁이단에게 쫓기던 일 기억 안 나? 그때보다 더 빠르게 돌 텐데 감당할 수 있어?"

"못해. 너 앓아누워."

크닙이 먼저 단호히 답했다. 양이도 별다르지 않은 판단이었다. 고개를 끄덕였다.

"그러게. 한 시간 동안 롤러코스터라, 난 감당 못해."

"역시 그렇지?"

"끼이잉."

'혹시나'가 '역시나'였다. 도도 크닙도 한숨 쉬었다. 나란히 귀가 처졌다.

양이는 또다시 갸웃거렸다. 간단한 해결 방안이 있는데 둘이 왜 저리 실망하는지 모를 노릇이었다. 조금 어리둥절해져 까만 눈을 말갛게 깜박였다. 대수롭지 않게 결론 내렸다.

"절 두고 가시면 되죠. 그럼 두 분은 '최대 속도'로 도실 수 있어서 좋고 저는 멀미 안 해서 좋고. 완벽하잖아요?"

양이는 느슨히 웃었다. 세상에 더없이 편한 얼굴이었다.

"말도 안 되는 소리 하지 마."

도는 정색했다. 표정을 싹 거두고 화내는가 싶을 만큼 목소리를 낮췄다.

"여긴 이계야. 내가 널 지키는 힘도 약해졌어. 내가 네 몸에 건 결계, 네게 준 목걸이, 거의 무용지물이라고. 이 상황에서 널 떨어트려 놓고 가라고?"

도는 미간을 찌푸렸다. 턱을 굳히고 팔을 뻗었다. 양이를 제 품에 고집스레 끌어안았다.

"에헤. 절 소중히 여겨주셔서 기뻐요."

양이는 배시시 웃었다. 도의 가슴에 바짝 안긴 채 턱을 들고 도를 올려다보았다.

"하지만 그렇게까지 위험한 상황은 아니잖아요?"

양이는 조심스레 물었다. 눈치를 살피면서도 끈덕지게 도를 설득했다. 부발루스가 뭐 그리 중요하다고 싫은 표정 봐가며 입 아프게 도를 설득하나 싶기도 했다. 하지만 달리 할 일도 없는 이계에서 단 하나뿐인 목표라서인지 그 순간엔 부발루스를 찾는 일이 더없이 중요했다.

이 주제를 영 불편해하는 도를 이리 달래고 저리 설득했다.

현지인에게도 설명 듣고 왔지만 현재 층은 마수 서식지가 아니다. 지금까지 오면서 마수 그림자나 발자국도 못 보지 않았나. 사장님이 최대 속도로 한 시간이면 통로를 다 돌아보실 수 있다면 크닙과 구역을 나눠 돌면 삼사십 분이면 넉넉하다. 더욱이 운이 영 없지 않고서야 어지간하면 통로를 다 돌기 전에 부발루스 씨를 찾지 않겠는가. 또한, 한 층 더 내려가면 마수 서식지 아닌가. 짐을 달고 갔다가 갈 길 바쁠 때 낯선 마수를 맞닥뜨리면 어떻겠는가. 물론 사장님은 강하니 마수 따위야 장난 거리도 안 될 터다. 하나 낯선 상대를 얕보다 뜻밖에 빌미를 주거나 시간을 지체하느니 마수를 일격필살 하셔야지 않는가. 제 비위가 좋긴 해도 전 멀미 나게 이동하다가 피와 살점이 튀는 장면을 생눈으로 보고 싶진 않다. 사람은 몸도 안녕해야 하지만 정신도 안녕해야 한다. 사장님과 함께 부발루스 씨를 찾느니 여기서 기다리는 편이 제게 가장 안전하고 안녕하다.

양이가 늘어놓는 논리에 도는 찡그리며 타협안을 내놓았다.

"그럼 크닙이를 두고 갈게. 시간이 더 걸리더라도 나 혼자 찾는 편이 낫겠어."

"그러다 엇갈려요. 시간을 지체하다가 성치도 않은 부발루스 씨가 해를 입을 수도 있고요. 저는 이왕 찾기로 했으면 빨리 찾아야 한다고 생각해요. 이미 상당히 꾸물댔잖아요."

양이는 강경했다. 도는 찌푸리며 한숨을 푹푹 내쉬었다.

"그 물소가 대체 뭐길래……."

도는 체머리를 흔들었다. 그러나 결국 설득당했다. 자그마한 텅 빈 건물을 골라 양이를 들여보냈다. 건물 전체에 꼼꼼히 결계를 쳤다.

"물소를 찾든 못 찾든 삼십 분 안에 올게. 시계야 없지만 삼십 분을 절대로 넘기지 않아. 이 결계는 십 톤 트럭이 전속력으로 돌진해도 깨지지 않을 수준이야. 그 어떤 대마법사나 주술사가 와도 '결계 외부에서'는, 적어도 삼십 분 안에는, 이걸 깨거나 해제할 수 없고. 그러니 그 어떤 일이 나더라도, 누가 불쑥 나타나서 폭탄을 던지더라도, 여기에서 나오지 마. 여기에만 있으면 안전하니까. 알았어?"

"네. 절대로 안 나갈게요."

양이는 모처럼 눈에 힘을 주며 답했다. 그래도 도는 마음을 놓지 못했다. 당부에 당부를 거듭했다. 처음으로 아이를 집에 혼자 두고 외출하는 엄마 같은 태도로 안절부절못하다가 결국 눈을 질끈 감고 몸을 돌렸다. 재차 약속했다.

"무조건 삼십 분 안에 올게!"

도는 보이지도 않는 속도로 사라졌다. 크닙은 킥킥댔다. 양이에게 손을 흔들어 보이더니 거대한 검은 그림자로 변해 동굴 바닥에 흡수되었다. 검은 얼룩처럼 동굴 바닥을 미끄러졌다.

"어휴. 내가 어린애도 아니고. 우리 사장님, 은근히 보모기질이 있으시다니까?"

양이는 배시시 웃었다. 둘을 배웅하느라 창 너머로 뻗었던 몸을 건물 안으로 넣었다. 주술진이 그려진 건물 바닥에 양반다리를 하고 앉았다. 도가 남긴 주술진에는 보온 기능까지 포함되어서 얼음 바닥에 주저앉아도 엉덩이가 시리지 않았다.

"사장님은 어쩜 복합 주술을 실시간으로 척척 짜내시지? 손도 안 대고 진을 슈르륵 막 그리시고. 인간 프린터 같아. 난 아직 단일 주술도 종이랑 펜 붙들고 계산에 검산에 생난리를 쳐야 겨우 짜는데."

양이는 상체를 수그렸다. 가만히 진을 내려다보았다.

"흐으음."

양이는 양반다리를 풀고 무릎을 꿇었다. 두 손을 바닥에 대고 고양이처럼 엎드렸다. 좁은 바닥을 더듬대며 주술진을 곰곰이 살폈다. 이 주술진은 술사로서도 최고 수준인 도가 짠 진이었다. 주술어는 약식 표기했고 주술진은 구조를 극히 생략했다. 이제 막 중급 주술서를 펼친 양이는 알아볼 수 있는 부분이 드물었다. 그래도 이 주술진을 최대한 뜯어볼 셈이었다. 놀 거리도 없이 삼십 분을 혼자 보내야 하니 공부나 하자는 뜻이었다. 본디 공부에 취미 따위 없지만 요새 주술을 배우며 크닙에게 "천재, 천재!" 하고 치켜세워지고 도에게도 "어화둥둥 우리 찐빵!" 하고 귀염받으니 우쭐하고 신도 났다. 주술 공부에 흥이 돋았다.

'으음, 이 글자는 처음 보네? 생긴 꼴은 딱 약어인데, 뭘 줄인 글자지? 하여튼, 최소한 세 겹이 넘는 복합 구조고……. 으음, 이 구절은 좀 알겠다. 요 부분이 빛을 밝히는 주술이구나! 건물 안이 밝은 이유가 이 부분 덕이었어! 아앗! 혹시 보온 주술이랑 구조 일부를 공유하는 건가? 이게 열기를 일으키는 구절일 텐데?'

"오오, 나 좀 천재! 그렇담……."

양이는 다만 몇 구절이라도 아는 부분을 발견해냈다. 환희하며 주먹을 불끈 쥐었다. 두 눈을 빛내며 진을 요소요소 뜯어보았다. 눈에 이채가 더해졌다. 턱에서 힘이 빠졌다. 입술이 느슨히 벌어졌다.

—풀어요. 그리고 이곳으로.

양이는 오른손으로 주술진의 바깥 테두리를 훑었다. 왼손으로 귓가를 만졌다. 귀 안팎에서 주파수가 어긋난 라디오 전파 같은 소리가 났다. 소리는 음량이 아주 작아서 그 소리가 난다는 사실 자체가 인지 범위를 아슬아슬하게 넘나들었다. 그러니 마음이 온전히 그쪽으로 가지야 않아도 무심코 귀를 벅벅 문지르게 되었다.

—이제 충분하잖아요. 응?

"으, 잘못 생각했나?"

'이 부분이 분명 보온 주술 같은데? 하지만 크닙이가 이런 주술은 병렬 결합하면 안 된다고, 충돌 난다고 그랬는데? 흐음, 여기서 연결된 게……. 아니, 아니, 여기가 접합부인가? 저 구절이 아니라 이 구절로 두 주술이 술식을 공유하나?'

"아흐, 삼 장에 주술 결합 나오던데. 거기까지 예습해둘걸."

양이는 연신 귀를 문지르면서도 주술진에서 눈을 떼지 않았다. 도가 그려 놓은 주술진을 배운 바에 최대한 대입했다. 어떻게든 이해하려 애썼다.

'종이랑 펜이 있으면 좋을 텐데. 가뜩이나 내 수준을 뛰어넘는 진인데 겹쳐 그리셔서 되게 헷갈리네? 덮어 쓰신 한 겹을 분리할 수만 있으면 좀 쉽게 알아볼 수 있을 텐데…….'

—어서, 풀어요! 찾아줘요, 나를.

양이는 손끝으로 타다닥 주술진을 두드렸다.

'이 부분, 그리고 여기, 또 저기, 이쪽도……. 이곳이 핵심 연결 부위. 이를테면 경첩…….'

"이곳만 살짝 들어내면 분리할 수 있을지도……."

양이는 고양이처럼 눈동자가 수축했다. 여러 대의 타악기 사이를 오가는 퍼커셔니스트처럼 술어와 술을 이루는 도형 위로 손가락과 손바닥이 날기 시작했다. 하얀 두 손이 빛을 발하는 주술진 위를 타다닥 두드리고 물수제비처럼 퐁당퐁당 뛰고 실뜨기하듯 진의 가닥을 잡아내어 휘어 감고 꼬아냈다. 색도 질량도 없는 공허한 힘이 손끝에 일렁였다.

"으악!"

건물에 빛이 꺼졌다. 동굴이 스스로 내뿜는 창백한 푸른빛만 일렁일 뿐, 건물 안이 온통 깜깜해졌다. 양이는 얼음 위에 주저앉은 엉덩이가 불쑥 시렸다. 벌떡 일어나 두 손으로 엉덩이를 탈탈 털었다.

"난 몰라! 망했다."

'주술을 하도 진을 푸는 쪽으로만 배웠더니 나도 모르게⋯⋯. 아우씨. 내 손가락에는 진짜 열쇠라도 달렸나, 알지도 못하면서 뭐 이리 빨리 풀어. 난 그냥 관찰만 하려고 했는데.'

양이는 두 손으로 머리를 싸쥐고 벅벅 긁었다. 도가 정성껏 만져놓은 머리를 까치집으로 만들었다.

"사장님 오시면 무진장 혼나겠다. 무조건 잘못했다고 싹싹 빌며 애교 부려야지. 냅다 뺨에 뽀뽀부터 해드리면 화 못 내시겠지?"

양이는 혼자 열심히 끄덕거렸다. 찡그리며 머리를 마구 헝클어트렸다.

'아, 억울해. 난 진짜 아무것도 안 했는데. 뭘 알아야 하지. 진짜 풀려던 게 아닌데. 뭘 실수했지?'

"어휴⋯⋯."

양이는 손가락을 느슨히 벌렸다. 헝클어놓은 머리칼을 대충 빗었다. 한숨을 푹 내쉬며 어깨를 떨어트렸다.

"에이, 몰라. 까짓것 잔소리 좀 듣지, 뭐. 위험할 일도 없잖아? 여기에 개미 새끼 한 마리 없던데."

오두방정도 잠시, 양이는 안일함을 되찾았다. 어둠 속에 오도카니 서서 입을 벌리고 가만있었다.

"춥다."

양이는 중얼거렸다. 손바닥으로 뺨을 문질렀다. 털옷을 입었지만 역시 추웠다.

'사장님 품이 정말 따뜻했구나. 계속 안겨 다니니 미처 몰랐네.'

"으으, 그립다, 내 난로! 더 아껴드려야겠어."

양이는 몸을 와짝 옹송그리고 오들오들 떨었다. 두 다리를 동동대다가 몸을 안은 팔을 풀었다.

"안 되겠다! 역시 운동!"

양이는 기운차게 외쳤다. 이대로 있다간 감기 걸릴 판이었다. 두 팔, 두 다리를 휘두르기 시작했다. 제자리 달리기를 했다. 유튜브 채널에서 보았던 홈 트레이닝 동영상을 떠올리며 앉았다 섰다, 무릎을 팔꿈치에 찍었다 들었다, 온갖 생쇼를 시작했다. 두툼한 겨울옷을 껴입은 상태라 작은 곰 한 마리가 어슴푸레한 푸른빛을 내는 냉동실 안에서 허우적대는 꼬락서니로 보였지만 어차피 구경하며 흥볼 이도 없었다. 다행히 건물 안에 미끄럼 방지 주술이 남아서 스쿼트를 해도 넘어지지 않았다. 시간도 죽일 겸, 체온도 끌어올릴 겸, 기억나는 체조 동작이란 동작은 바닥에 엎드려 문대는 종류만 빼고 다 했다.

"헤엑, 헤엑. 아, 옷이 아예 덤벨이네. 왜 이리 무거워? 역시 모피는 옳지 않아. 헥헥."

털옷을 껴입은 터라 잠깐 사이에 땀이 찼다. 양이는 낯이 빨갛게 달아올라 동작을 멈췄다.

'몇 분이나 지났을까? 한 십오 분? 이십 분? 금방 오시겠지?'

양이는 고개를 갸웃거렸다. 시계도, 볼거리도 없이 마냥 기다리자니 시간이 유독 더디 갔다. 유령처럼 파르스름한 얼음 속에서 잠시 머뭇거렸다.

'계곡이나 보고 올까? 바로 요 앞이니까 부르시면 곧장 올 수도 있고. 으음, 정말 예뻤는데.'

양이가 있는 곳은 계곡에서 삼십 미터도 떨어지지 않은 곳이었다. 밖에서 내내 계곡물 소리가 들렸다. 양이는 어차피 결계도 풀렸겠다, 애초에 현재 층은 마수 서식지도 아니라고 들었겠다, 실제로도 마수는커녕 마수 발자국조차 보지 못했겠다, 살짝만 나갔다 오자 싶었다. 미끄러울 수 있으니 계곡에 가까이 가지는 않을 셈이었다. 건물 밖으로 나가 조망만 확보하고 멀찍이서 구경하면 별 탈 없을 터였다.

"좋아, 가자! 어차피 온 관광인데."

양이는 문을 나섰다. 바닥이 깔깔하다가도 금세 미끈거렸으므로 아예 빙판을 걷는다는 자세로 걸음걸음 신중히 디뎠다. 두 팔을 살짝 벌리고 한 손을 벽에 짚은 채 한 발 한 발 나아갔다. 이십 미터쯤 이동했다. 콰르르 흐르는 물소리가 점점 또렷해졌다. 이제 모퉁이만 꺾으면 계곡이 보일 터였다. 기대감에 두근두근했지만 서두르지 않았다. 안전제일이었으므로 참을성 있게 벽을 짚고 왼쪽으로 돌았다.

"와아."

몇십 분 전에 본 광경이지만 다시금 탄성이 터졌다. 파르스름하고 서늘한 어둠 속으로 하얀 물결이 마구 뻗치고 번쩍이고 물보라를 일으켰다. 그 당당한 물길 가운데에 거무스름한 바위 한 채가 유독 크게 박혔다. 바위는 동굴 벽이 내뿜는 푸른빛에 무정히 번뜩였다. 위로 옆으로 물보라를 뿜었다. 그 검은 몸체는 쩍 벌린 목구멍으로 보였고 돌

표면에 번뜩이는 빛은 예리하게 갈린 엄니로 보였으며 바위 위로 부챗살을 그리며 세차게 뻗는 물보라는 쩍 벌린 위턱 같았고 바위 옆으로 길게 뻗는 물줄기는 꿈틀대는 수염 같았다. 그리하여 파르스름하고 서늘한 어둠 속에 용이 솟아났다. 하얀 용은 비늘을 곤추세우고 함성을 지르며 어둠을 꿰뚫었다. 한 마리, 그리고 또 한 마리, 용은 끝도 없이 꼬리에 꼬리를 물었다. 만년빙이 빚어낸 거대한 굴속에서 용들이 지르는 쩌렁쩌렁한 외침이 무한히 휘돌며 메아리쳤다.

"멋있다⋯⋯. 진짜 용은 어떻게 생겼을까? 저거보다 멋질 것 같진 않은데. 진짜 멋있다."

양이는 연신 중얼댔다. 추위를 몰아내고자 팔을 간간이 털며 홀리어 계곡을 보았다.

"힉."

양이는 문득 새된 숨을 삼켰다. 제 입을 막으며 용의 등허리 방향으로 고정했던 턱을 반 치쯤 들었다.

'저기⋯⋯.'

양이는 입을 좀 더 단단히 틀어막았다. 물소리 덕에 자그마한 소리는 어차피 묻히겠지만 숨조차 죽이며 조심스레 침을 삼켰다. 동굴 벽에 등을 기댔다.

계곡 건너편, 반대편 기슭에 초록빛 안광이 번뜩였다. 하나, 둘, 셋, 넷⋯⋯열일곱. 검은 어둠과 퍼런빛, 하얀 물보라 너머에 형체를 정의하기 어려운 어스레한 안개가 둥둥 떴고 그 안개 사이사이로 한밤에 곤두선 야수의 눈동자처럼 굶주린 초록빛이 번들댔다.

「얼음 동굴보다는 지하 동굴 쪽이 살기 좋으니 마수는 간혹 산책 나오는 약한 놈뿐이죠.」

　양이는 폐시가지로 들어오기 직전에 들은 말을 떠올렸다. 그 표현은 '얼음 동굴에도 드물지만 이따금 마수가 나타나기는 한다.'고 해석할 수 있었다. 양이는 비로소 그 점을 깨달았다. 도와 크닙을 보내고 홀로 남은 일이야 그렇다손 쳐도 도가 친 결계를 공부한답시고 푼 일이나 낯선 장소를 안일히 여기고 고작 관광이나 하겠다며 건물을 나선 일이 몹시 후회스러웠다.
　'침착하자. 저게 적이 아닐 수도 있잖아. 한자리에 붙박았으니까. 식물일 수도 있고, 우리 세계로 치면 오로라 같은, 이곳에서만 일어나는 특수한 시각현상일 수도 있어. 저게 마수라 해도 지레 겁먹을 필요는 없어. 저 번뜩이는 게 눈이 아니라 몸에 박힌 무늬일 수도 있잖아. 깜박이지도 않으니까. 저게 나를 노려보는 게 아닐 수도 있다고. 괜찮아. 다리에 힘줘! 침착하게 모퉁이를 돌아서 눈에 안 띄는 곳으로 숨어. 본래 있던 건물로 가. 떨지 마. 아직 아무 일도 안 났어.'
　양이는 심호흡했다. 입을 가린 손을 풀고 두 손바닥으로 벽을 짚었다. 저 너머에서 일렁이는 안개, 초록빛 불빛을 세심히 살폈다. 한 발을 들어올렸다.
　"피요오옹!"
　그것은 솟아오르는 놀이용 폭죽 같은 소리를 냈다. 목깃을 부풀려 상대를 위협하는 목도리도마뱀처럼 삽시에 몸집을 세 배로 튀기며 사선으로 튀었다. 곡률이 큰 호선을 그리며 날았다. 계곡을 건너뛰어 양이 오른편으로 거대한 부메랑처럼 날아들었다.
　'뛰어!'

양이는 소리 없이 자신에게 외쳤다. 놈이 모퉁이 방향에서 날아오니 본래 자리로 돌아가긴 글렀다. 미련 두지 않고 반대편으로 뛰었다. 동굴은 갈래가 무수히 많으니 조금만 움직이면 꺾어 들어갈 골목이나 건물이 보일 터였다.

"피요오오옹!"

놈은 또다시 울었다. 폭죽 같기도 하고 기계 같기도 한 괴이한 음색이었다. 양이에겐 불행 중 다행으로 땅을 박차고 날아오르던 속도에 비하면 직선으로 쫓아오는 속도는 빠르지 않았다. 양이는 정신을 다잡으려 이를 사리물었다. 파르께한 얼음 바닥에 어스름히 떠서 미끄러지는 그림자를 보며 놈과의 거리를 계산했다. 저기 칠팔 미터 앞에 가파르게 꺾이는 좁은 모퉁이가 보였다. 처음에 놈이 그렸던, 두드러지게 휘어지던 호선을 떠올리면 놈은 저 모퉁이를 수월히 통과하지 못할 터였다. 양이는 그러길 바랐다. 자꾸 미끄러지는 다리를 전속력으로 놀렸다. 팔을 힘껏 뻗으면 닿을 듯 말 듯한 거리에 모퉁이가 있었다.

"피요오오오옹!"

"히익!"

양이는 서둘렀으되 침착한 상태였다. 비명을 지르지 않았다. 그러나 새된 숨을 터트렸다. 모퉁이로 왼팔을 뻗던 순간, 발이 미끄러졌다. 비교적 미끄럼 방지 주술이 잘 남아 있던 바닥이 갑자기 얇게 녹은 빙판이 되었고 양이는 제가 달리던 속도를 못 이기고 나동그라졌다. 뒤로 넘어지는 그 찰나에 머리를 덮쳐오는 놈의 그림자를 노려보며 온 힘을 다해 몸을 틀었다. 목과 어깨를 웅크리며 오른쪽 어깨로 바닥에 떨어졌다. 마찰력을 잃고 썰매에 실린 듯 째애액 미끄러졌다.

"피요오오오옹! 피에에엥엥!"

놈이 분한 듯 울어댔다. 미끄러지는 속도가 워낙에 빨라 그림자가 양이 위에서 사라졌다. 그러나 양이는 멈출 수 없었다. 손톱을 세워 바닥을 닥치는 대로 찍었으나 얼음이 너무 단단했다. 몸부림치며 하릴없이 기슭을 훑다가 계곡으로 떨어졌다. 계곡엔 검은 바위가 가득했으므로 몸을 말며 머리를 끌어안았다. 쾅! 몸이 바위에 떨어졌다. 도가 걸어준 장미 펜던트가 빛을 발했다. 은은한 금빛 방어막이 양이를 감쌌다. 그러나 그 방어막도 사나운 계곡의 흐름을 막진 못했다. 양이는 차가운 얼음물에 쓸려가며 연달아 쾅쾅 부딪혔다. 양이를 감싸고 후드득후드득 금빛이 튀었다. 양이는 부딪치기야 했으되 고통을 느끼지 못했고 상처도 입지 않았다. 정신이 놀라기보다 냉정했다. 멀쩡한 정신으로 떠내려가며 어떻게든 팔다리를 놀려 무엇이든 붙잡으려 했다. 그러나 아무리 최선을 다해도 바위마다 너무 둥글었다. 잡히는 모서리가 없었다. 적당한 바위만 있다면 팔다리를 끼워보려고도 했으나 물살이 빨라 그럴 짬도 없었다. 셀 수 없이 부딪히고 쉬지 않고 떠내려갔다. 이계인지라 발휘할 수 있는 성능이 극히 떨어진 장미 펜던트가 마침내 효력을 다했다.

"읍!"

양이는 보호막을 믿고 머리 보호를 포기한 채 무엇을 잡는 일에만 집중했었다. 보호막이 사라지는 순간 물살에 밀려 돌에 관자놀이를 후려맞았다. 얼음물을 들이마실까 봐 악물었던 입술 사이로 짓눌린 신음이 새었다. 눈앞에 핏줄기가 스쳤다. 정신이 아찔했다. 버둥대던 사지에서 힘이 풀렸다. 몸이 쾅쾅 부딪혔고 이제 그때마다 통증이 습격했다. 물이 점점 깊어졌다. 숨이 차올랐다.

— 이제 그만해요!

그 와중에도 이명이 울렸다. 이명이란 외부 소음과 상관없이 딱 정해진 절대 음량을 지닌 것처럼, 알아들을 수도 없고 의미도 없는 소음이면서도 신명히 귀에 울렸나.

— 거짓말은 그만해요! 정신 차려! 죽을 셈이에요?

"흑⋯⋯."

바위와 자갈의 밭이 끝났다. 깨어진 열 손가락, 부러진 다리, 터진 머리에서 핏줄기가 희푸른 물속으로 퍼졌다가 물살과 함께 풀리어 사라졌다. 양이는 거의 정신을 잃었다. 계곡 끝, 깎아지른 폭포로 차가운 물살과 함께 떨어졌다. 쾅! 내려가다 또 한 번, 절벽에 튀어나온 바위에 부딪혔다. 털 코트가 찢겼다.

— 깨어나요, 어서!

쾅! 양이는 다시금 등을 부딪쳤다.

"크흑⋯⋯."

양이는 가물가물 눈을 감았다. 전신이 아팠다. 너무나 아파서 어디가 어떻게 아픈지 가늠할 수조차 없었다. 그러나 손끝 하나 뜻대로 움직여지지 않았다. 더는 비명을 참지 않으나 비명을 지를 힘도 없었다.

— 눈떠! 당신 목숨은 당신 게 아니야!

'여기서⋯⋯.'

천길 폭포로 떨어지며 양이는 아득한 의식 저 깊숙이에서 중얼거렸다. 중얼거린다는 자각조차 없었다.

'죽을 순 없어. 이제야 겨우⋯⋯. 거짓으로나마⋯⋯.'

양이는 상이 흔들렸다. 쏟아지는 물살에 파묻힌 육신이 형체를 잃고 맹렬히 진동했다. 화악! 남보랏빛 영기가 비에 젖어 깨어나는 꽃봉오리처럼 피었다. 쏟아지는 물보라와 물안개 사이로 거대한 붓꽃 한 송이가 피어오르는 듯했다. 그 꽃봉오리 한가운데에서 남보랏빛 선들이 격렬히 꿈틀대며 진을 이뤘다. 진은 둥근 막이 되었다. 진주처럼 빛나는 정령 한 마리를 품고 폭포를 미끄러져 내려갔다. 정령은 너덜너덜하달 만치 찢기고 상처 입었다. 의식이 없었다. 꿈틀거림조차 없었다. 그러나 진과 보호막은 견고했다. 폭포 바닥으로 떨어져 내렸다. 저 깊숙한 곳을 흐르는 물결을 타고 둥둥 떠내려갔다. 희미한 푸른빛조차 없는 막막한 어둠 속으로, 사라져갔다.

혼야(昏夜): 어둡고 깊은 밤

　아랫배를 날 선 굽으로 내리찍어 후비는 것 같다. 그 너덜너덜해진 살점을 작은 손이 진흙 놀이하듯 휘저어 주무르는 것 같다. 끅, 끅. 숨이 목젖을 넘지 못한다. 새하얀 불덩이가 똬리를 틀고 혓바닥을 넘실거린다. 찢긴 복부를 핥는다.

　"끅, 흐윽⋯⋯."

　여인은 배를 움켜쥐고 띈다. 그 무시무시하게 찢기어 벌어진 자리에서 피가 왈칵왈칵 터진다. 핏줄기가 두 다리를 타고 기어 내려간다.

　"으, 아, 아, 읏⋯⋯."

　여인은 운다. 뛰면서 운다. 제 배때기에서, 다리 사이에서 피어오르는 혈향에 새파랗게 질렸다. 한 걸음도 옮길 수 없을 것 같은 상처를 틀어쥐고서 무언가에 쫓기듯 두 다리를 놀린다. 새하얀 두 다리가 화급하되 비칠비칠 내딛어지다가 완전히 엇갈린다. 픽! 여인은 제 다리에 걸려 바닥에 나동그라진다. 신발 한 짝이 벗겨져 저 멀리 날아간다.

　"흐, 하아, 으⋯⋯."

　여인은 막대한 두려움에 짓눌려 꿈틀댄다. 꿈틀거림과 더불어 그 육체가 연둣빛과 보랏빛으로 어지러이 색을 바꾸며 일렁인다. 그 윤곽이 흐려졌다 뚜렷해지기를 반복한다. 그 현상은 기실 여인이 뛸 때부터 이어졌다. 연둣빛, 그리고 보랏빛. 서로 다른 두 빛은 생명을 띠고 살아 있다. 안팎 없이 여인을 들쑤시고 주무른다.

"으, 아윽……."

여인은 한번 쓰러지자 일어나지 못한다. 몸부림치며 신음한다. 연둣빛, 그리고 보랏빛이 벌어진 복부에 똬리를 틀고 온몸을 휘젓는다. 막대한 혼돈이 세포마다 들이찼다. 온 사지가, 매 신경 말단이 소금 맞은 지렁이 같다. 법칙 없이 비틀리고 꿈틀댄다. 혈관을 도는 피가 탄다. 몸을 이루는 모든 요소가 조각난다. 그 조각마다 감각이 선명하다. 어린애가 우악스러운 손길로 조각을 주물럭대는 듯하다. 하나로 뭉쳤다가 떼었다가 붙였다가 뜯으며 다시 빚는다.

'아아, 이러한 것이었다니! 그 선택이 이러한 것이었다니! '우리'가 대체 무슨 짓을 저지른 거지?'

여인은 차라리 정신을 잃고 싶다. 덫에 걸린 짐승처럼 몸부림치며 연둣빛, 또 보랏빛으로 일렁인다. 이대로면 미쳐버릴 거다. 이미 미쳤는지도 모른다.

후회한다.

원망한다.

분노한다.

슬퍼한다.

두려워한다.

그리워한다.

사랑, 사랑한다.

그 마음 하나하나도 조각조각 나고 뒤섞이고 뭉개지고 짜부라진다. 무엇이 무엇인지, 육신도 마음도 갈피를 잡을 수 없게 된다.

기절하고 싶다.

하나 그리되지가 않는다.

죽을 수 있다면 차라리 죽고 싶다.

하나 그리되지도 않는다.

도망하고 싶다. 이 지독한 끔찍함으로부터.

하나 이미 모든 일이 시작되었다. 도망할 방법을 알지 못한다.

여인은 다만, 꿈틀대며 헐떡인다. 마구잡이로 일그러지고 일렁인다. 여인을 감싼 연둣빛과 보랏빛이 점점 커지고 미친 듯 날뛴다.

도와줘, 도와줘, 제발.

소리를 내고 있는가? 소리를 낼 수 있는가? 폐, 성대, 목젖, 혀, 입술, 그러한 기관이 남아는 있는가?

도와줘, 차라리 끝내줘, 제발……. 도와줘! 구해줘!

여인은 몸부림친다. 육신을 이루는 세포와 혼과 백을 이루는 미립자까지 철저히 분해된다. 뒤섞이고 재조립된다. 그건 여인이 상상조차 못했던 잔혹한 감각이다.

아아, 틀렸어.

여인은 절망한다. 자신은 이대로 추하게, 토사물처럼 뭉그러진 덩어리가 될 터다. 영원이라는 우주의 틈새로 소멸해버릴 터다.

안 돼! 이대로는 안 돼! 내가 왜 이렇게까지, 우리가 무엇을 얻고자 이렇게까지 했는데! 지금은……. 아아, 아니야. 아니야! 이러려던 게 아니었어. 이런 일을 바란 게 아니었어. 도와줘. 구해줘, 도, 도도! 전하, 전하! 혜용아! 스승님!

아무것도 제대로 보이지 않는다. 시야가 가물가물하다. 빛이 팡팡 터진다. 어둠이 불쑥불쑥 덮친다. 빛과 어둠이 마구잡이로 시야와 정신을 후려친다. 그 결에 어떤 어둠이, 어떤 그림자가 불쑥 나타난다.

"대체, 무슨 짓을 저지른 게냐."

한 사내가 여인 앞에 앉는다. 사내는 목구멍을 긁으며 으르렁댄다. 고개 저으며 탄식한다.

"이 어리석고, 또 어리석은 아이들아!"

여인은 그 목소리를 안다. 죽을힘을 다해 팔을 뻗는다. 그 발목을 움켜쥔다. 발목을 쥐는 손이 반이나 뭉그러져 두 가지 빛으로 꿈틀댄다.

"도와, 도와주소서. 흐……. 흐윽. 이대로는, 싫, 싫사, 옵니다."

여인은 주룩주룩 운다. 세포 하나하나마저 가루로 짓찧는 듯한 이 무참한 고통 속에서도 여전히 육체가, 눈물이, 목소리가 남아 있다니. 그 손으로, 눈으로, 목으로 애원하면서도 믿기지 않는다.

"제발, 청, 하나니, 간원하나니……. 흐……. 으, 아아……."

사내는 침묵한다. 턱을 꾹 다물 뿐 다른 움직임이 없다.

"도와주소서. 도와……. 하, 하악……. 제발……. 죽, 죽음은 각오, 하였, 사오나, 이렇게, 이렇게는, 제발, 이대로는, 안 돼. 안 되나이다. 이럴 수는, 없……. 그를, 그를……. 이대로, 소멸, 할, 수는……."

"후우……."

여인의 머리 위로 무거운 한숨이 쏟아진다.

"이게 무슨 꼴이냐. 네가 대체 무슨 짓을 했느냐! 응? 무슨 터무니없는 짓을 저지르고서 도와달라는 게냐! 으응? 이딴 짓이나 하라고 내가 너를 가르쳤더냐!"

"아아……. 이 길, 이 길밖에……."

"그놈을 그토록 원망하면서도 끝내 버리지 못하겠더냐? 그놈을 이 토록 사랑하면서도 이렇게까지 하고 싶더냐? 독하다. 너무나도 어리 석다! 너도, 그놈노. 어찌 하나같이 이러느냐!"

사내는 가슴을 친다. 도리질 치다 여인의 머리에 손을 얹는다.

"흐으……."

여인의 입술 사이에서 느슨히 신음이 샌다. 발작하듯 치솟고 뒤엉 키던 연둣빛과 보랏빛이 온전히 잠잠해지지야 못하나 가라앉아간다.

"용서, 를……. 소녀는, 어리, 석어, 이럴, 수밖에, 없었, 나이다."

사내는 물끄러미 여인을 내려다본다. 긴 침묵 끝에 입을 연다.

"그래."

긍정하는 표현이지만 음성이 차다. 그러나 그 차가운 음성 속에 부 드러운 한숨이 녹았다.

"나는 너희를 이해한다. 그 마음을 내가 왜 모르겠느냐. 너희는 모 두 내 아이이거늘."

사내는 여인의 머리칼을, 등을 쓰다듬는다. 전보다 많이 온순해졌 으되 여전히 날뛰는 두 가지 빛을 손가락으로, 손바닥으로 직접 다독 인다.

"그래, 그래. 한번 해보려무나. 어찌 되는지, 해보려무나. 다만, 네 말이 우습구나. 죽기를 각오하였으되 이대로 소멸은 싫다? 이딴 짓까 지 저지르고서 편히 죽기를 바라느냐? 편히 다시 태어나기를 바라느 냐? 딱 너 좋을 만큼만 도망하겠다는 말과 무엇이 다르냐!"

사내가 내는 목소리는 서늘하고 매섭다.

"아, 아아……."

여인은 파드득 떤다. 무어라 답하고 싶어도 지독한 고통이 누그러져 가자 맥이 풀린다. 혀끝이 움직이지 않는다.

"그것이 진정한 도망이 될 것 같으냐? 그렇게 하면 다 잊고서 너만 편해질 수 있을 성싶더냐? 그런다고 편해질 수 있을 성싶더냐! 내 아무리 너를 이해하고 네 응석을 받아주려 해도 그 꼴만큼은 못 보겠구나. 판을 벌였으면 끝까지 제정신으로 선택하거라. 끝까지 너 스스로 책임지거라."

목소리가 명백히 노해 있다. 여인은 까무러치려는 정신을 간신히 부여잡고 떨리는 입술을 움직인다.

"어, 어떻게, 흐……. 살, 고자, 하여, 도, 이미, 살 수가 없, 없나이다. 그의, 그의 도는, 혼까지 베는……. 혼의 깊이까지 닿은 상처를 입고서는, 살 수가……. 저는, 우리, 우리는, 죽, 을 수밖에 없나이다. 스승, 스승님……. 이미, 살 수가, 없……. 훗! 끄흑!"

말을 잇던 여인은 비명조차 못 되는 짓눌린 신음을 토한다. 등이 펄쩍, 도마 위에 오른 생선처럼 튄다. 커다란 손이 등으로 불쑥 들어왔다. 스르릉. 등에서 날이 뽑힌다. 여인의 몸을 가르고 거대한 도가 뽑혀 나온다.

"아……. 안 돼. 안 돼! 그를, 돌려주……."

여인은 팔을 휘젓는다. 빼앗긴 것을 되찾아야 한다. 그것은 내 것이다. 이제 내 것이다. 그가 직접 이 품에 안겨주었던, 이 손에 쥐여주었던!

"돌려, 주시옵소서. 제 것, 그건, 제 것……."

여인은 사내의 발등을 긁으며 몸을 일으키려 애쓴다. 목구멍으로 애원을 쥐어짠다.

"그 뜻은 들어줄 수 없겠구나."

사내는 뽑아낸 도를 던진다. 저 먼, 상처 입은 여인으로서는 절대로 되찾을 수 없는 곳으로 던져버린다. 쨍그랑! 아득히 금속성이 울린다.

"너는 제대로 알지 못한다. 도깨비에게 본체가 어떤 의미인지, 얼마큼 막대한 영향을 끼치는지, 너무나도 모른다. 통째로 들고 가면 그놈은 채 일 년도 버틸 수 없다. 죽이려는 마음이 아니라면 남은 반으로 만족하거라."

"아, 아아……."

여인은 철저히 분해되었다가 새로 빚어졌다. 지식이야 있되 여러 면에서 갓 태어난 아기와 같다. 몇몇 감정과 본능만이 선명하다. 사내가 하는 말을 알아들었으되 수긍하지 못한다. 억울하다. 눈물이 솟는다. 왜 저것마저 온전히 내 것이 될 수가 없는가. 오직 저것 하나, 이제 저것 하나만이 내게 남았는데! 하나 여인은 자신이 이 사내를 이길 수 없다는 사실을 너무나 잘 안다. 미칠 듯이 화가 나지만 발버둥치며 섧게 울 뿐이다.

"흐으윽, 흐아아아……."

"하물며 지금 너는 남은 것마저 지킬 수 없겠구나. 숨바꼭질을 시작하기도 전에 모조리 끝이 나겠다."

쯧. 사내는 혀를 찬다. 커다란 손으로 다시금 여인의 머리를 쓰다듬는다.

"내 너를 가장 쓸 만하게 가르쳤다고 여겼거늘, 서투르구나. 본체를 끌어당기는 도깨비의 힘을 이따위 조악한 은폐 주술로 막을 수 있을 성싶더냐? 주술을 이해하는 깊이는 너만 못해도 그 출력은 나에 버금가는 그놈을 이따위 눈가림으로 속일 수 있으리라 기대했더냐? 어리석구나. 어리석다, 참으로."

사내는 쓸쓸히 되뇐다. 엎어져 온몸을 떨며 어린아이처럼 우는 여인을 추슬러 제 품에 안는다. 여인의 이마에 손바닥을 댄다.

"네 응석을 전부 받아줄 수야 없으나 이쯤은 도와주마. 받아들이거라. 이런 식은 아니었지만 이는 언젠간 네게 물려주려던 힘이니. 어디한번 빌려줘 보마."

사내에게서 어떠한 '공허'가 깨어나 엄청난 압력으로 여인에게 밀려든다. 이 우주에 존재하는 모든 크고 작은 바다가 한순간에 일어나 단하나의 파도로써 여인을 집어삼키는 듯하다. 여인은 까무러칠 것만 같다. 그러나 그리되지 못한다. 사내가 강제로 여인의 의식을 붙잡는다. 여인은 목소리를 내지 못한다. 신음도 내지 못한다. 눈조차 깜박이지 못한다. 막막하고 도저한 공허에 압도된다.

"이는 나를 낳은 원형의 한 면, 순수한 공허다."

사내는 말한다.

"이는 아무것도 아니다. 어찌 보면 한갓 관념에 지나지 않는다. 그러나 세계를 닫을 수도 있는 힘이다. 다른 모든 힘과 차원을 달리하는힘이다. 지금 그놈 수준으로는 결코 이를 꿰뚫고 그 너머를 보지 못한다. 그러니 이 힘은 네가 달아나는 일에 무엇보다도 도움을 줄 터다."

사내가 '순수한 공허'라고 이름한 파도는 여인 깊숙이에 똬리를 튼다. 동시에 여인을 끌어안는다. 여인은 자신이 조금 전까지 이 파도를'압도적'이라고 느꼈다는 사실을 믿을 수 없다. 파도는 온화하다. 여인에게 남았던 고통을 남김없이 가라앉혔다. 여인은 어머니 자궁으로되돌아간 듯이 지극한 안온과 평화에 둘러싸였다. 엷게 웃는다.

그러나 사내가 짓는 표정은 엄격하다.

"너마저 이렇게 멍청한 줄을 오늘에서야 알았다. 힘에 홀리었느냐? 정신 똑바로 차려라. 이 힘은 만물의 원형에 닿은 공허다. 정신 차리지 아니하면 내가 손을 놓는 순간 이 힘은 너부터 지울 터다. 정신 차려라! 무슨 뜻인지 모르겠느냐!"

마지막 한마디는 물음이되 일갈이다. 사내는 벌컥 목소리를 높이며 두 눈에서 사나운 불꽃을 일으킨다. 여인의 뺨을 후려친다.

"하악!"

안온에 잠겼던 여인은 눈에 불꽃이 튄다. 뺨이 새빨갛게 달아오른다. 그 순간 본능으로써 깨닫는다. 이 공허는, 내 배 속에 똬리를 튼 '이것'은 온화하지 않다. 무심하며 무정하다. 내가 제어를 잃는 순간, 아무 감정도 없이 삽시간에, 나를 먹어치울 것이다. 나아가, 내가 자칫 실수한다면, 우주 전체를 먹어치울 수도 있을 것이다.

나는 대관절 무슨 터무니없는 것을 얻었는가!

여인은 눈을 부릅뜬다. 돌아간 고개를 제자리로 되돌려 자신을 안은 사내를 본다. 눈동자가 경악에 찼다.

사내는 담담하다. 어쩌면 냉정하다. 여인에게 선고한다.

"이제 선택지는 둘이다. 눈 감고 회피하여 이대로 영원히 소멸해 잊히든지, 똑바로 눈 뜨고 그놈을 죽이든 살리든 증오하든 사랑하든, 마지막 순간까지 스스로 선택하고 책임지든지."

❋

"이봐요! 정신 차려요! 응? 이봐요! 괜찮아요?"

희미한 외침이 귓등을 때렸다.

158

"흐으, 읏, 흐아…….."

정령은 낮게 앓으며 몸을 비틀었다. 짓씹어 터지고 핏기가 가신 입술로 두서없이 뇌었다.

"아냐, 아니야, 흐윽, 싫어. 이대로는……. 이렇게……. 그가, 그가……. 나를……."

정령은 싱싱하고 고결한 여느 정령과 사뭇 달랐다. 흙탕물 섞인 탁한 빛으로 깜박였고 여기저기 찢기고 붓고 깨졌다. 그 온전치 못한 육신마저 공허한 기운에 휘감겨 부분부분 감춰지고 드러나며 드리없이 일렁였다.

— 일어나! 더는……. 어리광……. 그만! 마지막……. 조각, 맞춰…….

정령의 귓속에서 이명이 울렸다. 그 귓바퀴 너머에서 애원이 터졌다.

"제발! 더는 내가 제어할 수 없어요. 제발, 제발요! 정신 차려요! 당신, 사라지고 있어요!"

정령은 누군가에게 안긴 채 앞뒤 없이 흔들렸다. 팔다리가 관절 빠진 인형처럼 덜컥였다.

"제발 이 힘을 거둬요, 제발! 정신 차리지 않으면 당신, 소멸하겠어요!"

"하악!"

정령은 입을 쩍 벌렸다. 짓눌렸던 숨을 왈칵 토하며 두 눈을 떴다. 초점 잃은 눈동자로 침침한 허공을 향했다. 뺨으로 소금기 머금은 액체를 쏟았다. 벌어진 입술을 떨었다.

"아아, 다행이다! 정신이 들어요?"

한 여인이 정령의 뺨을 어루만졌다. 여인은 차게 식은 정령을 제 품 깊숙이 보듬으며 젖어드는 정령의 뺨을 연신 닦았다.

"다행이다, 정말 다행이다."

정령은 우두망찰 안기었다. 정령을 휘감은 공허한 기운은 이제 제법 누그러졌으나 말끔히 가라앉지 않았다. 너울너울 파도치며 정령과 여인을 삼키고 또 뱉었다. 정령과 여인은 그 힘에 삼켜질 때마다 문지른 목탄화처럼 윤곽을 잃고 뭉그러졌다.

"내가 보여요? 말할 수 있겠어요?"

여인이 하는 말은 정령의 귀를 넘되 그 인지를 넘지 못했다. 정령은 탁한 진줏빛으로 일렁였다. 욱신거리는 제 손끝을 움직였다. 물에 빠진 스카프처럼 무겁게 느릿느릿 흐느적대며 다섯 손끝을 제 가슴에 얹었다. 쾅쾅쾅쾅쾅쾅쾅. 몸을 부숴낼 듯 내달리는 제 박동을 느꼈다.

"나는……."

정령은 쉬어빠지고 가냘픈 목소리로 속삭였다. 눈동자에 어설프게나마 초점을 찾았다. 목을 이리 툭, 저리 툭, 가눈다기보다 털며 주변을 살폈다. 똑똑하게 살폈다기보다 어설픈 본능으로 그리하였다. 그래도 그 행위로 몇 가지를 막연하게나마 인지했다. 나는 좁은 굴에 있다. 세상은 깜깜하다. 저 위에 작은 빛이 떴다.

"아아……."

정령은 주르륵 울었다.

"괜찮아요? 내가 보이기는 하나요?"

여인은 정령의 뺨을 재차 어루만졌다.

"힉……!"

정령은 일순 자지러졌다. 그제야 여인을 인지했다. 여인에게 초점을 맞췄다.

"어머, 이런! 놀랐나요? 아아, 정신없을 만도 하겠군요. 미안해요. 내가 부주의했어요."

여인은 고요히 내리는 눈송이처럼 사뿐사뿐 말했다. 제 손에 안긴 정령의 팔을 자늑자늑 쓰다듬었다. 걱정과 상냥함이 가득한 낯으로 정령을 살폈다. 여인의 눈, 코, 입은 곱고도 가냘팠고 여인의 두 눈은 지극히 맑았다. 그 낯 그 어디에도 티 한 점이 없어서 여인은 가없이 청순하고 선량해 보였다. 그러나 지친 듯했다. 희미한 빛 아래 드러난 낯이 창백하고 파르스름했다.

"더없이 귀한 존재가 가엾게도……. 당신, 많이 다쳤답니다. 무언지 몰라도 험한 일을 겪었겠지요. 넋이 나갈 만해요. 자아, 그러나 걱정하지 마요. 천천히 숨 쉬어요. 안심하고 마음을 추슬러요. 지금은 안전하니까."

여인은 속삭이며 정령의 이마를 짚었다.

"역시 열이 오르는군요."

"아, 아아……."

정령은 상처 입은 어린 짐승처럼 우짖었다. 하염없이 울었다. 고개를, 온몸을 내저었다. 그것은 무엇을 향한 대답이 아니라 정신과 가슴을 휘젓는 혼란이 밖으로 스며 나와 절로 되는 몸짓이었다. 정령은 그리 발버둥치면서도 용케 여인의 품에서 쏟아지지 않았다. 여인이 제 하반신으로 정령을 휘감아서였다.

여인은 하반신이 뱀이었다. 반짝반짝 매끄러운 검자줏빛 표피에 고양이 눈처럼 쨍한 연둣빛 점박이 선명했다. 그 뱀의 몸으로 정령을 감아 안았다. 그 모습은 여인이 짓는 선량한 표정만 아니라면 거대 육식

뱀인 아나콘다가 먹이를 움켜쥔 듯했다. 하나 정령은 그 상황에 관심이 없었다. 오직 제 내면에서 회오리치는 혼란에 침수되었다.

"아아, 정령이여, 어째서 눈물을 멈추지 못하나요? 놀랐나요? 슬픈가요? 두려운가요? 아픈가요? 너무나 걱정돼요. 대체 무슨 일인가요? 혹여 어떤 술법을 펼치다가 잘못되었나요? 지금 내 말을 인지할 수는 있나요? 처음 겪는 이상한 힘이 당신을 감싸고 폭주했어요. 그 이상한 힘에 닿으니 당신도 나도 사라지려고 했어요. 내가 제어하려 해도 당신 주변에선 술력이 증발해서…….."

뱀여인은 단 한마디라도 정령에게 닿기를 바랐다. 정령이 소리로라도 자극을 받아 인지를 되찾게끔 끈덕지게 말을 걸었다.

"아아, 어쩜 좋아. 당신 괜찮은가요? 왜 계속 우나요? 많이 아픈가요? 그 힘, 다스릴 수는 있나요? 당신 주변에서 계속 일렁이더라도 당신에게 해롭지 않은 힘인가요? 당신이 걱정돼요. 제발, 말할 수 있다면 한마디라도 해줘요, 응?"

정령은 혼란스러웠다. 내부를 흔드는 격랑에 휩쓸려서 당장은 무엇도 할 수 있을 것 같지 않았다. 그러나 낯모르는 뱀여인이 베푸는 지극한 온정과 염려를 계속 모른 척할 수 없었다. 그때까지도 제 몸을 싸고 넘실대던 공허한 힘을 두려움과 괴로움에 잠겨 꾸역꾸역 갈무리했다. 자꾸 버둥거려지는 제 육신을 단속하려 기를 썼다. 뱀여인이 다시금 뺨을 닦아주자 힘겹게 헐떡이며 속삭였다.

"고마, 워요. 하악, 하……. 여기, 어디……?"

"아아, 다행이다!"

뱀여인은 활짝 웃었다. 정령이 넋을 잃지 않도록 돕고자 정령을 연신 쓰다듬고 다독였다. 눈에서 자꾸 초점이 흔들리는 정령에게 끈덕지게 시선을 얽었다.

"여기는 온천 호숫가예요. 동굴 도시 암바게스의 폐쇄지구 깊숙한 곳이죠. 내가 두어 시간 전에 온천욕을 하는데 멀리서 물 깨지는 소리가 범종 소리처럼 났어요. 긴장하며 기다리자 수원지에서 당신이 떠내려왔죠. 공허한 힘과 남보랏빛 보호막에 안긴 채로요."

"아아."

뱀여인은 섬세한 손끝을 세웠다. 공허한 힘이 걷힌 정령의 뺨에 주술을 적어 내려갔다. 아픈 기색이 역력한 정령에게 연거푸 치유 주술을 걸었다. 치유 주술이란 주술을 시전받는 이가 품은 체력과 생체 치유력을 단숨에 끌어올려 부상을 고치는 주술이었다. 한데 정령은 당겨쓸 수 있는 체력이나 치유력이 이미 고갈되었다. 더는 치유 주술에 반응하지 못했다. 뱀여인은 안타까워하며 눈썹을 내렸다. 식은땀이 밴 정령의 이마를 서늘한 손으로 부드럽게 짚었다.

"당신은 미동도 없더군요. 피투성이였고 다리도 비틀렸어요. 다친 곳이 한두 군데가 아니었죠. 걱정되어 다가갔어요. 당신을 둘러싼 보호막을 해제하고 당신을 물에서 건져내어 간호했어요. 위급한 부상 몇몇에 최대한 회복 주술을 걸었죠. 이어 몸을 닦아주는데 당신이 몹시도 괴로워하며 신음하더니 그 이상한 힘을 내뿜더군요. 어찌나 놀랐던지!"

뱀여인은 엷게 찌푸렸으나 이내 미소를 머금었다.

"그래도 이렇듯 당신이 깨어나서 참 기뻐요."

뱀여인은 정령의 눈물을 또다시 닦아주었다. 정령을 거듭 추슬러 안았다.

"당신도 술사죠? 아아, 정령은 본디 다 술사일까요?"

정령은 맥없이 눈꺼풀을 반쯤 내렸다. 입술을 꾹 다물고 침묵하다가 힘없이 끄덕였다. 그리고 조그만 방울이 우는 듯한 정령 특유의 목소리로 말했다.

"고마워요."

정령은 처음에 비하면 눈에 빛이 돌았다. 혼란스러운 의식도 다소나마 추슬렀다. 뱀여인의 품에 축 늘어졌던 몸통과 사지에 조금이나마 힘을 주었다. 몸을 일으키려 했다.

"읏……."

정령은 억누르지 못하고 신음했다. 눈을 질끈 감으며 근육을 굳혔다.

"서둘러 일어나지는 마요. 군데군데 부러지고 찢어졌었으니까. 주술로 뼈를 붙이고 큰 상처를 아물렸지만 부상이 워낙 심했어요. 그 이상한 힘 탓에 당신에게 주술이 잘 걸리지도 않았고요. 접합과 봉합이 그리 단단하지 못해요. 잘못 움직이면 도로 상처가 터지거나 뼈가 부러질 테니 조심히 움직여요."

뱀여인은 정령을 다독였다. 정령이 구태여 일어나려 들자 정령을 감은 하체를 느슨히 풀어주었다. 정령이 하는 몸짓에 맞추어 팔로 그 몸을 받쳤다. 정령은 자신을 인도하는 뱀여인의 손길에 의지하여 조심조심 그 품을 벗어났다. 스스로 앉았다. 동굴 벽에 등을 기댔다.

"고마워, 요."

정령은 헐떡이며 말했다. 그제야 조금 정신이 들었다. 천천히 고개를 가누어 주위를 둘러보았다. 딱히 볼거리가 없었다. 주변은 움집처럼 작게 파인 막다른 구석이었다. 주술로 빚은 빛 구슬 하나만 동동 떴다. 온천 호숫가라지만 벽에 막히어 호수가 보이지조차 않았다. 그

래도 따뜻한 물이 인근에 있기는 한지 공기가 축축하면서도 훈훈했
다.

"참, 내 품에 안겨 있기 답답하면 이거라도 덮어요. 당신 코트는 찢
기고 너덜너덜해져서 벗겨버렸으니까. 다시 입기는 힘들 거예요."

뱀여인은 정령에게 스르르 기어왔다. 정령의 몸에 깨끗한 망토 한
장을 둘렀다. 망토 깃을 꼼꼼히 여며주었다.

정령은 주변을 살필 만큼이야 정신을 차렸으나 여전히 반응이 느렸
다. 말간 눈을 느릿느릿 깜박였다. 그러다 비로소 뱀여인의 허리께에
서 눈길을 멈췄다.

"아……."

정령은 탄식했다. 정령을 살뜰히 살피던 뱀여인은 본인이야말로 멀
쩡한 몸이 아니었다. 복부에 붕대를 칭칭 감았고 울퉁불퉁한 붕대 위
로 피 얼룩과 약초 얼룩이 진하고 광범위하게 배었다. 그 붕대 아래에
감춰진 상처가 예사롭지 않은 깊이임을 누구라도 능히 짐작할 수 있
었다. 부러진 뼈를 붙이는 수준으로 치유 주술을 할 줄 아는 주술사가
제 몸에 붕대를 감으면서 치유 주술을 쓰지 않았을 리 없었다. 그러니
저 부상은 치유 주술을 여러 번 걸고도 수습하지 못했을 만큼 끔찍한
부상임이 자명했다. 과연 뱀여인은 안색이 몹시 파리했다. 그 가냘프
고 깨끗한 본바탕 탓에 첫눈에야 곱게만 보여도 자세히 보면 청초한
붓꽃이 시들어가듯 입술이 메마르고 눈 밑이 검으며 뺨이 창백했다.
목덜미가 식은땀에 젖었고 가냘픈 어깨가 미세하게 오르락내리락했
다.

"당신……."

정령은 빛을 품은 진주 같은 팔을 뱀여인에게 뻗었다. 서글피 여인

을 불렀다.

　여인은 정령이 보내는 안쓰러운 눈빛을 읽었다. 걱정하지 말라는 뜻으로 고개 저었다. 다정히 미소했다.

　"나는 라미아³예요. 정령의 이름을 듣는 영광을 주겠어요?"

　"아, 아아……."

　정령은 잇달아 신음했다. 가슴을 움켜쥐었다.

　"나는, 나는……."

　주르륵. 눈물이 멈췄던 정령의 눈에서 또다시 말간 액체가 넘쳐흘렀다. 정령은 가슴을 뜯으며 연거푸 입술을 달싹였다. 한참을 아무 이름도 대지 못하고 머뭇거렸다. 공허한 힘이 다시금 몸을 감싸고 일렁였다. 정령은 눈을 질끈 감았다. 그 순간, 귓가에 따스하고 강인한 음성이 떠올랐다.

　「내게 넌 '김양이'다. 귀엽고 사랑스러운 내 죽부인이자 왕비님, 김양이. 나에게 김양이는, 너야. 너는, 김양이야.」

　정령은 통곡을 삼키며 헐떡였다. 헐떡임 사이로 신음을 쥐어짜 냈다.

　"나는, 양이, '김양이'예요."

✿✿✿

　도는 가파른 계단을 화살처럼 쏘아져 올라갔다. 다소나마 온기가 도는 지하 동굴로부터 휑하고 냉랭한 얼음 동굴을 향해 한 번 지났던

길을 거슬러 갔다. 지도에 담긴 지역의 칠십 퍼센트를 전속력으로 훑었으나 부발루스를 찾거나 그 흔적을 다시 잡지는 못했다. 마수만 몇 마리 만나 이동속도대로 쓸고 움직이는 결대로 따돌렸을 뿐이었다.

'가능성은 크게 셋인가? 그 물소가 크닙이 맡은 지역에 있거나 지도에 표기되지 않은 지역에 있거나 이미 마수 배 속으로 사라졌거나. 뭐, 부상이 깊긴 해도 약한 놈은 아니었지만. 마을에서 본 범족 전사 셋쯤이 한번에 덤벼야 다친 물소와 호각이겠지.'

지도는 매우 엉성했다. 도가 직접 움직여보니 수백 년 전 이 지역이 폐쇄되기 전에 발행한 지도를 대충 고치다 만 수준이었다. 도는 얼음 동굴을 벗어나자마자 그 사실을 깨달았다. 막상 가보니 끊긴 길이 부지기수였다. 마수나 마수 사냥꾼이 새로이 개척한 길이나 구역도 많았다. 이래서야 지도 속 지역을 송두리째 턴들 부발루스를 만나지 못할 공산이 컸다.

한데 지금껏 양이가 해온 행동, 기이하도록 부발루스에게 집착하던 태도로 볼 때 부발루스는 잃어버린 당혜의 조각이나 '그 여자', 나아가 사라진 도의 본체와 연결되었을 확률이 높았다. 그러니 이제 도에겐 부발루스를 찾는 일이 몹시 중요해졌다. 어떻게든 부발루스를 찾아야 했다. 그러나 양이에게 한 약속이 더 중했다. 지금 당장 곁을 밝혀주는 양이가 다른 그 무엇보다도 앞서고 귀했다. 그런 양이를 낯선 곳에 홀로 두었으니 도는 마음이 영 편치 않았다. 한계까지 속도를 끌어올려 양이를 두고 온 장소로 돌아갔다.

"찐빵! 나 왔어!"

도는 활짝 웃으며 문을 열고 들어갔다. 들어가자마자 낯이 가셨다.

"뭐가 어떻게……."

목에서 짓눌린 음성이 새었다. 도는 눈을 좁히고 한 발 뒤로 물러났다. 주변에서 어떠한 충격이 가해진 흔적은 조금도 없었다. 공기 중에 옅은 땀 냄새와 적당히 달큼한 몸 내음이 생생했다. 바닥에는 쿵쾅대며 뛰논 자국, 다박다박 걸음을 디딘 흔적이 희미하게 남았다.

"이런, 겁도 없이! 기껏 쳐준 결계를 그사이를 못 참고 제 손으로 풀어?"

도는 반은 웃고 반은 한숨 쉬었다.

'찾으면 엉덩이라도 한 대 때려줘야지!'

도는 눈썹을 구기며 발을 뗐다.

"전하아아아, 저는 물소 아저씨 못 찾았어요오오오오."

크닙이 날아들었다.

"오잉? 으어어? 아항!"

크닙은 빈집을 보더니 고개를 갸웃했고 이내 감탄을 섞어 낄낄댔다. 도와 크닙은 별다른 대화 없이 나란히 집을 나섰다. 공기를 떠다니는 양이의 체취와 바닥에 남은 흔적을 쫓아 얼음길을 미끄러졌다.

"김양이!"

"양이야아아아!"

그 후 몇십 초도 채 되지 않아 둘은 새파랗게 질렸다. 양이가 남긴 흔적이 계곡 기슭을 긁으며 거칠게 미끄러지다가 물속으로 추락하며 끊겼다. 심장이 덜컥 내려앉는데 주변을 어정대던 안개형 마수 한 마리가 둘에게 불쑥 덤벼들었다. 둘은 그놈을 단숨에 잡아 불태웠다.

"김양이!"

"양이야아아아! 으아아앙!"

둘은 흔적이 끊긴 물가에 서서 아연히 고함쳤다. 크닙은 울음을 터트렸다. 타는 마음을 조롱하듯 아득한 메아리만 수십 겹으로 울릴 뿐, 부름엔 답이 없었다.

* * *

"라미아, 당신은 괜찮은가요?"

양이는 울었다. 젖어 부푼 눈으로 라미아를 보았다. 힘 빠진 손을 라미아에게 조심스레 뻗었다. 라미아가 물러서거나 거부하지 않자 붕대 위에 손끝을 올렸다. 으깨진 약초가 얇은 붕대 밑으로 물컹거렸다.

"많이, 아파 보여요."

양이는 입술을 달싹였다. 여전히 정신이 산란했다. 마음이 너무 아파서 아무 생각도 어떤 행동도 하고 싶지 않았다. 그러나 자신을 도운 은인이 몹시 힘들어 보였다. 마음을 다잡고 다잡았다.

"걱정하지 마요. 견딜 만하답니다."

라미아는 수척한 얼굴로 미소했다. 축축한 양이의 뺨을, 젖은 속눈썹 끝을 사뿐사뿐 쓰다듬었다.

"양이 씨가 더 힘들어 보여요. 무슨 일인가요? 무슨 사연이기에 이토록 상처 입었나요? 어쩐 일로 고귀한 정령이 이 춥고 황량한 곳까지 와서 눈물짓나요?"

양이는 쉬이 답하지 못했다. 눈물을 그치지도 못했다. 흐느끼며 도리질 치고 새된 숨을 짓이겼다. 라미아는 양이를 끌어안았다. 제 가슴에 양이를 기대게 하고 쏟아지는 눈물을 받아들였다. 격동하는 마음을 어루만졌다. 그 가슴은 부드러웠고 살결에선 깊고 달콤한 향기가 났다. 양이는 꽃봉오리에 껴안긴 바람처럼 꽃과 함께 비틀대며 봉오리 속을 휘돌았고 향에 취하여 가물가물해졌다. 눈 감았다. 홀린 듯 입술을 열었다.

"숨바꼭질을, 했어요."

고백은 흠뻑 젖어 폐 깊숙이에서 솟았다. 정령 특유의 음색에 실려 습한 동굴을 아롱아롱 울렸다. 저물녘 종소리처럼 아득히 사그라졌다. 잔향이 꼬리를 물었다.

"그래, 숨바꼭질을 했어요. 참 오래. 술래가 시간 안에 숨은 이를 찾지 못하면 둘 다 죽는 숨바꼭질을. 술래가 시간 안에 숨은 이를 찾더라도 둘 중 누구도 쉬이 행복해질 수 없을 숨바꼭질을."

라미아는 생각했다. 이건 기이한 이야기라고. 이런들 저런들 행복할 수 없다니, 그건 마치, 처음부터 시작해서는 안 될 숨바꼭질이었다는 말 같았다.

"하아."

라미아는 그 생각을 속으로만 간직했다. 말을 아끼고 양이의 머리칼을 쓰다듬었다.

양이는 눈 감았다. 어둠 속에 잠기어 그 상냥한 위로를, 라미아라는 여인을 받아들였다. 그 품에 무너져 망연히 고했다.

"숨은 이는, 최선을 다할 수도, 다하지 않을 수도 없었어요. 숨어도 발각되어도 불행한 결과가 기다렸으니까. 숨고 숨었어요. 숨고 숨되 언제나 술래 주변을 맴돌았죠. 발각당하리라는 공포와 발견해주리라는 기대 사이에서 갈팡질팡하며. 참 오래 숨다가, 무서워져서 잊기로 했어요. 이 모든 규칙을. 자신이 숨어야 한다는 사실도. 그대로 그냥, 죽어버리게. 이 게임을 던지고 죽음으로써 술래가 자연히 숨은 이를 찾을 수 있게. 그런데……."

양이는 라미아의 몸을 꽉 끌어안았다. 힘이 들어간 두 팔이 바들바들 떨렸다. 턱이 떨렸다.

"기억나버렸나요? 잊었던 일이 모두?"

라미아가 천천히 속삭였다. 제게로 무너지는 몸을 부드러운 하체로 단단히 감아 지탱했다. 양이는 그 뱀의 몸에 절박하게 끌어안겼다. 그 뱀을 절박하게 끌어안았다. 라미아의 두 팔에 매달린 채 고개 들었다. 흠뻑 젖은 눈으로 라미아를 올려다보았다. 가파르게 헐떡이며 신음했다.

"술래가 와요, 지금."

"깊은 사연은 모르지만, 아까 그자로군요. 아름다운 정령."

양이의 눈동자가 크게 떨렸다. 부릅뜬 그 눈 속에서 기대와 공포와 의문이 세력을 다투며 각기 부풀어 오르고 사그라지고 또 휘몰아쳤다.

"언제, 언제……."

라미아는 양이의 등을 거듭 토닥이고 연신 쓰다듬었다. 어쩔 줄 몰라 하는 양이의 이마에 제 이마를 맞대었다. 불안에 떨리는 검은 두 눈에 제 시선을 얽었다. 양이가 진정하기를 바라며 되도록 온유하게 말했다.

"당신을 건지고 얼마 안 되었을 때, 물길을 따라 놀랍도록 강하고 아름다운 정령이 둘 나타났어요. 누군가를 목놓아 불렀죠. 낯선 이름이라 바로 연상하지 못했지만……. 아아, 맞네요, '양이'. 그 이름을 불렀어요."

"아, 안 돼, 안 돼!"

양이는 등에서 힘이 풀렸다. 희게 질렸던 낯이 새파래졌다. 라미아에게 안긴 채 온몸을 휘청거렸다.

"괜찮아요, 괜찮아요."

라미아는 하체를 더욱 조였다. 무너지는 양이를 빈틈없이 붙잡았다. 양이의 상체 역시 두 팔로 끌어당겨 제 가슴에 더 깊이 안았다. 겁먹은 양이를 품에 숨겼다. 그 등을 쉼 없이 다독였다.

"쉬이……. 괜찮아요, 괜찮아."

라미아는 겁먹은 아이를 달래듯 작게 소리 냈다. 재빨리 안심할 말을 덧붙였다.

"당신과 어떤 관계인지 알 수 없어서 일단 따돌렸어요. 나도 꽤 강한 주술사이고 당신이 의식 없이 쓰던 이상한 힘이 기척을 계속 지웠으니 그 누구라도 쉽게 우리를 찾지 못해요. 당신이 그를 만나고 싶지 않다면 지금까지처럼 숨을 수 있어요."

"하아, 학, 아니, 아니, 할 수 없어요."

양이는 도리질 쳤다. 잠시라도 그나마 잠잠했던 마음이 다시 격랑에 휘말렸다. 지금 치는 가장 큰 파도는 공포라는 이름이었다. 양이는 다스리지 못한 숨을 허둥지둥 짧게 뱉었다. 온몸에서 공허를 짙게 피웠다. 여물지 못한 언어를 혀끝에서 흐리마리 뱉었다.

"그는 포기하지 않을 거예요. 하아, 학! 나도 이 힘을 계속 쓰진 못해요. 이 힘은, 허억, 애초부터, 힉, 내, 내 분수에 맞지 않는 힘이었으니까. 스승님께서 해주신 그대로 유지하기조차 힘겨웠으니까. 허억, 나는, 나는, 실은 이미 한계였어요. 잊기로 했을 때부터 이미 한계였어요. 절벽에 섰어요. 하악, 흑. 이제 곧 끝이에요. 그는 포기하지 않을 테고, 나를 계속 찾을 테고, 하아, 내가 감당치 못하고 이 힘을 사그라트리면, 하, 그 순간에 나를 찾겠죠."

양이는 피가 배일 만큼 아랫입술을 깨물었다. 자꾸 턱이 악물어졌지만 억지로 입을 벌렸다. 목에서 걸리는 숨을 저 깊이 내려서 심호흡으로 바꾸려 안간힘을 썼다. 잘 알았다. 이렇듯 자신을 잃어서는 안되었다. 지금 자신은 공허의 힘을 제대로 다스릴 수 없었다. 오랜 세월 연구하고 온갖 재주를 다 쏟아 간신히 그 힘을 억눌러 굳혀놓았으나 그 안정상태에 하얄리가 금을 냈다. 다시 그 안정상태를 수복하자면 적어도 수십 년이 필요했다. 이제 평정을 지나치게 잃으면 끝장이었다. 차라리 모든 것을 놔버리고도 싶었다. 하지만 그래서는 안 되었다. 새파랗게 질려서도 끅끅대며 숨을 내리려 기를 썼다. 라미아가 줄곧 달래는 소리를 내며 숨을 쉬고 내뱉을 순간을 짚어주었다. 천천히 등을 쓸어내리고 쓸어 올려주었다. 양이는 기꺼이 그 도움에 의지했다. 뺨이 눈물에 흠뻑 젖도록 노력한 끝에 그럭저럭 해냈다. 자욱이 피어오르던 공허를 제 몸 둘레로 거둬들였다. 라미아의 품으로 천천히 허물어졌다.

"하아……."

라미아는 양이와 더불어 한숨 쉬었다. 본인도 중상을 입었으니 좀처럼 안정을 찾지 못하는 양이를 보살피는 일이 몸과 마음에 모두 버거울 법했다. 그런데도 싫은 기색을 조금도 비치지 않았다. 오히려 깊은 동정에 차서 양이를 제 몸처럼 살폈다. 한숨을 삼키며 젖은 목소리로 고백했다.

"자세한 사연이야 다르겠지만 당신과 나는 닮았군요."

양이는 라미아의 가슴에 허물어진 채 고개와 시선만을 겨우 들었다. 라미아와 눈을 맞췄다.

라미아는 촉촉한 보랏빛 눈동자에 희미하게 미소를 실었다.

"나 역시, 사냥꾼에게 쫓겨왔어요. 참 오래. 지금도."

"아……."

양이는 목소리를 낮춰 탄식했다.

그 순간이었다.

"피해요!"

라미아의 뱀 꼬리가 채찍처럼 날카로이 울며 양이의 몸에서 풀려나갔다. 감고 있던 양이를 풀려나가는 원심력으로 저 멀찍이 내던졌다. 라미아의 두 팔과 기다란 열 손가락이 허공에 어지러이 교차하며 삽시에 거대한 주술막을 빚어냈다.

"라미아아아아!"

쩌어엉! 교회 첨탑에 매달린 웅장한 종이 일격에 깨어진다면 그런 소리가 날 터였다. 고막을 찢는 음파가 고요하던 호숫가를 쩌렁쩌렁 뒤흔들었다. 퍼렇게 날 선 도끼가 라미아가 친 주술막 위로 내리꽂혔다. 왼팔을 잃은 물소족 전사가 오른팔 하나로 도낏자루를 지탱한 채 검은 뿔을 번뜩였다.

"샤아아!"

인간 여성과 같은 얼굴로 보였던 라미아는 일순간 이마 위와 가슴까지 턱을 벌렸다. 예리한 송곳니를 드러내며 높고 날카롭게 울었다. 눈동자를 길게 수축하며 굵은 하체를 꼿꼿이 세웠다. 어스름한 허공에 봄의 들판처럼 잔상이 꽃피도록 손과 팔을 놀렸다. 텅텅텅! 까앙! 깡! 쩌어엉! 때로는 둔탁한, 때로는 예리한 소리를 내며 물소족 전사, 부발루스와 삽시에 예닐곱 합을 주고받았다.

"죽어라, 이 요녀!"

부발루스는 바짝 쉰 목소리로 고함쳤다. 어지간한 기운이라면 들어

올리지도 못할 웅대한 도끼를 단검 다루듯 한 팔로 휙휙 휘둘렀다. 그 설원에서 지독한 독에 당해 죽어가던 자라고는 믿기 힘든 힘이었다. 속도 역시 그 육중한 체구에서는 상상할 수 없을 수준이었다. 눈 깜박할 사이에 라미아를 좌에서 우로 위에서 아래로 방향을 가리지 않고 압박해 들어갔다.

"샤아!"

라미아는 손과 팔을 잠시도 머뭇대지 않았다. 팔이 여러 개라도 되는 듯 찰나에 다발로 방어막을 생성하며 틈틈이 공격 주술까지 완성해냈다. 머리를 꼿꼿이 쳐들고 좌우로 흔들며 사납게 울었다. 거대한 자줏빛 송곳을 떨치듯 부발루스에게 던졌다.

까아아아아앙!

부발루스가 휘두른 도끼가 송곳에 밀렸다. 부발루스는 도끼째로 한 자 밀려났다가 기어이 송곳을 깨트렸다. 그러나 깨어진 송곳이 자욱한 자줏빛 안개가 되어 부발루스를 덮쳤다.

"라미아아아! 이번에마저 달아나는 게냐!"

부발루스는 절규했다.

그러나 라미아는 응답하지 않았다. 잔상을 남기며 스스슥 미끄러져 양이에게로 갔다. 양이는 내동댕이쳐진 모습 그대였다. 압도되어 눈을 치뜨고 부발루스를 향했다. 라미아는 한 팔로 양이를 감아 올렸다. 자줏빛 안개를 치며 달아나기 시작했다.

"넋 놓지 마요! 정신 차려요!"

라미아는 양이에게 비명 질렀다. 양이를 제대로 추슬러 안아줄 상황이 아니었다. 양이는 라미아에게 안긴 채 다리로 바닥을 긁으며 직직 끌려갔다. 그러면서도 좀처럼 정신을 차리지 못했다. 치뜨려진 두 눈

안에서 전장을 증언하는 불꽃이 잇따라 펑펑 터졌다. 기억을 막던 성벽은 이미 무너졌다. 묻었던 기억이 무너진 자리로 새빨간 깃발을 세우고 맹렬히 돌진했다.

✳✤✳

수라족 공주로 태어났다. 수라족 공주로 자랐다. 수라 손에 옷 입혀지고 수라 손에 밥 먹고 수라에게 안기어 받들어졌다. 그러니 수라가 죽어간다면 소매를 떨치고 일어나 나아갈 수밖에. 가장 바라지 않던 전장으로라도.

나는 적을 베는 검 끝에, 주술을 잣는 손끝에 내 심장을 걸고 간다. 그 전장에는 내가 가장 베고 싶지 않은 사내가 있고 그 사내가 제 목숨보다 귀히 여기는 아이들이 있다. 나는 검 끝에, 손끝에 내 심장을 걸고 춤춘다. 그러며 피를 뒤집어쓰고 두드려 맞고 조각조각 부서진다. 이를 악물고 눈을 부릅뜬다. 그러며 사랑스러운 그의 아이를 벤다. 태운다. 찢는다. 폐에서 목으로 솟는 숨이 매 순간 무겁고 날카롭다. 가장 처음에는 그러했던 것 같다.

전장은 휩쓸리지 않기엔 무도하게 황홀한 축제판이다. 단단히 다져진 전사와 전사가 목숨을 담보로 걸고 한계까지 자신을 쥐어짜 어우러진다. 치밀히 단련한 장수와 장수가 역시 목숨과 명예를 담보로 걸고 한계까지 자신을 쥐어짜 맞부딪친다. 병장기가 노래한다. 고함친다. 비명 지른다. 피와 살점이 뿜어진다. 날아간다. 폭발한다. 그것은 놀이이고 음악이며 춤사위이다. 황홀한, 신명 나는 축제다. 눈이 어릿하다. 폐가 간지럽다. 가슴이 짜릿하다. 눈부신 즐거움을 억누를 길 없다.

지평으로 해가 추락해간다. 축제는 곧 파장할 터다. 대개 그렇다. 그러나 내 수라들이 동요한다. 전선이 살 맞은 거대한 짐승처럼 요동한다. 막대한 영력이 저물녘 대기를 자지러트린다. 나는 수라족에서 가장 강력한 술사이자 별동대이다. 주술로써 수라를 엄호할 곳이라면 어디든 간다. 몸부림치는 전선을 바로잡고자 소수 핵심 부대원과 함께 땅을 박차고 뛰어오른다. 주술진에 몸을 싣고 석 장 높이에서 동요가 일어나는 중심을 찾는다.

아아, 붉게 피 흘리며 푸르게 멍든 해 질 녘 대기에 금빛 선이 만개한다. 세상을 뒤덮은 광대한 천에 수백, 수천 가닥 금사가 동시에 바늘에 꿰여 천 자락을 꿰뚫어 솟으며 송이송이 장엄한 꽃을 수놓는 것 같다. 도깨비의 승리이자 수라의 패배라는 꽃을.

그 광경에 심장이 목으로 튀어나오는 듯하다. 그러다 손발이 차게 굳는다. 그러다 웃음이 벌컥 솟는다. 그러다 어깨를 주춤하며 내빼고 싶다. 그러다 두 팔을 벌리고 달려가고 싶다.

아아, 저 꽃은 왜 이다지도 아름다운가! 눈동자가 시리도록 생생하다. 황금빛 꽃잎 사이사이로 꽃술이 나부낀다. 길고 짧고 두껍고 늘씬한 꽃술들. 가장 강력한 도깨비, 수천 년 묵은 존재. 무기 도깨비, 태어나기 전부터 피와 전투와 전장을 알던 존재, 본인이 곧 무기이고 무기가 곧 본인인 존재, 그리하여 무기와 하나 되는 법을 세상 그 누구보다도 잘 아는 존재, 싸움이 곧 자아가 된 존재. 무참히도 찬란하게 날뛰는 전사들. 그리고 그 꽃술에 둘러싸인, 이 모든 꽃을 피워내는 압도적으로 아름다운 단 한 명, 도깨비 왕, 그.

이별을 선고받았을 때 생가슴을 뜯었더랬다. 그러나 그리하다 축제에 취하여 춤추던 어느 순간에 생각하였더랬다. 이 안속에서 마침내 그가 사라졌구나. 비로소 해방이로구나. 잔혹한 미련으로부터 안녕.

하나 어째서인가? 심장이 목으로 튀어나오는 듯하다. 그러다 손발이 사세 굳는다. 그러다 웃음이 벌컥 솟는다. 그러다 어깨를 주춤하며 내빼고 싶다. 그러다 두 팔을 벌리고 달려가고 싶다. 마음을 구성없이 더펄대며 주술진에 실려 하강한다. 태양이 죽어가며 피 흘리는 대기, 그 속을 가로질러 찬란한 꽃밭으로 쏟아진다. 내가 찡그리는지 우는지 떠는지 웃는지 모르겠다. 주술을 수십 겹 빚어내어 가장 아름다운 꽃에게 쏟아붓는다. 저 꽃은 이쯤으로 시들지도 꺾이지도 아니하겠지만.

콰쾅! 쾅! 펑! 펑! 퍼엉! 빛이 깨진다. 축제 파장에 걸맞은 폭죽이 연달아 호화로이 터진다. 그가 나를 올려다본다. 나는 동근 진에 올라타 그의 머리 위를 미끄러지다가 술진을 짜던 손가락을 무르춤한다. 심장이 목으로 튀어나올 것 같다. 숨줄이 널뛴다.

"하악!"

나는 새된 숨을 삼키며 뛰어오른다. 차마 향기로운 시선을 바라지 못하였다. 단지 조금이나마, 아주 조금이나마 나를 향하는 그 눈이 질척하기를, 전장을 발아래 두고 춤추던 그 육신이 나의 모습에 겸연스레 머뭇대기를, 나의 공격을 바수고 반격을 짜내는 그 손길이 불현듯 서름하기를 바랐다.

아니한다. 조금도 그러지 아니한다. 그는 해괴할 만큼 단호하다. 낯설 만큼 냉정하다. 터지는 폭죽 아래에서 내게 황금빛 창을 던진다. 찌푸리지도 떨지도 아니하고 멈칫하는 기색조차 없이. 하나, 둘, 셋. 내가 피하고 막을 일을 염려한 듯 다발 지어 공격을 퍼붓는다. 무감하고 무심하게.

입이 텁텁하다. 숨이 거북하다. 되돌아온 공격을 막고 또 되갚는다. 우리, 아니, '나'와 '그' 사이에 찰나가 매섭게 번뜩이고 효율적이고 경제적인 살해 의지를 띤 공격이 수십 차례 오간다. 나는 울음이 치미는 것도 같고 웃음이 터지는 것도 같다. 울음과 웃음이 한데 뒤섞인대도 괴이하지 않다. 울며 웃고 웃으며 운다니! 심장을 비틀어 일그러뜨리는 이 부조리와 역설을 대변하기에 가장 적절한 행위 아닌가?

섬광 때문이었겠지. 그래, 눈부셔서였다. 지는 해가 너무 눈부셔서, 보지 못하였다. 나를 알아보지 못하였다. 아니 그러하였다면 어찌 머뭇대지조차 않을 수 있었겠는가? 아무리 우리가 더는 '우리'가 아닌 '나'와 '그'가 되었다 하여도, 사랑하였는데, 사랑하여 한때는 우주를 다 바꿔도 이 하나만 못하리라 하였는데, 알아보았다면 어찌 그토록 무심할 수 있었겠는가?

이별을 선고받았을 때 생가슴을 뜯었더랬다. 그러나 그리하다 수긍하였더랬다. 그가 도깨비를 지키는 왕이고 내가 수라에게 사랑받는 공주인 이상 우리는 '우리'일 수 없다고. 이 사랑은 버려야 하며 버려지지 않는다면 잔해도 알아보기 어렵게 부숴야 하며, 그와 나는 이제 적이며 나는 그를 만나면 베어야 하며 벨 수 있으며 벨 것이라고. 내가 혹 망설인다 하면 그 망설임은 다만 유년을 다 바친 사랑에 바치는 묵념이며 그 이상도 이하도 아니리라고. 생각, 설득, 다짐도 하였더랬다.

그러나 나는 무엇도 수긍한 적이 없나 보다. 생각한 적도 없나 보다. 다짐한 적도 없나 보다. 발밑이 무너져 하늘에 붕 떠 있다. 붕 떠서 그를 쫓는다. 해가 눈부시지 않을 때 섬광이 눈부시지 않을 때 구름이 짙지 않을 때 안개가 부옇지 않을 때, 그에게로 간다.

그는 무심하며 단호하며 냉정하다. 자기 전투력을 분배할 대상과 수준을 정확하고 명확하게 파악하여 더도 덜도 않게 내 공격을 막고 더도 덜도 않게 내게 공격하며 내가 있는 곳보다 자신이 더 필요한 곳이 있다면 미련 없이 수하에게 나를 넘기고 다른 적에게로 떠난다. 조금도 아무렇지 않게.

우리는 사랑했다. 유년과 소년을 다하여서. 유년과 소년이 지나고도 오래도록.

우리는 서로를 미워한 적이 없다. 헤어졌으되 상황이 우리를 이렇게 갈라놓았을 뿐이다. 그러니 적이 되었어도 서로에게 칼을 꽂아야할 때가 오더라도 머뭇거려지는 순간이 있을 것이다. 서로에게 칼을 꽂더라도 완전히 무심하지는 못할 것이다. 사랑했으므로.

사랑……. 사랑을, 하였었나? 그가 나를 사랑하였었나? 아니었나? 한 번도? 아니었나?

의문을 확인하는 일이 다른 모든 의무와 감정을 압도하는 과제가된다. 나는 그를 쫓는다. 가장 험한 전장으로만 쫓는다. 해가 눈부시지 않을 때 섬광이 눈부시지 않을 때 구름이 짙지 않을 때 안개가 부옇지 않을 때, 그를 마주한다. 장난처럼 불현듯 뚫린 전장 한가운데 공허한 자리에서 그와 내가 마주한다.

그는 처음으로 느릿하게 움직인다. 고개를 갸웃하는 듯하다가 턱을 치켜들고 나를 본다. 나는 한 손에는 검을, 다른 손에는 부적 뭉치를 들고 엉거주춤 섰다. 시선과 시선이 피로 가득한 대기를 헤엄쳐 서로에게 자맥질한다.

그는 눈부시게 금빛으로 빛난다. 우리 사이를 메운 대기를 금빛으로 태운다. 채운다. 데운다. 다문 턱은 여전히 무심하다.

그래도 나는 심장이 뛴다. 실은 희망, 희망을 붙들고 있다. 그와 나는 전장에서 수십 번 부딪혔다. 그는 언제나 매섭게 대응했으나 나는 단 한 번도 그가 쏜 공격에 상처 입은 적이 없다. 그 웅후한 공격에도 살갗 한 점 그을리지 않았다. 단 한 번, 진정 단 한 번도. 나는 그가 얼마나 강력한지 안다. 스승님을 제외하면 이 우주에서 그 누구보다도 잘 안다. 한데 단 한 번도 그에게 상처 입은 적이 없다. 우연일까? 그가 나 말고도 상대하는 자가 많아 내게 집중하지 않았을 뿐일까?

"혹여……."

나는 입술을 달싹인다. 목소리가 잘 나오지 않는다. 그는 기다린다. 아무렇지 않은 얼굴로. 나는 목소리를 쥐어짜 낸다. 원망에 기대를 싣는다.

"단 한순간이라도, 나를 사랑하긴 했나요? 내게, 진심이긴 했나요?"

내 입술에서 흘러나오는 말투가 애매하다. 이 말투가 그와 나 사이를 대변한다. 이 말투가 친숙하지도 아예 낯설지도 않은 이 애매한 사이를 증명한다.

"하."

그는 더는 기다려줄 이유가 없다는 듯 손을 놀린다. 삽시에 허공에 황금빛 진을 수놓는다. 나도 곧장 부적을 던지고 술진을 짜기 시작한다. 그가 거대한 도(刀)를 들고 내게 달려든다.

"내가 잘못 봤군."

채앵. 깡! 까앙!

"읏!"

우리는, 아니, 그와 나는 찰나에 수십 번 맞부딪힌다. 그는 잔상을 밟으며 움직이면서도 호흡에 음성에 사소한 떨림조차 없다. 또렷이 말한다.

"이제 보니 멍청한 여자였어. 너를 한때나마 곁에 두었던 까닭은 영리하여 놀기에 딱 즐거워서였는데."

"도도!"

나는 비명 지른다. 펼칠 수 있는 가장 잔혹한 공격을 짜내어 퍼붓는다. 뛰놀던 마음이 앙상히 비틀려 바스러진다. 바스러진 잔해에 그가 차가운 불을 던진다. 입꼬리를 비틀어 싸늘히 웃으면서.

"진심? 비빈을 쉰다섯이나 둔, 수라 왕 태흑의 열다섯 번째 공주인 네가, 왕에게 진심을 기대했나?"

야수의 날

"김양이! 양이야!"

도는 폐가 터질 듯 외쳤다. 치솟은 귀 끝부터 늘어진 꼬리 끝까지 흠뻑 젖었다. 안색이 파르랗고 눈 밑이 거무께했다.

"양이야아아아!"

크닙이 울먹이며 양이를 불렀다.

"제길!"

도는 힘줄 선 주먹으로 찢긴 모피 자락을 우그렸다. 눈에 핏발이 서고 앙다문 입술에서 검은 피가 흘렀다. 어깨를 들썩이며 다리를 후들댔다.

양이는 공의 도깨비라 몸이 주술로 추적되지 않았다. 하나 고향에서 수백 번 실험한바, 소지품, 머리카락, 살갗에 심은 추적 대응진을 목표로 술을 펼치면 세 번 가운데 두 번 반응이 왔다. 그래서 도는 광역 추적술을 시도했다. 부발루스를 찾긴 찾아야겠다고 결론 내렸을 때도 몸을 사리느라 포기한 주술이었다. 하나 도는 기꺼이 그 주술을 십여 차례 되풀이했다. 매번 뼈가 으스러지는 듯했다. 끔찍한 규제였으나 몸을 돌보지 않았다. 폭포 뾰족 바위에서 걷어낸 찢긴 옷자락으로 방금 열세 번째 시도를 했다. 이를 악물고 무릎이 꺾일 만큼 애썼으나 이번에도 허무한 메아리만 되받았다.

"젠장, 크흐……."

도는 두 주먹을 움켜쥐고 제자리에 섰다. 응답 없는 호수를 노려보며 신음이 새는 입술을 악물었다. 눈앞이 핑그르르 돌았다. 온몸으로 거대한 벽이 느껴졌다. 여기서 더 광역 추적술을 시도하면 언어 그대로 심장이 터질 터였다.

"전하."

크님이 다가와 도의 손을 잡았다. 깜냥껏 도에게 회복술을 걸었다. 눈물이 그렁그렁한 눈으로 눈치 보았다.

"네게 걱정 끼쳐 미안하다."

도는 자신이 크님을 불안하게 했음을 깨달았다. 머릿속 온도가 지나치게 높았다. 숨을 길게 내쉬며 속에 인 열을 식혔다.

"냉정해져야겠구나."

크님은 말이 없었다. 시무룩이 뜬 눈을 슴벅였다.

도는 크님을 쓰다듬었다. 호숫가 바위에 걸터앉았다. 조금 전까지 드넓은 호숫가를 훑었다. 냉랭한 얼음 계곡과 뜨거운 온천 호수를 몸 돌볼 겨를 없이 바닥까지 오갔다. 머리끝부터 발끝까지 으슬으슬하고 뜨끈뜨끈했다. 가만히 앉아 물기를 말리며 턱을 매만졌다. 냉정히 정황을 요약해보았다.

양이는 결계를 풀었다. 계곡으로 갔다. 미끄러져 계곡에 빠졌다. 계곡 흐름을 따라서 도의 영기가 풍기는 잔향이 남았다. 그러니 양이는 떠내려가며 도가 걸어놓은 주술에 얼마간 보호받았다. 그러나 이곳이 이계라 보호 주술은 충분히 발동되지 못했고 양이가 폭포로 떨어질 때 이미 효력을 다했다. 양이는 폭포 뾰족 바위에 걸려 옷을 찢겼다.

'특이점은 폭포가 끝나기 몇십 미터 전에 일어난 영력 폭발.'

도는 숨을 멈추고 텅 빈 호수를 노려보았다. 다시 생각의 꼬리를 잡았다.

폭포 끝자락 즈음에서 대기 속 영기가 일그러졌다. 그곳에서 길게 잡아도 삼십 분 이내에 폭발이라 일컬어야 좋을 주술 반응이 났다는 뜻이었다. 한데 그 반응이 남긴 잔향이 유의할 만했다. 그 잔향은 도가 양이에게서 이따금 맡던 영향(靈香)과, 평소 잠깐씩 맡아지던 향보다 지나치게 진하여 확신이야 못 하나 그 영향과 느낌이 극히 유사했다. 양이는 본신이 도깨비족이니 위기 앞에 본능으로써 자기보호를 꾀했을 법했다. 각성했다면 폭포에서 추락하는 일 따위 위기가 아닌 놀이였다.

"양이가 알고 했든 모르고 했든 주술을 썼을 가능성은 대단히 커. 그 시각에 딱 그 장소로 뜬금없이 제삼자가 나타나 '양이와 유사한' 영력을 폭발시켰다? 그럴 수야 있으나 억지지."

어깨가 처졌던 크님이 그 말에 고개를 반짝 들었다.

"그 폭포 말씀이시죠? 소신도 그렇게 생각해요."

크님은 도의 무릎 앞에 쭈그리고 앉아 있었다. 벌떡 일어났다. 고개를 갸웃댔다.

"그래서 양이가 걱정보다 멀쩡할 수도 있겠구나 싶거든요? 하지만 주술까지 써서 자신을 잘 보호했다면 지금 뭘 할까요? 왜 우리를 찾을 생각을 안 하죠? 혹시 상당히 다친 뒤에 무심코 주술을 썼고 지금도 우리를 찾기 힘든 상태라면 이 호수를 둥둥 떠다녀야 이치에 맞을……."

"라미아아아아!"

문득 저 멀리서, 호수 맞은편 어딘가에서, 아득하지만 흉포하게 고함이 터졌다.

"전하!"

크닙은 말을 멈추고 몸을 획 돌렸다. 귀를 쫑긋 세우고 꼬리를 팽팽히 당겼다. 인적 없는 곳에서 기척이 크게 나니 무조건 가봄직했다. 운이 따른다면 양이를 찾을 단서를 얻거나 이곳을 수색하는 일에 도움받을 수도 있었다.

쩌어엉! 상당한 규모로 힘과 힘이 격돌하고 병장기가 울렸다.

도와 크닙은 너나없이 땅을 박찼다. 호수를 가로질러 날았다. 호수 중간에서 멈칫하며 우왕좌왕했다.

"죽어라, 이 요녀!"

이 요녀, 이 요녀, 이 요녀…….

호숫가는 사방이 거미줄처럼 뻗은 동굴이었다. 소리도 영기도 울림을 거듭하고 부풀어 이 구멍 저 구멍으로 빠져나가며 배배 꼬였다. 소리가 난 방향도 영기가 폭발한 방향도 가늠키 어려웠다.

"난 오른쪽! 넌 왼쪽으로!"

"네!"

도와 크닙은 수면을 박찼다. 깡! 까앙! 퍼버벙! 영력과 소리가 연달아 터졌다. 도와 크닙은 각자 호숫가 주변 동굴을 닥치는 대로 훑었다. 호수는 지하에 있다고 믿기 힘들 턱으로 거대하여 짧은 쪽 너비도 십 킬로미터 남짓이었다. 도와 크닙이 아무리 빨라도 번쩍하고 수색할 수 있는 넓이가 아니었다.

"라미아아아! 이번에마저 달아나는 게냐!"

'물소다!'

지형이 소리를 왜곡했지만 도는 확신했다. 저 소리와 힘이 폭발하는 곳에 부발루스가, 양이가 기이하게 집착하던 부발루스가 있었다.

"넋 놓지 마요! 정신 차려요!"

힘의 격돌이 먼저 멎었다. 뾰족이 날 선 여인 목소리가 울렸다.

도는 역류하는 피를 삼키고 이를 악물며 수색에 박차를 가했다. 몇 분을 더 헤맸다. 호수 경계를 기준으로 구불구불 백여 미터 들어갔다. 자줏빛 안개로 자욱한 영역에 접어들었다.

'독 안개!'

도는 손으로 입을 가렸다. 영력을 최소한으로 돌려 보호 결계를 쳤다. 평소라면 독을 시원하게 태우겠으나 양이를 찾느라 무리하여 더는 기력을 낭비할 수 없었다. 동굴에서도 교란이 덜할 영적 주파수를 골라 크닙에게 위치 신호를 쏘았다. 눈에 힘을 돋워 자욱한 안개 속을 살폈다.

그건 단순한 독 안개가 아니었다. 이 세계에서 고유하게 발달한 주술로 펼친 영적 안개였다. 독성을 띠었고 영적·물리적으로 흔적을 차단하고 지우는 속성도 띠었다. 도가 쓰는 주술과 궤를 달리하는 주술이기에 이계에서 온 도가 손쉽게 꿰뚫어 보거나 해제할 수 없었다. 도가 힘을 아낄 생각이 없다면야 불도저로 장애물을 밀어내듯 독 안개를 한순간에 거둬낼 수도 있겠으나 도는 영력과 체력을 아껴야 했다. 답답해도 무식한 수단을 택했다. 배에 힘을 주고 외쳤다.

"이봐! 부발루스! 거기 있어?"

침묵이 돌았다. 두세 호흡 뒤에야 성의 없는 음색으로 답이 돌아왔다.

"정령······? 여기다."

"여기? 다르게 설명할 방법은 없어? 안 보여!"

도는 답답해하며 다시 물었다. 분명 부발루스가 가까운 곳에 있었다. 그러나 소리가 영 괴상하게 울렸다. 작은 꽈리 같은 공간 여러 개가 이리저리 뚫린 피리 구멍으로 연결된 지형이라 아무리 소리가 가깝게 들려도 목표를 향해 제대로 움직이기가 어려웠다.

다시 몇 호흡 침묵이 돌았고 한마디씩 느릿느릿 답이 돌아왔다.

"그럼, 기다려라. 이제 보드카 한 병, 비울 시간이면, 안개는 가라앉는다."

부발루스는 목이 쉬었다. 청각이 예민하지 않다면 알아듣기 힘들게 조용조용 말했다. 수 분 전에 고함쳤던 이 같지 않았다.

도는 잠시 고민했으나 별수 없이 제자리에 주저앉았다. 부발루스에게 말을 건넸다.

"괜찮아?"

"안 죽었다."

"그러네. 이 안개는 뭐야? 힘이 격돌하기에 와봤는데."

"마수와 싸웠고, 마수가 이 안개를 풀어놓고 갔다."

"여자 목소리가 나던데?"

"마수가 암컷이다."

"흠. 너 왜 갔어? 말도 없이."

"바빴다."

심각한 상황이지만 도는 피식 웃었다. 부발루스. 무식해 보이던 물소. 단 한 번 도끼를 휘두르는 모습을 보았을 뿐이지만 실력이 마음에 들었다. 저 확실하고 단순한 성격도 도깨비 같아서 친숙했다. 같은 세계 존재라면 친구로 사귀어봤을 터였다.

"뭐가 그리 바빴어?"

"마수 사냥."

"흐음."

도는 다른 세계 마수에 관심이 없었다. 그쯤 해서 본론으로 들어갔다.

"혹시 돌아다니다가 내 여자 못 봤어? 양이."

"도망갔나?"

부발루스가 처음으로 먼저 질문했다.

"아냐."

'금실 좋은 우리를 저따위로 말하다니!'

도는 찡그렸다.

'지금은 차라리 도망간 상황이면 좋겠다만.'

도는 걱정과 한숨을 누르며 말을 이었다.

"사고가 났어. 내 눈을 벗어나서 폭포로 추락했고 실종됐어. 마수 추적하면서 인간이 남긴 흔적 못 봤어?"

지금껏 순순히 답하던 부발루스가 몇 호흡쯤 침묵했다.

"그게 그 암컷이었나."

도는 쫑긋 세운 귀로 작은 중얼거림을 들었다. 눈이 커졌다. 목을 돌려 외쳤다.

"무슨 소리야? 제대로 말해봐!"

"뭘 말이냐?"

"방금 중얼댔잖아, 너!"

부발루스는 침묵했다. 정령이 이토록 귀가 예민한지 미처 몰랐다.

쓸데없이 혼잣말을 지껄였다며 후회했다.

"사소해도 좋아. 확실하지 않아도 좋고. 뭐든 다 말해줘! 단서 하나가 귀해!"

"음."

도는 재촉했다. 자줏빛 안개 너머에서 떠름하게 답이 돌아왔다.

"난 그 마수에게만 집중했다. 주변은 못 봤다. 다만 그 마수가……."

"응!"

"망토인지 포대기인지에 뭔가를 싸서 들고 갔다. 거기 팔다리도 달렸고 크기가 인간 암컷 같았다."

도는 벌떡 일어났다. 주위를 휘둘러보았다.

'이 안개를 밀고 당장 이동한 흔적을…….'

도는 열로 머리가 지끈거렸다. 눈앞이 핑핑 돌았다. 눈을 질끈 감았다가 천천히 고개 저었다.

'그 마수가 이런 안개를 치고 마수 사냥꾼에게서 달아났다면 그리 쉽게 추적할 순 없어. 여기를 잘 아는 놈에게 설명부터 듣는 게 우선이다. 그러고서 찾는 편이 차라리 빨라.'

도는 맥이 세차게 뛰는 관자놀이를 중지로 지그시 눌렀다. 성급해지려는 호흡을 누르며 쉬지근한 목소리로 요청했다.

"더 자세히 말해줘."

"더 말할 내용 없다."

"살아 있었어? 움직였어? 조금이라도?"

"모른다. 마수가 휙 갈 때 언뜻 봤다."

"그 마수는 어떤 존재지?"

무거운 침묵이 돌았다. 숨소리도, 물소리도 끊긴 자리에 막막한 안개만 가득했다.

"라미아."

도가 다시 재촉하려 했을 때, 침묵을 깨고 답이 돌아왔다.

"내가 수백 년간 쫓은 마수다."

부발루스는 몹시도 목이 쉬었다. 단어 사이로 흐르는 숨이 지쳐 느릿했다. 그러나 수컷의 어떤 고집스러운 당당함으로 한 음 흔들림도 없이 뒤를 이었다.

"수컷을 유혹하여 통째로 잡아먹는 요녀이자, 괴물이지."

❋❖❋

검자줏빛 나신으로 바닥을 기었다. 결코 하늘로 뛰어오를 수 없는 아랫도리를 좌우로 요동하며 먹장 같은 어둠 속을 미끄러졌다. 버려진 도시를 덮은 낡은 먼지와 그을음을 상처 입은 몸뚱이로 쓸었다. 무시무시한 적막을 밀었다. 지도도 없고 길도 없고 사람도 없으며 마수도 없는 깊디깊은 굴로 파고들었다.

"양이 씨, 제발, 제발. 정신 차려요."

뱀은, 라미아는 애원했다. 희게 벗겨진 버들가지 같은 팔에 양이를 안았다. 양이의 떨리는 몸을 연거푸 보듬었다.

"아, 아아."

양이는 신음했다. 어설프게 붙었던 다리가 다시 부러졌다. 라미아가 좌우로 몸부림칠 때마다 비틀린 다리가 굴곡진 바닥을 타달타달 긁었다.

"미안해요, 미안해요."

양이는 흐느꼈다. 눈앞에서 오래된 폭죽이 터지고 있었다. 그 불꽃이 세월을 비껴간 듯 선명했다. 한 점 바래지 않고 너무하게 눈부셨다. 그 빛 속으로 피, 금속, 꽃, 춤, 살, 뼈, 승리, 패배, 사랑, 믿음, 증오, 원망이 휘몰아쳤다. 폭죽이 귀로 날아들어 고막을 터트렸다. 코로 불똥을 튀겨 점막을 태웠다. 입으로 떨어져 혀를 메말렸다. 심장으로 파고들어 심장을 비틀었다.

그러나 라미아가 힘겨워했다. 라미아는 다친 몸으로 양이를 포기하지 않고 보듬느라 곱던 낯이 겹겹이 우그러졌다. 그래서 양이는 이를 악물었다. 오감을 후려치는 감각을 이겨내려 애썼다. 통곡을 씹어 삼켰다. 우리를 부수고 뛰쳐나오려는 공허한 힘을 정신의 살갗이 뻘겋게 벗겨지도록 고삐 잡아 다스렸다. 그 힘으로 라미아와 자신이 이동한 흔적을 지우고 둘을 감싸는 결계를 쳤다. 힘이 사뭇 들놀았다. 정신력을 바닥의 바닥까지 긁었다. 공허를 어떻게든 제 둘레에 가뒀다.

"미안해요, 미안해요. 당신은 날 이렇게나 돕는데……."

라미아는 답 없이 입술만 물었다. 양이를 안고 도주하며 주술까지 거듭했다. 그러며 복부에 난 상처가 도졌다. 통증에 입을 떼기 버거웠다. 언제까지, 어디까지 도망할 수 있을까 근심하던 차에 양이가 발휘한 기이한 힘이 양이와 자신을 철저히 은폐한다는 점을 깨달았다. 근육을 쥐어짜고 의지력을 끌어올려 아늑한 장소를 찾아들었다.

"하아, 하아."

라미아는 숨을 헐떡였다. 양이를 내려놓았다. 일그러진 얼굴로 미소하며 양이를 감싼 망토 깃을 다듬었다. 부러져 비틀린 양이의 다리에 진통 주술을 걸었다. 꺾인 다리를 조심스레 펴고 치유 주술을 더했다. 지금 당장 양이 몸에 남은 치유력으로야 겉만 간신히 붙겠으나 이만한 처치라도 안 하느니보다야 나았다.

"고마워요, 미안해요, 라미아."

"그런 말 말아요. 나 때문에 일어난 일인걸요."

라미아는 마를 새 없는 양이의 젖은 뺨을 매만졌다. 양이는 울먹이면서도 라미아의 배에 손을 얹고 치유 주술을 펼쳤다. 두 팔을 뻗어 라미아를 안았다. 두 여자는 서로를 핥아주려 했다. 그럼으로써 무너지려는 자신을 지탱했다.

"아아, 아름답고 가여운 정령이여."

양이는 두 눈에서 초점이 안팎으로 너울댔다. 정신이 내면과 외계를 오갔다. 라미아는 양이의 등을 쓸어내리며 탄식하듯 물었다.

"기억이 당신을 괴롭히나요?"

양이는 라미아를 안고 라미아에게 안긴 채 태풍 속 버들처럼 자지러졌다. 목이, 혀가 젖은 숨에 눌려 좀처럼 답하지 못했다. 도리질하며 가느다랗게 속삭였다.

"어쩌면 좋죠? 자꾸 떠올라요. 계속, 점점 더 많이. 아아……."

양이는 파르스름했다. 그 입술이 바람에 흔들리는 문풍지처럼 떨렸다. 간을 비틀어 짜며 흐느꼈다.

"제가, 무슨 짓을 한 거죠?"

물음은 공허히 어둠을 배회했다. 실체 없는 유령처럼 아득해지며 좁은 굴을 두 번, 세 번, 네 번……. 돌고 돌았다.

"그가 너무 미웠어요. 그토록 사랑했는데 그토록 함께했는데 그 모든 감정을 순간을 거짓이었다 하는 그가 너무 미워서……. 하지만 이렇게까지 하고 싶지는 않았어요. 그가 이렇게 고통스러워할 줄은 몰랐어요. 이 숨바꼭질이 이렇게까지 길어질 줄은……. 아아, 저는, 어째서……. 제가 무슨 짓을 저지른 거죠?"

잊고 싶었다. 양이는 차라리 잊어버리고 싶었다. 이 공허를 어찌할 수만 있다면 다시 한 번 깡그리 지우고 싶었다. 눈을 떠도 감아도 시야에 한 남자가 선연했다. 소년같이 천진한 미소가, 무얼 해도 수월해 보이던 산뜻한 몸놀림이, 한순간에 분위기를 바꾸며 관능으로 타오르던 까만 눈이, 굳게 닫히어 고요히 싸늘하던 입술이, 고통에 못 이겨 가슴을 쥐어뜯던 커다란 손이, 심장이 에이도록 선명했다.

"두려워하는군요. 잊고 싶고, 부인하고 싶나요?"

양이는 끄덕였다. 그러다 소스라치며 도리질했다. 나날이 혈색을, 미소를 잃고 죽어가던 도가 떠올랐다. "나를 믿어."라며 이마에 입 맞춰주던 모습도 망막에 뚜렷했다.

"그럴 수 없어요, 더는."

선언은 꺼져가는 불처럼 불안스레 깜박였다.

"누구나 그런 기억이 있죠. 두렵고 또 두려워서 잊고 싶고 부인하고 싶지만 그럴 수 없는 기억이 있죠. 저 역시 그렇답니다."

라미아는 양이를 더욱 깊숙이 안았다. 차가운 뱀의 몸뚱이는 정령에게서 온기를 얻고 정령의 뜨겁게 곤죽이 되어가던 가슴은 뱀에게서 서늘한 위로를 얻었다.

"그래도 당신은 잊어보기라도 했군요. 잊었을 땐, 어땠나요? 평온했나요? 그래서 지금 더 울고 있나요? 그 평온을 잃어서?"

양이는 고개를 내저었다.

"가짜 평온이었죠. 한순간도 진정으론 평온하지 않았어요. 인식조차 하지 못하고 의식 저편에서 나는, 계속 떨었어요. 두려워서, 미안해서……. 본래 끝내려고 했어요. 끝냈어야 했어요. 조금만 더 버티면 다 끝날 일이었어요. 그런데 왜, 왜! 그는 왜 이제야 날 찾아낸 거죠?"

「말했잖아? 찐빵과 나는 인연이라고. 찐빵은 날 만난 순간 내게로 오게 돼 있었어.」

도의 목소리가 달콤하게 진득하게 귓가에 달라붙어 있었다.

「때가 아니라면 보챌 수 없어. 그저, 기다릴 뿐.」

왜 하필이면 그때, 도는 그렇게 말했을까? 꼭 무언가를 느꼈다는 듯이?

"그러나 행복했어요. 기만으로 얻은 불안한 사랑이나마 한순간 받았으니까. 그것이 너무도 달콤했는데, 기뻤는데……! 그건 내게는 받을 자격이 없는 사랑이었어요."

"사랑하나요? 당신과 불행한 숨바꼭질을 하는 이를, 당신을 쫓는 술래를, 그 강하고 아름다운 정령을?"

양이는 답하지 못했다. 가파르게 숨 쉬며 하염없이 떨었다. 라미아는 그 진저리 치는 숨결에서 말 없는 긍정을 읽었다.

"당신은 나와 닮았군요."

서늘한 눈물이 라미아의 턱 끝까지 미끄러졌다.

"나도 당신처럼 게임을 하고 있답니다. 끝내지 않으면 서로 끝없이 괴로울 뿐이지만 끝나도 누구도 행복할 수 없는 쫓고 쫓기는 게임을, 참 오래."

양이는 라미아를 안은 팔을 느슨히 풀었다. 고개 들어 라미아와 마주 보았다. 두 여자는 젖은 눈동자를 서로에게 맞췄다. 그 눈동자에 잠겨 서로가 품은 슬픔을 헤엄쳤다.

"라미아, 당신도?"

지극한 어둠 속에서 정령의 육체는 달처럼 빛났다. 그 달빛 자락에 감기어 라미아는 하얗게 웃었다.

"나는 사냥감이고 그는 사냥꾼이죠. 나는 도망자고 그는 추적자죠. 그러나 나도 당신처럼, 추적자를 사랑했답니다."

양이는 떠올렸다. 몸 일부가 떨어져 나갔어도 당당하고 또한 단단하던 한 마리 짐승을, 거칠게 헐떡이던 사나운 야수를.

"부발루스……."

"그를 아나요?"

"만나서 이름을 나눈 적 있지만 알지 못해요. 그는 누구죠?"

달빛은 떨렸다. 달에게 빛을 주는 태양이 아득히 멀기에 희미하고 위태로웠다. 떨리는 빛 속에서 두 여자가 손을 맞잡았다.

"그 수컷은……."

라미아는 달의 희고 가는 손가락에 깍지를 꼈다. 달빛과 함께 떨리며 가는 입술 끝으로 웃었다. 웃음 끝에 입술을 이로 짓이겼다. 깊이 숨을 들이쉬고 다시 입을 열었다.

"괴물이에요. 살육을 일삼는, 동정심도 윤리도 잃은, 피와 복수에 미친 괴물."

고백은 서늘하고 단호했다.

❋✿❋

"당장은 못 간다."

안개가 걷혔다. 도는 즉각 마수와 양이를 쫓으려 했다. 마침 부발루스가 양이를 납치한 마수를 수백 년 쫓았다니 그 경험에 기댈 셈이었다. 하나 부발루스는 꿈쩍하지 않았다.

"너도 그 마수를 쫓는다며! 멀리 도망가기 전에 움직여야지!"

도는 마른 입술을 핥았다. 젖어 약해진 입술을 잘근 씹었다. 부발루스를 억지로라도 일으키고 싶은 마음에 손이 꿈틀댔다. 충동을 누르며 주먹을 쥐었다.

"부상이 문제면 내가 치유 주술을 걸게요."

크닙은 부발루스 옆에 쭈그리고 앉았다. 밑동이 잘려나간 채 경련하는 이두근에 치유력을 쏟았다. 파들대던 살덩이가 서서히 가만해졌다. 부발루스는 흰자 없는 까만 눈을 크닙에게 향했다.

"고맙다."

상처에서 전해지던 고통이 누그러들었다. 부발루스는 길게 숨을 뽑았다. 바위에 기댔던 등을 꼿꼿이 폈다. 도를 올려다보았다.

"서두르지 마라. 그 마수는 멀리 못 간다."

"젠장!"

도는 주먹을 허공에 내리쳤다. 마음은 이미 양이에게 가 있건만 현실은 제대로 할 수 있는 일이 없었다. 무리한 주술을 되풀이한 몸이 너덜너덜했다. 이 낯선 우주가 가하는 압력에 매 순간 숨이 가빴다. 긴긴 세월 병을 앓으며 무력함에 정신이 꺾이지 않는 법을 무던히도 익혔다. 그러나 지금 이 순간 끔찍이도 무력했다. 자신에게 분노가 치밀었다. 그러나 분노와 무력함에 휩쓸려선 안 되었다. 그러한 것에 한 번 정신을 내주면 제자리를 찾기 쉽지 않았다. 그래서야 양이를 찾을 수도 지킬 수도 없었다.

'냉정해지자. 냉정해져!'

도는 자신을 부단히 달랬고 기어이 몸을 느슨히 했다. 부발루스 앞에 앉았다. 천천히, 배 속에서부터 말했다.

"너는 어차피 몇백 년간 못 잡은 마수이니 한두 시간 지체하는 일쯤 아무렇지 않을지 몰라. 하지만 나는 급해. 내 여자가 마수에게, 식인 마수에게 끌려갔을지도 몰라. 네가 우리와 함께 움직일 수 없다면, 좋아. 그 마수가 띤 습성이라도, 그 마수를 추적하는 요령이라도 알려 줘."

"나도 너만큼이나 급하다."

부발루스는 흰자위 없는 아몬드 같은 눈으로 도를 마주 보았다. 그 눈은 커다랬지만 순하다기보다 단단한 흑돌 같았다. 묵직이 고요했다.

"죽음이 코앞에서 맡아진다. 내 팔을 자르고 내 혈관을 흐르는 독, 그게 곧 나를 죽인다. 나는 죽기 전에 그 마수를 반드시 세상에서 없애야만 한다."

"하면 왜 머뭇대지?"

"당장은 길을 찾을 수 없다. 잠시 기다리면 '끌림'이 온다."

"무슨 뜻이지?"

"말한 대로다. 그 마수와 나 사이에는 '끌림'이 있다."

도는 미간을 구겼다. 답을 요구하며 부발루스를 노려보았다. 부발루스는 고개를 외로 기울였다.

"'끌림'을 모르나?"

도가 대답 없이 바라만 보자 부발루스는 끄덕였다. 고개와 함께 검고 굵은 뿔이 끄덕거렸다.

"정령은 '끌림'을 모르나 보군. 우리에겐 '끌림'이 있다. 운명이 안배한 대상끼리 느끼는 상호 인력. 끌림은 향기, 파동, 예감이다. 끌림은 심장박동같이 익숙하여 평시엔 느껴지지 않으나 돌연히 온몸을 뒤흔든다. 그 마수는 흥분 상태다. '끌림'이 필시 날뛰고 넘쳐흐른다. 은폐 주술이 발휘한 힘이 대기에서 가라앉으면 꼬리처럼 남은 끌림이 선명해진다. 그걸 밟아가면 된다."

도는 굳었던 눈썹이 느슨해졌다. 그러나 입매가 여전히 뻣뻣했다. 재차 캐물었다.

"얼마나 기다려야 하지?"

"안개가 걷히길 기다렸을 때만큼만. 경험상 그렇다."

도는 눈꺼풀을 무겁게 내리감았다. 숨을 폐 밑바닥까지 내렸다. 돌아가는 길이 빠른 길이리라고 자신을 설득했다. 어쩔 수 없이 기다려야 한다면 그 잠깐만이라도 긴장을 풀고 기력을 회복하는 편이 이로웠다. 그러나 몸에서 힘을 빼기 전에 한 가지 더 확인했다.

"그 마수가 식인 마수라고 했지? 혹여 내 여자를 데려간 이유가……."

"염려하지 마라."

부발루스는 도가 끔찍한 가설을 입 밖에 내기 전에 말끝을 챘다.

"그 요녀는 이제 마수라고밖에 볼 수 없으나 한때 대지를 수호하고 암컷과 새끼를 돌보는 대제사장이었다. 여전히 모성은 남았다. 암컷과 새끼를 아낀다. 수컷만 먹는다. 그러니 당신 암컷은 오히려 보살핌

받는다. 다만 그 마수가 장차 당신 암컷을 순순히 내주리라 기대하진
마라. 집착이 대단하니까."

"그래도 다행이네요."

크닙은 어둡던 안색에 빛을 띠었다. 가슴을 쓸었다. 살아만 있으면,
양이가 살아만 있어주면 어떤 상태이든지 되찾고 살릴 방법이야 생기
리라 믿었다.

"후우."

도는 손바닥으로 이마를 문질렀다. 뜨끈뜨끈했다. 고개를 위로 젖
히고 목과 어깨에서 힘을 뺐다. 가장 중요한 사항에서는 일단 안심이
었다. 그렇다면 숨을 돌리고 기운부터 회복해야 했다. 긴장과 불안으
로 여기서 더 기력이 쇠하거나 판단력이 흐려져선 안 되었다. 잠시 호
흡하며 목에서 긴장이 빠져나갈 때까지 쉬었다. 평온한 표정을 되찾
고 시선을 부발루스에게 되돌렸다.

"'끌림'이 올 때까지 그 마수 이야기를 해주겠어? 만나면 상대해야
할 테니."

"그 마수는 내 몫이다. 네 도움은 거절한다."

"나는 그 마수에게 관심 없어. 다만 내 여자를 되찾자면 네 싸움에
끼어야 할지도 몰라. 네 몫을 뺏지 않도록 노력하겠지만 내 여자가 우
선이야."

도와 부발루스는 서로를 노려보았다. 빛 드는 동공이 없는 부발루
스의 눈은 까맣게 버티다가 이윽고 빨갛게 타올랐다. 도는 눈 한 번
깜짝이지도, 눈썹 한 올 꿈틀하지도 않고 그 시선을 기꺼이 받아쳤다.

"내게도 시간이 없으니······."

부발루스가 두툼한 입술을 움직였다. 빠드득. 차돌 몇 알을 아귀에

쥐고 긁는 듯한 소리가 났다.

"협력은 수락한다. 하지만 그 어떤 상황에서도 그 요녀에게서 뛰는 심장은 내 몫이다."

"상황이 극으로 치닫지 않는 한 최선을 다해 남겨주지."

두 사내는 합의에 달했다. 도는 씩 웃었다. 웃을 기분이야 아니나 자칫 심각해져 긴장으로 빠지려는 마음을 다스리고자 부러 가볍게 행동했다. 다시금 물었다.

"그럼 말해주지? 그 마수는 대체 뭐야? 어떻게 상대해?"

부발루스는 고개를 갸웃했다. 뿔이 묵직한 그 머리는 한번 기울이면 각도가 상당하게 툭 꺾였다.

"싸움, 잘하지 않나? 내 도끼를 막았잖나. 알아서 싸워라. 그 마수는 주술을 빨리 쓰니까 잘 피하고."

"약점이라든가 주의해야 할 공격법이라든가, 없어요?"

잠자코 둘을 보던 크닙이 조심스레 끼어들었다. 부발루스는 고개를 또 반대편으로 갸웃했다. 별걸 다 묻는다는 태도였다.

"생물이 다 똑같다. 심장 터지면 죽고 머리 깨져도 죽는다. 하, 그래, 주의할 점, 하나 있다."

"뭔데?"

"뭔데요?"

부발루스는 밑동만 남은 제 왼팔을 꿈쩍댔다.

"독니에 물리면 나처럼 돼진다. 해독이 안 된다."

"허어."

도는 헛웃음 지었다. 고개를 설레설레 저었다. 더 물어봐야 마수를 상대할 방안을 신통히 알려줄 것 같지 않았다. 그럴 재간이 없는 놈

같았다. 도는 양반다리를 한 두 무릎을 까닥까닥하며 부발루스를 보
다가 마침내 생각이 뻗는 방향을 돌렸다. 부발루스는 양이가 줄곧 집
착한 상대이니 도가 '들어야 할' 이야기를 품었을 가능성이 있었다. 때
를 기다리는 사이 자꾸 돋는 초조함도 이겨낼 겸, 부스러기나마 이놈
에게 당혜의 파편이 있다면 모을 겸, 질문을 바꿨다.

"넌 무슨 사연으로 그 마수를 수백 년 쫓았지?"

"재미없는 사연이다."

부발루스는 귀찮아하며 눈을 찌푸렸다.

"재미없어도요. 궁금해요."

그러나 크닙이 꼬리를 이어 부발루스를 졸랐다. 부발루스는 뚱하게
뺨을 굳혔다. 크닙을 한 번, 도를 한 번 보았다.

"뭐, 말해두어도 괜찮겠군."

부발루스는 콧숨을 풍 내쉬었다.

"내가 독으로 죽든 그년이 내 도끼에 죽든 이 싸움은 곧 끝이니. 정
령이 증인을 서준다면 나쁘지 않다."

크닙은 눈을 반짝 빛냈다. 엉덩이를 꿈질거려 부발루스에게 한 치
더 다가와 앉았다. 꼬리를 팔락팔락 흔들었다.

"열심히 듣고 기억할게요! 언제부터예요? 언제부터 쫓으셨어요?"

"흠."

부발루스는 독에 침해당해 푸른 기가 도는 낯으로 숨을 골랐다. 남
일을 말하듯 무뚝뚝하게 말문을 열었다.

"몇백 년 됐다. 정확한 햇수는 모른다."

부발루스는 덤덤히 말을 이었다.

그 마수와 나는 수백 년을 쫓기고 쫓았다. 우리 사이에 인력과 척력이 팽팽했다. 서로 잡을 수도 잡힐 수도 없었다.

그러나 이제 끝낼 때가 왔다. 끝나면 나는 죽는다. 그 암컷도 죽는다. 내가 죽인다.

한데 그러고 나면 내가 왜 이 추적을 시작하였는지, 그 암컷과 나는 수컷이 왜 이 지경이 되었는지 아는 자가 없게 된다. 허망한 일이다. 그러니 잘됐다. 전부 이야기하겠다. 긴 이야기가 아니니 다 끝날 때쯤이면 '끌림'이 온다.

그 마수 이름은 라미아. 라미아는 아름답다. 가냘프고 선량하다. 수컷을 유혹하여 정기를 빨아먹고 뼈와 살을 삼킨다. '그날' 이후로 라미아에게 유혹당한 수컷은 다 죽었다. 나만 살았다.

나는 용맹한 전사인 물소족을 이끄는 족장이었다. 라티투도 대륙에서 손꼽히던 대국, 우베르를 다스리는 왕이었다. 용맹, 투쟁, 쟁취, 정당한 무력과 굳건한 기상을 수호했다. 비겁과 공포, 위선을 몰랐다.

라미아는 농지에 풍요를 부여하는 주술사 집단, 뱀족을 이끄는 족장이었다. 드넓은 우베르 평야에 윤기를 부여하는 대제사장이었다. 풍요, 사랑, 치유, 선의와 행복을 수호했다. 폭력과 악의, 고통을 몰랐다. 나와 '끌림'으로 엮인 내 '운명자'였다. 내 여왕이었다. 내가 삶에 받아들인 유일한 암컷이었다.

나는 라미아를 사랑했다. 내 왕국을 다한 무게보다 더.

라미아도 나를 사랑했다. 나 없이는 아마 한시도 견딜 수 없었을 만큼.

때는 전시였다. 케릭스가 내 나라를 침략했다. 나는 전사였다. 왕이었다. 뿔을 돋우고 앞장서서 달려야 했다. 그래서 달렸다. 적을 들이받았다. 삼십팔 년 동안. 자그마치 삼십팔 년 동안 라미아를 생각하며 달렸다.

국경은 내 그리움만큼 단단해졌다. 여왕은 내 갈증만큼 안전해졌다. 나는 이기고 돌아왔다. 육체가 피에 익숙했고 정신이 죽음과 친숙했다. 어서 내 암컷에게 안기어 정결해지고 싶었다. 한달음에 내 암컷이 머무르는 성으로 갔다.

내 암컷은 다른 수컷과 붙어먹고 있었다. 내 암컷이, 내 '끌림'이 닿는 단 하나가, 내 여왕이, 다른 놈 품에서 헐떡였다.

그 붙어먹던 수컷은 내가 가장 신뢰하던 신하였다. 내가 전장에 나서며 내 여왕과 나라를 믿고 맡긴 친우였다. 내 왕국 안살림을 꾸리던 재상이자, 지혜로운 노루족 수장이었다.

나는 하늘을 보고 땅을 보고 가슴을 세 번 쳤다. 결투를 신청했다. 왕으로서, 남편으로서 그런 절차 없이 놈을 죽일 수도 있었다.

하나 나는 놈에게 수컷으로서 마지막 존엄을 지켜주었다. 결투를 청하고 놈이 받아들이자 달려가 들이받았다. 놈을 낱낱이 들이받았다. 사지를 분지르고 갈비뼈 하나하나, 발등뼈 하나하나까지 들이받았다. 놈을 갈가리 찢었다. 활활 태웠다. 재도 남지 않게, 묻을 수도 없게, 나를 배신한 그 암컷이 보는 앞에서. 그 암컷을 지키고 시중들던 시종도 시녀도 호위도 낱낱이 들이받았다. 고함치며 조목조목 죄를 고하며 낱낱이 들이받았다. 사지를 분지르고 갈비뼈 하나하나, 발등뼈 하나하나까지 들이받았다. 면면이 갈가리 찢었다. 활활 태웠다. 재도 남지 않게, 묻을 수도 없게, 나를 배신한 그 암컷이 보는 앞에서.

여왕을 응당히 모시지 못한 죄, 왕이 맡긴 재산을 지키지 못한 죄는 대가가 그러하니까.

마침내 그 여왕성에서는 산 것이 그 암컷 하나였다. 나는 하늘을 보며 뿔을 흔들며 가슴을 치며 고함질렀다. 그 암컷을 저주했다. 너는 수컷 없이는 한시도 살 수가 없는 더러운 년, 음탕한 년, 애정을 배신으로 갚는 배은망덕한 창녀라고.

나는 그길로 성벽을 들이받아 부수고 끝없는 평야로 달려나갔다. 왕궁에 있다간 내 암컷마저 죽이고 싶어질 테니까.

✻✿✻

"그는 미쳤어요. 완전히 미쳤어요. 미치지 않고선 그럴 수가 없었을 테니까."

라미아는 양이에게 안겼다. 풀기 없이 흐느꼈다. 신음과 속삭임 사이로 말했다.

다 찢겼어요. 내가 의지하고 사랑하고 보살피던 이가 다요. 늙은이, 젊은이, 어린이가 가림 없이 산산이 부서지고 조각조각 났어요. 그들은 비명을 지르며 흩어졌지만, 뛰고 기고 날았지만, 부발루스가 너무나 빠르고 강했어요. 부발루스는 한 명도 놔주지 않았죠. 끌어내어 들이받았어요. 잡아채어 뜯었어요. 도끼를 휘두르고 불꽃을 일으켰어요.

발가벗은 나는 울부짖으며 부발루스의 다리에 매달렸어요. 비명 지르며 애원했어요. 차라리 나를 죽이시라고, 나 하나로 이 분노를 멈추시라고, 나의 왕이자 남편께 간청하고 간원했죠.

부발루스는 내 통곡과 호소에도 아랑곳하지 않았어요. 나를 매달고 더욱 날뛰었어요. 미쳤어요. 완전히 미쳐버렸어요. 악령에 씌었어요. 부발루스가 삼십팔 년간 전장을 떠돌며 낳은 악령이 그 순간 그 몸에 다닥다닥 들러붙었죠. 악령이 부발루스의 심장을 할퀴며 소리 높여 웃고 외쳤어요.

「죽여! 다 죽여!」
「그래 죽여! 다 죽여! 차라리 빨리 다 죽여!」

나중엔 내가 먼저 외쳤죠. 내가 나서서 부발루스를 부추겼어요. 왜냐고요? 아, 내 시종과 시녀, 시동이 겁에 질려 울부짖잖아요. 하지만 어떻게 해도, 나는 부발루스가 쏟아붓는 광기와 폭력에서 그들을 구해줄 수 없어요. 부발루스는 너무나 강하고 멈출 줄을 모르니까. 그러니 그들을 구원할 길은 그 가련한 심장에서 증오와 공포가 더 커지기 전에 그들을 신께 돌려보내는 일뿐이지 않았겠어요?

결국, 그날 해가 지기도 전에 깡그리 찢겼어요. 내가 의지하고 사랑하고 보살피던 이가 단 한 명도 남김없이 갈가리 찢어졌어요. 늙은이, 젊은이, 어린이가 가림 없이 전부 다요. 전부 찢기고 탔죠. 재마저 남기지 못하고, 내 눈앞에서, 내 죄 때문에.

맞아요. 나는 창녀예요. 내 남편이, 내 왕이, 내 사랑이, 국경을 지키러 나간 삼십팔 년을 못 참고 몸을 굴린 음탕하고 더러운 년이죠.

그래요, 부발루스가 한 말이 맞아요. 아무리 외로워도, 아무리 추워도, 삼십팔 년 동안 내 사랑이 편지 한 장 보내주지 않아도, 약이 든 술을 속아서 마셔 노루가 물소로 보여도, "사랑한다."며 나를 끌어안아 주는 팔이 있어도, 다른 수컷을 침대로 끌어들여선 안 되었죠. 창녀가 아니라면 그럴 수는 없어요.

하지만, 나는 창녀이지만, 그는 괴물이에요. 피와 질투와 복수에 미친 괴물.

나는 무서웠어요. 머리를 풀어헤치고 가슴을 쥐어뜯으며 비명 질렀어요. 비명 지르며 달아났죠. 수백 년 동안, 정확한 햇수조차 기억나지 않는 긴긴 세월 동안, 도망했어요. 해가 지고 달이 뜨고 달이 지고 해가 뜨고 해가 지고 달이 뜨고, 해가, 미쳐서, 그처럼 미쳐서, 지는 일도 잊고 땅도 이파리도 공기까지도 모두 태우는, 달이, 미쳐서, 나처럼 미쳐서, 지는 일도 잊고 희뿌옇게 구름과 허공 사이를 방황하며 어둠을 끌어안고 한없이 놓아버리지 못하는, 그런 땅까지 도망했어요.

그렇게 도망하며 또 도망하여 나는 너무나 무서워서 너무도 슬퍼서 기댈 곳을 미친 듯 찾아 헤맸어요. 기댈 품을⋯⋯. 아니, 아니야, 아니에요!

＊

"아니에요, 아니에요, 틀려, 아니에요! 그게 아니라⋯⋯!"

라미아는 온몸으로 도리질했다. 그러다 뚝 멈췄다. 초점이 나간 연보랏빛 눈으로 어두운 허공을 더듬었다.

"라미아, 괜찮아요. 지금 일어나는 일이 아니에요, 그건 지나간 일이에요. 그러니 괜찮아요. 으응? 이제 괜찮아요. 두려워하지 마요."

양이는 끈덕지게 라미아를 달랬다. 그러나 양이가 하는 말은 라미아에게 단 한마디도 전해지지 못했다. 라미아는 끈 끊긴 인형처럼 양이에게 허물어졌다. 염불하듯 중얼거렸다.

　"아니, 무서워서가 아니라, 그래서 기댈 품을 찾은 게 아니라, 나는 진정 창녀라서, 음탕하고 배은망덕하고 더러운 요녀라서, 그가 한 말처럼 수컷 없이는 한시도 살 수가 없어서 없어져서 끝없이 계속해서 안길 품을 찾아서……."

　"라미아, 라미아, 제발! 지나간 일로 자신을 되풀이해서 상처 내지 마요."

　"아아, 하지만 사실인걸요. 그날 이후로 나는 수컷 없이 살 수 없어요. 수컷 없이는 견딜 수가 없어서……."

　라미아는 혀를 굳혔다. 초점을 잃었던 눈이 저만치 어둠에 붙박여 양이는 알지 못하는, 라미아 혼자에게만 펼쳐진 풍경을 응시했다. 지극히 사랑하던 '운명자'가 폐를 쥐어짜 이 정신에 저주를 토해내었다. 그 저주가 마음의 창 안팎에 다닥다닥 들러붙었다. 풍경은 온통 일그러지고 혼탁했다. 라미아는 부들부들 떨었다. 퍼렇게 질렸다. 두서없이 이야기를 건너뛰었다. 입술 밖을 그리 벗어나지 못하는 음량으로 씨근덕대며 말했다.

　"아아, 아아아. 해치고 싶지 않았어요. 나는 그들을 모두 사랑했어요. 얼어붙은 내게 온기를 준 이들이니까. 어찌 사랑하지 않을 수 있었겠어요? 하지만 사랑하게 돼버리면, 사랑하고 사랑했는데 그들이 나를 다시 차갑게 버리고 가면, 부발루스처럼 내게 등 돌리고 가면, 아니, 그들이 나를 사랑해서 달뜬 내 몸을 으스러지게 안으면, 약이든 술병을 내게 건넨 그날의 노루처럼 나를 안으면, 충동을 참을 수 없었어요. 내가 왜 그랬을까요? 나는 왜 그렇게 '삼켜버리고' 싶었을 까요? 아! 맞아요. 추워서 그랬어요! 그들은 그렇게 나를 뜨겁게 지지 고는 끝나면 그대로 나를 버리고 가려 하니까. 아니야! 쓸쓸해서 그랬 어요. 그들이 내게 그랬거든요. '당신은 외로워 보이신다.'고, '저도 외 롭다.'고, '위로해드리겠다.'고, 그들이 그랬어요. 그래서 나도 그들을 외롭지 않게 해주려고……."

"라미아, 라미아, 제발……."

"아니야! 사랑스러워서 그랬어요. 사랑스러워서 잃고 싶지 않았어 요. 사랑스러워서 지켜줘야 했어요. 그 괴물은 절대 그들을 용서하지 않을 테니까! 그러니 다 부서지기 전에, 찢기기 전에, 타 버리기 전에, 재마저 남기지 못하고 사라져버리기 전에, 반드시 지켜야만, 내 것으 로 해야만, 그래야만, 사랑스러운 부발루스가, 나의 '끌림'이 오기 전 에 그래야만……! 아, 아아! 그래요! 맞아요! 그들이 사랑스러워서, 그들이 내게 온기를 주었으니까, 뼈 한 조각까지도, 피 한 방울까지도 잃을 수 없어서, 지켜줘야 해서……. 내가 왜 그랬을까요? 아아, 그 선량한 자들을 내가 왜……? 아!"

라미아는 문득 웃었다. 제 뺨을 쓰다듬는 양이를 보며 홀린 듯 입술 을 끌어올렸다. 하얀 송곳니를 반짝였다. 자신도 손을 들어 양이의 뺨 을 쓰다듬었다. 양이와 거의 이마를 맞댈 듯 친밀히 고개를 기울이며 달콤하고 황홀하게 속삭였다.

"맞아요. 나는 그들을 진심으로 사랑했어요. 그 수컷 한 마리 한 마 리를 진정으로 사랑했어요. 그래서 지켜준 거예요. 부발루스에게서 숨겨준 거죠. 살 한 점, 뼈 한 조각, 피 한 방울까지도 내 안으로 품은 거예요. 하지만 그러고 나면……."

라미아는 청량한 미소를 띤 얼굴로 눈물지었다. 파랗게 질린 뺨 위로 시린 눈물을 미끄러트렸다. 스스로 제 몸을 감싸 안으며 파르르 떨었다.

"그러고 나면, 빈 침대가 남죠. 아……. 나는 다시 혼자예요."

"라미아, 내가 있어요. 지금은 내가 있잖아요. 제발, 자신을 학대하지 마요."

라미아는 스스로 만든 품 안에, 덫 안에 갇혔다. 양이는 어떻게든 그 정신을 지금 이 자리로 되돌려놓으려 했다. 상냥하고 참을성 깊은 말투로 라미아를 끌어당겼다. 그러나 라미아는 그 덫에서, 늪에서 쉬이 빠져나오지 못했다. 고개는 양이를 향했으나 눈의 초점은 다른 곳에 맺혔다. 망연히 중얼대었다.

"어쩌죠? 이제 침대가 텅 비었어요. 또 추워요. 나는 수컷 없이는 살 수가 없는데, 나는 홀로는 따뜻해질 수가 없는데, 나는……."

❋⚬❋

내가 왕성으로 돌아왔을 때 라미아는 없었다. 그 암컷은 미쳤다. 미쳐 달아났다. 내가 퍼부은 저주와 공포에 사로잡혔다. 나를 피해 하염없이 달음질쳤다.

어쩌면 그날, 더없이 선량하고 순결하던 내 여왕은 이미 죽었다. 그날로 공포와 증오가 낳은 마수로 변했다. 수컷 없이는 한시도 살 수가 없어졌다. 끝없이 수컷을 유혹했다. 순진한 눈으로, 아름다운 얼굴로, 요염한 몸으로 무수히 많은 수컷을 꼬드겼다.

한데 그 암컷은, 내 '끌림'은, 여전히 하염없이 맑았다. 너무도 맑아

거울같이 상대를 비췄다. 상대가 자신을 사랑하면 자신도 상대를 사랑할 수밖에 없었다. 그래서 제게 유혹당한 수컷을 반드시 사랑했다.

그러나 그 암컷은 수컷을 사랑하게 되는 그 순간부터 공포에 얽매였다. 그 수컷이 활활 타서 재도 남지 않게 묻을 수도 없게 사라지리라는 두려움에 발작했다. 겁먹은 입맞춤으로 수컷에게서 정기를 빨아마셨다. 사랑스러운 손길로 수컷에게서 뛰는 심장을 뜯어 먹었다. 보드라운 입으로 수컷에게 달린 머리를 집어삼켰다. 달콤한 독니로 수컷의 온몸을 물었다. 순서는 바뀔 때도 있었다. 빨아 마시고 씹어 먹기도 씹어 먹고 빨아 마시기도 했다. 그렇게 먹어서라도 잃고 싶지 않았던 모양이다. 그렇게 그 암컷에게 수십, 수백, 수천에 달하는 수컷이 먹혔다. 그 암컷은 미쳤다. 미쳐 괴물이 되었다.

✳✥✳

"네 말대로 그 암컷은 거울이군. 너를 충실히 비췄으니."

도는 악의도 호의도 없는 눈으로 부발루스를 향했다.

부발루스는 그 말에 찡그리지도 끄덕이지도 않았다. 침묵했다. 도를 물끄러미 보다가 차돌이 긁히는 음색으로 긍정했다.

"그렇다. 그 일을 시작한 이는 나다. 그러니 그 일을 끝내는 이도 나여야 한다. 그래서……."

✳✥✳

나는 왕위를 버렸다. 마수 사냥꾼이 되었다. '끌림'을 뒤따랐다.

그 마수는 나날이 피와 원혼으로 영혼과 육신을 물들였다. 일그러졌다. 그러나 본디 대제사장이자 대주술사였다. 대지에 한없이 가까웠다. 흙이 베푸는 축복을 한몸에 받았다. 능력이 여전하여 '끌림'을 따르는 나조차 추적이 어려웠다. 하긴, 그 마수 역시 '끌림'에 의지하여 내게서 도망했다.

무엇보다 문제는 이것이었다. 나는 그 암컷이 지닌 연약함과 추악함마저 사랑했다. 그 미친 정신에서 전해지는 드리없는 떨림마저 애틋했다. 물론 그 암컷이 저지른 행위에 치를 떨었고 그 암컷을 저주했다. 그래도 차마 그 영혼을 철저히 미워할 수 없었다. '끌림'이 우리 영혼을 맺었으니 우리는 원치 않아도 서로를 느꼈다. 느낀바 그 암컷도 나와 같았다. 미워하되 사랑을 그치지 아니했다.

나는 그 암컷을 잡아야 했다. 이미 인간 아닌, 마수 된 생명을 이 세상에서 끊어야 했다. 세상만사를 등지고 그 뒤를 쫓았다. 같은 해가 뜨고 같은 달이 뜨며 같은 바람이 닿는 곳까지 치열히 그 뒤를 따랐다.

그러나 나는 달려가 무기를 휘두를 거리로 그 암컷이 들어오면 흙을 박차던 발굽이 무거워졌다. 도끼 든 팔에 힘이 빠졌다. 우리는 일정한 거리를 사이에 두고 수백 년 서로를 맴돌았다. 해가 뜨고 지며 달이 뜨고 졌다. 증오와 애정이 뜨고 지며 뜨고 졌다. 피가 땀으로 흐르도록 내가 이를 악물면 그 암컷도 주먹을 움켜쥐고 달아났고 내가 마음이 뭉그러져 다리가 느릿해지면 그 암컷도 흙을 기는 몸뚱이가 느슨해졌다.

쫓고 쫓던 우리는 얼음 대지까지 왔다. 태양이 예순 날 넘게 하늘을 버린 때였다. 먹구름이 하늘을 덮어 달조차 열엿새간 뜨지 않았다. 우리는 여전히 쫓고 쫓았다. 낮과 밤이 무너지고 증오와 사랑을 반복하며 칠흑을 헤매자니 정신이 곤죽이었다. 그러다 돌연히 구름이 걷혔다.

세상에 그리 밝은 달은 처음이었다. 달이 목을 찢으며 웃어젖혔다. 하여 그날 서로를 지배하던 사랑과 증오가 야릇한 곡선으로 얽혔다. 나는 목이 타도록 그 암컷을 보고 싶었고 죽이고 싶었다. 그 암컷도 내가 두렵고 밉기보다 내가 그립고 사랑스러웠다. 우리는 시선이 닿는 거리에서 다시 만났다.

그 암컷은 주술로 끝없이 모습을 바꾸고 또 바꾸며 살았다. 나도 그 암컷을 추적하고자 끝없이 내 모습을 숨기고 또 변장하며 살았다. 내가 나라를 구한 왕으로서 해와 함께 개선하고 해 지기 전에 괴물이 되었던 날에 비하면 우리는 예전 모습이 없었다. 그러나 서로를 단숨에 알아보았다.

사랑한다.

그 말은 차마 할 수 없다.

미안하다.

그 말만이라도 하고 싶었다. 그래서 나는 내 몸 그림자가 그 암컷 몸뚱이에 닿는 거리로 다가가서도 도끼를 못 뽑았다. 하나 그 암컷에게 알은체도 못 했다.

우리는 팔 뻗으면 서로 닿을 거리에 섰다. 서로 낯을 보고 눈을 봤다.

그 눈은 아름다웠다. 그 순간 내가 시인이 아니라 전사라는 사실이 슬펐을 만큼. 그 눈은 또한 맑았다. 증오도 원망도 사랑도 모르고 순진했다. 도무지 마수가 아니었다.

'정신이 돌아왔는가?'

나는 기대했다. 아니, 바랐다. 그 밖에도 생각했다.

'여기는 사람이 많다. 무고한 피해를 막아야 한다. 조용히 처리하자.'

다른 생각도 많이 했다. 도끼를 지금 뽑아서는 안 될 이유를 속으로 줄줄 읊었다.

문득 보니 우리는 술잔을 나누고 있었다. 가짜 이름과 가짜 신분을 대고 뻔히 아는 상대방을 모른 척했다. 웃지 않았다. 농담을 나누지도 않았다. 그렇다고 노려보지도 않았다. 취해서 입을 맞췄다. 끌어안았다. 살을 맞댔다. 육신과 영혼을 문대고 몸 내외의 경계를 침범하고 살덩이를 삼키고 뱉었다. 헐떡이고 땀을 흘렸다.

그리고 나는 보았다. 달의 파편에 물들어, 그 아름답고 맑은 눈동자 깊은 곳에서 돌연히 튀어 오르는 사랑을, 광기를.

나는 부츠에서 단검을 뽑았다. 그 요물 속에서 펄떡이는 심장을 향해 검을 내리꽂았다.

"샤아아!"

요물은 헐떡임 사이로 주문을 외던 중이었다. 내게 주술을 던지며 아가리를 벌렸다. 하체를 꿀렁여 단도를 피하며 내 팔을 물었다. 허공을 가르던 단도는 전사인 내 본능으로써 궤도를 틀었다. 그러나 마지막 순간 주춤했다. 요물의 폐를 찌르지 못하고 그 아래 어딘가를 쑤셨다. 주술 걸린 단도는 요물의 내장을 태우고 물어뜯었다. 요물은 그 고통에도 꿈쩍하지 않았다. 아가리와 목구멍에 힘을 주었다. 나를 송두리째 빨아들여 삼키려 했다. 아름답던 연보랏빛 눈동자가 욕망과 증오로 새하얗게 탔다.

"라미아아아아아!"

나는 비틀어대던 칼자루를 놓고 도끼를 뽑았다. 그래, 도끼는 줄곧 내 등에 있었다. 내가 무슨 짓을 하든 내내 거기 있었다. 그러나 그때야 뽑혔다. 휘둘렸다. 그년의 목이 아닌 내 팔로 휘둘러졌다. 그 날은 연이어 그년의 목을 향했으나 그년은 주술을 외며 달아났다. 내게 주술을 집어 던졌다.

내 팔에 꽂힌 독이 효과를 발했다. 나는 그년을 쫓을 수 없었다. 그년도 배 속이 타들어 갔다. 내 팔을 삼켰으되 나를 삼킬 수 없었다. 우리는 서로 반대편으로 달아났다. 그년은 얼음 도시 암바게스 깊숙이에 도사린 버려진 땅으로, 나는 황량한 설원으로 달음질쳤다. 매 순간 우리를 물어뜯는 원혼에게 '다음엔 반드시 저 괴물의 피와 살로 제를 지내겠노라.' 맹세하면서.

＊·✦·＊

보고 싶었어요. 증오와 공포가 생생했지만 여전히 그 뜨거운 품이, 시선이 그리웠어요. 그래서 그 수컷에게서 멀리 달아날 수 없었어요. 늘 떨림이 미치는 둘레 안에 머물렀죠. 그건 부발루스도 똑같았어요. 우리는 서로 맴돌았어요. 때로는 내가 원심(圓心)이 되고 때로는 부발루스가 원심이 되어 무한히 춤추는 원을 그리며 이 대륙에서 저 대륙으로 저 대륙에서 또 다른 대륙으로 세상을 방황했어요. 원하고 원망하며 시린 바람과 함께 떠돌았어요.

나는 부발루스가 무서웠어요. 그 수컷을 죽이고 싶었어요. 그 수컷은 내가 보살피고 사랑하던 수많은 이를 무참히 살해한 원수였으니까, 내 속에 끝없이 공포를 싸지르는, 나를 괴물로 바꿔버린 또 다른 괴물이었으니까.

살의를 품은 쪽은 나만이 아니었어요. 나는 '끌림'이 있기에 느낄 수 있었어요. 부발루스가 나를 향해 쏟는 끈끈한 살의에 불현듯 소스라쳤죠.

그러나 이상하게도, 참 어리석게도, 우리 사이에 난 거리는 좀처럼 좁혀지지 않았어요.

내 좁은 갈비뼈 사이에서 달이 차고 이울듯 그리움과 두려움이 자라고 사그라들었죠. 바다가 밀려오고 밀려가듯 증오와 애정이 다가오고 멀어졌어요. 부발루스 역시 그러했나 봐요. 그러하다가, 우리는 어쩐지 서로 만나졌죠.

아아, 한눈에 알았어요. 나도 부발루스를, 부발루스도 나를 한눈에 알았어요. 우리는 바람이 가르는 드넓은 거리를 시선으로 날갯짓해 단숨에 건넜죠. 서로를 눈빛으로 으스러지게 안았어요. 그건 놀라운 일이었어요. 아무리 '끌림'이 우리 사이를 잇는다 해도 놀라운 일이었어요. 부발루스는 나를 추적하려 철저히 변장하고 몸과 낯을 싸맸고, 나도 추적을 피하려 끝없이 주술로써 형체를 바꾸며 세상을 떠돌았으니까요. 그때 나는 뱀족조차 아니었어요. 한데도 우리는 서로를 알아본 거예요! '끌림'이 잠을 자도 알았을 거예요. 그만큼 서로를 원하고 그리워했죠.

황홀했어요. 등이 저릿할 만큼, 앞가슴뼈가 터져 나가지 않을까 두려울 만큼 기뻤어요.

그러나 나는 웃지 않았죠. 부발루스를 이름 부르지도 않았어요. 그건 부발루스도 마찬가지였어요. 우리는 서로 알아보았으되 모른 척했죠. 낯모르지만 끈끈한 운명으로 마주 선 이들처럼 인사했어요. 그때 가득 찬 달이 우리 위로 쏟아졌죠. 이 막막한 밤의 차가운 얼음 대지 위를 오직 달 하나, 우리 둘이 차지했어요. 꿈같았죠. 우리는 찰나의 찰나에 매번 홀렸어요. 술잔을, 눈빛을, 말을 나눴어요. 어느덧 체온을 나눴죠.

우리는 허름하고 좁은 여관에 있었어요. 침대는 우스꽝스러울 만치 작았죠. 부발루스가 한 번 움직일 때마다 부서질 듯 삐걱댔고 나는 침대 머리에 매번 고개가 처박혔어요. 우리는 지난 수백 년간 줄곧 미쳐 있었지만 그 순간 광기가 도달할 수 있는 절정에 목을 매달았어요. 공포가 침대요, 증오가 이불이었죠. 끌어안으면서도 밀어내고 밀어내면서도 얽힌 혀를 풀지 못했어요.

나는 목말랐어요. 수백 년 묵은 지독한 목마름에 시달렸죠. 그건 나의 '운명자'만이, 부발루스만이 채워줄 수 있는 목마름이었어요. 나는 추웠어요. 수백 년 묵은 지독한 추위에 시달렸죠. 그건 나의 '운명자'만이, 부발루스만이 녹여줄 수 있는 추위였어요. 그래서 나는 속절없이 그 수컷을 사지로 옭아매고 게걸스레 탐닉했어요. 그 수컷이 나를 가르고 태우도록 기꺼이 그 수컷에게 내 몸을 내줬어요. 손바닥만 한 창으로 쏟아지는 달빛에 허우적대며 몸뚱이를 미끄러트렸죠. 그러다 문득 보았어요. 나를 향해 타오르는 사랑, 그 속에서 번뜩이는 광기를, 수백 년 전 그날과 똑같은, 아니, 수백 년 전 그날보다 더 끔찍하게 선명한 광기를 보아버렸어요!

부발루스는 내 원수예요. 살인마예요. 괴물이에요! 나를 시시각각 목 조르는 이 원혼을 달래려면, 내가 저주에서 풀려나려면, 그 수컷을 제물로 바쳐야만 하죠! 그 순간 증오가 사랑을 이기고 혐오가 끌림을 눌렀어요. 나는 비로소 정신을 차렸고 헐떡임 사이로 주문을 외웠죠.

부발루스도 나를 읽었어요. 내 몸을 탐하는 일에 정신을 팔았는가 했더니 어느 틈에 단도를 꼬나들고 내 심장으로 내리꽂았죠.

"샤아아!"

나는 단도를 피하며 주문을 완성했어요. 그 괴물에게 주술을 던지며 내 본래 하반신, 본래 입을 되찾았죠. 그 괴물을 향해 입을 벌렸어요.

"라미아아아아아아!"

그 괴물은 내 심장을 터트리지 못했으나 내 내장에 칼날을 꽂았고 나는 그 괴물에게 주술을 맞히지 못했지만 그 팔을 물었죠. 아랫입으로 윗입으로 그 수컷을 있는 힘껏 물어뜯었어요. 그 수컷은 내 독에 삽시에 시퍼레지며 흰자 없는 두 눈을 지옥에서 도사리는 불꽃처럼 꺼멓게 불태웠어요. 등 뒤에 매단 도끼를 뽑아 내 입에 든 제 팔에 휘둘렀어요. 스스로 제 팔을 자르고도 눈 하나 깜짝 않고 단 한순간 멈칫하지도 않고 곧장 내 목으로 도끼날을 내리쳤죠.

그러나 나도 대비했어요. 부발루스에게 주술을 던지고 젖 먹던 힘을 다해 달아났어요. 부발루스를 당장에라도 죽여버리고 이 광기에 안식을 주고 싶었으나 그때는 다른 선택지가 없었어요. 주술 걸린 단도가 내게 꽂혀 내 내장을 할퀴며 불태웠으니까요. 부발루스 역시 후퇴할 수밖에 없었어요. 팔을 자른 충격과 내 체액이 최초로 발휘하는 독성에 시야를 확보하기조차 벅찼을 테니까요.

우리는 한 호흡도 더 버티기 힘들 만큼 서로 증오하면서도 상대를 놓아줄 수밖에 없었어요. 부발루스는 퍼렇게 질려 파들파들 떨면서 도시 밖으로, 막막한 설원으로 달음질했고 나는 배가 뚫린 채 배 속에 들어찬 그 괴물의 향긋한 살덩이와 달콤한 피와 날카로운 뼈에서 올라오는 역겨운 황홀함에 전율하며 이곳으로, 버림받은 땅 밑으로 기어 내려왔어요.

✳✳✳

"라미아, 라미아, 라미아!"

양이는 라미아의 양어깨를 두 손으로 잡고 흔들었다. 눈물로 뺨을 적시며 그 이름을 거듭해 불렀다. 라미아는 이제 눈에 초점이 없었다. 라미아가 이야기하는 동안 그 눈은 뙤약볕에 반짝이는 깨진 유리 조각 같다가 한순간에 녹아 뭉그러지며 경계를 잃었고 나선을 그리며 내면으로 조여들었다가 송곳처럼 불쑥 튀어나와 눈 닿는 일체를 찔렀다. 눈뿐만 아니라 라미아는 그 어깨가 뻣뻣이 굳었다가 파들파들 떨렸고 그 낯이 퍼렇게 질렸다가 하얗게 바랬다. 양이가 끝없이 이름을 부르고 등을 토닥이고 어깨를 흔들지 않으면 언제고 사나운 광기의 늪으로 빨려 들어가 두 번 다시 헤어나지 못할 듯 보였다.

양이는 기실 라미아가 하는 이야기를 듣고 싶지 않았다. 그러나 들을 수밖에 없었다. 울며 진저리 치며 들어냈다. 질척한 구렁텅이에서 라미아를, 자신을 몇 번이고 끌어냈다.

"라미아, 라미아! 여기를 봐요. 나를 봐요. 기억이, 이야기가 당신을 집어삼키게 두지 말라고요!"

짝! 양이는 라미아의 하반신에 끌어안긴 채 라미아의 뺨을 후려갈겼다. 그 손에 감긴 고개가 모로 꺾였다. 희던 뺨이 빨갛게 부어올랐다.

"라미아, 라미아, 제발……."

양이는 라미아의 부은 뺨을 더듬었다. 울먹이며 속삭였다.

라미아는 주춤했으나 이윽고 고개를 천천히 제자리로 돌렸다. 비로소 눈에 빛이 돌아왔다. 양이가 뺨을 더듬던 손을 떼어 머리칼을 쓸어주자 두 손을 들어 떨리는 손바닥을 제 눈물로 적셨다. 두 손에 고개를 묻고 손바닥 안 좁은 세계에 신음을 들이 쏟았다.

"나는 달아났지만 이 부상은 깊어요. 몇 달을 꼼짝 않고 잠들어 내장을 다시 만들고 탈피해야 하죠. 부발루스는 나보다 더 불리해요. 내게 물린 팔을 빨리 잘랐지만 그땐 이미 늦었어요. 스스로도 깨달았을 거예요. 육신이 독에 파먹히기 시작했고 그 독은 나라는 암컷이 저지른 죄악만큼 깊고도 깊어 절대로 해독할 수 없다는 사실을, 이제 자신에게 남은 운명이 죽음뿐이라는 사실을."

"아아, 그래서……."

양이는 라미아의 검은 머리칼을 움켜쥐었다. 탄식을 음악 삼아 고개를 도리질 쳤다.

"그래요. 그 짐승이 그 몸으로도 기어이 나를 습격한 까닭은 시간이 없어서예요. 내가 조금이라도 더 회복하기 전에, 자신이 죽기 전에 어떻게든 나와 끝장을 보려는 거죠."

라미아는 낯을 묻었던 두 손을 내렸다. 눈물에 뭉그러진 눈으로나마 양이를 마주했다. 흔들리고 헐떡여지는 목소리를 가다듬으며 한 음 한 음 천천히 말했다.

"나는 아까 그 살육밖에 모르는 괴물에게서 당신을 보호해야 했어요. 하지만, 그래요, 당신이 안정을 되찾고 떠나면, 나는……."

"안 돼, 안 돼요!"

양이는 라미아가 하려는 말을 가로막았다. 온몸으로 도리질했다. 누구에게든 피할 수 없는 끝이 있다는 사실을 알면서도 끝내 그 끝을 부인하고자 했다. 그 끝이 라미아가 맞이할 끝이든 자신이 맞이할 끝이든 인정하고 싶지 않았다. 소리 없이, 그러나 발작하듯 울며 탈진할 듯 헐떡였다.

"양이 씨."

라미아는 양이를 불렀다. 눈물 속에서 미소하며 양이를 끌어안았다. 천천히, 깊숙한 파동으로써 선언했다.

"이제 도망할 수 없어요. 나는 끝내야겠어요. 이 지루한 도주를, 추적을, 끝내야 해요. 그래요, 우리는 끝을 내야 해요."

❉ ❉ ❉

"내가 이 참극을 시작했다. 내가 이 참극을 끝내야 한다. 나는 죽기 전에, 그 괴물이 쇠약해졌을 때, 이번에야말로 끝을 보아야 한다. 괴물도 이런 나를 모를 리 없다. 너희를 만나기 직전에 괴물은 어린 암컷을 보호하고자 나를 피했다. 그러나 어린 암컷 문제만 해결하면 나를 피하지 않는다. 필시 승부를 내려 든다."

이야기하는 내내 부발루스는 단 한 번도 말에 높낮이가 없었다. 표정에도 기쁨이나 슬픔이 없었다. 흰자위 없는 검은 눈은 되비춰 낼 빛이 없는 이곳에서 고르게 검어 중심을 특정할 수 없었고 어디를 집중해서 본다고도 여겨지지 않았다. 하나 그 태도를 '덤덤하다.', 혹은 '무심하다.'는 표현으로 일컬을 수는 없었다. 그 태도는 덤덤함도 무심함도 아니었다. 오히려 그 이야기를 이루는 씨실과 날실은, 그 이야기에 담긴 모든 국면과 감정과 의지는 부발루스에겐 맹독에 당해 끝없이 경련하면서도 꿋꿋이 살아 무기를 들어야 할 의의를 담은 선언문이자 훗날 혹자가 발로 차고 침을 뱉을 무덤을 표지할 묘비였다. 그러므로 부발루스는 그 이야기에서 아무것도 등한할 수도 강조할 수도 없었다. 일견 담담하고 무심하게 말했으나 기실 철저히 올올했다.

"정령이여, 너는 의술을 아니 묻겠다."

부발루스는 예의 안팎 없이 까만 눈으로 도를 응시했다. 잠자코 듣던 도는 눈을 끔적였다. 턱을 들고 부발루스를 마주했다.

"나는 삼십 여 년 전에 한 현자를 만났다. 그 현자가 말했다. 정령은 태생부터 세계의 균형과 정화를 꾀하는 존재라 정령이 흘린 피는 단 한 방울로도 바른 존재에겐 만병을 치유하는 영약이며 바르지 못한 존재에겐 신이 아니면 해독 못 할 극독이라고. 그 현자가 젊은 시절에 기연을 얻어 정령을 다스리는 왕을 만나 직접 들은 말이라고 했다. 사실인가?"

"헤에."

"흐음."

크닙은 입을 벌리고 고개를 외로 기울였다. 도는 입술을 닫고 미간을 찡그렸다. 부발루스야 그저 스쳐 지나갈 인연, 신뢰할 수 없는 자였다. 그런 자에게 자신이 차원을 넘어왔고 이 몸이 본신이 아니라고 구태여 설명할 이유도 의사도 없었다. 그렇다고 자신도 모르는 일에 아는 척 고개를 끄덕일 의사도 없었다. 그래서 진실과 거짓 중간에 자리 잡았다.

"우리는 보통 정령과 달라."

"어떻게 다르지?"

"글쎄."

도는 어깨를 으쓱했다.

"우리는 정령으로서 사회화되지 않았어. 우리끼리 떨어져 지냈지."

부발루스는 잠시 침묵했고 질문을 바꿨다.

"네 피는 약이거나 독인가?"

"몰라."

도는 간결히 답했다. 부발루스는 다시 물었다.

"네 육체는 정령인가?"

도는 또 한 번 으쓱했다. 애매하게 답했다.

"보다시피."

부발루스는 제 허리춤에 손을 넣었다. 허리띠에서 작은 술병을 끌러냈다. 도에게 내밀었다.

"여기에 피 한 방울을 얻고 싶다."

도는 술병을 바라보았으되 받지 않았다. 크닙도 술병을 물끄러미 보며 침묵했다. 크닙이 조심스레 물었다.

"마실 거예요?"

부발루스는 끄덕였다.

"그 현자가 하는 말을 듣고 생각했다. '정령이 흘린 피는 내게 극독이겠군. 인간이 쓰는 만독이 불침하는 그 독사에게도 극독일 테고. 그 피가 한 방울만 있다면 내가 이 싸움에서 지더라도 그 요물을 죽일 수 있겠어. 내 몸을 독 덩어리로 만들 수 있을 테니.'"

크닙은 찡그리며 두 눈을 감았다. 그 자그마한 몸이 발하는 빛이 침침해졌다.

도는 부발루스를 더욱 똑바로 보았다. 혀를 찼다.

"이건 이상한 인연이야."

"그렇다."

부발루스는 동의했다. 동을 달았다.

"나는 용맹한 왕이었으나 자애롭지 못했다. 신하를 처벌할 권리가 있었으나 그 처벌은 무도했다. 그저 외로웠을 암컷을 괴물로 바꿨다. 그 괴물을 잡고자 야차처럼 세상을 떠돌았다. 내가 걷는 길은 늘 부정한 피로 젖었다. 나는 숨이 다하면 지옥에 떨어질 불온한 존재다. 그 괴물도 불온한 존재다. 정령이 흘린 피는 필시 우리에게 치명적인 독이다."

부발루스는 반드시 그래야 한다는 듯 스스로 끄덕였다. 뒤를 이었다.

"나는 그 이야기를 듣고부터 한동안 정령을 찾아다니기도 했다. 하나 정령은 극히 귀하며 부정함을 꺼리는 존재라 나로서는 그림자조차 밟지 못했다. 그래서 그 말을 오래도록 잊고 지냈다."

"하지만 오늘에 이르러 나를 만났지."

부발루스는 검은 눈을 천천히 깜박였다. 도에게 술병을 한 치 더 들이밀었다. 종을 흔들듯 병을 흔들었다. 커다란 손에 감긴 병 안에서 술이 찰랑였다.

"나는 내 몸이 어떤 몸인지 몰라. 그러나 내가 다른 정령과 같다면……."

도는 술병을 받아 들었다. 마개를 엄지로 밀어 올려 벗겨내었다. 설원에 어울리는 독한 술 향기를 맡으며 금빛이 비치는 검지 끝으로 엄지를 그었다. 살이 벌어진 엄지를 병 입구에 대었다. 똑. 또옥. 핏방울이 독주를 깨트리며 울었다.

"내 피가 너를 죽이겠군. 효과를 확신할 순 없지만."

"이 피는 들을 것이다. 들어야 한다. 나는 부정하지 않던 시절에 정령을 딱 한 번 보았다. 그 정령은 고결하고 강력했다. 너는 그보다 훨씬 강하다. 피도 훨씬 강할 것이다."

부발루스는 도에게서 술병을 돌려받으며 고집스레 말했다.

"한 가지 더 묻겠다."

도는 미세한 고갯짓으로 허락했다.

"나는 그 괴물과 싸울 시간이 필요하다. 그러나 이 독은 신속하다고 들었다. 독이 도는 속도를 늦출 순 없나?"

"있어. 술 전체에 주술로 막을 씌우면 돼. 마음먹기에 따라 삼십 분, 혹은 한 시간이 지난 뒤에야 술이 네 피에 흡수되게끔 할 수 있어."

그러나 도는 머리를 흔들었다. 스치듯 침울한 기색을 내비치며 찡그렸다.

"한시라도 빨리 결착 내고 싶겠지. 하나 꼭 이런 식이어야 해? 해독하고 살아볼 생각 없어?"

"그러니까요. 라미아에게 당한 독을 없앨 의원이 어딘가 있을 거예요."

크닙도 도를 거들었다. 크닙은 도보다 몇 배 더 괴로운 얼굴로 간청했다.

"살아봐요. 용서나 화해나, 둘 다 치유되는 길이 남았을지도 몰라요."

그 말에 부발루스는 처음으로 웃음을 보였다. 뺨을 어색하게 일그러트리며 쓰린 한숨으로 웃었다. 이미 손을 떠난 아름다운 무엇을 그리워하는 시선으로 크닙을 향했다.

"그런들 무슨 소용인가. 이르나 더디나 구원은 그르며 우리는 나란
히 지옥에 떨어질 것을."

찬란한 거짓

"당신도 내가 무섭나요? 내가 미친 괴물로 보이나요?"

라미아가 물었다. 그건 형식이야 물음이었으되 기대 아닌 체념, 비틀린 제 존재를 향한 쓸쓸한 수긍이었다.

수긍하지 못하는 이는 외려 양이였다. 양이는 어둠으로 가라앉아 탁하게 깜박였다. 뽀얀 빛을 잃고 잿빛으로 흔들렸다. 희뿌옇게 눈물 쏟았다. 울고 울어 목이 갈라져 변변한 소리조차 못 내었다. 가슴을 치다 뜯다 비틀며 라미아를 보았다.

「약속해! 꼭 나한테 시집오기야? 내가 이 우주에서 제일 멋진 남자가, 왕이 될 테니까, 내가 근사해지면 꼭 나한테 시집와?」

「왕에게 진심을 기대했나?」

「두려워 마라. 내가 널 지켜줄 터이니.」

「불면은 지독했지. 네가 상상하기 힘들 수준이었어.」

「그리고 알았어. 너는 두렵도록 사랑스럽다고. 내가 너를 사랑한다고.」

「죽이려는 마음이 아니라면 남은 반으로 만족하거라.」

「네가 내 왕비가 된다면, 내 곁에 온전히 서주는 날이 온다면, 나는 내 마음이 닿는 최대치로 왕인 내가 자랑스러울 거야.」

"아니, 아니에요. 아니, 그래요. 라미아 당신이 괴물이라면 나 역시 괴물이에요. 그래요, 나는 괴물이고 우리는……."

양이는 고개를 저었다. 끄덕였다. 떨리는 두 팔에 얼굴을 묻었다. 소스라치며 라미아를 보았다. 또 팔을 놀려 제 가슴을 쳤다. 나란한 가슴뼈 뒤에 벽이 있었다. 스승이 굳게 쳤던, 자신이 근근이 지탱해오던 벽이었다. 자신과 세상을 속이던 벽이자 제 감각과 기억을 송두리째 막던 벽이었다. 그 벽이 마구잡이로 터지고 무너졌다. 그 균열과 폐허 사이로 다시금 느껴졌다. 제 가장 깊숙이에서 울리는 고통스러운 전율이, 주인을 부르느라 쉼 없이 진동하며 제 모든 기혈과 내장을 서서히 부수어온 황홀한 도의 생명이, 도의 절반이, 비로소 다시 느껴졌다.

「어차피 우리는 적이다. 한 번도 사랑한 적 없어야 옳다.」

"라미아, 우리는 같아요. 그래서 만나진 거예요."

양이는 라미아의 보랏빛 눈동자 속에서 제 밑바닥을 보았다. 가슴속이 폐허였다. 거기 버석 마른 깊은 우물이 있었다. 그 우물은 이미 흙먼지밖에 떠낼 것이 없는 구덩이였다. 오랫동안 그러했다. 그러나 기이하게도 그곳에서 끝없이 눈물이 길어 올려졌다. 오래된 이야기도 함께 길어 올려졌다.

"어떤 세계에는 '도깨비'라 불리는 정령이 있어요. 도깨비는 세상을 이루는 이야기가 모여 태어나고 이야기를 잃으면 죽는답니다."

동굴은 습하고 어두웠다. 그 습한 어둠 속으로 고백이 아득히 느릿
느릿 울려 퍼졌다.

✳✳✳

옛날에, 아주 오래 지난날에, 한 이야기 정령이, '도깨비'가 살았어
요. 그 도깨비는 살다가 사랑하다가 병들었어요. 그 병은 정령을 이루
는 근간인 '이야기 정기'가 흩어지는 병이었어요. 정령은 나날이 희미
해졌죠.

그러나 정령은 사라지고 싶지 않았어요. 지극히 사랑하여 헤어질
수 없는 사내가 있었으니까요. 정령에게 사랑받은 사내 역시 정령을
지극히 사랑했어요. 그러나 사내는 정령을 사랑했으되 여인으로서 사
랑하지 않았어요. 하여 정령은 늘 바랐지요.

'단 한순간이라도 그분께 여인이기를!'

그 바람은 깊고도 깊었어요. 정령은 바람을 이루지 못하고서는 차
마 눈감을 수 없었죠.

하지만 죽음이란 바라지 않는들 뜻대로 피할 수 없지요. 정령은 속
절없이 시들고 절망했어요. 그러던 차에 한 여인을 만났답니다. 그 여
인과 정령은 같은 사내를 사랑했어요. 그러니 그 둘은 '한 사내를 사
이에 두고 사랑으로써 맺어진 사이'인 셈이지요. 서로를 몹시 미워할
수도 아주 부러워할 수도 있었어요. 정령은 사내에게서 지극히 사랑
받았으되 '여인으로서 사랑받지' 못했고, 그 여인은 사내에게서 한때
'여인으로서 사랑받았으되' 더는 사내 곁에 머무를 수 없는 처지였거

든요. 사내는 정령이었고 여인은 정령이 아니었으며, 정령족은 여인이 속한 종족과 화해할 길 없는 전쟁을 벌였으니까요. 그 전쟁으로 여인은 사내와 갈라섰고 영영 함께할 수 없게 되있어요. 하여 그 여인은 사랑하는 사내와 함께할 수 있도록 사내와 같은 정령이 되고 싶었답니다. 반면에 죽어가던 그 정령은 단 한순간이나마 사랑하는 사내의 눈에 '여인으로서' 담길 수 있도록 자신을 찾아온 바로 그 여인이 되고 싶었지요. 또한, 살고 싶었답니다.

두 여인은 욕망으로써 손잡았어요. 사내 곁에 머무르기를 바라는 욕망, 사내에게 정염을 지피길 바라는 욕망, 생을 갈구하는 욕망이 겹겹이 얽히고설켰죠. 마침내 그 두 여인은 한 마리 아귀가 되었답니다. 그러나 여전히 자신이 사내에게 여인이 아닐까 봐, 여전히 자신이 사내에게 적일까 봐, 사랑하는 사내 앞에 나설 엄두를 내지 못했죠. 그렇다고 미련을 버리지도 못했어요. 사랑하는 사내에게 잊힐까 두려워 사내에게서 심장을 훔쳐내었죠. 사랑하는 사내의 생명을 틀어쥐고서 헐떡이며 살아가는 괴물이 되었답니다.

✳✳✳

"그 결합은 비틀렸을뿐더러 불완전했어요. 결합 과정에서 정령은 제 절반을 잃었죠. 정령을 이루던 혼과 백은 반나마 산산조각 나서 정령이 태어난 우주 구석구석으로, 다른 우주로까지 흩어졌답니다."

양이는, 정령은 잿빛으로 깜박였다. 가물가물 일어나는 공허에 에워싸였다. 가느다란 팔을 라미아의 가슴으로 뻗었다. 그 가슴에 손을 얹었다.

"이상하죠? 그토록 오래 떨어져 있었건만, 나의 조각은 놀랍도록 나와 닮았군요."

양이는 라미아의 가슴에 손을 넣었다. 라미아에게서 탁하고도 맑게 일렁이는 빛의 파편을 끄집어내었다. 그 파편은 가느다란 실에 매달려 두 여자를 이었다. 두 여자는 눈물에 젖어 파편을 보았다. 파편은 부옇게 번진 채 오색으로 또 잿빛으로 일그러졌다. 아롱아롱 반짝였다.

"어쩌면 나는 이것을 잃은 적 없는지도 몰라요. 멀리 여행 보냈을 뿐이죠. 또 어쩌면……."

양이는 조각을 들여다보았다. 주먹을 꾹 눌러 쥐었다. 조각은 손바닥으로 빨려 들어갔다. 손목 혈관을 타고 빛을 발했다. 양이의 몸속을 돌며 스르르 녹았다. 양이의 혼과 백으로 되돌아갔다.

"아!"

라미아는 탄성을 질렀다. 방금, 심장에서 얼음 조각 하나가 빠져나갔다. 해연한 허전함과 야릇한 따뜻함이 정신을 감쌌다. 몸에서 힘이 풀렸다. 비틀대며 팔을 뻗었다. 양이와 손을 맞잡았다.

양이는 파르르 떨며 입술 끝을 들었다. 라미아를 향해 고개를 끄덕였다. 눈물로 반짝이며 웃었다.

"그래요, 어쩌면 도깨비란 이야기에서 태어나 흩어지면 또 다른 이야기가 되는 존재일지도 몰라요."

양이는 깨달음이 주는 기쁨과 슬픔에 휩싸였다. 웃으며 울었다. 울며 웃었다.

"그래요, 그랬어요. 나의 세계에서 정령이란 소멸하면 영영 흩어지는 존재, 다시 태어나지조차 못하는 존재라고들 하죠. 그래서 '나'는 사랑하는 그를 두 번 다시 보지도 느끼지도 못하게 될까 봐 그리도 죽음을 두려워하고 피하려 했답니다. 그런데 이상하죠? 아무것도 소멸하지 않았어요. 흩어진 나의 조각조각은 여전히 살아갔어요. 나와 같은 방식으로 살아서 기뻐하고 슬퍼하고 욕망하고 사랑했어요. 잃었던 어떤 조각은 나의 친우에게 가서 나처럼 둘이 하나가 되었고, 또 어떤 조각은 한 이계에 사는 여인에게 가서 나처럼 사랑에 배신당했으며 그러고도 그 사랑을 끝내 버리지 못했죠. 또 다른 조각은 한 위태로운 남자에게 가서 나처럼 존재를 소멸이란 벼랑 끝에 몰아넣으면서도 지독히 사랑했고, 또 어떤 조각은 나처럼 모두 잊고 바보 같은 숨바꼭질을 했죠. 그리고 라미아, 당신은……."

"양이 씨……."

두 여자는 손을 맞잡았다. 눈을 마주했다.

양이는 라미아를 보며 용기를 끌어올렸다. 울음에 잠겨 웃었다. 그제야 긍정했다.

"라미아, 당신 이야기는 곧 나예요. 당신이 괴물이라면 나도 괴물이에요. 나는 사랑하는 이를 천여 년간, 천천히 고통스레 살해해왔으니까."

양이는 라미아의 손을 잡아당겼다. 그 손을 일렁이는 공허로, 제 가슴 언저리로 이끌었다. 손이 닿은 가슴은 깊숙이에서 우러나오는 흉포한 파동으로 금세라도 부서질 듯 진저리 쳤다.

"이건……."

라미아는 깜짝 놀라며 손을 움츠렸다.

"이 파동은 무엇인가요? 이런 괴로움을 어떻게 견딜 수 있나요?"

양이는 도리질했다.

"아니, 진실로 괴로운 쪽은 내가 아니에요. 이건 주인 잃은 생명이 주인에게 돌아가고자 하는 처절한 몸부림이니까."

존재를 안팎으로 감추던 벽은 이제 무너졌다. 양이는 제 심장보다도 세차게 뛰는 도의 생명을 느꼈다. 그 무도한 파동에 해괴한 기쁨에 사로잡혔다. 기쁨을 찢어발기는 죄책감에 휘감겼다. 미소했다. 뺨을 일그러트리며 입술 끝을 들었다. 눈물을 삼켰다.

"이건 내 일그러진 욕망이 획득해낸, 죄에 물든 전리품, 내 느린 살해를 증언하고 질타하는 쉬지 않는 고함이랍니다."

해가 뜨지 않는 설원, 그 땅 밑에 가라앉은 어둠은 서늘하고 견고했다. 그 어둠이 검은 눈을 크게 뜨고 있었다. 그 어둠이 숨죽이고 두 여자가 토하는 해묵은 고백을 들었다.

✳✳✳

"'끌림'이 왔다."

부발루스는 벌떡 일어섰다. 몸을 낮추고 어둠을 꿰뚫었다. 도와 크닙이 따라오든 말든 따라올 능력이 되든 말든 개의치 않았다. 도와 크닙은 그 뒤를 바짝 따랐다. 부발루스가 향하는 곳에 양이가 있다고 여길 수밖에 없기에 뒤따르는 발놀림이 절박했다.

그러나 부발루스는 몇백 미터 못 가 멈칫했다. 제자리를 뱅뱅 돌더니 한 걸음 앞으로 나아갔다. 고개를 갸웃하더니 방향을 우측으로 틀었다. 찡그리며 멈췄다.

"왜 그래?"

"모르겠다."

부발루스는 다시금 뱅뱅 돌고 몇 걸음 자신 없이 디뎠다. 또 멈췄다.

"'끌림'이 끊겼나요?"

크닙은 꼬리를 축 내렸다. 마음은 이미 양이 곁인데, 아직 그 종적조차 밟지 못했다.

"그런 것 같다."

부발루스는 두툼한 입술을 맞물려 닫았다.

"그런 것 '같다'? 끌림이 희미해졌어?"

도는 미간을 구겼다.

"아니다."

부발루스는 도보다 더 찌푸렸다.

"그럼?"

"모르겠다."

도는 침묵했다. 초조함이 치솟았지만 감정에 정신을 내주지 않았다. 되레 구겼던 미간을 폈다. 차분히 요구했다.

"상황을 제대로 설명해줘. 나도 너만큼이나 절박하니까."

부발루스는 뺨을 굳혔다. 약한 모습을 보이지 않으려 버티지만 맹독으로 죽음에 한 발을 들였다. 생에서 가장 중요한 결판도 코앞이었다. 남을 배려할 여유가 없었다. 그러나 도가 자신을 살렸으므로 성의를 다했다.

"'끌림'이 보인다. 살갗에 닿는다. 하지만 방향을 못 잡겠다. 보이지만 신기루다. 살갗에 닿지만 유령이 스치고 흔드는 격이다. 무언가 나를 끌지만 이끎에 방향이 없다. 아!"

부발루스는 눈을 부릅뜨며 퍼뜩 몇 걸음 다시 걸었고 또 멈췄다. 불만스럽고 혼란스러운 표정으로 중얼댔다.

"그 요물이 또 새로운 교란법을 찾았나……."

"평생 그 괴물을 쫓았다며? '끌림'에 의지하는 방법 외엔 없어?"

"흔한 추적술을 쓴다. 하지만 여기서는 수소문할 수도 없나. 자연물에 남은 흔적도 그 마물이 주술로 거의 걷어내며 이동한 것 같다."

부발루스는 그렇게 말하면서도 바닥이나 벽을 살폈다. 크닙도 쭈그리고 앉아 바닥을 기듯 더듬었다. 꼬리를 세우고 코를 킁킁댔다. 도는 한쪽 눈을 구겼다. 흘러내린 머리칼을 뒤로 채어 넘기며 코끝을 찡긋거렸다. 눈에 불을 밝히고 주변을 탐색했다. 그래 봐야 딱히 잡히는 흔적이 없었다.

"삼백 년 전에 끊은 연초가 간절하네."

도는 쭈그리고 앉아 긴팔원숭이처럼 팔을 늘어트렸다. 볼을 부풀리고 입술을 삐죽였다. 위기에 빠진 연인을 찾는 사내라기보다 좋아하는 장난감을 잃은 어린애 같은 태도였다. 그러나 속은 흉포했다. 조금만 방심하면 이성이 끊겨 날뛸 판이었다. 도깨비란 일단 눈이 뒤집히면 앞도 뒤도 없는 종족이고 도도 그런 기질이 없지 않았다. 자신을 알기에 부단히 제 마음을 어르고 이 상황을 짐짓 별일 아닌 일인 양 여기려 안간힘 썼다. 노력이 과하여 투정하는 말투가 나왔다.

"다른 길 없어? 방법을 내봐. 내가 너 살려줬잖아. 피도 뽑아주고."

도가 돌연 볼을 부풀리며 자신을 힐난하자 부발루스는 어깨를 움찔했다가 말을 더듬으며 변명했다.

"그, 그게, 그 암컷은 대주술사다. 일곱 대륙을 통틀어도 그만한 주술사는 또 없, 없다."

차라리 도가 선명하게 날 선 태도를 보였다면 부발루스는 맞받아쳤을 터였다. 그러나 도가 어린애처럼 토라져 말끝을 팔랑이자 눈에 띄게 당황했다. 안절부절못하며 십여 초나 눈치를 보다가 마침내 입을 다물고 부루퉁해졌다.

"쳇!"

부발루스는 도 앞에 쭈그리고 앉으며 혀를 찼다. 자기도 토라져 말했다.

"그래도 나는 평생 그 암컷을 곧잘 찾아냈다. 지금이 이상하다. 그러는 너는 뭐냐? 내가 정령을 그리 썩 잘 알지는 않지만 무슨 정령이 이렇게 용병 나부랭이처럼 행동하냐? 정작 추적 주술은 꽝이고. 너 치유 주술 말고는 할 줄 모르냐? 지금 우리는 주술에 가로막힌 상황이다. 전사가 아니라 주술사가 힘내야 정상 아니냐? 너는 네 암컷 찾겠다고 난리 치면서 왜 아무것도 안 하냐?"

"우이씨. 해봤다고! 해봤어. 다 해봤어!"

도는 쭈그리고 앉은 채 발을 구르는 재주를 보였다. 이를 북 갈았다.

"너 지금 그 눈빛 무진장 기분 나빠! 너는 지금 내가 굉장히 무능하다고 생각하는데, 오해야! 나는 엄청나게 강한 전사이기도 하지만 엄청나게 탁월한 주술사이기도 해. 단언컨대 네가 말하는 그 대주술사 뱀여인도 내게는 감히 미치지 못해!"

"근데 왜 못 찾냐?"

도는 눈을 끔뻑끔뻑했다. 아랫입술을 내밀었다. 귀와 꼬리를 늘어트렸다. 기세가 꺾여 우물쭈물했다.

"그러게. 내가 왜 못 찾을까?"

"히잉, 양이야아아, 어디 간 거야아아."

크닙은 훌쩍였다. 도 옆에 나란히 쭈그리고 앉았다.

"하아."

"후우."

"히잉."

셋은 동굴 바닥에 오순도순 앉았다. 장죽이 있다면, 파이프가 있다면 빨고 싶다고 생각했다. 연기 대신 한숨만 푹푹 뿜었다.

도는 발을 구르고 진저리를 치고 머리를 쥐어뜯으며 한바탕 오두방정을 떨었다. 그래 봤자 소용없다는 사실을 잘 알았다. 금세 발광을 그만두었다. 다시금 팔을 늘어트리고 한숨을 몰아쉬었다. 양이에게 꽂아주곤 하던 은비녀를 품에서 꺼냈다. 눈앞에서 그 비녀를 까딱까딱하며 제 몸 상태를 가늠했다. 고개 저었다. 그러면서도 등을 구부려 바닥을 보았다. 손가락으로 주술진을 꾸물꾸물 그렸다. 잠시나마 쉬었으니 좁은 영역이나마 주술로 탐색할 셈이었다.

"크닙아."

"네엥."

"나 혹시 실수하고 있니? 잘 봐봐. 이 진에 틀린 곳 없지?"

"아까부터 봤지만 틀린 곳 전혀 없사옵니다."

"그런데 왜 반응이 없을까? 내가 전부를 말해주진 않았지만 너는 눈치가 빠르니 찐빵 체질을 짐작했겠지. 찐빵은 본래 특이해서 영기로 추적이 안 돼. 하지만 소지품으론 찾아지지. 그 밖에도 내가 이럴 때를 대비해서 찐빵이 알게 모르게 찐빵 피부에 위치추적용 대응진을 그려놨어. 특수 투명 물감으로 구석구석. 그것도 찐빵 특이체질 탓에 지워질까 봐 수십 개."

크닙은 입을 쩍 벌렸다.

"원래 이런 분이셨사옵니까? 집착이 쩌시옵니다."

도는 뺨을 발긋했다. 자못 수줍게 웅얼댔다.

"나는 그냥, 찐빵을 안전하게 지키려고……. 내 찐빵이 좀, 한정판 그 이상인 특이 찐빵이기도 하고 뭣보다 지나치게 귀엽잖아? 누가 자기 집에 예쁜 대나무 찜기랑 베 보자기 있다면서 유괴하면 어떡해?"

"어휴. 월주가 왜 두 분 이야기할 때마다 혀를 찼는지 알겠사옵니다. 어쩌다 이렇게 되셨사옵니까?"

도는 눈썹이 처졌다. 어깨를 내리며 주술진에 영력을 불어넣었다. 반응을 기다리며 뒤를 이었다.

"물론 여기는 우리 앞마당이 아니니 찐빵에게 그려둔 진이 수십, 수백 개인들 거의 효과를 발휘하지 못하겠지. 하나 환경을 떠나 동작하는 대응진도 없지 않아. 그러니 미약하게라도 반응이 돌아와야 옳아. 소지품을 대상으로 추적 주술을 쓰면 당연히 반응이 와야 하고. 한데 왜 아무 소식이……. 하아. 게다가 들어봐? 찐빵도 여기서는 상당히 규제받을 거야. 그러니 '그 능력' 또한 거의 발휘할 수 없어야 정상이지. 오히려 그만한 능력이기에 아예 발휘할 수조차 없어야 해. 한데……. 후우. 하긴, 내가 그것에 대해 뭘 얼마나 안다고……."

"어쨌든 못 찾는다는 거잖냐?"

부발루스는 한동안 도와 크닙이 나누는 대화를 잠자코 들었다. 그 대화를 이해하려 노력했다. 그러나 결국 인상을 북 긁으며 도를 타박했다.

"에잇!"

도는 벌컥 짜증을 냈으나 타박을 받아치진 못했다. 주술진에 주입하던 영기를 끊어냈다. 더 강력한 주술을 썼을 때도 감감하던 반응이 이제 와 돌아올 리 없었다. 이미 몸이 지칠 대로 지쳐 목소리마저 쉬었다. 주술진을 손바닥으로 뭉개고 뭉개진 자리를 눌렀다. 가물대는 눈을 질끈 감았다가 떴다.

"그 뱀이 물소와 엇비슷한 실력이라면 뱀은 내 눈을 가릴 수준이 못 돼. 이곳이 아무리 내가 힘을 온전히 발휘하기 힘든 낯선 땅이라 하여도."

크닙이 끄덕였다.

"제 생각도 그렇사옵니다."

크닙은 몸을 움찔움찔하여 도에게 바짝 붙었다. 도에게 체력을 끌어올리는 주술을 걸었다. 도는 그 손길에 순응하며 들뜬 기혈을 다스렸다. 토라진 어린애 같던 표정도 어느덧 차분히 가라앉혔다. 그 낯에서 분노도 초조함도 지웠다.

"크닙아."

"네, 전하."

크닙은 도의 바뀐 기색을 읽었다. 침착히 답했다. 도가 몸을 일으키자 따라 일어섰다.

도는 막막한 어둠을 헤아렸다. 양이를 잃고서 얼마나 시간이 지났는지 가늠했다. 이런저런 가능성도 차근히 꼽았다. 자신이 했던 약속과 자신이 짊어진 의무와 자신이 품은 바람을 떠올렸다. 주먹을 꾹 쥐었다.

"무식하게 찾을 수밖에 없겠구나. 하나 그 방법을 택하자면 지금 이대로는 너무 느리다."

도는 제 가슴에 손을 넣었다. 스르릉. 칼날이 파랗다 못해 하얗게 빛나는 도(刀) 한 자루를 심장에서 뽑아냈다.

"크헝!"

뽑혀 나온 도(刀)는 날씬했으나 칼날이 대여섯 살배기 어린아이만큼이나 길어 평범한 이가 쉽게 휘두를 수 있는 병기가 아니었다. 휘황하게 빛나는 금룡이 도신을 휘감고 울부짖어 더욱 거대해 보였다. 부발루스가 펄쩍 뒤로 뛰며 도낏자루에 손을 얹었다. 부발루스는 도와 크닙, 용을 노려보다가 일단 경계를 늦추며 도낏자루에서 손을 떼었다. 크닙이 눈을 동그랗게 떴다.

"전하?"

도는 한 손에 도(刀)를 든 채 다른 손으로 크닙을 잡아끌었다. 손끝에 금빛을 맺고 크닙의 팔뚝에 빠르게 문자 몇 개를 썼다. 손으로 결인(結印)을 맺고 나직이 선언했다.

"나, 수삼경화왕 치 용환두대도 도도(守三境花王 离 龍環頭大刀 跳刀), 도정문과 도달곰의 아들 도크닙에게 내 본질에 닿는 일을 허락한다."

"전하!"

도는 금룡이 지키는 환두대도를 크닙에게 건넸다. 크닙은 허옇게 질리며 손을 뺐다. 다급히 무릎을 꿇으며 머리를 조아렸다.

"전하, 거두소서. 불민한 소신은 차마 손댈 수 없사옵니다."

"받거라. 지금은 그래야만 한다."

그러나 도는 자신의 본체를 다시금 크닙에게 건넸다.

"이는 다른 존재에게 허할 수 있는 무게가 아니나 상황이 좋지 않구나. 너는 저자와 더불어 '끌림'을 기다리거나 다른 어떤 방식으로든 양이를 추적하라."

도는 입을 다물었다. 음성 아닌 정신으로써 뒤를 이었다.

— 저자는 제 목적만이 중요하다. 양이가 안전한지 아닌지 무관심

하다. 너는 저자와 더불어 추적하되 양이를 발견하거든 이 본체로써 나를 불러라. 나는 내 백(魄)을 네게 맡겼으니 걸림 없는 혼(魂)으로 화하여 양이를 찾으마.

크닙은 떨리는 눈으로 왕을 올려다보았다. 사리며 두 손으로 도(刀)를 받들었다. 몸 일부를 검은 그림자로 바꾸었다. 그림자로 도(刀)를 삼켰다. 고개 조아려 이마를 땅에 대었다.

"나는 이만 양이를 찾으러 떠나마. 내가 먼저 찾거든 즉시 너를 부르마. 도(刀)가 너를 당기거든 이끄는 기운에 순응하여라."

크닙은 뺨이 뻣뻣했다. 여전히 낯빛이 없었다.

— 하오나 전하, 이 본체는 전하의 목숨이옵니다. 또한, 소신도 이 세계에서는 약해졌사옵니다. 어지간한 상황에서야 소신도 뉘에게 당할 리 없사오나 예기치 못한 사태로 소신이 이걸 지키지 못한다면 전하께옵서는…….

도는 몸을 낮춰 크닙 앞에 앉았다. 크닙의 어깨를 움켜쥐었다. 크닙과 맞춘 두 눈이 묵중히 견고했다. 몸에서 발하는 빛 또한 서늘히 단단했다. 강철로 빚은 조각 같았다. 단호히 입술을 움직였다.

"너는 다만 최선을 다하라. 선택과 책임은 오롯이 내 몫이니."

"전하, 하오나……."

크닙은 눈물을 글썽였다. 도는 크닙의 어깨를 두드렸다. 그 어깨에서 손을 떼며 일어섰다.

"그 어떤 위험을 감수하더라도 나는 양이를 찾아야만 한다. 그 아이는 이미 내 목숨이니."

도는 부발루스에게 시선을 주었다. 그 사내에게 가볍게 눈으로 인사했다.

"그럼."

도가 휙 뭉그러졌다. 그곳에 육신이 있었다는 흔적조차 남지 않았다. 한 덩이 불꽃만이 금빛으로 타올랐다. 불꽃은 사라졌다. 눈으로는 결코 따를 수 없는 속도로, 더 깊은 어둠을 향해 쏘아졌다.

❈❖❈

우주의 끝이 두 여자를 에워쌌다. 빛 · 소리 · 온도 · 질량 · 형체가 없는 막막함이 사방을 둘렀다. 누군가는 그 막막함을 '공허'라고 불렀다. 그 명칭이 얼마나 적합한지 판단할 이는 여기 없었다. 그러나 적어도 양이와 라미아는 그것을 '공허'라고 느꼈다.

공허는 몇십 분 전만 해도 불꽃처럼 일렁일렁 타고 연기처럼 뭉게뭉게 피고 뱀처럼 꿈틀꿈틀 나아갔다. 그러나 이제 새벽안개 같았다. 자욱하되 차분했다. 양이가 의지하는 대로 따랐다.

어쩌면 양이는 폭주할 수도 있었다. 라미아가 이름 물을 때 '양이'이기를 포기할 수도 있었다. 하나 도가 했던 말을, "내게 김양이는 너고 너는 내게 김양이."라는 말을 떠올렸다. '양이'로 남았다. 두텁게 쌓았던 둑이 무너지고 기억과 감정이 몰아칠 때 그것에서 도망하고자 자신을 지울 수도 있었다. 하나 제대로 다스리지 못하는 공허로 자칫 도의 도갑마저 지울까 두려워했다. 이를 사리물었다. 또한, 양이는 라미아를 '들어주어야' 했다. 오래도록 길 잃었던 제 작고 여린 조각을 안아주어야 했다. 정신을 놓을 수 없었다.

더욱이 이 우주가 다른 우주에서 온 원형의 힘을 배척했다. 우주는 양이를 어마어마하게 짓눌렀다. 그 압력이 폭주하려는 공허를 상쇄했다.

결국, 양이는 공허를 다스렸다. 뾰족한 기억과 아릿한 감정이 순간순간 정신을 습격했지만 그래도 그럭저럭 공허를 제 뜻 아래 두었다.

그리하여 우주 끝이 두 여자를 에워쌌다. 두 여자는 서로가 보내는 눈길에만 열렸을 뿐 완벽한 섬으로서 세상 일체로부터 닫혔다. 더없이 안전하되 더없이 외로웠다.

"어떻게 견뎠나요. 그 아득한 세월을, 이러한 공허에 갇힌 채."

라미아는 우주 끝을 더듬었다. 일체가 소멸하는 절벽에 서서 물었다.

"나는 밀폐된 상자 속 작은 쥐였어요."

양이는 일어섰다. 라미아 곁으로 다가갔다. 자신이 낳은 광막한 공허를 마주했다.

"나는 상자에 들어가 웅크림으로써 그의 눈을 피했죠. 실낱같은 희망을 부여잡은 채 숨바꼭질을 지속했어요. 하지만 상자 속 산소가 다하면 갇힌 쥐가 죽듯 저도 죽을 운명이었어요. 이 공허를 제어하지 못해 소멸하거나 새로운 영기를 보충받지 못한 채 내부 영기가 다하여 죽거나."

"아아!"

라미아는 머리를 흔들며 탄식했다. 주술사이니만큼 선명히 느꼈다. 이 환경은 오래 버틸 수 없었다. 그러기엔 끔찍한 폐쇄 상태였다. 몸뚱이가 겨우 끼어 들어가는 시커먼 수조에 웅크린다. 코끝까지 찰랑대는 소금물에 잠긴다. 옴짝달싹 못 한다. 당장 죽지 않을 정도로만 아슬아슬 숨 쉰다. 가쁜 숨이 짜고 맵다. 그러나 움직일 수 없다. 들을 수 없다. 볼 수 없다. 갈수록 숨 쉴 수가 없다. 몸이 소금물에 절여진다. 정신이 절여진다. 살갗이 퉁퉁 분다. 살갗이 벗겨진다. 그러다 차라리 죽기를 희구한다. 이는 그러한 극한이었다.

"버틸 수 없어요. 이건 버틸 수가 없어요. 아무도, 제정신으로는……. 아아!"

라미아는 양이를 이해하면서도 이해할 수 없었다. 울며 도리질했다. 도리어 양이가 눈물을 그쳤다. 양이는 공허를 다스리면서부터 눈물을 버렸다. 라미아에게 고마웠다. 라미아는 빠져나갈 길을 잃은 양이의 슬픔을 거두어주었다. 양이를 대신하여 눈물 흘렸다. 양이는 그 눈물에 위로받았다. 위로에 용기 내 말했다.

"나는 결심하고 또 결심했어요. '이 벽을 부수자.'"

양이는 공허에 손바닥을 댔다. 손 닿은 자리가 손등 위로 너울 쳤다. 벽 전체가 위태로이 출렁였다. 쉬고 가라앉은 목소리로 뒤를 이었다.

"내가 왜 그렇게 결심했을까요? 소멸이 두려워서?"

양이는 쓸쓸레 웃었다. 고개 저었다.

"라미아, 당신도 느끼죠? 이 안에선 차라리 소멸을 바라게 돼요. 소멸하면 편안해질 테니. 그러니 내 마음을 흔든 요인은 두려움이 아니에요. 슬픔이에요. 나는 슬퍼서 이 벽을 부숴야겠다고 생각했어요. 그가 아팠거든요. 이 숨바꼭질을 계속하기엔 그가 너무나 아팠거든요."

양이는 젖은 숨과 함께 공허를 헤아렸다. 그 막대한 허무 앞에서 제 가슴을 뜯었다. 그 뜯는 자리에서 도갑이 주인을 그리워하며 날뛰었다. 양이는 고요히 신음했다.

"이 일을 시작했을 때는 미처 몰랐어요. 그가 그렇게까지 고통스러워할 줄은 미처 몰랐어요."

"아아."

라미아는 울음에 헐떡였다. 비틀거리며 양이에게 팔을 뻗었다. 가슴을 뜯는 양이의 손을 붙들었다. 가느다란 두 팔로 양이를 흔들고 떠밀며 원망했다.

"왜 벗어버리지 못했나요? 모두를 목 조르는 이러한 공허를?"

라미아는 양이를 탓하다가 퍼뜩 그 뜯긴 가슴을 어루만졌다. 양이는 그 원망도 위로도 받아들였다. 눈 감고 소리 없이 한숨 쉬었다.

"처음엔 몰랐어요. 이 숨바꼭질이 이토록 길어질 줄은."

양이는 아득히 말했다. 감은 눈 위로 도의 얼굴이, 소년 시절의 천진하던 웃음이 선연했다. 그 맑고 앳되던 웃음소리도 귓가에 생생했다. 둘은 같이 공부하며 자라며 늘 뛰놀았다.

「이번엔 내가 술래야! 꼭꼭 숨어! 난 진짜 잘 찾으니까 너희 둘 다 꼭꼭 숨어! 안 그럼 재미없으니까. 둘 다 일다경 안에 찾아줄 거야! 혼야 넌 치맛자락부터 잘 간수해야 할걸? 다 보이거든! 흐흥!」

"나는 단지 겁먹었죠. 우리가 움켜쥔 이 집착을 그가 알면 어떤 눈빛을 보낼까? 그가 나를 여전히 여인으로 보아주지 않으면 어떡하지? 그가 나를 여전히 일족을 살해한 원수라고 생각하면 어떡하지?"

양이가 내는 목소리는 풀기 없이 쉬었다. 한편으론 설렘으로 떨렸다.

"그러나 기대도 품었죠. 이제 나를 보아주겠지? 이제 나를 밀어내지 않겠지? 나를 금방 알아보아주겠지? 알아봐줄 거야. 나를 원망하고 혼내겠지만, 그래도 안아줄 거야."

양이는 입술을 끌어올렸다. 달콤하고 씁쓸하게 미소 지었다.

"아아, 맴돌았어요, 당신도 나처럼! 당신도 그에게 쫓겼지만 그러면서도 위성처럼 그를 떠나지 못했어요!"

라미아는 울부짖었다. 양이를 떠밀고 양이를 끌어안았다. 자신과 꼭 같은 미련이 미웠다. 자신과 꼭 같은 슬픔이 애처로웠다.

"맞아요. 나는 끝없이 달아나면서도 결국 그가 만든 궤도 안이었어요. 쉼 없이 차고 이우는 원망이 내 등을 떠밀고 쉼 없이 밀려오고 밀려가는 사랑이 내 발목을 끌었죠. 그는 내 태양이었어요. 그가 발휘하는 인력은 무자비하여 나는 어찌해도 그를 벗어날 수 없었어요. 그러나……."

양이는 라미아에게 안겼다. 자신도 라미아를 끌어안았다. 떨리는 가냘픈 등을 자분자분 쓸었다. 제 품에서 솟는 흐느낌을 어루만졌다. 라미아가 가느다랗게, 신음처럼 말했다.

"그가 알아봐 주지 않았군요. 야속하게도."

양이는 미소를 잃었다. 입술을 물었다.

"처음에 그 일은 그저 투정이었죠. 짓궂은 숨바꼭질일 뿐이었어요. 일찍 끝났다면 이렇게까지 대단한 일은 아니었을 거예요. 하지만 그는 나를 눈앞에 두고도 알아보지 못했고 우리가 벌인 숨바꼭질은 좀처럼 끝나지 않았어요. 그렇게 쫓고 쫓김이 길어질수록 사태는 건잡을 수 없는 국면으로 치달았죠. 나는 그의 본체를, 심장 절반을 움켜쥐고 있었어요. 그는 심장의 공백이 길어질수록, 철없던 내 생각과 달리, 점점 더 끔찍이 고통받았어요. 내가 저지른 일은 어느 순간부터인가 투정이 아니게 되었죠. 전쟁이었어요. 나를 알아봐 주지 않는 그와 벌이는, 그래도 놓을 수 없던 그와 벌이는, 기대와 실망과 사랑과 원망과 미안함과 오기가 얽힌 전쟁이었어요."

양이는 줄곧 라미아에게 안기어 눈 감고 있었다. 감은 눈으로 그 기나긴 전쟁을 한 장면, 한 장면 떠올렸다. 그 전쟁은 피 냄새도 없었고 쇠 부딪는 소리도 없었으나 자신이 치른 전쟁 가운데 가장 맹렬했다.

"나를 알면, 이런 짓까지 저지른 나를 알면, 그는 나를 진정 미워하겠죠. 그래요. 둘이 합해져 새로이 하나가 되었다 한들, 여전히 '우리—나'를 이루는 일부는 그가 사랑하는 백성을 수백 수천 도륙한, 그와 같은 하늘을 이고 살아가기 힘든 원수죠. 그러니 나는 애초에 그와 함께할 수 없었을 거예요. 하지만 그도 무인, 나도 무인이니, 그는 전장에서 벌어진 일은 전장에서 끝난 일로 여기겠지요. 나를 끌어안지 못하나 탓하지도 않겠지요."

"양이 씨, 양이 씨……."

라미아는 여전히 서러워했다. 조각이야 양이에게 돌아갔으나 두 여자는 이미 유대로 맺어졌다. 양이는 라미아 대신 슬퍼했고 라미아는 양이 대신 슬퍼했다. 양이는 라미아를, 라미아가 담아 안은 제 슬픔을 정성껏 어루만졌다. 한여름에 부는 가만한 바람처럼 속삭였다.

"그러나 이 일은, 내가 그에게 저지른 일은 용서받을 수 없어요. 그 누가 천 년에 달하는 기나긴 세월, 제 목을 조르며 잠들지도 못하는 끔찍한 고통을 안겨준 이를 용서할 수 있겠어요? 자신이 죽으면 책임질 이 없이 덜렁 남겨질 백성 때문에 차마 편히 놓을 수조차 없는 목숨을 쥐고 흔든 이를, 그 누가 어찌 용서할 수 있겠어요?"

"그래도 멈출 수 없었겠군요. 오히려 그래서 더욱 멈출 수 없었겠군요."

"그래요. 시간이 갈수록 그는 고통스러워했어요. 모든 감정과 상황이 비탈을 구르는 눈덩이였죠. 내 죄는 커졌어요. 내 죄책감은 불어났어요. 나를 알아보지 못하는 그를 향한 원망은 깊어갔어요. 그리하여 나는 점점 더, 나날이, 더더욱, 멈출 수 없었어요."

너와 내가 없었다. 두 입술 사이로 한숨이 흘렀다. 둘은 이마를 맞대고 한숨으로써 서로 입술을 핥았다. 막막한 공허 가운데에서 섬 하나로 댕그랬다.

"그러나 나는 죄인이에요. 그를 해쳤고 그럼으로써 그가 지키는 백성 역시 해쳤죠. 그러니 그에게 경멸받아 마땅해요. 그에게 경멸받을 일이 두려워도 견딜 수 있어요. 그에게서 고통이 멎기만 한다면, 이를 악물고서 그 앞으로 나아가 그 어떤 미움이든 달게 받아들일 수 있어요. 하지만 나는 그러지 못했죠. '그저 미움받는 일'은 견딜 수 있어도, 이 사랑을 미움으로 그쳐야 한다는 사실은 견딜 수 없었으니까."

"아아."

그 말만으로도 충분했다. 어쩌면 처음 만난 그 순간부터, 서로는 서로를 이해했다.

"당신도 나와 같았어요. 그렇게까지 지독해져야 했던 이유가……."

"나는 두 자아를 버렸어요. 혼백과 육신이 산산이 부수어지고 뭉그러져서 새로 빚어져야 했죠. 그렇게까지 해야 했던 까닭을 떠올리면, 그대로 허무하게 미움만으로 이 사랑을 그칠 수는 없었어요."

두 여자는 바짝 끌어안고 끌어안겼다. 맞붙은 상대의 가슴 위에서 각자 심장이 뛰었다. 두 개의 심장으로 한 몸처럼 박동했다.

"그 달밤의 우리처럼 당신도……."

"그래요. 그 달밤의 당신들처럼 우리도……."

"비록 그 끝은 예정된 파멸일지라도……."

"행복할 수 없어도……."

"찰나라도 좋으니……."

"거짓이어도 기꺼우니……."

"다시 한 번 옛날처럼……."

"단 한 번이라도 미움을 잊고……."

"마주 볼 수만 있다면……."

"겨우, 그 소망을 이루었지만, 아니, 그 이상이었지만……."

양이는 다시금 왈칵 울었다. 울며 눈부시게 웃었다. 진줏빛 몸이 어둠 속에서 촉촉이 반짝였다. 그 울며 웃는 눈동자에 라미아가 잠기어 속삭였다.

"아무리 찬란해도 거짓은 계속될 수 없죠. 나와 부발루스가 서로 모른 척 끌어안았던 달밤에 끝내 서로 부수고 부서졌듯이."

양이는 눈물로 부푼 까만 눈을 깜박였다. 넘쳐 흩어지는 눈물 조각 사이로 하얗게 웃었다. 웃지라도 않으면 이 모든 일이 너무도 허망하고 비참하므로, 차라리 웃었다. 나직이 말했다.

"결말을 봐야겠죠. 끝은 파멸이겠지만."

라미아는 작게 도리질했다. 양이의 머리칼을 어루더듬으며 잔잔히 말했다.

"아니요. 나와 부발루스는 서로를, 죄 없는 이를 무수히 파괴했어요. 그래서 우리는 용서받을 수 없죠. 절대 행복해질 수 없어요. 우리는 늦든 빠르든 파멸할 거예요. 하지만 당신은 당신들 둘만 상처 주었을 뿐이죠. 그러니 당신들은 서로 용서할 수 있을지도 몰라요. 희망이 남았을 거예요."

"결코, 그렇지 않을 거예요. 당신은 몰라요. 그가 얼마나 괴로워했는지. 얼마나 나를 미워하는지."

양이는 회한에 잠겨 입술을 다물었다. 치솟는 한숨을 깊숙이 삼켰다. 쓰리게 부푼 가슴으로 천천히 숨을 내쉬며 물었다.

"라미아, 두렵지 않나요?"

라미아는 웃었다. 붓꽃처럼 찬란한 보랏빛 눈동자를 반짝이면서 아름답고 또 아름답게 미소했다. 양이의 두 뺨을 매만지며 젖었으되 영롱한 음색으로 말했다.

"그래도 내가 저지른 죄악에 비하면 참으로 호사스러운 결말 아닌가요? 이 우주를 뛰어넘어서, 나를 이해해주는 상대를 한 명은 만났으니."

양이는 소리 내어 웃었다. 맑고 작은 방울이 흔들리듯 웃었다. 울음 사이로 끄덕였다.

"그래요. 나 역시 그렇군요."

양이는 다시 한 번 라미아를 끌어안았다. 두 팔에 힘을 주어서, 꽉.

"하아……."

양이는 떨리는 긴 한숨과 함께 라미아를 다독였다. 라미아의 귓가에 입술을 댔다. 부드럽게 입을 열었다.

"이제 안녕."

양이는 힘을 끌어올렸다. 한껏 미소했다. 그 순간에 허락된 모든 마음을 다하여 기원했다.

"당신이 맞이할 결말이 평온하기를, 내 일부였던 이, 라미아여."

양이는 라미아를 안은 팔을 살며시 풀었다. 라미아와 잠시 눈을 맞추었다가 그 향기롭고 보드라운 뺨에 입 맞췄다. 라미아와 자신을 둘러싼 공허의 벽을 허물었다. 그 벽을 살갗 아래로 거두어들였다.

라미아도 양이를 안은 팔을 느슨히 했다. 양이의 뺨에 입술을 눌렀다.

"당신도 지금, 결말지을 건가요? 결심하였나요?"

양이는 라미아를 놓았다. 자리에서 일어났다. 제 사랑을 품은 이 고고한 어둠 속에 우뚝 섰다. 나직이 말했다.

"마지막으로, 진정 마지막으로 한 가지, 해볼 수 있는 일이 남았어요."

카니발

맑은 금빛이 어둠을 갈랐다. 별이 날개 얻어 나는 듯했다. 금빛 긴 꼬리는 벽에도 바닥에도 천장에도 구애받지 않고 얼음 대지 밑을 샅샅이 훑었다.

'김양이.'

빛은, 도는 하나만을 생각했다. 김양이, 제 반려만을 마음에 담았다. 굳이 '그 마음이 어딘가로 뻗고 있다.'고 본다면 그 뻗는 방향은 하나였다. '찾아야 한다.' 양이가 어떻게 보호 결계를 풀었는지, 어쩌다 사라졌는지, 어떠한 상태일지, 양이를 찾는다면 혹은 찾지 못한다면 어떻게 해야 할지, 기실 생각할 일이 많았으나 일절 생각을 버렸다. '양이'라는 존재에만 집중했다. '찾아야 한다.'는 의지만 붙들었다. 그리도 순수했기에 빛은 더없이 밝았다. 걸림 없이 신속히 공간을 넘나들었다.

양이는 어둠 속을 천천히 걸었다. 이쪽 세계 정령 모습이 아닌 '인간 양이' 모습이었다. 치유 주술에 힘입어 겉모습이야 그럭저럭 괜찮았다. 그러나 치유력이 충분히 스미지 못했다. 뼈는 헐거워 사소한 충격에도 다시 부러질 터였고 각성으로 새삼스레 인지한 내부는 쑥대밭이었다. 다리를 곧게 펴고 의연히 걷고 싶어도 그럴 수 없었다. 발을 끌듯 내딛듯 천천히 나아갔다. 어둠을 개의치 않았다. 그러다 오도카니 멈췄다.

맑은 금빛이 벽을 뚫고 나왔다. 금빛은 껍데기를 깨며 터지는 목화솜처럼 검은 어둠을 깨고 확 부풀었다. 양이의 몸을 휘감고 뱅글뱅글 돌았다. 그러다 푹 줄어들었다. 하염없이 밝고 따스한 덩어리로서 양이의 목덜미를 스치며 휙휙 돌았다. 목덜미를 핥으며 올라가 뺨을 어루만졌다. 공중에서 재주넘듯 핑그르르 맴돌다가 다시 양이의 두 팔을 타고 빙글빙글 내려갔다. 양이의 가슴을, 허리를, 다리를 춤추며 휘돌았다. 자그마한 털 뭉치처럼 보드랍고 간지럽게 양이의 피부를 훑었다. 긴 빛 꼬리를 정신없이 살랑였다.

— 찾았다! 여기 있었어! 다행이다! 아아, 다행이다! 행복해! 기뻐! 아이, 예쁘다! 사랑해! 안 다쳤을까? 괜찮나? 괜찮은 것 같아! 아아, 진짜 다행이다! 좋아해! 제일 좋아해! 사랑해! 고마워! 고마워! 무사히 돌아와 줘서 정말 고마워. 사랑해! 네가 제일 좋아!

지금 도는, 이 금빛은 순수한 정기였다. 껍데기를 버린 도깨비로서의 오롯한 본질이었다. 이 본질에는 거짓이 없었고 예의나 격의도 없었다. 천진난만한 애정과 기쁨만이 가득했다. 빛은, 도는 부풀어 오르고 또 줄어들면서 한없이 포근하고 보드라운 빛을 내뿜었다. 양이를 뱅뱅 돌고 핥고 휘감으며 꼬리 흔들었다. 몇 번이고 쉼 없이 재주넘었다.

— 사랑해, 사랑해, 사랑해! 걱정했어! 보고 싶었어! 기뻐! 행복해!

양이는 가만히 섰다. 눈 감고 빛에 몸을 맡겼다. 어둠 속에서 웬 빛이 불쑥 튀어나와 자신을 희롱하는 셈이었지만 조금도 놀라지 않았다. 이미 이 빛을 알았다. 익히 알았다. 이 빛이 누구인지 알았으며 제 혼의 고갱이에서 날뛰는 도갑으로 말미암아 이 빛이 제게 다가온다는 사실도 진즉 알았다. 빛이 노래하는 소리 없는 기쁨도 들었다. 제 몸을 안팎에서 가로막던 벽 가운데 내부의 벽이 이미 무너졌고 그걸 수복할 의지도 힘도 없기에 모든 소리가 선명히 들렸다. 빛이 내뿜는 해맑은 환희와 애정이 들렸다.

— 아이, 참 예쁘다. 정말 예뻐! 아아, 여기 있었어! 내 소중한 왕비님! 사랑해, 사랑해!

양이는 느릿하게 팔을 들었다. 빛이 휘감긴 팔을 눈앞까지 들었다. 감았던 눈을 떴다. 빛은 찬란하고 또 찬란했지만 물질체라기보다는 정신체였다. 의식을 아찔하게 할지언정 눈을 부시게 하지 않았다. 양이는 떨리는 눈으로 그 빛을 응시했다. 빛은 쭉 늘어나고 확 부풀더니 형체를 갖췄다. 귀와 꼬리가 달린, 진줏빛으로 빛나는 정령이 되었다.

"찐빵!"

화신체가 된 도는 양이의 두 팔을 어루더듬었다. 그 몸을 와락 끌어안았다.

"흐읏!"

양이는 도에게 안기며 파드득 떨었다. 속절없이 신음했다.

"앗!"

도는 화들짝 놀라며 포옹을 풀었다. 양이 안색을 살피고 양이의 어깨를, 팔을 매만졌다. 눈을 크게 뜨고 양이를 거듭 살폈다.

"내가 너무 세게 안았어? 아파?"

도는 양이가 절벽에서 떨어졌으리라던 짐작을 상기했다.

'겉모습만 멀쩡하지 많이 아픈가?'

도는 덜컥 겁이 났다. 연신 양이를 어루만졌다.

"괜찮아? 어디 불편해? 응?"

양이는 통 아무 말도 하지 않았다. 가장자리가 잔물잔물한 눈으로 금세라도 울음을 터트릴 듯 도를 볼 따름이었다.

"울었어? 많이 울었어? 아팠어? 놀랐어? 응?"

도는 어쩔 줄 모르다가 일단 치유술을 쓰려 들었다. 기력이 바닥을 쳤고 본체도 떨어트려 놓았기에 간단한 치유술조차 수월치 않았다. 양이에게서 손을 떼고 손가락을 꽈서 인을 맺었다. 양이가 팔을 들어 그 손을 잡았다.

"힘, 쓰지 마세요. 몸은 괜찮으니까."

양이는 눈가가 빨갛게 달아올랐다. 입술을 깨물며 젖은 숨을 억눌렀다. 어깨를 뻣뻣이 굳히고 떨다가 물 젖은 소리로 울먹였다.

"왜, 이제야 찾아준 거예요? 그렇게나, 계속 기다렸는데."

"미안, 미안해."

도는 양이를 다시 끌어안았다. 이번에는 양이가 아파할까 봐 비눗방울이라도 다루듯 살포시 품에 넣었다. 양이의 정수리에, 이마에 정신없이 입맞춤을 퍼부었다.

"미안해, 미안해. 무서웠구나. 정말 미안. 더 빨리 찾고 싶었는데 추적이 잘 안 됐어."

도는 살며시 양이를 제 품에서 떨어트리고 그 얼굴을 다시 보았다.

"많이 울었어? 눈가가 젖었어. 여기."

도는 양이의 눈으로 입술을 가져갔다. 꽃에 머무는 나비처럼 눈가에 사뿐히 앉았다. 함빡 젖어 조르라니 늘어선 속눈썹 끝에 입술을 스쳤다. 나비가 꽃에서 꿀과 이슬을 취하듯 달콤한 눈물을 받아 마셨다.

눈꺼풀에서 뺨으로, 뺨에서 입술로 천천히 미끄러져 내려갔다. 양이를 찾기만 하면 멋대로 결계를 깬 일이며 겁 없이 물가로 나간 일까지 단단히 꾸짖겠다고 다짐했건만 그런 다짐 따위 싹 잊었다. 양이가 운다는 사실만이 속상했다. 그 마음을 달래는 일이 세상에서 가장 중했다. 안타까이 한숨 쉬었다. 양이의 뺨을, 어깨를, 등을 쓸었다. 떨리는 그 몸을 살뜰히 보듬었다. 그러다 양이를 제게서 살며시 떼었다. 얼굴을 다시금 확인하고 눈가를 쓸어주었다. 입술에 쪽쪽 입 맞췄다. 또 끌어안고 다독이고, 그러다 얼굴을 보고 거듭 입 맞췄다. 미소 짓다가도 한숨 쉬었고 한숨 쉬다가도 활짝 빛났다.

"죄송, 해요."

양이는 도에게 안겼다. 가슴이 메어서 터지질 못하는 소리로 사과했다.

"괜찮아. 다 괜찮아. 내가 빨리 찾아주지 못해서 더 미안해. 무서웠지? 아팠지?"

양이는 도의 가슴으로 무너졌다. 떨리는 두 팔로 도를 꽉 안았다. 사과, 변명, 감사, 원망, 사랑, 그중 무엇도 말할 수 없었다. 차마 어떤 말도 목을 벗어나지 못했다. 부끄러운 울음을 숨죽여 누르며 다만 느꼈다. 제 혼에 꽁꽁 휘감겨 여기 제 가장 깊숙한 곳에서 몸부림치는 도갑을 감각했다. 이 도갑은 제 도(刀)를 잃던 순간부터 반쪽을 찾아 마냥 진동하며 울부짖었다. 오랫동안 쉴 집을 잃은 도(刀)는 이제 부러질 듯 약해졌고 도갑도 그걸 알아챘다. 그래서 도갑은 더욱 드세게 몸부림하며 저를 묶어둔 혼과 육신을 속심에서부터 부수려 들었다. 그러한 고통이 심한 만큼, 도갑이 치는 몸부림이 거센 만큼, 양이는 도가 얼마나 쇠약해졌는지 깨달았다.

"양이야, 왜 그래? 응? 무슨 일 있었어? 이제 다 괜찮아. 내가 여기 있잖아. 응? 아무것도 겁내지 마. 으응?"

도는 묻기야 물었으되 아무 질문도 하고 싶지 않았다. 떨어져 있던 동안 양이가 어떤 일을 겪었는지, 공의 힘에 가로막혔던 내부 영기가 어째서 이토록 진하게 흘러나오게 됐는지, 혹여 무언가 자각했는지, 궁금한 점이야 끝도 없으나 양이를 자극하고 싶지 않았다. 양이가 저를 믿으며 제 품에서 무사하기만 하다면야 무엇이 어찌 얽혔든 차근히 풀면 되었다. 지금 하는 질문은 그저 양이를 달래려는 소리였다.

도는 양이의 두 뺨을 안았다. 속상한 마음에 얼굴이 찡그려졌지만 힘을 내었다. 낯을 활짝 펴고 양이가 좋아하는 미소를 화사하게 지었다.

"울지 마. 뚝! 예쁜 내 찐빵이 우니까 참 속상하다. 눈물 거두고 내 얼굴 봐. 응?"

도는 미소를 잃지 않으며 양이의 이마를, 머리칼을 쓸어 올렸다. 말끔히 드러난 뽀얀 이마에 쪽 입술을 눌렀다.

"조금 있다가 머리도 다시 묶어줘야겠네. 내 왕비님은 이마가 아주 예쁘니까."

양이는 그런 도를 바라만 보다가 마침내 도의 몸에서 팔을 풀었다. 떨리는 손을 들어올려 도의 뺨에 대었다.

"얼마나……."

쉬어빠진 목소리가 양이의 목을 긁으며 새었다.

"응?"

도는 귀를 쫑긋했다. 온 정신을 양이의 자그마한 목소리로 기울였다.

"얼마나, 이 '거리'가……."

양이는 도의 뺨을 쓰다듬고 또 쓰다듬었다. 손끝을 바들바들 떨었다. 감히 어쩌지 못하여 말을 맺지 못했다.

'이렇게 닿는 체온이, 얼마나 그리웠는지 모르시죠?'

도는 한참 뒷말을 기다렸다. 그러나 아무리 기다려도 이어지는 말이 없었다. 빙긋이 눈을 휘었다. 양이의 입술에 다시 쪽 입 맞췄다. 실은 도 역시 가슴이 심하게 두근댔다. 몸이 설핏 떨렸다. '각성'. 그 한 단어가 자꾸 떠올랐다. 하나 의문을 묻었다. 본인이 말하지 않는데 구태여 조급히 흔들고 싶지 않았다. 양이를 반짝 안았다. 떨리는 등을 토닥이며 수그린 정수리에 연거푸 입 맞췄다. 제 본체를 끌어당겼다.

"전하, 부르셨……. 양이야! 괜찮아?"

공간이 일그러졌다. 어둠 속에서 크닙이 홀연히 나타났다. 크닙은 활짝 웃으며 두 팔을 양이에게 뻗었다. 부산히 꼬리 흔들며 도와 양이 주위를 펄쩍펄쩍 뛰었다. 양이의 얼굴을 이리 갸웃 저리 갸웃하며 살폈다.

"울었어? 어디 다쳤어? 으아아, 어떡해! 울었나 봐! 눈이 빨개. 너 괜찮아? 안 아파? 많이 놀랐지? 진짜 걱정했어!"

크닙은 동동댔다. 도의 목에 감긴 양이의 팔을 잡고 흔들었다.

"난 괜찮아. 미안해."

양이는 크닙을 향해 흐리게 미소했다. 품을 뒤적였다. 품속 깊숙이에서 자그마한 구조물을 꺼냈다. 그것을 손에 꼭 쥐었다.

"심장이 발밑까지 덜컹했어! 그래도 무사히 돌아왔으니까 괜찮아! 미안해하지 마."

크닙은 까르르 웃었다. 이내 휙 재주넘으며 검푸른 그림자로 변했다. 금룡이 휘감긴 거대한 도(刀)를 뱉었다. 다시 정령으로 돌아가 두 손으로 도(刀)를 받쳤다. 도가 끄덕이자 날 끝을 망설임 없이 도에게 찔렀다. 도(刀)는 제 주인에게로 빨려 들어가듯 흡수되었다.

양이는 그 모습을 보면서도 놀란 기색이 없었다. 놀라긴커녕 차분히 눈을 내리깔았다. 도는 다시금 '각성'이라는 단어를 떠올렸다. 그러나 떠오르는 바를 잠자코 밀어두었다. 양이의 등을 토닥였다. 양이는 도의 목깃 어름에 뺨을 댔다. 눈 감았다.

"돌아가요, 집으로. 다 찾았으니까."

양이는 엄지손가락으로 구조물을 이루는 고리를 몇 차례 비틀어 돌렸다. 번뜩! 구조물이 빛났다. 주술어가 빼곡히 적힌 둥근 틀이 나타났다. 호수 표면을 얇게 떠서 붙인 듯 틀 안이 반짝이며 일렁였다. 일렁임 너머로 익숙한 화화의 풍경이 펼쳐졌다.

도는 걸음을 떼었다. 그 문틀 앞으로 다가갔다. 틀을 넘기 직전에 멈춰 섰다. 두 호흡쯤 망설였다. 결국, 나직이 물었다.

"부발루스를 보고 싶어 했잖아. 보지 않아도 괜찮겠어?"

그 물음에 양이보다 크닙이 폴짝폴짝 뛰어 반응했다.

"아, 맞아. 양이야! 우리가, 나랑 전하가 이야기를 들었어. 우리가 그 물소 아저씨를 만났거든. 정기가 엄청난 이야기를 수집했어. 무진장 불쌍하고 무시무시한 여자가 있더라. 여자인데 뱀이야. 내가 집에 가서 이야기해줄게!"

양이는 도에게 기댄 채 천천히 끄덕였다.

"응. 들려줘, 집에 가서. 부발루스 씨는 이제 만나지 않아도 되니까, 우선 집으로 가서, 들려줘."

도는 끄덕였다. 주술로 빚어진 빛나는 고리로 다리를 뻗었다. 경계를 넘으며 말했다.

"돌아가자. 우리 집으로."

⁂

라미아는 차가운 어둠 속을 기었다. 배 속에서 날카로운 불이 탔다. 부발루스가 찔러 넣은 검이 여전히 파편으로 배 속에 남아 내장을 그을렸다. 치유력을 발휘한들 나은 만큼 다시 다쳤다. 고통에 크기를 부여해 논한다면 이 고통은 크고 무거웠다.

그러나 라미아는 평온했다. 뺨 위로 눈물이 흐르나 낯빛이 맑고 입가에 미소가 감돌았다. 요염한 미소가 아닌 고요한 미소였다.

라미아는 깊은 피로를 느꼈다. 땅 위를 미끄러지나 실은 조금도 움직일 기운이 없고 구름이 둥둥 떠가듯 몸이 절로 흘러갔다. 한때 대지모신에게 누구보다도 축복받아서 제 몸처럼 느꼈던 대지의 고동, 대지의 흐름은 이 몸과 혼이 피와 원한에 젖으며 라미아를 떠났었다. 그러나 지금 이 순간 그러한 고동, 그러한 흐름이 라미아를 어디론가 데려갔다. 기분 좋은 여로였다. 안온한 고단함이었다. 공포도 고통도 순간을 지배하지 못했다. 그러니 이제 눈 감으면 고요히 죽을 수도 있을 것 같았다.

「어쩌면 나는 이것을 잃은 적 없는지도 몰라요. 멀리 여행 보냈을 뿐이죠.」

라미아는 한 정령이 제게서 끄집어냈던 영롱한 조각을 떠올렸다.

아마도 그 순간부터였다. 양이가 제게서 그 파편을 꺼내던 순간부터 가슴속에서 공포가 녹아가고 머릿속에서 안개가 사그라들었다. 대지가 다시 박동했다. 그리하여 지금 지극히 안온했다. 꿈속에 잠긴 듯하고 부드러운 바람에 안긴 듯했다. 오로지 대지가 이끄는 대로, '끌림'이 이끄는 대로 흘러갔다.

라미아는 물이 달리는 소리를 들었다. 흐름에 실리어 계속 땅을 지쳤다. 푸르고 거대한 얼음 공동이 눈앞에 펼쳐졌다. 거대한 물이 푸르른 얼음을 뚫고 하얀 포말을 흩뿌리며 달렸다. 하얗고 광대한 새가 곡성(哭聲)을 지르며 날아가는 듯도 하고 달처럼 빛나는 정령이 무리 지어 웃으며 뛰어가는 듯도 했다. 곡성이든 웃음이든 그 소리는 우렁찼다. 육신과 영혼에 달라붙은 온갖 원혼이 놀라 푸드덕대며 흩어졌다.

"아!"

라미아는 나직이 탄성을 터트리며 고개를 꺾어 들었다. 머리 위로 얼음 천장이 파랗게 빛났다. 그 천장은 주술이 걸렸다. 동굴 밖에서 내리쬐는 태양과 쏟아지는 달빛과 날아드는 별빛을 받아들여서 이 안에 빛을 뿌렸다. 그러나 때는 극야, 태양은 오래도록 잠들었고 쉬이 돌아오지 않았다. 또한, 연일 눈보라가 이어지고 먹구름이 흩어지지 않아 긴긴밤 달조차 박하였다. 세상에 받아들일 빛이 없는지라 이곳은 내내 훨씬 더 침침하고 잠잠했다. 그러나 지금 온통 파랗게 반짝였다. 얼음을 뚫고 달리는 물이, 그 물방울 한 알 한 알이 여름밤 별처럼 반짝거릴 만큼 빛이 넘쳤다. 라미아는 눈을 감았다. 제 무른 하반신을 받치는, 부드러이 숨 쉬는 대지에게 물었다.

'빛이 있나요?'

대지는 동굴 전체로, 동굴 밖으로 끝없이 이어졌다. 자신이 보는 풍경을 라미아에게 보여주었다.

"아아."

순결하게 새하얀 설원을 묵중한 극야가 눌렀다. 설원과 극야를 거대한 초록빛 커튼이 물결치며 어루만졌다. 둥근 달이 높았다. 별이 천진했다.

라미아는 웃었다. 서늘한 공기를 배 속 깊이 들이마셨다. 자신을 흔드는 '끌림'에 이끌렸다. 감은 눈을 떴다.

"라미아."

하얗게 반짝이는 물길 너머에 '끌림'이 있었다. 라미아는 미소 지었다. 제 삶에서 오직 하나인 '운명자'를, 부발루스를 마주했다. 부발루스는 몹시 피로해 보였다. 눈이 움푹 팼고 낯이 식은땀에 젖었다. 안색이 파랗다 못해 보랏빛이었고 잘린 왼팔이 발작하듯 푸들댔다. 그러나 어깨가 당당했다. 땅에 디딘 두 다리도 굳건했다.

"부발루스, 내 운명을 다스리는 왕이여."

라미아는 제 '끌림'을 이름했다.

"라미아, 내 운명을 이름하는 여왕이여."

이번엔 둘 가운데 누구도 서로를 모른 체하지 않았다. 부발루스는 라미아에게서 눈을 떼지 않은 채 손에 든 술병을 열었다. 단 한순간도, 찰나의 찰나도 헛되이 하지 않았다. 라미아를 한없이 곧게 보았다. 보므로 '끌림'으로써 깨달았다. 제 유일한 여왕이 다시 순결해졌음을, 비로소 진정한 안식을 맞이할 때가 왔음을. 술병을 입술에 기울였다. 독한 술, 그리고 피와 더불어서 라미아에겐 들리지 않을 기원을 입술에 올렸다.

"모든 원혼이여, 내게 오라. 이 모든 일은 내게서 비롯되었으니, 나의 여왕은 신에게 돌려다오.”

부발루스는 달리는 물살에 빈 술병을 던졌다. 라미아는 미동 없이 부발루스를 기다렸다. 부발루스가 등에 멘 도끼로 팔을 뻗자 맑게 웃었다. 부발루스는 그것을 보고 힘껏 웃었다. 눈썹, 뺨, 입술이 기괴하게 일그러졌지만 라미아는 그 일그러짐에서 선명한 미소를 읽었다. 부발루스는 도끼를 뽑았다. 땅을 박찼다. 두두두두. 짧은 거리지만 힘차게 달려 계곡 바위를 박차고 물길 위로 날아올랐다. 라미아 역시 두 팔을 놀려 춤췄다. 동굴 가득 축제를 기뻐하는 폭죽처럼 보랏빛 주술진을 피웠다.

“라미아, 내 운명의 시작이자 끝이여!”

도끼날이 빛을 발했다. 보랏빛 주술 송곳이 번뜩였다. 둘은 눈 감지 않았다. 마주 보고 웃었다. 빛, 그리고 폭발음이 동굴을 가득 메웠다.

❋❋❋

도와 양이, 크닙이 화화로 돌아오니 양이가 처음 문을 열었을 때로부터 하루가 지난 밤이었다.

“왜 나만 두고 갔어! 깨웠어야지, 깨웠어야지, 당연히 깨웠어야지이이!”

월주가 쫓아와 발을 구르며 버둥댔다.

“언니, 미안해요. 깨우면 폐일 듯해서……. 제가 언니 마음을 잘못 읽었네요. 다음에는 꼭 같이 가요.”

양이는 웃었다. 애써 밝음을 가장했다. 그러나 눈에 물기가 서려 눈어름이 뭉그러졌다. 실은 도와 다시 만나고 내내 그랬으며 가라앉은 숨 역시 매번 한숨 같았다.

도는 줄곧 품에서 양이를 놓지 않았다. 그 둥그스름한 어깨, 제게 뺨을 기댄 채 늘어진 목덜미, 제 몸에 감긴 팔, 제 옷깃에 얹힌 손가락에 도무지 힘이 없었다. 양이는 몹시도 지쳐 보였다.

"늦은 시각이지만 약선저에 연통을 넣어. 동트는 대로 약선이 와주었으면 한다고. 내가 그리 좋지 않아."

도는 자신을 핑계 대고 수산에게 부탁했다. 물론 자신도 진찰받아야 할 상태였다. 하나 심중엔 양이를 살펴야 한다는 생각이 앞섰다.

"피곤하지? 방으로 들어가자."

도는 양이의 뺨을 어루만졌다. 양이가 눈을 내리깔며 서름히 목을 움츠렸다. 도는 그 기색을 읽었으나 모른 척했다. 양이를 구태여 캐고 싶지 않았다. 각성. 각성. 각성. 머릿속에 한 단어가 떠다녔지만 그걸 매번 목구멍 아래로 눌렀다. 묻고야 싶었다.

'무언가 떠올랐지?'

더 깊은 질문도 여럿, 머릿속을 뛰어다녔다. 양이가 마지막에 입에 담았던 말이 특히 마음에 걸렸다.

「돌아가요, 집으로. '다 찾았으니까.'」

'무엇을 '찾았다.'는 뜻일까?'

도는 양이에게 당혜의 조각이나 제 잃어버린 본체를 언급한 적 없었다. 그러니 양이가 한 그 언급은 몹시 기이했다. 그러나 캐묻고 싶지 않았다. 충격받아 마음을 추스르지 못하고 약해진 양이를 다그칠 순 없었다. 양이가 지금보다 더 슬퍼하거나 괴로워하거나 두려워한다면 제 성급함을 가혹히 탓하게 될 터였다. 당장은 혼야도 당혜도 이야기 조각도 제 도둑맞은 본체도 중요치 않았다. 그저 양이가 둥그렇고 말랑하고 안일한 모습으로 돌아오기만을 바랐다.

도는 양이를 안고 방으로 걸어갔다. 방문을 열고 들어갔다. 왕의 야금 위에 양이를 귀하게 앉혔다.

양이는 그때까지도 이렇다 할 말이 없었다. 눈만 내리깔았다.

도는 양이에게서 팔을 풀었다. 양이를 찬찬히 살폈다. 흘러내리는 따스한 물처럼 그 정수리와 뒤통수를 쓰다듬었다. 부드러이 한숨 쉬었다. 맥없이 수그린 창백한 이마에 입술을 눌렀다. 불안에 두근대는 심장박동을 다스리려 애쓰며 말했다. 왜인지 목이 멨다.

"기억해줘, 응? 네가 어떻게 변하든, 너를 사랑해."

양이는 숨을 멈추며 움츠렸다. 눈을 질끈 감았다.

두근! 도는 심장이 세차게 뛰었다.

'대체 무엇을 기억해냈어?'

도는 다시금 물음을 삼켰다. 미소했다. 이계에서 무리하게 거듭한 주술로 힘이 빠졌다. 손이 덜덜 떨렸다. 그래도 떨림을 최대한 누르며 팔을 들었다. 양이의 뺨을 사분사분 쓰다듬었다. 양이의 한 치 앞에서, 제 성대로 낼 수 있는 최대치로 상냥하게 속삭였다.

"말했지? 내 본성은 '지키는 것.'이라고. 네가 나를 진심으로 믿는 한, 나는 너를 지켜. 내 몸이 부수어지기 전까지는 그 어떠한 한이 있더라도. 네가 원치 않는다면 지금은 다른 말을 하고 싶지 않아. 다만, 네가 저 세계에서 '라미아'라는 마수를 만났으리라고 짐작해. 또, 많이 다쳤으리라고도 짐작해. 네가 내 보호를 스스로 벗어나서 벌어진 일이라고는 해도, 나는 오늘 너를 한 번 지켜내지 못한 셈이야. 그러니 지금 네가 슬프다면, 괴롭다면, 그건 어느 정도 내 탓이야. 나는 지금 후회하고 있고 스스로가 한심하게 느껴져. 그러니……."

도는 손으로 양이의 뺨을 감싸 안은 채 엄지를 양이의 눈가로 뻗어 올렸다. 떨리는 그 눈가를 자분자분 쓸었다.

"부디 나를 도와줄래? 나를 너무 초라하게 만들지 말아줘. 아무 말도 하지 않아도 좋으니까, 내게 기대줘. 이렇게 떨면서 움츠리지만 말고, 애써 웃으려 들지도 말고. 내가 네게 쓸모 있는 남자면 좋겠어."

양이는 그제야 고개를 들었다. 아주 약간 턱을 움직였을 뿐이지만 시선이 들어 올려져 도와 눈을 마주하게 되었다. 젖은 속눈썹을 느리게 깜박였다. 입술 끝을 천천히 휘어 올렸다.

"고맙습니다. 당신, 사장, 님은, 정말 좋은 분이세요."

지끈. 도는 순간 몸에 힘이 빠져 비틀거릴 뻔했다. 그러나 방금 들은 말에서 행간을 짚지 않으려 애썼다. 억지로 활짝 웃었다. 그 화사한 미소에 양이는 언제나처럼 뺨을 엷게 붉혔다. 역시 언제나처럼, 눈도 조금 떨었다. 도는 다소나마 안심했다.

"믿어요."

양이는 입술을 끌어올린 채, 도와 눈을 마주한 채, 조그맣게 말했다.

"믿어요. 잘 알아요."

양이는 목소리에 조금 더 힘을 넣어 되풀이했다. 팔을 뻗어 도를 끌어안으며 도의 가슴에 이마를 묻었다.

"사장님은 사장님을 의지하는 이에게, 사장님께 보호를 청하는 이에게, '약한' 이에게 늘 최선을 다하는 분이시잖아요. '수경왕', 그게 사장님께서 지니신 본질을 담은 칭호라고 하셨잖아요."

양이는 도에게 깊숙이 안겼다. 제 등을 쓸어내려 주는 도에게 순응하며 젖은 버들처럼 몸을 늘어트렸다.

"많이 지쳐 보여. 누울래?"

양이는 딱히 답하지 않았다. 무엇이 어떻든 상관없었다.

도는 요 위에 양이를 눕혔다. 양이에게 이불을 덮었다. 양이가 자신을 물끄러미 올려다보자 미소하며 그 옆에 누웠다. 늘 그랬듯 양이에게 한 팔을 내주었다. 양이는 도의 어깨 부들기 깊숙이로 파고들었다. 정수리에 돋은 머리칼이 도의 턱을 간질이는 거리에서 멈췄다. 머뭇대었으나 팔을 뻗어 도를 안았다.

"부발루스 씨를 만났다고 하셨죠?"

양이가 내는 목소리는 가늘게 쉬었다.

"응. 너를 찾다가 합류했어."

양이는 끄덕였다.

"이야기를 듣고 싶어요. 크닙이가 입에 올렸던, 부발루스 씨가 했다던 뱀여인 이야기."

'당혜의 조각…….'

도는 심장이 무겁게 짓눌렸다. 이제 찾을 만큼 찾아 '그 여자'에게 남은 몫 외에야 찾지 못하리라 여겼던 당혜의 조각이 역시 그 세계에까지 흘러들었던 모양이었다. 그 조각을 지녔던 존재는 부발루스와 잇닿은 '라미아'라는 여인이었을 테고.

도는 지금껏 당혜의 조각을 접했던 양이가 어떤 반응을 보였던가를 떠올렸다. 누가 당혜의 조각을 지니고 와서 이야기하고 가면 양이는 매번 평소 같지 않게 심각해졌다. 그 이야기에 담긴 어느 점엔가 반드시 깊이 공감했다. 생각에 잠기거나 우울에 빠지거나 마음을 잃었다.

이레인 때는 산에서 내려오는 내내 심란해했고 시영 때는 술에 취해 울먹였고 하얄리 때는 통곡했다. 지금도 마음이 가라앉은 상태였다. 이 상태야 각성이 주된 원인으로 보이지만, 혹 라미아가, 정확히는 당혜의 조각이 그 각성에 지대하게 영향을 끼치지는 않았는지 의심스러웠다.

'그렇다면 지금은 그다지 이야기해주고 싶지 않지만⋯⋯.'

도는 양이가 안정하기만을 원했다.

"듣고 싶어요. 들려주세요. 부발루스 씨 이야기."

그러나 양이는 거듭 주장했다. 그 말씨는 나직하되 고집스러워서 부탁처럼 말했으되 요구였다. 도가 이야기를 들려주지 않으면 잠들지도 않을 듯했다.

"후우⋯⋯."

도는 길게 침음했다. 잠시 생각을 정리하더니 이윽고 말문을 열었다.

"부발루스는 어떤 큰 나라를 다스리는 왕이었대. 착하고 아름다운 왕비가 곁에 있었고. 그 왕비는 부발루스와 운명으로 맺어진 여인이었대. 둘은 서로를 사랑하는 '운명자'만이 공유하는, '끌림'이라는 감각으로 맺어졌대. 아무리 떨어져 있어도 서로를 느끼고 그리워할 수밖에 없었대. 둘은 그만큼 서로를 사랑했대. 그런데⋯⋯."

도는 동화를 이야기하듯 되도록 부드럽고 사랑스러운 어조를 택했다. 양이의 머리칼을, 등을 거듭 쓸고 양이의 이마며 뺨, 관자놀이를 연신 입술로 어루만졌다. 양이를 우울이라는 수렁에 내줄 수 없었다.

양이도 그 마음을 느꼈다. 유순히 도에게 이끌리어 이야기를 들었다. 이따금 시린 바람을 이기지 못하는 버들처럼 흐느꼈으나 도의 품에 고개 묻은 채 이를 악물고 참았다. 도가 이야기를 마치자 오래도록 침묵했다.

"잠이 안 와?"

도는 하염없는 다정함으로 양이의 머리칼을 쓰다듬고 등을 다독였다. 평소 같으면, 더욱이 이계에서 무리한 일로 몸이 좋지 않으니 응당 양이를 안자마자 잠들었을 터인데 양이 걱정에 눈이 감기질 않았다. 기진하여 손끝 하나까지 땅 밑으로 끌려들어 가는 느낌이나 양이가 편히 잠들지 않고서야 자신도 잠을 이루지 못할 듯했다. 이러다가는 동터서 약선을 보고서야 잠들지도 몰랐다.

"도."

도가 양이에게 던졌던 '잠이 안 오느냐?'는 물음에 한참 만에야, 아주 자그마한 한 음절짜리 반응이 돌아왔다.

"응?"

도는 눈을 동그랗게 뜨며 양이를 쓰다듬던 손을 우뚝 멈췄다. 잘못 듣지 않았다면 양이가 방금 제 이름을 불렀다. 비록 성까지 갖춰주지야 않았으나 이렇게나마 양이가 제 이름을 불러주다니, 드물고 기쁜 일이었다. 양이는 일부러 호칭을 피하는 듯 아주아주 가끔만 "도." 하고 도를 이름해줄 뿐이었다. 도는 삽시에 울적한 기분도 걱정도 잊고 꽃처럼 만개했다.

"날 불렀어? 이름으로?"

양이는 느릿하게 움직였다. 도의 가슴에 묻었던 고개를 들고 위로 꼼지락거렸다. 도의 팔을 베고 도와 눈을 맞췄다.

"아!"

도는 뺨을 붉게 피워내며 환희했다. 쿵쾅쿵쾅. 심장이 두방망이질

쳤다. 마주 보이는 까만 두 눈에는 다른 어떤 불순물도 없이 단지 도 자신뿐이었다. 그건 너무하도록 지극한 시선이어서 숨이 멎도록 설렜다. 귀를 쫑긋 세우고 양이의 두 입술 사이에서 흘러나올 말에 온 마음을 기울였다.

"부발루스와 라미아는 행복할까요?"

그러나 양이는 그리 물었다. 도는 눈이 동그래졌으나 양이가 보이는 태도가 무척이나 진지해서 기대를 배신당하고도 차마 서운해하지 못했다. 입술을 맞물리고 곰곰이 생각했다. 손가락에 감긴 머리칼을 쓰다듬으며 답했다.

"글쎄, 지금쯤 결말을 냈겠지."

"결말……. 그렇겠죠."

양이는 천천히, 머뭇대지야 않았으나 내키지 않는 기색으로 긍정했다.

"그럼 적어도 평온하지 않을까?"

도는 양이 이마에 제 이마를 맞대고 부드럽게 속삭였다. 양이가 그 일로 길게 마음 아파하지 않길 바랐다. 그러나 양이는 아직 이 대화를 끝낼 마음이 없어 보였다.

"도는 그 둘을 이해할 수 있으신가요?"

'아.'

양이는 도를 또 이름으로 불렀다. 도는 양이가 걱정스러운 와중에도 그 사실 하나에 마음이 말랑거렸다. 웃음을 머금었다. 양이의 이마에 입술을 눌렀다. 잠시 생각을 정리하고 답했다.

"이해할 수는 있어."

"이해할, 수는……?"

양이는 길지 않은가 싶은 휴지를 두고 물었다. 도는 끄덕이고 부연했다.

"동정할 수는 없지."

짧은 순간이지만 양이는 눈동자에 어두운 기색을 비쳤다. 도는 자신이 이보다 유한 대답을 해야 했나 후회했다. 품에 안긴 등을 연신 쓸었다. 이마를 양이와 맞댔다. 상대를 위로하는 강아지처럼 맞댄 이마를 살근살근 비볐다. 양이의 입술에 작은 입맞춤을 퍼부었다. 입맞춤 사이로 속살댔다.

"내 예쁜 찐빵, 마음 아파?"

양이는 도가 하는 입맞춤을 거부하지도 적극적으로 받아들이지도 않았다. 눈꺼풀을 천천히 내리며 눈가를 발갛게 물들였다. 입술을 지그시 물었다. 짓눌린 입술 사이로 말문을 열었다.

"어쩌면, 어쩌면요……."

"응."

도는 그 여느 때보다도 양이에게 집중했다. 잠시도 지체하지 않고 신중히 응했다.

"그 둘은 행복하지 않을까요? 그런 짓을 저지른 괴물과 그렇게 돼 버린 괴물이 괴물다운 방식으로나마 합일을 이루니까."

도는 고민했다. 그 말에 양이에게 무조건 동의해야 할지 아니면 솔직히 반응해야 할지 잠시 머뭇댔다.

"'합일'이라……."

도는 설핏 찡그렸다. 양이가 주장을 하는지 의견을 구하는지 판단키 어려웠다. 구태여 따지자면 후자 같았다. 한숨을 반 섞어 느릿하게 뒤를 이었다.

"파괴하고 파괴당하고, 잡아먹고 잡아먹히는 그런 야만이?"

양이는 두 눈을 눌러 감았다. 입술을 깨물며 더운 한숨과 젖은 한숨을 번갈아 쉬었다. 도의 등에 닿은 다섯 손끝을 꾹 누르며 숨죽인 언어를 좁아진 목구멍으로 비집어냈다.

"어쩌면 그런 야만스러운 합일이야말로 우리 깊숙이 자리 잡은 더없는 욕망인지도 몰라요."

도는 잠자코 말을 아끼다가 마침내 희미하게 웃었다. 찌푸린 양이의 미간에 입술을 누르고 짓궂게 콧날을 타 내려가 양이의 코끝을 깨물었다. 물음에 웃음을 실었다.

"내가 늘 찐빵을 먹고 싶어 하듯?"

"엄마가 아이에게 '깨물어주고 싶다.'고 하듯, 종교의식에서 신의 몸과 피를 먹고 마시듯. 우리는 그저 장난스러운 언어 속에, 성스러워 보이는 의식 속에 사랑하는 이와 하나 되고 싶은, 상대를 송두리째 집어삼켜 제 안으로 소화해버리고 싶은, 격렬한 욕망을 감추고 사는지도 몰라요. 끔찍하고 집요하여 차마 의식 표면에서 알아채지 못하는 사이에."

양이는 제 혼이 튼 고치 속에서 이 우주 일체를 찢어발길 듯 몸부림치는 도의 도갑을 느꼈다. 그 감각이 무참히도 선명했다. 혼의 제일 내밀한 곳에서부터 도에게 뜯어먹히는 듯했다. 울음이 벌컥 치밀어서 힘겹게 눌렀다. 차라리 웃었다. 눈 떴다. 자신에게만 집중하는 도의 까만 두 눈을 물 젖은 눈동자로 보았다.

양이가 보이는 태도에 도는 무언가 생각에 잠겼다. 그러나 동요하지 않았다. 오히려 입가를 느슨히 볼까지 늘였다. 여유로운 입가와 달리 새까만 눈동자에 불꽃을 일으키며 나직이 말을 받았다.

"그런가. 사랑하는 일은 결국 달콤한 카니발리즘일지도. 특히나 사내란 잘못 잡아먹히면 상대에게 간이고 쓸개고 심장이고 모조리 빼주어야 한다는 사실을 모르지 않으면서도 스스로 여인 안으로 들어가 먹히고 싶어서 꽁지깃을 다듬고 힘을 과시하고 춤을 춰대는 생명체이지. 지금 나 역시 다를 바 없고. 실은 나는 누구에게도 먹히고 싶지 않지만, 오직 하나, 네가 나를 먹어준다면…….."

양이의 두 눈에서 단숨에 뜨거운 불꽃이 치올랐다. 늘 미지근하던 양이에게서 그런 불꽃을 보는 날이 오다니, 도는 낯선 즐거움과 놀라움에 사로잡혔다. 양이는 도를 부드럽고도 강하게 밀쳤고 도는 저항 없이 그 힘에 따랐다. 양이에게 깔려 목을 바짝 끌어안겼다. 진하게 웃으며 뒤를 이었다.

"내가 네 안 깊숙이 먹힌다면, 그래서 정말로 우리가 하나가 될 수 있다면, 황홀하겠지. 다만, 나를 잡아먹을 생각이라면, 상냥하게 삼켜줘. 도깨비란 만년 어린아이라서, 마냥 무모해 보여도 실은 형편없는 겁쟁이거든."

양이는 불꽃이 일렁이는 눈으로 왈칵 울었다. 눈구멍 속 검은 호수에 작열하는 불덩이를 띄운 채 온 어깨를 떨었다. 울듯이 웃었다. 도에게 입 맞췄다. 입 맞추다 소스라치며 도리질 쳤다. 도리질 치며 거듭 불렀다.

"도, 도도…….."

양이는 도를 진정 잡아먹을 듯이 입을 맞췄다. 그러다 상냥해졌다. 그러다 애원하듯 굴었다. 그 입맞춤은 서툴다기에는 거침없고 능숙하다기에는 어쩔 줄을 몰랐다. 도를 잡아먹고 싶어 하는가 하면 차라리 도에게 잡아먹히기를 구걸하는 듯했다. 도에게 매달리는 듯하다가

도 도를 떠미는 듯했다. 양이는 줄곧 떨었고 울었고 어지러이 절박하게 도를 불렀다.

"도도⋯⋯. 도도⋯⋯."

도는 ㄱ 엉망인 입맞춤을 바로잡으려 들지 않았다. 이끌려 들지도 않았다. 치미는 정염과 기쁨과 안쓰러움 사이에서 정신을 균형 잡으려 애썼다. 한없이 부드럽게 양이를 받아들였다. 양이가 쏟는 세세한 떨림과 폭압 하나하나까지 오롯이 느꼈다. 그 하나하나를 애처로워했으며 무엇보다도 사랑스러워했다. 불안해하는 양이를 알았다. 그래서 팔을 뻗었다. 떨리는 여린 몸을 다독였다. 또 어루더듬었다. 잘 허락되지 않는 호흡 사이로 한마디씩 속삭였다.

"네가 나를, 진정 잡아먹고 싶다면, 먹어준다면, 내가 네 안에 들어가, 하아⋯⋯."

'그 폐허에⋯⋯.'

"꽃을 심게 해줘. 내, 사랑스러운, 왕비님."

"흐으."

도가 그 소망을 다 전했을 때, 비로소 어지러운 입맞춤이 멎었다. 양이는 도 위로 무너졌다. 자신을 부술 듯 몸부림치는 저 안의 절박한 운동을 느끼며 숨죽여 울부짖었다. 아무것도 할 수 없었다. 무엇도 할 수 없었다. 사랑한다 말할 수도 없고 마음껏 원할 수도 없고 밀어내고 도망칠 수도 없었다. 차마, 도저히, 모든 일이 너무하여서.

"사랑해, 나의 왕비님. 사랑한다, 김양이."

도는 안타까움과 넘치는 사랑스러움을 담아 고했다. 할 수 있는 최상으로 위로를 담아 양이에게 입 맞췄다. 입맞춤을 이루는 모든 사소한 행위와 호흡과 눈빛이 빠짐없이 따스했다. 한결같이 보드라웠다.

혹여 입맞춤 역시 결국엔 먹고 먹히는 행위라면 그 입맞춤은 입술과 혀와 타액과 숨결로써 상대를 달콤히 녹이고 자신도 또한 상대에게 녹아들려는 소망이 형체를 이룬 행위였다. 그 몸짓 역시 결국엔 잡아먹음이라면 그 몸짓은 상대를 물어뜯고 바수어 삼키는 잡아먹음이 아니라 저를 상대에게 온전히 내주면서 상대가 느끼는 떨림과 두려움과 슬픔을 단 한 점도 부수지 않고 그것에 참을성 있게 온기를 가해 상냥한 융해작업으로써 그 전부를 제 안으로 마셔 온전히 받아들이려는 몸짓이었다. 그것은 잡아먹음이면서도 어루만짐이었고 끌어안음이었고 보살핌이었다.

그래서 양이는 도에게로 철저히 허물어졌다. 겨울을 지나 이제 갓 녹은 개울물처럼 울었다. 도에게 안기어 도에게 녹아들며 헐떡임 사이로 애원했다.

"도도, 도도⋯⋯. 안아, 주세요⋯⋯."

양이는 절박하게 소망했다.

"아!"

도는 기쁨에 휘감겨 슬프게 탄식했다. 오래도록 바랐다. 이 입술이, 이 얇지도 두껍지도 않고, 요염하지도 맵시 있지도 않지만, 따스하고 발그레한 단 하나뿐인 입술이 제 이름을 온전히 불러주기를, 이 입술에 닿고 숨결에 닿고 박동에 닿고 영혼에 닿아서 이 여인과 한 점에서 만나기를, 그 한 점에서 이 여인을 사랑하고 이 여인에게 사랑받기를, 간절히도 바라왔다. 바라던 바가 드디어 눈앞에 주어졌다.

그러나 도는 기쁜 만큼 슬펐다. 이 입술에서 나온 제 이름이 단지 사랑스러운 음률만은 아니었기에. 양이의 입술에서 나온 제 이름은 사랑스러웠으되 절망스러웠고 비애와 공포마저 배었다. 도는 여느 때보다도 양이에게 집중했기에 그 느낌을 감지했다. 무엇이 양이를 이토록 몰아붙이는지, 슬프게 하는지, 도는 알 수 없어서 처절히 무력했으며 괴로웠다.

그러나 또한, 도는 느꼈다. 양이가 진정 제게 열렸음을, 도가 자신에게로 들어오기를 바라며 닿아주기를 원하며 저를 사랑해주기를 갈구함을 알 수 있었다. 도 자신의 몸 위로 허물어진 이 작은 몸은 떨렸으되 유연했고 그 어떤 저항 의사도 깃들어 있지 않았다. 무언가 막대한 두려움에 떨면서도 자기방어를 버린 채 간절히 위로와 애정을 구했다. 도는 제 배 속 깊숙이에서 치미는 열기에 휩싸였다. 아찔하게 달구어진 손으로 물 젖은 양이의 뺨을 안았다. 양이의 두 눈에 잠기어 말했다.

"사랑해. 네가 그 누구이든, 사랑해."

도는 마음을 다하여 웃었다. 행복스레 약속했다.

"자아, 내 어여쁜 왕비님, 나는 도깨비고 다른 도깨비처럼 겁쟁이야. 그래도 나는 튼튼해. 두려움도 슬픔도 화도 전부 안고 버틸 수 있어. 그러니까 네가 지금 느끼는 두려움, 슬픔, 내가 다 마셔줄게. 약속할게. 네가 진정 내게 다 열어준다면, 내가 다 마실 수 있게 진정으로 활짝 열어만 준다면, 너는 이제 아프지 않을 거야. 그러니까 아무것도 겁내지 마. 지금부터 네게로 가서, 상냥하게 닿을게. 자아, 너를 열어줘. 마지막 순간까지."

양이는 눈을 감았다. 눈물이 흘러넘쳐 쏟아졌다.

도는 다시금 양이의 입술에 입 맞췄다. 뜨거운 몸으로 양이의 여린 몸을 덮었다. 쓸어내려 갔다. 맞닿은 일체를 녹였다. 머리부터 발끝까지, 상냥하고 강인하게, 닿고 마셨다.

아름다웠던

"혼야아아아아!"

소년은 뛰었다. 중력도 맞바람도 화살촉 같은 햇볕도 소년을 막지 못했다. 사슴 같은 다리가 바위와 나무를 박찼다. 채 여물지 못했으나 그만큼 보드랍고 신선한 몸이 푸른 잎새와 붉은 가지 사이로 나푼나푼 춤췄다.

"혼야, 혼야, 혼야!"

소년은 외쳤다. 소녀의 이름을 세상 전부를 찬미하듯 외쳤다. 유월 햇살보다 찬란히, 웃음을 함빡 머금고 외쳤다.

"이거 봐, 이거! 내가 뭘 데려왔는지 봐!"

소년은 웃었다. 까르르! 그 웃음에 산새가 떼 지어 화답할 만큼 웃었다. 아름에 커다란 청흑색 돌덩이를 안았다. 돌덩이는 물수제비를 띄우는 조약돌처럼 납작했지만 호리호리한 어린 품쯤 가뿐히 넘칠 만큼 컸다. 그 무게를 끌어안고도 소년은 가뿐히 바위를 박찼다. 발아래로 제 키의 다섯 배는 될 허공이 까마득했으나 움찔하는 기색조차 없이 훌쩍 뛰었다. 금빛 옷자락이, 검은 머리채가, 싱그러운 웃음이 휘청 노는 활등처럼 바람살을 흔들었다.

"혼야, 혼야."

소년은 소녀 앞에 내려섰다. 돌덩이는 한 팔로 안고 남은 팔을 붕붕 저었다. 가는 몸피가 살랑 바람에 휘감긴 버들가지처럼 휘우듬했고 사뿐한 발이 바위 모서리에서 기우뚱 시소 놀음 했다. 그러나 용케 균형을 잡았다. 헤헤 웃으며 소녀에게 몸을 기울였다.

"혼야아아."

소년은 소녀 앞에서 어깨를 이리 쌀긋 저리 쌀긋대며 말끝을 늘였다.

"도."

소녀는 너럭바위에 앉아 책을 읽었다. 책장 속에 푹 빠진 차였으나 이리 간절한 부름이 귓가를 거푸 간질이고 검은 그림자가 거듭 살랑대며 글자를 덮으니 소년을 모르려야 모를 수가 없었다. 책을 무릎에 놓았다. 고개를 들었다.

"도, 무슨 일이야?"

"혼야!"

소년은 소녀가 자신을 보아주자 발간 입술이 볼 끝에 걸렸다. 땀이 내밴 뺨을 발갛게 물들였다. 한 발을 뒤로 빼더니 품에 든 돌덩이를 소녀의 발치에 놓았다. 그 돌덩이 앞에 탈바닥 앉아 소녀를 올려다보았다. 해족이 웃었다.

"이거, 이거 봐! 잘 봐! 내가 데려왔어."

"으응?"

소녀는 허리를 숙이고 돌덩이를 내려다보았다. 바위에서 엉덩이를 뗐다. 치맛자락을 고이 매무시하며 소년 옆에 쭈그려 앉았다. 돌덩이 가장자리에 손끝을 얹었다.

"이게 뭐야?"

바람이 살랑살랑 일었다. 소녀의 검푸른 머리칼이 얌전한 물살처럼 소년의 눈앞으로 흘렀다. 그 물살에 꽃잎이 실린 듯 향긋한 내음도 흘렀다. 소년은 답을 잊고 입을 벌렸다. 손 뻗어 소녀의 머리칼을 쥐었다.

"도, 이게 뭔데 그래?"

소녀는 눈앞에 갑자기 나타난 이 거대한 돌덩이가 의아했다. 그것을 곰곰이 살피느라 소년의 풀어진 입가며 달아오른 뺨을 알지 못했다. 돌덩이를 조심히 쓰다듬었다. 자세히 보니 그건 돌덩이가 아니었다. 아롱무늬가 등판을 메운 색 진한 자라였다. 등딱지가 단단한 듯해도 뼈대만 옹골찰 뿐 말랑거렸고 채 숨기지 못한 대가리며 팔다리가 둘레에 이리 빼꼼, 저리 삐죽했다.

"도. 얘는 어디서 잡았어? 웬 자라야?"

소녀는 물었다. 자라가 겁먹은 듯하여 혀끝으로 쭈쭈 달래는 소리를 냈다. 연신 등딱지를 어루만졌다. 햇볕에 달궈진 그 등은 따뜻했고 아직 물기 어려 촉촉했다. 소년이 어디서 이걸 잡았던 무척이나 잰걸음으로 예까지 왔으리라.

"도, 도. 왜 답이 없어? 설마 얘 먹을 거야?"

자라가 소녀의 손 밑에서 꿈틀했다. 소녀는 고개 들었다. 제 머리칼을 붙잡고 멍하니 입을 벌린 소년에게 비로소 눈길을 주었다. 넋 나간 소년의 눈앞에서 하얀 손을 한들한들 흔들었다. 고개를 갸웃거렸다. 이번엔 배에 힘을 주어 소년을 불렀다.

"도!"

"어? 어? 어!"

소년은 멍하니 눈을 깜박이다가 퍼뜩 답했다. 아찔한 눈을 질끈 감았다. 천천히 눈을 떴다. 제 눈앞에 나타난 소녀의 얼굴에 목을 움쳤다가 보르르 흔들었다. "학!" 더운 숨을 토하고 땅으로 닝큼 고개를 떨궜다. 자라 등딱지를 탕탕 두드렸다.

"야, 나와! 얼른 나와. 고개 빼, 고개!"

"으응?"

"기다려봐. 진짜 근사한 걸 보여줄게."

소년은 어깨를 으쓱거렸다. 단풍잎 같은 손바닥으로 자라 등딱지를 타다다닥 두드렸다.

"야, 나와. 얼른! 사내답게 고개를 쭉 펴!"

소년이 그럴수록 자라는 더더욱 움츠렸다. 영 목을 뺄 기색을 보이지 않았다. 소년은 볼이 부풀었다. 발을 탕 구르더니 벌떡 일어났다. 두 팔을 번쩍 들고 자라 주위를 돌며 노래하기 시작했다.

"자라야, 자라야, 고개를 내밀어라. 내밀지 않으면 구워 먹으리! 구워! 먹! 으! 리!"

그 노래는 기세야 씩씩했으나 음정이나 박자, 무엇 하나 맞지 않았다. 소녀는 검푸른 눈썹을 찌푸리며 오묘한 표정을 지었다. 그러나 소년은 자신이 얼마나 음치인지 알지 못하는 듯했다. 부끄러운 태도 없이 더욱 목청 높여 반복했다.

"자라야, 자라야, 고개를 내밀어라. 내밀지 않으면 구워 먹으리! 구워! 먹! 으! 리!"

"까르륵! 맙소사, 도! 너 진짜 노래 못 부른다! 도깨비는 노래를 못 부른다더니! 세상에, 정말이었어!"

뻔뻔히 반복되는 고성방가에 소녀는 끝내 웃음을 터트렸다. 소년을 손가락질하며 배를 잡고 웃었다.

"으응? 나 노래 못해?"

소년은 입술을 내밀었다. 눈썹이 축 처져 자리에 앉았다. 공연히 자라 등딱지를 쥐어박았다.

"야아아아아, 너 나와아아. 너 나랑 약속했잖아아아. 너 진짜 셋 셀 때까지 안 나오면 구워 먹는다? 하나, 두울, 세엣, 반의반의 바아 안……."

자라는 꿈틀댔다. 어설프게 움츠렸던 목을 꾸물꾸물 폈다. 뚱한 표정으로 소년을 올려다보았다. 느릿느릿 팔다리까지 끄집어냈다. 등 딱지 색도 진했고 딴에 고급스러운 자태를 풍기기야 했다. 그러나 드러난 대가리며 팔다리가 평범한 자라와 크게 다르지 않았다.

"흐응."

소녀는 자라를 거푸 쥐어박는 소년의 작은 주먹을 제 손으로 감쌌다.

"약한 자라잖아. 왜 자꾸 괴롭혀?"

소녀가 내는 목소리에 엷게 비난이 서렸다.

"아냐! 약한 자라 아냐!"

소년은 온 힘을 다해 고개를 붕붕 저었다. 소녀에게 열성을 다해 자신을 변호했다.

"진짜 아냐! 얜 단순한 자라가 아냐! 약한 자라는 더더욱 아니야! 이래 봬도 영수(靈獸)야. '진주 자라'야. 더구나 난 괴롭히지 않았어. 정당하게 요구했을 뿐이야. 우리는 이미 합의를 봤어. 내가 자유를 주는 대신 얘가 나한테 협조하기로 했단 말이야."

"진주 자라? 그게 뭔데? 이 자라가 너와 약속을 했어?"

소녀는 하얀 미간을 찌푸렸다. 고개를 갸웃했다. 그 작은 고갯짓에 검푸른 머리칼이 햇무늬를 고스란히 비추어 내며 옆으로 함빡 쏟아졌다. 소년은 입을 헤벌리며 그 모습을 보았다. 저도 모르게 손을 뻗어 머리칼을 다시 움켜쥐었다. 거기서 흐르는 꽃향기를 맡았다. 입가가 풀려 답했다.

"응. 내가 얘한테 그랬어. '너 나한테 협조할래? 협조하면 자유를 줄게. 이제 물어볼 테니까 대답해? 협조할 생각이면 고개를 넣는 거다?' 하고 툭 찼더니 얘가 바로 고개를 넣었어."

소녀는 이마를 짚었다.

"도, 그건 대답이라기엔……."

소년은 소녀가 제기한 의문에 전혀 개의치 않았다. 소녀의 머리칼을 움켜쥔 채 자라 머리를 톡톡 두드렸다.

"야, 토해. 얼른!"

"뭘 토해?"

재촉하는 소년과 어리둥절해하는 소녀 사이에서 자라는 목을 우로 빼고 좌로 뺐다. 대가리를 꺼덕댔다. 돌연 앞발을 세워 흙바닥을 파바박 파헤쳤다. 금세 참새 한 마리가 들어가 앉을 만한 작은 구덩이를 팠다. 구덩이에 대가리를 댔다. 목을 뱀처럼 쭉쭉 뽑았다. 무언가를 웩 토했다.

"와아! 이게 뭐야?"

소녀는 눈이 동그래졌다. 자라가 뭔가를 토하자 그 순간 정신이 아찔할 만큼 기분 좋은 향이 코끝에 스쳤다. 자라가 토해놓은 구덩이를 보니 그곳에 구슬이 한 알 들었다. 구슬은 엄지손톱만 했다. 마음이 차분해지면서도 한편으로는 울렁거리는 신비로운 향이 났다. 덥석 집어다 마냥 들여다보고 싶은 기묘한 빛도 흘렀다. 소녀는 머뭇거렸다. 그러나 결국 구슬을 들었다. 그것을 넣 놓고 햇볕에 비추기도 하고 냄새 맡기도 했다.

"헤헤. 마음에 들어?"

소년은 그 모습에 함박웃음을 머금었다. 자라가 소년의 발등을 앞발로 탁탁 치며 대가리를 까닥거리자 자라의 이마를 쓱쓱 쓰다듬었다. 손을 내저었다.

"고마워. 넌 이제 자유다. 잘 가!"

소년은 쫙 편 손바닥을 자라를 향해 흔들었다. 자라는 제대로 알아들은 듯 앞발을 척 들어 인사했다. 거북류라기보다는 날다람쥐 같은 속도로 땅을 밀쳤다. 타다다다다. 멀찍이 사라졌다.

"자라가 구슬을 토할 줄이야! 이 구슬은 뭐라고 해? 참 예쁘다."

소녀는 여전히 그 구슬에 마음을 빼앗긴 채였다. 하얗던 볼을 연홍으로 물들이고 중얼거렸다. 소년은 입술을 꼭 깨물며 슬며시 웃었다. 몸을 비틀며 조그맣게 말했다.

"그거, 몸에 지니면 인기가 좋아지는 진주. 진주 자라가 배 속에서 키워. 너 가져."

"진짜?"

소녀는 고개를 번쩍 들었다. 구슬을 손에 쥔 채 두 눈을 반짝였다.

"정말 내가 가져도 돼? 진주 자라? 처음 들어봤어. 귀해 보이는데 내가 진짜 가져도 돼?"

소녀는 기대에 들떠서 소년을 보았다. 소년은 배시시 웃으며 연신 끄덕거렸다. 작은 방울처럼 높고 맑게 지저귀었다.

"헤헷! 너는 공주님이라 아나 했는데 몰랐구나? 이거 진짜 귀한 보석이래. 조개가 진주를 키우듯 진주 자라가 키워서 몇백 년에 한 번만 뱉는 보석이랬어. 지니고 다니면 엄청 매력적이 돼서 천상·지상·지하에 사는 선녀나 여러 귀부인이 못 구해서 안달이래. 흐흥! 뭐어, 너야…….”

소년은 말끝을 흐리며 손에 든 소녀의 머리칼을 좀 더 꽉 쥐었다. 볼은 물론이거니와 귀 끝까지 발긋해져 말을 맺었다.

“이런 구슬이 없어도 예쁘지만.”

그 말에 소녀마저 소년처럼 발갛게 익었다. 소년과 소녀는 마주 쭈그리고 앉아 서로 눈을 들여다보며 배시시 웃었다. 소녀가 손안에서 구슬을 굴리며 재차 물었다.

“정말 고마워. 이렇게 귀한 보석은 나도 처음 가져봐. 한데 그 자라, 아니, 그 진주 자라는 어디서 데려왔어?”

“헤헷. 네가 좋다니 나도 기뻐! 아까 걘 하늘목장에서 데려왔어.”

“으응? 거긴 천지왕 전하께 바쳐진 영물만 키우는 전하의 전용 목장이잖아?”

소녀는 목구멍 깊숙이 숨을 들이마셨다. 어깨가 뻣뻣해졌다.

그러나 소년은 천진난만하게 끄덕거렸다.

“응. 왜 그리 놀라? 스승님께서 시켜서 다녀왔어. 스승님께서, 어릴 땐 서리도 해보고 실컷 놀아야 한다시면서 나랑 혜용이랑 하늘목장 가서 뭐든 서리해오라고 하셨거든. 거기에서 뭐 하나 서리할 턱이면 요새 배운 방어 주술, 은신 주술은 다 뗀 거나 마찬가지라셔. 거기도 몰래 못 다녀올 턱이면 내 제자가 아니라고도 하셨고.”

“맙소사, 스승님…….”

소녀는 이마를 짚었다. 그러나 소년은 여전히 무엇이 문제인지 모르는 듯했다. 소녀가 하는 걱정에도 아랑곳하지 않고 즐겁게 말을 이었다.

"그래서 어제 뭘 서리하면 좋을까 하고 혜용이랑 희귀 동물 도감을 독파했어. 그랬더니 진주 자라가 실려 있더라? 진주를 뱉을 때가 다 된 진주 자라 구별법도 나왔어. 그래서 진주 자라를 구해다가 너한테 진주를 주면 딱 좋겠다고 생각했지. 헤헷."

"하지만 이건 도둑질이잖아. 괜찮을까, 도?"

소녀는 구슬을 쥔 손아귀가 느슨해졌다. 구슬을 손에서 떠름히 놀리며 머뭇대었다. 색이 다른 두 눈동자를 불안스레 굴렸다.

"에이, 괜찮아!"

소년은 깔깔 웃었다. 뻣뻣한 소녀의 어깨를 툭 치고 자신만만하게 답했다.

"내가 이미 다 스승님께 검사받았어. 이 정도는 괜찮다고 하시더라고. 게다가 절대로 안 들켰어. 마아아아아아아안약에 들키면 스승님이 시키셔서 했다고 하면 돼. 거짓말은 아니니까."

"그렇구나! 그럼 정말 다행이다."

소녀는 그제야 긴장을 풀었다. 치맛자락을 가다듬고 발을 꿈질꿈질 움직여 소년 옆으로 붙었다. 소년 옆에 얌전히 엉덩이를 깔고 앉았다. 목을 뻗어 소년의 뺨에 쪽 입술을 눌렀다.

"고마워, 도."

"헤헷."

소년은 입술을 꼭 깨물며 어깨를 으쓱댔다. 소녀가 손바닥을 펼치자 그제야 자신도 고개를 뻗어 구슬을 들여다보았다.

"혼야, 이거 장신구로 만들어줄까?"

"장신구?"

"응! 구슬인 채면 지니고 다니기 힘들잖아. 난 도깨비니까 만들기 잘해."

"아, 그렇지? 그럼……. 으응, 목걸이로 만들어줄래?"

"응!"

소녀는 소년 앞에 구슬이 든 손을 펼쳤다. 소년은 그 손 위에 제 손바닥을 얹었다. 눈을 꼭 감고 정신을 모았다. 소녀에게 꼭 어울릴 어여쁜 목걸이를 상상했다. 손에서 솜처럼 부드러운 황금빛을 자아냈다. 황금빛이 소년과 소녀의 손을 감싸고 몽글거렸다. 소년이 살며시 손을 떼자 소녀의 손바닥에 자그마한 목걸이가 생겨났다. 은빛 꽃잎과 잎사귀가 진주를 품은 앙증맞은 목걸이였다.

"와아, 더 예뻐졌네! 네가 걸어줄래?"

"응!"

소년은 활짝 웃으며 답했다.

소녀는 제 검푸른 머리칼을 가다듬어 가슴 앞으로 넘겼다. 소년에게 제 목덜미와 어깨를 내주었다.

소년은 소녀의 희디흰 목에 제가 만든 목걸이를 걸었다. 소녀가 어떠냐는 듯 목을 뻗고 고개를 갸웃대자 뺨을 붉히며 웃었다.

"예쁘다, 너."

소년과 소녀는 또다시 마주 웃었다.

소녀는 다시 바위에 걸터앉아 책을 읽었다. 소년은 소녀 옆 달궈진 너럭바위에 벌렁 드러누웠다. 흘러가는 구름을 보았다. 바삐 가는 날벌레도 관찰했다. 소녀와 소년은 서로 별말 없이도 편안히 나란했다. 그러다 이따금 웃었다.

"답답해. 빨리 자라면 좋겠어."

돌연 소년이 말했다. 소년은 바위 위에 늘어트렸던 사슴 같은 발목을 제 허벅지까지 휙 채어 당겼다. 그 발목을 다시 뻗으며 바위를 걸어차듯 훌쩍 일어나 앉았다. 두 발바닥을 맞붙인 채 금세 다리를 틀고 앉았다. 온 상체를 들썩이며 한숨 쉬었다.

"답답해. 정말 답답해."

소녀는 책장에서 눈을 들었다. 소년에게 시선을 주었다.

"하루빨리 자라서, 더 커지고 강해지고 지혜로워져서 스승님께서 하산을 허락해주시면 좋겠어."

소년은 눈썹을 꿈틀거리며 입술을 씹었다. 소녀는 고개를 갸웃 기울였다. 제 바른편에 앉은 소년의 머리칼을 살며시 쓰다듬었다. 소년과 눈을 맞췄다.

"왜 늘 그리 조급해? 이미 넌 혜용이나 나와는 비교도 안 될 만큼 빠르게 성장하잖아. 나나 용이는 네게 늘 감탄하는걸. 도는 뭐든 금세 익힌다고, 머리도 좋고 힘도 세고 뭣보다 열심히 한다고. 넌 나나 용이보다 타고나길 대단한 데다가 잠도 나나 용이가 자는 시간의 반밖에 안 자잖아."

소년은 절레절레 도리질했다.

"그것만으로는 부족해. 아직 어림없어."

소년은 발갛던 입술을 허옇게 짓눌러 물었다. 마냥 맑던 미간에 시름을 얹었다. 까만 눈을 내리뜨고 분에 차서 말했다.

"이야기를 들었어. 도깨비는 고통받는데. 그 어떤 종족보다도 순수하고 강력하고 주술에도 능하지만 그 무한한 창조력과 순진함, 피를 두려워하는 선량함 때문에 삼계에 득실대는 온갖 탐욕스럽고 악독한 치에게 이용당하고 착취당한대. 마지막 한 가닥 힘마저 빨릴 때까지 끝없이 재화를 만들거나 소금을 만들고 노예처럼 온갖 주술을 부리고 때로 피와 살과 정기마저 뜯긴대. 도깨비 화신체는 거죽을 뒤집어썼을 뿐이지 사실상 순수한 정기라서 입으로 취할 수 있는 일체 가운데 더할 나위 없는 영약이라며. 그래서 내 동족은, 내가 지켜야 할 아이들은 지금 이 순간에도 무수히 사냥당하고 잡아먹힌대. 너도 그런 말, 들어봤어?"

소녀는 낯에서 미소를 지웠다. 머뭇대다 짧게 끄덕였다. 살그머니 눈을 치뜨며 소년의 낯을 살폈다. 소년은 어금니를 꽉 깨물며 뺨을 굳혔다. 한숨을 삼켰다.

"나는 그런 이야기를 태어나면서부터 들었어. 내가 갓 자아를 얻어 깨어났을 때, 아직 발바닥이 아파 똑바로 서기조차 힘들었을 때, 나를 만드신 네 분께서, 스승님과 천지왕 전하, 지부사천왕 전하, 마고 님께서 나를 보며 말씀하셨어. '너는 왕이 되어야 한다.'고, '삼계에서 가장 어린아이 같은 종족을 다스리는, 가장 강력하고 자애로운 왕이 되어야 한다.'고, '영원히 자라지 않는 선량한 네 백성이 돌봐줄 이 없이 흩어져 천상과 지상과 지하, 그 온갖 곳에서 통곡한다.'고, '한시바삐 배우고 익히고 강해져서 그들을 지키는 왕이 되라.'고, 그렇게 말씀하셨어."

"너를 만드는 데 지부사천왕 전하와 마고 님도 힘을 보태셨어? 난 몰랐어."

소녀는 눈을 크게 떴다. 소년이 한 말대로라면 소년 한 명을 낳는 일에 이 우주에서 가장 존귀하고 강력한 네 기둥이 전부 관계했다는 뜻이었다. 대관절 이 소년은 얼마나 귀중하고 놀라운 존재인지! 어째서 소년이 이토록이나 강하고 아름다운지 비로소 이해가 갔다.

"그 네 분은 다 내 부모님이셔. 본래 난 천지왕 전하의 손길로만 만들어질 예정이었지만 결국 그 네 분 손길을 다 받아 태어났어. 천지왕 전하께서 나를 만들려 하실 때 스승님께서 그 계획을 아셨거든. 스승님께서는 이왕이면 더 훌륭한 왕을 만들어 불쌍한 도깨비를 돕자 싶으셨대. 그래서 두 팔을 걷어붙이셨나 봐. 스승님 설득으로 마고 님과 지부왕 전하께서도 나를 빚는 일에 참여하셨대. 천지왕 전하께서는 뜻밖의 도움에 깜짝 놀라셨지만 기꺼이 도움을 받아들이셨고. 그 덕에 내가 이렇게 튼튼히 태어났지."

소년은 조금쯤 우쭐대며 말했다. 소녀는 손뼉을 치며 거듭 끄덕였다.

"아, 그랬구나! 그래서 네가 이렇게 강하구나. 넌 나나 용이보다 어린데도 훨씬 대단하잖아. 너를 처음 만난 날에는 솔직히, '뭐 이런 애가 다 있지!' 하고 깜짝 놀랐어. 용이는 어디 가도 빠지지 않을 황룡이고 나도 내가 또래와 비교해서 밀릴 일이 생기리라고는 상상해본 적도 없었거든. 근데 너 같은 애가 다 있더라. 영력도 무진장 강하고 머리도 좋고. 항상 느끼지만 도, 너는 정말 대단해. 나와 용이가 합심해서 덤벼도 널 못 이길 거야."

"그래 봤자 스승님께선 '아직 멀었다.'고만 하시는걸. 내가 백성을 보고 오고 싶다고 해도 '어림도 없다.'고만 하셔."

소녀가 한껏 추어올려주었지만 소년은 처진 눈썹을 영 들지 못했다.

"으응? '멀었다.'고 하셔? 너는 이렇게나 강한데? 백성을 보는 일도 안 된다셔?"

소년은 뜨거운 숨을 삼키며 끄덕거렸다. 눈가를 빨갛게 달구고 입술을 꿈지럭댔다.

"아직, 안 된대. 준비도 없이 괜한 모습을 먼저 보면 내가 날뛸 거라셔. 나는 기쁘면 웃고 슬프면 우는 도깨비이지만 도깨비를 지켜야 하는 왕이니 만 도깨비가 웃을 때도 필요하다면 울고 만 도깨비가 울 때도 필요하다면 웃어야 한대. 그래야만 내 백성을 지킬 수 있대. 너무 어려워. 잘 모르겠어. 어서 가서 내 백성을 못살게 구는 나쁜 놈을 다 때려주고 내 백성을 지키고 싶은데, 나는 그만큼 힘이 세졌는데, 왜 아직도 안 된다고 하시는지 잘 모르겠어."

"아……."

소년은 슬퍼 보였다. 그래서 소녀는 소년을 제 가슴으로 끌어당겼다. 소년을 끌어안고 그 까만 머리칼을 쓰다듬었다.

"너는 강해질 거야. 지금보다 더 많이. 반드시 좋은 왕이 될 거야."

소년은 눈가가 붉어진 채 코를 훌쩍였다. 소녀의 가만한 심장박동 소리, 보드라운 손길에 마음을 기댔다. 그러자니 금세 웃음이 입술을 비집고 나왔다. 모든 일이 잘될 듯했다. 그러고 보면 소년은 늘 소녀가 짓는 미소 한 번, 소녀가 해주는 말 몇 마디면 행복해졌다. 이번에도 희망에 차서 소녀 품에서 발딱 몸을 일으켰다. 까만 두 눈을 반짝이며 소녀를 보았다.

"있지, 있지! 근데 그거 알아? 천지왕 전하께서 삼계를 이루는 경계에 나와 내 백성이 살 땅을 마련해두셨대! 당장 올 수 있는 도깨비는 그곳으로 다 모이라고 삼계 방방곡곡에 명령을 내리신댔어. 그러니까 이제 나와 내 백성에게도 국토가 생겼어!"

"우와, 진짜? 거기가 이제 도깨비 나라야? 정말 잘됐다! 나 그 땅 알아! 좋은 땅이야!"

소녀는 뺨이 확 달아올랐다. 몸을 곧추세우고 소년과 두 손을 덥석 맞잡았다. 두 팔을 흔들며 몸도 함께 자지러트렸다.

"정말? 알아? 어떤 땅인데? 어떻게 생겼는데? 커? 하늘은 높아? 파래? 빨개? 나 사실 오늘 새벽에도 스승님이랑 싸웠거든. 내가 거기 보고 오겠다고 했는데 어림없다고 하시는 거야. 대들었다가 후려맞았어. 절벽에 처박혔다니까."

소년은 소매를 훌훌 걷어 쭉 까진 팔을 보여주었다. 소녀는 숨을 작게 들이쉬며 찡그렸다.

"아, 아팠겠다! 이리 내."

소녀는 손끝을 세워 상처 위에 치유 주술을 적었다. 소년의 상처에 호호 입김을 불었다.

"고마워. 근데 그 땅은 어떠냐니까? 쓸 만해?"

소년은 달아오른 뺨을 긁으며 재차 물었다.

"어, 거기가, 음, 비옥해."

소녀는 치료가 끝난 소년의 팔을 꼼꼼히 살피고 다른 곳도 다치지 않았나 이리저리 기웃거렸다.

"비옥해? 농사가 잘될까?"

"그런 의미로 비옥하다는 말이 아니야. 거긴 영기가 풍족해. 삼계를 이루는 영기가 뒤섞인 장소라 천지가 다 혼란스럽지만 그만큼 잠재력이 어마어마해. 다른 곳 수백 배로 생명력이 넘치거든. 노한 파도 같은 영기만 다스릴 수 있다면 삼계를 통틀어 그만큼 비옥한 지역이 또 없어. 우리 아바마마께서도 오래도록 개간하고 싶어 하셨던 곳이야."

소녀는 답하며 소년을 머리부터 발끝까지 찬찬히 살폈다. 크게 다친 곳이 없는 듯하자 흐트러진 소년의 옷고름을 탁탁 털어 소년을 다시 매무시해주었다.

"그래? 잘됐다! 도깨비는 주술에 능하고 자연에 흐르는 정기와 하나 되어 노는 종족이니 그런 땅과 잘 맞을 거야. 히야! 좋은 땅이구나!"

"거기 가면 뭐부터 할 거야?"

"제일 먼저 내 백성을 찾아와야지! 스스로는 내게로 오지도 못하고 억압받는 내 백성을 한 명도 빠뜨리지 않고 다 찾을 거야! 그리고 울타리를 치고 집도 짓고, 응……. 아무도 내 백성을 못 건드리게 몇 놈에게 제대로 본보기를 보여줘야지. 도깨비 뒤에는 내가 있다는 사실을 만천하에 알릴 거야."

"그거 좋은 생각이다! 그런데 구체적으로 어떻게?"

"응? 구체적?"

소년은 눈이 동그래졌다. 입을 딱 멈췄다.

"어어, 음?"

소년은 고개를 갸우뚱했다. 머리를 긁으며 객쩍게 웃었다.

"그냥 붙잡아서 때려주면, 으으음, 소문이 안 나나? 잘 모르겠다! 헤헤. 같이 생각해줄래?"

"응! 얼마든지!"

그래서 둘은 생각을 했다. 달궈진 너럭바위 위에 다리를 뻗고 나란히 앉아 실효성 없는 의견을 진지하게 주고받았다. 그러다 배를 깔고 엎드렸다. 허공중에 발을 느릿느릿 첨벙댔다. 서로가 서로에게 팔베개해주며 한 쌍으로 누웠다. 소년은 졸음에 눈꺼풀을 끔벅이기 시작했고 소녀는 소년의 조르라니 늘어선 기다란 속눈썹을, 차돌 같은 눈동자를, 둥근 뺨의 마루를 눈으로 덧그렸다. 소년의 입술이 너무나도 붉어서 무심코 만졌다.

"도, 나 갑자기 슬퍼지려 해."

소녀는 소년의 아랫입술에 제 흰 손끝을 얹고 고백했다.

"왜?"

소년은 졸음에 내려 닫히던 눈꺼풀을 뻑뻑이 끔쩍였다. 졸음이 쏟아지는 중에도 제 입술에 닿은 가느다란 손끝이 향긋하다고 느꼈다. 소녀가 슬퍼하는 일만은 막아야겠다고 생각했다.

"네가 국토를 얻었다니 기뻐. 하지만 이제 너는 머잖아 그곳으로 떠나겠지? 나라를 정비하고 백성을 다스리느라 늘 바쁠 거야. 그럼 나를 보러 오지 못할 테고, 그럼 나를……."

"같이 가자."

소년은 소녀의 얼굴이 흐려지는 일이 싫었다. 재빨리 말했다.

"응?"

"나도 너랑 떨어지기 싫어. 어디로 가든 지금처럼 너랑 같이 살래. 넌 똑똑하고 예쁘고 뭣보다 난 네가 세상에서 제일 좋으니까. 더구나 너도 날 좋아하잖아."

소녀는 돌연 두 뺨이 달아올랐다. 목덜미까지 붉어져 벌떡 몸을 일으켰다. 머리채를 푸르르 흔들며 새치름히 눈을 치떴다.

"뭐야, 제멋대로 내가 널 좋아하는 거로 치기야?"

소녀는 고향 왕궁을 떠나서 이곳으로 공부하러 오기 전까지 모친인 자현 부인이 입버릇처럼 하던 당부를 떠올렸다.

「너는 대국의 귀한 공주이니 몸가짐을 자별히 단정히 하여라. 사내에게 함부로 마음을 주어서는 안 되느니라.」

　소녀는 어깻숨을 쉬며 소년을 노려보았다. 쿵쾅쿵쾅 뛰는 가슴에 손을 얹고 몸을 뒤로 뺐다.

　"어어?"

　소년은 입을 쩍 벌렸다. 냉랭한 소녀의 안색을 위아래로 살피며 낯을 파랗게 물들였다.

　"너, 너……. 나 안 좋아해?"

　소년은 삽시에 두 눈에 눈물을 글썽였다. 색이 가신 입술을 파르르 떨었다. 고인 눈물을 일 초도 참지 못하고 도도록한 뺨으로 떨어뜨렸다.

　"어? 어, 그게……."

　소년이 울음을 터트리자 소녀는 깜짝 놀라며 두 주먹을 제 가슴 앞에서 오므렸다. 맑은 두 눈을 이리 데굴 저리 데굴했다. 소년에게 팔을 뻗을까 말까 망설이며 팔꿈치를 움찔거렸다.

　"아, 나는, 마음을 주면……. 아, 어마마마께 혼나는데, 안 되는데……."

　"좋아해!"

　소년은 두 팔을 뻗었다. 소녀를 와락 끌어안았다. 방울방울 울며 외쳤다.

　"좋아해! 너도 나를 좋아해줘. 응? 너희 어마마마께서 너를 혼내시면 내가 대신 가서 혼나줄게. 응? 그러니까 나를 좋아해줘. 내가 진짜 잘해줄게. 열심히 잘해줄게. 매일 신선한 꽃도 따주고 화관도 만들어주고, 그리고 또……. 윽."

소년은 입술을 깨물었다. 희게 깨문 입술 사이로 옅게 딸꾹댔다. 소녀를 품에서 놓고 제게서 한 자 떼어 내었다. 그 얼굴을 다시 보았다. 봐도 봐도 소녀가 예뻐서 더더욱 울었다. 눈가를 빨갛게 물들이며 훌쩍거렸다.

"너는 공주라서 안 돼? 강력한 아수라국 공주님이라서……. 흑. 혜용이가 그랬어. 너한테는 두 달에 한 번꼴로 청혼서가 온대. 진짜야?"

"그건 진짜지만, 난 여러 공주 가운데 한 명일 뿐이고 딱히 대단하지는……. 그러니까, 나는……."

소녀는 소년이 울자 마음이 아팠다. 오므렸던 손을 살며시 뻗었다. 얼룩진 소년의 뺨을 어루만지며 풀이 죽었다.

"나도 청혼서를 쓸까? 수라국 공주님을 모셔오려면 도깨비 왕 정도로는 안 될까? 내 나라는 아직 아무것도 없고 나도 가난뱅이이니……. 너는 어때? 가난뱅이 왕은 싫어?"

"도, 나는……."

소녀는 소년이 가난뱅이이든 부자든 상관없었다. 소년은 지금도 두 팔과 두 다리뿐이지만 맛있는 버섯과 나물을 잘 뜯었고 살이 여린 짐승을 수월히 사냥했다. 소년과 소녀는 튼튼해서 이슬 덮인 풀이나 차가운 바위 위에서 자고 일어나도 멀쩡했고 그런 일이 재미있다고까지 생각했다. 그러니 부자니 거지니 왕이니 그런 일은 아무래도 좋았다. 지금 당장에라도 소년에게 '나도 널 좋아해!'라고 외치고 싶었다. 소년을 꼭 끌어안고 싶었다. 단 하나, 어마마마께서 실망하실까 봐 머뭇거려졌다. 소녀는 울상이 되었고 소년처럼 눈에 눈물을 글썽했다. 둘은 다시금 손과 손을 맞잡고 훌쩍거렸다. 소년이 먼저 딸꾹질을 삼키며 입을 열었다.

"딸꾹! 흑! 일단, 흑! 내 말 들어봐? 넌 아무 말도 하지 마. 흐윽. 딸꾹! 왜냐면 네가 거절하면 나는 진짜, 딸꾹! 흑, 스승님께서 '참아야 한다.'고 하셨지만, 흐윽! 끅! 산이 무너질 때까지 울 것 같아. 흑! 그러니까, 흑! 이 밀까진 들어뵈? 딸꾹! 내가 왕이 되면, 응, 딱 백 년만 기다려줘. 아! 아냐! 난 정말 아무것도 없으니까, 으응, 이백 년만! 응? 딴 데 시집가지 마. 내가, 내가, 꼭, 이백 년 안에 최고로 부강한 나라를 만들어서, 흑! 끅끅! 딸꾹! 아수라 공주님께 부족하지 않은 나라를 다스리는 왕이 돼서, 히잉, 너한테 예쁜 궁도 지어주고 이따아 아아만한 정원도 만들어주고 거기다 네가 좋아하는 꽃 다 캐다가 심어주고, 그리고 또, 뭐 해줄까? 글씨 연습 열심히 해서 청혼서도 써줄게. 다 해줄게. 하여튼 다, 다! 전부 다! 응? 그러니까, 딸꾹! 이백 년만, 딱 이백 년만 기다려줘. 흐윽, 안 돼?"

이백 년. 소녀는 울음을 멈추고 곰곰이 생각했다. 자신은 강대국에서 태어난 공주였다. 손발을 다해도 머릿수를 반의반도 못다 꼽게 많디많은 공주와 왕자 가운데 한 명이었다. 그 와중에 모친은 배경이 한미하고 부왕께 사랑받으려는 의지도 없었다. 그러니 부왕은 삼계에 이름 높은 도수문장이 자신을 꼭 집어 제자로 요구하지 않았던들 제 존재조차 기억하지 못했을 터였다. 자신 역시 부왕이 어떤 얼굴인지 어떤 목소리인지 기억나지 않기는 매한가지였다. 어쩌다 수라 왕의 열다섯째 공주가 예쁘다는 소문이 돌아 자신에게 청혼서가 자주 오는 모양이지만 위세 높은 혼처야 없는 모양이고 그 청혼서에 제 이름이나 제대로 쓰였을지 궁금했다. 일이 그러니 부왕도 제 혼사엔 관심 없을 터였다. 혹여 좋은 혼처가 난다 한들 스승님 밑에서 공부한다는 핑계로 몇 년 뭉개면 그냥저냥 잊히기 십상이리라. 그렇다면 크게 혼나지 않고 이백 년쯤 버티겠거니 싶었다.

"으음, 좋아! 할 수 있을 것 같아. 이백 년 기다릴게!"

소녀는 맑게 개어 선언했다. 그 대답에 소년 역시 비 갠 뒤 하늘처럼 맑아졌다.

"우와! 고마워! 정말 고마워! 꼭, 꼭 널 데려올게! 꼭, 꼭!"

"까르륵! 웅! 꼭! 꼭 데려가줘야 해?"

소년과 소녀가 짓는 웃음소리가 맑은 하늘 꼭대기로 날아올랐다. 서로는 서로를 끌어안았다. 여린 팔로나마 단단히, 촘촘히. 절대 헤어지지 않을 사이처럼.

❈❈❈

볕이 살뜰히 따스했다. 이불을 벗어난 어깨가 빈틈없이 간지러웠다. 도는 눈을 떴다. 제 품에 든 따스한 부피를 인지했다. 숨을 가슴뼈 끝자락까지 마셨다. 그 호흡결에 벌컥 웃을 뻔했다. 하나 마음으로만 웃었다. 겉으론 입술 끝만 빙긋 말았다. 어미 개가 새끼를 보듬듯 턱을 당겼다. 제 품에 든 여린 온기를 제 안으로 더욱 거둬들였다.

'아아.'

품에 든 온기는 가만하고 고요했다. 귀 기울이니 잠에 잠기었음을 알 수 있었다. 도는 그 온기를 덜렁 들어 제 어깨를 간질이는 이 볕살 아래 열어놓고 요모조모로 살피고 싶었다. 예뻐서, 생각만으로도 폐가 간지럽도록 예뻐서, 봐도 봐도 질리지 않고 마냥 기쁠 것 같았다.

그러나 욕망대로 하였다간 요 예쁜 온기가 잠에서 깰 터였다. 웃고 찡그리며 제 품에서 달아날지도 몰랐다. 하여 도는 온기를 품고 어루만지기만 했다. 그 매끄럽고 말랑한 맨 살결을, 동그랗고 조그마한 척추뼈를 손바닥으로 문지르고 손끝으로 헤아렸다. 손바닥이 근지러워서, 감각을 이루는 말단까지 따뜻해져서 웃었다.

지난밤 이 봄이 제게 열렸다. '왕이라서 무조건 싫다.'고 할 때는 언제였던가. 어제는 이 다리도 가슴도 눈도 제게 열려서 바람결에 서투르게 떨리는 꽃잎이 나비를 부르듯 매혹스러운 향과 꿀로 저를 불러들였다.

자신은 지난밤 이 마음으로 얼마나 노닐었던가. 여인을 이토록이나 좋아한 일도 여인을 품은 일도 처음인 듯 오랜만이어서 마음은 떼쓰는 아이처럼 꽃줄기를 움켜쥐고 향과 꿀을 흠씬 맛보고 보드라운 동산과 깨끗한 계곡과 짙은 숲, 그 동산과 계곡과 숲이 잇단 모든 크고 작은 자리로 뜰먹대며 겅중겅중 뛰고 달리고 다 내 것이라고 깃발을 빼곡히 꽂고 싶었다.

그러나 이 도깨비가 얼마나 포악하고 욕심이 많은지 전연 모르면서 하염없이 뽀얗기만 한 이 꽃을 어찌 그리 함부로 할 수 있을까? 도깨비는 천진하여 제멋대로지만 천진하여 여렸다. 꽃잎 하나라도 다칠까 봐 겁나서 제 몸이 외치는 욕망을 누르고 마냥 상냥해졌다.

더욱이 도가 상냥해질 수밖에 없던 까닭은 꽃이 슬픔과 혼란에 잠겼기 때문이었다. 꽃은 이름 모를 슬픔에 잠겨 마구잡이로 흔들렸다. 자기방어를 포기한 채 나비에게 꽃잎을 열었지만 실은 바람이 조금만 날카로워도 갈가리 찢길 듯 약했다. 나비는 꿀을 마시기보다 제 날개로 꽃에 부는 바람을 막는 일에 마음을 쏟을 수밖에 없었다. 바라마지 않던 꽃송이에 앉아 보았으되 갈증은 오히려 짙어졌다. 그래도 꽃이 제게 열어주었다는 사실, 제 몸에 옮은 향기, 제 모든 사소한 말단에 닿았던 얄캉하고 촉촉한 잎의 감촉, 그것만으로도 기쁘기는 했다. 돌연 입술이 간지러웠다.

"사랑해."

도는 지난밤 수십 번 되풀이했던 말을 다시금 입에 담았다. 품에 안긴 온기에 살며시 입 맞추고 그 머리칼에 코끝을 묻었다. 깊이 숨을 들이마시며 헤아렸다.

'확실히, 영(靈)에서 풍기는 향이 짙어졌어.'

하얄리가 다녀간 이후 양이에게서도 영향(靈香)이 풍기기 시작했으나 지금 수준은 아니었다. 라미아와 부발루스 세계에 다녀오기 전까지는 영향이라고 해봐야 바람 순한 초여름 날 수 킬로미터 밖에 핀 아카시아 향 같았다. 간혹 코끝을 스쳤으나 이것이 무엇인가 깨닫기도 전에 자취도 없이 사라졌다. 그러나 지금은 주의를 기울여 맡으면 내내 어떤 향기가 코끝에 걸렸다.

'그래 봐야 여전히 옅어서 어떤 느낌이라고 정의하긴 어렵지만…… 흐음, 어쩐지 익숙해.'

도는 숨을 길게 내쉬며 양이의 등을 사뿐사뿐 다독였다. 그러다 피식 웃었다. 양이 문제로는 골치 아프게 생각하는 일이 습관이 되었나 보다. 양이도 도깨비족이니 응당 자신에게 익숙한 도깨비족 특유의 향이 나리라. 그러니 이 맡아지는 향에서 익숙한 느낌이 나지 않으면 그게 더 이상했다. 도는 생각이 뻗는 방향을 아예 다른 곳으로 바꾸었다.

'내가 언제 또 여인을 이리도 좋아하였지?'

불현듯, 잊었던 어젯밤 꿈이 떠올랐다.

"윽."

도는 혀를 깨물었다.

'왜 하필 그런 꿈을…….'

도는 크나큰 잘못이라도 저지른 양 뜨끔했다. 생각을 또 이상한 방향으로 틀었나 보다. 한번 생각나기 시작하자 어젯밤 꿈이 감자 덩이처럼 뭉텅뭉텅 의식의 지표면으로 딸려 나왔다. 더더욱 곤혹스러웠다.

'윽! 꼭 내가 성실하지 못한 사내 같잖아. 찐빵, 혹여나 오해하지 마! 지금 내가 사랑하는 여인은 너뿐…….'

도는 속으로 변명을 주워섬겼다. 공연히 허둥대며 기억을 짓눌렀다. 그러다 퍼뜩 미간을 찌푸렸다. 어금니를 지그시 물었다. 사고를 멈추고 머릿속을 암전 상태로 두었다. 침착함을 되찾고 서서히 생각을 다시 지폈다.

"제대로 잊어야겠지. 잊어야만……. 이제 잊어야 해."

도는 입속으로 뇌었다. 첫사랑이라니, 이제야 겨우 제게 몸도 마음도 열어준 여인을 품에 안고 떠올릴 생각으로는 적절하지 않았다. 하나 헌 옷처럼 마구 구겨 쑤셔 박을 기억도 아니었다. 제대로 펼쳐보고 진정 말끔히 버려야 할 기억이었다.

'수라 혼야.'

도는 양이를 단단히 품에 안았다. 양이에게 제 마음을 굳건히 정박하고서 지난밤 꿈에 든 그 이름을, 얼굴을, 목소리를, 눈빛을 떠올렸다. 숨을 멈췄다.

수라 혼야. 떠올리면 여전히 가슴에 지진이 났다. 지난날 그 마음이 어떠했든 이제는 부질없지만 한때야 온몸이 저리도록 좋아했다. 어린 날엔 마주만 보아도 행복해서 왈칵왈칵 울음이 솟을 만큼 소중했다.

손대면 매번 아까웠다. 하여 사랑한다는 말도 그리 많이는 못 해주었다. 어떠한 한이 있어도 제 몸이 부서져도 지키고 싶었다.

전쟁이 났을 땐 끌어안고 달아나고 싶었다. 나라도 백성도 버리고 둘이서 우주가 끝나는 지평까지 달음질치고 싶었다. 하나 못 했다. 자신은 사내이기 이전에 왕이었으며 왕이자 사내로서 무책임한 선택을 할 수 없었다. 아마 그런 선택을 하려 들었다면 혼야가 먼저 자신을 버렸을 터였다. 도가 아는 수라 혼야란 그런 여인이었다.

도는 혼야와 헤어졌다. 수라국은 강대국, 도깨비국은 약소국, 수라국은 무사로 정의되는 나라, 도깨비국은 겁쟁이로 정의되는 나라이므로 감히 전쟁에 승리를 기대할 수 없었다. 예견된 패배에 사랑하는 여인을 끌어들여야 했을까? 여인을 낳은 부왕, 수라 태흑은 훌륭한 무인이나 비정한 아비라, 자신을 배신한다면 딸이라 하여도 자비를 베풀지 않을 이였다. 그러니 차라리 사랑한 적 없던 듯 굴었다.

전쟁이 끝나고 애써 소식을 피했다. 함께하기에는 이미 서로 동료와 동족을 무수히 도륙한 사이, 너무 많이 상처 준 사이였다. 그런 사이를 구태여 헤집어 서로 혼란스러워하느니 모르는 척하는 편이 나으리라 여겼다. 혼야는 많고 많은 수라족 공주 가운데 한 명이니 소식을 일부러 들으려 해도 듣기 힘든 터, 듣지 않으려 하니 들리는 바 없었다.

그러다 혜를, 당혜를 잃었다. 너덜너덜해진 꽃신 한 짝만 덜렁 남은 채 침전이 피로 뒤덮일 만큼 처참히 잃었다. 혼야가 다녀간 흔적이 그 자리에 남았고 혼야가 혜용에게 보냈던 서신에선 그이가 당혜를 향해 품었던 깊디깊은 미움이 읽혔다.

그러니 이제 그 여인을 진정으로 미워해야 했다. 당혜를 키운 아비이자 오라비로서 마땅히 수라 혼야를 미워해야만 했다. 아름답던 감정과 기억이 다 덮이고도 남을 만큼 처절히 증오해야만 했다. 아니 그러면 당혜가 너무도 불쌍하니까. 그 여인이 생각날 적마다 가슴을 쥐어뜯으며 증오에 온 힘을 쏟았다. 당혜가 얼마나 무서웠을지 생각하고 그 죽음이 얼마나 억울한지 생각하고 끝내 그 여인을 사랑하는 자신이 얼마나 어리석은지 생각하고 자신이 겪는 끝없는 고통이 누구 탓인지 생각하며 기어이 미워하려 했다. 그러니 정말 미워졌다. 미워져서 더 가슴에 사무쳤다.

하나 좋았던 마음은 끝내 못 버렸다. '수라 혼야를 찾을 증거가 될지도 모른다.'는 근거가 빈약한 핑계로 그 여인과 얽힌 것은 책장 속 꽃잎 한 장도 버리지 못했다. 버석 말라 뿌옇게 바랜 그 꽃잎을 좋은 날 주고받았던 서한집에 마음의 갈피 삼아 꽂았다. 언제고 손끝에 힘만 주면 그대로 가루가 될 그 꽃잎을 가만히 꽂아두고 노려보았다. 그 여인을 그린 족자, 그 여인에게 쓴 시, 무엇보다 그 여인에게 준, 수백 번 고쳐 적어서 삼계에서 문필로 내로라하던 문방사우 도깨비조차 입을 모아, "이 혼사가 성사되면 이 청혼서는 우주가 끝나는 날까지 최고의 청혼서로 회자될 것."이라고 호언장담했던 청혼서를 끌어낸 초안까지도 하나하나 간직했다. 증오를 되새김질하겠다며 이따금 꺼내 보았다.

'그래. 사랑했지. 끝내 증오는 빈약하고 사랑은 무거웠지. 그런들 놓자. 그 좋았던 날에 빗대도 '사랑한다.'는 말이 부끄럽지 않을 만큼 사랑스러운 여인이 지금 이 품에 있으니. 또한, 당혜도 조각을 꽤 찾아 혼백을 반절이나마 회복했으니 그럭저럭 장사 지내줄 만하고 내 도갑도……..'

도는 가슴이 한계까지 부풀도록 숨을 들이마셨다. 눈을 깊이 감고 양이를 간절히 끌어안았다. 엷게 떨었다.

'양이 덕으로 이제 나는 하루 이틀 사이로 목숨을 걱정하진 않아도 돼. 이리되니 도갑을 애써 찾고 싶지도 않아. 솔직히 지쳐서 잊고 싶을 지경이야. 더구나 못 찾는다 한들 아무렴 어떨까. 어차피 혼야는 내 도갑을 철저히 은폐했으니 그 도갑이 제삼자 손에 들어갈 가능성은 극히 희박할 테고, 당혜를 살해한 원수를 갚으려 든들 어쩌면 혼야가 이미 죽었을지도 모르는데.'

도는 양이가 깨면 다른 일과를 처리하기에 앞서 수라 혼야와 관련된 물품부터 말끔히 정리하겠노라 마음먹었다. 더불어 앞으로 도갑을 찾는 일에 목매지 않고 양이를 길잡이로서 재촉하는 일도 하지 않겠노라고도 결심했다.

필시 양이는 열쇠이고 길잡이였다. 화화에 온 후 줄곧 그 역할에 충실했다. 도는 처음엔 그것이 무척이나 고맙고 기특하고 신기했다. 하나 이제 그도 기껍지 않았다. 이레인 때도 시영 때도 하얄리 때도 이번 라미아 때까지도, 양이는 혼야와 혜가 남긴 흔적과 조각을 찾는 과정 하나하나마다 피 말리며 힘겨워했다. 어제 제게 안기면서까지 슬픔에 몸부림쳤다. 도갑이 아무리 중요한들 이 여인을 힘들게 하면서까지 찾고 싶진 않았다. 그러고 찾은들 이 여인이 상처 입어 회복할 수 없게 되기라도 하면 조금도 기쁘지 않고 오히려 걷잡을 수 없이 화가 날 터였다.

'그래. 양이를 계속 상처 입게 둘 순 없어. 내 도갑이나 혼야 문제는 이제 흑군에게만 맡기자. 당혜의 조각을 끌어들이는 주술장을 수일 내로 화화에서 걷어야겠어. 화화는 이야기 정기를 포집하는 인계 거점으로만 남겨야지. 양이 덕분에 이제 나도 삼경으로 돌아가서 그런 대로 제구실하며 살 수 있을 테고 그러다 도갑을 끝내 찾지 못해 서서히 죽어간대도 그리 나쁘지 않아.'

그리 생각하는 와중에도 여진히 도에게 백성과 나라는 목에 걸린 가시처럼 아팠다. 그래도 도는 할 만큼 했다 싶었다. 본체를 잃은 도깨비가 겪는 고통은 옆에서 아무리 지켜본들 직접 겪지 않으면 감히 안다고 할 수 없었다. 근본을 잃은 공황, 생명을 타자에게 저당 잡힌 불안, 허락되지 않는 휴식, 끝없이 고갈될 뿐 거의 보충되지 않는 영기와 정기, 나날이 쇠약해지는 육신, 약으로 누르지 않으면 다스리기 힘든 분노와 초조함, 때로 숨쉬기조차 힘들어지는 압박감. 하루하루가 보통 의지가 아니고서야 안 미치고 버티기 힘들 극한이었다. 그 속에서 이토록 버텼으니 이쯤이면 왕으로서 부끄럽진 않겠다. 거기까지 생각하고 헛웃음을 머금었다.

"너는 독 찐빵이 맞나 보다."

도에겐 백성과 나라를 지키는 의무가 존재 의의였다. 하여 도는 언제나 백성을 마음 첫째 자리에 두었다. 백성과 나라를 지키고자 제 도갑을 찾는 일을, 굳건히 버티는 일을 매사 최우선으로 삼았다. 아무리 힘들어도 부러지지 않았다. 포기하지 않았다. 그런 자신을 이런 마음가짐으로 바꾸어놓다니, 실로 너무도 사랑스러워 위험한 여인이 아닌가.

"김양이, 내 어여쁜 찐빵, 내 귀중한 왕비님."

도는 웃음결에 속삭였다. 생경한 즐거움에 잠기어 품에 든 온기를 소중히 보듬었다.

결합의 날

　양이는 텅 빈 화화의 홀에 있었다. 새벽도 오지 않았다. 빛이 없고 귀에 들리는 소리도 없었다. 무릎에 두 손을 얹고 탁자 앞에 홀로 앉았다.

　라미아와 부발루스가 사는 세계에 다녀온 지 이제 사흘, 비눗방울 같은 시간이었다. 매 순간 영롱하나 연약했다. 도는 그간 화화를 닫고 정무도 접었다. 양이가 자신과 떨어지기 싫은 눈치이자 전후를 살펴 모든 일을 제쳐두었다. 몸과 시선, 정신을 한 치 소홀함도 없이 양이에게 쏟았다.

　도는 양이에게 큰 변화가 닥쳤다는 사실을 뚜렷이 인지했다. 양이도 도가 제 변화를 인지했음을 모르지 않았다. 도는 또 그런 양이마저 알았다. 그러나 양이를 사랑하고 위로하는 행위 외엔 무엇도 하지 않았다.

「양이야.」
「내 꽃 같은, 햇살 같은 왕비님.」

305

도는 양이를 그렇게 불렀다. 하염없이 양이를 어루만졌다. 끝없이 그 몸에 입 맞췄다. 몸과 마음의 살결을 핥았다. 단 한 번, 양이의 뺨을 감싸고 양이와 이마를 맞대었다. 말했다.

「말하고 싶지 않으면 말하지 않아도 좋아. 기억하기 괴로우면 덮어두어도 좋아. 하지만 한 가지만 기억해줘. 내가 알아야 할 무언가를 알지 못해서 너를 못 지키게 된다면, 나는 슬플 거야. 스스로에게 몹시 화가 날 거야. 그러니 나를 사랑한다면, 내가 너를 지키는 일에 알아야 할 바가 있다면, 꼭 알려줘. 천천히라도 좋아. 그러나 늦지 않게 알려줘. 응? 내 왕비님, 내 어여쁜 양이야.」

양이는 울지 못했다. 미안하다고도 못 했다. 사랑한다고도 못 했다. 도를 보았다. 숨죽여 그 이름만 불렀다.

「도도.」

도는 지극히 예민하게 양이를 살폈다. 그러나 양이가 공의 힘을 조금만 쓰면 도 모르게 일어나 빠져나오는 일쯤이야 허무하도록 쉬웠다. 양이는 오도카니 앉아 천천히 입술을 움직였다. 까마득한 한때엔 마주 보며 순진하고 설레게만 불렀던 이름을 홀로 입에 담았다.

"도도."

그리고 팔을 뻗어 메모지 뭉치를 꺼냈다. 맨 위 장에 한 자 한 자 적었다.

[친구를 만나고 올게요.]

양이는 그 문구를 보다가 종이를 뜯어 구겼다. 이제 숨 쉬듯 쉬운 주술로 종이를 아예 연기도 없이 태웠다. 종이를 다시 뜯어 새로 적었다.

[친구를 만나러 갈게요.]

양이는 그 문구를 보다가 종이를 다시 구겼다. 이런 메모가 다 무슨 소용일까? 자신이 말없이 사라져 도나 식구들이 저를 찾아 헤맨들 아무렴 어떨까? 어차피 붕 떠버릴 시간인데.

양이는 입술을 물었다. 종이를 움켜쥔 손아귀에 힘을 넣었다. 숨죽이고 눈 감았다. 눈 뜨고 종이를 새로 뜯었다.

[친구를 만나러 갈게요. 걱정하지 마세요. −김양이−]

"붕 떠버릴 시간이라 해도, 더는……."

꿈에서도 헤매지 않기를, 자신 탓에 가슴 뜯지 않기를. 양이는 메모를 탁자에 놓았다. 일어났다. 걸음을 떼려다 멈칫했다. 주머니에 손을 넣어 휴대전화를 꺼냈다. 화면을 켜고 만졌다. 메신저를 띄우고 메시지를 적었다.

[새벽에 깼는데 엄마 생각이 났어. 사랑해.]

양이는 뽀뽀하는 귀여운 이모티콘을 덧붙였다. '전송'을 눌렀다. 휴대전화 전원 버튼을 길게 눌렀다. 몸을 돌렸다.

✳✿✳

"그거유. 그것도 얼릉 따야겄구만유."

"이거요?"

"그거유."

시영은 장대를 들고 하늘을 보며 종종걸음 쳤다. 감나무 가지를 이리 깔짝이고 저리 깔짝였다. 감 따는 솜씨가 영 시원찮았다. 그래도 감 키우는 솜씨야 쓸 만했다. 장대 끝에 걸린 감은 한갓 도시 가정집에 열린 감 같지 않게 덩실하니 포동포동했다. 마당 안 정자 앞에 놓인 대바구니가 이미 그득했다. 감을 푸짐히 발치에 두고 순남은 정자 끝에 걸터앉았다. 저것도 익었다, 이것도 익었다, 저걸 따시오, 이걸 따시오, 감독하면서 시영이 서투르게 굴 적마다 즐거워했다. 시영을 응원하는 말도 잊지 않았다.

"우리 아자씨 잘헌다!"

양이는 담벼락 너머에서 그 모습을 지켜보았다. 손에 쥔 쪽지 한 장을 내려다보았다. 쪽지에는 또박또박한 글씨체로 휴대전화 번호 한 개, '오순남'이라는 이름 석 자가 적혔다. 그건 지난날 순남이 시영을 찾아 화화에 와 남긴 쪽지였다. 버리지 않고 두니 추적술을 펼치는 매개로 쓰였다. 양이는 그것을 버리거나 태우지 않고 주머니에 갈무리했다. 새삼 숨을 크게 쉬었다. 낯을 굳힌 채 발을 툭 찼다. 새가 장대를 넘듯 가볍게 담을 넘었다. 소리도 없이 담장 안에 섰다.

양이는 미끄러지듯 걸음을 옮겼다. 수라 혼야와 도당혜로서 익힌 몸놀림을 부족하게나마 해냈고 걸음엔 기척이 없었다. 유령처럼 순남 앞으로 갔다. 어금니를 눌러 물었다. 눈썹에 힘을 넣었다. 차게 번뜩이는 눈으로 순남을 향했다. 팔을 꿈틀하며 순남에게 뻗었다.

"우리 아자씨 잘헌다!"

순남은 웃으며 외쳤다. 무심코 제 배를 어루만졌다. 헐렁한 저지 원피스 아래로 도도록한 윤곽이 잡혔다. 양이는 그 자그마한 곡선을 보았다. 뻗던 팔을 멈칫했다. 냉랭하던 눈빛을 녹여 뭉그러뜨렸다. 입술을 깨물었다. 그러다 다시 팔을 뻗었다. 눈빛을 차게 굳히다가 순남의 한 자 앞에서 다시 손을 멈칫했다.

"으응?"

순남이 불현듯 고개를 갸웃했다. 양이 쪽으로 시선을 향하고 동그란 눈을 연거푸 깜박였다.

"거기 뉘슈?"

순남은 온순히 물었다. 경계한다기보다 의아해했다. 양이는 몸을 주춤 뺐다.

"거참 이상허네유? 안 뵈니 구신은 구신인디 음기가 읍쓰니 또 구신이 아니구만유? 뭔데 산 것이 안 보인대유? 펏뜩 가시든가 얼굴 뵈시든가 해유. 임산부 놀래키지 마시구."

"여보, 무슨 일이에요?"

시영이 장대를 들고 경계하며 다가왔다. 순남은 연신 고개를 갸웃거렸다. 시영에게 눈길을 주었다가 이내 그 눈길을 양이 쪽으로 되돌렸다.

"손님이 오신 듯허구먼유. 꿈자리가 영 그렇더라니……. 뭐 허슈? 볼일 있으시면 펏뜩 나오슈."

양이는 눈 감고 뜬 숨을 가다듬었다. 이건 전혀 예상치 못한 상황 전개였다. 본디 몰래 접근하여 순남을 인질로 잡으려 했다. 그리고 태몽을 판 대가를 시영에게 요구할 셈이었다. 그쯤 되어야 시영을 움직일 수 있으리라 판단했다. 그러나 망설이는 사이 순남이 자신을 먼저 알아보았다. 물론 그래도 상관없었다. 각성한 지금이야 순남이나 시영이나 제 상대가 아니었다. 마음만 먹으면 언제든지 얼마든지 둘 중 누구라도 인질로 삼을 수도 협박할 수도 있었다. 행동으로 이어질 만큼 마음을 독하게 먹을 수 없어서 문제였지만.

"쎄게 나오슈. 못 나오시겠으믄 그냥 갈 길 가시구."

순남은 일어나 양이 앞으로 한 발짝 다가섰다. 시영이 조심스레 물었다.

"여보, 제가 뭘 해야 하죠?"

양이는 눈을 떴다. 머리에 쓴 모자에 손을 얹었다. 형태야 흔한 야구모자이나 소위 '도깨비감투'라고 불리는 투명화 주술이 걸린 그 모자를 제 머리에서 벗겼다. 숨을 혹 들이쉬고 순남을 마주했다.

"오랜만이에요, 순남 씨."

"시상에."

"양이 씨?"

순남은 입을 벌렸다. 시영이 장대를 놓고 다가왔다.

"별일이네유. 마법사셨슈?"

시간을 돌리는 남편을 둔 아내이자 대무당을 할머니로 두었던 손녀답게 순남은 그리 놀라지 않았다. 모자에서 비둘기를 꺼내는 마술사를 텔레비전 밖에서 처음으로 본 관객 같은 반응이었다. 눈을 서너 번 끔벅이더니 일어나 양이에게 팔을 뻗었다.

"새벽부터 뭔 일이신지는 몰라두 잘 오셨슈. 앉으슈. 갓 딴 감 좀 깎아드릴규."

"제가 할게요. 양이 씨와 쉬어요, 여보."

시영이 감 바구니로 팔을 뻗었다. 시영 역시 세상에 벌어지지 못할 일은 없다는 사람이었다. 양이가 불쑥 나타났지만 놀라지 않았다. 순남은 양이를 끌어다 정자에 앉히려 들었고 양이는 그런 순남을 무표정히 보았다. 어떤 표정을 지어야 할지 몰랐다. 몇 초 전만 해도 순남을 인질로 잡고 시영을 협박할 생각이었거늘 환대받다니. 더구나 양이는 여전히 갈피를 잡지 못했다.

'협박하지 않아도 시영 씨가 능력을 발휘해줄까? 그런 꼴을 당했다가 이제야 겨우 인간답게 살아갈 자격을 되찾은 자가?'

"왜 그리 뻣뻣한 표정이슈? 슬픈 일이라두 있슈? 일단 좀 앉으슈."

순남은 양이 손을 잡고 거듭 당겼다.

그러나 양이는 꿈쩍하지 않았다. 별다른 행동이야 하지 않았지만 눈동자를 차게 얼렸다. 입을 열었다.

"태몽 값을 받으러 왔어요."

양이는 말했다.

✲✲✲

"못 합니다."

양이, 시영, 순남은 한 탁자에 둘러앉았다. 시영은 낯을 굳혔다. 눈 한 번 깜박이지 않고 양이를 응시했다. 반복했다.

"절대 못 합니다. 아시잖습니까."

"태몽 값, 뭐든 능력이 닿는 한 치르기로 하지 않았나요?"

양이는 시영과 눈을 마주하지 못했다. 제 앞에 놓인 컵만 보며 말했다. 무릎에 둔 손을 말아 쥐었다.

"그 요구는 제 능력 밖입니다. 저는 아내와 아내 배 속에서 자라는 아이를 두고 그런 위험을 감수할 깜냥이 못 됩니다. 더구나 화화 사장님께서 제게 '두 번 다시 시간을 되돌리지 말라.'고 말씀하셨지요. 그분은 제 생명과 존재를 구하신 은인입니다. 저는 그분 판단과 말씀에 동의합니다. 죄송합니다만 지금 하신 요구는 들어드릴 수 없습니다. 다른 대가를 요구해주세요."

시영이 내는 목소리는 정중하되 서늘했다.

양이는 손톱이 손바닥을 파고들도록 손아귀에 힘을 주었다. 낮은 소리로 천천히 말했다.

"시영 씨는 시간선을 느끼죠? 예전엔 제대로 느낄 수 없었겠지만 지금은 내게서도 시간선을 느낄 수 있을 거예요. 어떤가요?"

양이는 고개 들었다. 두 입술을 맞붙이고 시영을 보았다. 눈동자를 단단히 했다.

"아득하지 않나요? 화화의 사장님 못잖게."

시영은 눈이 설핏 가늘어졌다. 엷게 진저리 치며 입술을 물었다. 양이는 입꼬리를 말아 올렸다.

"이만큼 아득한 시간을 걸어온 자, 모습을 감추고 순식간에 당신 아내 앞에 나타날 수 있는 자, 그게 나죠. 자아, 자신만만하게 내 요구를 거절했는데 상황을 정확히 알려드리죠. 나는 지금 당신에게 태몽 값을 요구하고 있습니다. 동시에 당신을 협박하고 있어요."

시영은 눈썹을 꿈틀했다. 양이가 농담이 아니라는 사실은 차분하되 서늘히 뻗는 그 기세만으로도 분명했다. 지금 자신 앞에 앉은 여자는 지난날 보았던 '그 여자'이되 그 여자가 아니었다. 맹하고 순하던 젊은 여자가 아니라 무언가 무섭도록 강력한, 인간 상식을 초월한 존재였다. 양이가 다시 입을 뗐다.

"무슨 말인지 모르겠어요? 나는 하고자 하면 눈 한 번 깜박일 사이에 당신 둘, 아니, 순남 씨 배 속에 든 아이까지 세 사람 목숨을 손아귀에 틀어쥐고 당신을 협박할 수도 있어요. 당신이 바라든 바라지 않든 그 능력을 발휘할 수밖에 없게."

"말씀이 지나치십니다!"

시영이 내는 어조는 귀에 긁히도록 강해졌다.

"후훗!"

양이는 짐짓 우스워했다. 코웃음 치며 어깨를 으쓱 들었다.

"'지나치다.'고요? 당연하잖아요? 난 당신을 협박하는 중이에요."

양이가 내는 목소리에서 웃음기가 걷혔다. 양이는 한 겹 음성을 낮췄다. 서늘하게 날 선 눈으로 시영을 꿰뚫어 보았다.

"한시영 씨, 내가 말로만 협박할 때 능력을 써요. 그편이 모두에게 이로우니. 말해두지만 우주는 어리석지 않아요. 만 가지 지혜 위에 존재하죠. 우주는 비명과 눈물이 쏟아지는 보여주기식 인질극을 하잖아도 당신이 지금 '정말로 어쩔 수 없는 처지'라는 사실을 알아요. 그러니 내 요구대로 능력을 써요. 나를 과거로 보내요. 이 우주 법칙을 위배하는 행위에 뒤따르는 과보는 하나도 남김없이 내가 받을 테니. 이건 내 선언이에요. 나는 우주에게 그리 선언할 권리를 지녔죠. 이 우주에서 가장 위대한 힘 가운데 하나를 허락받은 존재이니까."

양이에게서 기름이 부어진 불처럼 공허가 폭발했다. 공허는 눈 깜짝할 새 시영과 순남의 턱밑까지 뻗쳤다.

"훗!"

시영은 새된 숨을 삼키며 움츠렸다. 순남에게 팔을 뻗었다. 순남을 제 품에 거둬 안으려 했다.

"꿈자리가 희한하드니 별꼴 다 보네유."

그동안 순남은 앙이, 시영과 한사리에 있었을 뿐, 둘이 어떤 내화를 하든 놀라지 않고 끼어들지도 않았다. 잠자코 생각에 잠겨 침묵만 지켰다. 그러나 비로소 입을 열었다. 시영이 뻗는 손길을 완곡히 거절했다. 공허가 제 턱과 배를 핥는데도 외려 그 공허를 말끄러미 관찰만 했다. 순남은 담대하거나 침착한 성품이 아니었다. 그저 나면서부터 들리되 들리지 않는 것, 보이되 보이지 않는 것, 느껴지되 느껴지지 않는 것에 둘러싸여 자랐다. 인간이야 그것을 '대신(大神)이다.', '장군님이다.', '선녀님이다.' 이르지만 인간 사이에서 분탕 치는 종자는 기실 삼계를 이루는 큰 틀에서 보면 잡신도 아닌 잡귀일 따름이었다. 그러한 잡귀야 '인간 스스로 그것에 마음을 주고 휘둘리지만 않으면' 별 힘을 발휘하지 못하는 법이었다. 순남은 이 느껴지나 '존재하지 않는' 공허를 자신이 익히 겪은 잡스러운 것과 같다고 인지했다. 그 덕분에 이 공허에 휘말리지 않을 수 있었다. 공허에서 금세 눈을 뗐다. 앙이에게 눈길을 고정하고 한참이나 그 눈을 들여다보았다.

"아자씨."

순남은 말문을 열었다.

"원하시는 대로 해드려유. 우리 낑깡이 태몽 값, 원하시는 대로 치러드려유."

"여보, 이 힘은 함부로 써선……!"

"걱정 말아유. 과보는 필시 이분 몫이니께유. 해드려유. 어차피 이분 말마따나 우리는 이분을 거부할 수 없어유."

순남의 눈은 유독 동그랬다. 끝이 강아지마냥 처졌다. 일견 유순해 보였다. 하나 기실 그 눈에선 퍼런 기가 섬뜩했다. 까만 중심은 어딘가 먼 곳, 아득히 뻗은 시간의 앞과 뒤를 향했다. 양이를 거부할 수 없다고 인정하면서도 조금도 기죽지 않았다.

시영은 곤두섰던 정신을 서서히 누그러트렸다. 순남은 시영에게 닻이자 조타수였고 특히 이러한 문제에서 시영은 순남을 신뢰했다. 두려움을 거뒀다. 근심이야 남았다. 한숨에 버무려진 음성으로 양이에게 말했다.

"일찍이 화화에서 말씀드렸지요? 과거로 돌아가는 일은 정신에 막대하게 부하를 줍니다."

"각오했어요."

양이는 단숨에 답했다. 시영도 내처 꼬리를 달았다.

"모든 일은 인과에 지배받아 팽팽히 관성을 띱니다. 과거로 돌아간들 양이 씨가 무엇을 바꿔낼 가능성은 크지 않습니다. 하물며 그 부질없는 일을 저지른 대가로 무엇을 요구받을지 알 수 없습니다."

"그 역시 각오했어요."

이번에도 양이는 망설이지 않았다. 흔들림 없이 덧붙였다.

"그 어떤 대가를 치르든 바로잡을 일이 있어요. 혹여 실패하더라도 바로잡으려는 노력조차 않을 수는 없어요."

"후우."

시영은 슬픈 얼굴이었다. 무수히 시간을 돌이켜본 자로서 양이를 설득해볼 말을 여럿 떠올렸다. 그러나 그 모든 말을 속으로 눌렀다. 그 어떤 말로도 양이가 먹은 마음을 되돌릴 수 없으리라 직감한 까닭이었다. 하릴없이 입을 열었다.

"하지 않을 수 없겠군요. 그렇다면 최선을 다해 가장 안전한 방법으로 해볼 수밖에요. 후우. 비유하겠습니다. 저는 양이 씨를 낚싯대에 매달 겁니다. 낚싯대로 당신을 제게 연결한 채 당신을 지나간 시간의 흐름 어딘가에 담글 겁니다. 양이 씨가 신호를 주면 당신을 이 시간으로 다시 끌어올 테고요. 그 방법이 최선입니다. 당신이 바꿀 과거와 지금 '이 순간'이 완전히 유리되지 않게 하려면요. 자, 과거로 가면 양이 씨는 먼저……."

시영은 최대한 담담히 설명했다. 온갖 안타까운 말을 삼켰다. 끝내 돌이켜야만 한다면 어제가 오늘로, 오늘이 또 내일로 아픔 없이 이어지기만을 간절히 바랐다.

✻⚬✻

양이는 아이가 되었다. 청년이 되었다. 노인이 되었다. 바위가 되고 나무가 되고 꽃이 되었다. 노루가 되고 새가 되고 개가 되었다. 거센 물결을 거슬러 갔다. 몸과 정신이 뭉개졌다. 바숴졌다. 재조립됐다. 그러다 둘로 쪼개어졌다. 몸과 정신이 나뉘는 감각에, 저를 후려치는 수압에 허덕였다. 산란한 정신을 부여잡고 저를 옭아맨 낚싯줄을 흔들었다. 낚싯줄 끝에 한 낚시꾼이 있었다. 낚시꾼, 한시영은 시간이라는 강물을 거꾸로 되감으며 그 뒤집힌 물살에 낚싯대를 드리우고 있었다. 양이는 온 힘을 다해 그에게 신호했다.

'여기예요. 이곳이에요! 멈춰요!'

"커헉! 컥! 콜록콜록! 하악!"

양이는 검고 차디찬 물에서 뭍으로 내동댕이쳐졌다. 실제로 물에 잠겨 있지야 않았다. 그러나 느낌이 꼭 그러했다. 손으로 폐 언저리를 뜯었다. 퍼런 낯으로 기침했다. 등과 어깨를 파드득 뒤집으며 서안(書案)에 이마를 박았다. 사지가 사정없이 경련했다. 머리뼈를 통째로 뭉개는 듯한 감각에 머리칼을 쥐어뜯었다.

"하윽, 윽!"

온갖 정보가, 천여 년에 달하는 정보와 기억, 감정이 밀물처럼 뇌와 가슴에 들이쳤다. 단단히 짜인 머리뼈도 열두 쌍의 갈비뼈도 압력에 못 이겨 터질 듯했다. 아차 하면 혀를 깨물리라. '양이'는 본능으로써 제 팔을 물었다. 혀를 끊는 쪽보다 팔뚝 살을 뜯는 쪽이 나았다. 고통에 짓눌려 한동안 아무 생각도 하지 못하고 서안에 쓰러져 펄떡였다.

"학! 하윽, 윽."

물어뜯은 팔과 소매가 피와 눈물로 흥건했다. 치아와 입술에 너덜거리는 살점이 닿고 피 냄새가 혀에 감겼다. '양이'는 그때서야 눈에 초점을 찾았다. 굽은 등과 어깨에서 서서히 힘을 풀었다. 물 젖은 눈을 깜박였다.

"하……."

물어뜯은 팔에서 살점이 나달거리고 피가 흘렀다. 그러나 조금 전까지 몸과 정신을 후려갈기던 감각이 너무도 엄청났다. 팔에서 딱히 고통을 느끼지 못했다. '양이'는 긴 한숨과 더불어 몸을 늘어트렸다. 그러나 너무 지체하지 않고 등과 허리를 폈다.

"무슨……."

아직 정신이 멍든 듯 얼얼했다.

'여기가 어디지? 나는 누구지? 조금 전까지 밀어닥쳤던 끔찍한 고통은 대체 뭐지?'

'양이'는 갈피를 잡지 못했다. 다친 팔에 치유 주술을 걸며 주위를 살폈다. 생각을 가다듬으려 애썼다. 가장 기본이 되는 질문으로 되돌아갔다.

'나는 누구지?'

'양이'는 이마에 밴 땀을 닦았다. 차근히 둘러보았다. 이곳은 초라한 방이었다. 흙과 짚단 냄새가 났다. 필시 초가집이었다. 문과 창에는 싸구려 창호지가 발렸다. 그 헐거운 섬유 사이로 푸르스름한 빛이 드는 듯 마는 듯했다. 채 해가 뜨지 못한 박명이었다. 들어앉은 공간은 작았다. 그래도 바닥부터 천장까지 책으로 빼곡했다. 방 주인이 학자 같았다. 앞에 서안이 있었다. 서안 옆에는 목이 기다라며 머리가 네모진 등잔이 섰다. 각진 등잔 머리에 '지하 반딧불이' 서너 마리가 들어앉아 노랗게 빛났다. 그건 영계인이 공급하는 영력을 먹고 빛을 발하는 곤충이었다. 빛이 밝으나 고르지 않아 가난한 자나 키웠다. 그것도 고작 서너 마리라니, 방 주인은 십중팔구 살림이 옹색한 자였다. 서안 위로 시선을 옮기자 자신이 몸부림치며 구긴 종이가 가득했다. 종이 끝자락에서 투박한 문진이 떨어질락 말락 하며 기우뚱거렸다. 대각선으로 시선을 내리자 기교를 부리지 못한 싸구려 벼루가 서안 가장자리에 걸쳤다. 질이 좋지 못한 붓 몇 자루도 몸부림에 밀려난 듯 이리저리 뒹굴었다.

"아!"

'양이'는, 방을 차지한 젊은 여인은 탄식과 신음을 섞어 숨을 토했다. 비로소 감이 잡혔다.

'나는 미래에서 왔지?'

양이─여인은 이곳을 과거라 해야 할지 현재라 해야 할지, 기억 속

저곳을 미래라 해야 할지 현재라 해야 할지 몰랐다. 어쨌건 과거에 (혹은 지금) 이 몸에 깃든 현실감각과 지금 (혹은 미래에서) 양이에게 깃들었던 감각이 혼선을 일으키다 차차 합해졌다. 양이-여인은 균형을 찾으려는 오뚝이처럼 고개를 양옆으로 느리게 까닥였다. 서서히 고갯짓을 멈추고 재차 한숨 쉬었다. 떨어질락 말락 하는 문진으로 팔을 뻗었다. 문진을 서안에 안전히 끌어다 놓았다. 구겨진 종이를 펼쳤다. 여전히 눈앞이 가물댔지만 눈을 부릅떴다.

'나는, 이 몸은, 수라 혼야.'

'혼야'는 정신을 가다듬었다. 구겨진 종이에 적힌 글을 훑었다. 그건 '조금 전까지' 직접 작성하던 문건으로 한 돌림병을 다룬 연구 보고서였다. 그 돌림병은 도깨비 나라에서 수년간 기승을 떨쳤으나 아직 원인과 치료법이 알려지지 않았다. 이 보고서는 의학과 주술을 종합하여 지금껏 미지에 잠겼던 돌림병의 원인을 밝혔으며 그 치료법까지 제시했다. 이제 논지를 마무리하는 단계였으나 고통에 몸부림치느라 문건이 온통 구겨졌다.

'어쩌지?'

혼야는 미간을 좁혔다. 고개 들었다. 허름한 문살 사이로 비치는 푸른빛이 자못 짙었다. 이제 지하 반딧불이에게 영력을 먹이지 않아도 글을 쓰고 읽을 수 있을 성싶었다.

'시간이 없어.'

요새는 하루에도 죽는 도깨비가 수십이라 들었다. 어쩌면 지금 이 순간에도 어떤 도깨비가 죽어 흩어지고 있으리라. 한시가 급했다.

혼야는 구겨진 종이를 최대한 폈다. 붓을 들어 먹물을 먹였다. 구겨진 종이에 내용을 이어갔다. '도깨비에게 도는 질병은 이야기가 결핍된 까닭.'이라는 논지를 매조지었다. '이야기 정기를 포집하여 공급하면 병든 도깨비가 회복할 수 있으리라.'는 결론을 덧붙였다. 지금껏 그랬듯 붓끝을 모을 생각도 않았다. 급하기도 급하거니와 공연히 필체로 자신을 드러낼까 두려웠다. 거칠게 빠르게 적었다. 마지막 문장까지 마무리했다. 보고서를 착착 접었다. 작은 함에 보고서를 넣었다. 그 함에 이미 주장을 뒷받침하는 자료를 간추려둔 터였다. 서갑에서 종이 한 장을 더 꺼냈다. 날려 적었다.

[나는 은거하며 공부와 연구를 소일 삼을 뿐 소란을 싫어하는바, 나를 밝히고 싶지 않습니다. 내 공로를 귀히 여길수록 나를 찾으려 들지 마십시오. 이 내용은 이를 처음 발견한 분께서 알아낸 것으로 하시고 속히 널리 알려 도깨비를 도우십시오.]

혼야는 그 쪽지까지 함에 넣고 뚜껑을 봉했다. 자리에서 일어났다. 소매가 피로 젖은 옷을 훌훌 벗었다. 거친 무명으로 지은 검은 옷을 입고 검고 성긴 면포가 늘어진 삿갓으로 몸과 낯을 가렸다. 보고서를 넣은 함을 옆구리에 꼈다. 문을 나섰다. 걸음을 재촉해 한 걸음에도 휙휙 길을 뙜다. 경계가 삼엄한 천하궁 담벼락을 여염집 담벼락을 넘듯 훌쩍 넘었다. 망설임 없이 궁내를 가로질렀다. '삼계를 통틀어서'라고야 못 해도 '천계를 통틀어서' 최고 석학이 모인 명혜관(明慧官) 관내로 들어섰다. 인적이 드물기야 하나 그 점을 고려해도 신통할 만큼 아무에게도 들키지 않았다. 날래게 명혜관 지붕을 날았다. 한 건물 처마에 바싹 엎드렸다. 주위 동태를 살피고 뛰어내렸다. 박명일 때 시작한 길을 해가 발끈 솟기 전에 끝낸 셈이었다. 안도 어린 한숨을 쉬고 건물 안을 넘겨다보았다. 농사꾼이 아니고서야 아직 하루를 시작하지 않을 시각이라 안에는 한 명만 있었다. 그자는 엎드려 잠들었으나 앞에도 옆에도 펼치고 쌓아둔 책이며 닳고 닳은 지필묵이 널린 모습을 보아하니 연구열에 불타는 학자이지 싶었다. 푸른 관복 자락 아래로 긴 꽁지가 늘어지고 구겨진 소매 밑으로 오색 비늘이 반짝이고 등에 꽃 같은 날개가 달렸으니 가릉빈가였다. 가릉빈가족이 타고난 성품이나 그 종족이 도깨비족과 맺은 관계를 헤아리면 저자가 이 보고서를 모른 체하진 않을 터였다. 혼야는 심호흡했다. 건물 안으로 발을 들였다. 잠든 학자 옆에 나무함을 놓고 건물을 나섰다. 건물에서 백 보쯤 벗어났다. 떠난 건물을 향해 돌멩이를 던졌다. 퍽! 커다란 소리가 벽을 쳤다.

"삐로롱!"

가릉빈가가 자지러지며 울어젖혔다. 혼야는 들키기 전에 발을 박찼다. 해가 돋는 하늘을 훌훌 뛰어넘어 천하궁을 벗어났다. 인적이 없는 인근 숲으로 들어섰다.

"하아."

혼야는 무릎을 움켜쥐고 허리를 꺾었다. 이 정도 움직였다고 체력이 바닥날 턱이야 없으나 맥이 쭉 빠졌다. 시간을 거슬러온 충격을 채 추스르지 못하고 바삐 움직인 탓이었다. 긴장이 풀리니 다리가 후들거렸다. 무릎을 잡고도 몇 걸음이나 휘청였다.

'됐어! 이제 거의 다 됐어! 이제 괜찮아!'

혼야는 눈물이 솟으려 했다. 무릎을 떨고 어깨를 떨었다. 어둠을 밀어내는 뿌연 햇살이 숲의 가지와 나뭇잎 사이로 흘러내렸다. 안개가 초록에 버무려진 햇살을 축축이 끌어안고 혼야의 구부러진 무릎을,

젖은 흙을 핥았다. 혼야는 그 감촉에 녹아내려 검은 흙과 빛바랜 낙엽 위로 주저앉고 싶었다.

'이대로 숨죽이고 하루가 가길 기다리자. 이틀이 가길 기다리자. 보고서만 배포되면 나는 할 일을 다 하는 셈이니 그때까지만 기다리자. 안타깝지만 그러는 사이에도 몇몇 도깨비가 죽을 테지. 그 죽어가는 생명 가운데 '그 아이'도 있을 테고. 그 아이만 죽으면 '양이'는 세상에 절대로 태어나지 않겠지. 도도 '미래에 존재했던 그러한 고통'은 받지 않겠고. 그러니 이제 거의 다 됐어! 나는 이대로 사라질 미래의 기억을 안은 채 '지금 이 혼야'의 걸음을 묶어두기만 하면 돼. 하루가, 이틀이, 사흘이 흘러서 이 '과거'가 양이의 완전한 소멸로 굳어질 때까지만……! 그래, 그때까지만 버티자. 그때까지만……!'

혼야는 어금니를 악물었다. 무릎이 덜덜 떨렸다. 비칠비칠 낙엽을 밟았다. 치걱치걱. 젖은 낙엽이 발밑으로 우그러지며 은밀하리만치 숨죽여 속닥였다. 턱에 힘이 풀렸다. 무릎이 허물어졌다.

'하지만……'

뜨거운 손바닥 안으로 낙엽이 녹듯이 뭉그러졌다. 혼야는 두 주먹을 느슨히 쥐었다. 빼빼하니 삼렬하게 늘어선 검은 나무를 망연스레 보았다. 침묵 속에 잠긴 즐비한 검은 뼈대는 선 채로 죽은 몸뚱이들 같았다. 슬프게 스산했다.

"당혜, 내 당혜야……"

불현듯 '혼야'의 감정이 왈칵 솟았다. 혼야는 뺨을 눈물로 적셨다. 그 마르고 검은 나무들에서 눈을 떼지 못했다.

"흐으……"

혼야는 잇새로 울음 섞인 신음을 바수어냈다. 서글피 깨달았다. 자신은 미래에서 돌아왔지만 여전히 이 순간을 사는 '혼야'였다. 시영이 누차 말한 관성이 어떻게 작용하는지 일부나마 이해했다. 자신은 '양이'로서 미래에 펼쳐질 일을 '기억'했다. 그러나 그 기억은 몽롱했다. 꿈속에서 겪은 일 같았다. 그 생각과 감정과 기억은 아무리 생생한들 현실이 아니었다. 지금 선명히 자신을 지배하는 생각과 감정과 기억은 '지금 이 순간'을 사는 '혼야'가 품은 생각과 감정과 기억이었다.

"당혜, 당혜야……."

혼야는 '양이'로서 고개를 내저으며 이를 악물었다. 그러나 '혼야'로서 울며 무너졌다. 당혜를 어여삐 여기는 마음, 당혜를 사랑스럽고 안쓰럽게 여기는 마음, 당혜를 영원히 잃고 말리라는 두려움과 슬픔이 심장을 쥐어짰다.

"혜야, 당혜야. 미안해, 정말 미안해."

혼야는 입술을 떨며 흐느꼈다. 흙 위로 쏟아진 다리가 그 아이에게로 내달리고 싶어서 달달 떨렸다. 그러나 참았다. 눈앞에 선명한 그 아이를, 당혜를 쫓아내려 눈을 질끈 감았다. 고개를 외로 우로 저었다.

혜, 도당혜. 병으로 잘못되지만 않았던들 만 도깨비에게 사랑받는 왕비님이 되었을 소녀였다. 도가 오래도록 내궁에 두고 아끼다가 마침내 '공주' 지위를 내리고 급기야 왕비감으로 인정한 소녀였다.

"당혜야, 내 당혜야……."

혼야는 가슴을 뜯었다. 신음처럼 중얼거렸다.

이별을 선고받았다. 전쟁을 치렀다. 전쟁을 끝냈다. 그 세월, 혼야
는 줄곧 참았다. 도가 자신을 부인해도 참았다. 그 무수한 나날을 이
어온 사랑을 도가 부인해도 참았다. 도가 자신을 차갑게 버려도 참았
다. 둘이 이수라 살육자로, 도깨비 살육자로 거듭나 영원히 함께할 수
없는 사이가 되어도 참았다. 그건 한 나라를 책임지는 왕과 한 나라에
서 혜택받고 자란 공주로서 어쩔 수 없는 일이었다며 자신을 다독였
다. 도가 저 보란 듯 줄줄이 여인을 거느리며 온갖 염문을 뿌리고 다
녀도 참았다. 이미 끝난 사이이니 미련 두지 말자며 이를 악물었다.

  하지만 혼야는 당혜라는 소녀를 참을 수 없었다. 그 소녀 소식에 잠
이 달아나고 머리털이 쭈뼛 섰다. 그제야 깨달았다. 자신은 내내 착각
했다. '그 얄미운 입술로 아무리 부인한들 저 남자가 사랑하는, 적어
도 사랑했던 여인은 나뿐.'이라고 착각했다. 그 착각을 버팀목으로 여
태껏 참았다. 하나 그 착각이 무너졌다. 당혜라는 소녀 탓에.

  아무도 혼야에게 그러한 착각을 속살대지 않았다. 그 착각이 맞는
다고 동조해주지도 않았다. 어리석은 착각을 지어낸 이도, 거기에 빠
져 멋대로 허우적댄 이도 수라 혼야, 자신뿐이었다. 그 점을 모르지
않았다. 그래도 배신감에 몸이 떨렸다. 비명 지르고 싶었다.

  '도는 이럴 자격이 없어! 내가 무엇을 포기했는데! 그 목숨 살리려고
내가 무슨 짓까지 했는데!'

  수라 혼야는, 자신은 도깨비 살육자였다. 헤아릴 수 없는 도깨비를
베고 태웠다. 자신을 부인하는 도를 향한 증오로 전장을 쓸었다. 가장
용맹하고 잔혹한 장수로 이름 날렸다. 그러다 부왕에게 명을 받았다.
도와 도깨비족에게 돌이킬 수 없는 덫이 짜였고 그 덫에 연결된 끈을
잡아당기는 역할이 자신에게 떨어졌다. 계획을 듣는 순간 장수이자

전술가로서 직감했다. 도깨비족의 역량으로는 이 덫을 피할 수 없다. 심지어, 안다 한들 피할 수 없다. 도는 한 명이라도 더 제 백성을 살리려 들 터이고 그래서 결코 살아남지 못하리라. 덫이 깔린 그 전투에서, 자신은 명을 어겼다. 지휘하던 좌군을 독단으로 빼돌렸다. 그 행동으로 일족 만여 명을 죽음으로 몰아넣었다. 그 결과, 도는 목숨을 건졌다. 제삿날이 되었을지도 모를 그날 오히려 대승했다. 그 전투를 기점으로 도깨비족을 승전으로 이끌었다.

혼야는 부왕에게서 목숨만을 건졌다. 그나마도 은혜로 여겼다. 신분과 재산을 박탈당하고 혐오와 멸시를 뒤집어썼다. 동족으로부터 입에도 담지 못할 더러운 배신자로 낙인찍혔다. 세상에서 잊히어 갈 곳 없어졌다.

하지만 도는 혼야 소식을 궁금해하지조차 않았다. 무슨 일이 있었는지 까맣게 모르고 평온히 살아갔다. 이제 사랑하는 여인을 찾아 비로 맞이하려 했다.

'도는 그럴 자격이 없어! 그 계집아이도, 도당혜라는 계집아이도 그 옆을 차지할 자격이 없어!'

혼야는 눈이 뒤집혔다. 질투에 사로잡혀 삼경으로 내달렸다. 분노로 갖은 결계를 뚫었다. 삼경궁 내궁으로 침입했다. 그곳에서 한 소녀를 발견했다.

그 소녀는, 도당혜는 맑았다. 분노로 탁해진 혼야의 눈에도 어여뻤다. 촉촉한 봄 가지 끝에 갓 피어난 복숭아꽃 같았다. 누구랄 것 없이 마냥 순수한 만 도깨비 가운데에서도 가장 어리고 여리고 깨끗했다. 혼야는 인정할 수밖에 없었다.

'이 소녀는 내가 사내라도 예쁘다 할 수밖에 없겠구나.'

무엇보다도 도당혜는 순진무구한 소녀다움으로 반짝였다. 혼야는 또 생각했다.

'나도 한때는 저렇게 예뻤는데. 지금은 이 몸도 마음도 분노와 증오에 찌들었구나!'

혼야는 맥이 풀렸다. 증오가 갈 곳을 잃었다. 기척을 죽일 생각도 잊고 아연했다. 그런 혼야를 당혜가 발견했다. 당혜는 혼야의 한 발 앞까지 왔다. 경계심 없이 고개를 갸웃댔다. 방시레 웃으며 두 뺨에 볼우물을 팼다.

"누구시죠? 고운 여인이신 듯한데 얼굴을 가리셨네요."

혼야는 흠칫했다. 팔로 옷깃을 여미며 반 발짝 물러섰다. 그러다 삿갓과 면포에 가린 눈을 표독스레 떴다. 처음엔 궁금했다. 이 소녀가 겉모습만 이리도 어여쁜지, 그 마음도 모습처럼 어여쁜지 알고 싶었다. 자신이 도 곁에 머무를 여인을 고르고 심사할 자격이라도 지닌 양 여겨졌다. 턱을 치켜들었다.

"어째서 도깨비 왕의 내궁에 너 따위 어린애가 있지?"

그 냉랭한 음색에도 당혜는 까르르 웃었다.

"어째서 저도 모르는 신비로운 미인께서 도깨비 왕의 내궁에 계신 가요?"

그 어조는 조롱도 추궁도 아니었다. 당혜는 순수하게 물었고 세상에 적의란 조금도 모르는 듯 굴었다. 혼야는 고슴도치처럼 가시를 세우고 무어라 받아쳤지만 당혜는 움츠리는 기색 없이 사근사근 말을 붙였다. 이상하게 대화가 길어졌다. 혼야는 어느 틈엔가 누그러졌다. 헤어질 즈음엔 외로움을 위로받았다.

"언니는 참 박식하고 재미있는 분이세요. 목소리도 무척 곱고요. 또 놀러 와주시겠어요?"

'내가 이 아이와 무얼 했지?'

혼야가 주춤하며 고개 숙이자 당혜는 살포시 웃으며 덧붙였다.

"얼굴을 가리셨으니 여기는 비밀리에 오셨겠죠? 비밀은 지켜드릴
게요. 다음에 와서 또 재미있는 이야기를 들려주시면 그때도 비밀을
지켜드리고요. 하지만 너무 늦게 오시면 토라져서 다 말해버릴지도
몰라요? 수상한 미인이 여기까지 침입했다고!"

그날 이후 당혜는 매번 혼야를 반갑게 맞이했다. 이름을 밝히지 않
고 얼굴조차 내보이지 않는 혼야를 도대체 경계할 줄 모르고 후대했
다. 혼야더러 편하게 다니라며 비밀 통로까지 뚫어주었다. 어느덧 혼
야는 당혜와 제 사이에 얽힌 치정 관계조차 잊었다. 당혜가 베푸는 밝
음과 맑음에 매번 외로움을 위로받았다. 당혜를 친동생처럼 여기게
되었다. 외롭고 폐쇄된 삶 속에서 혼야에게는 당혜만이 빛이고 위안
이며 출구였다. 혼야는 당혜를 사랑했다. 너무나도 깊이, 너무나도 열
렬히, 사랑하였다.

✻✻✻

'혜를, 당혜를 구해야 해!'

혼야는 안개 낀 숲속 검은 흙바닥에 주저앉아서 손아귀에 들어찬
젖은 낙엽을 구겼다. 달달 떨리는 다리에 힘을 주어 몸을 일으켰다.

'서둘러야 해! 이야기 정기 결여가 원인이라는 사실을 알았으니 한
시라도 빨리 혜에게 가서……!'

혼야는 숲 밖으로 내달리려다 몸을 기우뚱 기울였다. 다리를 제자
리에 붙박고 고개를 세차게 저었다.

'정신 차려! 가서 무얼 하려고? 잘 알잖아! 이미 늦었어! 이제 와 아무리 서두른들 정석대로는 그 아이를 살릴 수 없어. 가선 안 돼. 절대로 안 돼!'

빼곡히 선 검은 나무들이 문득 기우뚱하여 한순간에 와스스 쏟아질 듯했다. '혼야'는 여전히 혼야였다. 그러나 양이이기도 했다. 양이의 기억, 감정, 생각은 꿈처럼 아득했으나 이 정신과 마음 어딘가에 분명히 존재했다. 그래서 혼야는 알았다. '오늘' 당혜가 어떠했는지 떠올릴 수 있었다.

✵✵✵

당혜는 아팠다. 오래도록 아파 고통에 익숙한 몸이었으나 오늘은 특히 견딜 수 없도록 무기력하고 아팠다. 끝내 혼백이 속심까지 풀려나갈 지경이니 그 고통은 다름 아닌 존재가 느리게 해체되어가는 고통이었다.

당혜는 선명히 인지했다.

'오늘이로구나. 오늘에야말로 나는 죽음을 피할 수 없겠구나.'

안도도 했다.

'유서를 적어놓길 잘했어.'

외로워했다.

'나는 이대로 홀로 흩어질까?'

두려워했다.

'이제 영원히 끝이겠지? 나는 도깨비이니까, 다시 태어날 수 없어.'

하나 도움 줄 이를 부르려 목소리를 높일 수도 없었다. 몸을 조금 일으키고 팔을 뻗어 종을 울릴 힘조차 없었다. 그런다 한들 누가 제때에 와줄지도 알 수 없었다. 삼경은 이미 황폐했다. 앓아누운 도깨비투성이였고 어디나 인력이 부족했다. 이 병은 돌림병 같았고 당혜는 누군가에게 이 병을 또 옮기고 싶지 않았다. 평소에도 고집스레 시중들 이를 물리쳤고 어지간한 일로는 누구도 부르지 않았다.

하지만 당혜는 무섭고 쓸쓸했다. 의지할 것이라고는 도가 남긴 본체, 한 자루 도(刀)뿐이었다. 그 도를 끌어안고 무시무시한 고독을 응시하며 흐느꼈다. 흐느낌엔 소리가 없었다. 소리를 낼 힘조차 없었다. 도를 끌어안은 팔에도 힘이 없었다. 팔이 툭, 마른 몸 아래로 미끄러져 도도 자꾸 굴러떨어졌다. 끝내 그 도를 다시 제 품으로 끌어올릴 힘이 없어서 떨어진 도에 손끝만 대었다. 그 도로 자신의 왕을, 도도를 부르고 싶었다. 부르고 또 불러서, 죽을 수밖에 없다면 그 품에 안겨서 죽고 싶었다. 도도 거듭 말했다.

「내가 이것을 네게 왜 주었겠느냐? 언제고 정신이 들거든 이것으로 나를 꼭 부르거라. 언제든 반드시 불러. 외로워하지 말고, 홀로 힘겨워하지 말고, 응? 내 어여쁜 혜야.」

그러나 당혜는 도를 부를 수 없었다. 병들어 죽어가는 도깨비를 살릴 방법을 찾으려 간을 졸이며 이리 뛰고 저리 뛰는 도를 방해하게 될까 봐, 혹여나 이 몸을 좀먹는 병이 도마저 침해하게 될까 봐, 차마 도를 부를 수 없었다. 부르지도 못하면서 하염없이 슬퍼했다. 이대로 자신이 죽으면 다시는 도를 볼 수 없다는 생각에, 도깨비인 자신은 혼백도 남기지 못할 것이므로 도를 스쳐 갈 바람조차 되지 못하리라는 생각에 눈물지었다.

✳✳✳

"혜야, 내 당혜야……."

'지금', '오늘' 혼야는 그러한 당혜를 너무도 잘 알았다. 그리도 무서운 외로움 속에서 그리도 어여쁜 소녀가 소멸해야 한다니! 참혹하게 슬펐다. 그래서 생각했다.

'가자. 가서 당혜 곁을 지키자. 비록 우리가 '처음처럼' '양이'로 하나 될 순 없지만, 가서 그 아이를 위로하자. 그 아이를 외로이 보내지는 말자. 그래, 그래야만 해! 미래에서 온 '양이의 의식'은 내게로 왔으니 당혜는 아마 아무것도 모를 테지. 하지만 나는 알잖아. '우리'가 함께 얼마나 어리석었는지 알잖아. 그 처절한 동지이자 '또 다른 당혜'였던 '양이'로서 그 아이의 마지막 가는 길을 지켜주어야만 해.'

혼야는 발바닥으로 젖은 흙을 밀었다. 송장처럼 축축 늘어선 검은 나무 사이를 뚫고 달렸다. 푸른 새벽은 이미 깨지고 세상은 안개로 뒤덮여 혈색 없이 허옜다. 혼야 역시 꼭 그처럼 허옜다. 한껏 뛰었으나 핏기가 돌지 않았다. 몇 차례 공간 이동 주술을 거듭했다. 비칠거리며 삼경궁 담벼락을 넘었다. 당혜가 뚫어놓은 비밀 통로를 지났다. 지금 삼경궁에는 불침번을 설 군사조차 부족했다. 평소보다 몸놀림이 어설펐으나 침투하기 쉬웠다. 어느덧 혼야는 당혜 앞에 섰다. 몸을 낮춰 당혜 옆에 앉았다. 섧게 속삭였다.

"혜야, 내 어여쁜 당혜야."

당혜는 이미 견고함을 잃었다. 유령처럼 아른거렸다. 귓가를 간질이는 부름에 파르스름한 눈꺼풀을 꿈틀했다. 가냘픈 목을 움찔거리며 소리 없이 신음했다. 혼야가 젖은 뺨을 어루더듬자 겨우 눈을 떴다.

"언니."

당혜는 허옇게 마른 입술을 달싹였다. 입술에 말을 담아보았을 뿐이지 혀끝으로 나오는 소리는 없었다. 입술 끝이 웃는 듯 마는 듯 들어올려졌다가 힘없이 풀렸다.

"혜야, 내 혜야."

혼야는 자신의 진기를 당혜에게 흘려 넣었다. 당혜에게 부족한 정기는 이런 종류가 아니었다. 그래도 생명의 정수를 나눠 받자 당혜는 조금이나마 혈색을 되찾았다.

"왜 오셨어요? 언니는, '이번에는' 오시면 안 되잖아요."

'아아, 어째서 이 죽어가는 아이에게마저 그런 처참한 기억이⋯⋯!'

당혜에게도 양이의 기억이 생겨나 있었다. 혼야는 눈앞이 아찔했다.

"혜야!"

혼야는 외쳤다. 입술을 깨물었다. 흐려져 가는 당혜의 어깨며 팔을 정신없이 어루만졌다.

"미안해. 미안해! 나는 너를 '이번에는' 살릴 수 없어."

당혜는 까만 눈을 말갛게 깜박였다. 쉬어빠진 목소리로 속삭였다.

"그래요, 그랬죠. '우리는' 그래서 돌아왔죠. '바로잡으려'고⋯⋯."

당혜는 둥근 눈에서 주르륵 눈물을 쏟았다. 창백하다 못해 투명해진 두 뺨을 미소로 오목하게 팼다. 뒤를 이었다.

"그래도 인사해주러 오셨군요. 고마워요. 외롭고 너무도 두려웠는데 힘이 되네요."

혼야는 말없이 울었다. 몸을 조심스레 숙이고 검은 면포를 조금 걷었다. 당혜의 차가운 뺨에 입술을 눌렀다. 당혜는 입맞춤 받으며 팔을 움직였다. 팔뚝부터 손끝까지 부들부들 떨었다. 한 치씩 느릿느릿 움직였다. 혼야의 낯을 가린 면포 끝자락을 움켜쥐었다. 그것을 삿갓 너머로 걷었다. 혼야도 그 손길을 막지 않았다. 선이 유독 단정한 희디흰 얼굴과 선명한 눈썹과 눈, 보랏빛과 푸른빛으로 각기 다른 두 눈동자가 당혜의 눈앞에 드러났다.

"아, 언니!"

당혜는 탄성을 질렀다.

"이런 분이셨군요! 항상 얼굴을 가리고 계셔서 실제로 뵙는 일은 오늘이 처음이네요. 이렇게나 아름다운 분이셨어요."

"네가 훨씬 더 어여쁘단다. 훨씬 더 맑고 어여쁘단다."

혼야는 울며 답했다. 당혜는 빙긋 웃었다.

"아니요. 익히 들었어요. 아수라 나라 열다섯째 공주님은 전장에선 우리 도깨비에게 가장 무서운 적이었지만 본래 다정하고 상냥한 분이셨다고, 삼계에서 손꼽히도록 지혜롭고 아름다운 여인이시라고, 그리도 아름다운 분은 어디에서도 뵙지 못했다고, 여러 도깨비가 말해 줬어요. 그 말이 사실이네요. 우리 전하는 그림을 아주 잘 그리시지만 전하가 그리신 족자 속 형상도 언니가 지닌 아름다움을 감히 따르지 못했어요."

"족자?"

도깨비는 어린아이였다. 도도 왕이라는 위치 탓에 자중할 뿐 어린아이였다. 감추는 일이나 겸손 떠는 일과 거리가 멀었다. 도는 시 한 구절이라도 쓰면 그것이 졸작이든 명작이든 '내가 너를 이렇게 생각한다.'며 기어이 생색냈고 '오늘은 너무 바빠 네 생각을 두 번 밖에 못 했다.'며 반성문을 제출했다. 그러니 혼야는 서로 좋았던 시절 일이라 면 자신이 도에 관해 모르는 일은 없노라고 자부했다.

그러나 혼야는 도에게 피사체가 되어준 일이 없었다. 도에게서 '너를 그렸다.'는 말을 들은 적도 없었다. 하니 혼야가 생각하기에 도가 자신을 그린 족자가 있다면 헤어진 후에 그린 족자일 터였다.

'나를 왜? 그 지경으로 헤어지고서 무엇하러?'

그러나 다시 생각하니 헤어진 마당에 도가 새삼 자신을 그렸을 리 없었다. 도가 좋았던 날에 자신을 그렸고 그 일을 비밀에 부친 모양이 었다. 이 추정 역시 쉬이 믿기진 않지만 앞선 추정보다는 말이 되었 다.

'하지만 왜? 그런 족자가 있은들 그걸 간직할 이유가 무어라고?'

혼야는 여전히 혼란스러웠다. 그래도 궁리 끝에 그럭저럭 상황을 이해할 만한 가설을 세웠다. 아예 까맣게 잊어서 버리는 일조차 잊은 족자를 당혜가 어느 구석에선가 찾은 모양이었다. 혼야는 겨우 의아 한 표정을 거뒀다. 당혜는 그 표정 변화를 잠자코 지켜보다가 흐릿하 게 웃었다.

"드릴 말씀이 있어요. 하아……. 아시지요? 우리는 '오늘'을 처음 겪 었을 때 결합했어요. 그 결합이 온전치 못하여 제 혼과 백 절반을 잃 었지요. 그래서 양이가, 언니가 끝내 모르셨던 일이 있어요."

'양이가 모르는 일이라니?'

혼야는 미간을 좁혔다. 그러다 수긍했다. 방금 들은 족자 이야기도 마찬가지였다. 족자에 얽힌 자초지종을 추측할 뿐 그런 족자가 왜 존 재하는지, 어찌하여 당혜가 그 족자를 보았는지 모르지 않는가. 그러니 지금 제 머릿속 기억은 온전치 않았다. 잠자코 입술을 다물고 눈을 맞추자 당혜는 다시금 희미하게 미소했다. 혼야가 넣어준 진기가 도움되어 힘겹게나마 팔을 움직였다. 투명한 손으로 혼야의 뚜렷한 손을 잡았다. '잡았다.'라기엔 그저 얹은 정도 힘밖에 없었으나 힘주어 잡으려던 마음은 혼야에게로 분명히 전해졌다.

"언니, 전하께서는 여전히 언니를 사랑하세요."

그 말을 듣자마자 혼야는 자제하지 못하고 입술을 힘없이 터트렸다. 싱거운 웃음을 흘리며 고개 저었다. 그러한 기대, 그러한 미련으로 지금껏 얼마나 심장이 너덜너덜 해어졌던가. 이제 이 가슴에 더 덧대고 기울 자리조차 없었다.

"도가 나를 진정으로 사랑한 일이 한 번이라도 있을까? 있다면 오래고 오랜 옛일일 뿐이야. 도는 나를 증오해. 우리는 서로 일족을 죽이고 또 죽였어. 네게 화를 내고 싶지 않지만 전장에서 도가 내게 얼마나 냉혹했던지, 아아, 네가 그 눈빛을 안다면 감히 내게 지금처럼 말하지 못할 거야."

당혜는 베개 위에서 고개를 느릿느릿 저었다.

"아니요. 언니가 틀렸어요. 수많은 여인이 전하 곁을 거쳐 갔지만 그 누구도 오래가지 못했죠. 그 누구도 전하에게서 마음을 얻지 못했어요. 저도 마찬가지였죠. 후훗. 언니, 아세요? 저는 국모감일 뿐 전하께 여인조차 아니었답니다. 단 한순간도 아니었답니다."

혼야는 눈이 동그래졌다. 믿기 어려웠다. 당혜는 여인이었다. 앳되고 소녀다운 분위기를 물씬 풍겼으나 그건 진실로 어리다기보다는 당혜가 지닌 어떤 고유한 아름다움일 뿐이었다. 당혜는 실제 나이로 보나 그 향취로 보나 어엿한 여인이었다. 자태야 아담스레 청초하되 그

334

향이 천 리를 지나서도 달콤히 마음을 흔드는 서향꽃 같았다. 같은 여인이 보아도 이토록 마음이 흔들릴 턱이거늘 그 어떤 사내가 이러한 여인을 손 뻗으면 닿는 자리에 두고서 참을 수 있을까? 여인으로 보지 않을 수 있을까?

"믿을 수 없어."

혼야는 당혜를 거짓말쟁이로 여기고 싶지 않았다. 하나 그리 말할 수밖에 없었다.

당혜는 단지 웃었다.

"전하께서는 제게 늘 '어리다.'고 하세요. 하지만 저는 어리지 않지요. 그런 지 오래예요. 전하께서는 저를 다른 여인과 달리 무척 존중하고 귀애하세요. 하지만 저를 여인으로 사랑하지는 않으시지요."

"내겐, '사랑해주신다.'고, 그렇게나 행복하게……."

혼야는 말을 잇지 못했다. 떨리는 입술을 틀어막고 눈물로 눈을 적셨다. 당혜가 짓는 표정이 너무나 쓸쓸해서 차마 또렷한 눈으로 볼 수 없었다.

"과거에 저는 언니에게 거짓말을 했어요. 모르셨죠? 저는 언니를 사랑했지만 또 미워했어요. 왜냐고요? 언니는 제게 수많은 서신을 주셨죠. 그 서신에 담긴 필체는 전하께서 남몰래 이따금 꺼내 보시던 상자 속 연서에 담긴 필체와 같았어요. 언니, 언니는 모르셨죠? 언젠가 바람에 한 번, 언니 얼굴을 가린 면포가 흩날렸을 때 스치듯 보이던 푸른빛과 보랏빛의 서로 다른 눈동자는 분명 수라족이 지닌 특징이었어요. 그래서 알았어요. 나는 여인으로조차 보아주시지 않는 전하께서 유일하게 마음 주신 분이, 아직도 잊지 못한 분이, 아직도……. 아아, 그래! '나의' 전하께서 여전히, 보내지도 못하는 연서를 쓰고 또 쓰시는 상대가, 바로 언니였구나. 언니가 '수라 혼야'로구나. 저는 깨달아버렸어요."

"아니야, 혜야, 아니야. 그럴 리 없어. 도는 내겐 이제 아무런 감정도⋯⋯."

"언니, 저요, 언니를 닮지 않았나요? 우리 자매처럼 닮지 않았나요?"

혼야는 말문이 막혔다. 젖은 눈을 깜박여 눈물을 쏟아냈다. 당혜에게 아연히 눈길을 붙잡혔다. 당혜 말이 옳았다. 둘은 신기하리만치 닮았다. 분위기야 사뭇 달라도 이목구비가 이루는 미묘한 흐름, 몸이 그리는 깊이와 부피, 하늘하늘하면서도 묘하게 까끌까끌한 음색마저도 혈육처럼 흡사했다. 새삼 깨닫고 보니 놀라울 뿐이었다.

"아세요? 언니는 박식한 분이니 아마 아시겠죠. 도깨비 화신체는 그 본체가 무엇인지에 따라, 또 도깨비가 성장기가 끝날 때까지 어떤 자아상을 추구했는지에 따라 그 겉모습이 결정돼요. 언니, 저는 언니를 처음 만났을 때 미숙한 어린애였죠. 아시겠어요? 제가 그 얼굴을 한번 제대로 보지도 못하면서도 왜 이렇게나 언니를 닮게 자랐는지, 아시겠어요? 제가 언니를 얼마나 질투했는지, 얼마나 언니가 되고 싶었는지, 짐작하시겠어요? 저는요, 족자 속 흑과 백으로 된 언니를 몰래 훔쳐보고 또 봤어요. 줄곧 언니를 조금이라도 닮기를 소망했어요. 그러면 전하께서 저를 보아주실지도 모르니까요. 이제 아시겠어요? 언니는 이토록 다정하고 아름다운 분이신데, 저는 그런 언니를 내내 미워했어요!"

"아니야. '네' 전하는 너를 사랑하시잖아. '네가 내 비이자 도깨비들의 국모가 되리라.' 네게 약조하셨잖아. 네가 그렇게나 행복하게 말했잖아."

혼야는 당혜가 한 고백을 받아들일 수 없었다. 그러기엔 기대가 칼날이 되어 가슴을 찌른 일이 너무도 많았다. 또 그러기엔 당혜가 너무도 가엾었다.

당혜는 미소를 잃었다. 울부짖는 혼야를 표정 없이 오래도록 응시했다. 꺼져가는 깜부기불처럼 말했다.

"전하께 왕비는 제가 아니어도 된답니다. 그저 적당히 영리하고 유순한 '도깨비이기만' 하면 충분하답니다. 어쩌면 여인이 아니라 돌멩이여도 좋겠지요."

두 여인은 울었다. 오래도록 말을 않았다. 언어란 이 슬픔을 담기엔 빈약했다.

침묵이 익숙해졌을 때쯤 당혜에게 변화가 일었다. 투명하고 비쩍 마른 몸뚱이에서 색과 형체가 흐릿한 기운이 아지랑이처럼 풀려나왔다. 처음에 그 기운은 거미줄보다 엷게 시들시들 피어올랐으나 초를 세며 부쩍부쩍 양이 불어나고 풀려나오는 속도 역시 빨라졌다.

"당혜야……!"

"아, 그래요, 시작되었네요."

혼야는 숨죽여 비명 질렀다. 당혜는 오히려 침착했다. 코앞으로 다가온 죽음을 몇 호흡쯤 잠자코 관찰했다. 시선을 돌려 혼야를 응시했다. 입술을 열었다.

"언니, 저와 결합해주시겠어요?"

그 입술에서 나온 음성은 더없이 연약했다. 또한, 더없이 확고했다. 그토록 가냘픈 음색에 그같이 굳건한 의지를 실을 수 있다니, 혼야는 그 음성에 놀랐고 연달아 거기 실린 의미에 놀랐다.

"혜야……! 안 돼. 너도 알잖니. '양이로서' 알고 있잖니. 우리는…….”

"아, 이제 싫으실까요?"

당혜는 존재의 벼랑 끝에 매달려 소멸하면서도 어쩐지 웃음이 나왔다. 후후. 허연 입술을 힘없이 터트리며 말을 이었다.

"하기야, '우리가 살아낸 첫 번째 이날' 언니가 저와 결합하셨던 이유는 다시금 전하께 사랑받는 존재가, 전하와 적대하지 않아도 되는 도깨비가 되고 싶어서였죠. 도깨비이긴 하나 전하께 사랑받지 못하는 저는…… 싫으실까요?"

"아니야!"

혼야는 낯빛을 잃었다. 점점 더 희미해져 가는 당혜의 손을 거듭해서 움켜쥐며 다급히 고개 저었다.

"그런 게 아니야. 결단코 아니야! 너도 알잖니. 우리는……!"

도에게 사랑받지 못하기 때문에 당혜를 죽게 두다니! 절대로 그렇지 않았다. 혼야는 당혜를 그런 비참한 오해 속에서 죽게 할 수 없었다. 어떻게든 제 마음을 전하려 했다.

그 순간 당혜는 영력을 피워냈다. 죽음이 한걸음 앞이건만 말소리조차 크게 내지 못하건만 마른 장작에 불씨를 댕긴 듯 영력을 솟구쳤다. 그건 시체가 벌떡 일어나 스스로 진혼무를 추는 듯한 광경이었다.

"아!"

혼야는 비명 질렀다. 그러나 당혜는 침착히 주술을 일으켜 자신을 덮은 이불을 걷었다. 손바닥과 두 다리로 버둥버둥 바닥을 밀며 몸을 일으켰다. 숨을 헉헉댔다. 그러면서도 한 손에 대고 있던 도(刀)를 움켜쥐었다. 도도가 남겨둔 본체, 숙련된 무인이 아니면 깔끔히 뽑기 힘들 그 대도(大刀)를 광기로까지 보이는 기이한 용력으로 단숨에 떨치 듯 뽑았다. 혼야가 그 기세에 압도되어 흠칫 물러난 찰나에 망설임 없 이 팔을 놀려 그 도로 제 배를 벴다. 색을 잃은 투명한 몸이건만 사방 으로 튀는 피가 기이하게도 붉었다.

"당혜야!"

"하아, 하아, 하……."

도깨비는 피를 두려워하니만큼 당혜는 투명해진 와중에도 파르스 름하게 겁을 먹었다. 공포로 숨을 할딱이며 오른손으로는 칼자루를 왼손으로는 터진 배를 잡았다.

"당혜, 당혜야!"

혼야는 부질없다는 사실을 알면서도 치유술을 펼치며 당혜에게 손 을 뻗었다. 당혜는 이를 악물며 팔꿈치로 혼야를 밀어냈다. 칼자루를 움켜쥔 채로 오른손으로 바닥을 밀었다. 그 오른팔에 기대어 간신히 앉은 자세를 유지했다. 상체를 이리저리 비틀댔다. 혼야가 재차 다가 오자 고통과 공포에 찡그리며 혼야를 끌어안았다. 그 품으로 무너졌 다. 혼야의 귓가에 대고 가쁘게 할딱였다.

"하아, 하아, 하! 어, 언니, 언니! 언니가 그러셨죠? 우리가 '오늘을 처음 살았을 때' 언니가 그러셨어요. 흐윽. 우리 하나가, 하, 나가 되 지 않겠, 느냐고, 일찍이 인계 황제이신 혜용 님과 그러한 연구를 재 미 삼아 한 일이 있, 는데, 이론은 완벽하다고, 성공 가, 능성이 크다 고. 허억, 헉. 특히 전하의 이 본체는, 이 도는 삼계에서 가장 강력한 칼이니, 혼백마저 찢어서, 틈새를, 하……. 만들 수 있다고, 언, 니는, 허락받지 못하여 이 본체에 손댈 수 없으니, 저더러 결정하라고, 그, 그럼, 제가 틈새만 찢으면, 그 뒤는 언니가……. 흐, 흐윽, 언니가, 다 알아서 하시겠다고, 제게로 들어오시겠다고…….”

“당혜야, 당혜야! 그만해! 그만해, 제발! 아아, 제발!”

“언니, 언니!”

혼야는 애원했으나 당혜는 목을 찢듯 비명 질렀다. 흡사 쥐어뜯듯 혼야를 안으며 지독스레 비명을 이었다.

“전 다시 했어요! ‘오늘’ 또다시 했어요! 자! 저를 이대로 죽게 두셔도 좋아요. 하지만 언니, 언니! ‘양이’는 모든 일을 ‘바로잡으려’ 여기로 돌아왔는지 모르겠지만, 저는, ‘당혜’인 저는, 그러고 싶지 않아요.”

“당혜야. 안 돼, 안 돼! 알잖아. 이게 얼마나 어리석은, 얼마나 고통스러운, 얼마나 모두를 고통스럽게 할 결정인지, 다 알잖아!”

“아하하!”

절규하는 혼야를 끌어안고, 당혜는 웃었다. 머리를 제대로 가누지조차 못하고 마구 흔들며 웃었다. 쉬어 바짝 낮아진 목소리로 두꺼운 옹기조각으로 돌을 긁듯 말했다.

“저는요, 아무리 미움받아도 좋아요. 제가, 우리가, 미칠 만큼 고통받아도 좋아요. 까짓것, 괜찮아요. 허억, 헉! 그래요. 전하께서, 고통받으실 내일을 생각하면, 제 이런 마음은, 욕심은 용서받을 수 없겠죠. 모든 진실이 드러나면 전하께선 저를 미워하시겠죠. ‘우리를’ 욕하시겠죠. 양이……. 그래, ‘양이’를 욕하고 밀어내시겠죠. 그래도 좋아요. 저는 그래도 좋으니, 한 번이라도, 단 한 번이라도, 전하께 ‘여인으로서’ 사랑받고 싶어요. 이대로 소멸해서 사라지긴 싫어요!”

당혜는 진저리 쳤다. 푸르르 떨며 흩어졌다. 이제 전신이 금침과 벽지 무늬를 비춰낼 듯 투명했다. 사지가 심 빠진 실타래처럼 흐물거리며 하늘하늘 풀려나갔다. 도(刀)에 벤 상처에서 피와 정기가 줄줄 새었다. 그래도 당혜는 기어이 앉았다. 뼈만 앙상한 팔다리로 몸을 지탱하고 목을 쥐어짰다.

"언니, 언니는 이대로도 좋으신가요? 허억, 이래도 괜찮으신가요? 제가 소멸하고 나면 언니는 어쩌실 건데요? 이대로 잊히실 건가요? 이 무서운 고독 속에서 영원히? 다시는, 허억, 전하가 짓는 미소도 보지 못하고, 거짓이라도, 헉, 전하를 고통에 빠트리고 속여서 얻는 달콤한 독 같은 사랑이라도, 다시는, 전하께 사랑받아보지도 못하고, 안기지도, 아아! 전하를 안아보지도 못한 채, '도깨비 살육자'로서, 헉, 허억! 그렇게 쓸쓸히, 영원히, 언니가 전하께 무엇을 해드렸는지, 그 때문에 무엇을 잃었는지, 알려보지도 못하고, 그렇게, 영원히 잊혀서……."

혼야는 아무 행동도 하지 못했다. 아무 말도 하지 못했다. 풀려나가는 당혜를 끌어안은 채 입술을 떨며 눈물지을 따름이었다. 당혜만이 무서운 염원으로써 말을 이었다.

"그렇게 망각이란 심연에 산송장처럼 드러누워서 전하께서 결국 언니가 아닌, 저도 아닌, 다른 여인을 찾아 행복하게 사실 때까지 그렇게……. 언니는 참을 수 있으신가요? 언니, 저는, 저는 그렇게는 못 해요."

"혜야, 안 돼, 이건 안 돼. 우리는 이래서는 안 돼. 우리는……."

혼야는 도리질하며 말했다. 하나 그 말엔 의지가 없었다. 당혜가 외치는 가느다란 호소는 낮은 파형으로써 혼야의 뇌와 심장을 이루는 세포 하나하나에까지 파고들었다. 그리하여 혼야가 하는 부인은 허망한 중얼거림에 그쳤으며 입 밖으로 나온 지 수 초 만에 누구 마음속에도 자취가 없었다. 양이로서 품었던 의지가 어딘가에서 몸부림치는 듯도 했다. 그러나 그 몸부림은 '지금 이 순간' '이 마음'에서 일어나는 파동에 파묻혀 그 형체를 이름할 수조차 없었다.

"하……. 아아, 안 돼. 아아, 안 돼, 안 돼, 제발……."

혼야는 의지 잃은 흐느낌을 염불하듯 뇌었다. 누구에게 하는 애원인지 애원도 했다. 머리가 제멋대로 수식을 계산했다. 처음엔 손끝이 짜르르 저렸다. 그러다 손가락 한 마디가 달달 떨렸다. 이윽고 손가락 뿌리 끝까지 부들부들 경련했다. 마침내 손목, 급기야 팔꿈치까지 파드닥파드닥 퍼덕였다. 열 손가락과 팔이 이 피에 젖은 공기를 사뭇 넘놀며 결합의 술을 펼치려 들었다.

"언니……."

당혜는 속삭였다. 그 몸은 이제 익사자처럼 파랬고 귀신보다 투명했다. 혼야에게 온전히 기대었으나 무게가 없었다.

"'우리가 처음 이날을 살았을 때', 그날엔 언니가 저를 설득하셨죠. '이대로 소멸할 거니? 너는 도깨비라 다시 태어날 수조차 없는데 정말 그럴 거니? 이대로 전하께서 너를 잊고 다른 여인과 행복해지셔도 좋니?'"

"당혜야, 나는, 나는……! 미안해, 내가 다 미안해."

"후후. 저는요, 그날 덫에 걸려든 어리고 철모르는 짐승처럼 언니에게 끌려갔죠. 제가 그랬다고 언니는, 양이는 생각하셨겠죠."

당혜는 이제 체온이 없었다. 따뜻하지도 않고 심지어 차갑지도 않았다. 목소리는 봄날 미풍보다도 못하여 겨우겨우 예민한 귓바퀴를 기어 넘었다.

"언니, 저는 피해자가 아니에요. 허억, 하……. 이미 말씀드렸잖아요? 언니가 도깨비인 제가 되고 싶으셨다면 저는, 하아, 저는 언니가, 전하께 유일한 여인인 언니가 되고 싶었어요. 기만 위에 쌓아 올린 허상이어도 좋으니, 전하께 단 한 번이라도……. 제가 희대의 몹쓸 년이어도 좋고 제 욕심에 우리가 다 지옥에 굴러떨어져도 좋으니, 전하께 단 한 번만이라도…….”

당혜는 문득 고개를 들었다. 갈퀴 같은 열 손가락으로 혼야의 두 팔뚝을 그러쥐었다. 어디서 솟았는지 모를 힘으로 혼야를 흔들었다. 기실 그 힘은 미약했다. 고작해야 옷자락이나 파들대게 하는 정도였다. 그러나 혼야는 제 척추와 골수까지도 바수어지기 직전까지 뒤흔들리는 느낌이었다.

“언니, 언니! 우리 결합, 해요. 어서! 제발! 도갑을, 훔쳐요! 전하께서 우리를 절대, 무슨 일이 있어도, 잊지 못하시게! 허억, 포기하지도, 헉, 못하시게! 찾아, 헤매실 수밖에, 없게. 보란 듯 제 유언장을, 꺼내놔요. 전하께서, 제가, ‘착한 당혜’가 가엾고 안타까워서라도, 저를, 우리를, 놓지 못하시게! 그리고, 도망…… 도망가요. 전하께서 오시기 전에. 어서엇……!”

당혜는 절규했다. 마지막으로 혼야를 세게 한 번 흔들었다. 까무러쳤다. 혼야의 품으로 와르르 무너졌다.

“아아, 아아아……. 끄흑, 흐아아…….”

혼야는 비명을 목구멍에서 틀어막으며 비틀린 신음을 이었다. 삼단 같던 머리칼이 덤불쑥이 되도록 고개를 내저었다. 그 흔들리는 힘에 뼈와 살이 부서져 흩어질 듯 보일 만큼 팔을 경련했다. 온몸을 자지러트렸다. 그러다 뚝 멈췄다. 조금 전까지 이어지던 발작이 거짓인 듯 멈췄다. 눈동자를 서늘히 굳혔다. 어금니를 악물었다. 전신에서 새카맣게 보일 만큼 밀도 높은 영력을 줄기줄기 뽑았다. 영력은 비 온 뒤 죽순이 내뿜는 생명력에 여름날 덩굴 식물이 발휘하는 확장성이 이식 된 듯 무서운 속도로 검게 자라나고 뻗었다. 글자가 되고 도형이 되고 구조가 되었디. 단 몇십 초 만에 수십 겹 정교한 주술이 두 여자를 새 카맣게 감쌌다. 비로소, 두 여자에게 진정한 '오늘'이 시작되었다.

엇갈리는 진심

　양이는 살구나무 집을 지났다. 장미나무집을 지났다. 좁은 경사로를 오르고 올라 골목을 비집고 비집어 축대 그늘을 돌았다. 막다른 곳에 이르렀다. 빛이 고여 새하얀 건물을 마주했다. 건물은 오롯이 화선지인 듯했다. 미세히 질감을 살려 회칠한 새하얀 외벽에 붓으로 빚은 두 자가 선명했다.

　話花

　"화화."

　양이는 힘차면서도 다정한 그 글씨에 참 오래 시선을 맞췄다. 화화, 이야기꽃, 도깨비를 낳고 키우고 살리는 꽃, 어쩌면 도깨비 그 자체. 그 오른편으로 한 그루 매화나무가 오롯이 흑과 백으로 섰다. 매화 그늘로 자그마한 꽃신이 놓였다. 꽃신은 한 켤레가 아닌 한 짝이었다.

　'그날' 이후 도에게 남은 '당혜'란 혼이 풀려나간 텅 빈 꽃신 한 짝이었을 터다. 그러니 도가 되감을 수 있던 혼의 오라기도 남은 그 한 짝이었을 터다. 여기 남은 그 한 짝을 그려놓고 또 영원히 잃었다고 생각한 나머지 한 짝을 여백으로 남겨놓던 마음이 어떠했을까?

　"하아."

양이는 두 눈썹 사이에 골을 팼다. 입속을 맴도는 숨이 썼다.

양이는, 당혜와 혼야라는 두 여자가 하나 된 존재는 지난 수 세기 동안 모습을 바꾸며 도를 맴돌았다. 때로 나비로 날아올라 눈앞을 노닐고 때로 풀꽃으로 피어 발길에 차이고 때로 아이로 변해 아장아장 걷고 때로 나무로 서서 그늘을 드리우고 또 개가 되고 새가 되고 다람쥐가 되어 끝없이 도를 맴돌았다. 맴돌고 스치고 보았다. 기운은 공허로 감추었어도 그토록 도 주변을 맴돌지 않았는가. 그러니 도도 한 번쯤 눈길 줄 수 있었을 텐데, '너 곱구나.', '너는 누구니?', 한마디쯤 우연히 걸어줄 수도 있었을 텐데, 다정한 손길로 쓰다듬거나 웃어줄 수도 있었을 텐데, 본래 자신에겐 그거면 충분했는데, 그거면 이 숨바꼭질을 끝냈을 텐데, 도는 한 번도 그러지 않았다. 무심히 시선을 던질 때야 있었다. 그뿐이었다.

'양이'가 되었을 때, 혼야—당혜는 지쳐 있었다. 지치고 바람이 골수에 시려 더는 맨정신으로 버틸 수 없었다. 실은 죽고자 하여 양이가 되었다. 인간인 척할 수 있도록 피부 한 겹 아래에 빼곡히 주술을 새겼다. 제 안팎을 공허로 봉하고 기억마저 닫았다. '양이'로서, 평범한 인간으로서 살다가 조용히 소멸하길 원했다.

그리하여 '양이'는 아무것도 모른 채 살았다. 의식 기저부터 삶을 추구하려는 의욕이 낮아 남보다 안일하고 대충이었다. 그래도 무난히 지냈다. 별다른 일이 벌어지지 않았다면 줄곧 그렇게 살다가 서른을 넘기기 전에 두 갈래 가운데 한 갈래 끝에 도달했을 터였다. 몸부림치는 도갑에 혼이 끝없이 상처 입고 닳다가 어느 순간 바스러져 넋을 잃고 껍데기만 남든가 아니면 어영부영 평온히 살다가 내부 영력이 완전히 고갈하여 죽든가.

어떤 방식이든 '양이'가 죽으면 도의 눈을 가리던 공허는 문장에게 돌아갈 터였다. 비로소 도도 제 도갑을 느끼고 찾을 터였다. 본디 그럴 일이었다.

'한데 만나지다니. 하물며 사랑받다니! 이미 되돌리거나 사과하고 끝내기엔 너무도 멀리 왔는데!'

양이는 흉포한 아이러니를 느꼈다. 머리를 내저으며 한바탕 헛웃음 짓고 싶었다. 하나 후회하지 않았다. '그날'로 돌아갔으나 선택한 길은 처음과 같았다. 그러니 후회하지 않아야 했다. 선택에 따르는 대가를 치르는 일에도 망설이지 않아야 했다. 심호흡했다. 눈 뜨고 걸음을 디뎠다. 화화로 들어가는 문을 열었다.

양이가 문을 열자 몇 초쯤 붕 뜬 침묵이 돌았다. 공백 상태에서 비롯한 침묵은 아니었다. 화화 식구들이 빠짐없이 홀에 모여 있었다. 월주와 크닙이야 홀에서 곧잘 탁자 게임을 하고 수산도 홀에 왔다 갔다 하지만, 특별한 일 없이는 좀처럼 홀에 그림자도 비치지 않는 도마저 거기 있었다. 도는 입구가 가장 잘 보이는 위치였다. 그래서 양이는 도가 왜 거기 있는지 묻지 않아도 알 수 있었다.

"왔다!"

"양이야, 밥 먹었어?"

"찐빵!"

크닙은 두 팔을 번쩍 들었고 월주는 한 손에 약과를 들고 태연히 물었으며 도는 공간을 가로질러 양이에게로 날아들었다.

"왜 말도 없이 나갔어? 휴대전화는 왜 껐고? 여행 다녀와서 아직 몸도 온전치 않으면서 새벽부터 어딜……! 네 사생활까지 일일이 간섭하지야 않겠지만 적어도 걱정스럽게는 하지 말아줘!"

도는 목소리를 높이며 양이의 뺨으로 팔을 뻗었다. 허연 뺨에 손끝을 대며 그만 주춤했다.

"엇, 표정이 왜 그래? 무슨 일 있었어? 이런……. 미안. 내가 요새 예민한가 봐. 쓸데없이 잔소리나 하고……."

도는 핏기를 잃었다. 뻣뻣한 양이의 낯을 찬찬히 살폈다. 손을 가늘게 떨며 양이의 뺨을 더듬었다. 누그러진 목소리로 말했다.

"피곤하지? 들어와."

"킥킥. 전하 또 연애하신다."

"안 되겠다. 우리 이불 깔고 자리 비켜드리자."

화화 식구들은 홀 안에서 히득대었다. 그러나 재미난 구경거리를 놓치고 싶지 않은 듯 엉덩이를 뗄 기미를 보이지 않았다.

"들어가자. 어서."

뒤에서 뭐라든 도는 양이만을 보았다. 창백한 양이의 이마에 입술을 눌렀다. 양이의 뺨에서 양이의 몸으로 팔을 내렸다.

양이는 반걸음 물러섰다. 자신을 안아 들려는 도를 피했다. 무표정히 팔을 들었다. 느리되 단호하게, 도의 가슴을 밀어냈다. 이를 악물지 않았다. 입술을 헐거이 하지도 않았다. 감각을 닫고 생각을 멈추고 무정물 같은 마음이 되려 했다. 밀어냄에 주춤하는 도에게 빛이 없는 눈길을 뻗었다. 제 안팎을 감싼 공허한 힘을 서서히 거두었다. 제 속을 한 겹 싼 힘을 걷자 혼의 고치에서부터 몸부림치는 도갑이 더욱 선명히 느껴졌다. 순간 다리가 휘청였다.

"찐빵, 왜……. 왜 그래? 정말 무슨 일 있구나?"

도는 양이가 저를 남처럼 밀어냈다는 사실에 몹시 당황했다. 양이의 기운이 명확히 달라졌지만 그 사실을 기민히 감지하지 못했다. 양이 안색을 꼼꼼히 살피며 다시금 그 뺨으로 손을 뻗었다. 다정히 덧붙였다.

"아아, 아니지. 안 물을게. 일단 들어가자. 너 많이 지쳐 보여."

양이는 다시금 도의 가슴을 밀었다. 가슴에 닿은 손바닥으로 쿵쿵쿵 세찬 박동이 전해졌다. 그 박동은 단순히 염려하고 마음 아파하는 수준이라기엔 너무도 빠르고 급했다. 양이가 손댄 잠깐 사이에도 점점 더 급하고 세차져 가슴뼈를 부숴낼 듯했다. 양이에게 일어난 변화를 심장이 머리보다 앞서 이해한 듯.

"양, 이야……."

도는 더듬댔다. 양이를 주의 깊게 살피다 움찔 몸서리쳤다. 막막한 숨을 혀끝에 달았다. 지극히 맑은 두 눈을 파르르 떨었다. 양이의 뺨을 부드럽게, 처음 보는 솜사탕을 뭉그러트릴까 봐 조심하는 어린애처럼 부드럽게 쓸어내렸다. 거울을 흘러내리는 비누 거품처럼 손끝이 미끄러졌다. 그 흘러내리는 결에 양이의 닫힌 입술이 더듬어졌다. 손끝은 턱을 거쳐 목을 지났고 빗장뼈 사이에 이르렀다. 떨렸다. 그 물성(物性)은 부드러우나 태풍에 무섭도록 경련하는 버들잎처럼 떨렸다.

양이는 표정에 아무런 변화가 없었다. 도에게 뻗은 눈길을 틀지도 거두지도 않았다. 도의 검은 눈 속에서 일어나는 파도와 폭풍을 말없이 보았다.

도는 고개 저었다. 반 발짝 물러서며 양이의 몸에서 손을 뗐다. 동작 하나하나가 유독 굼떴다.

"네게서 왜……."

도가 내는 목소리는 연약했다. 도답지 않았다. 도는 다시금 천천히 고개 저었다. 제 본체를 불러보았다.

"큭······!"

양이는 각오하고 있었다. 하나 그러지 않아도 몸부림치던 도갑이 주인에게 부름받아 발작하는 순간 충격을 견디지 못하고 신음했다. 자칫 혀를 깨물 일을 그나마 입술을 찢는 선에서 그치며 허옇게 질렸다. 도갑을 동여맨, 그동안 무수히 닳고 헤어진 제 혼이 이번에야말로 찢겨나갈 듯 요동했다. 무릎을 휘청이며 두 팔로 제 몸을 안았다. 속절없이 파들댔다. 고통에 눈길이 사나워져 뜻하지 않게 도를 노려보았다.

"둘 다 들어가! 당장!"

수산은 이상을 감지했다. 도보다 빨리 그 이상 상태를 현실로 인정했다. 월주와 크닙에게 나직이, 강하게 명했다. 크닙이 월주를 끌고 지진을 피하는 쥐처럼 사라졌다. 수산은 허공에 거대한 창을 불러냈다. 몸을 팽팽히 하고 도를 주시했다.

"아!"

도는 양이가 고통스러워하자 그제야 숨죽여 외쳤다. 그 외침은 짧고 억눌린 비명이었다. 도는 도갑을 부르는 행위를 즉각 멈췄고 양이에게 다시 반 발짝 다가섰다. 고통에 덜덜 떠는 양이를 끌어안을 듯 두 팔을, 두 손을 뻗었다. 그러나 차마 양이에게 손대지 못했다. 양이의 살갗 한 치 앞에서 손끝을 굳혔다. 세 번째로 고개 저었다. 입술을 뻐금댔다. 숨을 새삼 삼켰다. 아찔한 눈을 질끈 감았다 떴다. 양이에게서 흘러나오는 기운을 찬찬히 다시 살폈다.

"왜······?"

도는 이해할 수 없었다. 그 영민한 머리가 화석 같았다. 지금 느끼는 바를 이해할 수 없었다. 자신이 한때 너무도 익숙히 접하던 영기가 양이에게서 짙게 풍겼다. 그 영기는 기억과 상당히 달랐지만 분명 제가 알던 '어떤 영기'와 근본이 같았다. 그리고 무엇보다도 제 도갑이, 제 본체를 구성하는 절반이, 그토록 간절히 찾아 헤매던 제 근본이 양이 깊숙이에서 느껴졌다. 도는 양이 한 치 앞에서 열 손가락을, 두 팔을 떨었다. 녹슨 쇠를 긁듯 신음했다.

"설마……. 아아……. 아니지? 하……! 하하."

도는 급기야 웃었다. 웃고 또 고개 저었다.

"아니야. 왜 네가, 네게서……. 아니지? 아니야. 그렇지? 하! 내가 무슨 생각을 하는 거야, 지금. 하하!"

도는 이마를 짚었다. 비틀거리며 너털웃음을 터트렸다. 다시금 제 도갑을 불렀다.

"큭!"

허옇게 질린 양이가 또 휘청였다. 도는 웃음을 그쳤다. 도갑을 향한 부름을 멈췄다. 떨리던 눈을 굳혔다. 숨죽여 청했다. 아니, 명했다.

"아니라고 해."

"허억, 헉……."

양이는 제 무릎을 부여잡고 숨을 몰아쉬었다. 두 눈에 핏줄이 터지고 눈물이 들이찼다. 그러면서도 내내 도에게서 시선을 떼지 않았다. 생긋 입꼬리를 휘었다. 서서히 상을 뭉그러트렸다. 새로이 형상을 구축해 올렸다. 풍만하게 솟은 가슴과 사슴 같은 팔다리, 깨끗하게 뽀얀 살결과 유독 붉은 입술, 붓꽃과 사파이어 같은 각기 다른 두 눈, 밤이 녹고 별이 깃든 듯 검게 윤기 흐르는 머리칼까지, 도가 기억하는 수라 혼야와 한 치도 다름없이 꼴을 바꿨다. 쓰러지지 않으려, 목소리와 눈동자를 떨지 않으려 집중력을 바닥까지 긁어모았다. 짐짓 즐겁게 말했다.

"후훗, 이제 깨달았군요. 숨바꼭질은 끝났어요, 도. 당신이 이겼네요. 너무 오래 걸렸지만."

양이가 말을 잇는 동안에도 도는 양이에게 손을 뻗지도 거두지도 못하고 머뭇대었다. 그러나 양이가 입술을 다물고 다시 한 번 진하게 미소 짓자, 풍선이 바람에 팽창하듯 동공을 부풀렸다. 그 까만 눈을 이내 혹 좁혔다. 작게 줄어든 그 눈은 경계하는 맹금 같았다.

양이는 겉으론 입술을 넓게 펴고 미소 지었으나 속으론 웅크렸다. 두근대는 심장박동 소리를 낮게 깔린 숨소리로 눌렀다. 수축한 도의 까만 두 눈을 제 머리를 겨눈 총부리인양 응시했다.

'그날'에서 '오늘'로 돌아온 직후, 양이는 아무 흔적 없이 소멸을 택하려 했다. 도갑만 세상에 남기려 했다. 자신이야 그편이 차라리 편할 터였다. 하나 그러지 못했다.

'그러면 당신은 영원히 찾지 못할 '당혜'를 찾아서, '양이'를 찾아서 마냥 헤맬 테죠.'

양이는 화화로 돌아왔다. 가만히 섰다. 기둥에 묶여 발포음을 기다리는 사형수처럼 숨죽였다.

"전하!"

수산은 도를 오래 모신 측근다웠다. 도가 뿜는 기색이 미묘하게 변하자 즉각 반응했다. 거대한 창을 도에게 겨누며 단숨에 공간을 뛰어넘었다. 동시에 도도 변했다. 기름이 부어진 불처럼 황금빛 영기를 솟아올렸다.

쩌엉! 새카맣게 영기를 두른 수산의 창끝이 황금빛 영기에 부딪혀 튕겨 나갔다. 수산은 깜짝 놀라 다시 덤벼들었다. 양이가 화화에 오기 전까지, 도갑을 잃은 도는 흉흉히 날 선 도(刀) 그 자체였다. 한번 화가 오르면 쉬이 억누르지 못했다. 수산은 유사시 도가 폭주하는 일을 막도록 도에게 명받았고 지금껏 그 역할을 훌륭히 수행했다. 하나 오늘 도에게서 뿜어지는 황금빛은 눈 한 번 깜박이기도 전에 엄청난 밀도로 공간을 점령했다. 도와 함께 별일을 다 겪은 수산조차도 맞닥뜨린 적 없는 밀도였다.

쩌엉! 수산은 재차 튕겨 나갔다. 반탄력을 이기지 못하고 벽에 처박혔다.

도는 양이에게서 시선을 떼지 않았다. 서늘히 으르렁거렸다.

"도수산. 방해하지 마라. 공연히 말려들어 죽고 싶지 않거든."

도에게서 뿜어지는 영기는 삽시에 공간을 점령했다. 도와 양이를 둘러싼 반경 몇 미터는 이제 금빛이 아니었다. 먹물을 통째로 들이부은 수조 같았다. 극단으로 짙어진 영기는 물리성마저 띠었다. 빛을 반사해낼 틈조차 없었다. 도가 펼치는 영역 안에 든 일체가 로드롤러에 뭉개지듯 찌그러들고 바스러졌다. 수산이 무엇을 해보려 해도 저 안은 절대적 수압과 어둠이 지배하는 심해 같았다. 완전히 폐쇄된 다른 세계로서 이제 그 안으로 들어갈 수도 그 안을 엿볼 수도 없었다.

양이는 뭉개지지 않았다. 바스러지지도 않았다. 하나 깊은 바다에 처박힌 듯했다. 숨이 막혔다. 온몸이 조여들었다. 가해지는 압력은 방향을 특정할 수 없으나 막대했다. 도는 아직 양이를 부수거나 망치려들지 않지만 양이를 풀어주려 들지도 않았다. 양이는 호박 속에 갇힌 벌레처럼 철저히 도의 영기 안에 갇혔다. 손끝도 움직일 수 없었다. 눈조차 깜박이지 못했다. 겨우 얕은 숨만을 쉬었다.

양이는 공허를 일으켜 이 압력을 지워내고 싶었다. 하나 참았다. 이

만한 힘을 밀어내자면 자신도 공허를 상당히 끌어올려야 했다. 공허를 간신히 다루는 처지에서 그건 위험한 행위였다. 더욱이 자신이 그런 짓을 하면 도는 뿜어내는 영기의 밀도만 더 높일 터였다. 그렇지 않아도 쇠약해진 도기 여기서 더 폭주하면 돌이킬 수 없는 지경에 처할 수 있었다. 무엇보다 양이는 생각했다. '나는 처분을 기다릴 뿐 저항할 자격이 없다.'고.

양이는 숨을 깊이 쉬지 못해 딸꾹질하듯 얕게 할딱였다. 실핏줄이 촘촘히 터진 눈으로 도와 눈을 맞췄다. 실은 도를 보려 하지 않는다 해도 눈을 깜박일 수도 고개를 돌릴 수도 없었다. 그러니 그건 양이가 도를 본다기보다 도가 양이를 보는 상황이었다. 양이에게 붙박인 도의 두 눈은 퍼렇게 보일 만큼 서늘히 타올랐다.

"너, 무슨 짓을 했어. 혜로도 모자라, 양이에게 무슨 짓을 했어?"

도는 목소리가 굵게 떨렸다. 한 번 음색이 흔들릴 때마다 양이에게 가해지는 영압도 경련하듯 높아지고 낮아졌다. 그러나 이런들 저런들 영압의 절대치가 강해 양이는 입술을 삐끔댈 수조차 없었다. 겨우 숨만 붙어 할딱였다. 도는 그 사실을 깨달았고 양이의 목 위로만 압력을 다소 느슨히 했다. 그러나 거기서 자리를 비킨 영기가 양이의 몸으로 더해졌다. 양이는 자유를 되찾은 성대로 속절없이 신음했다.

"흑……."

양이는 뜻하지 않게 흘린 신음을 후회했다. 혹여나 도에게 동정을 사고 싶지 않았다. 나약히 신음한 만큼 한껏 기세를 끌어올렸다. 입술 위에서 웃음을 터트렸다. 그건 힘없는 웃음이었으되 모질었다. 양이는 폐가 여전히 짓눌렸으므로 얕게 할딱였다. 세피리를 불듯 가늘게 쏘아붙였다.

"'내'가 양이에게 무슨 짓을 했다? 후훗. 재밌네요. 늘 단호하고 영리한 당신이 이렇게 빤히 보이는 진실을 부인하나요? '양이'가 누구인지 정말 모르겠어요?"

양이는 공의 힘을 내비쳤다. 아주 약간만, 도가 그 힘을 억누르려 들다가 무리하지 않을 만큼만 힘의 끝자락을 끄집어냈다.

"하!"

도는 눈이 몹시 흔들렸다. 그러나 곧장 더욱 차게 눈동자를 굳혔다. 양이가 공의 힘을 끌어올린 만큼 양이에게 영력을 밀어붙였다. 빼꼼 고개를 내밀었던 공의 힘을 깡그리 압살했다. 불꽃을 품은 얼음처럼, 저 깊숙이는 더없이 뜨겁게 일렁이되 일견 서늘히 얼어붙은 눈으로 양이를 직시했다.

"나를, 속였어? 그렇게 아무것도 모르는 듯 순진한 눈으로?"

도가 내는 목소리는 분노로 찼다. 그러나 섬약했다. 양이는 왈칵 울 뻔했다. 고통스럽거나 두려워서가 아니었다. 마음이 아팠다. 그래도 차게 웃었다.

"잊었나요? 당신은 함께 배운 우리 셋 가운데 가장 강했지만 술법가로서 가장 부족했어요. 작정하니 당신을 눈가림하는 일쯤 쉽더군요."

"네가……."

도는 부들부들 떨었다. 그 떨림을 도무지 붙잡아 멈출 수 없었다.

"늘 자신만만하던 당신이 전전긍긍하며 죽어가는 모습도 괜찮은 구경거리였어요. 하지만 오래 보다 보니 지루하더군요. 조금만 더 가지고 놀아볼까 하고 접근하긴 했지만……."

양이는 입술 끝을 끌어올렸다. 뺨이 뻣뻣하게 떨렸지만 목적에 만족스러울 만큼 웃어낼 수 있었다. 미간을 찌푸렸다. 도를 보며 짐짓 가엾다는 듯 눈썹을 내렸다.

"사는 게 참 재밌죠? 당신이 나와 사랑에 빠져줄 줄이야."

그 명백한 도발에도 도는 대꾸하지 않았다. 가만히 양이의 입만 보았다. 그 입술이 그리는 궤적, 그 입술 사이로 보이는 하얀 이, 이 사이로 보이는 발간 혀, 혀와 이와 입술의 떨림을 보았다. 그러다 말했다.

"거짓말."

그 목소리는 한숨처럼 부드럽고 가문 겨울 끝 봄비처럼 간절했다. 도는 상냥하게 달래듯 말을 이었다.

"거짓말. 나는 너를 알아. 너는, 눈앞에서 칼을 찌르면 찔렸지 그런 짓 못 해. 그렇게 오래, 아무렇지 않은 얼굴로 태연히 거짓말을 하고, 그렇게, 감쪽같이……."

도의 말씨는 무척이나 다정했지만 양이는 타들어 가는 도화선을 보는 기분이었다. 도에게서 눈을 떼지 않고 말을 받았다.

"그래요. 나는 연기에 소질이 없어요. 그래서 내 기억을 닫았죠. 참, 꼴사납기도 하지! 지난 며칠 당신도 익히 봤지만, 그 탓에 나도 감정에 혼선이 와서 고생 좀 했어요. 후훗. 하지만 그래 볼 만했네요? 당신이 제대로 엿 먹은 표정을 하는 걸 보니, 썩 유쾌해."

양이는 쌕쌕 가늘게 말을 이었다. 압력에 짓눌린 상태에서도 고개를 슬쩍 갸웃했다. 재차 미소했다.

"어때요? 실감 났죠? 소감 좀 들려줘 봐요. 재밌지 않……."

"닥쳐!"

"흐윽!"

도에겐 거기까지가 한계였다. 양이는 뒤로 수 미터 밀려났다. 구겨지듯 밀쳐지며 영기의 심해로 처박혔다. 이번에야말로 조금도 숨을 쉴 수 없었다. 온몸이, 손마디 하나까지도 죔쇠에 조여지듯 아팠다. 극심한 고통에 변신이 풀렸다. 뚜렷이 고정된 실체가 없었으므로 여러 겹의 변신 주술진으로 형체를 고정해둔 양이 모습으로 돌아갔다.

　"혼야!"

　도가 달려들었다. 도는 영기에 파묻혀 구겨진 양이에게 짐승처럼 덤볐다. 그 몸에 올라탔다. 양이를 멱살을 잡아채어 들어 올렸다가 바닥에 처박았다. 그 순간 도의 심장에서 도의 본체, 서늘하게 날 선 환두대도가 절로 뽑혀 나왔다. 크헝! 도신을 휘감은 금룡이 울부짖었다. 대도(大刀)는 도의 심장에서부터 쏟아져 번개처럼 양이를 꿰뚫었다. 양이의 가슴에 꽂혀 세 치 아래로 내리그어졌다. 밀도 높은 영기가 모든 것을 틀어막아 상처는 끔찍했으되 피 한 방울 튀지 않았다. 빽빽한 황금빛 사이로 피와 살이 검붉게 피었다. 도는 그 벌어진 상처에, 제 심장과 은빛 칼날로 연결된 양이의 오른 가슴에, 부들부들 떨리는 손을 가져다 댔다. 제 본체인 도(刀)와 양이의 가슴을 한 손에 틀어쥐고 도갑을 불렀다. 도갑이 양이 안에서 격렬히 몸부림쳤다. 양이의 몸이 끔찍한 영적 밀도에도 불구하고 도마 위 생선처럼 튀었다.

　"홋, 하…… 학……."

　양이는 억눌려 비명조차 지르지 못했다. 말이 되지 못하는 짧은 숨만 간간이 한 음절씩 토했다. 도갑이 치는 몸부림이 여느 때와 비교할 수 없을 만큼 처절했다. 차라리 까무러치고 싶었다. 지독한 고통에 그럴 수조차 없었다. 붉은 눈으로 도만 보았다.

　도는 파랗게 질렸다. 눈앞에 검붉게 벌어진 양이의 상처와 피에 도깨비로서 본능에 닿은 공포가 일었다. 그러나 그 공포를 제대로 의식하지조차 못했다. 영기를 그렇게나 쏟아부으면서도 그 영기로 양이의 혈기를 태울 생각조차 못했다. 비명인지 울음인지 모를 목소리로 말했다.

"그래, 내 도갑이, 네게……. 그래서였어. 그래서 네 곁에 있으면 잠들 수 있었어. 나는 그것도 모르고 병신같이……. 재미있었냐고? 하핫! 재미있었냐고? 넌 재미있었나? 말해! 내가, 널……. 내가 네게……. 네게, 사랑한다고, 사랑한다고 말할 때, 어떤 기분이었지? 네 키스 한 번에, 포옹 한 번에, 어린 소년처럼 좋아하던 날 보면서, 그래, 재미있었나? 응? 말해!"

딱 말할 수 있을 만큼만 도가 가하는 압력이 느슨해졌다. 양이는 고통에 헐떡이며 겨우 답했다.

"재미, 하아, 있었죠. 나처럼 당신도, 날 잊지도 못하고 버리지도 못한 채 헤매다, 흐윽, 웃……. 그러다, 사랑하는 사람에게 한순간에 버림받는 기분이, 그 사랑이 다, 장난이었다고 선고받는 기분이, 어때요?"

양이는 하악하악 밭은 숨을 내쉬었다. 축 늘어졌다. 더는 표정도 목소리도 가다듬을 수 없었다. 겨우 미소 짓긴 했으나 그 미소는 연약했다. 물젖은 흐릿한 시야로 보이는 도는 바들바들 떨었다. 새빨갛게 달아오른 눈으로 울었다. 눈물을 뚝뚝 떨어트렸다. 신음하며 으르렁거렸다.

"아무리 그렇더라도, 왜, 대체 왜, 왜 이렇게까지 했어!"

도는 절규하며 양이의 가슴을 쥐어뜯었다. 치명상을 입은 짐승처럼 상체를 웅크리며 양이에게로 무너졌다. 양이의 속에서 도갑이 쉴 새

없이 발작했다.

"으, 흐으······."

양이는 신음했다. 제게로 쏟아지는 무게를 받아들이며 또르르 뺨 위로 눈물을 미끄러뜨렸다. 까무러쳤다. 희미해지는 의식으로 간절히 기원했다.

'울지 마요, 도. 미련, 다 버려요. 나는 그 어떤 변명도 사과도 할 수 없을 만큼 당신을 상처 입혔고 우리 관계는 결코 회복할 수 없을 테니까. 그러니 버려요. 다른 여자 만나면서도 첫사랑 초상화나 연서 따위 자꾸 꺼내 보지 말고. 내게 감정이 조금이라도 남았다면 차라리 증오로 바꿔요. 활활 태워요. 그래야 바람 불면 재가 날아가고 언젠가 잊어버리죠.'

고통에 뻣뻣하던 양이는 끈 떨어져 무너지는 인형처럼 와르르 힘을 잃었다.

도는 울었다. 파랗게 질려 하염없이 울었다. 양이 위로 허물어진 채 텅 빈 바닥만 주먹으로 내리쳤다. 통곡이 금빛 심해에 갇힌 채 켜켜이 쌓여갔다.

※✤※

양이는 눈을 떴다. 시야가 흐렸다. 눈앞이 물을 잔뜩 부어 뒤섞은 팔레트 같았다. 혼의 중심에서부터 뒤흔들려 몹시 피로했다. 폐를 부풀리고 꺼트리는 일조차 힘들었다. 숨이 막혀 일부러라도 공기를 마시려 입술을 벌렸다. 공기가 들어가자 오른 가슴이 지끈거렸다.

"으······."

양이는 기억해냈다. 칼날이 그곳을 꿰뚫었었다. 도의 심장에서부터 날아온 날붙이가 그곳을 꿰뚫어 자신과 도를 하나로 꿰었었다. 조심히 숨을 뱉었다. 물먹은 솜 같은 팔을 힘겹게 들어 꿰뚫렸던 자리를 더듬었다.

"아, 흑……."

그 자리가 몹시 쑤시고 욱신거렸다. 그래도 상처가 만져지지 않았다. 옷 역시 칼날에 뚫렸어야 하거늘 찢긴 곳 없이 멀끔했다. 찬찬히 섬유를 더듬으니 그 감촉이 의식을 잃기 전과 달랐다. 질 좋은 면섬유 특유의 부드러움이 느껴졌다. 잠옷 같았다.

'왜?'

양이는 의식을 잃기 직전에 '이대로 끝나리라.' 생각했다. 도갑을 끌어당기는 우악스러운 기세에 그대로 혼이 바수어져 소멸하겠거니 여겼다. 다시 눈뜨리라고는 전혀 기대하지도 바라지도 않았다. 한데 왜 아직도 숨을 쉬고 옷이 갈아입혀져 이렇듯 살아 있는지 이해할 수 없었다.

두 눈은 빛과 색을 어렴풋이 구분하는 일 외에는 기능하지 못했다. 양이는 피로로 산란한 정신을 간신히 수습하여 두 눈에 신경을 곤두세웠다. 눈을 비빌 기운까지야 없으니 찌푸리고 깜박이기만 되풀이했다. 여차하여 흐릿하게나마 초점을 찾았다. 사물을 제대로 식별할 정도야 아니나 윤곽을 얼추 구분할 수 있었다.

'아!'

양이는 소리 없이 숨을 멈췄다. 가슴이 지끈하여 다시 신음할 뻔했다. 도였다. 도가 자신을 보았다. 표정이 보이지 않지만 그 안색이 유독 창백했다. 마치 오래도록 그러고 있던 듯, 한쪽 무릎을 세우고 그 위에 팔을 늘어트린 채 자신을 내려다보았다.

양이는 가슴을 쥐어뜯기는 듯했다. 안간힘을 다해 신음을 눌렀다. 무슨 말을, 행동을 해야 할지 몰랐다. 도를 바라만 보았다. 침묵이 힘겨워 아무 말이나 꺼냈다.

"왜, 안 죽였죠? 내 혼을 찢어서라도 도갑을 찾았어야죠."

목은 상처 입었고 물기가 없었다. 거기에서 나는 소리는 쉬고 맥없었다. 양이는 제가 한 말이 도에게 들리기나 했을지 알 수 없었다. 그 목소리는 제 귀에조차 거의 들리지 않았다.

"아……."

다음 순간 양이는 도에게 안겼다. 지독한 피로로 인지능력이 현저히 떨어져 제 몸이 어떻게 움직였는지 알 수 없었다. 그러나 눈을 깜박이자 도의 품이었다. 목을 가누지 못하여 늘어트린 채 부옇게 번진 도의 얼굴을 반 자도 안 되는 거리에서 마주했다. 한숨 섞인 신음을 흘리는데 입술에 무언가 닿았다.

"마셔."

도는 말했다. 감정을 읽을 수 없는 음색이었다. 양이는 입술을 타넘어 혀 위로 흘러드는 따뜻하고 씁쓰레한 액체를 느꼈다. 도는 그것이 독인지 약인지 말해주지 않았다. 양이도 궁금해하지 않았다. 양이는 도가 사발을 기울여주는 대로 순순히 정체 모를 약을 마셨다. 그러나 목도 혀도 능숙히 움직여지지 않았다. 액체가 조금씩 흘렀다. 도는 잠시 멈추었다. 비단 손수건을 꺼내 양이의 입가를 닦았다. 제대로 가누지 못하는 양이의 머리와 턱을 제 무릎과 손으로 지지했다. 처음보다 느린 속도로 액체가 흘러들어 가도록 낮은 각도로 그 입술에 사발을 기울였다. 누가 곁에서 보았다면 지겨워할 만큼 느릿느릿한 사발을 비웠다. 연달아 작은 쟁반이 양이의 입가에 기울여졌다. 이번에 흘러드는 액체는 둔해진 혀에도 달고 청량했다. 양이는 그게 승로반(承露盤)에 받아둔 감로수겠거니 짐작했다. 정체 모를 쓴 약에 지친 혀와 말라붙었던 목구멍에 단비가 내리는 느낌이었다.

"왜……."

그때까지도 양이는 시야가 온전치 않았다. 육체와 정신 양면으로 기력이 바닥을 쳐서 눈앞에 있는 도조차 흐릿했다. 차라리 그 표정이 보이지 않아 안도했다. 입술을 달싹였다.

"나를 왜……."

'왜 살려두었죠?'

양이는 그렇게 물으려 했다. 그러나 따뜻한 약과 감로로 긴장이 풀려 말이 나오질 않았다. 흐리마리 바스러지는 말에는 답이 돌아오지 않았고 양이는 다시 눕혀졌다. 이불에 덮이며 막연히 짐작했다. 자신이 의식을 잃은 동안 누웠던 자리, 지금 다시 눕혀진 자리는 익숙한 도의 방, 도의 금침인 듯하다고. 그 점이 퍽 혼란스러웠다. 자꾸 감기려 하는 눈, 거듭 아득해지는 의식을 억지로 깨우며 되풀이했다.

"왜, 왜……. 어째, 서……."

대답 대신 커다랗고 뜨거운 손이 이마에 닿았다. 잠시 후 서늘한 음성이 내려앉았다.

"당혜, 어쨌어? 그 애를, 내가 되찾지 못한 그 혼 절반을, 어찌했어?"

'궁금한 것이 있어서…….'

양이는 비로소 저가 살아남은 까닭을 이해했다. 무언가 답을 하려 입술을 달싹였다. 그러나 빈 허공만 베어 물었다. 조금 전 정체 모를 액체를 마신 뒤로 점점 긴장이 풀렸다. 덕분에 온몸에서 올라오던 통증이 그만했지만 가뜩이나 둔하던 감각 역시 고무 도막처럼 무뎌졌다. 신경을 곤두세우려 해도 세울 수 없고 집중하려 해도 정신이 녹으니 몸이야 조금 전보다 편해도 말과 행동을 할 수 없었다.

"후우."

한숨 소리가 들렸다. 이마에 닿은 손에서 부드럽고 풍부한 영기가 흘러들어 왔다.

'아!'

양이는 이 영기를 알았다. 이는 성질이 온유하면서도 심지가 단단하고 향취가 달콤하면서도 감촉이 윤택했다. 여간한 수행으로 얻을 수 있는 영기의 성질이 아니므로 귀하고 또 아름다웠다. 양이는 당혜로서 이야기 정기가 결핍되어 죽어갈 때 스스로 호흡할 수 없는 자가 산소통에 의지하듯 이 영기로 명줄을 이었다. 그러므로 이를 모르려야 모를 수가 없었다. 도는 지금 제 영기를 양이에게 불어넣고 있었다.

'안 돼!'

도는 긴긴 세월 쇠약해진 몸이었다. 양이를 곁에 두며, 또 지난 며칠 양이와 몸을 섞으며 제법 회복했으나 그간 워낙에 상했다. 부발루스 세계에서 입은 타격조차 채 치유하지 못했고 양이가 까무러치기 직전에는 위험할 지경으로 영력을 들이부었다. 양이는 도가 자신에게 영기를 낭비하게 하고 싶지 않았다. 처음에는 힘이 없어 고개조차 잘 젓지 못했으나 수 초 뒤엔 베개 위에서 머리가 떨어지도록 몸부림쳤다. 팔을 들어 도의 손목을 잡았다. 눈을 찌푸렸다.

"그만둬요!"

쉬고 작은 목소리였으나 제법 또렷하게 말이 나왔다. 시야도 조금 더 선명해졌다. 명확하지 않지만 도는 무표정해 보였다. 제 손목에 얽힌 양이의 손을 뿌리치며 양이에게서 손을 뗐다. 냉랭히 반복했다.

"당혜 어쨌어? 그 애의 혼백 절반을 어찌했어?"

물음은 고요한 분노에 젖어 있었다. 명백히 추궁이었다. 지금 양이를 회복시켜준 이유가 오로지 답을 빨리 듣고 싶어서라는 듯했다.

양이는 되레 그 태도에 안도했다. 여유를 조금 되찾았다. 기력을 끌어올려 눈을 치켜떴다. 입을 열었다. 기세 좋게 쏘아붙이고 싶었으나 여전히 쉬고 느린 소리밖에 나오지 않았다. 그래서 쓴웃음이나마 지어 보였다. 자신에겐 이 모든 일이 우습고 대수롭지 않다는 듯.

"짐작했잖아요? '그날' 죽였어요. 당신 도갑을 훔치려고요. 당신 도갑은 허락받지 못한 내가 손대기엔 보호력이 지나쳤거든요. 그래서 당신에게 '허락받은' 그 계집애 혼이 필요했어요. 그 애의 혼과 백을 갈가리 찢었죠. 쉽던데요? 이미 병들어 무기력해서 풀 한 포기 쥐어 뜯기보다 쉬웠어요. 다는 필요 없으니 찢은 혼의 절반은 내버리고 남은 절반은 '돌아가지 못하게' 주술로 묶었죠. 당신 도갑을 싸는 포장지로 썼어요. 뭐, 내 본래 목적은 당신 도갑을 훔쳐내서 당신을 병신 한 번 만들어보자는 거였지만 그 계집애를 이용함으로써 당신에게 고통을 주려는 내 목적도 더 공고히 달성한 셈이죠. 근데, 참 재미있지 않아요?"

양이는 도에게 영기를 받아 기력이 올라갔으나 아직 몸이 온전치 않았다. 힘에 부쳐 쌕쌕대며 웃었다. 여전히 흐릿하게 뭉개진 도의 얼굴을 힘겹게 바라보았다. 덧붙였다.

"여인에겐 '진심이 없는' 왕인 당신이 그 계집애 일을 아직도 마음 아파할 줄이야. 깜짝 놀랐다니까요? 그 계집애는 나와 달리 정말 특별했나 봐."

"내게 고통을 주고 싶었다면……."

도는 딱히 이렇다 할 동작이 없었다. 이렇다 할 표정도 보이지 않았다. 다만 목에서 쇳소리를 냈다. 거칠고 비릿하게 말을 이었다.

"나만 건드렸어야지. 그 애는, 당혜는 아무 잘못도 없었어."

차분한 태도와 달리 도는 분노했다. 의지를 붙잡은 힘이 한 치만 느슨해져도 바다 하나 엎거나 산맥 한 줄기 부술 턱이었다.

그러나 도는 분노를 억눌렀다. 증오를 다독였다. 저 도발에 쉬이 휘말리기엔 혼야를, 양이를 알았다. 같이 자라고 사랑한 혼야를 얼마나 잘 아는지는 말할 필요도 없거니와 근래엔 제 마음과 정신을 최대로 쏟아 '양이'를 살피고 걱정했노라 단언할 수 있었다. 경험과 관찰로써 판단한 성품에 소소한 여러 정황을 더해보니 영 이상했다. 아무래도 위화감이 들었다.

'양이'는 제 말마따나 연기에 소질이 없었다. 여유로운 척했지만 무척 초조해했고 도를 조롱하는 듯했지만 울고 있었다. 저 도발은 진심으로 우러나온 행동이라기보다 처절하게 쥐어짠 행동이었다. 그게 무언지 몰라도 '양이'는 아주 중요한 사실을 숨기고 있었다.

하여 도는 분노를 눌렀다. 제 눈이 흐려질까 경계했다. '양이'가 하는 행동이나 말을 감정적으로 받아들이지 않으려 했다. 마음을 최대한 가라앉혔다. 지극히 냉정해졌다.

도가 예상했다면 예상한 대로, 양이는 또다시 어색하게 굴었다. 뻣뻣한 뺨으로 실소했다. 떨리는 음색을 가다듬으려 딱할 만큼 애썼다. 조금도 위협이 못 되게 어설피 눈을 흡떴다. 힘없이 속삭였다.

"그 계집애가 아무 잘못도 없다? 주제를 모르는 무지도 죄예요."

"뭐?"

'너, 어디까지 갈 생각이냐? 뭘 감추는 거냐?'

"도당혜, 그 계집애가 당신에게 뭘 해줬죠? 왕비로서 내소했나요? 당신이나 도깨비를 지키려 싸웠나요? 침전에서 당신을 즐겁게 했나요? 그 애는 철모르는 아기 도깨비란 이유 하나만으로 생떼를 써서 당신 옆자리를 차지했어. 그 자리가 어떤 자리인지도 모르고서 천진하고 멍청하게 웃기만 했을 뿐 당신에게 아무 일도 해주지 않았어."

도는 냉정히 감정을 눌렀지만 당혜라는 이름에 심장이 아렸다. 표정이나 말씨에 감정을 내비치지 않았으나 잠시 숨을 멈췄다. 고요히 말했다.

"헛소리. 넌 당혜를 몰라."

"내게도 귀는 있어요. 풍문만 들어도 알 수 있죠. 그 애는 자격이 없었어. '혼야'를 제치고 당신 옆에 앉을 자격은 더더욱 없었어! '혼야'가, '그녀'가 당신을 지키려 무엇을 희생했는데!"

'혼야, 그녀……. 분명 네 기운은 근본이 혼야이거늘 넌 수라 혼야를 타인처럼 일컫는군.'

도는 또다시 위화감이 들었다. 그러나 양이는 제가 무엇을 잘못 말했는지 눈치채지 못했다. 감정이 날뛰었고 기력이 바닥이었다. 애써 강한 척을 하느라 집중력이 바닥이었다. 자연히 생각이 둔했다.

"'수라 혼야'가 무엇을 희생했다는 거지?"

도가 묻자 양이는 짐짓 기세등등하게 눈을 빛냈다. 제 증오와 복수에 근거를 대야 했다. 자그마한 부스러기라도 도 안에 저를 향한 어떤 감정이 남았다면 말끔히 털어주어야 했다. 제 안의 미련도 털어버려야 했다. 이 관계는 이제 끝장이라고, 회복할 여지 따위 없다고 못을 박는 기분으로 악을 그러모았다.

"수라─도깨비 전쟁에서 당신은 열세에 몰렸어요. 그러나 유월 보름 전장이 전환점이었죠. 그 보름 전투에서 당신은 대승을 거뒀고 여세를 몰아 전쟁을 끝냈어요. 당신은 모르죠? 그 유월 보름 전장은 본래 당신과 십만 도깨비 정예군이 누울 무덤이었어요. 함정은 완벽했죠. 혼야는 장수이자 전술가로서 확신했어요. 당신은 절대로 이 함정을 벗어날 수 없다고, 알아도 피할 수 없다고. 혼야는 그 전장에서 삼군 중 좌익을 총지휘했죠."

양이는 눈에 띄게 헐떡였다. 일으키지도 못하는 몸을 금침 위에서 파드득 떨었다. 식은땀을 흘리며 이를 사리물었다.

"헛소리. 혼야는 그 전장에 없었어. 수라는 두 개 군뿐이었어."

"전투 직전에 좌익 전체를 진 속에 가두고 빠졌으니까."

쌕쌕대며 고해진 진실에 도는 눈썹을 꿈틀했다.

양이는 후후 웃었다. 넋이 나간 듯 숨조차 거의 쉬지 않고 말을 이었다.

"혼야는 당신을 증오했어. 그토록 사랑했는데, 그렇게나 마음을 쏟았는데, 한순간에 버림받았으니까. 어린 날 가장 순수했던 진심마저 당신에게 부인당했으니까. 당신은, 당신을 사랑하던 그녀의 모든 순간을 진창에 처박았어. 당신을 믿었던 만큼, 사랑했던 만큼 죽이고 싶었어. 그런데 우습지?"

양이는 헐떡이며 멈췄다. 입술까지 핏기 하나 없이 창백한 그 얼굴은 도무지 한마디도 더 할 수 없을 듯 보였다. 도는 양이에게 기력을 좀 더 불어넣어줄까 했다. 그러나 곧 생각을 거뒀다. 지금 알아야 할 것을 조금이라도 더 알아내려면 양이를 그리 편하게 해주지 않는 편이 나을 듯했다. 표정 없이 양이를 기다렸다. 양이는 쉬며 기력을 끌어모으더니 간신히 속삭임을 이었다.

"정작 당신을 죽일 수 있게 되니, 혼야는 부왕께 완벽한 무대와 칼을 선사 받고도 전혀 기쁘지 않았어. 오히려 견딜 수 없었어. 멍청하게도, 사랑했거든. 당신을 그때까지도, 사랑했어. 부왕을 배신하고 모친을 배신하고 부하를 배신하고 종족을 배신하고 나라를 배신했어. 간신히 목숨만 건져 맨몸으로 내쳐졌어. 실은 혼야가 부왕에게서 목숨을 건진 까닭도 부왕께 자비를 얻어서가 아니었어. 수라 태흑은 알았지. 평생 공주로 살아온 혼야에겐 배신자로 낙인찍혀 맨몸으로 내쳐지는 일이 죽음보다 더 큰 형벌이라는 사실을. 알겠어? 그녀는 다 잃었어. 다 잃고 당신조차 갖지 못했어."

양이는 잠시 눈을 감았다. 기운이 다해 까무러칠 듯했다. 다문 입속에서 피가 배일 정도로 혀를 깨물었다. 고통과 혈향으로 정신을 다잡았다. 할딱이며 다시 눈 떴다. 여전히 시야는 흐렸다. 그래도 어떻게든 도와 눈을 맞추려 했다. 내장을 비틀어 짜듯 배에 힘을 넣었다. 성대를 짓눌렀다. 새되고 독한 소리를 끄집어냈다.

"그런데, 그년은 뭘 했지? 허억, 아무 한 것 없이, 아무 잃은 것 없이, 주제도 모르고 당신 곁을 차지했어. 뻔뻔하게! 그게 죄가 아니면 뭐지? 혼야는 용서할 수 없었어. 그 계집애를 죽여버리고 싶었어. 그 존재를 처음 알았을 때부터……!"

양이는 다시 거세게 헐떡였다. 가물거리는 눈을 간신히 부릅떴다. 표정이 보이지 않았지만 도가 낮게, 무언가를 토해내듯 목을 긁으며 말했다.

"미쳤구나, 수라 혼야."

"미치지 않고 여기까지 올 수 있었을까?"

도는 대꾸하지 않았다. 다른 반응도 보이지 않았다.

양이는 허무하게 웃었다. 울고 싶지 않았지만 웃음 위로 눈물이 맺혔다.

'그날'로부터 돌아와 양이는 여러 생각을 했다. '소멸하여 도갑만 되돌려줄까?' 하고 고민했고 '내가 혼야이자 당혜라고 고백할까? 진실을 조금만 비틀어서 도가 되도록 화내지 않게…….' 하는 유혹에도 시달렸다. 하지만 편한 길도 약은 길도 택하지 못했다.

도깨비에게 본체를 잃는 일은 끔찍한 고통이었다. 본체를 잃은 도깨비는 쉴 수 없었다. 영력을 바르게 보충받지 못했다. 비를 맞지 못하는 나무처럼 서서히 말라갔다. 그토록 강력하던 도마저 바싹 말라 자칫하면 자그마한 타격에도 산산이 부서질 지경이 되었다.

하여 양이는 생각했다.

'내가, 혼야와 당혜가 저지른 일은 용서받을 수 없어. 나는 비난받아 마땅해.'

그러나 또 생각했다.

'비난받아도 좋아. 하지만 내 어떤 한 부분만이라도 도에게 어여쁘고 사랑스러운 모습으로 남았으면 좋겠어.'

양이는 차마 온전한 진실을 도에게 밝힐 수 없었다. '나는 혼야이지만 당혜이기도 하다.'라고 고백할 수 없었다. 그저 '혼야'이기로 했다. 자신은 이미 '혼야'라기엔 너무도 변했지만 도가 그 사실을 눈치채지 못길 바랐다. 온갖 재주를 끌어모아 저를 혼야인 양 꾸몄다. 혹여 도가 혼야의 기운을 정확하게 기억한다면 이 달라진 점이 제가 품은 도갑 때문이라고 생각하기만을, 세월이 너무 오래되어 달라졌다고 생각하기만을 바랐다. 눈물로 얼룩진 흐릿한 시야로 도가 보였다. 이목구비조차 얼룩져 보이지 않으니 표정도 생각도 읽을 수 없었다. 자신이 잘 가장하고 있기를, 도기 잘 속아 넘어가고 있기를 바랐다. 말했다. 목소리는 스스로 듣기에도 힘없이 위태로웠다.

"자, 이만 끝내요. 알고 싶은 일은 다 알았을 테니."

도는 비로소 움직임을 보였다. 팔을 뻗어 양이의 가슴에 얹었다. 지그시 눌렀다. 콩콩콩콩콩. 크게 뛸 힘도 없어서 놀란 새처럼 발 구르는 심장을 잠자코 느꼈다. 상체를 기울여 양이의 한 뼘 앞까지 다가왔다. 숨결이 닿는 거리에서 나직이 명했다.

"도갑, 꺼내."

불쑥 다가온 도는 흐린 가운데에서도 묵직했다. 뜨거운 그 숨결, 고요히 끓는 그 영기에 양이는 눈을 감아버렸다. 간신히 자제하던 울음이 벌컥 목구멍에서 튀었다. 흐윽, 흑. 아이처럼 흐느꼈다. 의연한 척, 짐짓 즐거운 척하기가 점점 힘들었다.

"못해요."

"꺼내."

도는 무심하달 만큼 담담히 되풀이했다.

"못해요. 그냥 꺼낼 수 있었다면, 흐윽. 당신이, 그렇게 가까이에서 그토록 강하게 불렀는데 알아서 나왔겠죠."

도는 보일 듯 말 듯 눈썹을 꿈틀했다. 연약한 심장박동 아래로 드센 몸부림이 느껴졌다. 제 도갑이 전하는 감각이었다. 도갑은 굳이 부르지 않아도 제짝에게 돌아오려 악을 썼다. 지난 세월 자신도 힘겨웠지만 이러한 것을 품고 버틴 쪽도 여간한 노릇은 아니었을 성싶었다.

"설명해."

도는 양이에게 요구했다. 제 도갑에게도 명했다.

'괜찮으니 쉬어라.'

"으……."

도갑이 발작을 멈추자 양이는 오히려 더 힘겨워했다. 신음 어린 한숨을 쉬며 엷게 진저리 쳤다. 할딱거리다가 성실하달 만큼 기를 쓰며 답했다. 고심하며 꾸며놓은 말을 더듬더듬 풀어냈다.

"혼야, 는, 하아……. 이 도갑을, 어디에 숨겨야 당신이 찾지 못할까, 도갑, 이, 어떻게 해야 당신이 불러도 돌아가지 않을까, 이걸 어떻게 해야 잃어버리지 않을까, 고민했어요. 그……. 당혜, 당혜의 조각으로 막을 씌우고, 그 위에 제 혼으로 고치를 틀었죠. 그리고 어찌하다 얻은 힘, 이 공허의 힘으로 벽을 쳤어요. 하……. 공허의 힘은 애초에 존재하되 존재하지 않는 힘, 걷을 수 있죠. 하지만 나머지는, 도갑과 혼야의 혼과 당혜의 혼은 분리할 수 없어요. 당신이 나를 일찍 찾아냈다면 모를까 이미 너무 오래 하나여서 철저히 들러붙었죠. 나를 죽여서, 내 혼을 찢고 태우고 흩어 소멸시키지 않는 한, 당신 도갑은 되찾을 수 없어요."

양이는 깊이 숨 쉬었다. 정확히는 깊이 숨 쉬려 했다. 가슴이 충분히 부풀어 오르기도 전에 신음하며 헉헉 받은 숨을 내쉬었지만. 찌푸렸던 눈을 뜨고 한 뼘 위에 있는 도의 얼굴을 마주했다. 사력을 다해 말했다.

"무너지던 당신, 볼 만했어요. 그때 그 표정으로 내 복수는 다 됐어. 그러니 이제 기꺼이 복수에 뒤따르는 대가를 받아들이죠. 자아."

양이는 턱을 꽉 다물었다. 파들파들 떨며 모든 근육을 비틀었다. 가

파르게 할딱이고 연거푸 신음했다. 기진맥진하여 잘 다스려지지 않는 영기를 억지로 돌렸다. 상이 파들파들 흔들리며 실패할 뻔했지만 어떻게든 '혼야'로 변했다. 팔을 들어 도의 목덜미를 안았다. 도를 제게 바싹 끌어당기며 핏발이 곤두선 눈을 부릅떴다. 녹슨 톱이 길게 긁히듯 단숨에 울부짖었다.

"이제 당신도 분노에 제물을 바쳐야죠. 날 죽여, 어서!"

도는 움직였다. 수그렸던 상체를 펴고 병아리를 낚아채는 매처럼 양이의 앞섶을 틀어쥐었다. 양이를 강제로 일으켜 제 한 치 앞으로 바싹 끌어당겼다.

"하악!"

양이는 눈을 크게 떴다. 놀라 시야가 크게 흔들리며 어쩌다 눈에 초점이 맞았다. 도가 보였다. 도는 거친 행동을 했음에도 동요 없이 무표정했다. 호흡 역시 잠잠했다. 낯까지 창백하니 무정물 같았다. 그러나 다시 보니 두 눈이 밑바닥에서부터 퍼렇게 탔다. 양이는 오스스 떨었다. 도에게 매달린 꼴로 상체를 간신히 가누었다. 속절없이 할딱였다. 도가 그 한 치 앞에서, 숨이 닿는 거리에서 물었다.

"널 어떻게 믿지?"

일견 무심해 보이는 모습으로 말끝에 미묘하게 억양을 싣자 그 말은 못 견디게 의아해하는 듯이 들렸다.

"죄 없는 어린아이를 말도 안 되는 광기로 그토록 참혹하게 죽인 널, 이⋯⋯."

도는 양이의 섶을 쥐지 않은 빈손을 들었다. 그 손을 양이의 눈가에 가져다 댔다. 양이는 파드득 떨었다. 그 손이 너무도 뜨거웠다. 핏기 하나 없이 창백한 도의 얼굴에서는 상상할 수 없을 만큼 강한 열기였다.

"이 무고하게 까만 눈동자로 나만을 보면서, 이 안에 나만을 담고서, 내 이름을 부르고 내게 사랑한다고 고백하고 하룻밤 만에 그것이 다 증오였다고 하는 널, 무엇으로 가늠하고 믿어야 하지? 너는 천여 년간 내 눈을 가렸지. 어떻게든 내 약점을 한번 잡아볼까 혈안이 되어서 내 도갑을 찾아 이리 뛰고 저리 뛰던 상제의 눈마저 가렸어. 네 그 잘난 실력으로 무언가 더 해두지 않았다고 어떻게 믿지? 가령, 널 죽이고 강제로 내 도갑을 꺼내려 들면 내 도갑이 소멸해버린다거나? 그러지 않는다고 어떻게 확신하지?"

도는 손끝으로 양이의 눈가를 쓱 훑었다. 손가락이 움직이는 궤적을 따라 조금 서늘한 물기가 엷게 번졌다. 그래서 양이는 자신이 운다는 사실을 새삼 깨달았다. 참지 못하고 소리 내어 흐느꼈다. 더는 강한 척을 할 기력도 패기도 없었다. 이어지는 말만은 거짓 없이 진심으로 했다.

"아니야, 아니야. 그럴 것 같았으면, 당신을 진정 죽이고자 했다면, 이런 일 시작하지도 않았어요. 그 전장에서 다 끝냈을 거야."

"못 믿어."

단호히 떨어진 그 답에 양이는 힘없이 머리를 흔들었다. 몸을 가누지 못해 머리뿐만 아니라 어깨와 상체까지 바람 앞 종이 인형처럼 흔들렸다.

"아니야, 아니야. 난 아무것도 없어요. 복수는 끝났고 사랑도 버렸죠. 오직 타버린 재뿐이에요. 얻을 것도 잃을 것도 없어요. 그러니 그만 죽여. 끝내요, 제발……."

"못 믿는다고 했지."

도가 즉각 되풀이했다. 양이는 더는 해볼 말도, 해볼 일도 없었다. 헐떡이며 울었다. 버티지 못하고 도에게 앞섶이 잡힌 채 허물어졌다. 그런 양이를 도가 두 팔로 잡아채었다. 도는 양이를 제 품으로 바짝 밀어붙였다. 가슴과 가슴을 맞대고 양이의 귓바퀴에 입술을 대었다. 느릿한 속삭임으로 양이의 피부에 말을 새겨 넣었다.

"넌 성공했어, 수라 혼아. 그 옛날 네가 어떤 기분이었는지 나도 이제 알았으니까, 처참하게."

도는 웃었다. 후후. 그건 입술 위에서 허망하게 바스러질 뿐 멀리 터지지도 못하는 웃음이었다. 도는 양이를 단단히 안은 채 사뭇 다정히 양이의 머리칼을 쓰다듬었다. 자분자분 속삭였다.

"'죽이라.'고? '끝내라.'고? 편해지고 싶은 모양이구나? 한데 어쩌지? 뜻대로 못 해주겠는데? 너를 해쳤을 때 내 도갑이 안전할지 확신할 수가 없잖아. 게다가 듣다 보니 나도 이 상황이 재미있어졌거든? 그렇게 쉽게 빨리 끝내고 싶지가 않아. 아깝잖아. 내 가여운 당혜가 그렇게 갔다는데 이 재미있는 복수를 싱겁게 끝낼 수 있겠어? 응? 천천히 공들여 해야지. 네가 나한테 그렇게 했듯이."

도는 양이의 등을 토닥였다. 흐느끼는 양이를 금침에 도로 눕히고 흘러내렸던 이불을 꼼꼼히 덮어주었다. 젖은 양이의 뺨을 어루만지며 말을 이었다.

"공연히 서로 힘 빠질까 봐 미리 말해두는데, 혹여 내게서 또 도망가려 든다거나 숨으려 든다거나, 그런 허튼 시도하지 마. 네가 깨자마자 마신 약, 네 상처를 고치는 약이기도 하지만 네 영력과 기력을 일정 수준 이하로 흩어놓는 약이기도 하거든. 상처가 다 낫고 몸에 받은 충격이 가라앉으면 아장아장 걸으며 애들 장난 같은 주술쯤이야 쓸 수 있겠지만 그뿐이야. 네 그 '공허의 힘'도 쓸 수 있을지 모르지만 혼자서는 몇십 미터도 걷기 힘들어. 그러니 도주는 무리지."

"아아."

양이는 힘없이 탄식했다.

도는 양이의 이마에 입을 맞췄다. 다시금 상냥히 웃었다. 양이 옆에 누워 양이가 제 팔을 베게 했다. 바들바들 떨며 우는 그 등을 달래기라도 하듯 사뿐사뿐 다독였다.

"너무 서운해하지 마. 나도 절박해서 그래. 도갑을 잃은 동안 힘들었거든. 그래서 이번에 너를 또 놓치면 많이 화날 것 같아. 더구나 내가 전적이 있잖아? 하늘 바다에 구멍 뚫은 전적. 공연히 애꿎은 도시 하나 지하국까지 무너트리기 전에 예방 조치를 해야겠더라. 그래서 앞으로도 그 약은 꾸준히 먹일 생각이니까 괜한 도주 계획 따위 세우지 마. 그리고 정말로 '편해지고' 싶다면 고분고분 내게 협조해. 내가 널 철저히 조사해서 네게서 내 도갑을 안전히 빼낼 수 있다고 확신할 때까지. 그때까지, 어떤 수작도 부릴 생각하지 마. 그때까지, 내 눈앞에서 숨 쉬고 내 눈앞에서 잠들고 내 눈앞에서 눈떠. 단 한순간도, 내게서 벗어나지 마. 너는 내게 아주 소중한…… 소중한 도갑이니까. 으응?"

도는 양이를 꽉 끌어안았다. 양이는 아무 말도 하지 못했다. 발작하듯 헐떡이며 흐느낄 뿐이었다. 도는 눈을 감았다. 소리 없이 한숨을 내쉬었다. 끌어안은 양이의 등에 제 영기를 밀어 넣었다. 입속말로 주문을 외워 영기에 치유력을 섞고 수면 주술을 더했다. 수 초 만에 양이에게서 떨림이 그쳤다. 흐느낌이 멎었다.

"후우."

도는 억눌렀던 한숨을 크게 뱉었다. 의식을 잃은 양이에게 굵게 떨리는 목소리로 말했다.

"네게 화가 나. 아주 많이. 대체 왜, 왜 이렇게까지 한 거야?"

도는 입술을 깨물었다. 쓰게 웃었다. 재차 한숨을 내쉬었다.

"하지만 나는 네게 거짓말을 하지 않았어. 너는 그 옛날에도 지금도 입으로만 '믿는다.'고 할 뿐 나를 믿지 않지만."

「반드시 지킬게. 그러니 단 하나, 신뢰의 맹세만, '믿는다.'는 한마디만 해.」

「사랑해. 네가 그 누구이든, 사랑해.」

「그래도 나는 튼튼해. 두려움도 슬픔도 화도 전부 안고 버틸 수 있어. 그러니까 네가 지금 느끼는 두려움, 슬픔, 내가 다 마셔줄게. 약속할게. 네가 진정 내게 다 열어준다면, 내가 다 마실 수 있게 진정으로 활짝 열어만 준다면, 너는 이제 아프지 않을 거야.」

도는 자신이 한 말들을 떠올렸다. 무엇 하나 가볍게 한 말이 없었다. 그렇게나 마음을 다해 약속했는데, 서로 진심이 닿았다고 믿었는데, 혼자 착각한 모양이었다. 허무했다. 양이의 등에 닿은 손을 오므려 쥐었다. 쥐는 힘에 못 이겨 빈주먹을 떨었다.

"넌 숨기고 있어, 분명히. 무언가 중요한 점에서 거짓말하고 있어. 말해. 무엇을 숨기는지. 진실이 나를 더 분노하게 할지라도 말해. 나는 내가 한 약속에 책임지려 최선을 다하겠지만 네가 내게 너를 열어주지 않으면 아무리 나라도 너를 감당할 수 없어. 내가 무엇을 용서해야 하는지, 각오해야 하는지, 대비해야 하는지, 알 수 없으니. 그러니,

내 인내심이 다하기 전에, 부디…….”

도는 미간을 찌푸렸다. 머리가 지끈댔다. 몹시 피로했다. 그러나 오늘 밤엔, 아마 앞으로도 여러 밤, 양이를 품에 안아도 잠들 수 없을 것 같았다.

ᛟ

보름하고도 며칠이 더 지났다. 양이는 시간을 정확히 헤아릴 수 없었다. 해가 뜨고 지면 ‘하루가 또 가는구나.’ 했다. 그런 식으로도 날짜를 꼬박꼬박 셈하기 어려웠다. 도가 분노를 터트릴 때 입은 충격이 컸고 매일같이 마시는 탕약 탓에 맥을 못 춰 밤낮없이 잠들었다. 언제 해가 뜨는지 또 지는지 가늠할 수 없었다.

그간 양이는 철저히 고립되었다. 양이가 머무는 도의 전각이 결계로 겹겹이 닫혔다. 거기 드나드는 이는 도와 월주뿐이었다. 월주는 기력을 잃은 양이를 살뜰히 살폈다. 먹이고 씻기고 옷 갈아입혔다. 팔다리를 주무르고 땀도 닦았다. 그러나 양이와 눈을 맞추려 들지 않았다. 한마디도 먼저 꺼내지 않았다.

“언니.”

월주는 양이가 말을 걸자 눈에 띄게 움찔했다.

“언니, 저…….”

“미안. 전하께서 말하지 말라셔.”

월주는 우물거렸다. 양이는 그래도 무언가 묻고 싶어 입술을 달싹였다. 그러나 월주는 머리를 흔들었다. 겁먹은 표정으로 입을 다물었다. 양이를 겁낸다기보다 도가 내린 명령에 압박을 느끼는 듯했다. 양이가 받은 느낌은 정확했다. 양이가 혼야로 변신했을 때, 도는 제 영기를 짙게 피웠다. 모두를 제 영역 밖으로 몰아냈다. 그건 응당 분노가 낳은 행동이었다. 또한, 계산 깔린 행동이었다. 도는 분노 속에서도 양이에게 보루를 남기려 했다. 양이가 드러낸 정체를 다른 이에게서—그 다른 이가 제 측근이라 할지라도— 숨겼다. 그 판단을 여전히 이어갔다. 하여 수산마저 상황을 짐작이나 할 따름이었다. 크님이나 월주야 앞뒤가 깜깜했다. 다만 도가 전에 없이 날이 서 강경하자 너나없이 기죽어 눈치 보았다. 양이는 월주를 괴롭히고 싶지 않았다. 도리없이 질문을 삼켰다.

한편 도는 정중했다. 또한, 섬세했다. 양이가 "나는 혼야."라고 고백한 날만 화를 터트렸다. 그 후 단 한 번도 거칠게 굴지 않았다. 양이의 기력과 영력을 흩는 약을 썼지만 동시에 양이의 상한 몸을 살뜰히 돌봤다. 하루에도 몇 번씩 양이의 상세를 살폈다. 약과 침을 썼다.

"대체 왜 이러는 거예요?"

양이는 힘이 실리지 않은 팔로 도를 밀어냈다. 찡그리며 진맥과 치료를 거부했다. 도는 딱히 양이를 막지 않았다. 달래지도 않았다. 침묵하며 양이를 내려다보았다. 양이가 이내 헉헉대며 제풀에 나가떨어지자 양이를 다시금 바로 눕혔다. 담담히 답했다.

"네가 잘못되면 내 도갑까지 잘못될 수 있으니까."

양이는 치료를 거부하려 했다. 다만 그럴 힘이 없었다. 몇 차례 허우적대다 늘 도가 뜻한 대로 끌려갔다. 그런 일이 반복되자 저항을 포기했다. 진맥과 치료를 받았다. 도가 조사와 분석을 한다며 제 몸에 하는 여러 조처도 속절없이 받아들였다. 밤에는 도에게 안겨 잠들었다.

"비위도 좋군요. 내가 무슨 짓을 했는지 알면서 날 안고 잠이 오나요?"

양이가 한껏 날을 세우자 도는 도리어 웃었다.

"실망이야. 지피지기면 백전백승이란 말 몰라? 나를 이렇게나 증오하면서도 내 연구는 안 했나 봐? 난 본래 현실과 실용만 따져. 악조건을 두루 갖춘 삼경과 내 백성을 건사하자면 그래야 하지. 필요하다면 자존심, 품위, 감정, 비위, 안 챙겨. 치사한 짓, 간사한 짓, 교활한 짓, 비굴한 짓까지 눈 하나 깜짝 않고 다 하지. 그것도 몰랐다면 날 몰라도 너무 모르네. 서운한데?"

화내고 소리지르는 이는 양이뿐이었다. 양이가 어떻게 비꼬고 자극해도 도는 여유로웠다. 온유하고 상냥하기까지 했다. 그렇게 하루, 이틀, 사흘, 열흘이 넘게 흐르자 양이는 기세가 거의 꺾였다. 나날이 더더욱 초조해했다. 내용이야 어쨌든 도에게 결코 할 일이 없으리라 여겼던 애원까지 하게 되었다.

"엄마와 연락하게 해줘요. 걱정하실 거예요."

양이는 입술을 깨물며 어렵사리 말을 꺼냈다.

"'수라 혼야'의 모친은 돌아가신 지 오래일 텐데?"

양이는 도리질했다.

"자현 부인 이야기가 아녜요. 우리 엄마, 아니, 양이, 양이의……. 걱정하시지 않게 메시지라도 보내게 해줘요."

"그 여인이 '네' 진짜 모친도 아니잖아? 어차피 너는 죽을 셈이었고. 이제 와서 그 여인을 새삼스레 걱정할 까닭이 있나?"

"엄마니까! 그리고 아빠도……. 나는 그분들이 낳은 진짜 딸이 아니지만 그분들은 나를 진짜 딸로 이십 년도 넘게 사랑해주셨어요. 은혜를 원수로 갚을 수야 없잖아요. 처음 '양이'가 될 때 주술을 걸어놨어요. 이 육신이나 정신에서 어느 한쪽이 소멸하면 그분들은 자연스레 딸이 죽었다고 여기고 적당히 무디어진 슬픔만 느끼시게 돼요. 하지만 이렇게 연락이 끊기면…… 연락하게 해줘요. 걱정하시지 않을 만큼만……. 아니면 차라리 당장 나를 죽여요."

도는 양이를 물끄러미 보았다. 나른히 물었다.

"내가 네 사정을 봐줘야 할 이유가 뭐지?"

"웃……."

양이는 말문이 막혔다. 머뭇거리다가 힘없이 덧붙였다.

"내가 아니라 하루아침에 딸과 연락이 끊긴 부모가 느낄 고통을 헤아려줘요."

"글쎄. 그건 여전히 '네 사정'이야. 너도 알겠지만 대신(大神)의 반열에 있는 내겐 인간 한둘이 겪는 사정쯤 대수롭지 않아. 인간 한둘에 신경 쓸 겨를이 있으면 홍수를 막아주는 편이 낫지. 지금 이 순간에도 내가 작정하고 돕자면 도울 수 있는, 자녀와 연락 끊긴 부모가 한둘이 아니야. 한데 내가 왜 유독 그 부부에게만 신경 써야 하지? 설마, 너와 인연 맺은 인간이니 사정 봐달라? 그거야말로 '네 사정' 봐달라는 뜻 아닌가?"

"도……."

양이는 결국 눈물을 보였다. 어차피 제 부탁을 들어주지도 않을 테니 약한 모습을 보이고 싶지 않았다. 파랗게 질려 황급히 고개 숙였다.

"이 상황이 싫다면……."

도는 눈물을 감추려는 양이의 노력을 가볍게 뭉갰다. 손을 휙 뻗어 양이의 턱을 잡았다. 그 턱을 강제로 들고 물 젖어 부풀어 오른 양이의 두 눈에 기어이 제 눈을 맞췄다.

"말해. 네가 숨긴 진실."

소금기 어린 수면 아래에서 양이의 까만 두 눈이 바르르 떨렸다. 양이는 울음에 섧게 헐떡였다.

"그런 것 없어요. 난 원하는 만큼 복수했고 이제 지쳤어요. 다 끝내고 죽으려는 처지에 무얼 숨기겠어요?"

"수라 혼야."

도는 '양이'의 얼굴을 한 여인을 냉정히 이름했다.

"네가 '수라 혼야'라면, 나는 너를 잘 알아. 그래, 솔직히 '양이'는 잘 몰랐어. 네가 지닌 힘이 워낙 상식 밖이어서 빚어진 결과이기도 하지만, 지금 돌이키면 나는 실소밖에 안 나올 만큼 여러모로 잘못 판단했지. 도갑을 되찾지 않으면 결코 쉴 수도 회복할 수도 없는 내가 '양이' 곁에서 쉬고 회복할 수 있는 이유? '양이가 도갑이다.' 이 간단한 이치를 꼬아서 생각하느라 헛된 가설만 세우고 허물고 세우고 허물었어. 그래, 난 '양이'에겐 무지했어. 하지만 '수라 혼야'는 잘 알아. 아주 잘. 혼야는 내 유년기와 청년기 그 자체이자, '양이'를 제외하면 내가 생애를 통틀어 사랑한 단 한 명이니까."

양이는 파드득 떨었다. 눈을 질끈 감았다. 눈물을 뺨으로 미끄러트리며 도에게서 벗어나려 고개 저었다. 아니, 저으려 했다. 도에게 단단히 붙들린 턱을 한 치도 움직일 수 없었지만.

"한때 혜용은 혼야와 놀고 싶어 하지 않았어. 날마다 내게 '우리끼리만 놀자.'고 졸랐지. 그 시절 우리가 하는 놀이란 팔 할이 말썽이었거든. 한데 혼야가 끼면 꼭 탄로가 났어. 스승님께 혼나지 않게 입을 맞춰놔도 혼야가 꼭, '우리 지금 거짓말하고 있어요.'라는 티를 냈지. 여기서 정말 재미있는 점이 뭔지 알아? 미리 변명을 마련할 때, 우리 셋 가운데 가장 그럴싸하게 변명과 핑계를 짜내는 애가 혼야였어. 그러니 수라 혼야는, '누구보다도 요령을 잘 알지만 뻔히 아는 요령도 막상 부리라면 못 부리는 성격'인 셈이지."

도는 양이의 턱을 놔주었다. 그러나 양이가 멋대로 고개를 돌리게 두지 않았다. 눈물 젖은 양이의 뺨을 두 손으로 감싸고 따뜻한 엄지 끝으로 물기를 닦아주었다. 단정하던 두 눈썹을 일그러트리며 고요히 한숨 쉬었다.

"혼야. 너는 여전히 거짓말하고 있어. 중대한 사안을 숨겨두었지. 자, 말해. 내가 네게 관대하길 바란다면, 말해."

양이는 섧게 울었다. 말을 잃은 채 가파르고 짧은 숨만 받게 쉬었다. 차마 감은 눈을 뜨지 못했다.

도는 양이에게 고개를 기울였다. 양이의 이마에 친밀히 제 이마를 맞댔다. 소금기로 젖어드는 그 창백한 뺨을 기다란 손가락으로 인내심 깊게 훔쳐내고 또 훔쳐냈다. 눈 감은 양이에겐 보이지 않지만, 서로 숨결이 닿는 그 거리에서 슬프게 찌푸렸다. 자못 다정히, 여린 싹을 달래는 미풍처럼 속삭였다.

"말해."

"없어요. 숨기는 일, 없어. 그만해요, 제발. 이제 그만 끝내요. 당신을 기만한, 당혜를 잃은 복수를 해요."

그리 말하는 양이는 사시랑이처럼 떨었다. '숨기는 게 없다.'는 말을 믿고 싶어도 믿기 힘들 지경으로 파랗게 질렸다.

도는 양이의 이마에서 제 이마를 뗐다. 양이의 뺨에서 제 손을 뗐다. 담담함을 되찾은 얼굴로 한 자 물러났다. 침묵했다. 양이를 휘감고 흔들리는 흐느낌이 가만해질 때까지 기다렸다. 말했다.

"내가 맞혀볼까? 네가 뭘 숨기는지?"

양이는 어깨를 딱딱히 굳혔다. 다문 입술을 떨었다. 도가 말을 이었다.

"혜용과 라쉬타."

양이는 움츠러들었다. 그러나 어떻게든 티 내지 않으려 몸을 굳혔다. 기력이 떨어져 느슨해졌던 정신을 바짝 곤두세웠다.

도는 양이를 세심히 관찰했다. 느릿느릿 뒤를 달았다.

"나는 우리 셋 가운데 술법사로서는 가장 앞섰어. 하지만 학문 하는 술법가로서는 가장 뒤처졌지. 너희 둘보다 연구 시간도 부족했거니와 자질도 떨어졌어. 하여 술법 연구에선 따돌림 아닌 따돌림을 받았지. 하나 너희 둘은 곧잘 함께 연구했어. 너희 둘이 죽이 맞아 한 연구가 삼계 주술 수준을 몇 단계 올려놨다고 평가받을 정도이니 너희는 사형제로서만이 아니라 연구자로서 상당히 친밀했어. 그러니 주술 면에서 혜용이 한 일은 너도 할 수 있고 네가 한 일은 혜용도 할 수 있을 가능성이 커. 너희는 아주 높은 확률로 연구 성과를 공유했을 테니까. 어떻게 생각해?"

양이는 눈을 치켜떴다. 짐짓 서늘히 도를 노려보았다. 쏘아붙였다.

"그 이야기를 왜 하죠? 도수전쟁 후 나는 혜용과도 거의 연락이 끊겼어요. 드물게 서신이 오가긴 했지만 혜용은 내가 어떤 처지인지조차 잘 몰랐죠. 그 상황에서 학문 교류를 했겠어요?"

"그래?"

도는 조금 웃었다. 고개를 살래살래 저었다.

"너."

도는 팔을 들었다. 손끝으로 양이의 앙가슴을 쿡 찍었다. 뻣뻣이 굳은 양이에게 눈을 맞췄다. 가슴에 댄 손끝으로 한 줄기 영력을 쏘았다. 양이의 영력을 드세지 않게, 그러나 확실히 흔들었다. 물결처럼 일어나는 영기를 새삼 느꼈다. 말을 이었다.

"너는 혼야지. 나는 세월이 아무리 흘러도 기억해. 혼야가 쓰던 말투, 하던 몸짓, 그 성품, 체취, 감촉, 목소리, 영기까지. 네 영기를 이루는 본질은 혼야야. 그러니 너는 혼야이겠지. 그러나 너는, 혼야가 아냐. 도깨비지. 순도깨비는 아니지만 한없이 순도깨비에 가까운 알도깨비, 그 정도 존재지."

양이는 눈빛을 가다듬었다. 정신력을 바닥까지 끌어모아 동요하려는 마음을 붙잡아 매었다. 숨죽이고 도를 노려보았다.

"무슨 헛소리를 하려는 거죠?"

"헛소리? 나야말로 네가 이번엔 또 어떤 헛소리로 변명할지 궁금해. 넌 혼야이되 도깨비족이야. 현재 네 체질, 이렇게 견고히 오래도록 변신을 유지하는 재주, 형상을 완전히 꺼트렸다 재구축하는 방식으로 변신하는 능력, 창조술과 묘하게 맥락을 같이하는 네 까다로운 힘까지, 넌 도깨비만 보일 수 있는 특성을 여럿 지녔어. 그래서 생각했지."

도는 숨을 멈췄다. 그러나 오래 망설이지 않고 밀어붙였다.

"너, 당혜와 결합했지?"

양이는 성마르게 미간을 구겼다. 입 끝을 비틀며 입술을 열었다. 무언가 말하려 했다. 그러나 도가 먼저 한 방 더 치고 들어왔다.

"아니, 결합했는지는 궁금하지도 않아. 거의 확신하거든. 다만 '그

날', 당혜와 내 도갑이 사라지던 날, 무슨 일이 있었는지 궁금할 뿐이
야. 당혜를 어쨌지? 협박했나? 아픈 그 애를 거의 살해로까지 몰아가
강제로 결합에 끌어들였나? 당혜의 자아는……. 하, 그래. 네가 한 결
합은 혜용과 뭐가 다르지? 그 애는 네 안에서 어떻게 됐지? 결합했다
면 왜 절반은 버렸지?"

"하!"

양이는 헛숨을 터트렸다. 거의 기적에 가깝게도 자연스레 도를 비
웃는 데 성공했다. 온몸을 부들부들 떨며 사뭇 견딜 수 없다는 듯 웃
어젖혔다.

"하! 아하하! 아주 웃기는군요! 과연 도깨비다운 상상력이야! 결합?
했겠어요? 치 떨리게 증오스러운 그 계집애와? 내가? 하! 아하하하!
그게 가능했겠어요? 당신이라면 나와 결합할 수 있겠어요? 내가 미
워 미칠 노릇일 텐데? 상상만으로도 진저리 날 텐데?"

도는 설핏 찌푸렸다. 턱을 들었다.

"하지만 너는 지금 도깨비족이야."

"글쎄?"

양이는 어깨를 으쓱했다. 팔을 들어 휘둘렀다. 제 가슴에 닿은 도의
팔을 쳐냈다. 도를 뿌리치려는 행위였으나 외려 도에게 손목을 잡혔
다. 도는 양이의 손목을 채어 잡았다. 양이를 휙 끌어당겼다. 양이와
코끝 한 치를 사이에 두고 낯과 낯을 마주했다. 양이를 바짝 들여다보
았다. 숨 닿는 거리에서 서로 시선이 치열히 오갔다. 아니, '오갔다.'
는 표현은 부정확했다. 양이는 치열히 도를 쏘아보았으나 도는 가만
했다. 그 까만 눈에는 어떤 감정이나 동요도 없었으며 바닥 역시 없었
다. 양이가 아무리 사납게 본들 무한히 그 시선을 빨아들일 뿐이었다.

'수렁…… 수렁이야.'

불현듯 양이는 그렇게 생각했다. 공포와 절망, 무기력이 목을 조였다. 숨이 차츰 가빠왔다. 더욱 서둘러 쏘아붙였다.

"당신은 이 우주에서 가장 강력한 노깨비예요. 당신 도갑은 당신을 이루는 본질 절반이고요. 나는 그 도갑을 그 긴 세월 혼의 중심에 품고 살았어요. 내 혼이 거기 들러붙을 때까지! 그런 일이 없었어도 그 세월은 존재를 바꿔놓을 만했죠. 한데 그 오랜 세월 내가 그 파장에 영향받지 않았다면 되레 이상하지 않나요?"

양이는 웃었다. 코웃음 쳤다. 어깨를 들먹였다. 눈가를 빨갛게 물들이며 울먹였다.

"그래요, 나는 변신술 같은, 도깨비에게나 가능한 재주를 여럿 부릴 수 있게 됐어요. 그래서요? 그게 왜요? 그래서 내가 그 계집애랑 결합했다고요? 죽고 못 살던 혜용과 라쉬타처럼? 하! 웃겨. 끔찍한 소리하지도 말아요!"

양이는 결국 목을 찢으며 비명 질렀다. 부러질 듯 약해진 신경을 곤두세운 탓에 눈에 핏발이 섰다. 한 번 소리지른 일만으로도 탈진할 듯했다. 가파르게 할딱이며 애써 음성을 낮췄다. 박아 내리듯 단호히 덧붙였다.

"그 멍청한 계집애는 포장지였을 뿐이야. 반은 쓰고 반은 필요 없기에 찢어 버렸지. 그뿐이었어."

도는 양이를 휙 잡아당겼다. 어떤 낌새도 배려도 없는 급작스러운 행동이었다.

"힉!"

작고 날카로운 숨소리와 함께 양이가 도에게 무너졌다. 도는 양이를 제 가슴에 바짝 끌어안았다. 쾅쾅쾅쾅! 제 가슴에 맞닿은 채 드세게 뛰는 심장을 느꼈다. 이 손에, 팔에 조금만 세게 힘을 주어도 그대로 부러져버릴 가늘고 연약한 몸도 느꼈다. 양이의 머리칼을 천천히 쓸어내렸다. 쓸어내리던 머리칼을 목 어름에서 그러쥐었다. 그러쥐고 비틀었다. 힘줄 선 주먹을 부르르 떨었다.

도는 떠올렸다. 자신이 양이에게 했던 약속을, '네가 누구여도 사랑하며 지켜주겠노라.'던 맹세를 떠올렸다. 그 맹세는 진심이었다. 제 입으로 낸 말이니만큼 여전히 유효했다.

그러나 도는 또 떠올렸다. 당혜를, 아프고 아프고 아픈 이름을, 가슴 깊숙이 묻은 이름을, 그래서 이 가슴을 다 파헤쳐 무너트리기 전에는 잊을 수도 없는 이름을, 딸이자 누이이던, 귀하고 또 사랑스럽던 아이를, 떠올렸다.

도는 물론 양이가 제 도갑을 훔친 일에 분노했다. 그러나 그 분노쯤 용서할 수도 있었다. 당연히 몹시 화가 났다. 그러나 자신이 혼야에게 준 상처도 그에 못지않겠거니 이해할 수도 있었다. 더욱이 도는 도깨비를 다스리는 왕이었다. 다른 나라에서야 상상도 못 할 황당무계한 무례와 말썽과 사고에 늘 시달렸다. 그 덕에 남 보기에 터무니없을 지경으로 너그러웠다. 화를 낼 때야 곧잘 내지만 상대가 진심으로 반성하고 제게 의지하기만 하면 상황을 자신이 책임지고 쉽게 용서했다. 그러지 않고서야 애초에 도깨비를 다스리는 왕은 할 수 없었다.

그러나 도는 양이가 당혜를 해친 일, 당혜를 모독하는 일은 참기 어려웠다. '네가 어떤 모습이어도 사랑한다.', '너를 지켜주겠다.' 그 진심에 책임지는 일도 중요하나 그 책임을 지고자 양이가 죄 없는 아이를 죽이고 욕되게 한 일까지 흐지부지 덮을 수야 없었다. 그건 당혜에게 무책임한 행동이었다. 그리 행동해서야 저 자신을 용서하지 못할 터였다.

하여 도는 말하지 못했다. '네가 '혼야'로서 그런 일을 저지른 까닭이 다만 복수심 때문이었니? 아니면 다른 감정도 있었니? 혹여 '양이'로서 네가 내게 주었던 마음이 남아 있니? 그렇다면 진실을 말해줘. 내가 너를 이해할 수 있게, 용서할 수 있게.' 그 말을 가슴에 담고도 입에 올리지 못했다. 그러기엔 당혜가 가슴에 아렸다. 당혜를 지키지 못한 자신이 싫었다. 여전히 당혜에게 모진 말을 하는 이 여인도 미웠다.

또한, 도는 허무와 회의에도 사로잡혔다. 그토록 마음을 다해서 양이에게 이 혀로 말했다. 몸짓으로 보였다. 시선으로 맹세했다. 네가 무엇이어도 좋다고 했다. 말할 것이 있다면 얼마든지 기다려준다고 했다. 언제든지 말해달라고 했다. 심지어 감추고 싶거든 감추어도 좋다고까지 암시했다. 제 딴에 할 수 있는 표현은 다 했다. 양보할 수 있는 한계까지 양보했다. 하지만 양이는 입을 다물었다. 정말로 복수만이 목표였다는 듯 굴었다. 그래서 도는 거듭 지난 일을 돌이켜보았다. '양이'가 기억을 잃은 상태였고 지금은 각성했다는 사실을 최대한 고려했다. 그러나 아무리 생각해도 아니었다. 이 모든 행위에 깔린 목적이 복수만은 아니었다. 그런데도 양이는 고집스레 진실을 감췄다.

그러므로 도는 양이에게 먼저 용서를 말하지 못했다. 양이를 조금 더 압박하며 그 등을 떠밀어볼 수야 있겠으나 선택은 이제 양이 몫이라고 여겼다. 끝내 양이가 제게 마음을 열지 못하면, 저를 믿지 못하면, 이 찢기고 비틀리고 해진 관계를 혼자 억지로 기운들 무슨 의미일까? 억지로 기운들 그 사이가 오래갈 수나 있을까?

"수라 혼야, 김양이."

도는 두 이름을 나란히 불렀다. 움켜쥔 머리칼을 놓았다. 양이의 목덜미를 스스럽게 쓸어내렸다. 목덜미가 가늘고 땀에 젖어 끈적였다. 손끝이 살갗에 들러붙으며 빠듯이 흘러내렸다. 부들부들 떨리는 등까지 손을 내렸다. 보름여 만에 그 등이 살이 내려 앙상했다. 거기 손바닥을 대었다. 지그시 등을 눌렀다. 불안한 심장박동을 헤아렸다.

"좋아. 네 말도 일리 있어. 도깨비 본체를 혼에 품고 살다니, 전무후무한 일이지. 그 영향 또한 알려진 바 없고. 하니 네 주장이 그르다고야 못 하겠군."

양이의 등에서 미세하게 힘이 빠졌다. 도는 눈을 가늘게 내리깔았다. 양이를 더욱 단단히 제 품에 가뒀다.

"두고 보면 알겠지. 네 말이 진실인지 내 추측이 진실인지."

도는 미세하게 굳는 등을 느꼈다. 조금 웃었다.

"요즘 나날이 즐거워. 머릿속에 폭풍이 일거든. 네가 기억을 잃은 채 '양이'를 무사히 가장하고자 걸어놓은 무수한 주술, 낱낱이 경이로워. 새삼 깨닫지만 나는 너만 한 술법가는 아니야. 하지만 나도 둔재는 아니지. 술식이 앞에 있으면 이해는 하거든. 하나하나, 한 겹 한 겹, 분석해줄게. 너를 철저히 분석해야 네가 품은 내 도갑도 안전하게 분리할 수 있을 테니."

양이는 몸부림쳤다. 단단한 두 팔에 갇힌 채 도의 가슴을 때렸다. 쇠약해진 몸, 이어지는 압박감에 신경은 거미줄처럼 연약해졌다. 조금만 자극받아도 눈물이 왈칵 솟았고 비명이 터졌다.

"그럴 필요 없어. 누차 말했잖아! 아무것도 해두지 않았어! 그럴 마음이었으면 얼마든지 언제든지 당신을 죽일 수 있었어! 당신 도갑이 내 손아귀에 있었으니까! 그러니 당신은 나를 죽이면, 부수어버리면, 지금 당장에라도 도갑을 찾을 수 있단 말이야!"

그러나 양이가 아무리 화내고 소리지르고 팔을 휘두른들 목소리는 작았다. 동자은 힘이 없었다. 도는 동증소차 느끼지 않았다. 동요하지도 않았다. 하던 말만을 차분히 이었다.

"지금이야 뭘 잘못 건드렸다가 어떤 기상천외한 연쇄반응이 일어날지 알 수 없어서 네게 쓰인 주술 가운데 무엇 하나 함부로 해제할 수 없지만, 분석이 다 끝나면 하나하나 꼼꼼히 해제해줄게. 그러면 알게 되겠지. 네가 '혼야'로 돌아갈지, '내 도갑'에 영향을 받은 모습으로 돌아갈지, 아니면 '당혜'와 닮은 모습으로 돌아갈지. 꽤 기대돼."

양이는 울음을 터트렸다. 소리 높여 흐느꼈다. 두 주먹을 쥐고 도의 가슴으로 허물어졌다. 도의 가슴 섶을 쥐고 연약하게 흔들었다. 화도 아니고 애원도 아닌 불안한 울먹임을 쏟아냈다.

"그만해. 그만해요, 제발! 내게 분노한 건 알아요. 각오도 했어요. 하지만, 차라리 처음처럼 화를 내요. 욕하고 소리치고 돌을 던져요! 이렇게 수치스럽게 피 말리지 말고! 나는 당신에게 거짓말하지 않았어. 숨기는 것 따위 없어! 그러니 이제 죽여줘요. 도갑을, 찾으라고요!"

"안 돼. 싫어. 그 이유는 이미 충분히 설명했고. 날 너무 원망하지 마. 나는 이미 충분히 탈출구를 알려줬으니까. 진실을 말해. 그러면 진실이 뭐든 지금보다는 편하게 해줄 테니. 믿어도 좋아. 네가 기대보다 나를 잘 모르는 듯해서 알려주자면 나는 농담은 곧잘 해도 내가 한 약속은 지키는 편이야."

"당신이 싫어. 당신을 사랑하지 않았다면 좋았을 거야."

양이는 흐느낌 사이로 탄식했다. 힘을 잃고 까무러쳤다.

도는 미소를 잃었다. 손끝을 자그시 눌러 양이를 고쳐 안았다. 그 마른 몸이 흔들리지 않도록 단단히 받쳤다. 등뼈가 선명한 앙상한 등을 상냥히 어루만졌다. 듣지 못하는 귀에 떨리는 목소리로 고백했다.

"나도 네가 미워. 하나 나는 '양이'가 내게 진심이었다고 믿어. '네'게 여전히 '양이'의 마음이 있다고 믿어. 네가 내게 소리칠 때, 울 때, 아무리 해도 네게서 증오를 읽을 수가 없으니까. 너는 매번 슬퍼 보여. 그렇다면 나는 너를 잃으니 아파도 너를 안아야 하지 않을까? 그러자면 너를 알아야 해. 하지만 너만 한 선인(仙人)에게 정신계 주술을 쓰면 저항이 강할 테지. 자연히 주술도 강해질 테고 네 정신은 짓이겨져 가루가 되겠지. 무엇보다 그리해버리면 우리 사이 신뢰는 두 번 다시 기울 수 없어. 그러느니 못할 노릇이더라도 너를 지치게 하는 편이 낫지 않을까? 응? 이번에도 너는 끝내 나를 이해하지 못할지도 모르지만……."

도는 눈을 감았다. 고개를 숙이고 양이의 머리칼에 입 맞췄다. 한 번, 두 번, 세 번…… 거듭거듭 입술을 눌렀다. 입술을 깨물었다. 숨죽여 흐느꼈다.

✳❀✳

"그랬군요."

수산은 긴말을 붙이지 않았다. 이렇다 할 감정을 보이거나 의견을 내놓지도 않았다. 잠자코 도가 한 설명을 받아들였다. 의식을 잃은 양이를 한참을 보았다.

"혼야였군요. 전하의 도갑을 품은, 당혜의 조각을 품은."

도는 수산에게 자신이 알게 된 바, 판단한 바를 모두 전했다. 그러나 수산은 들은 내용을 정리만 해볼 뿐이었다.

수산은 도가 천지왕으로부터 왕호를 성식으로 받기 전부터, 도가 문장 문하에서 공부를 채 마치지 못했을 때부터 도를 지켰다. 서로 소년으로서 만나 함께 사내가 되었다. 그러니 수산도 혼야를 잘 알았다. 도와 혼야가 어떻게 사랑했는지, 어떻게 헤어졌는지, 거의 도가 아는 만큼 알았다. 아는 정도를 넘어서서 도수전쟁 이전엔 혼야와 친구라고 칭해도 좋을 사이였다. 또한, 도갑을 잃은 후 도가 얼마나 괴로워했는지 도를 제외하면 세상 그 누구보다도 잘 알았다. 그래서 오히려 그 어떤 말도 쉬이 할 수 없었다.

"어찌해야겠느냐?"

도는 잠든 양이의 머리를 제 무릎에 고여두었다. 지쳐 찡그린 그 낯을 찬찬히 보았다. 양이도 수척했지만 도도 보름 넘게 제대로 잠을 이루지도, 물이나 음식을 넘기지도 못했다. 약 몇 모금으로 혀나 축여온 터라 뺨이 눈에 띄게 창백하고 옷이 헐렁했다. 표정과 말씨가 담담한 들 그 속이 온전치 못하다는 사실쯤 훤히 보였다.

"내게 도갑은 몹시도 중요하다. 하나 '양이'가 내게 진실을 고백하고 나아가 나를 여전히 원한다면, 나는 현 상태를 받아들일 생각이다. 내가 명하면 내 도갑도 얌전해져 양이를 더는 해치지 않을 테고 나도 양이를 곁에 두고 더러 안으면 충분히 건강히 살아갈 수 있지 않으냐? 그렇다면 구태여 도갑을 내 안으로 되돌려놓지 않아도 괜찮다고 생각한다. 그리고……."

도는 양이의 뺨을 어루만졌다. 얼마 전만 해도 봄 뜰과 같아서 만지면 제 손끝, 마음속까지 신선하게 해주며 입 맞추면 제 입술에 하얗고 달콤한 배꽃 향기가 묻어날 것만 같던 뺨이었다. 그러나 이제 자신이 좋아하던 그 폭신하고 부드럽던 감촉은 간데없었다. 낯은 창백하고 뺨의 두 마루는 둥글게 돌아 황량히 야위었다.

"양이가 진실을 고백하되 나와 함께하길 원하지 않는다면, 길은 두 가지다. 양이에게 손상을 주지 않고 내 도갑을 꺼낼 수 있다면 그리하고 양이를 놓아줄 생각이다. 하나 양이 주장대로 그 혼을 부수지 않으면 어찌해도 내 도갑을 꺼낼 수 없다면, 설득하고 타협해야겠지. 시간이 오래 걸리고 서로 지치고 고통스럽더라도 어떻게든 함께해볼 생각이다."

"나누었던 마음은 진정이었으니까요."

수산이 말했다. 도는 고개 들었다. 수산과 시선을 마주했다. 웃었다. 가슴이 녹아날 듯 행복하게.

"네게도 그리 보였느냐?"

도는 물었다. 음성은 억눌린 와중에도 벅차게 부풀었다. 희망으로 떨렸다. 그러나 도는 곧 미소를 꺼트렸다. 차분히 표정을 눌렀다. 헛된 희망을 경계했다. 양이는 늘 닿았는가 하면 이만치 달아나고 또 닿았는가 하면 또 저만치 달아났으므로. 도는 하루에도 수천 번 확신이 의심이 되고 의심이 확신이 되었다. 하여 담담히 말을 이었다.

"이 순간 나는 믿는다. '양이'는 내게 진심이었다. 나를 보던 그 눈빛, 내게 안겨들던 그 몸짓, 달콤히 떨리던 그 숨소리, 위로를 구하던 그 울먹임까지도 이렇게나 생생한데…… 그것이 다 거짓일 수는 없어. 그리고 '혼야' 역시, 내게 진심이었다. 우리는 송두리째 진심이었다. 그러니 '양이'에게 혼야의 기억과 감정이 덧씌워졌다 하여도, '혼

393

야'에게서 증오가 사랑을 덮을 만큼 커졌다고 하여도, 관계를 회복할 가능성이 없지는 않을 터다. 하지만⋯⋯."

도는 손끝으로 양이의 입술 위에서 조심스레 노닐었다. 그 미지근한 온도, 세밀한 주름, 내밀한 감촉에, 언제고 손가락 사이로 영영 빠져나갈지도 모를 그 감각에 순간을 다하여 집중했다. 물었다.

"양이가 끝내 진실을 말하지 않으면, 나는 어찌하여야겠느냐?"

도는 양이의 두 입술 사이에서 노닐던 손끝을 멈추었다. 가느다란 틈새로 새는 미약한 숨결을 느꼈다. 마음을 억누르지 못하고 기어이 음성을 떨었다.

"나는 내 도갑의 안전을 보장받아야만 한다. 삼경과 백성과 나를 생각하면 응당 그리해야 한다. 그렇다면 나는 양이를 더더욱 몰아붙여야겠지. 양이를 정신계 주술에 거의 저항할 수 없을 지경까지 몰아가 주술을 써야겠지. 내 도갑을 위협하는 다른 숨겨진 진실이 없는지 알아내야겠지. 하나 그러면 우리는 두 번 다시 대등해지지 못할 테고 두 번 다시 서로를 믿지도 못할 테지. 무엇보다도 그 지경이 되도록 양이가 끝내 입을 다문다면, 내가 지칠 것 같다. '언젠가는 알아주겠지.' 그렇게 기대하고 기다리고 기원하는 일에 지쳐버릴 것 같다. 그리되면 나는 어찌해야 하느냐? 나는 양이를 이대로 가두고 양이는 살지도 죽지도 않은 듯 이렇게 나에게 갇히어 살아야 하느냐? 서로를 지옥으로 밀어놓고 이대로 언제까지고? 아니면, 양이가 요구하는 대로 이 혼을 부수어서라도 내 도갑을 꺼내야 하느냐?"

도는 눈을 질끈 감았다. 양이에게서 시선을 뗐다. 고개를 들어 수산을 보았다. 까만 두 눈은 눈물이 비쳤다 할 턱은 아니나 비 소식을 안은 달도 저문 밤하늘이었다.

수산은 도가 침묵하는 동안 자신이 남몰래 쳐보았던 모든 점복, 신중히 관찰했던 별의 운행을 다 잊었다. 평생토록 도를 보고 지켜온 도의 형제이자 친우이자 신하로서 말했다.

"마음이 향하는 대로 가세요."

수산은 두 입술을 끌어올렸다.

"전하께서는 도깨비시잖아요. 마음이 곧 존재가 된 순도깨비. 그러니 도깨비다운 방식으로 하세요."

도는 막막하게 숨을 들이쉬었다.

"나는 도깨비이기에 앞서 왕이다."

"왕이 되기에 앞서 도깨비로 태어나셨죠."

"내 마음이 무언지, 어디로 튈지 모르겠다. 붙잡아 매었으나 하루에도 수백 번 매어놓은 줄을 끊을 듯 널뛴다."

도는 양이에게서 손을 떼었다. 두 손에 창백한 낯을 묻었다. 손으로 낯을 씻듯 두어 번 문질렀다. 고개 들어 수산을 보았다. 마른 입술을 수차례 달싹였다. 금기를 입에 올리듯 떨리는 맨 입술만 거듭 더듬다가 소리를 한껏 낮춰 속삭이듯 물었다.

"만약에, 만약, 만에 하나, 내가 삼경이나 백성이 아닌 이 여인을 위한 선택을 해도⋯⋯."

도는 입술을 깨물었다. 입술에 핏기가 완전히 가신 채 어깨를 바르르 떨었다. 질문을 매듭지었다.

"나를 용서하겠느냐?"

도는 양이에게서 손을 떼었다. 차마 양이를 다시 만지지 못하고 그 머리만 제 무릎에 고여두었다. 빈손을 바닥에 맥없이 늘어뜨렸다. 수산은 팔을 뻗어 그 손을 잡았다. 그 창백한 손을 제 두 손으로 꼭 안았다.

"전하. 저는 전하께서 삼경과 백성을 얼마나 사랑하시는지, 전하께서 삼경과 백성을 지키려 그간 얼마나 애쓰셨는지 잘 알아요. 예로부터 백성과 나라를 제 몸보다 아낀 성군이 많았지만 전하만큼 백성을 제 아이처럼 사랑하시며 나라에 지극히 헌신하신 군주는 또 없어요."

"그것은 과거이다. 아무리 아비가 아이를 지극히 키웠던들 아이가 여전히 어리건만 두고 떠난다면 좋은 아비라 할 수 있겠느냐?"

"하하."

수산은 웃었다. 도는 새삼 눈을 다시 뜨고 수산을 보았다.

"전하. 맞아요. 삼경은 여전히 어리지요. 영원히 어리겠지요. 전하처럼 도깨비이되 울고 싶어도 웃을 줄 알고 웃고 싶어도 울을 줄 알고 원하되 참을 줄 아는, 그런 경지에는 영원히 이르지 못할 거예요."

도는 끄덕였다. 낯을 근심으로 가라앉혔다. 수산이 말을 이었다.

"하지만 삼경은 이제 많이 자랐어요. 눈을 떼지 못할, 마냥 기어 다니며 아장거리기만 하던 '아기'가 아니죠. 전하가 헌신하시고 이끌어주시어 삼계에서 도깨비와 삼경을 보는 시선은 바뀌었어요. 우리를 보호할 법률은 단단해지고 문화는 자리 잡았죠. 또한, 우리는 어린아이 같고 제멋대로지만 우리 나름대로 질서를 세웠어요. 우리 아이들은 각자 세상에서 누구보다도 잘 알고 잘하는 일이 하나씩 있고 그러한 재주와 지혜를 나라와 친구를 살리게끔 쓰는 법을 익혔어요. 이러한 삼경의 인재는 이제 삼계에서 널리 인정받지요."

수산은 제 손안에 든 도의 손을 힘주어 잡았다. 도와 두 눈을 깊이 맞췄다.

"양이가 나타나기 전, 전하께서는 이따금 몇 달씩 의식을 차리지 못하셨죠. 만족스럽지야 않아도 우왕좌왕 서툴기야 했어도 그때마다 우리는 해냈어요. 전하께서 버티시며 있는 힘껏 마련해두신 모든 것 덕분으로요."

도는 눈 감았다. 소리 없이 긴 숨을 내쉬었다. 막연히 굳었던 두 뺨이 설핏 풀렸다. 볼의 도톰한 마루에 옅게 도홧빛이 들었다. 다시 뜨인 까만 두 눈이 간절히 빛났다.

"그리고 아시지요? 우리 도깨비는 순진해요. 곧잘 공감하고요. 순도깨비라면 더더욱 그렇지요. 그래서 우리는 좋아하는 이가 행복하면 행복하고 좋아하는 이가 슬퍼하면 슬퍼해요. 우리 삼경에 적을 둔 백성은 빠짐없이 전하를 좋아해요. 사랑하지요. 그러니 전하가 행복하지 못하시다면, 슬퍼하고 괴로워하신다면 온 삼경이 슬퍼할 거예요. 아무도 그런 일을 바라지 않아요."

수산은 미소 지었다. 크게 심호흡했다. 망설임 없이 덧붙였다.

"마음이 향하는 길로 가세요. 전하는 도깨비이시니까."

새된 숨이 도의 목구멍 안으로 빨려 들어갔다. 도의 뺨으로 눈물이 미끄러졌다.

이야기꽃: 개화(開花)

양이는 줄곧 꿈을 꿨다. 깨면 거의 기억하지 못할 꿈이었다. 꿈에서 행복했다. 꿈에서 슬펐다. 어느덧 공허 속에 있었다. 그러기를 한 달, 어쩌면 그보다 더 지났다.

양이는 지쳤다. 소멸을 바랐다. 본래도 불완전하던, 공허를 제어하는 힘을 나날이 잃었다. 공허는 양이 안에서 기지개 켰다. 몸집을 키웠다. 양이의 몸과 마음의 경계를, 현실과 꿈의 경계를 넘실대었다.

양이는 문득 눈떴다.

'아!'

양이는 눈떠서도 여전히 공허 안이었다. 놀라 공허를 거뒀다. 거두고 보니 따뜻하고 단단한 감촉이 자신을 가두고 있었다. 도의 가슴, 도의 팔이었다.

'밤……. 또 밤인가?'

근래 양이는 단조로이 살았다. 늘 약에 절었다. 행동이 묶이고 세계에서 닫혔다. 만남과 대화조차 막혔다. 마냥 흐릿해졌다. 낮과 밤이 이루는 경계, 어제와 오늘과 내일이 이루는 경계도 분간치 못했다. 분간할 필요도 느끼지 못했다. 할 수 있는 일이 없었다. 자연히 도와 자신, 제 속에서 일어나고 사그라지는 감정에만 매달렸다. 정신이 나날이 지쳤다. 저항력을 거의 잃었다. 이제 제 입에서 무심코 무슨 말이 나올지 알 수 없었다. 하여 도가 어떤 말을 하든 입 닫고 반응하지 않았다. 그런지도 수일째였다.

양이가 그저 '양이'일 때는 제 안팎으로 천 년을 쌓아올린, 공허를 막는 벽이 있었다. 양이는 그 벽 덕에 딱히 애쓰지 않아도 공허로부터 자신과 세계, 도갑을 지켰다.

그러나 하얄리가 그 벽에 균열을 냈다. 이후 양이가 폭주하며 균열이 구멍이 되었다. 각성하며 벽이 무너졌다.

이제 양이는 집중력과 통제력으로 공허를 다스려야 했다. 이 공허에 고삐가 풀리면 제 혼은 물론이고 제가 품은 도의 도갑마저 위험했다. 스승이 제때 나타나 공허를 수습하지 않으면 끔찍한 재앙이 날 수도 있었다.

양이는 몽롱한 가운데에서도 공허를 누르는 일에 안간힘을 썼다. 최근 며칠 꿈에서도 그 일에 매달렸다고 해도 과언이 아니었다.

'언제까지 버틸 수 있을까?'

양이는 생각했다.

도는 이 힘을 궁금해했다. 관찰하고 추측했다. 양이가 이 힘을 벅차하며 잘 다룰 줄 모른다는 사실을 인지했다. 양이가 이전처럼 폭주한다면 상황을 제어할 자가 도였기에 도는 이 힘을 끈덕지게 캐물었다.

그러나 양이는 입을 다물었다. 그러잖아도 도는 스승인 문장에게 감정이 나빴다. 스승이 이 일에서 혼야를 도왔다는 사실까지 안다면 도는 스승과 영영 갈라설지도 몰랐다. 안 될 일이었다. 스승은 제멋대로이지만 그래도 도에게 가장 아버지에 가까웠다. 도가 스승에게 유독 뻣뻣할 뿐이지 어리광이라도 부리며 사정한다면 언제든 기분 내어 도를 도울 존재이기도 했다. 그런 관계를 자신이 끊을 수야 없었다.

'말 못 해. 절대.'

양이는 어둠 속에서 느릿느릿 눈꺼풀을 껌벅였다. 몇몇 생각을 잇다 보니 정신이 흐려졌다. 도의 팔에 머리를 괸 채 풋잠 든 듯 의식이 저기 수면 아래로 가라앉았다. 그러다 퍼뜩 눈떴다. 공허가 또다시 눈앞에서 일렁였다.

'이제 한계로구나.'

양이는 새삼 깨달았다. 일렁이는 공허를 꾸역꾸역 거둬 제 몸에 둘렀다. 이부자리를 손으로 짚고 비틀비틀 일어났다. 도의 품에서 벗어나 두 손으로 도 옆을 짚었다. 상체를 기울여 도를 보았다. 손을 뻗었다. 도의 얼굴을 손끝을 댈 듯 말 듯하며 만졌다. 도는 예민한 무인이지만 양이가 몸에 두른 공허 탓에 이 기척을 감지하지 못했다.

'야위었어.'

양이는 눈썹을 내렸다. 손끝으로 그려지는 윤곽이 마르고 날카로웠다. 고요 속에서 흐르는 숨소리도 평소보다 거칠었다. 도는 약해져갔다. 하루가 다르게 점점 더. 양이는 먹먹히 숨을 터트렸다.

"사장님. 도도."

양이는 소리 없이 도를 불렀다. 잠든 도에게서는 물론 답이 없었다. 그래도 양이는 희미하게 미소했다. 부드럽게 속삭였다.

"이제 때가 왔네요. 더는 머뭇댈 수 없어요. 이대로 버티는 일, 서로에게 못할 일이니. 더욱이 나야 벌을 받는다지만 당신은 죄가 없잖아요. 그런 당신이 분노에 잠겨 이 이상 웃음을 잃고 말라가는 모습을 마냥 두고 볼 수만은 없어요. 무엇보다 당신, 너무 쇠약해졌어."

그뿐만이 아니었다. 다른 면에서도 이제 정말 시간이 없었다. 도는 양이를 착실히 분석해갔다. 분석을 끝내고 양이에게 겹겹이 걸린 주술을 풀면 양이가 숨긴 진실 대부분을 알게 될 터였다. 그때가 오면 양이도 완전히 지쳐 제 입으로 일체를 술술 실토할 가능성이 컸다.

'그래선 안 돼. 진실을 들킬 순 없어. 그래, '당혜'라는 내 한 면만이라도 도에게 예쁘게 남고 싶어. 하지만 그 무엇보다도 도를 더는 슬프게 하고 싶지 않아. 그토록 애틋하던 당혜마저 자신을 배신했다는 사실을 알면 도는 견딜 수 없이 상처받을 거야. 하물며 이대로 가면 도가 진실을 알기도 전에 공허가 도갑까지 먹어치울 수도 있어.'

양이는 젖은 숨을 삼켰다. 어둠에 잠긴 도의 얼굴을 다시금 조심스레 어루만졌다. 가슴이 비틀어지는 듯했다. 그래도 후회하지 않았다. 죄임을 알면서도 여인으로서 사랑받길 원했다. 그 간절한 바람은 '양이'로서 이루었다. 그러니 다 괜찮았다.

이제 도에게 평온을 줄 차례였다. 양이는 공허를 더 두텁게 둘렀다. 제 기척을 완벽히 죽였다. 잠든 도의 입술에 제 입술을 사뿐, 아주 조심스럽게 얹었다. 소리 없이 속삭였다.

"행복해야 해요, 도."

양이는 몸을 틀었다. 힘이 빠진 제 몸을 도의 가슴에 뉘었다. 단단한 가슴에 뺨을 대고 쿵쿵, 낮게 뛰는 심장박동 소리를 들었다. 제 몸에서 흐르는 영력을 가늠했다.

'나쁘지 않아.'

양이는 요 며칠 과장하여 힘든 척을, 아픈 척을 했다. 도가 무엇을 더 알고자 한대도 더는 버틸 힘이 없는 병자처럼 굴었다. 공허의 힘을 적절히 써서 도가 하는 진맥을 방해했다. 도가 고심 끝에 약을 줄였다. 그 덕으로 몸속에 쓸 수 있는 영력이 제법 흘렀다.

양이는 심호흡했다. 도에게서 나는 심장박동 소리에 집중했다. 그 박자에 맞추어 차근히 입술을 달싹였다. 주문을 읊기 시작했다. 영력이 충분하지야 않았다. 그래노 뜻하는 주술이 영력을 그리 요구하는 종류는 아니었다. 오 분쯤 주문을 이으며 몸 안팎에 도는 영기를 재배열하자 어떻게든 목적한 주술을 완성할 수 있었다.

'이제 됐어.'

"하아……."

양이는 길게 한숨을 내쉬었다. 보랏빛 진이 허공에 떠올랐다. 진은 빙그르르 돌더니 그물처럼 양이를 덮었다. 고요히 발동했다. 진에 닿은 양이의 몸과 혼이 습기를 머금은 듯 헐거워지기 시작했다. 실타래인 양 손끝부터 서서히 풀려나가기 시작했다. 연기처럼 하얗게 피어올라 하늘하늘 어두운 대기로 날아올랐다. 양이는 미소했다.

'도, 전하, 사장님……. 다 됐어요. 곧 도갑을 찾으실 수 있어요. 더는 아프지 않으셔도 돼요. 잠들고 회복하실 수도 있어요. 저와 낯을 맞대는 고역을 겪지 않으셔도 되고……. 아아, 마음속 어여쁜 당혜를 더럽히는 일도 없으실 거예요. 다 제자리로 돌아갈 거예요.'

양이는 천천히 풀려나갔다. 점차 투명해졌다. 허물을 벗은 매미처럼 얇디얇은 껍데기만 남기고 텅 비어갔다. 점점 생각할 힘을 잃었다. 최후의 최후에 한 줄기 연기로 날아오르며 아득히 생각했다.

'사랑해요.'

상실. 지극히 소중한 무언가를 잃었다. 가슴이 울렁였다. 숨구멍이 습기를 머금고 부풀어 조여들었다. 그래서 울었다. 감각을 막던 공허가 걷힌 순간, 도는 무언지 모를 본능으로써 잠에서 깼다. 소금기에 전 속눈썹을 들었다. 먹먹히 어둠을 보았다. 제 품을 더듬었다. 튀어올라 앉았다.

"김양이!"

도는 짓눌려 새된 소리로 외쳤다. 공허에 감각을 차단당한 중에도 본능으로 무엇을 느껴 이미 목이 멨다. 소리를 터트릴 수 없었다. 온기가 채 가시지 않은 제 옆을, 제 두 팔이 동그랗게 보듬던 자리를 보았다. 헤매며 눈동자를 주변으로 굴렸다.

"아!"

도는 목젖 어름에서 탄식했다. 저기, 자신이 일어나며 뒤엎은 이불에 껍데기가 엉겼다. 그건 매미 허물 같았다. 윤곽, 관절, 표정까지도 오롯이 간직한 채 휑했다. 매미 허물과 다른 점이라면 투명했다. 찢긴 곳이 없었다. 힘없이 웅크린 채 희미하고 평온한 미소를 띠었다. 그 껍데기 속에 남은 것은 혼과 백의 타래 아주 약간, 그리고 그 얼마 남지 않은 혼백의 실타래 안에 제 도갑이 덩그랬다. 그 껍데기 위에 보랏빛 진이 거미줄처럼 덮였다. 그 껍데기 속에서 지금 이 순간에도 혼백의 실타래가 서서히 풀려 올라갔다. 꺼져가는 향불에서 피어오르는 연기처럼 가느다랗게.

"우……. 흐, 아, 아!"

도는 입이 막힌 짐승처럼 우짖었다. 두 손바닥과 무릎을 움직였다. 더듬더듬 이부자리를 기었다. 그 투명한 형상 앞으로 갔다. 손끝만 대어도 그것이 바스러질 것 같아 손끝도 대지 못했다. 젖은 숨을 몇 번이나 헐떡였다. 입술을 꽉 물었다. 제 입술에서 터지는 혈향으로 정신을 닦아세웠다. 눈을 부릅떴다. 덩어리진 울음을 기어이 눌러 삼켰다. 눈을 질끈 감았다. 온몸을 푸르르 떨었다. 입술을 달싹이다가 마침내 숨을 깊게 들이쉬었다. 눈을 떴다. 낯을 가라앉혔다. 기적처럼 안색이 말끔해졌다.

도는 서늘한 눈으로 빈 껍데기를 보았다. 그 껍데기를 덮은 보랏빛 진을 보았다. 그 껍데기에서 피어오르는 영기를 보았다. 의미 없는 진동으로 보일 만큼 빠르게 입술을 달싹였다. 주술을 외웠다. 손가락을 휘저었다. 껍데기가 허공으로 떠오르고 좌로 우로 위아래로 획획 돌아갔다. 껍데기를 덮은 보랏빛 진이 평면으로 펼쳐졌다.

도는 일어섰다. 눈동자를 굴려 보랏빛 진과 껍데기를 훑었다. 속도야 분명 '훑는' 수준이었다. 그러니 명확히 표현하면 도는 '훑지' 않았다. 삼계를 통틀어 손꼽히는 술사로서 안목을 한계까지 끌어올려 주술진을 분석했다. 그 진은 극히 적은 영력으로도 충분히 주술 반응을 끌어내고자 이론과 실제가 미칠 수 있는 극단까지 효율을 추구했다. 아예 새로운 주술 체계라고 보아도 될 방식이었다.

도는 기존 지식 체계에 지진이 이는 기분으로 그것을 뜯어보았다. 실수하지 않고자 초조함을 누르며 분석을 검토했다. 이 자리에서 이해할 수 있는 한계까지 이해했다고 판단했을 때 멈췄다. 고작해야 일이 분 정도가 흘렀다.

도에게서 황금빛이 뿜어졌다. 일찍이 양이가 의식을 잃어 도가 시간 동결 주술을 펼쳤을 때보다도 더 빠르고 더 격렬하게 도에게서 주술어가 쏟아졌다. 평범한 눈으로는 인지할 수조차 없는 속도로, 우주의 광대한 적막 속에서 별이 잇달아 폭발하듯 빛이 뿜어졌다. 수천,

수만에 달하는 글자와 모양과 틀이 맺고 끊기고 짜이고 풀리고 쌓이고 합쳐졌다. 그 글자와 모양과 틀과 영력은 짓눌린 호스에서 물줄기가 터지듯 촤악 흩뿌려졌다. 흩뿌려지며 무한히 부풀었다. 지상 전체로, 지하로, 천상으로까지 촘촘히 그물을 뻗었다. 금빛이 날았다.

정적. 별이 반짝이는 소리가 멎었다. 구름이 하늘을 어루만지는 소리가 멎었다. 해가 어둠을 가르는 소리가 멎었다. 달이 지구를 맴도는 소리가 멎었다. 파도가 달을 쫓는 소리가 멎었다. 고래가 하늘을 그리워하는 소리가 멎었다. 멎고, 멎고, 멎었다. 마침내 알 속에 든 아기새가 꿈꾸는 소리조차 멎었다. 양이의 영기가 풀려나가던 흐름이 멎었다. 이 우주를 이끌던 시간이 멎었다. 도의 금빛 지배 아래에서 일체가 멈추었다.

"큭……."

도는 무릎이 꺾였다. 입술과 코, 눈과 귀에서 피가 터졌다. 빨갛게 물든 시야로 팔을 뻗었다. 보랏빛 주술진을 붙잡았다. 휙휙 손가락을 놀렸다. 천을 실로 풀어내듯 주술진 한 귀퉁이를 뽑았다. 뽑은 가닥을 손가락에 둘둘 감았다. 그리고 다시 팔을 뻗었다. 허공을 더듬었다. 거기, 풀려나가다 우주와 더불어 멎춘 양이의 가느다란 영기가 있었다. 도는 그것을 붙잡았다. 주술진과 함께 손가락에 얽었다. 손아귀에 움켜쥐었다.

"커헉……. 큭!"

이 우주의 모든 시간을 멈춘 반동은 끔찍했다. 누구라도 개인이 감당할 수 없는 세기였다. 왈칵. 도는 시커먼 핏덩어리를 토했다. 깨달았다. 자신은 더없이 연약해졌다. 바람 한 줄기에도 부서질 지경이었다. 눈꺼풀이 절로 닫혔다. 상체가 허물어졌다. 허물어지는 결에 와스스 형체를 잃었다. 날 선 도 한 자루, 도를 휘감은 금빛 도깨비불이 되었다. 도깨비불 꼬리에 보랏빛 주술진과 가느다란 영기가 얽혔다. 휙! 불은 솟구쳤다. 제 꼬리에 얽힌 가느다란 영기를 쫓아서, 멎어버린 우주로 날아올랐다.

침묵. 도는 태초에 닿은 침묵 속을 날았다. 우주에서 단 하나 남은 눈부시게 떨리는 것으로서 제 길을 떠났다. 제 사랑이 풀려나간 연약한 흔적을 쫓아서, 연기처럼 가늘고 희미한 그 자국을 쫓아서 가고 또 갔다. 육체도 이름도 성별도 왕이라는 지위도 벗었다. 날것 그대로인 마음과 영혼으로 남았다. 그 오롯한 실체로서 제 사랑을, 양이를, 섬세하고 연약한 영혼의 실타래를 되감아 나갔다. 그렇게 벌거벗은 영혼과 영혼이 낱낱이 문대어졌다. 마음과 마음이 가닥과 가닥으로 문질러졌다. 두 영혼을 제외하면 누구도 들을 수 없는 음이, 길고 긴 한 음(音)이 태초의 침묵 속에서 진동했다.

도는, 아니, 이름조차 내려놓은 금빛은 제 혼이 제 사랑과 부대끼며 내는 한 음을 들었다. 들으며 보았다. 느꼈다. 알았다.

그래, 곁에 있었다. 제 사랑은 늘 이 곁에 있었다. 한 번도 저를 사랑하지 않은 적 없었다. 비록 도갑을 들고 떠나 저를 괴롭게 했으나 알아주지 않는 저를 맴돌며 도갑이 발휘하는 회복력을 전해주었다.

그래, 비로소 깨달았다. 제 눈앞을 돌고 돌다 포르르 날아오르던 그 새가 왜 그리도 야속했는지, 제 눈앞에 뻗은 가지 끝에 가만하던 그 꽃이 왜 그리도 소담했는지, 그토록 어여뻤건만 그 꽃 한 송이를 왜 차마 꺾지 못했는지, 제 뺨을 어루만지며 제 머리칼을 짓궂게도 헤집던 그 바람이 왜 그리도 설렜는지, 이제야 깨달았다. 일체가 사랑이었다. 그 모두 혼야이자 당혜였다. 그 모두가 이윽고 '양이'가 될 제 사랑이었다. 그 새는, 꽃은, 바람은 이런 제 마음을 꿈에도 몰랐지만.

그래, 이제야 알았다. 왜 제 사랑이 도갑을 숨겨야 했는지, 왜 제 사랑이 그리 오래 숨어야 했는지, 왜 저와 제 사랑이 그리 오래 헤매야 했는지, 그 원망, 미움, 사랑, 그리움, 미안함, 두려움을 알았다.

그래, 마침내 보았다. 도깨비가 무엇인지, '도깨비는 이야기에서 태어난다.'는 말이 무슨 뜻인지, '도깨비는 마음이 실체가 된 존재.'라는 표현이 무슨 뜻인지 보았다. 양이가 어째서 이야기 조각을 지닌 이들에게 그리도 깊이 공감했는지 보았다.

황혜용은 소멸을 마다치 않고 라쉬타와 하나 되었다. 이레인은 사랑하는 자이어에게 배신당하고도 그 사랑을 끝내 멈추지 못했다. 그래서 차라리 세상에서 숨어버리기를 간절히 바랐다. 한시영은 매 순간 제 존재를 소멸이라는 벼랑에 몰아넣으면서도 오순남을 사랑했다. 그 막대한 공포 속에서도 사랑하기를 그치지 않았다.

하얄리는 숨바꼭질했다. 술래가 제때 숨은 이를 찾지 못하면 술래도 숨은 이도 죽을 숨바꼭질을, 그러나 술래도 숨은 이도 절박한 숨바꼭질을 했다. 술래가 끝내 숨은 저를 찾지 못하거든 차라리 죽기를 바랐다. 고작해야 술래 발치에밖에 숨지 못했다. 그래도 술래는 좀처럼 하얄리를 찾지 못했지만 하얄리는 거기 있었다.

하얄리가 사랑한 여인, 크스멧은 자신이 가장 사랑하던 이를, 하얄리를 스스로 잊었다. 그 대가로 평생토록 가슴에 공허를 안고 살았다. 공허에 몸부림쳤다. 상실의 끝자락에, 생의 낭떠러지에 이르렀다. 스스로 잊기를 택한 사랑을 다시 원했다. 부발루스와 라미아는 쫓고 쫓겼다. 추적자와 도망자였다. 행성과 위성이었다. 서로 끌어당기고 밀어냈다. 원망하고 사랑했다. 증오하고 갈구했다. 죄에 짓눌려 죽더라도 차라리 씹어 삼켜 하나가 되어버리기를 원했다.

　이야기와 마음은 온 우주를 돌고 돌았다. 온 우주를 돌다가 다른 우주로까지 뻗어 나갔다. 도당혜, 수라 혼야, 도도로부터 황혜용, 라시타, 이레인, 자이어, 한시영, 오순남, 하얄리, 크스멧, 라미아, 부발루스, 그리고 양이와 도가 모르는 무수히 많은 이들과 무수히 많은 세기와 세계를 꿰뚫었다. 생애와 생애, 세상과 세상, 시대와 시대를 지났다. 다시 김양이와 도도에게로 돌아왔다. '사랑', 그 하나를 지표로 삼아서 돌고 돌아왔다.

　금빛 불꽃은 쉬지 않았다. 태초의 침묵 속에서 끊김 없이 한 음을 연주했다. 연인을 이루는 영혼의 현(絃) 위를 그었다. 현을 하염없이 거슬러 올라가서 되감아 올라가서 가장 어리고 여린 마음과 영혼의 굽이에 이르렀다. 그리고 느꼈다. '기억한 것'이 아니라 영혼에 스민 모양과 향내와 감촉 그대로를 '느꼈'다. 자신과 제 사랑이 처음 만났을 때 서로 그 몸과 마음과 혼이 어찌나 부드럽고 순했는지, 얼마나 사랑했는지, 어떻게 사랑했는지, 어째서 곁에만 있어도 그리도 행복했는지, 느꼈다.

　그리고 마침내, 금빛 불꽃은 전부 되감아냈다. 제 도갑을 얼레 삼아서, 위태롭게 뒹굴던 껍질 안에 제 사랑을 오롯이 되감아냈다. 침침하게 깜박이며 희미한 꼬리를 비실비실 흔들었다. 깊이 잠든 제 연인 위를 한 자루 도(刀)에 얽히어 빙글빙글 맴돌았다. 도(刀)는 금빛 도깨비불과 마찬가지로 거의 빛을 잃었다. 탁했다. 녹슬었다. 곧 바스러질 듯했다.

　―양이야, 내 예쁜 찐빵. 나는 네게 '네가 무엇이어도 좋다.'고 했는데, 그러니 좀 더 다정할 수도 있었을 텐데……. 미안해, 미안해. 그래

도 이 말 하나는 지켰다. 내가 그랬지? 네가 당혜일 때도 혼야일 때도 양이일 때도 내가 약속했지? '지켜주겠다.'고……

도깨비불과 도(刀)는 빛을 잃었다. 회색 덩어리로서 '양이' 위로 떨어졌다. 이 우주를 감싼 깊은 고요와 잠이 그 위태한 형상을 지키는 마지막 보루였다. 바람도 해도 파도도 없기에 회색은 틀을 유지했다. 어리고 병든 짐승처럼 웅크렸다. 양이의 껍질 위에서 보일 듯 말 듯 들먹였다. 양이의 껍질 안에서 제 모습을 되찾은 영혼이 보랏빛으로 반짝였다. 보랏빛은 회색의 꼬리 끝에서도 반짝였다. 그건 껍질 속으로 미처 감겨들지 못한 혼의 실 끝이었다. 회색에 몸을 얽고 살랑살랑 꼬리 쳤다. 회색을 어루만졌다. 짙게 빛을 발했다. 회색이 꾸는 꿈속으로 꼬물꼬물 헤엄쳐 들어갔다.

❋·❋

"흐윽, 흑! 끅, 딸꾹! 흐윽, 흐……."

덩어리가 울었다. 우는 덩어리는 형체가 오롯하지 못했다. 자그마했다. 꺼져가며 뿌연 금빛으로 깜빡였다. 불안스레 일렁였다. 섧게 울었다.

"흐윽, 웃, 아아앙……."

사방은 어두웠다. 빛도 생기도 없었다. 주룩주룩 비만 내렸다. 공기도 바닥도 흠뻑 젖었다.

'양이'는 빗물을 밟으며 걸었다. 덩어리에게 다가갔다. 덩어리 두 걸음 앞에서 멈췄다. 머뭇댔다.

덩어리는 약했다. 죽어갔다. 이미 형체를 구축할 힘을 잃었다. 존재를 이루는 핵마저 사라지기 직전이었다. 지금 이 순간에도, 떨리는 울음 한 마디 사이에도 침침해졌다. 쪼그라들었다. 어린애 주먹만 한 빛만 어슴푸레 남았다.

"흐윽, 흑! 읏, 잉잉……."

덩어리는 순수한 정기였다. 거짓도 꾸밈도 몰랐다. 제 느낌과 생각을 온 힘을 다해 드러낼 뿐이었다. 슬퍼했다. 두려워했다.

양이는 울었다. 뺨으로 다르르 눈물이 미끄러졌다. 덩어리에게 한 걸음 더 다가섰다. 그 앞에 쭈그리고 앉았다. 떨리는 손끝을 덩어리로 뻗었다.

"왜, 왜 울어?"

덩어리는 하얀 손끝이 닿자 반짝 빛을 발했다. 지금껏 밝음이나 모양을 회복하는 일 없이 어둠으로 사그라지기만 하다가 조금이나마 색과 부피를 되찾았다.

"울지 마."

양이는 울먹였다. 힘없이 내렸던 나머지 팔을 또 뻗었다. 덩어리를 두 손으로 감쌌다.

"흐윽, 흑! 으아앙……!"

그 순간 덩어리는 휙 부풀었다. 어린아이 주먹만 하다가 번쩍 빛나며 두 배, 세 배로 몸집을 불렸다. 양이에게 와락 안겨들었다. 더욱 크게 울음을 터트렸다.

"무서워, 무서워! 무서웠어!"

덩어리는 겁에 질린 짐승처럼 양이에게 안겼다. 그 품에 온몸을 비벼댔다. 어린 남자아이가 되어 일렁였다. 올바로 꼴을 갖췄다기보다 빛이 형태를 뭉개어 그린 상태였다. 그래도 그 나름대로 너울대는 짧은 팔을 뻗었다. 양이를 끌어안는 시늉을 했다.

"뭐가 그렇게 무서워?"

양이는 아이를 보듬어 안았다. 꽉 멘 목으로 마른 갈잎처럼 흐느꼈다.

"흐윽, 흑! 끄흑! 무서워. 너무나도 무서웠어! 흐윽, 딸꾹! 못 지키는 줄 알았어. 이번에도 못 지키는 줄 알았어. 혼야일 때도 당혜일 때도, 이번에도…… 으아아앙!"

아이는 울었다. 머리끝부터 발끝까지 떨며 목놓아 빽빽 울었다. 양이는 아이의 머리칼을, 등을 부드럽게 쓸었다. 만질 수 있는 실체야 없어도 마음을 담아 빛을 어루만졌다. 제 품으로 파고들고 또 파고드는 아이의 이마며 정수리에 무수히 입 맞췄다. 입 맞추며 속삭였다.

"미안해, 미안해. 다 내 잘못이야. 내가 너를……."

"아냐, 아니야! 싫어, 싫어! 가지 마. 나를 버리고 가지 마. 아아앙!"

양이는 사과했지만 아이는 전력으로 도리질 쳤다. 미안하다는 말이 아니라 안녕이라는 말을 들은 듯 자지러졌다. 양이가 아이를 달래려 더욱 그 등을 다독이며 정수리며 이마며 뺨에 정신없이 입 맞추자 조금씩 윤곽을 띠기 시작했다. 무게를 얻어갔다. 눈송이 같은 무게를, 꽃잎 같은 무게를, 솜뭉치 같은 무게를 양이에게 내던졌다. 부쩍부쩍 부피를 불렸다. 아이에서 소년이 되어갔다.

"가지 마, 가지 마. 제발, 제발……."

양이는 그 말에 답하지 않았다. 실은 양이도 아이보다 상태가 나을 뿐 윤곽이며 빛이 선명하지 않았다. 희뿌연 보랏빛이 헐겁게 둘둘 말려 형체를 이뤘을 뿐이었다. 속이 유령처럼 비쳤다. 온몸이 물결처럼 일렁였다. 일렁임 아래로 검은 도갑이 비쳤다. 입을 열었다.

"왜 도갑을 찾아가지 않았어? 내게 이걸 줘버리면, 너는······."

"널 지키고 싶어! 지킬 거야!"

소년은 양이의 옷깃을 움켜쥐었다. 양이의 가슴에 제 뺨을 문질렀다. 그러나 양이는 고개 저었다.

"아냐. 그래서는 안 돼. 너는 왕이잖아. 네 백성과 나라를 지켜야 하잖아. 그러자면 네가 강건해야 해."

"흐, 으······. 흐아아아아아앙!"

소년은 훌쩍이던 숨을 잠시 멈췄다. 길게 신음했다. 그러나 결국 파도처럼 통곡했다. 솜뭉치 같은 무게로 양이의 앙가슴에 제 이마를 찧었다. 마음에서 둑이 터진 듯 울음을 쏟았다. 가쁜 숨을 몰아쉬며 양이에게 매달렸다.

"흐아아앙! 몰라! 나도 모르겠어. 모르겠어! 흐윽! 나는 왕인데! 왕이고, 강건하고, 웃, 온전하게 존재함으로써, 흐윽, 내 백성을 지켜야 하는데! 흐아아앙! 내 백성의 안전을 다른 무엇에게 맡기거나 그 안전을 걸고 도박할 수 없는데······. 모르겠어. 나도 모르겠어. 흐윽, 앙앙······. 너를 지키고 싶었어. 네가 소중해. 너를 지키고 싶어. 너를 잃을 수 없어. 너를 또 잃으면, 흐윽, 나는 당장 산다 한들 곧 죽을 거야. 아파서, 마음이 견딜 수 없어서······. 흐아앙!"

"아아, 도! 아니야, 아니야! 너는 후회할 거야."

양이는 통곡하지 않았으나 소년과 마찬가지였다. 샘처럼 울었다. 울며 도리질하며 소년이 전하는 마음을 부정했다.

소년은, 도는 양이보다 더 드세게 도리질했다. 양이가 제 이름을 부르던 순간에 부쩍 선명해졌다. 양이의 살갗에 제 손끝을 눌렀다. 외쳤다.

"아니야! 후회 안 해! 절대 안 해! 흐윽! 그러니 내 곁에 있어줘. 웃, 꼭 곁에 있어! 나는 너 없이 온전할 수 없어. 내 도갑을 영원히 네게 줄게. 흐윽, 끅! 만약, 내가 가져올 수 있더라도, 흐윽, 네게 줄게. 아니면, 웃, 너는, 도망갈 거잖아. 그러니 내 도갑을, 웃, 네게 줄게. 영원히, 영원히…… 내 곁에 머물러줘!"

"도, 너는 잘못 생각하고 있어. 나는 네 도갑을 훔쳤어. 너를 천 년에 달하는 끔찍한 고통 속에 밀어 넣었어. 너는 의미 없는 추억 탓에 한순간 착각한 거야. 나는 사랑스럽지 않아. 이제 네게 보호할 대상이 아니야. 나를 동정하지 마. 너는 도갑을 찾아야 해."

"아니야!"

앳된 도는 가느다란 목소리로 소리 높여 외쳤다. 양이의 가슴에서 이마를 들었다. 고개를 꺾어 올렸다. 양이에게 눈을 맞췄다. 울음으로 바들거리며 두 손을 들었다. 양이의 눈물 젖은 뺨을 어루만졌다. 자그마한 두 손으로 그 뺨을 안았다. 허리를 곧추세웠다. 고개를 한껏 뻗었다. 양이의 창백한 입술에 흐린 금빛으로 아롱대는 제 입술을 대었다. 고작해야 민들레 홀씨가 내려앉는 감촉밖에 주지 못했지만 제 사랑에게 정성껏 입 맞췄다. 양이의 뺨을 쓰다듬고 또 쓰다듬었다.

"아니야. 너는 내게서 도갑을 훔친 적이 없어. 그 도갑은 내가 네게 직접 줬어. 너, 도당혜, 내 왕비여야 했던 아이, 내 왕비인 너, 김양이에게 주었어. 네가 아플 때, 힘들 때 언제든 나를 부르라고 주었어. 너는 내게서 숨었을 뿐 내게서 무엇도 훔치지 않았어."

도는 새가 부리로 쪼듯 양이의 입술에, 뺨에, 눈꺼풀에, 이마에 입 맞췄다. 어느덧 울음을 그쳤다. 어린 소년에서 남자가 되어갔다. 처음에야 양이에게 안겼으나 이제 양이를 안았다. 양이의 머리칼을, 등을 쓸어내렸다.

양이는 도의 품속에서 갓 돋은 풀잎처럼 떨었다. 목 안 깊숙이에서 신음했다.

"나를 원망하지 않아? 내가 밉지 않아?"

양이는 속삭였다. 기어들어가는 목소리로 덧붙였다.

"나는 너를 고통스럽게 했어."

도는 양이와 이마를 맞댔다. 코끝을 맞댔다. 온몸이, 숨결이 투명한 금빛으로 빛났다. 그 빛은 미약했으나 따스했다. 양이의 몸을, 창백한 보랏빛 숨결을 달랬다. 몸에 몸이 문대어졌다. 숨에 숨이 얽혔다. 빛에 빛이 덧씌워졌다. 두 빛은 새벽녘 안개 같았다. 바탕이 촉촉하고 색이 순하고 둘레가 물렀다. 그래서 서로 스미어 섞였다. 목련처럼 뽀얗게 반짝였다. 도가 말했다.

"너는 부서졌잖아. 내 탓이야. 내가 너를 그렇게 몰았어. 백성과 나라만 생각하느라 너를 알지 못했어. 내 마음조차 몰랐어."

도는 길게 한숨 쉬었다. 양이의 등을, 어깨를 애무했다. 두 뺨으로 맑은 물방울이 도르르 넘쳐흘렀다.

"너를 알았다면, 나 자신을 알았더라면 전쟁이 끝났을 때 그 어떠한 대가를 치러서라도 너를 내 곁으로 데려왔을 텐데, 그 어떠한 어려움이 따르더라도 너와 함께했을 텐데…… 아아, 그때 나는 그럴 수 없다고 생각했어. 우리가 너무 멀어졌다고 생각했어. 너를 밀어낸 나를, 네가 미워하리라고 생각했어. 너를 원했어. 하지만 너를 얻자면 치러야 할 대가가 너무 많다고 생각했어. 용기가 없었어. 미안해, 미안해."

"도, 도도……."

양이는 물 젖은 눈을 깜박였다. 고인 눈물을 쏟아서 흐리던 눈을 씻었다. 저를 어루만지는 상냥한 금빛을 바로 보았다. 손을 들어 금빛의 젖은 뺨을 만졌다. 고백했다.

"나도 마찬가지야. 나도 겁쟁이었어. 너를 그토록이나 원하면서도 너를 찾아가지 못했어. 두려움, 자존심, 미움, 어리석음 탓에 네게 가지 못했어."

양이는 진저리 쳤다. 탄식하며 도리질했다.

"아아, 우리는 왜 이렇듯 산산이 부서져서야 깨달았을까? 이렇게 부서질 만큼 서로 사랑한다는 사실을 왜 이제야 알았을까? 이 마음을 진작 알았다면 너도 나도 이렇게까지 산산조각 나지 않아도 되었을 텐데……."

양이는 눈을 반쯤 감았다. 도의 입술에 살며시 제 입술을 대었다. 스치듯 짧게 입맞춤했다. 입술을 뗐다. 도와 눈을 맞췄다.

"도, 너는 죽어가고 있어. 도갑을 지닌 나와 의식 깊숙이 닿아 간신히 형체를 이뤘지만 제 빛을 찾지 못했어. 임시변통으로 회복하기엔 지나치게 힘을 쏟았어. 너는 도갑이 곁에 있은들 이 도갑과 온전히 결합하지 못하면 충분히 회복할 수 없어. 이제 곧, 네가 펼친 시간 동결 주술이 끝나. 그러면 뭐든 밖에서 자극이 오겠지. 너는 약하디약해. 나비 한 마리가 발끝으로 헤집기만 해도 영영 흩어질 거야. 살아남지 못해."

양이는 깊이 숨을 들이마셨다. 마주한 눈이 아이처럼 마냥 까맣고 맑았다. 그 눈을 보며, 그 눈에 비친 제 모습을 보며 뒤를 이었다.

"도, 나는 행복해. 마지막 순간에 너와 미움 없이 마주했으니. 이제 원망도 미련도 없어. 그러니 여기까지만 해. 이만 나를 버려. 응? 나를 다시 부수고 내게서 도갑을 되찾아. 더 늦기 전에. 제발!"

도는 미소했다. 양이가 간절히 전하는 애원에 눈썹을 유연히 구부려 내렸다. 달콤하게, 씁쓰레하게 웃었다. 맞댄 이마를 살짝 떼었다. 그 이마를 양이의 이마에 다시 콩 박았다. 후후. 잔웃음을 터트렸다. 달래듯 속살댔다.

"정말 바보구나? 왜 아직도 모르는 거야? 나는 너를 부수지 않아. 절대로 그러지 않아."

도는 잠시 멈췄다. 새삼 양이를 보았다. 양이는 절망에 빠졌다. 이대로 도가 죽음을 택한다는 생각에 슬픔에 깊이 잠겼다. 설득할 말을 찾으며 입술을 달싹였다.

"하하!"

도는 그 모습에 그만 웃음을 터트렸다.

"웃!"

양이는 눈썹이 사나워졌다. 명백히 화가 났다. 도를 밀어붙일 말을 담고 입을 벌렸다. 도는 그 즉각 웃음을 거뒀다. 진지한 눈으로 양이를 마주했다. 삽시에 바뀐 그 기색에 양이가 멈칫했다. 도는 입을 열었다. 절대자에게 은혜를 구하는 아이처럼 유순하고도 간절하게 청했다.

"자아, 내 영혼을 다해 간원하노니, 나를 네게 들어가게 해줘. 나를 네 가장 깊은 곳에 닿게 해줘. 내가 네 혼의 고갱이까지, 거기 깊숙이 자리 잡은 내 도갑까지 미칠 수 있도록, 나를 네 안 깊숙이 들어가게 해줘."

"웃……."

양이는 뺨이 달아올랐다. 어깨를 떨었다. 몸을 주춤 뒤로 뺐다. 입

416

술을 달싹이고 또 달싹였다. 분노가 눕고 시름이 일었다. 눈꼬리를 내
리며 머뭇머뭇 물었다.

"우리가 다시 사랑할 수 있을까?"

"이미 사랑하고 있어."

도는 망설임 없이 답했다. 양이는 도리질했다.

"찰나에 그칠 감정을 묻는 게 아냐."

양이는 눈 감았다. 소리 없이 탄식했다. 부르르 떨었다. 천천히 눈
뜨고 도의 눈을 들여다보았다. 그 흔들림 없는 시선 앞에서 젖은 목소
리로 덧붙였다.

"말했잖아, 도. 나는 혼야이기도 해. 만 도깨비가 두려워하던 '도깨
비 살육자'였어. 삼경과 도깨비 모두를 등에 진 너를, 네 목숨을, 그 긴
세월 틀어쥐고 고문했어. 너는 다정해. 그래서 한순간 불쑥 떠오른 정
때문에 나를 살렸을 거야. 하지만 우리 사이엔 현실이 무겁고 두꺼워.
이 상태에서 깨어나면 너도 나도 현실을 마주하게 돼. 그 수많은 기억
이, 고통이, 미움이, 원망이, 다른 헤아릴 수 없는 여러 장벽이 우리
관계를 짓누르겠지. 도, 나를 포기해. 그래야만 네가 안전하고 편안해
져. 자아."

양이는 가슴을 폈다. 두 팔을 내렸다. 도가 얼마든지 제 혼을 가르
고 도갑을 찾을 수 있도록 그 어떤 방어도 하지 않았다. 침묵이 둘 사
이에서 깊은 강처럼 흘렀다. 도는 아무 행동도 하지 않았다. 고요히
양이를 보았다. 이 우주에 흐르는 시간을 일거에 멈추고 죽을힘을 다
해 그 혼을 되감아주었다. 그럼에도 양이는 여전히 위태하고 헐거웠
다. 스스로 자신을 붙잡지 못했다. 그 혼의 타래가 느슨해 누군가가
작정하고 툭 치면 금방이라도 뭉그러지며 뒤엉킬 지경이었다. 도는

가라앉은 눈으로 침묵을 지켰다.

양이가 다시 말했다.

"도, 망설이지 마. 도갑을 되찾아."

도는 웃지도 찡그리지도 않았다. 양이의 두 눈만 보았다. 오른팔을 들었다. 지루할 정도로 천천히 양이에게 손을 뻗었다. 양이의 앙가슴에 손바닥을 대었다. 양이는 움찔하면서도 물러서지 않았다. 눈을 감고 턱에 힘을 주었다. 도는 등을 둥글게 숙였다. 목을 뻗었다. 양이의 가슴을 쓸어내렸다. 봉긋한 두 봉우리 사이에 입술을 눌렀다. 한 번, 두 번, 세 번……. 입술로 다독다독, 그 퍼런 가슴에 빛과 숨결과 입맞춤으로써 위로를 쏟아부었다. 자르르 떠는 양이의 등을 연거푸 상냥하게 쓸었다. 애타게 청했다.

"아아, 네게 들어가게 해줘."

"흑……."

양이는 답하지 못했다. 신음하고 흐느꼈다. 여전한 죄책감에 숨이 가빴다. 앞으로 펼쳐질 현실에 몸이 떨렸다.

도는 양이의 왼 가슴에, 본디 심장이 뛰는 그 자리에 수없이 제 입술을 앉혔다. 제 금빛을 새겨놓았다. 거듭 간청했다.

"나를 네게 들어가게 해줘. 너를 지키지 못했던, 너를 버렸던, 너를 미워했던 나를 용서한다면 내 집이 되어줘. 네가 나를 받아준다면 나는 앞으로 눈 감을 때도 눈 떴을 때도 두렵지 않을 거야. 세상에 너를 잃는 일보다 더 두려운 일은 없으며, 나를 가장 두렵게 하고 나를 가장 행복하게 할 네가 이 곁에 있으니. 아아, 부디 나를 구해줘. 내 쉴 곳이 되어줘. 내 따뜻하고 촉촉한 집이 되어줘. 내 왕비님이 되어줘. 나를 네 가장 깊은 곳까지 받아들여줘. 하지만 단 한 가지……."

도는 숨을 멈췄다. 오스스 떨었다. 고개를 꺾어 들었다. 눈 감은 양이를 간절히 올려다보았다.

"단 한 가지만은 계속 두려워. 나는 도(刀)이니, 칼이니 너를 고통스럽게 할 거야. 네게 더없이 깊숙이 들어가고 싶지만 그리하면 너는 분명 상처 입을 거야. 그 일만은 두려워."

양이의 내리깔린 속눈썹 아래로, 창백한 뺨으로 붓꽃과 황금의 색으로 물든 물방울이 미끄러졌다. 헐겁던 실타래가 조심스레 잡아당겨져 몇 치 더 감긴 듯이, 양이는 한결 촘촘해졌다. 여전히 불안정하여도 이전보다야 훨씬 여물었다. 여름 포도처럼 반짝였다. 약하지만 강해졌다. 떨면서도 한 음 한 음 또렷이 말했다.

"너를 내게로 온전히 받아들일 수 있다면 그깟 상처쯤 두렵지 않아. 그리고……."

양이는 눈 떴다. 자신을 올려다보는 도를 향해 달콤히 반짝였다. 눈부시게 미소했다.

"이제 알아. 너는 도(刀), 칼이지. 지켜내고자 때로 베고 상처 입혀. 그래, 이제는 알아. 그 옛날 네가 왜 '혼야'를 베어내었는지. 어떤 마음으로 그랬는지. '혼야'는 몰랐어. 너를 믿지 못했지. 그러니 나는 이제……."

양이는 도의 두 뺨을 끌어안았다. 도의 이마에, 눈꺼풀에 입술을 눌렀다.

"상처 입는 일쯤 두렵지 않아. ……아니, 실은 두려워. 그렇지만 이제 두려워하지 않을래. 너를 믿어."

도는 웃었다. 떨림을 멈췄다. 강인하게 빛났다. 양이의 입술에 살포시 제 입술을 댔다. 살며시 입술을 뗐다. 양이의 뺨을, 보드라운 귓불을 손바닥으로, 엄지 끝으로 매만졌다. 따뜻하게 눈을 휘며 속삭였다.

"나도 이제 알겠어. '당혜'는 꽃신이지. 내 품에 들 때끼지 한 번도 길을 떠난 적 없었어. 흙을 밟아본 일도 없었어. 곱디곱게 증표로서만 간직해진 꽃신이었어. 그래도 본질은 신발이지. 한 번은 길을 떠날 수밖에 없었을 거야. 나를 두고 갔던 너를 이해해. 그 모든 결정과 순간이 고마워. 비록 진흙을 밟고 덤불에 얽히며 돌고 돌았지만 결국 내게로 돌아와 주었으니."

몸과 몸이 포개어졌다. 입술과 입술이 얽혔다. 살결과 살결이 맞닿아 미끄러졌다. 숨결과 숨결이 서로의 몸과 혼의 안팎에서 상냥스레 속삭였다.

양이는 눈을 감았다. 어둠 속에서도 떨지 않았다. 도에게로 담뿍 쏟아졌다. 환하게 피어올라 봄볕처럼 웃었다. 깊이, 더 깊이, 도가 제 가장 깊숙한 곳까지 들어오도록 저를 열었다. 벅찬 호흡으로 행복스레 소원했다.

"아아, 나의 신[鞋]이 다시금 길을 가거든, 이번에는 네가 내게 길을 열어줘. 나와 함께 걸어줘. 너의 도가 길을 열어준다면 내가 앞둔 길이 꽃길 아니어도 두렵지 않으니."

그러나 이미 그 순간, 우주는 빛으로 넘실대는 빠짐없이 향기로운 꽃밭이었다.

※※※

세상은 아직 가만했다. 별은 반짝임을 쉬었고 코스모스는 가을 지

420

평선에 올곧았고 새가 부르는 노래는 나뭇잎 틈새에 머물렀다.

그 고요히 그친 것 사이로 문이 열렸다. 한 남자가 나타났다. 남자는 색동두루마기에 금색 갖신을 갖췄다. 키가 크고 눈썹이 수려했다. 까만 눈동자가 유독 반짝였다. 짓궂고 즐거운 상상으로 아침부터 저녁까지 생생한 아이 같았다.

남자는 경중경중 대지를, 허공을 뛰어넘었다. 벽을 뚫고 땅에 발을 디디고, 멈췄다. 아롱거리는 빛 덩이 둘을 발치에 두었다.

황금과 붓꽃, 두 빛은 그런 색이었다. 찬란하며 향긋했다. 각각 사내와 여인으로 육신을 갖추었다. 그 육신은 빛으로 그려졌으되 단순한 파동만은 아니었다. 그렇다고 완전한 물질도 아니었다. 충분히 여물지 못한, 느슨히 결합한 입자였다. 정기가 실체로 바뀌어간다는 점에서 태아 상태인 도깨비와도 비슷했다.

"아이, 깜짝이야! 갑자기 시간이 홀랑 멈춰서 지부왕 곳간 털다 기겁을 하고 왔더니만 아니나 달라, 역시 이 자식이었어! 아, 짜증!"

무지개색 두루마기를 입은 남자는 두 형체 가운데 금빛 사내를, 도를 퍽 걷어찼다. 걷어차인 금빛이, 남자의 발이 닿은 부분이 부서지며 회색 입자로 흩날렸다.

"윽!"

남자는 찔끔했다. 한쪽 눈을 설핏 찡그리며 콧등을 구겼다. 혀를 잘게 찼다.

"아차차……. 이러다 진짜 애 잡겠네. 하도 튼튼하고 잘 피하니 괴롭히는 게 습관이 돼서 그만……. 쏘리, 마이 썬! 이래 봬도 내가 네 아비다."

남자는, 문장은 히죽히죽 웃으며 사과했다. 금빛과 보랏빛 앞에 쭈그려 앉았다. 두 빛을 찬찬히 관찰했다. 두 빛은, 도와 양이는 하나인 듯 끌어안고 끌어안겼다. 금빛 도는 몸을 말고 보랏빛 양이를 제 가슴에 품었고 보랏빛 양이도 갓 난 강아지처럼 평온히 웅크리고 도의 가슴으로 파고들었다. 둘 다 미소 지었다. 문장은 팔을 뻗었다. 도의 머리칼을 쓰다듬으며 짐짓 투덜댔다.

"야, 이 못난 놈아, 내가 너 만들 때 넣어준 힘 있잖느냐. 그 힘을 천만분의 일만 써도 이 지경은 아니겠다. 이놈은 무려 내 절반을 넣어줬더니만 줘도 못 써요."

문장은 도의 머리칼을 쓰다듬다가 결국 그 머리를 쥐어박았다. 쥐어박은 부분이 부서지자 "이크!" 하며 몸을 사렸다. 풀 죽어 중얼댔다.

"아, 맞아……. 내가 '그런 힘'을 줬다고 안 알려줬던가?"

문장은 머리를 긁적였다. 쭈그리고 앉은 채 딴청 피우듯 몸을 흔들었다. 바닥만 보았다. 입술을 삐죽였다.

"쩝. 그렇게 생각하니까 조금 미안하네. 하긴. 얘가 알았으면 지금껏 이 개고생을 했겠어? 혼야가 도갑 들고 튀었을 때부터 진작 그 힘을 썼겠지. 미안하다, 아들아."

문장은 도를 다시 쓰다듬었다. 투명하게 반짝이는 황금빛 뺨을 자상하게 매만졌다. 그러다 금세 찡그렸다. 도의 볼을 꼬집어 쭉 늘였다. 늘어난 볼을 흔들었다.

"그래도 말이야, 그런 힘을 줬으면 어련히 알아서 찾아 써야지! 에잉, 귀찮게……."

문장은 도의 볼에서 손을 뗐다. 양이에게 시선을 주었다. 도의 품에 안긴 양이가 부드럽게 떠올랐다. 문장은 드러난 도의 가슴으로 팔을 뻗었다. 그 가슴에 제 손을 쑥 넣었다.

"찾지도 쓰지도 못하는 힘, 내가 다시 거둬가마."

어느덧 문장은 차분해졌다. 웃음기를 거두고 도의 심장을 곰곰이 더듬었다. 그곳에서 커다란 꽃 한 송이를 끄집어냈다. 꽃은 태양이 작약으로 꼴을 바꾼 듯했다. 꽃잎이 겹겹이 탐스럽게 달콤하며 겹겹이 찬란하게 고고하며 겹겹이 따스하게 향긋했다.

"자아, 내 아이야."

문장은 고개를 숙였다. 도를 가까이 보았다. 아이 엄마가 문득 치솟는 어떤 신기함과 사랑스러움에 못 이겨 잠든 제 아이를 마냥 보듯 깊이 잠든 도를 하염없이 응시했다. 다사롭게 미소했다.

도는 여전히 위태로웠다. 양이와 마음과 영혼이 깊이 맺어져 도갑이 발휘하는 회복력을 얻었지만 입은 손상이 워낙 컸다. 존재를 이루는 핵만 겨우 남았을 정도였으니 위협이 닥치기 전에 넉넉히 회복할 수 있을지 모를 일이었다. 위기야 어떻게 넘긴다 쳐도 본모습을 회복하자면 수십, 수백 년이 족히 들 터였다.

아른거리는 형체 안으로 비치는 도(刀)가 빨갛게 녹슬었고 일부는 삭아 바스러졌다.

"이토록 상처 입어도 너는 기뻐할 줄 아는구나. 사랑하는구나. 참 어여쁘다."

문장은 소곤대었다. 태양 같은 꽃으로 도의 가슴을 보드레하게 쓸었다. 꽃으로 도의 가슴을 두드렸다. 새벽에 가장 먼저 울며 안개를 깨우는 새처럼 노래했다.

"보아라. 여기 하늘과 땅 이전의 공허에서, 모든 것에서 태어난 최초의 도깨비가 만물을 창조하는 힘으로서 명한다. 살아나라, 내 아이

●

야."

문장은 몸을 들었다. 손에 쥔 꽃을 도의 가슴에서 도의 낮으로 쓸어 올리며 다사로운 꽃향기로 도의 입술을, 콧날을, 눈꺼풀을 쓸었다. 도의 이마에 이르렀다. 그 이마를 꽃으로 두드렸다.

"살아나라, 아이처럼, 도깨비처럼. 살아나라, 아무 원망도 악의도 없이."

문장은 쉼 없이 노래했다. 도의 팔, 배, 허벅지, 무릎, 다리, 발등을 차례차례 두드렸다. 문장이 한 번 꽃으로 칠 때마다 황금빛 꽃잎이 도에게 한 장 한 장 녹아들었다. 꽃잎이 녹아들 때마다 도는 점점 뚜렷해지고 점점 밝게 빛났다. 문장이 부르는 노래는 높고도 낮게, 풍부하고도 섬세하게 우주의 침묵을 애무했다.

"기뻐하라, 축제처럼. 환호하라, 사랑처럼. 깨어나라. 깨어나 노래하고 춤추고 놀아라."

꽃이 꽃받침과 줄기만을 남기고 도에게 다 녹아들었다. 도는 깨끗하고 선명해졌다. 뽀얗게 벌거벗은 채 새근새근 잠잤다. 의식 없이도 제 사랑을 불러들였다. 어둠 속에 떠 있던 양이가 도의 품으로 날아들었다. 양이는 도에게 안겼다. 그 품에서 뚜렷하고 단단해졌다. 잠든 뺨에 방싯 웃음을 비쳤다.

"그래, 사이좋게 지내렴. 싸우지 말고."

문장도 따라 웃었다. 웃다가 고개를 갸웃했다. 쭈그리고 앉아 바닥으로 덜레덜레 두 손을 늘어트렸다. 입을 헤벌렸다. 고개를 또 반대편으로 갸웃했다. 어느 틈에 손에 든 꽃대와 꽃줄기엔 거대한 황금빛 꽃이 다시 피었다. 문장은 그 꽃을 제 코앞까지 들어 올렸다. 세 번째로 갸웃갸웃했다.

"으응, 흐으응……. 이 불효막심한 제자 놈들을 어쩌지? 원래 후딱 키워놓고 물려줄 힘 다 물려주고 편하게 은퇴하려 했는데, 한 놈은 딴 세계로 뜨고 두 놈은 시원찮네. 도는 힘을 줬더니 눈치도 못 채고 양이는 천여 년을 두고 봐도 위태위태하고. 에잉!"

문장은 두 눈썹을 바짝 좁혔다. 아랫입술을 쭉 내밀었다. 그러더니 또 히죽 웃었다.

"흐흥! 아직은 이 우주에 내가 필요한 모양이야! 우후훗!"

문장은 어깨를 으쓱거렸다. 양이에게 팔을 뻗었다. 양이의 등으로 손을 쑥 넣었다.

"영 벅찬 모양이니 좀 더 차근차근 가르쳐줄 수밖에. 이 힘은 일단 거둬가마."

양이에게서 거대한 검은 꽃이 꺼내졌다. 문장은 한 손에 금빛 꽃과 검은 꽃을 모아 쥐고 어깨를 흔들댔다. 정체 모를 콧노래를 부르며 또 이리 갸웃 저리 갸웃했다.

"흐으응. 그래도 그만하면 제법 잘 다스렸잖아? 위태위태해도 그 힘에 먹히진 않았으니. 그것만 해도 기특하지. 게다가 내가 다 가져가면 옥황이 혼야와 닮은 기운을 수상히 여길지도 모르고? 흐응."

문장은 제 눈앞에서 꽃을 흔들었다. 꽃대를 빙글빙글 돌리고 꽃송이를 좌로 우로 까닥거렸다. 그러다 손을 우뚝 멈췄다. 엄지와 검지로 검은 꽃잎 세 장을 또옥 또옥 뗐다. 뜯은 꽃잎을 양이에게 넣어주었다. 도를 흘끔 보았다.

"무릇 스승은 공정해야지? 편애하는 스승은 나쁘잖아?"

문장은 금빛 꽃잎 세 장을 뗐다. 그 꽃잎을 도에게 넣어주었다. 낄낄 웃었다.

"그래도 도는 괴롭히는 맛이 있어! 도깨비라 찌르면 찌르는 대로 반응이 온다니까? 귀여워 죽겠어! 그러니 오늘만 공정해야지! 까르륵!"

문장은 폴짝 용수철처럼 튀어 올랐다. 색동 옷자락을 펄럭 털며 일어섰다. 두 다리가 땅 위에 곧게 펴지는 순간 모습이 바뀌었다. 머리부터 발끝까지 명품으로 휘감았다. 머리카락까지 미용실에서 갓 나온듯 완벽했다. 재벌 드라마 속 회장 사모님 같은 모습이었다.

"자, 그럼 당분간 이 우주에 눌러앉아……."

문장은 목소리마저 새침해졌다. 턱을 치켜들었다. 눈을 내리깔고 도와 양이를 보았다.

"며느리나 갈구며 살아볼까? 막장 드라마엔 시어머니가 있어야 제맛이니까. 흐흥!"

문장은 코끝으로 웃었다. 조그맣게 덧붙였다.

"아들보다 며느리가 예쁘지만. 우훗!"

문장은 몸을 돌렸다. 또각또각 하이힐로 바닥을 울리며 곧게 걸어갔다. 중얼거렸다.

"뭐든 둘이 잘된 다음에. 두 놈이 뒷일을 수습할 때까지는 하얄리를 찾아가 염장이나 질러볼까? 지금쯤 크스멧이 다시 태어났으려나? 그 인형술사 놈, 갓난애 기다려주려면 입이 바짝바짝 마르겠네. 낄낄!"

문장은 벽에 이르렀다. 벽에서 문을 만들었다. 문을 열었다. 문지방 위로 발을 들었다. 따악! 경계를 넘으며 엄지와 검지를 튕겼다. 문이 닫혔다.

구름이 다시 별을 어루만졌다. 새가 다시 새벽을 노래했다. 고래가 다시 하늘을 반가워했다. 새싹이 다시 태양을 찬미했다. 도가 눈을 떴다. 도는 제 사랑을 안았다. 제 사랑에게 입 맞췄다.

"사랑해."

그리고, 다시 사랑했다.

− 終.

외전 一. 어느 찐빵 애호가의 우울

찐빵은 예쁘다. 사랑스럽다. 둥글고 보드랍고 말랑하다. 맛있다. 이 품으로 그 작은 몸을 통째로 맛보아도 맛있고 이 손으로 그 살결을 지근지근 조물조물 맛보아도 맛있고 이 입술로 그 어디든 할짝할짝 쪽쪽 맛보아도 맛있다. 그 밖의 다른 모든 방식으로 맛보아도 맛있다. 따뜻하고 달콤하다. 귀엽고 사랑스럽다. 어쨌든, 무조건, 세상에서 제일, 완벽하고 철두철미하게, 소름 끼치게 예쁘다.

우주에서 제일가는 찐빵 예찬론자, 그 이름도 거창한 수삼경화왕치 용환두대도 도도는 그렇게 생각했다. 요즘 계속, 새벽부터 오밤중까지 쉴 틈 없이 그렇게 생각했다. 오늘도 눈뜨자마자 부지런히 그렇게 생각했다.

'내 찐빵, 너무 예뻐……'

도는 제 품에서 꼬물거리는 찐빵의 이마에 쪽 입 맞췄다. 찐빵은 대개 도보다 일찍 눈떴으나 발딱 일어나는 편이 아니었다. 대개 눈뜨고도 한참 꾸물거렸고 도가 잠에서 깨어 입맞춤해주고 안아 들어 일으켜 세워야 정신을 차렸다. 도는 자주 찐빵을 앉히고 눈곱을 떼었다. 품에 안고 뒷산 온천이나 앞뜰 약수터에 데려다 씻겼다. 옷을 갈아입했다. 머리까지 만져주었다. 그 사이사이에 골백번도 더 입 맞췄다. 찐빵은 반쯤 잠에 취해 해롱대며 도가 하는 대로 놔두었다. 도는 그게 환장하게 귀엽다고 생각했다.

"으응……. 일어나셨어요?"

역시 눈만은 도보다 먼저 떴던 찐빵, 양이는 웅얼웅얼 물었다. 도의 가슴팍에서부터 꼬물대며 기어 올라왔다. 도의 팔을 베고 도를 보았다. 홀린 듯 멍하니 도의 얼굴을 살폈다. 양이는 이제 도가 어떻게 생겼는지 잊지 않았지만 아직도 이따금 도의 얼굴을 잊어버릴 것만 같은, 도를 놓쳐버릴 것만 같은 기분에 사로잡혔다. 아침에 일어나면 자신이 도를 제대로 기억하는지 확인하며 도를 물끄러미 관찰하곤 했다. 도가 눈을 휘며 생긋 웃자 뺨을 붉혔다.

'으윽, 귀여워!'

도는 잠깐을 참지 못하고 양이를 제 품에 꾹 눌러 안았다. 발그레한 양이의 이마에 쪽 입 맞췄다. 두 번, 세 번 연거푸 입술을 누르며 흘려서 중얼거렸다.

"내 찐빵은 이마도 찐빵이고……."

찐빵 예찬론자는 양이의 뺨으로 입술을 옮겼다. 다시금 입 맞췄다. 쪽! 쪽쪽!

"이 뺨도 찐빵이고……."

찐빵 예찬론자는 품 안의 찐빵을 열심히 조몰락거리며 행복스레 미소했다. 그러다 양이의 가슴팍에서 손이 멎었다. 문득 시무룩해지며 웅얼거렸다.

"근데 왜 이 가슴만 찐빵이 아니……. 윽!"

찐빵은 찐빵 예찬론자를 단호히 꼬집었다. 차분한 목소리로 선고했다.

"오늘부터 각방이에요."

찐빵, 양이는 드물게도 한 방에 일어나 앉았다. 헝클어진 제 머리칼을 손을 들어 쓱쓱 빗어넘겼다. 연이어 두 발로 벌떡 일어나 총총 문으로 걸어갔다. 방금 들은 말을 수긍하지 못해 멍한 찐빵 예찬론자에게 시큰둥히 되풀이했다.

"오늘 밤부터 혼자 주무세요."

"웃, 왜애애애애!"

찐빵 예찬론자는 찬물을 뒤집어쓴 표정으로 벌떡 일어났다. 찐빵을 향해 다급히 외쳤다.

"가슴은 찐빵이 아니니까."

드륵. 양이는 간단히 답하고 문을 닫았다. 타박타박. 평온한 소리와 함께 복도를 밟으며 사라졌다.

✳⟡✳

"대체 왜, 왜! 왜야? 그게 왜 각방 사유가 돼? 나도 사내라고! 내가 수박 같은 가슴을 바란 것도 아니고 찐빵 같은 가슴 좀 바랐다고 그게 각방을 선고받을 만한 죄야?"

도는 다급히 양이 뒤를 따랐다. 몹시도 당황하여 변명하고 항의했다. 양이는 아랑곳하지 않고 갈 길 가며 답했다.

"제가 그 어떤 모습이든 사랑하신다면서요? 그런데 가슴 크기가 왜 중요하세요? 섬세한 소녀 가슴에 수치심을 안겨줬어. 실망이에요. 오늘 저녁부터 각방이에요."

"물론 나는 찐빵이 말미잘이라도 좋아! 해삼이라도 좋다고! 하지만 난! 나는! 찐빵이 삭발한 모습이 멋있다고 하면 지금 당장에라도 최후에 남겨질 머리털 한 올까지 빡빡 밀 수 있어. 내 찐빵이 그게 좋다면야 얼마든지!"

도는 입이 바짝 말랐다. 가슴을 탕탕 치며 간절히 뒤를 이었다.

"한데 찐빵은 아니야? 어차피 지금 그 가슴은 변신이잖아! 내가 소박하게 찐빵 같은 가슴만 바란다는데 그게 그렇게 과한 요구야? 내가 추정하건대, 혼야와 당혜가 합해져 만들어진 존재가 너인 만큼 네 본모습은 분명 글래머야. 어디에서도 빠지지 않을 초미녀에 글래머라고! 그러면 가슴만이라도 본모습으로 돌아가 줄 수 있잖아!"

양이는 발을 멈췄다. 우뚝 서서 도에게로 몸을 돌렸다. 도는 순간 주춤했다. 양이가 거세게 행동하지도 않았고 사납게 바라보지도 않았건만 어쩐지 겁이 났다.

"그럼……."

양이는 도를 빤히 보았다. 물었다.

"이게 제 본모습이면요?"

"그……."

도는 일순 더듬댔다.

"그게, 어……. 맞아! 이 모습은 변신이잖아! 내가 그때 확인 다 했어. 네가 그 피부 한 겹 아래에 변신 주술 쫙 깔아놨잖아. 게다가 이 모습은 미니어처 오리지널 찐빵을 위로 쭉 늘인 모습인데, 뭐, 이게 본모습일 리 있어?"

"결합하고 나서요……."

양이는 말문을 열었다. 설핏 찡그렸다. 도는 어쩐지 또 움찔했다.

"전 하루에 열두 번도 더 모습이 바뀌었어요. 뭐가 되어야 좋을지 알 수 없었으니까. 혜용과 '혼야'는 확실히 결합 주술을 공동 연구했어요. 하지만 나중엔 연락이 거의 끊겼죠. 각자 주술을 완성했어요. 결국, 서로 주술을 완성한 방식이 달랐죠. 그래서 혜용은 강한 자신이 연인을 흡수하는 방식으로 라쉬타와 결합했지만 혼야와 당혜는 그렇지 않았어요."

"뭐…… 읏."

양이가 시큰둥하게 뿜어내는 묘한 박력에 도는 웅얼거리며 눈만 껌벅거렸다. 양이는 외로 고개를 갸웃한 채 말을 이었다.

"혼야와 당혜는 당혜가 결합 과정에서 혼백 절반을 잃으며 기억이나 영기의 성질에서 혼야에 가까운 존재가 되었어요. 그러나 혼의 핵심이랄까? 기질이나 자아라고 해야 할까? 그런 부분은 둘이 거의 대등하게 결합했죠. 그 바람에 오히려 자아를 확립하기 어려웠어요."

양이는 외로 기울였던 고개를 툭, 오른쪽으로 꺾었다. 적절한 설명법을 궁리하며 조금 찡그렸다. 볼을 부풀리고 한숨 쉬었다.

"하아. 당시에 저는 뭐랄까……. 그래요. 일찍이 '당혜'가 그랬듯 어떤 충격으로 갑작스레 화신체로 각성한 어린 도깨비 같은 상태였어요. 불안정했죠. 그 이후 계속 사장님 주변을 맴돌며 변신해왔을 뿐 딱히 어떤 모습으로 고정되어 살지 않았어요. 일 년 이상 고정되어본 모습은 '양이'가 처음이네요. 그러니 저도 제 본모습이 무언지 몰라요. 아직 모습이 확정되지 않았을지도 모르고 '가슴이 찐빵도 못 되는' 이 모습이 본모습이 되었을지도 모르죠. 그럴 가능성은 대단히 커요. 지금 이 모습이 사장님이 사랑해주신 '유일한' 모습이니까. 그러니 이 가슴은……."

양이는 말을 멈췄다. 턱을 치켜들었다. 화를 낸다고 꼭 집어 말하기야 어렵지만 절대 기분 좋은 표정이라고 할 수 없는 표정으로 딱 잘라 말했다.

"사장님 탓이에요."

"……."

도는 꿀 먹은 벙어리가 되었다. 자신이 정기 형태로서 양이를 이루는 혼의 실오리를 쫓던 때를 돌이켰다. 곰곰이 따지니 지금 양이가 한 말이 맞았다. 당황하여 우물쭈물했다.

"웃, 그, 그래도, 하지만……. 그게, 그렇지만, 그거 가지고 각방……. 난 진짜 네가 해삼이어도 좋아! 다만 나는 가슴도 찐빵인 찐빵이라면 얼마나 더 사랑스러울까 생각했을 뿐이라고! 근데 왜 그 정도로 각방……. 난 그건 좀 아니라고 생각……."

"어떤 모습이어도 좋다고 하셨으면서."

양이는 까만 눈동자를 눈썹 밑에 매달았다. 볼이 보일 듯 말 듯 부풀었다.

"윽."

'부풀어 오른 찐빵이라니!'

도는 목이 막혀 머뭇댔다. 양이가 치명적으로 귀여워 보였다. 대응할 수 없었다. 방어력을 모두 잃은 도에게 양이가 또박또박 덧붙였다.

"너무해. 속물. 거짓말쟁이. 큰 가슴이 그렇게 좋으시면 잠이나 실컷 재워주고 그런 말씀을 하시든가. 짐승. 무자비해. 불한당. 제 소녀심에 상처를 주셨어요."

양이는 도에게서 몸을 휙 돌렸다. 성큼성큼 걸어갔다. 언뜻 당당하게 성큼성큼 걷는 듯했지만 기실 다리가 후들거렸다. 남몰래 뺨이 붉었다.

'그래! 바로 이거야! 핑곗김에 잘됐어! 며칠만이라도 도망가야겠어. 너무 피곤해! 제명에 못 살겠어. 아침에 벌떡벌떡 잘 일어나던 내가 요즘 제대로 일어나지도 못할 만큼 피곤해. 잠 좀 재워줘, 제발! 도깨비 체력으로야 주 칠 회 하룻밤 열두 번도 가능하겠지만 이 몸은 인간이라고! 부모님 돌아가실 때까지는 인간으로 살 생각인데, 이 육체에 허락된 효율로는 저 낙지가 너무 벅차. 날 잡아 이 몸에 새겨놓은 변신 주술을 재조정하든가 저 잘생긴 낙지를 진정시키든가 해야겠어. 난 저 낙지를 사랑하지만 저 낙지는 지나쳐. 정말 지나쳐. 브레이크가 고장 난 것 같아. 힘들어 죽겠어!'

"찌, 찐빵! 일단 내가 잘못했어. 잘못했다고! 그게 네 본모습일지도 모른다고는 차마 생각하지 못했어. 내 배려가 부족했어. 하지만 가능성은 가능성일 뿐 그게 네 본모습이 아닐 수도 있잖아! 그러니까 우리 그 변신 주술을 거둬보지 않을래? 그럼 너는 훨씬 튼튼해지고 신체 능력도 좋아지고 자연히 우리가 보내는 밤도 아주 후끈해지고 우리 사이도 더 돈독해지지 않을까? 게다가 난 네가 훨씬 예뻐지고 가슴도 왕창 커질 거라고 확신……."

"각방 보름. 밀린 드라마 다 볼 거예요."

양이는 숨 쉬듯 주술을 썼다. 도의 눈앞에서 사라졌다.

"헉! 찐빠아아아아앙!"

찐빵 애호가는 홀로 남겨졌다. 애처로이 외쳤다.

지평선 어름에서 붉은 버섯처럼 폭발이 일었다. 검은 연기가 하늘로 뭉실 뿜어졌다.

― 레드, 지금이야!

파란 쫄쫄이를 입은 청년이 소리 높여 외쳤다. 빨간 쫄쫄이를 입은 다른 청년이 땅을 차며 뛰어올랐다. 거대한 화면이 빨간 쫄쫄이 청년이 그리는 호쾌한 곡선으로 가득 찼다.

"좋은 시절이야. 몸매 좋은 청년이 떼거리로 나와서 몸에 쫙 달라붙는 차림새로 날뛰다니."

수영장, 야구장, 찜질방 기타 등등, 화화에는 온갖 시설이 있었다. 영화관도 있었다. 이 영화관은 수산이 닌자 거북이를 보겠다며 만들었으나 요즈음에는 두 여자가 전세를 냈다.

"인간 문화란 여러모로 후끈하다니까."

그 두 여자 가운데 한 명, 도월주는 검은깨 강정을 오도독 씹으며 평했다.

― 오늘에야말로 이 악연에 종지부를 찍겠어!

"은혜롭죠. 헬멧만 투명하면 더 좋을 텐데."

그 두 여자 가운데 나머지 한 명, 김양이는 도자기 텀블러에 든 오미자차를 빨대로 쭉 빨았다. 느긋이 답했다. 월주가 말을 받았다.

"왜 저 잘생긴 얼굴을 가리나 몰라. 얼굴이 대놓고 보이면 스턴트맨쓰기 힘들어서 그런가?"

― 가소로운 것들! 너희가 말하는 정의가 얼마나 하찮은지 보여주지!

"와, 언니 발전하셨네요. 스턴트맨까지 고려하시다니! 하지만 그것만은 아닐 거예요. 얼굴이 보이면 대량생산으로 장난감 만들기 힘들어서 가리는 걸걸요?"

"그런 어른의 사정이!"

"그렇죠. 어른의 사정, 사정이……. 아아아악!"

양이는 지구를 지키는 무지개색 쫄쫄이들을 진지한 표정으로 감상했다. 그러다 문득 손을 들어 머리를 쥐어뜯었다. 발광하며 절규했다.

"으응? 무슨 고민 있어?"

월주는 엄지와 검지 사이에서 굴리던 호두 알을 손가락으로 와작 깼다. 상냥하게 물었다.

— 내일 뜨는 해를 볼 수 있으리라 생각하나? 달콤하게 죽여주지.

양이는 머리를 쥐어뜯다 말고 입을 벌렸다. 지구 지킴이와 악당군 최종 보스를 보았다. 저 시리즈를 세 번째 보지만 매번 대사가 끝내주게 오글거린다고 생각했다. 이제 지구 지킴이가 '달콤하게 죽여주겠다.'는 악당군 보스를 무찌를 차례였다. 지구에는 평화가 찾아오겠지. 양이도 평화를 꽤 되찾았다. 여전히 짜증이야 났다. 깨강정을 와드득 씹으며 말했다.

"아, 피곤하니까 문득 짜증나서요. 사실 저 오늘 아침에 사장님께 각방 보름 선언하고 여기 처박혔어요."

"호웅! 역시 싸웠어?"

월주는 두 눈을 번뜩였다. 화면에서 양이에게로 몸을 휙 돌렸다. 근래 화화 식구 사이에서는 도와 양이를 둘러싼 내기 목록이 나날이 갱신, 추가되었고 그러니만큼 둘 사이는 월주에게도 뜨거운 관심사였다. 월주는 고개를 끄덕거리며 양이를 떠보았다.

"어쩐지! 그래서 전하가 아까 여기 문 두드리신 거구나? 아주 애절하시던데?"

양이는 두 볼을 뿌우 부풀렸다.

"흥! 두드리시든 말든. 어차피 제가 쳐둔 결계는 쉽게 못 깨실걸요? 제가 영력이야 약해도 변신술과 결계술이 특기거든요. 사장님은 그렇게라도 막아야 해요. 짐승이니까. 전 사장님을 정말 사랑하지만 진지하게 정력 감퇴제를 사발로 먹이고 싶어. 진짜 너무해. 해도 해도 너무해. 배려심이라곤 눈곱만큼도 없어! 저 졸려서 제명에 못 살 것 같아요."

"세상에, 그 정도이셔? 어쩜 좋니, 이 부러운 년."

월주는 반은 웃고 반은 찡그리며 양이의 팔을 툭 쳤다. 양이는 질겁하며 고개를 파드득 흔들었다.

"아, 언니! 이건 부러운 일이 아니라니까요. 저 진짜 힘들어요. 싫다는데도 듣질 않아! 방긋방긋 웃으며 꼬드기신다니까요? 그럴 때는 또 얼마나 감쪽같이 달콤하신지…… 그래 놓고 오늘 아침엔 가슴 작다고 놀리셨단 말이에요! 이래 봬도 에이컵은 제대로 차는데! 그렇게 제 가슴이 마음에 안 드시면 잠이나 제대로 재워주시든가!"

"뭐야? 가슴을 지적하셨단 말이야?"

월주의 목소리가 높아졌다. 콰쾅! 대형 화면에서 또다시 폭발이 일어났다. 양이가 꽉 쥔 주먹으로 소파 팔걸이를 내리쳤다.

"너무하시죠?"

"너무하시다! 아무리 우리 전하시라지만 몸매 지적은 결례 중의 결례지!"

양이는 몸을 틀었다. 팔걸이를 넘어서 월주에게 덥석 안겨들었다.

"흑흑. 역시 제 편이 있으니까 좋네요. 언니 사랑해요."

"뭘! 나한테 다 털어놔. 여자 마음은 여자가 아는 법이야. 어휴, 네가 고생이 많다. 남자는, 특히 도깨비 남자는 원래 다 어린애야.”

에이컵도 안 차는 월주는 순식간에 양이에게 감정을 이입했다. 양이를 마냥 안쓰러워하며 등을 토닥였다. 양이는 월주에게 어리광하며 괜스레 훌쩍거렸다.

“흑흑. 속았어요. 언제는 ‘너무 예뻐서 어떻게 하질 못하겠다.’라시더니, 못 하긴 뭘 못 해요! 많이도 하면서!”

양이는 분통을 터트렸다. 지금도 너무 피곤해서 토할 것만 같았다. 따지자면 번번이 유혹에 넘어가는 자신도 문제였다. 그러나 그렇게 눈웃음을 생긋생긋 치며 달콤한 속삭임으로 간을 홀랑 녹여놓는 도가 가장 나빴다. 지금 도는 자신에게 일급 위험인물이었다. 아예 보지를 말아야 과로사 위험에서 목숨을 건질 수 있었다.

월주가 양이를 무한히 토닥였다. 자기가 봐도 답이 없던 도를 떠올리며 한숨을 푹 내쉬었다.

“어휴, 참……. 사랑에 빠진 순도깨비란 대체로 브레이크가 없지. 하지만 전하마저 그러실 줄이야.”

월주가 역성을 들어주자 양이는 더더욱 힘을 받았다. 목소리를 높여 도를 성토했다.

“진짜 나빴어요. 이 몸은 인간 효율로 맞춰졌단 말이에요. 보약만 지어주면 다냐고요! 너무해! 치사해! 자기만 쌩쌩하고!”

“아, 맞아! 너 알도깨비잖아. 이 모습은 변신이고. 설마 겉모습만이 아니라 속까지 완벽하게 인간처럼 변신한 거야? 그게 가능해?”

이제 도와 수산, 당사자인 양이는 양이의 진짜 정체를 알았다. 그러나 그 셋이 아닌 나머지는 양이를 알도깨비로 알았다. 양이가 처음 폭주했을 때부터 도와 수산이 작정하고 그렇게 설명했고 또 남들이 그런 식으로 추측하게끔 유도했기 때문이었다. 이는 양이를 영계에 가장 무난히 소개할 방법이었으며 진실에도 한없이 가까웠다. 양이는 순도깨비인 당혜이기도 했으니까.

그러니 '양이가 알도깨비'라는 표현은 생판 거짓은 아니었다. 그러나 온전한 진실도 아니었다. 양이는 뺨을 긁적였다. 객쩍게 말했다.

"으음, 실은 저도 저를 잘 몰라요. 사장님 말씀으론 저는 어지간한 순도깨비보다 변신술과 환시를 일으키는 능력이 뛰어난 알도깨비래요. 어릴 때부터 억누르며 살아서 그런지 현재 영력은 형편없지만요. 못 들으셨어요?"

"듣긴 들었어. 와, 나 정말 깜짝 놀랐어. 네가 우리 동족이라니! 아직도 너 볼 때마다 신기해! 넌 아무리 봐도 인간이잖아. 전하마저 못 알아보실 만도 했다니까? 네가 오지게 욕보긴 했지만, 오죽하면 전하께서 너를 전하 곁에 침투한 간첩인 줄 아셨겠어! 감쪽같고 진짜 황당해!"

월주는 까르르 웃음을 터트렸다. 손바닥으로 양이의 팔을 찰싹찰싹 두드렸다. 웃다 못해 할딱이기까지 했다.

"지난달에 전하가 갑자기 너한테 살벌하게 구시고 수산 오라버니도 심각해지시고, 나랑 크님이랑 아주 공포에 떨었다니까! 근데, 까르륵! 이야, 대 반전! 그 난리를 치더니 결국 자기가 도깨비인 줄도 모르던 도깨비족이래! 깔깔! 아무리 봐도 인간인데! 너야말로 사연부터가 도깨비족 그 자체야, 그 자체! 뜬금없기로는 너 따라갈 도깨비가 없다니까? 내가 장담하는데 고향 가서 이야기하면 다들 웃다가 넘어갈 거야. 하루만 지나면 온 나라에서 널 모르는 도깨비가 한 명도 없을걸?"

"아하하. 그런가요오⋯⋯."

양이는 어색하게 웃었다. 어물어물 말했다.

"저는 지금도 실감이 잘 안 나요. 사장님 말씀처럼 하도 어릴 때부터 변신해서 그런지……. 그래도 '진짜 인간 양이'가 서천에서 물을 준다고 하고 인명부에도 '인간 양이'가 실려 있다니까요, '나는 알도깨비인가 보다.' 하고 믿을 수밖에요."

"으응, 그래그래. 그래도 천만다행이지 뭐야? 양이 넌 인간으로 자라서 실감을 잘 못 하겠지만 어린 도깨비는 알도깨비든 순도깨비든 풍부한 영기 때문에 까딱하면 불한당에게 잡아먹히거든! 호적도 없이 쥐도 새도 모르게 잡아먹히면 삼경에서도 복수하거나 보호해줄 재간이 없지. 그러니까 미아 상태로 삼경 밖에서 어정대다간 큰일 치러!"

월주는 웃음을 거두고 목소리를 낮췄다. 자기가 말하면서도 소름 끼쳐 하며 연방 오스스 떨었다. 양이를 애틋하게 바라보며 재차 끌어안아 등을 쓸었다.

"너는 삼박자가 기가 막히게 맞았어. 친부모님을 잃어버리긴 했지만 금세 위장할 수 있는 신분을 찾았고, 영기는 터무니없이 약하고, 변신술과 환시를 일으키는 능력은 뛰어나고. 어유, 자기가 인간인 줄 착각했으면 어떻고 어리바리하면 또 어때. 살아남았는데! 장하다, 우리 양이."

"에헤, 고마워요, 언니."

월주는 도가 궁리해내고 양이가 동의한 사연을 철석같이 믿었다. 진실에 한없이 가까운 사연이었으니 여러모로 아귀가 맞아서 별달리 의심할 까닭도 없었다.

그래도 그건 완전한 진실이 아니었다. 양이는 월주의 마음 씀씀이가 미안하고 고마웠다. 대놓고 거짓말할 수도 없고 그렇다고 "사실은

요……."라고 할 수도 없어서 애매하게 장단만 맞췄다. 이따금 눈썹을 내리며 기쁜 듯 미안한 듯 웃었다.

"어유, 예쁘고 대견한 것! 새삼스럽지만 정말 미안해. 전하가 너 오해하고 화내실 때 네 편 못 들어줘서. 많이 서러웠지?"

월주는 포옹을 풀고 양이의 두 손을 꼭 잡았다. 감정이 풍부한 도깨비답게 금세 눈물까지 글썽였다. 양이는 그 모습에 없던 서운함마저도 눈 녹듯 사라졌다. 웃으며 도리질했다.

"무슨 말씀이세요. 상대가 전하인데 어떻게 제 편을 들어요. 그래도 그때 저 살뜰히 보살펴주셨잖아요."

양이는 숨을 훅 들이쉬었다. 힘주어 덧붙였다.

"무엇보다 우리 엄마 아빠 걱정 안 하시게 언니가 제 흉내 내서 줄곧 집에 연락해주셨다고 들었어요. 진짜 고마워요."

"응?"

한껏 뭉클해하는 양이에게 월주는 눈을 동그랗게 떠 보였다. 멍하니 입을 벌렸다. 잠시 생각해보더니 이내 깔깔 웃었다.

"그거? 아직도 몰랐어? 그거 전하께서 명하신 일이야."

"으엑? 진짜요?"

그 건에서만큼은 도가 어찌나 밉던지! 양이는 얄미움을 곱씹다가 미간을 콱 찌푸렸다. 그 표정에 월주가 더욱 웃어젖혔다.

"맙소사, 이게 뭐라니! 아, 난 몰라! 와, 진짜! 하여튼 우리 전하, 요령이라곤 도통 없으시다니까? 그런 걸 생색내셔야지, 하여튼 허튼 곳에서만 우쭐거리시고……. 맙소사! 그거 진짜 전하께서 시키신 일이야!"

월주는 새삼 눈에 힘을 주며 도를 변호해주었다.

"아……. 그런……. 각방을 일주일로 줄여드려야 하나?"

양이는 심각하게 제 턱을 매만졌다. 월주는 꼭 쥐었던 양이의 손등을 가볍게 찰싹 쳤다. 은근히 말했다.

"좀 봐드려. 다 네가 너무 좋아서 그러시는걸. 그리고 도깨비족 사내는, 아니, 사내는 종족을 가리지 않고 죄다 애야, 애. 네가 영 귀찮고 피곤하기야 하겠지만 애이니만큼 순수하시잖아. 단점이 단점만이 아니라 엄청난 장점일 수도 있어. 우리 전하 같은 사내는 조금만 밀당하면 다 네 뜻대로 할 수 있다니까?"

"에이, 설마요."

양이는 입을 삐죽 내밀었다. 여우 웃음을 살살 치며 자신을 구슬려대는 도를 떠올렸다. 부루퉁하게 말했다.

"사장님은 뱃속에 능구렁이가 백 마리는 든 분이시라고요."

"쯧쯧쯧."

월주는 혀를 찼다. 검지를 세워 까닥까닥 좌우로 흔들었다. 눈썹을 들어올리며 애처롭고 갸륵하다는 듯 양이를 보았다.

"우리 전하야 물론 영민하시지. 하지만 정치와 연애는 필요한 요령과 자질이 완전히 달라요. 우리 전하 뱃속에 든 능구렁이는 정치하는 능구렁이이지 연애하는 능구렁이가 아니라니까? 이 언니가 실은 공주님과 귀부인과 명기 손을 타고 대대로 내려온, 천하에서 제일가는 명금(名琴) 아니겠니? '도깨비로 각성하기 전부터 기방에서 통뼈가 굵었다.', 이거야. 내가 삼계에서 단연 첫손에 꼽히는 선수라고!"

"우와, 그러셨어요?"

양이는 눈을 반짝 빛냈다. 리모컨을 들었다. 이미 보이되 거의 보이지 않고 들리되 거의 들리지 않는 미청년 쫄쫄이 지구 지킴이단을 화면에서 몰아냈다. 상체를 월주에게 바짝 기울였다.

"그러엄! 내가 요즘 인계에 오랜만에 내려와서 아직 적응하느라 연애를 잠시 쉬어서 그렇지, 내게 연애를 상담받고 싶어 하는 여인네가 삼계에 한둘이 아니야!"

월주는 가슴을 탕탕 쳤다. 턱을 치켜들었다. 오만하게까지 들리는 음색으로 덧붙였다.

"자, 대체로 남녀 관계란 '겉으론 남자가 다 이끄는 듯 보여도 실은 여자가 다 이끌어야' 평화롭고 깨가 쏟아지는 법이거든? 그러니 이 언니가! 우리 삼경이 달콤하고 평화로워지도록! 애국하는 마음으로! 네게 남자를 유혹하는 기술에 대해 에이부터 제트까지! 철저히 전수해줄게! 이 도월주에게 가르침을 받고 나면 전하는 너의 완벽한 포로!"

"오오, 언니! 그럼 이 고삐 풀린 사장님도 제어할 수 있게 되나요?"

"물론이지! 전하께서 너를 이렇게나 사랑하시는 이상! 그 사랑에 이 도월주의 조언이 만난 이상!"

월주는 씩씩하게 외쳤다. 목소리를 내리깔았다. 단호히 선언했다.

"게임은 끝났어."

"오오!"

양이는 월주를 따르는 신도가 되기 직전이었다. 희망에 차서 허리를 꼿꼿이 폈다.

월주는 훗 코웃음 쳤다. 여유만만하게 덧붙였다.

"이제 네가 사소한 요령을 터득하는 순간, 전하는 온순하고 사랑스럽고 충실한, 왕비님께 길든 늑대왕이 되실 거야."

"언니! 사부님!"

양이는 소리 높여 외쳤다. 월주의 두 손을 꽉 붙잡으며 벅찬 가슴으

443

로 부르짖었다.

"저는 사부님만 믿어요!"

"믿어라! 믿는 자에게 복이 있나니! 여자여! 달콤한 천국이 너의 것이니라!"

"월렐루야!"

화화의 불 꺼진 상영관에서 눈동자 두 쌍이 희뜩번뜩 빛났다.

※※※

"여자의 마음은…….."

서안에 비단 소맷자락이 길게 늘어졌다. 그 소매에 둘러싸인 팔 위로 실의에 빠진 도깨비 한 마리의 낯짝이 얹혔다. 중력과 팔의 합작으로 뺨따귀가 반쯤 눌린 도깨비는 힘없이 벌어진 입술을 달싹거려 한탄을 이었다.

"갈대로구나."

도깨비, 도는 팔 위에 뉘었던 고개를 휙 돌렸다. 이마를 아래로 하고 서안에 쿵 박았다.

"흐히잉…….."

도는 어린애처럼 찡찡댔다. 이마를 서안에 박은 채 남이 알아들을 수 없는 음성으로 꿍얼꿍얼 찡얼찡얼 군소리를 뇌었다. 그러다 벌건 이마를 빼꼼 들었다. 영혼 없는 미소를 띤 수산에게 눈길을 주었다.

"수산아, 여자의 마음은 왜 이리 어려울까?"

"원래 어려워요. 죽었다 깨어나도 이해할 수 없어요. 이해하지 못한 채로도 얼추 비위를 맞추는 방법을 터득해나갈 수 있을 뿐."

수산이 무어라 한들 도는 듣지 않았다. 혼이 반쯤 빠진 채 중얼중얼 제 말만 이었다.

"불과 열흘 전에 우리는 혼과 혼으로 만났어."

도는 뺨이 달아올랐다. 자못 부끄럼을 타며 어깨를 배배 꼬았다.

"그때는 모든 사연과 감정이 분명했지. 나는 찐빵의 혼을 한 올 한 올 굽이굽이 어루만졌고 그때는 무엇도 의심할 필요가 없었어. 찐빵 은 더없이 나를 사랑했어. 아아, 애처롭고 귀엽기도 하지! 간이고 쓸 개고 심장까지도 다 빼주고 내 영혼까지 가루를 내어준들 하나도 아 깝지 않았어! 그렇게나 찐빵은 날 사랑했는데! 그건 태양이 뜨는 일보 다 더 분명했는데!"

도는 상체를 벌떡 일으켰다. 심장을 쥐어뜯으며 공포에 질려 울부 짖었다.

"산아, 수산아! 찐빵이 그사이에 내게 질린 걸까? 여자란 원래 그 정도로 갈대인 걸까?"

수산은 이따금 제 주군이 순도깨비가 아닐지도 모른다고 생각했다. 평소 도는 참된 순도깨비라면 도저히 가능하지가 않아 보일 만큼 자 제력이 빼어났다. '또라이, 멍텅구리, 천방지축'이라는 삼박자를 두루 갖춘 구십구 쩜 구구구구구 퍼센트의 순도깨비와는 달리 '냉철, 명석, 우아, 인내'라는 군주다운 위엄으로 지난 긴긴 세월을 버텼다. 물론 그리 우아하거나 냉철하지 않을 때도 있었다. 그래도 대체로 그랬다.

그러나 지금 이 순간 수산은 깨달았다. 제 주군은, 수경왕 도도는 의심할 여지없이 순도깨비였다. 순도깨비 중의 순도깨비, 순도깨비 의 정점, 순도깨비의 왕이었다. 자제력을 한번 잃자 바보도 이런 천치 바보가 또 없었다.

"수산아! 대답해줘! 네가 봐도 찐빵이 내게 질린 것 같아? 연애 도사 도월주라면 시원하게 답을 내려줄 터인데, 걔는 지금 베 보자기처럼 찐빵과 편먹고 내 앞에 나타나지를 않잖아! 이를 어쩜 좋지? 너도 찐빵이 내게 질린 것 같아? 질렸을까? 질려버렸을까?"

수산은 답을 구하며 절규하는 주군에게 충심으로 답해주었다.

"연일, 하루 이십사 시간 가운데 스무 시간을 넘게 붙어 있으면 질릴 만도 하죠. 그 직전에는 한 달 넘게 온종일 가둬두시기까지 했죠?"

"허억! 역시!"

도는 가슴을 '쿵!' 쳤다. 아름답던 낯이 퍼렇게 질렸다.

수산은 지난날을 떠올렸다. 부채에 맞고 손바닥에 맞고 놀림당하고 온갖 잡일에 심부름하며 도 곁에서 험하게 구른 기나긴 세월을 돌이켰다. 딱히 그 세월에 원한이 있지야 않았으나 가끔 억울하긴 했다. 그래서 따스하게 위로하는 대신 냉정히 지적했다. 표정이야 잘 관리하여 그럭저럭 안쓰러워하는 듯한 미소를 띠었으나 실은 무척 신이 났다.

"더구나 수백 년간 금욕 아닌 금욕을 하신 전하의 욕구를 인간 효율에 맞춰진 육체로 다 받아주기란 무리지요. 힘들고 피곤하고 죽을 맛일 겁니다. 솔직히 성격 무던한 양이 씨가 전하를 사랑하니 오늘까지 참아줬지, 아니면 벌써 각방을 썼어도 골백번 썼을 거예요."

"그럼 나보고 어쩌라고!"

수산이 한 조언은 냉정이야 해도 충심이 깃들었다. 구구절절이 옳은 말이었다. 그러나 도는 목을 돋우며 빽빽 항변했다.

"그렇게 예쁜데 나보고 어쩌라고! 예뻐! 무지막지하게 예뻐! 예뻐서 어떻게 참을 수가 없어. 내가 지금까지도 참았는데 여기서 더 참는 건고자가 아닌 이상 불가능해! 절대 불가능하고말고! 게다가 찐빵도 나를 좋아해! 아니, 사랑해! 근데 대체 뭐가 문제야? 어떻게 내게 질릴 수가 있어? 내가 보약도 꼬박꼬박 지어주고 회복 주술도 꼬박꼬박 걸어주는데!"

수산은 생각했다.

'아, 내가 전하를 잘못 키웠나 봐.'

수산은 영혼 없는 미소를 유지하며 도를 보았다. 수산이 지금 어떤 표정을 짓든 도는 관심도 없었다. 벽과 이야기하든 중복이와 이야기하든 까망이와 이야기하든 수산과 이야기하든 근본적으로 아무런 차이가 없을 터였다. 그래도 수산은 신하 된 도리로서 차마 주군을 '한심해 죽겠다.'는 표정으로 보지는 못했다. 안쓰럽다는 듯, 사랑스럽다는 듯, 아련히 미소를 띤 채 생각했다.

'전하께 형제나 다름없는 존재이자 전하를 모시는 최측근으로서 내가 잘못 판단했어. 천여 년간 몸도 마음도 하루를 편치 못하게 지내셨으니 잠시나마 아무 걱정 없이 즐기시라고 정무고 뭐고 내가 독박 쓰고 휴가를 드렸더니 그게 잘못이었어.'

"어떡해! 내 찐빵! 나한테 진짜 질렸나 봐! 으허허허허헝!"

'저거 봐. 한가함이 지나쳐서 중증 찐빵 덕후가 되셨잖아. '그 혼야'라면 내게도 친구였지만 자기 영역을 꽤 소중히 여겼는데, 양이 씨도 상당 부분이 혼야인 만큼 저런 전하라면 질겁할 수밖에.'

"어떡하지? 뇌물을 줄까? 드라마를 좋아하니 방송사를 하나 사줄까? 무릎 꿇고 빌까? 아니, 내 얼굴을 봐줘야 무릎을 꿇든 말든 하지! 아, 어쩜 좋지? 도월주는 이럴 때 왜 찐빵 편을 들어!"

그 순간 수산은 중대한 깨달음을 얻었다. 눈을 번쩍 뜨며 내심 유례

카를 외쳤다.

'그래! 바로 이거야! 이게 바로 여자들이 백수 남자를 싫어하는 이유야! 주체할 수 없는 한가함이 귀찮기 그지없는 거머리를 생산해냈잖아!'

수산은 두 주먹을 불끈 쥐었다. 충심으로 결심했다.

'좋아! 어서 우리 전하를 바쁘게 부려먹어야겠어. 휴가는 전하께 진정한 배려가 아니었어! 저분은 본래 아픈 중에도 정무를 손에서 놓지 않던 일 중독자셨어. 부려먹어야 해. 이제 봐주지 말고 밀린 상소를 떠안겨드려야겠어.'

"아아, 어떡해, 내 찐빵! 찐빵을 못 만지니까 금단증상이 일어나잖아. 보고 싶어 미치겠어! 손이 근질근질해! 입술이 떨려!"

수산은 비장한 표정으로 거듭 고개를 끄덕였다.

'아암! 몸도 회복되셨겠다, 이제 우리 전하도 '제대로' 일하셔야지. 그동안이야 몸도 성치 않으신데 천지왕과 대립각까지 세울 수야 없으니 바짝 엎드려 비위 맞추며 인계에 귀양 아닌 귀양을 와 계셨지만, 이제 삼경으로 슬슬 귀환도 하셔야지. 그래, 지금은! 저 바보 전하를 바짝 굴려서! 우리 삼경이 다시금 한 단계 도약할 때야!'

수산은 충신이자 애국자였다. 무릎을 꾸물꾸물 움직여 도에게 다가갔다. 도는 그때까지도 무언가 중얼거렸다. 서안 위에 엎어졌다 일어났다 하며 어쩔 줄을 몰랐다. 수산은 도에게 팔을 뻗었다.

"전하?"

수산은 도의 어깨를 잡고 방긋 웃었다.

"수산아! 네가 중재 좀 해봐! 내가 며칠 전 아침에 찐빵과 '가슴과 찐빵'을 주제로 논했거든? 아무래도 그 탓에 이 사달이 났지 싶어!"

도는 수산의 팔을 잡고 매달렸다. 수산은 그 반응을 가뿐히 무시하며 준비한 말을 꺼냈다.

"전하. 소신 생각에는 그게 아니에요. 양이 씨는 그보다 중요한 점에서 서운하지 않았을까요?"

"뭐? 어떤 점? 내가 찐빵을 서운하게 했다고?"

도는 눈이 휘둥그레졌다. 갑자기 집중력을 발휘했다. 낯에서 '바보 표정'을 십 그램쯤 덜어냈다.

'전하가 아예 바보가 되시진 않아서 다행이야.'

수산은 적이 안심하며 말을 이었다.

"우리 먼저 짚어볼까요? 양이 씨는 지금 당혜일까요, 혼야일까요, 양이일까요?"

"당혜이자 혼야였던 양이."

도가 즉각 답했다. 수산이 끄덕였다.

"제가 봐도 그래요. 짐작건대, 양이 씨는 각성하고 한동안은 기억과 감정에 휩쓸리는 듯했어요. 감정이 불쑥불쑥 치솟는지 갑자기 울기도 하고 불안해하기도 했죠. 하지만 기억이 다 돌아오고 전하와 그 감정을 폭발시키고, 그러고 하루, 이틀, 사흘이 흐르니까 차츰……. 뭐랄까요, 폭풍우가 떠나고 파도가 잔잔해진 느낌? 행동이나 말투가 '양이'로 되돌아오더라고요. 의식해서 그렇게 행동하는 것일 수도 있지만, 제가 보기에는 근본적으로 좀……. 어떻게 생각하세요?"

도는 숨을 훅 들이쉬었다. 그 문제라면 이미 양이와 조심스레 이야기를 나눠보았다. 어느새 표정이 차분해져서 천천히 고개를 끄덕였다.

"네 눈이 정확해. 그러잖아도 그건 중요한 사안이라 양이와 이야기를 나눠보았어. 이렇게 표현하던걸? '저는 이십 여 년 전에 '새싹 유치원 코스모스 반 김양이 어린이'였다.'고, '그건 저도 부인하지 않는다.' 고. '그때 겪은 일도 기억나고 그때 느낀 감정도 몇 가지 기억난다.'고. '하지만 저는 지금 '새싹 유치원 코스모스 반 김양이 어린이'가 아니.' 라고."

수산은 심각하게 도가 하는 말을 들었다. 도가 말을 마치자 안심하며 고개를 끄덕였다. 어차피 양이는 앞으로 '김양이'가 되어야 했다. 그러한 내력과 신분으로 영계 사회에서 살아가야 했다. 현실과 자아 개념이 일치한다면 잘된 일이었다.

"역시 그렇죠? 최근 이십여 년간 '김양이'로서 부모님께 사랑받으며 자랐을 테니까요. '김양이'로서 사장님을 만나고 좋아하게도 됐고요. 물론 기억하지 못하던 인과가 얽히고 얽혀 오늘이 됐겠지만, 저도 지금 양이 씨는 '김양이'가 맞다고 생각해요."

"나 역시 같은 생각이야. 양이가 혼야이고 당혜여서 더 애틋해. 그래도 양이는 어디까지나 '양이'지. 양이가 혼란스러워할 때도 어서 '양이'로 돌아와 주기를 바랐어. 기대보다 빨리 중심을 잡아줘서 고마울 뿐이야."

도는 미소 지었다. 양이가 제게 했던 말을 떠올렸다.

「물론 저는 아무것도 모르던 '김양이'와는 달라졌어요. 사장님을 향한 감정도 분명히 달라졌고요. 하지만 누구나 살다 보면 '아, 내게 이런 모습도 있구나.', '이게 나로구나.' 하고 깨닫는 순간이 와요. 누군가는 사춘기를 지나며 그렇게 깨닫고 또 누군가는 사랑에 빠지며 그렇게 깨닫고 또 누군가는 부모가 되며 그렇게 깨닫죠. 그리고 그렇게 숨겨진 자신을 깨닫고 나면 존재는 이전과 달라져요. 저는 그 깨닫는 내용이 잊었던 천여 년에 달하는 과거였으니 남보다야 거창하죠. 하지만 이 '내면'만 따지고 보면 특별하게 엄청난 일이 있던 건 아니에요. 평온하지 않을 이유가 없죠. 에……. 뭐, '평온하다.'고 하지만 실은 여전히 혼란스러워요. 그래도 뭐……. 그래요, 이렇게 표현하면 되겠네요. 저는 '혼야이자 당혜였던 김양이'예요.」

양이는 역시 고요히 막강했다. 결정 내리기 전까지야 흐느적거려도 한번 방향을 잡으면 신속하게 마음을 정리했다. 그게 귀찮아서든 뭐든 쓸데없는 고민을 질질 끌지 않았다. 박력이 없으니 '단호하다.'고야 못해도 '깔끔하다.'고 할 만한 성품이었다. 그건 삼경을 지탱할 왕비로서도 좋은 자질이었다. 도는 회상만으로도 양이가 새삼 더 사랑스러워졌다. 마음이 푼푼하여 입가가 흐물흐물 풀렸다. 그러다 퍼뜩 정신을 차렸다.

"우리 찐빵이 사랑스럽기는 해. 그래도 지금 중요한 일은 그게 아니지! 찐빵은 양이야. 한데 그게 내가 찐빵을 서운하게 한 일과 무슨 상관이야? 나는 찐빵이 선택한 자아 개념을 존중했어. 훌륭한 대처잖아. 대체 내가 뭘 잘못했어? 어디서부터 바로잡아야 찐빵이 저 영화관에서 나와?"

"잘못하셨죠. 많이 잘못하셨어요. 지금 양이 씨는 엄청나게 서운할걸요?"

"어, 엄청나게? 그 정도야? 대체 왜!"

도는 '가슴은 왜 찐빵이 아닐까?'에 이어 자신이 또 무슨 대역죄를 저질렀나 싶었다. 사색이 되어 수산에게 몸을 기울였다.

"쯧쯧쯧."

수산은 혀를 찼다. 고개를 절레절레 저었다.

"자, 전하. 이제 정리해볼까요? 양이 씨는 '김양이'예요. 결합하고서 고정된 형태와 신분으로 살아본 일이 '김양이'로서가 처음이고, 최근 이십여 년을 '인간 김양이'로서 살았죠. 전하가 시간을 멈추셨던 날 이전까지 '그 양이 씨'가 전하께 가장 애원했던 일이 뭐죠? 끝내자는 이야기 말고요."

"흐억! 장모님!"

도는 잠시 바보가 되었을 뿐 뿌리까지 바보는 아니었다. 서안을 손바닥으로 탕 치며 깨달음과 충격에 휩싸였다.

"맞아요. 큰일을 겪고 나면 대개 엄마에게 응석 부리고 싶어지죠. 이제 그 큰일이 있고서 열흘이 넘고 보름이 덜 되었어요. 그동안 전하는 어떠셨죠? 양이 씨를 안고 마냥 예뻐하시느라 엄마에게 응석 부리러 가고 싶을 게 분명한 양이 씨의 마음을 헤아리지 않으셨죠? 쥐똥만큼도 헤아리지 않으셨어요. 양이 씨는 전하께 미안해서 차마 '엄마 보러 가고 싶다.'고 말하지 못했을 텐데! 겨우 달콤해졌는데 그 분위기에 초 칠 수야 없으니까!"

"으윽! 내가 엄마가 없다 보니 미처 그 생각을 못 했어."

도는 눈에 띄게 안색을 잃었다. 수산은 가차 없었다. 기운차게 밀어붙였다.

"문제는 또 있어요!"

"허억! 여기서 또?"

허옇던 도는 새파랗게 질렸다. 생가슴을 태우며 힘겹게 헐떡였다. 반쯤 울먹였다.

"어, 어떡해! 나 지금까지 일만으로도 양이에게 삼 년은 약점 잡힐 것 같은데."

"삼 년 정도가 아니죠. 삼백 년 감이에요. 양이 씨는 여전히 정체성이 불안해요. 겉으로야 평온해 보인다지만 속까지 마냥 편할까요?"

"그……."

도는 말문이 막혔다. 마구 질책받고 보니 자신이 굉장히 부족하고 나쁜 남편감 같았다. 죄책감과 미안함에 짓눌려 헐떡였다. 아무 반박도 변명도 못 하고 수산이 하는 말을 얌전히 들었다.

"어서 '공식적'으로 신분을 보장해주셔야죠. 제가 '당분간 몸을 추스르시며 다 잊고 편히 휴가를 즐기시라.'고는 했지만, 대체 언제까지 양이 씨만 품에 안고 늘어져 계실 건데요. 이제 열흘 넘기셨으니 좀 움직이세욧!"

수산은 기세등등했다. 평소 수산 같지 않게 힘으로 넘쳤다. 서안을 탕탕 두드렸다.

"저는 연적이도 아니고 정문이도 아니에요. 저 그렇게 잔인한 신하 아니에요? 여태까지 천여 년간 전하께서 얼마나 고생하셨는지 코앞에서 봤어요. 전 전하를 백번 이해해요. 그러니 양이 씨와 한창 알콩달콩해야 할 이 시기에 전하께 수백 년 정체됐던 정무까지 당장 손대시라고는 안 해요. 앞으로 한 달 정도는 저와 정문이가 어떻게든 더 해볼게요. 하지만!"

수산은 두 손으로 도의 양어깨를 꽉 잡았다. 드물게도 이글이글 타는 눈으로 도와 시선을 꽉 맞췄다. 평소 온순하던 측근이 발하는 박력에 도는 바짝 집중했다. 수산이 말을 이었다.

"남자라면! 내 여자 문제만큼은 게으름 피우시면 안 되죠! 이제 양이 씨에게 청혼하시고! 장모님, 장인어른께 인사드리시고! 송제에게 서신을 부치든 송제를 직접 만나시든 하여 그때 지운 인명부 다시 깔끔하게 채우시고! 일찍이 계획하셨던 대로 삼신할머니를 직접 만나세요! 계획대로 그분을 양이 씨 영계 양어머니로 세우셔야죠! 저명한 여신께서 뒷배가 돼주셔야 양이 씨가 어딜 가나 당당할 테니까!"

"나, 있지……."

도는 허연 입술을 파르르 떨었다. 서안 위에서 두 주먹을 옹송그렸다. 숨죽여 할딱댔다.

"듣고 보니 어마어마한 죄를 저질렀어. 각방을 당해도 싸. 어쩌지? 청혼 선물로 우리나라에서 하나, 중국에서 하나, 일본에서 하나, 미국에서 하나, 골고루 드라마 제작사나 방송사를 사줄까? 그러면 용서받을 수 있을까? 아예 삼십 세기 여우사를 사들일까? 어떡하지? 그거 어떻게 하면 살 수 있을는지 당장 알아봐! 난 지금부터 컴퓨터를 켜고 청혼법을 검색할 테니까!"

도는 벌떡 일어섰다. 그러나 곧장 멈췄다. 푸르르 고개를 흔들었다.

"아니지, 아니지, 아니지! 일단 믿음직한 남편감부터 되어야지!"

"그렇죠!"

수산이 추임새를 넣었다. 도는 두 주먹을 불끈 쥐었다.

"양이를 장모님께 보내주고 나는 송제를 만나야겠어! 인명부부터 깔끔히 처리해야 뒤탈이 없지! 마음먹었으니 속전속결!"

"좋아요, 전하! 바로 그 자세예요!"

수산은 열렬히 박수 쳤다. 힘차게 외쳤다.

"이 기세로 무덤, 아니, 식장까지 한 방에 걸어 들어가시는 겁니다! 우리 전하 파이팅!"

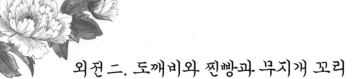

외전 二. 도깨비와 찐빵과 무지개 꼬리

"미안해. 내가 더 신경 썼어야 했는데."

식사 시간이었다. 도와 양이가 각방을 쓰건 말건 화화 식구라면 모두 한자리에 모이는 신성한 때였다.

양이는 평온한 표정이었으나 도는 아무래도 눈치 보였다. 조심히 사과했다.

"내가 무심했어. 그간 일을 돌이켜보니까, '네가 장모님과 장인어른을 무척 뵙고 싶었겠다.' 싶더라. 네가 먼저 말 꺼내기 쉽지 않았을 테니 내가 진작 헤아렸어야 했는데……. 내 생각이 짧았어. 미안해. 나는 며칠 지하국으로 볼일 보러 갈게. 너는 그동안 '장인어른과 장모님'께 가서 푹 쉬어."

도는 두근두근했다. 자신이 늦기야 했다. 하나 이제라도 왕비님 마음을 알아챘으니 이 왕비님이 화를 누그러트리시고 자신을 기특히 여겨주시지 않을까 기대했다. 침을 꼴깍 삼키고 반응을 기다렸다.

"으음."

양이는 외려 표정이 흐려졌다. 수저를 놓았다. 달칵.

'뭐지! '장인어른과 장모님'이라는 표현이 실수인가? 가뜩이나 열

받았는데 아직 청혼도 안 해놓고 김칫국부터 마신다고?'

도는 움찔했다. 각방 처분 이후 퍽 소심해졌다. 양이는 그 앞에서 고개를 숙이고 침묵했다. 도, 수산, 월주, 크닙이 모두 흥미진진하게 주시하는 가운데 천천히 고개를 들었다. 말끄러미 도를 응시했다.

"지하국이라면 저도 가고 싶은데요."

"응? 엄마, 아빠가 아니라 지하국?"

도는 당황했다. 모를 것이 여자 마음이라지만 정말 이 지경으로 깜깜할 것일 줄이야.

"어, 그게……."

양이는 어깨를 으쓱했다. 잠시 머뭇대다가 도의 눈을 보며 어색하게 배시시 웃었다. '남자란 눈 맞추고 웃어주면 일단 설레니 잘 모르겠으면 웃고 보라.'는 월주가 내린 조언 때문이었다. 그러나 안 하던 짓을 하려니 영 어색했다. 곧장 뺨을 긁었다. 갸웃거렸다. 결국, 하던 대로 무심히 말했다.

"식사 마치고 둘이 이야기해요."

도는 바짝 긴장했다가 양이가 웃을 때 쿵쾅댔으며 양이가 다시 무심해지자 움찔했다. 그러나 '둘이 이야기하자.'는 말에 마구 설렜다. 뺨을 발긋했다. 열심히 끄덕였다.

"응! 알았어."

'아, 효과 있나?'

양이는 발긋한 도를 보며 한 번 더 배시시 웃었다.

"지하국에 가고 싶다고? 부모님 안 뵙고 싶어?"

도는 '부모님께 가 있으라.'고 하면 틀림없이 양이가 기뻐하리라 예상했다. 그러나 양이는 별 반응이 없었다. 도는 끝내 고개를 갸웃했다.

"네가 뵙고 싶어 할 줄 알았어."

"으음, 그게……. 뵙고 싶어요."

양이는 고개를 떨어트리고 제 발끝을 보았다. 조그맣게 말했다.

"실은 무척 뵙고 싶어요."

양이는 눈물을 글썽했다. 그러나 볼을 설핏 부풀리며 입술을 꾹 물었다. 젖은 숨을 꼴딱 삼켰다. 입술을 짐짓 볼 끝까지 늘이더니 씩씩한 척 고개 들었다. 숨을 훅 마셨다.

"헤아려주셔서 고맙습니다. 뭉클했어요."

도는 칭찬받았지만 기뻐하지 못했다. 양이에게 눈물이 맺혀서였다. 양이가 짓는 미소도 힘겨워 보였다. 양이와 가벼운 냉전 중이라는 사실도 잊고 양이에게 손을 뻗었다. 눈꼬리에 맺힌 물방울을 손가락으로 살며시 훔쳐내었다. 안쓰러움으로 가득 차서 양이를 제 품으로 끌어당겼다. 뽀얀 이마에 입술을 눌렀다.

"아냐. 그간 즐거워만 하느라 네 마음을 헤아리는 데 한참 늦었는 걸. 뵙고 싶으면 내 눈치 보지 말고 편히 다녀와. 아예 두 분과 여행을 다녀와도 좋고. 나는 네 영계 신분부터 확실히 마련하고 정식으로 네게 청혼할게. 네가 받아준다면 두 분께 인사드릴 거야. 그러니까 이번에는 혼자 편안히 가서 실컷 응석 부리고 놀다 와. 수산에게 용돈도 넉넉히 챙겨주라고 말해뒀어."

도는 양이의 등을 가볍게 토닥였다. 마음이야 힘껏 끌어안고 깊게 입 맞추고 싶었다. 그러나 지금 상황에서 욕심대로 굴면 양이가 진력낼까 봐 겁이 났다. 금세 포옹을 풀었다. 양이를 살며시 놓았다. 양이는 눈 끝이 처진 채 슬픈 표정을 지었다.

"아니요. 아니에요. 지금은 괜찮아요."

양이는 고개 저었다. 도가 영 의아한 표정이자 머뭇대며 말문을 열었다.

"그게, 분명 엄마도 아빠도 보고 싶어요. 사장님 배려도 감사하고요. 하지만 지금 당장은……. 하아. 못 뵙겠어요. 통화나 메신저 대화가 한계예요."

"무언가 마음에 걸려?"

도는 한껏 신경을 곤두세우고 양이의 낯을 살폈다. 조심스레 떠보았다. 준비해둔 찻상까지 걸어가 양이에게 먼저 자리를 권했다. 양이와 마주 앉았다. 따뜻한 차를 양이 앞에 놓인 잔에 따라주었다.

"그게, 아직 뵙기 죄송해요."

양이는 찻잔을 받았다. 찻잔에서 옮아오는 온기에 마음을 녹이며 조그맣게 말했다.

"왜?"

"저는 진짜가 아니니까."

양이는 거의 속삭이듯 답했다. 얼굴이 발갛게 달아올랐다.

"네가 왜 가짜야? 그래, 너는 네 어머니 태에서 나진 않았어. 하나 이십 년이 넘도록 두 분께 기쁨을 드렸잖아. 효도도 하고 속도 썩이고 함께 울고 웃었잖아. 그건 꼬마 양이가 아니라 네가 한 일이야!"

도는 양이가 자아 정체성 문제를 얼추 정리했다고 여겼었다. 그 일을 한동안 바짝 걱정하다가 이제야 다소 안심한 참이었다. 그 와중에 양이가 새삼 '나는 가짜.'라며 쭈뼛대자 심장이 덜컥 내려앉았다. 정색하며 단호히 박아 말했다. 그 진지한 반응에 양이가 되레 깜짝 놀랐다. 양이는 눈을 동그랗게 떴다. 도의 낯을 찬찬히 살피다가 이내 배시시 웃었다.

"고맙습니다. 확고하게 말씀해주시니 위로도 되고 용기도 나요."

양이는 손안에 든 찻잔을 더욱 꾹 쥐었다. 고개를 끄덕이고 찻물로 입술을 축였다. 배 속에 서서히 따뜻함이 번졌다. 굳었던 몸이 약간 느슨해졌다. 도를 안심시키고 싶어서 부러 더 웃었다.

"저도 사장님 말씀처럼 생각해요. 엄마도 아빠도 그렇게 생각해주시리라 믿어요. 두 분은 정이 깊으시니까, 설혹 진실을 다 아신대도 절 사랑해주시겠죠. 충격이야 받으시겠지만."

"그런데 왜? 뭐가 죄송해?"

도는 그 문제에 몹시 예민하게 반응했다. 양이가 마음이 흔들린 건가, 내 짐작보다 상처를 더 많이 받은 건가, 온갖 걱정에 휩싸였다. 놀란 고슴도치처럼 굴었다. 양이에게도 그 마음이 한눈에 읽혔다. 양이는 얼굴 가득 웃음을 터트렸다. 마음이 따뜻하고 즐거웠다. 돌연히 웃자 도가 갈피를 못 잡고 어리둥절해했다. 양이는 웃음결에 찻물이 넘칠까 봐 찻잔을 냉큼 찻상에 놓았다. 빈손을 쬠쬠 쥐고 재빨리 말했다.

"걱정해주셔서 기뻐요. '사랑받는구나.' 싶어져서 갑자기 웃음이 났어요."

"아."

도는 뺨을 붉혔다. 양이 역시 뺨이 붉어져서 자그시 입술을 물었다.

"제가 한 '죄송하다.'는 말은, 음, 이런 뜻이에요. 제가 그 앞에 나타났든 나타나지 않았든, 꼬마 양이는 본디 저와 만난 그날, 삼십일 개월 때까지가 수명이었어요. 제게 동생이 없으니 우리 부모님도 '꼬마 양이' 말고는 자식 인연이 없으셨고요. 그러니 제가 없었다면 두 분은 따로 위안될 아이도 없이 평생 죽은 아이만 떠올리며 슬퍼하셨겠죠."

"내 말이! 그러니 네가 부모님께 죄송해할 이유가 없다니까?"

"아뇨. 그래도 죄송해요."

양이는 단호히 고개 저었다.

"어쨌건 저는 우리 엄마 배 속에서 나지 않았어요. 부모님을 속였어요. 두 분께, '꼬마 양이'가 죽었을 때 슬퍼하며 명복을 빌어줄 기회조차 앗아버렸어요."

"그건……."

양이를 무조건 편들 기세이던 도조차 그 말만은 반박하지 못했다. 도는 머뭇거리다가 한숨만 푹 내쉬었다.

"'꼬마 양이'가 여전히 서천에서 물을 준다는 소식을 듣고 요 며칠 내내 마음이 아팠어요. 저만 아니었다면 부모님에게서는 '꼬마 양이'에게 충분히 명복을 빌어주셨겠죠. 그 기회를 제가 앗지만 않았던들, 부모님께서 기원하신 마음이 결실을 보아 '꼬마 양이'도 일찌감치 좋은 인연을 찾지 않았을까요?"

도는 차 한 잔을 한번에 들이마셨다. 찻잔을 탁 놓았다. 배 속 깊이 숨을 내렸다. 어떻게든 양이를 달래려 음성에 힘을 실었다.

"인연 맺음엔 본인이 생과 생을 살아오며 지은 인연과보가 무엇보다도 앞서. 주변에서 하는 기원은 그저 '도움'일 뿐이야. 꼬마 양이가 아직 새 인연을 얻지 못한 까닭은 무엇보다도 그 아이가 제 인연과보에 맞는 자리를 충분히 만들어두지 못했기 때문이지 네 탓이 아니야.

더구나 영계를 기준으로 삼으면 이십몇 년쯤 그리 긴 세월조차 아니야."

"저도 알아요."

속이 바짝 타는 도 앞에서 양이는 차분히 답했다.

"저도 알지만, 꼬마 양이가 받을 수 있던 도움마저 제 탓에 못 받은 것도 사실이에요. 꼬마 양이가 제게, '네가 내가 되어달라.'고 먼저 말했다고 한들 제 책임이 사라지진 않아요. 그래서 마음 아파요. 부모님께 죄송해요. 저는 어찌 보면 꼬마 양이 덕분에 사장님과 이렇게 만났는데."

도는 침묵했다. 초조함과 속상함을 누르며 그제야 양이의 두 눈을 곰곰이 살폈다. 비로소 깨달았다. 마주한 두 눈에는 흔들림이 없었다. 자신은 양이를 너무 약하게 보았다. 양이는 지금 자아 개념이 흔들리는 상황이 아니었다. 용기를 잃고 죄책감에 휩싸여 꾸물대는 상황도 아니었다. 이미 자신이 누구인지 확고히 중심을 잡았다. 무엇을 미안해하고 무엇을 고마워하며 어떻게 행동해야 할지 기준을 명확히 세웠다. 도는 그제야 안심했다. 동동거리던 쪽은 양이가 아니라 자신이었다. 제 작태에 한심해하며 고개를 절레절레 저었다. 양이를 향해 미소 지었다.

"그래. 어찌 보면 꼬마 양이가 우리를 다시 이어준 셈이지. 실은 나도 그 아이를 내내 염두에 두고 있었어."

"아, 정말요?"

양이는 깜짝 놀라 눈을 동그랗게 떴다. 도는 뜻밖이라는 반응에 억울해하며 눈썹을 구겼다. 진짜라는 뜻을 담뿍 담아 힘주어 해명했다.

"내가 송제에게 가서 '김양이'를 인명부에서 지웠으니까. 너를 보호하고자 내가 그 아이 환생 길을 막은 셈이야. 그때 이미 '조만간 이 아이에게 어떻게든 다른 길을 찾아줘야겠다.'고 생각했어. 정상이 아닌 경우니 상당히 비틀린 수단을 써야 했겠지만."

"아, 역시! 맞아, 그러네요! 사장님은 다정하신 분이니 그런 일을 대충 넘기실 리 없죠!"

양이는 뺨이 확 달아올랐다. 마음에 짐으로 안고 언제 어떻게 말하면 좋을지 눈치만 보던 일을 도가 이미 염두에 두고 있었다니, 마음도 놓이고 무척이나 기뻤다. 음성이 한 톤 들떠서 말을 이었다.

"이제 비틀린 수단은 안 써도 되겠네요! '김양이'의 인명부를 복구할 예정이니까! 제가 공의 도깨비이고, 당혜이자 혼야였다는 점만 빼면 사실관계를 거의 그대로 세상에 알리겠다고 하셨잖아요?"

활짝 갠 그 얼굴에 도는 참지 못하고 찻상 너머로 팔을 뻗었다. 양이의 머리를 쓱쓱 쓰다듬었다. 함빡 웃었다.

"맞아. 이번에 송제에게 가서 그 인명부를 복구할 셈이었어. 너는 '부모 잃은 미아 알도깨비'이고 '죽은 꼬마 양이를 흉내 내었다.'는 설정이니 그 아이가 명부에 제대로 남아 있어야 앞뒤가 맞잖아. 더욱이 명부를 회복시켜야 '꼬마 양이'도 환생 길이 다시 열릴 테고."

"네, 그렇죠! 아, 다행이에요. 진짜 고맙습니다, 정말 고맙습니다. 저는 이 일을 시작한 쪽이 저인 만큼 제가 해결해야 할 일이라고만 생각했어요. 하지만 저는 아직 영계에서 발휘할 수 있는 힘이 거의 없으니까……. 하아. 사장님께 도움을 청하고야 싶었지만 언제 어떻게 말을 꺼내야 좋을지 모르겠더라고요."

"이런."

도는 미간을 찌푸렸다. 보란 듯 거하게 한숨을 내쉬었다. 반쯤은 화가 나고 반쯤은 답답해서 말했다.

"신비로운 여인도 좋지만, 제발, 부탁할게. 제발, 말해줘. 나도 도깨비야. 보기보다 단순한 남자라고. 언제나 너를 보지만 말하지 않으면 네 마음을 다 알 재간이 없어. 그리고 누차 말하지만, 나는 너를 사랑해. 더욱이 내 본성은 '지키는 거.'고."

도는 억지로 한숨을 누르며 가슴을 쳤다. 아랫입술을 구겨 물었다.

"한데 네가 내가 모르는 사이에 내가 손쓸 길 없이 슬퍼하고 두려워하고 근심한다면, 나중에야 내가 그걸 안다면, 나는 이루 말할 수 없이 무기력해질 거야. 내가 형편없는 남자 같다고."

"윽."

양이는 미안해졌다. 도가 더없이 진심이라는 사실을 알기에 더욱 겸연쩍었다. 고마움과 미안함으로 맥없이 웃자 도도 입술을 핥고 목소리를 누그러트렸다. 달래듯 자분자분 말했다.

"나는 네가 안전하면 좋겠어. 행복하면 좋겠어. 편안하면 좋겠어. 부탁이니 혼자 끌어안고 슬퍼하지 마. 무서워하지도 말고. 걱정하지도 마. 말해줘. 내게 직접 말하기 어렵다면 월주나 수산이나 크닙에게라도 말해. 셋 다 눈치도 좋고 요령도 있어. 네가 원치 않는다면 네 입에서 말이 나왔다는 티를 내지 않고 내게 언질을 줄 거야. 어떤 방식이든 좋으니, 알고든 모르고든 기꺼이 당해줄 테니, 나를 실컷 부려먹어. 내 왕비님이 행복할 수만 있다면야 그거야말로 내가 바라는 바니까."

"도도……."

양이는 눈이 촉촉해졌다. 목까지 발그레해졌다.

도는 그 순간 눈치를 한계까지 발휘했다. 애정사에 들어온 파란불을 잽싸게 감지했다. 손가락을 탁 튕겨 찻상을 치우고 양이를 냉큼 품에 안았다.

"고마워요, 도."

양이는 도의 가슴에 등을 기댔다. 달콤히 속삭이며 목을 뻗었다. 도의 뺨에 제 입술을 눌렀다. 도의 귓가까지 턱을 뻗어 다시금 속삭였다.

"사랑해요, 도도."

양이는 동시에 팔을 놀렸다. 제 아랫배로 진출하려는 도의 팔목을 허공에서 검거했다. 도가 잡힌 팔목을 꿈틀대자 손아귀에 빠듯하게 힘을 넣었다. 도와 몸으로 힘겨루기 할 재주야 없어도 도를 막겠다는 의지만큼은 확고히 전달했다. 월주에게 배운 대로 도와 눈을 깊게 맞추며 촉촉한 눈빛으로 웃었다. 달콤하게 속삭였다.

"그래도 각방은 유효해요. 저는 아직 체력이 바닥이거든요."

"으윽……. 네가 확실하게 감동했다고 생각했는데."

"그것과 이건 별개죠."

그렇게 말하는 양이의 눈은 언저리가 발갛게 달아올라 촉촉했다. 도에겐 보느니 고문이었다. 도는 눈을 질끈 감았다. 목 깊숙이 신음했다.

"내 왕비님은 계산이 철저하시군."

"현명한 왕비감 싫으세요?"

"그럴 리가. 주판 도깨비 빼고는 계산이 영 헐렁한 우리 도깨비족에게 더없는 보배이시지."

도는 손가락을 탁 튕겼다. 양이를 건너편 방석 위로 보내고 둘 사이에 다시 찻상을 불러다 놓았다. 두 손을 항복하듯 허공으로 들었다.

"이번에 깨달았어. 나는 내가 자제력의 화신인 줄 알았는데 전혀 아니야. 지금 우리 사이에는 이만큼 거리가 필요해. 너는 너무 예쁘고 나는 자제할 자신이 없거든."

"으흥? 깔깔!"

양이는 어깨를 으쓱하며 웃었다.

도는 목을 울리며 찡그렸다.

"끄으응. 예쁜 만큼 얄밉군."

양이는 두 주먹을 가슴 앞에서 깜찍스레 불끈 쥐었다. 눈꼬리를 생긋 휘며 활기차게 말했다.

"힘내세요. 전하가 발휘하시는 인내력에 전하를 향한 왕비님의 신뢰도가 초 단위로 수직 상승하고 있어요."

"젠장. 오지게 어설픈데 환장하게 귀여운 저 애교는 대체 어디서 배웠대? 내 앞날이 험난한 꽃밭에 꿀밭이로군."

도는 양이의 처참히 귀여운 모습에 손으로 얼굴을 가리며 차라리 고개를 돌렸다.

스승을 말해 무엇하리! 양이는 어깨를 으쓱했다. 숨죽여 웃다가 오래지 않아 표정을 가라앉혔다. 진지하게 본래 화제를 돌이켰다.

"꼬마 양이 문제 말인데요."

"응."

도도 차분함을 되찾았다. 도는 양이와 제 앞에 놓인 빈 찻잔에 다시금 차를 채웠다. 양이를 기다렸다.

"혹시 생각해둔 바가 있으세요? 저는 요즈음 영계 사정에는 깜깜하니 어디서부터 풀어야 할지 알 수가 없어요. 서천에서 물 주는 일도 실은 노역이잖아요. 영계에서야 이십여 년이 긴 세월이 아니라지만 짧은 세월도 아녜요. 인명부를 회복해둔들 지금까지도 마땅한 인연을 못 찾았다니 앞으로도 언제까지 그 아이가 서천에서 일해야 할지 알 수 없고요. 마음에 무척 걸려요. 그 아이에게 편안한 자리를 찾아주어야 저도 부모님을 뵐 면이 설 것 같아요."

도는 끄덕였다. 계획을 꼼꼼히 세워두지야 못했으나 느슨하게나마 생각해둔 바가 있었다.

"우선 내 선에서 도울 길이 없는지 서천 꽃감관 할락궁이와 논의해야지. 수가 마땅찮으면 송제를 끌어들일 테고."

"송제왕을요?"

"응. 송제와 나는 끈끈한 사이니까. 동료 무인이자 형과 아우로서도 가깝고 금 사백오십 근으로도 '다정히' 엮였고 '인명부 위조'라는 수치스러운 범죄로도 엮였지."

도는 사악하리만치 화사하게 웃었다. 상큼하게 덧붙였다.

"송제는 이토록 나와 '친밀한' 사이이니 내 부탁을 거절하지 못해. 그러니 대놓고 말하려고. '그 아이 덕에 나도 왕비감을 얻은 셈이니 보답하고 싶다. 그 아이와 부모 자식이 될 인연을 맺을 자가 없을는지 네가 잘 알아보라. 희미하게라도 인연의 실이 이어진 괜찮은 자가 있다면 삼신할머니께든 누구에게든 나도 청을 넣을 테니 너도 시왕으로서 도우라.' 괜찮지 않아? 대외에 공개할 '네 사연'에도 어긋나는 구석이 없고, 인명부 조작건만 빼면 내가 송제에게 저런 청을 넣었다는 사실이 알려진대도 문제없어. 더욱이 송제는 내 '부탁'을 받으면 아주 급하게 최선을 다해서 들어줘야 할걸?"

도는 송제에게 귀찮기 짝이 없는 일을 떠넘긴다고 말하면서도 희희낙락했다. 오히려 뼛골에 영혼까지 부려먹으리라는 의지마저 느껴졌다.

'그래. 이 남자, 나한테는 어벙하고 물렁해도 실은 이런 남자였지?'

양이는 새삼 깨달았다. 남편감을 듬직해하면서도 한 가지 지적했다.

"그런데 금을 사백오십 근이나 빌려주셨어요? 혹시 그거 예전에 제가 약수터에서 말할 때까지 잊고 계셨던 빚 아녜요? 빌려줄 만하니까 빌려주셨겠지만 사백오십 근을 잊으셨다고요?"

도는 눈동자를 왼쪽으로 굴렸다. 괜스레 천장 무늬를 확인하며 눈동자를 이리 데굴 저리 데굴 했다. 갑자기 말문이 막혀 입맛만 다셨다. 어물어물 말했다.

"어, 어으으음, 삼경은 매우 부자야. 남자들끼리 금 사백오십 근쯤 빌려주고 잊을 수도 있지. 그 정도 돈은 뭐, 그게, 술 먹다가 무심코 빌려줄 수도 있고 그러다 까먹을 수도 있고……."

'내 입에서 나오지만 이게 말이야 막걸리야.'

도는 머리를 긁적였다. 양이는 미래 왕비감으로서 잘 기억해두었다.

'사장님, 다른 곳에서는 왕으로서 똑 부러져도 돈 계산은 헐렁하시구나. 도깨비가 아무리 부자라지만 이 정도 수준이면 문제가 심각해.'

그러나 지금 그걸 따질 필요는 없었다. 양이는 그 점을 단단히 기억만 해두었다. 방긋 웃으며 이야기를 제자리로 되돌렸다.

"어쨌든 좋은 생각이네요. 도깨비 왕과 시왕국을 다스리는 군주가 나선다면 그 아이도 어지간하면 자리를 찾겠죠. 하지만 부모가 되어줄 만한 인연자가 있되 자리가 좋지 않거나, 인연이 영 박하여 억지로도 이어볼 곳이 없으면 어쩌죠?"

딴청을 부리던 도는 양이가 금 사백오십 근으로 잔소리하지 않자 반짝 얼굴을 폈다. 양이가 딴소리를 못 하도록 작정하고 눈을 휘며 생긋 웃었다. 양이가 화끈 달아오르자 신이 나서 말했다.

"나 조만간 삼경으로 귀환할 생각이거든? 그때 그 아이도 궁으로 데려올까 해. 마땅한 인연자가 나타날 때까지 시동으로 두고 가르치며 보살펴야지."

"으응? 위험하지 않나요? 육체도 없고 인명부나 천명부, 지명부에 '산 자로서' 이름이 등재되지조차 않았다면 지계를 벗어나선 안 될 텐데요. 혼백에 직접 타격을 입기 쉽고 회복이 어려우니까. 그래서 일찍 죽은 어린 혼을 동자나 동녀로 둘 수 있는 신도 지계에 속한 신뿐이고요."

도는 입술을 휙 말아 올렸다. 무척 즐거워하며 말을 받았다.

"흐응. 대개 나보다 똑똑하신 우리 왕비님께서 뜻밖에 헤매시는데? 삼경은 '삼계에 걸쳐' 있어. 삼경궁은 특히 삼계 꼭짓점이 만나는 지점이라고."

"어? 설마 삼경궁에서는 혼백이 안전할 수 있나요? 지계에서처럼?"

양이는 눈이 휘둥그레졌다. 도는 빙글빙글 웃었다.

"흐응, 한동안 내 찐빵에게 잘난 척할 거리가 생겼군. 앞으로 우리 삼경을 하나부터 열까지, 구석구석 알려드려야겠어."

양이는 두 손을 배꼽에 모으고 고개를 꾸벅 숙였다.

"잘 부탁드려요, 스승님."

"흐흐흥. 이게 웬 횡재야. 왕비님과 스승님과 제자 놀이라니, 꿈같은 구도야. 꼭 침전에서 가르쳐줘야지."

도는 콧노래를 불렀다. 짓궂은 미소가 볼까지 가득했다.

양이는 눈썹을 꿈틀했다.

"무슨 생각하시는 거예요?"

"건전한 생각. 아주아주 건전한 생각. 잠잘 시간을 쪼개서라도 왕비 님을 기꺼이 가르쳐드려야겠다는, 건실하고 성실하며 자상한 왕다운 생각."

도는 태연히 오리발을 내밀었다. 양이가 캐묻기 전에 잽싸게 말을 돌렸다.

"자, 그럼 송제 보러 언제 갈래? 난 오늘 아침 먹고 바로 갈 생각이었거든. 지하국까지는 머니까 각 잡고 샛길로 내달릴 게 아니면 당장 출발해도 꽤 걸리잖아."

"아! 그럼 오전 중에 출발해요. 저도 준비하고 나올게요. 변신도 풀고요."

"변신 풀려고?"

도는 찻상을 두 손으로 탁 짚었다. 엉덩이를 반짝 들어 양이 쪽으로 상체를 기울였다. 두 눈을 초롱초롱 빛냈다. 양이는 그 눈동자가 힐끔 가슴 쪽으로 내려갔다가 올라간 듯했지만 기분 탓이리라 생각했다. 어금니를 악물며 웃었다.

"아하하하하. 그게요, 엄마, 아빠가 살아 계시는 동안에는 두 분 앞에선 '인간 양이'로 살 생각이에요. 하지만 이 모습을 마냥 유지하자니 저도 다른 점이 걱정돼서요."

"으음? 가슴, 아니, 본모습이 궁금해서가 아니라, 걱정되어서라고?"

양이는 특정 단어가 물음 사이에 잘못 들어간 듯했지만 애써 내 귀가 잘못되었겠거니 생각했다. 이래 봬도 이 남자는 "네가 말미잘이어도 좋아."라고 한 남자 아니겠는가. 그러니 내가 잘못 들었으리라 생각하며 도를 지그시 째려보았다. 째려보면서 동시에 미소 짓는 수준 높은 능력을 선보였다.

"네. 앞으로 기운 세고 정신 사나운 도깨비를 사장님과 더불어서 보살피며 살아야 할 텐데 인간 효율인 육체는 너무 불리하니까요. 영력이야 혼에 귀속된 힘이라 제가 어지간한 백성보다 훨씬 세겠지만, 저야 대외적으로 '인간으로 착각될 만큼 영력이 약하다.'는 설정이니 영력을 펑펑 쓸 수도 없잖아요. 하다못해 몸이라도 튼튼해야 조금이라도 유리하죠."

도는 째려보는 시선을 눈치채지 못한 양 생긋방긋 웃었다. 입으로만 진지하게 답했다.

"맞아. 나도 그 점을 걱정했어. 네가 이미 '인간 양이'로서 형체가 고정되었다면 어쩔 수 없지. 그 육체에 적응할 수밖에. 하지만 그게 아니라면, 네가 갑자기 각성한 어린 도깨비처럼 아직 형체가 유연하다거나, 어떤 고정된 형체를 아예 찾지 못한 상태라면, 한시라도 빨리 좋은 방향으로 조치해야 해. 솔직히 인간 육체는 영계에서 살기엔 너무 약하니까. 이왕이면 튼튼하고 효율 높은 육신을 얻어야지."

양이는 끄덕였다. 그러다 눈썹을 살짝 찌푸렸다. 잠시 생각했다.

'그러고 보니 사장님은 장난스럽게 말씀하는 일이 잦은 분이시잖아. 며칠 전에 '가슴' 어쩌고 하며 변신 풀어보라고 조른 일도, 이 점을 염두에 두고 나를 떠보신 걸까? 내가 자아상을 확립하지 못하고 방황할까 봐 몹시 신경 쓰셨으니 대놓고 '양이 모습'을 버리라고야 못 하셨겠지. 그래서 그런 식으로 장난처럼 에둘러 말씀하셨을지도? 실은 나

도 그 일 덕에 인간 육신으로 마냥 있으면 안 되겠다고 깨달았고.'

양이는 턱을 만지며 도를 보았다. 도는 딱 봐도 두근두근 설레어했다. 두 볼이 발그레했다. 눈과 입이 싱글벙글했다. 잘하면 콧노래도 부를 기세였다. 입술이 소리 없이 무언가를 중얼거리는 듯 보였다. 추정컨대, '미녀 찐빵'. 양이는 자신이 도를 지나치게 좋게 생각해주었다고 결론 내렸다. 각방 보름을 줄이는 일은 없으리라 다짐했다.

"제 생각도 그래요. 이미 모습이 굳어졌다면 어쩔 수 없지만 육체 효율을 개선할 수 있다면 늦기 전에 개선해야죠."

잠시 뭔지 모를 망상에 잠겼던 도는 퍼뜩 정신을 차렸다. 제법 진지한 표정으로 답했다.

"음, 그래. 대외적으로도 네가 '변신해서 살아왔다.'고 알릴 테지만 이왕이면 송제 만나기 전에 본모습을 찾는 편이 낫겠네. 시간이 얼마나 걸릴까? 변신 해제할 때 내 도움 필요해? 주술진이 아주 빽빽이 짜였던데. 그래, 역시 내가 도와야겠지?"

저 이글이글 타오르는 두 눈동자에서 돕겠다는 마음보다 '빨리 미모를 확인하고 싶다.'는 속물다운 욕망이 느껴졌다. 그 느낌도 아마 기분 탓일 터였다. 양이는 웃는 낯으로 무 자르듯 잘랐다.

"제가 생얼도 공개했지만 이건 곤란하죠. 제 본모습이 진짜 말미잘이면 어쩌시려고요? 여자가 옷 갈아입고 화장할 때는 쳐다보는 법이 아니랍니다. 그리고 오래 걸리지 않아요."

양이는 공허의 힘을 슬쩍 내보였다.

"이걸로 풀면 순식간이니까. '그날' 이후로 이 힘이 확 약해졌거든요. 오히려 세밀하게 제어하기 쉬워요. 우리가 모르는 사이에 스승님이 나타나셔서 이 힘을 상당 부분 회수해가지 않으셨나 싶어요."

"그래?"

도는 '그날' 양이의 혼에 새겨진 기억을 읽었다. 자연히 문장이 이 일에 어떻게 얽혔는지도 알게 되었다. 진실을 다 알면서도 그 긴 세월 자신을 제대로 엿 먹인 스승을 생각하면 속에서 열불이 나다 못해 살해 욕구가 일었다. 그러나 결합이 실패하여 죽을 뻔한 당혜와 혼야를 살려주었으니 자신도 스승을 목숨만은 살려주겠노라 생각했다. 그래도 다음에 만나면 한판 제대로 붙을 심산이었다. 그 얄미운 스승에게 한 방이라도 먹이지 않으면 억울해서 두고두고 속이 뒤집힐 터였다. 그래도 양이 앞에선 생긋 웃었다.

"잘됐네. 스승님이 네게라도 잘해주셔서 참 다행이야."

양이는 웃는 얼굴에 속지 않았다. 풀 죽어 말했다.

"심정은 이해하지만 스승님을 죽이려는 계획은 포기해요. 스승님께서는 나 때문에 그렇게 행동하셨으니까."

"걱정하지 마. 죽이고는 싶지만 죽일 계획은 없어. 그래도 내게는 스승이자 아버지이시니까. 게다가 그 망할 영감은, 인정하자니 열이 오지게 받지만, 숨만 쉬어도 마고 부인과 지부사천왕 전하, 천지왕 전하를 견제할 수 있는 나름 쓸 만한 존재거든."

말 사이로 어금니 갈리는 소리가 들리는 듯했지만 이 역시 기분 탓일 터였다. 양이는 이번에도 아하하 웃었다. 이 부자는 갈 길이 멀었다.

✳✳✳

"헐! 누구세요?"

472

양이는 마주한 여인에게 물었다. 입을 쩍 벌렸다. 손을 들어 마주한
여인을 더듬었다. 여인도 양이와 마찬가지였다. 입을 쩍 벌리고 손을
들었다. 양이와 손바닥을 맞췄다.

"정말 이게 누구신지?"

거울 속 여인네는 익숙하되 낯설었다. 양이는 그 여인네를 상하좌
우로 뜯어보았다. 좁힌 미간을 영 펴지 못했다. 차가운 거울 표면을
거푸 더듬었다.

"이게 거울이 맞긴 맞는데……."

양이는 자신이 잠결에라도 이 거울에 특수 주술을 건 적이 있던가
돌이켜보았다. 그런 일 없었다. 즉, 거울 속에 비친 여인은 김양이가
맞았다.

양이는 눈꺼풀을 크게 꿈쩍였다. 손을 들어 두 눈을 비비기까지 했
다.

"와, 내가 변신이 풀리고 생판 다른 모습이 됐으면 그러려니 했겠
어. 근데 이건, 좌우지간 '나'잖아? 아무리 봐도 '김양이'인데?"

양이는 그 순간 퍼뜩 떠올렸다. 자신이 화화에 처음 방문한 날 도가
무어라 했던가를. 그날 도는 이력서를 확인하고서 당사자를 앞에 두
고 이렇게 말했다.

「사진이 사기네.」

양이는 지지 않고 받아쳤다.

「진실은 적당히 감출 때 세상이 아름답거든요.」

양이는 문득 교훈을 얻었다.

"진실은 우리 곁에 의외의 모습으로 숨어 있는 법이라더니…….."

거울 속에는 '뉘신지?' 소리가 절로 나오는 미녀가 있었다. 미녀는 일단 김양이였다. 김양이는 김양이이되 촬영 후 보정을 심하게 한 김양이였다. 달리 표현하자면 카메라 뷰티샷 기능을 켜고 사진 어플 필터를 오지게 떡칠한 김양이였다. 그 김양이가 넋 놓은 표정으로 중얼거렸다.

"와, 내 소녀심 진짜 소박하다. 미녀가 되고 싶거든 오드리 헵번이나 탕웨이나 이영애가 되기를 꿈꿨어야지. 하아, 소녀의 로망으로 구축해낸 본모습이 '포샵한 김양이'라니! 이 정도면 이 시대의 살아 있는 양심이네, 양심."

양이는 두 주먹을 말아 쥐고 발을 굴렀다.

"으으윽! 아까워! 내 소녀심이 야심으로 넘쳤으면 삼계 최고 미녀라고 불리던 혼야보다도 훨씬 예뻐질 수 있었는데! 미스 유니버스부터 시작해서 얼굴과 몸매만으로도 지구를 제패할 수 있었는데에에!"

양이는 우는 시늉을 하며 퍼그처럼 찡그렸다. 그러나 거울 속에 비친 그 모습마저도 예뻤다.

'헐! 나 왜 이렇게 예쁘지? 허헐! 적응이 안 돼!'

양이는 당황하며 입을 벌렸다. 얼짱 각도가 아닌 굴욕 각도를 찾아 얼굴을 요리조리 돌려보았다. 찡그리고 눈을 크게 뜨고 입을 쩍 벌리고 볼을 부풀리는 등, 예쁜 얼굴을 험하게 쓰는 온갖 짓거리를 저질러보았다.

비록 조금 전에 '내 소박한 소녀심 탓에 헵번이나 이영애가 못 되었다.'고 아까워했지만, 변신을 풀고 본모습으로 돌아온 양이는 충분히 미녀였다. 따지자면 본모습도 미녀라고야 못 해도 뽀얗고 귀여운 얼굴이었다. 한데 변신이 풀리면서 본인이 아쉬워하던 단점이 싹 사라지고 이목구비와 얼굴선이 미묘하게 재배열되자 눈에 띄게 청순하면서도 귀여움이 담뿍 묻어나는 미모가 되었다. 본래도 좋던 피부가 아기처럼 보송보송해졌고 몸매도 혼야 못지않았다.

"글래머가 되고 싶은 야심은 없었는데. 내 무의식은 사장님 바람을 들어주고 싶었나."

양이는 접히는 지방이 없는 제 옆구리와 아랫배를 자꾸 억지로 꼬집어보았다. 입술을 쭉 내밀었다. 말미잘 해삼이라도 좋달 때는 언제고 가슴, 가슴 노래를 부르던 도를 떠올리자 얄미움이 치솟았다. 가슴만 일부러 납작하게 부분 변신하고 싶은 충동이 일었다. 어쩔까 고민하며 가슴으로 시선을 내렸다. 두 손으로 가슴을 모아봤다가 놓았다가 다시 모아보았다.

"그래도 무려 '늘씬한 글래머'가 되었잖아? 운동도 안 했는데 개이득! 에이컵으로 돌아가긴 아까우니 놔두자. 다만, 문제는……."

양이는 엄마와 아빠를 떠올렸다. 불현듯 속에서 슬픔이 혹 치밀었다. 눈물을 찔끔하며 코를 훌쩍였다. 몇 번이고 훌쩍이다가 부러 씩씩하게 웃었다. 거울 속 자신에게 중얼거렸다.

"이러고 나타나면 엄마도 아빠도 '댁은 뉘신지?' 하실 텐데? 윤곽마사지에 다이어트, 각종 첨단 미용술, 의느님께서 베푸시는 거룩한 힘을 빌렸다고 하면 믿으실까?"

양이는 거울 앞에서 뱅글뱅글 돌아보았다. 옛날에는 이렇게 돌면 펭귄 같았는데 지금은 마법 소녀 같았다. 양이는 그 신선한 발견에 기뻐하며 발끝을 세워 발레리나처럼 빙그르르 돌았다. 검은 머리 타래가 비단처럼 쏟아지며 찰랑댔다. 소녀심이 치솟았다. 뺨이 핑크빛으로 달아올랐다. 이 모습을 놔두고 굳이 '변신'을 하기가 아까워졌다. 멈추어 서서 거울 앞에 바짝 섰다. 거울 속 자신을 변태처럼 더듬으며 말했다.

"흐으음, 요즘 의느님은 전능하시니까 이 정도면 부모님 앞에서 따로 변신하지 않아도 괜찮을지도? 베네수엘라 미인사관학교에서는 딸내미가 퇴소해서 나오면 부모가 딸을 못 찾는다고 했어! 그걸 생각하면 내가 뭐 그리 상식 밖으로 변하지는 않은 거야!"

양이는 애써 합리화를 시도했다. 그러나 몇 분 전 자신이 어떤 모습이었던가를 떠올렸다. 떨떠름한 표정으로 웅얼거렸다.

"으으으음. 가벼운 암시쯤은 걸어야 내가 당신 딸이라고 믿으시려나. 암시로는 불가능한가? 흐으으으음. 아까운데에에⋯⋯."

양이는 하늘을 보고 땅을 보았다. 목을 좌우로 돌리며 고뇌했다. 몸을 움직이니 역시 좋은 생각이 떠올랐다.

"그래! 미리 밑밥을 깔아야겠어! '아빠, 나 PT 시작했어. 오늘부터 몸짱 될래!'라거나, '엄마, 나 윤곽 마사지 받는다? 이거 예술이야! 부기가 쫙쫙 빠져.'라거나?"

양이는 중얼대다 말고 돌연 웃음을 터트렸다.

"아, 맞아! 우리 엄마, 내가 이렇게 미녀 돼서 나타나면 분명, '나도 처녀 때는 이렇게 예뻤다.'고, '몸매가 죽여줬다.'고 사기 치실 거야. 깔깔!"

양이는 크게 한 번 웃었다. 웃으며 문득 발을 톡 찼다. 뛰는 힘만으로 허리 높이까지 떠올랐다. 허리를 뒤로 꺾어 두 바퀴 제비 돌았다. 다시 한 번 발끝으로 땅을 툭 찼다. 이번에는 앞으로 휙휙 돌았다. 따악! 엄지와 검지를 튕겼다. 벽에 걸린 철제 시계를 제 앞으로 끌어왔다. 어금니를 꽉 물고 손등에 힘줄이 돋도록 손아귀를 오그렸다. 철제 시계를 꽉 구겼다. 시계를 종이 뭉치처럼 한 덩이로 만들어 천장까지 휙 던졌다. 그것을 다시 낚아채 받았다. 표정이 탐탁잖았다.

"으음, 이 몸 약하네. 굼떠. 인간보다야 훨씬 낫지만 이래서야 말썽꾸러기 순도깨비들을 몸싸움만으로 제압하긴 힘들 텐데."

양이는 시계였다고 믿기 힘든 구겨진 철공을 태연히 던졌다 받으며 제 연약함을 걱정했다. 그러나 이내 두 어깨를 툭툭 털었다. 미모야 쑥 상승했지만 표정은 예전처럼 맹한 채로 안일히 결론 내렸다.

"에이, 몰라. 어떻게든 되겠지. 아직 형태가 완벽하게 고정되지는 않았으니 필요하면 헐크가 되든 마법 소녀가 되든 하겠지."

양이는 뺨을 긁었다. 출입문 방향으로 태평하게 몸을 돌렸다. 발걸음을 뗐다. 밖에서 도가 오매불망 '미녀 찐빵'을 기다릴 터였다.

※◆※

청우(靑牛) 세 마리가 네 다리로 굳건히 버티고 서서 허연 콧김을 풍풍 내뿜었다. 소마다 몸피를 이루는 덩이가 불끈불끈하고 털이 흐르는 결이 반지르르했다. 추위를 타지 않고 아무리 가도 지치지 않는다는 명성이 고스란히 느껴지는 자태였다.

"이놈들은 서천까지 쉼 없이 달립니다. 거기서 여물 한 통만 먹이면 동대산 넘어 삼경까지도 형님과 형수님을 너끈히 모실 터이고요."

한빙지옥을 다스리는 저승 삼왕, 송제는 도와 양이에게 자신이 가장 아끼는 마차와 마차 끄는 소를 내주었다. 도가 "일 보러도 왔지만 소박하게 관광할 셈이니 거창하게 챙기지 마."라고 말렸으나 간식에

술에 시종, 시녀, 소몰이꾼까지 딸려주었다. 기분이 하늘을 찔러 입이 귀 끝에 걸렸다.

기실 도는 오늘 송제왕부에 불쑥 나타났다. 그 정체가 딱 '낮도깨비 같은' 제 왕비감 자랑을 시작으로 인명부 원상복구, 원조 꼬마 양이 뒤 봐주기 청탁 등으로 송제를 퍽 성가시게 했다.

그러나 송제는 행복했다. 도가 작정하고 대련해주어서였다. 건강한 도는 전날 송제와 붙었을 때와는 완전히 달랐다. 송제가 날뛰는 대로 받아주었다. 용맹한 저승 시왕 가운데에서도 무인으로서 첫손에 꼽히는 송제에게 마음껏 기량을 발휘하도록 유도하면서 척척 합을 맞춰줄 고수는 삼계를 통틀어 도 이외엔 없었다. 그러니 송제는 도와의 실력 차에 분해하면서도 한껏 신난 상태였다.

"형님, 다음에는 꼭 말미를 두고 연락 주십시오. 제가 제대로 대접하겠습니다. 다음에는 형수님께서 심심하시지 않게 왕부 여인들에게도 손님맞이 준비를 철저히 시킬 테고요. 그러니 다음에도 형수님과 함께 오셔서 저와 꼭 붙어주십시오."

"아암. 나도 아우와 몸을 푸니 즐겁던걸? 종종 와서 기분 전환도 하고 우애도 다져야겠어. 다시 볼 때까지 그 꼬마 양이 일 좀 잘 알아봐 줘. 조만간 내가 삼경의 명주를 들고 와 아우와 한잔할 테니."

도는 양이를 먼저 마차로 들여보내고 송제와 간단히 몇 마디 나눴다. 당부를 은근슬쩍 덧붙이자 송제가 열렬히 끄덕였다.

"아무렴요! 형님과 형수님을 맺어준 기특한 아이인데 제가 어찌 소홀하겠습니까? 염려 놓으십시오. 하하하!"

송제는 제 가슴을 탕탕 치며 웃어 젖혔다. 도에게 한 발짝 슬쩍 다가서며 호탕한 웃음을 짓궂은 미소로 바꿨다. 고개를 틀고 도의 귓가에 능글능글 속삭였다.

"한데 형니임, 삼계에 짜하던 소문이 지이이인짜였군요오? 형수님 께서 저렇게 풋풋하시다니요. 이거 범죄 아닙니까? 으흐흣! 더구나 드물게도 깨끗한, 깜짝 놀랄 미인이 아니십니까! 부럽습니다아?"

"흥!"

도는 코웃음 쳤다. 송제의 어깨에 팔을 감았다. 송제를 반쯤 포옹하 는 척하더니 삽시에 팔에 힘을 넣어 송제를 목 졸랐다.

"캑!"

"아무리 예뻐도 떠올리지도 마. 송제왕비 몰래 애인에게 별궁 지어 주려고 금을 사백오십 근이나 빌린 놈이 내 왕비를 멋대로 머릿속에 떠올리다니, 끔찍하게 아까워."

도는 진심과 장난을 섞어 속삭이고 송제의 목에 감은 팔을 풀었다. 송제와 웃음기 띤 시선을 교환했다. 다시 한 번 픽 웃고 마차로 훌쩍 뛰어올랐다.

"내 예쁜 비를 안고서 오붓이 시왕국과 지하국 산천을 뛰어다닐 계 획이었는데, 아우 덕에 편안하고 호사스러운 여행이 되겠군. 뭐, 우마 차 여행도 신선하지. 고맙다!"

"또 오십시오! 매일매일 수련하며 삼경산(産) 명주를 학수고대하겠 습니다!"

"오냐."

도는 시원스레 답했다. 마차 앞에 앉은 소몰이꾼에게 손짓했다.

"이만 출발하라."

"네, 전하. 이랴!"

소 끄는 우부가 고삐를 당겼다. 기운차게 울려 퍼지는 소몰이 소리

에 세 마리 푸른 소가 두툼한 발을 뗐다. 싸아악. 거대한 마차 날이 제
삼 한빙지옥의 눈과 얼음을 지치며 미끄러졌다.

✻✦✻

마차는 순조롭게 달렸다. 극락과 저승을 잇는 삼천리 물길을 거슬
러 올라 시왕국 입구이자 출구인 연추문을 통과했다.

도는 혼야일 때도 당혜일 때도 지계에 와보지 못했던 양이를 배려
했다. 경치가 좋으면 소를 걷게도 하고 쉬게도 했다. 엿새에 걸쳐 저
승을 서에서 동으로 가로질렀다. 황천수 너른 물에 이르러 마차에서
내렸다. 송제가 붙여준 이들과 마차를 물가에 남겨두었다. 양이와 단
둘이 물을 건너기로 했다. 지난날 양이를 살리려 다급히 혼자 갔던 길
을 양이와 더불어 느긋이 되짚는 셈이었다. 조금 이상하고 많이 두근
거렸다.

도와 양이는 앞서거니 뒤서거니 하며 우윳빛 개울, 금빛 시내, 핏빛
강을 헤엄쳤다. 향기롭고 비옥한 서천 뭍에 접어들었다. 물 주는 아이
들에게 에워싸여 서천 꽃감관 신산만산 할락궁이를 만났다. 신분을
밝히고 간단히 인사를 나눈 뒤 송제가 챙겨준 서신을 건넸다.

송제는 삼계를 통틀면 그 위상이나 명성이 도에 미치지 못했다. 그
러나 이곳은 지계였다. 송제는 저승을 다스리는 군주 가운데 한 명이
므로 지계에 거주하는 선인에게 발휘하는 힘은 도보다 위였다. 하여
송제는 할락궁이에게 보내는 서신을 도에게 챙겨주었다. 서신에서 도
와 양이, '꼬마 양이' 삼자 사이에 얽힌 일을 간략히 설명했다. 도와 양
이에게 무엇이든 편의를 보아주기를 권했다.

"허어. 이런 사연이 있으셨사옵니까? 참으로 놀랍고 재미난 인연이옵니다. 삼계에 위명 높으신 수경화왕께서 반려를 얻으셨다니, 경하드리옵니다."

할락궁이는 서한을 곱게 접어 내려놓으며 환한 미소로 둘을 축하했다. 도와 양이와 덕담을 몇 마디 나누고 조심스레 운을 뗐다.

"누군가를 어버이로 삼아 새 몸을 받는 일은 인과와 인연, 삼신할머니께서 내리시는 결정에 달린 일이지 저같이 평범한 감관이 논할 일은 아니옵니다. 다만 아이가 새 몸을 받기까지 보살핌이 필요하므로 곁에 두고 심부름시키며 살피고 떠나보내기를 오래 한즉, 저 같은 일개 꽃감관도 알게 된 바가 있사옵니다."

"그게 무엇인가요?"

양이는 호기심으로 눈을 빛내며 정중히 물었다. 도와 정식으로 혼례를 올리면 수경왕비로서 삼계에서 손꼽히는 지고한 신분이 될 터였다. 하나 지금이야 혼례 전이고 대외적으로 '수경왕비 김양이'는 삼십 년도 채 살지 못한 아기 알도깨비이기에 양이는 할락궁이를 존대했다. 그 예의 바른 태도에 할락궁이가 밝게 미소했다.

"허허, 본디 '양이'처럼, 아니, '꼬마 양이'처럼 새 부모를 만나기까지 시간이 유독 걸리는 아이가 있사옵니다. 곁에 두고 오래 살피면 그 까닭을 짐작할 수도 있사옵지요. '꼬마 양이'는 자질이 빼어나서 새 몸을 쉬이 못 찾는 경우이옵니다."

"자질이 빼어나다?"

도가 한 구절을 되짚었다. 할락궁이가 차분히 설명을 이었다.

"그렇사옵니다. 꼬마 양이는 생을 거듭하며 성장하여 이제 영격(靈格)이 높아졌사옵니다. 그러기에 이십여 년 전에도 수경왕비님 되실

481

분과 소통할 수 있었을 테고요."

"아."

양이는 이십여 년 전을 더듬어보았다. 그때 자신은 어떤 모습을 취할지 정하지 못한 채 정기 형태로 희미하게 일렁였다. 풍경에, 엷은 공허에 녹아들어 웅크렸다. '꼬마 양이'는 맥없이 둥둥 뜬 그 덩어리로 손을 뻗었다. 방긋 웃었다.

「빛아, 예쁜 빛아, 안녕? 넌 누구니? 난 '양이'야.」

양이는 그때 지쳐 있었다. 자신을 알아보는 꼬마 양이 곁에 별 뜻 없이 떠다녔다. 아이가 자신을 알아보고 먼저 말을 걸기에 별 뜻 없이 몇 마디 대꾸도 했다.

그러나 꼬마 양이는 그 며칠 뒤 폐렴으로 입원했다. 몇 주간 잡히지 않는 병세에 시달리다 뒤따르는 합병증으로 죽었다. 뜻 모를 걱정으로 주위를 맴돌던 양이에게 그 어린아이가 제 죽음을 스스로 직감하고 먼저 부탁했다. '네가 내가 되어달라.'고. 마치 저를 맴도는 그 빛이, '양이'가 무엇이며 무엇을 할 수 있는지 이미 다 안다는 듯이. 그 일만 따져봐도 꼬마 양이는 인간으로 다시 나기엔 영격이 높았다.

"기억나는 바가 있으시옵니까?"

양이가 묘한 반응이자 할락궁이가 넌지시 물었다. 양이는 느릿하게 고개 저었다. 앞으로 외부에 알릴 설정상, '잘 기억난다.'고 할 수야 없었다.

"그냥요, 신기한 이야기라서요."

도는 양이의 머리를 쓰다듬었다. 이야기가 이상한 방향으로 새지 않도록 재빨리 화제를 돌렸다.

"흐음, 인계에 다시 나기엔 영격이 높다면 영계에 나면 될 터인데? 그 아이는 어떤 연유로 부모를 만나지 못하는 겐가?"

"애매하기 때문이옵니다."

양이와 도가 의아한 표정이자 할락궁이는 빙그레 미소 지었다.

"꼬마 양이는 이제 갓 인계를 벗어날 수준이옵니다. 영적 존재와 교통할 능력이 되므로 인계에 다시 나기는 곤란하옵니다. 그랬다가는 인계를 떠도는 삿된 것들에게 잘못 꼬드겨져 시달리기 십상이옵지요. 그렇다고 죄지어 유배 보내는 선인마냥 영력을 강제로 짓눌러 인계로 내보낼 수도 없는 노릇 아니옵니까?"

"반드시 천계나 지계에 태어나야겠네요."

꼬마 양이가 삿된 것에게 시달릴 수도 있다니, 양이는 숨죽이며 눈을 크게 떴다. 평소 잔걱정을 하는 편이 아닌데도 조마조마하고 걱정스러웠다.

도는 양이의 어깨를 부드럽게 안았다. 그 어깨를 다독이며 입을 열었다.

"무슨 사연인지 알겠네. 영격만 높고 지혜나 덕이 부족하면 영계 축생이나 영물로라도 새 몸을 받을 터인데 그 아이는 제법 영특하고 선한 업도 많이 쌓은 모양이군. 그러니 천계나 지계에 선인(仙人)으로 나야 하건만, 이제 갓 인계를 벗어나는 처지이니 선계에 인연 닿은 자가 드물 수밖에."

"영민하시옵니다, 전하! 짐작하신 대로이옵니다. 선계에 인연이 없거나 있어도 미약하옵지요. 그러면 삼신할머니께서도 쉽사리 성불꽃을 쥐여주실 수가 없으시옵니다."

"인연의 오색실……."

양이가 중얼거렸다. 할락궁이가 의외라는 표정을 지었다.

"아시옵니까?"

"아! 도깨비 친구가 이것저것 책을 빌려줘서요, 책에서 봤어요. 연인이 붉은 실로 이어졌다면 부모와 자식은 오색실로 이어졌대요. 삼신할머니께서는 그 오색실을 볼 수 있으시고요. 서로 그 실이 가늘게라도 이어졌다면 그로써 무지개다리를 짜낼 수 있으시대요. 무지개다리를 또 태몽에 엮어 아이를 부모에게 내려보내시고요."

'책에서 봤다.'는 말은 거짓이 아니었다. 양이는 각성 전에 그 내용을 책에서 읽었다.

할락궁이는 오랜 세월 어린아이를 돌본 선인다웠다. 한순간에 서천유치원 꽃님반 선생이 되어 함박웃음을 터뜨렸다. 손뼉까지 치며 아낌없이 양이를 칭찬했다.

"책을 읽으셨군요. 정말로 장하시옵니다! 그래야 나날이 지혜가 자라나는 법이지요. 맞사옵니다! 정확히 기억하고 계시옵니다. 그 오색실이 엷게라도 이어져야 부모 자식 사이가 될 가능성이 있지요. 그래서 꼬마 양이 같은 아이들은 저나 다른 저승 신 아래에서 잔심부름하며 선계와 인연을 맺사옵니다. 여기 서천으로 말씀드리자면, 지난해에도 그러한 인연 맺음으로 이곳 아이가 선계에 났사옵니다. 서해 용왕국에 사는 귀부인이 수년 전 우리 서천에서 난 약재로 병을 고치더니 지난해에 회임하였지요."

"아! 거기까지는 몰랐어요. 그래서 바리 님이나 오늘이 님, 할락궁이 님께서 아이들을 시동으로 쓰시는군요!"

그건 양이도 도도 모르던 일이었다. 도조차 흥미로워하며 눈을 빛냈다. 할락궁이가 신이 나 줄줄이 이야기를 덧붙였다.

"관련된 저승 신 몇몇이 아니면 대부분 그런 사정까지야 모르옵지요. 하여 '아동 노동력 착취가 아니냐.'는 오해도 많이들 하옵니다. 우리 아이들은 하루에 세 번 꽃밭에 물 줄 때 빼고는 마음껏 뛰노는데도요. 가끔 억울하옵니다. 허허허허."

"하하! 그거 곤란하겠군."

"어머, 어쩜……!"

할락궁이는 "억울하다."면서도 입을 벙싯 벌려 자그르르 웃었다. 도와 양이도 그 웃음이 옮아 소리 내어 웃었다. 할락궁이가 웃음을 순한 미소로 바꾸며 물었다.

"지금 시각이면 꼬마 양이도 뛰놀고 있을 것이옵니다. 안으로 부를까요?"

"어때? 바로 볼래?"

도는 양이와 시선을 맞췄다. 양이는 머뭇댐 없이 도리질했다.

"아니요. 노는 시간이라는데 방해하기 싫어요. 우리가 직접 가요."

✻✻✻

"꺄아!"

아이가 놀았다. 푸른 꽃 널리 핀 들에서 폴짝폴짝 뛰고 울긋불긋 둥근 바위 위에서 팔랑팔랑 날고 쭉쭉 선 나무 위 휘움하게 뻗은 무지개 아래에서 가지가지 붙잡고 휙휙 그네 탔다. 아이마다 웃음은 햇살 같고 숨결은 꽃 같았다. 밝고 맑고 고왔다.

"다들 사랑스럽네요."

양이는 뺨이 풀렸다. 뛰노는 아이들을 흘리어 바라보았다. 도 역시 돌보고 지키는 성품을 타고난지라 천진난만한 아이란 언제나 마음에 흐뭇했다. 도도 사방팔방 노는 아이들을 즐거운 낯으로 둘러보았다.

"아이란 다 예쁜 법이오나 우리 아이들은 특히나 맑은 영혼이라 순하고도 밝사옵니다. 어디 보자……."

할락궁이는 자랑이 밴 태도로 말했다. 고개를 돋우고 둘레둘레 살폈다.

"여러 아이가 색동 바람개비처럼 휘노니 한 아이를 찾기가 쉽지 않사옵니다. '양이'를 부를까요? 부르면 바로 올 것이옵니다."

"아닐세."

"아니에요."

도와 양이는 동시에 말했다. 의견 합치를 보고 서로를 향해 씨익 웃었다.

"이심전심. 부부는 일심동체라."

도는 유쾌히 평했다. 양이의 정수리를 쓱쓱 쓰다듬었다. 할락궁이에게 뜻을 전했다.

"아이가 노는데 방해할 수야 없지. '꼬마 양이'라면 내 약혼녀가 어릴 적 모습 아니겠는가? 직접 찾아보겠네."

"오오, 그것도 재미난 일이겠사옵니다! 뜻대로 하소서."

할락궁이는 손뼉을 짝 쳤다.

"저어, 꽃감관님."

잠자코 섰던 양이가 조심히 운을 뗐다. 할락궁이와 도가 시선을 주자 배시시 웃었다.

"우리가 이대로 돌아다니면 놀던 아이들이 낯선 모습에 놀라 멈추지 않을까요?"

"그건 그렇사옵니다. 호기심이 많으니 몰려들 것이옵니다."

"저어, 그렇다면……."

양이는 자신이 떠올린 방식이 실례가 아닐까 걱정이었다. 주저주저했다. 그러나 할락궁이가 짓는 자상한 미소에 용기를 얻었다. 뒤를 붙였다.

"실례가 아니라면, '도깨비감투'를 쓰고 몰래 이 꽃밭을 돌아다니고 싶어요. 괜찮을까요?"

양이는 묻고 재빨리 덧붙였다.

"조금이라도 불편하시면 하지 않고요."

"허허허!"

할락궁이는 너털웃음을 터트렸다. 손을 내저었다.

"불편하다니요, 만부당한 말씀이시옵니다. 서천은 숨길 바 없이 탁트인 한가하고 평화로운 곳이옵니다. 경계할 자가 있다면 꽃 서리범 정도이온데 수경왕 전하시라면 공적으로 요청하셔도 제가 얼마든지 꽃을 내드릴 분이오니 몰래 캘 일이 있으시겠사옵니까? 두 분이시라면 이곳에서 어찌 다니신들 좋사옵니다. 오히려 노는 아이를 배려해주시어 감사하나이다."

할락궁이는 아예 자리를 떴다. 말이야, "죄송하옵니다만 시간에 맞춰 말려야 할 꽃이 있어 손보러 가고 싶사옵니다." 했다. 그러나 양이와 도가 느긋하게 꼬마 양이를 찾고 또 놀 수 있도록 자리를 비켜주는 정황이 분명했다.

꽃동산이 화려한 저편엔 아이가 뛰놀고 서천 꽃감청이 선 이편엔 양이와 도 둘만 남았다. 둘은 도의 소맷자락에서 도깨비감투를 꺼내

썼다. 서로 잃어버리지 않도록 손을 잡았다. 꽃이 흐드러진 들과 동산을 거닐었다. 거닐다가, 뛰노는 아이들과 부딪치지 않으려 둥둥 떠다녔다.

"미니어처 찐빵, 아니, 꼬마 양이 기억나?"

도는 약선동자를 가장하여 이곳을 찾았던 날을 떠올렸다. 제게서 색동옷을 받고 뺨을 붉히며 달아나던 꼬마 양이가 기억에 생생했다. 흐뭇한 웃음이 볼 끝까지 걸렸다.

양이는 아이들이 뛰노는 꽃밭 사이사이를 유심히 살피며 답했다.

"기억나요. 찾을 수도 있을 것 같고요. 변신을 풀기 전까지 제 모습이 그 아이 모습이잖아요. 제가 쓰던 변신 주술은 꼬마 양이를 기본 형태로 삼되 시간이 흐르면서 평범한 인간 여자처럼 서서히 몸과 얼굴이 변하게끔 설계했거든요. 평범한 인간 여자만큼 키가 자라고 몸무게가 붙고 얼굴이 어른스러워지고 피부가 노화하고……. 지금이야 제가 변신을 풀었지만, 어쩌면 저는 몸만 자란 수준이었을걸요?"

"하하! 몸만 자랐다? 하하하!"

도는 웃음을 터트렸다. 그 말 그대로였다. 꼬마 양이를 처음 보았을 때 '완벽한 미니어처 찐빵'이라고 생각했으니까.

"으응? 왜 웃으세요?"

양이는 이게 그렇게 웃을 일인가 싶었다. 무언가 다른 사연이 있는 듯해 고개를 갸웃거렸다.

"나중에 이야기해줄게. 사연이 좀 있어."

짧게 끝날 이야기가 아니었다. 도는 답을 미뤘다.

걷기도 날기도 하던 둘은 아이들이 하도 사방팔방으로 뛰어대자 부딪힐 일이 없도록 고도를 높여 날았다. 도는 굵직한 나무우듬지를 발견했고 양이의 손을 꼭 잡고 고도를 더 높였다. 우듬지에 자리 잡았다.

"여기서 찾자. 전망대 같아서 좋네."

"그럴까요?"

양이와 도는 굵은 나뭇가지 위에 나란히 걸터앉았다. 양이는 눈앞을 가리는 나뭇잎을 손등으로 밀치며 이리저리 고개 돌렸다.

"아이들이 다 서너 살에서 기껏해야 대여섯 살이라 덩치가 비슷하네요. 솔직히 다 그 애가 그 애 같아서……. 으음, 이거 '월리를 찾아라 4' 같아요. 숨은 그림 찾는 기분이에요."

"나도 그래. 우리 내기할래? 진 쪽이 먼저 찾는 쪽에게 안마 삼십 분 해주기."

"와아, 좋아요."

내기할 기회를 지나치면 도깨비가 아니었다. 화화에 살며 내기 문화에 익숙해진 양이가 선뜻 제안을 받아들였다. 그 답이 떨어지기가 무섭게 도는 나뭇가지 위에 벌떡 일어서서 시야 거리부터 넓혔다.

"목숨 걸고 찾아야겠군. 가뜩이나 각방이라 스킨십도 부족한데. 엇, 잠깐! 지는 편이 이득인가? 내가 해주는 편이 좀 더 진하게……."

"으악! 방심했어! 이 능구렁이! 이기든 지든 사장님 뜻대로잖아요! 내가 왜 이 내기를 받아들였지?"

양이는 이마를 턱 짚었다. 투명해서 보이지 않지만 도가 있다 싶은 쪽을 흘겨보았다. 어차피 집으로 돌아가면 풀어주려던 각방 처분이라 반쯤 웃기야 했다. 그러면서도 보이지 않는 도를 투정하듯 퍽 때렸다. 팔을 때렸는지 가슴을 때렸는지 어디가 때려지긴 했다.

"푸하핫! 아냐, 아냐. 일단 네가 이겨 봐. 그럼 피로가 싹 풀어지도록 '순수하게' 안마해줄 테니까. 내가 '못하는 일이 없다.'고 했지? 나 안마도 엄청나게 잘해."

"흐으음, 각방을 쓴 지 이만큼이나 됐는데 아직 참으실 수 있다 이거죠? 아, 자존심 상해. '순수하게 안마해주겠다.'니 이거 이겨야 하나 져야 하나? 갑자기 헷갈리네요?"

양이는 웃음기를 숨기지 않으며 농을 걸었다. 도가 큭큭대며 웃었다.

"무슨. 왕비님 앞에서 내 의지력은 습자지만도 못해. 그러니 도발하면 위험할 텐데? 기린도 울고 갈 나무 위에서 도발하다니, 내 왕비님은 취향도 독특하고 배짱도 두둑한걸? 만년이 지나도 언제나 신선하시겠어."

"깔깔!"

양이는 낯을 빨갛게 물들이며 웃어댔다.

그러나 둘은 농담을 거기서 멈췄다. 이 둘은 내기 보상이야 어쨌든 내기를 하면 이기고 봐야 하는 도깨비족이었다. 입을 꾹 다물었다. 눈에 불을 켜고 아이들을 살폈다. 키부터 다 고만고만한 아이들이 알록달록한 꽃과 나무 사이를 정신없이 달리고 날고 뛰어오르니 보통 집중력으론 찾기가 쉽지 않았다. 둘은 꽃밭 사이를 눈으로 마냥 헤맸다.

"엇! 저기다! 앗싸, 내가 이겼다!"

도는 환성을 지르며 나뭇가지 위에서 폴짝 뛰어올라 한 바퀴 재주넘었다. 나뭇가지가 휘청휘청 흔들렸다.

"으앙, 졌어! 어디예요?"

나무가 크게 흔들렸지만 양이는 안전하게 균형을 잡고 섰다. 변신을 풀면서 신체 능력이 보통 인간과 비교할 수 없을 만큼 높아져서였다. 양이는 다만 길게 목을 뺐다. 이리저리 기웃댔다.

"저기 한 바퀴 꼬이며 서쪽으로 휘어 오른 나무 주변에. 꽃무늬 비치는 색동옷 입은 애! 어어, 뛴다!"

"아, 찾았다! 와아, 진짜 조그맣다!"

저쪽이 원조이건만 양이는 저 꼬마 양이가 마냥 신기했다. 저도 모르게 탄성을 질렀다. 따르르 뛰는 아이를 넋 놓고 눈으로 좇았다.

"으으, 귀여워! 아, 어떡해! 뛰는데 팔다리가 짧아요. 짧아도 너무 짧아! 기분이 이상해. 줄어든 저를 보는 것 같아요. 아아, 귀여워!"

양이는 연신 깍깍대었다. 도는 웃음을 터트렸다. 도가 봐도 둘이 서로 크기만 다를 뿐 형태는 고스란히 찍었다 싶었다. 물론 양이가 훨씬 더 예뻐지긴 했지만.

"지금 저 애가 입은 옷, 내가 준 옷이다?"

아이용으로 주술을 걸어둔 상태라, 그 옷은 도가 주고 간 지 몇 달이 되었으나 여전히 깨끗하고 반짝반짝했다. 도는 저 색동옷을 꼬마 양이에게 이리저리 대보던 일을 떠올리며 웃음 지었다.

"으응? 언제 저 아이를 본 적 있으세요? 혹시 제가 아파서 약초 구하러 가셨을 때?"

"응. 그때 약선동자로 변신해서 여기 왔거든. 자세한 이야기는 나중에 해주겠지만 어쨌든 그때, 너는 아프지, 나는 마음이 급하지, 네 정체를 알아내면 치료에 도움될까 싶어 급한 마음도 참아가며 송제에게 확인하니 너는 죽은 인간이라지, 머릿속이 온통 어지럽던 차에 꼬마 찐빵이 위안이었어."

도는 꼬마 양이를 품에 폭 안고서 뺨에 입 맞추던 순간을 기억해냈다. 어찌나 따뜻하고 보드랍고 작고 폭신폭신하던지! 갓 구운 식빵,

아니, 갓 찐 찐빵을 품에 안은 기분이었다. 그 황홀한 기분을 떠올리자 모락모락 망상이 피어올랐다. 왕비 찐빵을 필두로 미니 찐빵 하나, 미니 찐빵 둘, 미니 찐빵 셋……. 미니 찐빵 세트가 자신에게 대롱대롱 매달린 장면을 떠올렸다. 마음이 어릿어릿하고 달콤한 한숨이 새었다.

"하아……. 우리 애는 몇 낳을까? 난 도 이세라면 싫지만 찐빵 이세라면 백 명쯤 돼도 소처럼 벌어서 먹여 살릴 수 있어."

도는 이미 찐빵 천국 속이었다. 눈빛이 몽롱했다.

"'전하'는 돈을 버시기보다는 정무에 집중하셔야지요. 그리고……."

양이는 꼬마 양이를 눈에서 놓칠세라 그쪽에 신경을 곤두세우고 있었다. 도가 대체 어쩌다 어떤 생각에 빠져들어 저런 발언을 하는지 알지 못한 채로 어영부영 답했다.

"무엇보다 신첩은 백 명을 낳을 자신이 없어요."

"아냐. 자신감을 가져! 넌 태생이 사물이 아니니 순도깨비라고야 못 해도 능력은 순도깨비에 버금가. 공허를 실체화하는 능력을 보면 창조술도 뛰어나고. 그러니 해봐야 알 일이지만, 난 우리가 아이를 낳을 수도 알을 만들 수도 있다고 생각해. 우린 둘 다 강하니까 한 번에 한 판씩 찐빵을 만들 수도 있을걸? 그럼 백 개쯤은 일도 아냐. 세 판만 만들면 얼추 백 개!"

도는 미니 찐빵으로 가득한 '찐빵 천국'을 향한 야심을 포기하지 않았다. 백 명은 자신 없다는 양이를 설득하려 들었다.

"아이를 지금 이상한 단위로 세지 않으셨어요?"

양이는 순간 꼬마 찐빵을 놓치며 도 쪽으로 고개 돌렸다. 보이지 않는 도에게 볼을 뿌우 부풀렸다.

"늘 바른 언어생활을 추구하는 내게 '이상한 단위'라니. 기분 탓이야."

"오호?"

양이는 픽 웃었다. 연달아 짧게 한숨 쉬었다. 웃음기를 거둬낸 어조로 말했다.

"저는 열 명 이상은 싫어요. 아이가 손가락과 발가락을 합한 머릿수를 넘어가면 부모라도 아이를 기억하지 못하거든요."

도는 주춤했다. 양이가 한 말에 곧장 답하지 못했다. 수라 혼야의 부왕인 수라 태흑에게는 부인이 셀 수 없이 많았다. 자식 또한 셀 수 없이 많았다. 혼야는 그 가운데 태흑의 비도 빈도 아닌 존재감 없는 후궁에게서 난 딸이었다. 그렇게나 아름답고 재능이 넘쳤는데도 무수히 많은 형제자매 사이에 파묻혔다. 부왕에게선 관심을 받지 못했고 모친은 냉정했다. 도는 그 사실을 깨달았고 그 즉각 이전 발언을 철회했다. 축 처진 분위기로 구구절절이 사과해봤자 역효과일 터이므로 부러 목소리를 밝게 내었다.

"하긴, 적게 낳아 듬뿍 사랑하는 쪽도 좋지! 생각해보니 셋이 적절하겠어. 널 품에 안고 한 명은 등에 업고 나머지는 어깨에 한 명씩 얹으면 적절하잖아. 아아, 따끈따끈 말랑말랑! 품에도 찐빵, 등에도 찐빵! 우리 왕비님 생각은 어때? 셋까지는 괜찮을까?"

"깔깔! 자식까지 전부 찐빵이라고 부를 셈이세요? 아, 정말이지……. 아우, 네, 좋아요. 셋이면 딱 좋네요."

양이는 도가 순식간에 세운 가족계획에 순순히 동의했다. 숨죽여 웃었다. 아마도 도는 훗날 '아바마마께서 만날 놀리신다.'며 예민한 사춘기 자녀에게서 원망을 한몸에 받을지도 몰랐다.

'그러면 엄청나게 풀 죽어 내게 징징대실지도.'

양이는 더욱 진하게 웃었다. 시선을 도에게서 꽃동산 쪽으로 되돌렸다. 놓쳤던 꼬마 양이를 다시 찾으려 부지런히 눈을 굴렸다.

"꺄아! 저기 숨어야지!"

또롱, 또로롱. 방울 같은 목소리가 날아들었다. 매끄러운 오색이 눈앞으로 휙 돌진했다.

"허어."

"어?"

도와 양이는 작게 소리질렀다. 나란히 선 둘의 정 가운데로 오색 덩어리가 휙 날아들었다. 따질 것 없이 뛰고 날며 노는 아이 중 한 명이었다. 둘은 애먼 아이가 보이지도 않는 자신들에 걸려 다치지 않도록 오히려 어깨를 착 붙이고 섰다. 각각 팔을 하나씩 뻗고 몸을 살짝 뒤로 뺐다. 날아드는 아이를 안전하게 끌어안았다.

"꺄아! 아아? 까르륵!"

아이는 투명한 벽이 몸을 가로막고 보이지 않는 팔이 자신을 끌어안는데도 무서워하지 않았다. 예상치 못한 일에 까만 눈이 댕그래지긴 했으나 무서워하기보다 즐거워했다. 보이지도 않는 도와 양이의 품에 뺨을 비볐다. 튀어 오르는 물방울처럼 웃었다.

"무지개 꼬리! 안 보이는 구름! 단단한 구름! 꺄아!"

아이는, 꼬마 양이였다. 아이는 암호 같은 문구를 연달아 외치더니 도의 가슴에 이마를 문댔다. 양이의 옷자락을 잡고 흔들었다.

"구름아, 단단한 바람아, 나 숨겨줘! 나 숨바꼭질하고 있어!"

꼬마 양이는 둘의 품에서 톡 뛰어내려 도의 발등에 내려섰다. 도와 양이의 발치에 꼬물꼬물 웅크리며 또 웃었다.

"단단한 구름아, 넌 안 보이니까 나도 안 보이게 해줘! 나도 숨겨줘!"

꼬마 양이는 이번엔 양이의 치맛자락을 흔들었다. 도와 양이는 서로 말없이도 같이 행동했다. 무릎을 굽히고 몸을 낮춰 쪼그려 앉았다. 꼬마 양이를 투명한 몸으로 끌어안았다. 꼬마 양이는 보이지도 않는 품에 거부감 없이 안겼다. 양이의 치맛자락, 도의 두루마기 자락 속으로 꼬물꼬물 파고들었다. 자그마한 몸이 도깨비감투를 쓴 두 도깨비에게 완전히 파묻혀 도깨비와 마찬가지로 보이지 않게 되었다. 도, 양이, 꼬마 양이, 셋은 보이지 않는 채로도 하나로 둥글게 뭉쳤다.

"히힛. 재밌다!"

꼬마 양이는 숨죽여 웃으며 작게 외쳤다. 도와 양이의 비단 옷자락이 마음에 드는지 자꾸만 그 섶에 뺨을 비볐다.

"단단하고 부드러운 구름아, 고마워. 오늘은 내가 일 등 할 거야! 이히힛! 여기 숨으면 아무도 못 찾을걸?"

"숨바꼭질하고 있니?"

"으응? 아, 언니 구름이다. 네!"

양이가 웃음을 누르며 넌지시 묻자 꼬마 양이는 품에 안긴 채 고개를 갸웃 기울이더니 씩씩하게 답했다.

"우리가 왜 '구름'이야?"

도는 꼬마 양이의 등을 토닥이며 물었다. 따뜻하고 말랑말랑한 찐빵이 제 다리에서 꼬물대니 귀여움에 입이 자꾸 귀에 걸렸다.

"오옹, 이쪽은 오빠 구름이구나. 안녕하세요, 구름은 높은 곳에 떠 있으니까 구름이에요. 나뭇가지 끝에 걸려 있어요."

꼬마 양이는 또랑또랑하게 답했다. 묘하게 논리 정연한 대답이었다.

도는 아이가 귀여운 만큼 도깨비다운 장난기가 발동했었다. '왜 구름이냐?'고 물을 때만 해도, 구름이 아니라는 사실을 고백하고 아이를 살짝궁 놀리고 놀래줄 계획이었다. 그러나 아이가 이만큼이나 귀엽게 굴자 간이 사르르 녹았다. 놀랠 마음마저 녹아버렸다. 그저 꼬마 양이를 꼭 끌어안았다. 다정스레 말했다.

"색동옷이 참 예쁘던데?"

"응! 예쁘죠? 약선동자가 줬어요."

꼬마 양이는 자랑스레 말했다.

"약선동자는 약선 할아버지 제자예요. 약초를 얻으러 우리 서천꽃밭에 왔다가 옷나무에서 수확한 옷을 줬어요. 약선 할아버지네 옷나무 텃밭에 풍년이 들었대요. 구름님도 아셨어요?"

"으응. 그랬구나. 옷나무 텃밭에 풍년이 들어서 우리 꼬마 아가씨도 예쁜 색동옷을 받았구나. 약선 할아버지가 보낸 약선동자에게서."

도는 꼬마 양이가 하는 말을 자분자분 받아주었다. 꼬마 양이는 히히 웃으며 도와 양이의 품으로 더더욱 파고들었다. 목소리를 줄여 한껏 조그맣게 속삭였다.

"그 애가요, 약선동자가요, 나한테 뽀뽀도 했어요. 까아!"

꼬마 양이는 묻지도 않은 일까지 고백하고는 탄성을 질렀다. 부끄러운 듯 도리질 쳤다.

"으웃……."

그 순간 도는 신음했다. 부르르 몸을 떨었다. 극치에 달한 귀여움을 연달아 접하자 몸서리가 쳐지고 입이 귀에 걸리다 못해 입가에 경련이 일었다. 팔에 힘이 쭉쭉 빠졌다.

'우리 사장님, 역시 귀여움에 약하시구나. 월주 언니 가르침을 하루 빨리 익혀야겠어. 약간 귀찮기야 하지만 조금 배워 부부 생활이 평화롭고 안온해진다면야.'

양이는 귓가로 들리는 도의 신음과 맞닿은 팔로 느껴지는 도의 오두방정에 새삼스레 학습 의지를 되새겼다. 안 하던 짓을 할 생각을 하니 귀찮기 짝이 없었지만 꾹 참고 정진하여 애교 스킬을 겸비한 만렙 왕비 찐빵이 되어볼 생각이었다.

"그런데요, 언니 구름님, 오빠 구름님, 저요, 궁금한 게 있어요."

꼬마 양이는 도와 양이의 위치를 얼추 파악했다. 양손에 둘의 옷자락을 한 움큼씩 쥐고 흔들었다.

"으응?"

"우리 꼬마 아가씨가 뭐가 궁금할까?"

양이와 도는 꼬마 양이가 무엇을 묻든 답해줄 자세가 되었다. 목소리를 부드럽게 낮췄다. 꼬마 양이는 저를 향한 호의를 읽고 헤헤 웃었다. 즐거운 듯 양이의 치맛자락을 팔랑팔랑 흔들었다.

"있잖아요, 구름님은 왜 얼굴은 안 보이시는데 꼬리는 보이세요?"

"꼬리?"

양이는 꼬마 양이가 일으키는 진동, 움직임으로 꼬마 양이가 쭈그리고 앉은 모양을 가늠했다. 허공을 잠깐 더듬다가 금세 꼬마 양이의 머리를 찾아냈다. 보들보들한 머리칼을 쓰다듬으며 물었다.

"뭐가 보이니?"

"네, 꼬리요."

꼬마 양이는 도의 다리에 기대어 이마를 끄덕거렸다. 도깨비감투가 힘을 미치는 영향권 밖으로 불쑥 팔을 뻗었다. 양이와 도의 품에서 벗어난 팔이 허공에 둥둥 떠올랐다.

"꺄! 내 팔! 보인다! 까르륵!"

꼬마 양이는 그 모습에 자지러지며 웃더니 허공을 휘저어 무언가를 움켜잡는 시늉을 했다. 작은 손이 무언가를 넘칠락 말락 그러쥔 모양이 되었다.

"이 꼬리요. 무지개 꼬리. 이걸로 언니 구름님이랑 오빠 구름님이 절 잡아당겼잖아요. 그래서요, 제가요, 이 나무 위를 봤어요. 숨기 좋아 보였어요. 그래서 제가 여기로 숨으러 왔어요. 이 무지개 꼬리를 보고."

꼬마 양이는 불쑥 튀어나온 팔로 무언가를 흔들었다. 정말로 꼬리 같은 물체를 쥐고 흔드는 듯했다. 그러다 숨바꼭질을 하는 술래가 주변을 휙 날아가자 "아코!" 하며 후다닥 도의 두루마기 자락으로 팔을 숨겼다. 까르륵 웃었다. 웃음결에 조그맣게 중얼거렸다.

"무지개 꼬리, 예뻐."

— 인연의 오색실을 말하는 걸까?

도가 양이의 머릿속으로 은밀히 말을 보냈다. 양이는 일단 도에게 답하지 않았다. 죽은 인간 아이가 선계에 다시 태어나는 과정을 설명 들었을 때, '인연이 그런 식으로 이어진다면 혹시 우리가 꼬마 양이를 데리고 있다 보면……' 하는 생각이 뇌리를 스쳤다. 그러나 꼬마 양이도 태어날 자리가 있다면 어서 태어나는 편이 가장 좋고 인연이 억지로 잇는다고 이어질 것도 아니었다. 하여 그쪽으로 깊게 생각하지 않았다. 그러나 꼬마 양이 입에서 '무지개', '잡아당겼다.'라는 표현이 나오자 가슴이 두근두근했다.

"무지개 꼬리가, 으음, 있어? 네 눈에, 보여?"

양이는 조마조마하며 물었다.

"네. 예뻐요. 반짝반짝해요. 기이이이이이일쭉한 고양이 꼬리 같아
요. 두 갈래지만 하나로 엮였어요. 오빠 구름 쪽으로 한 갈래, 언니 구
름 쪽으로 한 갈래, 살랑살랑. 하지만 여기서 하나로 엮였어요. 오빠
구름이랑 언니 구름은 붙어 있으니까."

"꼭 붙어 있어?"

도는 웃음기를 숨기지 못했다. 키득대며 물었다. 꼬마 양이가 도의
보드라운 비단 옷자락에 또다시 뺨을 비볐다.

"으응. 꼭 붙어 있어요. 그래서 무지개 꼬리도 하나로 꼭 붙었어요.
있잖아요, 구름님은 그거 아세요?"

"그게 뭔데?"

양이는 제 손바닥 아래에 놓인 꼬마 양이의 머리를 거듭거듭 쓰다
듬으며 물었다.

"친구랑 놀다 보면요, 가끔, '무지개 실이 보인다.'는 친구가 있어
요. 그런 친구는요, 어떨 때는요, 삼신할머니네 선녀님이 데리러 오세
요. 아닐 때도 있지만."

"그래? 너희는 무지개 실이 보이는구나?"

"으음, 전 본 적 없어요. 다른 친구가 봤대요. 요성이도 그랬고 정이
도 그랬어요. 근데 저처럼 이렇게 두꺼운 꼬리를 봤다는 애는 없어요.
이 꼬리도 실이랑 같나요? 이게 뭔지 오빠 구름님은 아세요?"

"하하. 글쎄, 뭘까?"

도는 그 '무지개 꼬리'가 무언지 짐작이야 했다. 그러나 확신할 수야
없었다. 무어라 설명하면 좋을지 몰라 웃기만 했다. 꼬마 양이의 등을
토닥였다.

꼬마 양이는 도의 발등에 쭈그려 앉은 채 꼬물꼬물 움직였다. 서로 보이지 않는 상황에서도 양이에게로 용케 몸을 틀었다. 양이의 치맛자락에 폭 안겨들었다.

"그럼요, 언니 구름님은 아세요?"

양이는 답하지 못했다. 가슴이 저리고 먹먹했다. 꼬마 양이가 제 치맛자락에 안기는 순간, 본능이 가르쳐주었다. 왜 이십 년 전, 어쩌면 유예도 없이 곧장 생을 포기하려 했던 그때, 자신이 꼬마 양이와 만났는지, 왜 그때 꼬마 양이는 자신에게 '네가 내가 되어달라.'고 말했는지, 왜 자신이 그 부탁을 들어주었는지, 왜 꼬마 양이가 지금까지 다시 태어나지 못했는지, 비로소 깨달았다.

자신은, 당혜가 잃었던 조각들은 당혜와 혼야와 도를 모르면서도 이 우주와 또 다른 우주를 돌고 돌아서 결국 이 자리로, 있어야 할 자리로 찾아왔다. 돌고 돌며 각각 또 다른 이야기가, 결국 커다란 이야기 하나가 되었다.

이 또한 마찬가지였다. 비록 지금 당장 모든 것을 알 수야 없었다. 그러나 이 '무지개 꼬리'라는 이야기 앞에도 이 이야기를 낳은 또 다른 이야기가 있을 터였다.

모든 이야기는 오래전부터 시작돼 있었다. 앞으로도 끝없이 꼬리에 꼬리를 물고 이어질 터였다. 도깨비가 끝없이 태어나고 살아가고 여행을 떠나고 또다시 태어나고 또 살아가듯이.

"아가, 언니랑 오빠 품이 좋니?"

양이는 꼬마 양이의 따뜻한 뺨에 입 맞추고 싶었다. 그러나 아직 아이가 보이지 않았다. 머리칼만 쓰다듬으며 넌지시 물었다.

"네!"

꼬마 양이는 양이의 비단 치맛자락을 사락사락 구기며 온 힘을 다해 끄덕였다.

"구름님은 따뜻해요! 좋아요!"

"그럼 같이 갈래?"

도가 참지 못하고 냅다 물었다.

"갈래요! 같이!"

"좋아!"

"그럼 같이 가자."

도도 양이도 망설이지 않고 답했다.

"와아아!"

꼬마 양이가 즐거이 비명 질렀다.

"하하하!"

도는 웃음을 터트렸다. 따악! 손가락을 튕겼다. 양이와 제 머리 위에서 도깨비감투를 날렸다.

"앗, 구름님이 구름님이 아니시잖아!"

꼬마 양이는 입을 쩍 벌렸다. 넋 놓고 둘을 올려다보았다.

도는 양이를 제 품에 안아 들었다. 눈을 깜빡거리는 꼬마 양이를 주술로 번쩍 들어 제 어깨에 얹었다. 품에 든 양이와 눈을 맞췄다.

"삼신할머니를 빨리 만나 뵈어야겠는데?"

"그러네요."

양이는 미소를 머금고 두말없이 동의했다.

"너만 괜찮다면 천계로 직행할까? 실은 조만간 뵙겠다고 삼신할머니께 서신은 넣어놨어. 며칠 안에 방문드리겠다고 통신을 넣고 풍광을 즐기며 이동하면 스무날쯤 걸려. 마차를 끌어줄 이무기를 찾을 수 있다면 더 빨리 갈 수도 있고."

"어느 쪽이든 좋아요. 일단은 꽃감관님부터 뵙고요."

"물론이지. 너는 양모(養母)님을 맞으면서 더없이 귀한 선물을 받겠군. 내게도 똑같이 귀한 선물이지만."

"으응? 구름이 아닌 구름님, 우리 어디 놀러 가나요? 선물 받으러 가요? 선물이 뭔데요? 저도 같이 가나요? 저도 선물을 받나요?"

꼬마 양이는 도의 어깨에 앉아서 기대에 부풀어 입을 벌렸다. 짧은 다리를 첨벙거리며 두 눈을 반짝였다.

"하하하!"

도는 또다시 웃음을 터트렸다.

양이는 아이의 발을 잡았다. 손에 든 작은 발등을 고이 쓰다듬었다. 아이와 눈을 맞췄고 그 마주친 눈 안에서 제 모습을 발견했다. 마음이 편안하고 따뜻했다. 입술에 미소가 머금어졌다. 입을 열었다.

"그래, 가자. 선물 받으러."

도는 고개 숙여 양이의 이마에 입을 맞췄다. 눈을 생긋 휘며 저 아래 흐드러진 꽃보다 더 달콤히 덧붙였다.

"우리 셋이서, 사이좋게."

"와아아!"

아이는 두 팔을 번쩍 들었다. 밝은 환호성이 하늘 높이 날아올랐다.

– 외전 終.

미주

1 만화 명탐정 코난에서 베르무트라는 작중 인물이 즐겨 하는 대사. 원 대사는
   "A secret makes a woman woman."이다. 고쇼, 아오야마, (1996). 명탐정 코
   난. (권. 1~발매 중). [만화 시리즈]. (이희정, 번역). 대한민국: 서울문화사.

2 귀요미송. 원작 가사는 "일 더하기 일은 귀요미". 하리(Hari). (2013). 귀요
   미송. 대한민국: 다날 엔터테인먼트.

3 라미아(Lamia)는 고대 바빌로니아의 대지모신이자 그리스 신화에 등장하는
   괴물로 상반신이 여인, 하반신이 뱀이라고 한다.

4 세계적으로 인기를 끈 그림책 시리즈. 페이지마다 사람과 사물이 작고 빽
   빽하게 그려져 있으며 그 그림 속에서 '월리'라는 캐릭터를 찾는 내용이다.
   Handford, M. (1987). Where's Wally. [그림책]. 영국: Walker Books.

작가 후기

안녕하세요, 이재온입니다.

이 이야기가 왜 시작됐을까요? 곰곰이 돌이켜 보았습니다.

누구나 어떤 순간에는 그렇듯이, 저도 지쳤어요. 조금 공허하고 어디로 가나 싶고 자신이 미웠습니다. 이 속을 바라보고 싶었어요. 정리하고 싶었습니다. 위로도 필요했어요. 예능을 보거나 음악을 듣는 일과 비슷하게, 워드 창을 열고 몇백 자 썼습니다. 두고 잊었죠. 다음에 또 조금 이어 썼어요. 그다음에 또 조금, 또 조금……. 이 글쓰기가 일상에 스몄습니다. 다 썼어요.

이건 누구에게 보이겠다는 생각 없이 시작한 이야기입니다. 장르가 무언지, 독자가 누군지, 고려하지 않았습니다. 때로 불친절하고 때로 무겁습니다만, 그런 부분을 사탕으로 감쌀 생각조차 잘 하지 않았어요. 하지 못했습니다.

그러나 우연한 충동으로 연재했고 묘하게도 지금 종이책 후기를 씁니다.

그 과정에서 멋진 경험을 했습니다. 댓글이나 쪽지, 블로그 안부글 등으로, 놀랄 만큼 길고 소중한 이야기를 들려준 분들이 계셨어요. 이건 저를 위로하려고 시작한 글이었습니다만, 저 아닌 다른 누군가도 저와 같은 감정을 느끼고 위로를 얻었다고 해 주셨습니다. 저는 한때 사람은 섬이라고 생각했습니다만, 역시 다 같이 거대한 육지였나 봅니다. 제가 얼마나 행복하고 감사한지, 치유되었는지, 아실까요?

몇 분이 이 이야기를 끝까지 읽고, 이 후기까지 읽어 주실는지 모릅니다. 저는 다만, 몇 분이라도 이 이야기에서 작은 위로를 얻으신다면 좋겠어요. 혹은, 잠시나마 즐거우시다면 그것만으로도 행복합니다.

분위기를 바꿔서, 요즘 '이야기를 들어 드립니다'의 연작을 씁니다. 스토리는 별개이지만 세계관이 같습니다. 삼계 최고 선수 도월주가 전생부터 기방 사내인 첫사랑과 재회하여 서로 치열하게 밀당하고 사정없이 희롱(당)합니다. 유쾌하고 달콤하고 말랑한 이야기예요. 언제 어떻게 찾아뵐는지 모르겠습니다만, 저와 유머코드와 달달코드가 맞으셨거나 월주와 크닙이가 어떻게 지내는지 궁금하시다면 저 이야기를 기대해 주세요.

처음에는 '후기로 뭘 쓰지?' 했습니다만, 이렇게 길어졌네요. 저는 이만 물러가겠습니다. 언젠가 어딘가에서 우리가 또 하나의 이야기로 만나고 이어질 수 있기를 기원하며,

2017년 봄,
이재온 드림.